위대한 유산 1

Great Expectations

세계문학전집 212

위대한 유산 1

Great Expectations

찰스 디킨스

이인규 옮김

민음사

차례

2권 차례

1장

우리 아버지의 성(姓)은 피립이고 내 세례명은 필립이었는데, 어린아이 적 내 짧은 혀는 이 이름과 성을 '핍' 이상으로 길게도 분명하게도 발음하지 못했다. 그래서 나는 늘 내 이름이 핍이라고 말했고, 그 결과 나는 핍이라고 불리게 되었다.

우리 아버지의 성씨가 피립이라고 했는데, 이것은 아버지의 묘비와 우리 누나인 조 가저리 부인 — 누나는 대장장이의 아내였다. — 의 말에 근거를 둔 것이다. 나는 아버지와 어머니를 본 적이 전혀 없고, 또 그분들의 사진 같은 것도 본 적이 없으므로 (그분들이 살았던 때는 사진술이 발달하기 전이었다.) 그분들의 생김새에 관한 내 최초의 상상은 터무니없게도 그분들의 묘비로부터 비롯되었다. 아버지의 묘비에 새겨진 글자들의 모양을 보고 나는 이상하게도, 아버지가 네모나고 단단한 체구에 살결은 가무잡잡하며 머리카락이 검고 곱슬진 사람이었을 거라는 생각을 품었다. 그리고 "상기(上記)한 자의 부인 조지애너 역시 여기 잠들다."라고 적힌 비문의 글자체와 문투를 보고 어머니는 얼굴에 주근깨가 있고 병약한 사람이라고 어린애처럼 멋대로 결론을 내렸다. 각각의 길이가 46센티미터 정도 되는 자그만 마름모꼴 석판 다섯 개가 아버지 어머니의 무덤 옆에 한 줄로 나란히 배열되어 있는데, 이것들은 — 인류의 저 보편적인 생존경쟁에서 살아남고자 하는 노력을 대단히 일찍 포기해 버린 — 내 다섯 남동생들을 추도하는 묘석들이었다. 이것들을 보고 나는, 내 동생들이 모두 누운 자세로 양손을 바지 주머니에 넣은 채 태어났으며,* 또 이 세상에 살아 있는 동안 결코 그 양손을 주머니에서 뺀 적이 없었을 것이라고 마음속으로 굳게 믿었다.

우리 고장은 강 하류 변에 있는 습지대였는데, 강이 구부러져 흘렀기 때문에 바다에서 32킬로미터가 채 안 되는 곳에 있었다. 사물의 인상이 나에게 처음으로 생생하고 분명하게 각인된 것은 유달리 을씨년스러운 어느 날 오후 저녁 무렵이었다고 생각된다. 내가 쐐기풀로 뒤덮인 쓸쓸한 이 장소가 교회 묘지라는 것을 분명하게 인식하게 된 것은 바로 그때였다. 또한 '이 마을에서 살다가 사망한 고(故) 필립 피립'과 그의 부인 조지애너가 거기에 잠들어 묻혀 있다는 것과, '전술(前述)한 두 사람의 어린 자식들'인 알렉산더, 바돌로매, 아브라함, 토비아스, 그리고 로저가 역시 거기에 잠들어 묻혀 있다는 것과, 교회 묘지 너머로 어둡고 황량하게 뻗은, 군데군데 도랑과 둔덕과 출입문 등이 널려 있고 소들이 흩어져서 풀을 뜯어먹는 평지가 습지대라는 것과, 그 습지대 너머 납빛 선처럼 보이는 것은 강이라는 것과, 바람이 야

---

* 묘석의 마름모꼴 모양을 보고 핍은, 두 손을 바지 주머니에 넣고 누운 사람의 마름모꼴 형상을 연상한 것임.

수처럼 숨어 있다가 사납게 휘몰아치며 불어오는 저 먼 곳은 바로 바다라는 것, 그리고 이 모든 게 무서워져서 조그맣게 몸을 웅크린 채 벌벌 떨며 막 울음을 터뜨리려는 존재는 바로 나 자신 핍이라는 것을 내가 분명히 인식하게 된 것도 바로 그때였다.

"이놈, 꼼짝 마라!" 한 남자가 교회 현관 옆의 무덤 사이에서 불쑥 뛰쳐나오면서 무서운 목소리로 외쳤다. "이놈, 찍소리 말고 가만있어! 안 그러면 모가질 잘라 버릴 테다!"

거친 회색 옷차림에 발에는 커다란 쇠고랑을 차고 있는, 무섭게 생긴 사람이었다. 신발은 너덜너덜하고, 모자를 쓰지 않은 채 머리에다가는 낡은 넝마 조각을 둘러맨 사람이었다. 물속에 흠뻑 잠겼다가 진흙탕 속을 뒹군 듯하고, 돌에 채여 다리를 절고 바위 모서리에 긁혀 상처를 입었으며, 쐐기풀에 찔리고 찔레나무에 찢긴 모습을 한 사람이었다. 그는 절뚝거리며 덜덜 떨었고, 부릅뜬 눈으로 노려보면서 으르렁거렸다. 그리고 추위로 머리 전체가 울리도록 이를 덜그럭대면서 내 턱을 꽉 움켜쥐었다.

"오, 아저씨! 제발 제 목을 자르지 마세요." 나는 공포에 사로잡혀 애원했다. "제발, 그러지 마세요, 아저씨."

"이름이 뭐냐!" 그가 말했다. "어서 말해라!"

"핍이에요."

"다시 말해 봐." 그가 나를 노려보며 말했다. "크게!"

"핍요, 핍."

"사는 곳은 어디냐." 그가 말했다. "손으로 가리켜 봐!"

나는 우리 마을이 있는 곳을 손으로 가리켰다. 교회에서 1.5킬로미터 남짓 떨어진 강 근처의 평지로, 가지가 잘린 나무들과 오리나무로 둘러싸인 곳이었다.

그 사람은 잠시 나를 바라보더니 나를 휙 거꾸로 뒤집었다. 그러고는 내 호주머니에 있는 것을 탈탈 털어 냈다. 호주머니에는 빵 한 조각밖에 없었다. 교회가 다시 제 위치로 돌아왔을 때 — 그가 아주 갑작스럽고 억세게 나를 뒤집는 바람에 교회는 순식간에 내 눈앞에서 곤두박질쳐서 뾰족탑이 내 발밑으로 보였더랬다. — 즉 교회가 다시 뒤집어져 똑바로 보였을 때, 나는 즉시 어느 높은 묘비 위에 앉혀졌고, 거기에서 내가 벌벌 떠는 동안 그는 내 호주머니에서 나온 빵을 게걸스럽게 먹어 댔다.

"요놈의 새끼." 그가 혀로 입술을 핥으며 말했다. "볼따구니 한번 정말 통통하구나."

그 당시 내 두 뺨은 통통한 편이었다고 나는 믿는다. 비록 나이에 비해 몸집이 작고, 튼튼하지도 못했지만 말이다.

"망할 것, 당장이라도 잡아먹고 싶군!" 그는 위협하듯 고개를 흔들어 대며 말했다. "이놈, 내 못 먹을 줄 아느냐!"

나는 그가 나를 잡아먹지 않기를 바란다고 간절히 말했다. 그러고는 그가 나를 올려놓은 묘비를 더욱 세게 꽉 붙잡았다. 한편으로는 그 위에서 떨어지지 않기 위해서, 또 한편으로는 울음을 참기 위해서였다.

"자, 이놈, 잘 듣거라!" 그가 말했다. "네 어머닌 어디 있냐?"

"저기에요, 아저씨!" 나는 말했다.

그는 깜짝 놀라며 몇 걸음 뛰어 달아났다. 그러더니 곧 걸음을 멈추고는 어깨 너머로 돌아보았다.

"저기 말이에요, 아저씨!" 나는 겁먹은 얼굴로 덧붙여 설명했다. "'조지애너 역시 여기 잠들다.'라고 씌어 있는 저기요. 그게 우리 어머니예요."

“오호라!” 그는 되돌아오며 말했다. “그럼 네 어머니 곁에 있는 게 네 아버지냐?”

“예, 아저씨.” 나는 말했다. “아버지도 거기 잠들어 계세요. ‘이 마을에 살다가 사망한 고(故)’라고 씌어 있는 분이에요.”

“아하!” 그러더니 그는 중얼거리면서 생각에 잠겼다. “그럼 넌 누구하고 사느냐? 아직 마음의 결정을 못 했다만, 내가 혹시 친절하게도 네놈의 목숨을 살려 준다고 치면 말이다.”

“누나하고 살아요, 아저씨. 조 가저리 부인이라고 하는데, 대장장이 조 가저리의 아내예요, 아저씨.”

“뭐, 대장장이라고?” 그가 말했다. 그러고는 자기 다리를 내려다봤다.

험상궂은 얼굴로 자신의 다리와 나를 여러 차례 번갈아 바라보던 그는 곧 내가 앉아 있는 묘비에 바짝 다가서더니, 내 두 팔을 꽉 붙잡고는 나를 최대한 뒤로 밀어젖혔다. 그 결과 그는 아주 위압적인 시선으로 나를 짓누르며 내려다보았고, 반면에 나는 꼼짝도 못 한 채 완전히 무기력하게 그의 무서운 얼굴을 올려다보아야 했다.

“자, 이놈, 잘 듣거라!” 그가 말했다. “네놈의 목숨을 살려 주느냐 마느냐가 달린 문제다. 너 줄칼이 뭔지 알지?”

“네, 아저씨.”

“그럼 음식물이 뭔지도 알지?”

“네, 아저씨.”

질문을 한 번 할 때마다 그는 나를 조금씩 더 뒤로 밀어젖혔고, 그로 인해 나는 점점 더 심한 무력감과 공포감에 사로잡혔다.

"너, 나한테 줄칼을 가져와." 그는 다시 나를 좀 더 밀어젖혔다. "그리고 음식물도." 그는 좀 더 밀어젖혔다. "그 두 가지 다 나한테 가지고 와." 그는 좀 더 밀어젖혔다. "안 그러면 네놈의 심장과 간을 뽑아 버릴 테다." 그는 나를 더욱더 밀어젖히며 말했다.

나는 끔찍하리만큼 두렵고 또 너무나 어지럽기도 해서 두 손으로 그를 꼭 붙잡은 채 말했다. "아저씨, 제발 저를 똑바로 세워 주세요. 어지럽고 토할 것 같아서 아저씨 말을 제대로 정신 차려 들을 수가 없어요."

그는 나를 잡아 올리더니 한 바퀴 휙 아주 무시무시하게 뒤집어 돌렸다. 교회의 풍향계가 거꾸로 곤두박질치면서 교회 전체가 한 바퀴 빙글 돌아갔다. 그러고 나서 그는 곧 나를 묘비 위에다 똑바로 앉혀 놓고는 내 두 팔을 꽉 붙든 채 무시무시한 말을 계속했다.

"너, 내일 아침 일찍 내가 말한 그 줄칼과 음식물을 나한테 가져와. 저쪽 건너편 옛날 포병대 자리로 가져와. 그 대신, 누구한테도 무슨 말을 하거나 나 같은 사람을 만났다는 표시 따윌 절대 해서는 안 돼. 만약 그랬다간 넌 죽은 목숨이야. 만약 말한 걸 가져오지 못하거나, 아무리 조그만 것이라도 내 말에 어긋나게 행동한다면, 난 네 심장과 간을 찢어 내서 구워 먹어 버리고 말 거다. 잘 들어, 넌 내가 혼자라고 생각할지 모르지만 그렇지 않아. 젊은 청년 하나가 나랑 같이 숨어 있는데, 그 사람에 비하면 난 천사나 다름없어. 그는 지금, 내가 하는 말을 모두 다 듣고 있어. 그는 자기만이 아는 특수한 비법으로 어린 소년에게 접근해서 심장과 간을 찢어 낼 수 있어. 그 청년한테 잡히지 않으려고 숨어 봤자 소용없어. 아이가 아무리 방문을 걸어 잠그고 침대 속에 따뜻하게 파묻혀 있어도, 이불을 머리 위까지 뒤집어쓴 채 안전하다고 생각하며 마음을 놓고 있어도, 그 청년은 아이가 있는 데로 살금살금 몰래 기어 들어가서는 그 애를 끄집어 내어 찢어발기고 말거든. 지금 이 순간에도 난 그 청년이 너를 해치지 못하게 겨우 겨우 막아 내고 있는 참이야. 그가 달려들어 네 배때기를 잡아 찢지 못하게 하기가, 정말이지 너무 힘들 지경이야. 자, 너 이놈 어떻게 할 테냐?"

나는 그에게 줄칼을 가져다 주겠노라고, 먹다 남은 음식물 부스러기라도 할 수 있는 대로 구해 오겠노라고, 그리고 그것들을 가지고 포병대 자리로 아침 일찍 그를 찾아가겠노라고 모두 다 약속했다.

"약속을 지키지 않으면 하느님께 천벌을 받아 죽어도 좋다고 말해!" 그가 말했다.

내가 시키는 대로 말하자, 그는 나를 묘비에서 내려놓았다.

"자……." 그는 계속해서 말했다. "네놈이 약속한 걸 잘 기억해. 그리고 무서운 내 젊은 친구를 명심해. 그럼 집으로 가 봐!"

"아, 아, 안녕히 계세요, 아저씨." 나는 더듬거리며 말했다.

"안녕은 무슨 얼어죽을 놈의 안녕!" 그는 말하면서 춥고 축축한 습지 너머로 주변을 둘러보았다. "내가 개구리나 뱀장어였으면 차라리 좋을 지경인데!"

그러면서 그는 덜덜 떨리는 자기 몸을 양팔로 꽉 끌어안은 채 — 마치 사지가 떨어져 나가지 않도록 하려는 것처럼 꽉 죄어 안았다. — 교회의 낮은 담장 쪽으로 절름절름 걸어갔다. 쐐기풀 사이를, 그리고 초록빛 무덤들 주위의 가시덤불 사이를 이리저리 헤치며 나아가는 그의 모습은 내 어린 눈에, 마치 자신의 발목을 움켜잡아 무덤 속으로 끌어당기려는, 무덤에서 슬그머니 뻗쳐 나온 죽은 사람들의 손길을 피하고 있는 것처럼 보였다.

교회의 낮은 담장에 이른 그는 다리가 뻣뻣하게 마비된 사람처럼 힘겹게 담장을 넘었다. 그러더니 나를 한 번 뒤돌아보았다. 그가 뒤돌아보는 것을 본 순간 나는 즉시 집을 향해 걸음아 나 살려라 하고 도망쳤다. 하지만 나는 얼마 가지 않아 어깨 너머로 한 번 뒤를 돌아보았는데, 그는 다시 걸음을 옮겨 강 쪽을 향해 걸어가고 있었다. 여전히 두 팔로 몸을 감싸 안은 채 그는 아픈 발을 이끌면서, 비가 심하게 오거나 밀물이 들어올 때 징검다리로 쓰고자 습지 여기저기에 떨어뜨려 놓은 커다란 돌들 사이를 더듬더듬 헤쳐 나가고 있었다.

얼마 후 내가 걸음을 멈추고 그를 다시 바라보았을 때, 습지는 이제 저 멀리 그저 한 줄기 길고 검은 지평선으로만 보였다. 그리고 그보다는 훨씬 가늘고 덜 검지만, 강줄기 역시 또 하나의 긴 지평선으로만 보였다. 하늘 또한 온통, 타는 듯이 붉은 긴 선들과 굵고 검은 선들이 서로 층을 이루며 옆으로 길게 늘어서 있는 모습이었다. 강의 가장자리에는 검은 물체 두 개가 희미하게 드러나 보였는데, 사방의 모든 풍경 가운데 이것들만이 유일하게 수직으로 서 있는 모습이었다. 그중 하나는 선원들의 뱃길을 인도해 주는 등대였다. 테두리 없는 술통을 기둥 위에다 얹어 놓은 것처럼 생긴 이 등대는 가까이 가 보면 흉측하게 보였다. 나머지 하나는 쇠사슬을 늘어뜨린 교수대였는데, 예전에 해적 하나를 목매단 적이 있는 곳이었다. 아까 그 사람은 바로 이 교수대가 있는 쪽으로 절뚝거리며 걸어가고 있었다. 마치 죽은 해적이 다시 살아나서는 교수대에서 내려와 돌아다니다가 다시 줄에 매달리려고 돌아가고 있는 것 같았다. 그런 생각이 떠오르자 나는 끔찍한 공포에 휩싸였다. 마침 풀을 뜯던 소들이 고개를 들어 그의 뒷모습을 응시하듯 빤히 바라보고 있었는데, 나는 그 소들도 혹시 그런 생각이 들지 않았는지 궁금했다. 나는 무시무시한 그 젊은 청년이 어디 있는가 하고 사방을 두리번거리며 살펴보았다. 그의 모습은 아무 데도 보이지 않았다. 하지만 금세 나는 무서움에 다시 사로잡혀 쉬지 않고 집까지 곧장 달려갔다.

2장

나의 누나인 조 가저리 부인은 나이가 나보다 스무 살 이상 많았다. 그녀는 자신을 대단하게 생각했고 동네사람들도 그렇게 여겼는데, 그것은 그녀가 나를 '손수' 길렀기 때문이었다. '손수' 길렀다는 말이 무슨 의미인지 당시 아무도 가르쳐 주지 않았던지라, 나는 그것을 내 나름대로 이해했다. 그래서 누나가 손이 단단하고 억센 데다가 그 손을 나는 물론 그녀의 남편에게까지 휘둘러 대는 습관이 있다는 것을 알고 있었으므로, 매부 조 가저리하고 나를 모두 누나가 손수 길렀다고 생각했다.

그녀, 즉 우리 누나는 잘생긴 여자가 아니었다. 그래서 나는 누나가 매부 조 가저리로 하여금 자신과 결혼하게끔 '손수' 만들었음에 틀림없다고 막연히 추측하기도 했다. 매부 조는 살결이 희고 금발머리였는데, 곱슬진 머리칼이 깨끗한 얼굴 양옆에 늘어져 있었다. 눈은 파랬는데 너무나 희미한 파란색이어서 흰자위와 색이 좀 뒤섞인 듯한 느낌을 주었다. 그는 온순하고, 심성이 착하고 상냥하며, 매사에 태평하고 우직해 보이는, 그래서 어딘지 깊은 정이 가는 그런 사내였다. 말하자면 헤라클레스*의 힘과 약점을 모두 지닌 사람이라고나 할까.

누나인 조 부인은 머리카락과 눈이 검고 피부가 빨갰는데, 그 빨간 빛이 너무나 진하게 퍼져 있어서 나는 때때로, 누나가 몸을 씻을 때 비누 대신 육두구(肉荳蔲)를 가는 강판을 사용하지 않는지 궁금해하곤 했다. 키가 크고 뼈가 앙상하게 불거진 누나는 거의 언제나 거친 앞치마를 입고 있었다. 고리 두 개를 등 뒤에서 묶어 몸에 꽉 동여맨 그 앞치마에는 정사각형 모양의 가슴받이가 있었는데, 거기에 핀과 바늘이 가득 꽂혀 있어서 그 누구도 도저히 범접할 수 없을 것 같은 인상을 주었다. 누나는 그 앞치마를 그렇게 늘 두르고 있는 것을 자신의 커다란 미덕이자 남편 조에 대한 강력한 비난거리로 삼았다. 누나가 도대체 왜 그 앞치마를 입어야 했는지, 그리고 입어야 했더라도 왜 평생 동안 하루도 그걸 벗지 않았는지, 나로서는 정말이지 아직도 그 이유를 알 수 없지만 말이다.

매부의 대장간은 우리가 사는 집에 붙어 있었는데, 우리 집은 그 고장의 많은 주택들과 마찬가지로 목조건물이었다. 그 당시는 사실 대부분이 목조건물이었다. 내가 교회 묘지에서 집으로 달려 돌아왔을 때, 대장간은 닫혀 있었고 조는 혼자 부엌에 앉아 있었다. 조와 나는 함께 수난을 겪는 동지였고 또 그런 동지로서 서로 마음을 터놓고 지냈으므로, 내가 출입문의 빗장을 올리고 살그머니 안을 들여다보았을 때 맞은편의 부엌 벽난로 가

---

* 제우스 신과 알크메네 사이에 태어났다는 그리스신화 속의 인물. 초인적인 힘을 지녔지만 지적인 면이 부족했다고 전해진다.

에 앉아 있던 조는 즉시 나에게 속마음을 털어놓았다.

"조 부인이 널 찾으러 열두 번이나 나갔단다, 핍. 그리고 방금 열세 번째로 찾으러 나갔지."

"그래요?"

"그래, 핍." 조가 말했다. "게다가 설상가상으로 '따끔이'까지 들고 나갔단다."

이 무서운 정보를 듣고 나는 하나밖에 안 남은 내 조끼 단추를 뱅글뱅글 비틀어 돌려 대면서 아주 우울한 심정으로 난로 불을 바라보았다. '따끔이'는 끝에 밀랍 칠이 되어 있고, 내 몸과의 따끔따끔한 마찰로 반질반질하게 닳은 회초리를 가리키는 말이었다.

"네 누난 의자에 앉았다가 금세 벌떡 일어섰단다." 조가 말했다. "그러더니 '따끔이'를 꽉 움켜잡고는 길길이 날뛰며 달려 나갔어. 그래, 그렇게 날뛰며 나갔단다." 조는 부지깽이로 천천히 벽난로의 아래쪽 철망 사이의 재를 치워 불길이 잘 살아나게 한 다음, 계속 그것을 바라보며 말했다. "정말이지 길길이 날뛰며 달려 나갔단다, 핍."

"누나가 나간 지 오래되었어요, 조?" 나는 늘 매부를 일종의 덩치 큰 어린아이처럼, 그래서 내 또래 정도밖에 안 되는 것처럼 대했다.

"글쎄." 조는 더치 벽시계*를 흘끗 올려다보며 말했다. "마지막으로 날뛰며 달려 나간 지 한 5분 정도 된단다, 핍. 쉿, 누나가 오고 있구나! 이보게 친구, 어서 문 뒤로 숨게. 그리고 거기 잭

---

* 당시 하층계급에게 인기 있던 값싼 독일제 나무 시계.

타월*로 몸을 가리게."

나는 그의 충고대로 했다. 조 부인, 즉 누나는 문을 활짝 열어젖히다가 문 뒤에 뭔가 장애물이 있다는 것을 발견하고는 즉시 그 원인이 뭔지 알아냈다. 그러고는 '따끔이'를 휘둘러 그 원인을 한층 깊이 조사했다.** 누나는 나를 조한테 내던지는 것으로(누나는 자주 나를 부부간의 던지기용 무기로 사용하곤 했다) 그 조사를 끝냈다. 조는 어떻든 나를 자기 손에 받게 되어 기뻐하면서 나를 벽난로 가에 내려다놓고는 자기의 커다란 두 다리로 가만히 나를 막아 주었다.

"이 말썽꾸러기 녀석, 대체 어딜 갔었냐?" 조 부인은 발을 굴러 대며 말했다. "무슨 짓을 하고 다니느라고 이렇게 내 애간장을 다 태웠는지 당장 말해! 안 그러면 그 구석에서 네놈을 끌어내고 말 테다. 너 같은 놈이 쉰 명이나 되고 네 매부 같은 작자가 오백 명이나 된다 해도 말이다."

"교회 묘지에 갔다 왔을 뿐이에요." 나는 걸상에 앉아서 맞은 데를 문지르며 울면서 말했다.

"교회 묘지라고!" 누나가 되풀이했다. "이놈아, 넌 내가 없었으면 이미 오래전에 거기 묻혀서 뒹굴고 있었을 거야. 누가 널 손수 길렀는지 알아?"

"누나가요." 나는 말했다.

"그럼 도대체 내가 왜 그랬지? 한번 말해 봐라!" 누나는 외쳤다.

나는 훌쩍이면서 말했다. "몰라요."

"나도 모를 일이다, 이 녀석아!" 누나가 말했다. "하지만 분명

---

* 회전식 롤러에 감긴 긴 수건.

** 문 뒤에 숨은 핍을 붙잡아 회초리로 때렸다는 것을 비유적으로 표현한 것.

히 말하는데, 내가 또 그런 짓을 하는 일은 결코 없을 거다! 정말이지 난 네 녀석이 태어난 이래로 한 번도 이 앞치마를 벗어 보지 못했어. 대장장이(그리고 그것도 가저리란 작자)의 마누라인 것만으로도 부족해 네 녀석의 엄마 노릇까지 하다니 정말 못 할 짓이야."

부엌 벽난로의 불을 음울하게 바라보는 동안 내 생각은 그 문제에서 멀어져 갔다. 왜냐하면 저 바깥 습지에 있는, 발에 쇠고랑을 찬 도망자와 정체 모를 청년, 줄칼, 음식물, 그리고 나의 피신처인 이 집을 상대로 절도 행위를 하기로 한 그 끔찍한 맹세 등이 무섭게 이글거리는 석탄불 속에서 어른거리며 눈앞에 떠올랐기 때문이다.

"흥!" 조 부인은 '따끔이'를 제자리에 갖다놓으면서 말했다. "그래, 교회 묘지겠지! 두 사람 모두 교회 묘지를 들먹이는 게 당연하지." 그런데 우리 둘 중 한 사람은 사실 교회 묘지란 말을 전혀 하지 않았다. "둘이서 조만간 나를 교회 묘지로 실려 가게 만들고 말 테니까 말이야. 그럼 나 없이 둘이서 참말로 보기 조-오-은 단짝이 되어 지내겠지!"

누나가 차 마실 준비를 하느라 정신을 팔고 있는 동안 매부 조는 자기 다리 너머로 나를 내려다보았는데, 마치 마음속으로 나하고 자기 자신을 한데 엮어서는 누나가 예고한 그 슬픈 상황이 닥칠 때 과연 우리 둘이 어떤 종류의 짝패가 될 것인지 헤아려 보고 있기라도 한 듯했다. 그러고 난 뒤 그는 앉아서, 한바탕 폭풍우가 몰아칠 때면 늘 그러하듯이 얼굴 오른쪽의 담황색 곱슬머리와 구레나룻을 만지작거리면서, 이리저리 움직이는 조 부인을 파란 눈으로 뒤따라가며 바라보았다.

누나는 독특하고 예리한 방식으로 우리에게 버터 바른 빵을 썰어 주었는데, 그 방식은 결코 변하는 법이 없었다. 누나는 먼저 왼손으로 빵 덩어리를 잡고는 앞치마 가슴받이에 꽉 붙여 단단히 고정했다. 거기 꽂혀 있던 핀이나 바늘이 때때로 하나씩 빵 속에 꽂혀서는 나중에 우리 입속까지 들어오기도 했다. 그런 다음 그녀는 칼에 버터를 약간(너무 많지 않게) 묻혀서는, 마치 약제사가 붕대에 연고를 바르는 것과 같은 방식으로 빵 덩어리 위에다 얇게 펴서 발랐다. 칼의 양쪽 면을 잽싸고 솜씨 있게 사용해서는 빵 껍질 위로 빙 둘러 가며 골고루 말끔하게 버터를 바르는 것이었다. 그런 뒤 누나는 그렇게 연고처럼 버터가 발린 빵의 가장자리에다 마지막으로 칼을 한번 쓱 문질러 닦아 낸 다음 아주 두껍게 빵을 한 조각 썰어 냈다. 그러곤 마지막으로, 그 조각을 빵 덩어리에서 완전히 떼어 내기 전에 둘로 잘라서 그중 한 조각은 조한테 주고 나머지 한 조각은 나한테 주는 것이었다.

그날 저녁의 경우, 비록 배가 고팠을지라도 나는 감히 내 몫의 빵 조각을 먹을 수 없었다. 낮에 만난 그 무서운 사람과 그보다 훨씬 더 무서운 사람인 그의 동료 청년을 위해 뭔가 남겨 놓지 않으면 안 된다고 느꼈기 때문이다. 나는 조 부인의 살림살이가 지독히도 알뜰하다는 것을, 따라서 나중에 음식을 훔치려고 찬장을 뒤졌을 때 아무것도 없을지 모른다는 것을 알고 있었다. 그러므로 나는 버터 바른 내 빵 조각을 바지 자락 밑에다 감춰 두기로 작정했다.

이 목적을 달성하는 데에는 결단에 찬 굉장한 노력이 필요하다는 것을 나는 깨달았다. 마치 높은 집의 꼭대기에서 뛰어내리거나 굉장히 깊은 물속으로 뛰어들 결심을 해야 하는 것과 같았다. 게다가 이 일은 아무것도 모르는 매부 조 때문에 더욱 어려워졌다. 이미 언급한 것처럼 수난의 동지로서 우리가 공유하던 은밀한 연대감 때문에, 그리고 나에게 친구가 되어 주고자 하는 조의 착한 심성 때문에, 우리는 저녁 때마다 각자의 빵 조각을 베어 먹으면서 남은 빵의 크기를 서로 비교하는 습관이 있었다. 우리는 이따금씩 빵 조각을 말없이 쳐들어 보임으로써 상대방의 찬탄을 자아내곤 했는데, 이를 통해 서로 자극을 받고는 더욱 분발하여 빵을 베어 먹곤 했다. 오늘 저녁에도 조는 급속하게 줄어드는 자신의 빵 조각을 몇 번인가 내보임으로써 여느 때와 같이 우호적인 경쟁을 해 보자고 권했다. 하지만 그는 매번, 내 한쪽 무릎 위에는 노란 머그 찻잔이, 그리고 내 다른 쪽 무릎 위에는 버터 바른 빵이 손도 안 댄 채 그대로 놓여 있다는 사실만을 발견할 뿐이었다. 마침내 나는, 계획하고 있는 일의 실행을 이제 더 이상 미룰 수 없으며, 그것도 현재 주어진 그 상황에서 가능한 한 가장 그럴듯한 방식으로 실행해야 한다는 필사적인 판단을 하기에 이르렀다. 나는 조가 막 나를 쳐다보고 난 직후의 순간을 틈탔다. 그러곤 재빨리 내 버터 바른 빵을 바지 자락 밑으로 밀어 넣었다.

한편 조는 내가 식욕을 잃은 줄로 여겼는지 심란해하는 모습이 역력했다. 그는 생각에 잠긴 채, 전혀 맛이 없는 듯한 표정으로 자신의 빵 조각을 한 입 물어뜯었다. 그는 빵을 입 안에 넣고서 보통 때보다도 훨씬 오랫동안 우물거렸는데, 마치 빵에 대한 상념이라도 하듯이 한참 동안 씹어 대더니 결국에는 알약이라도 넘기는 것처럼 힘겹게 꿀꺽 삼켰다. 그는 다시 한 입 베어 먹으려고 했다. 그런데 빵을 제대로 잘 물어뜯으려고 그가 고개를 한쪽으로 막 기울인 순간 그의 시선은 나에게로 떨어졌고, 즉시 그는 내 빵이 없어졌다는 것을 알아차렸다.

막 빵을 물어뜯으려다 만 채 놀라움과 경악에 찬 표정으로 나를 빤히 노려보는 조의 모습은 너무나도 확연히 눈에 띄어서 누나의 시선을 끌지 않을 수 없었다.

"아니 또 무슨 일이야?" 누나는 마시던 찻잔을 내려놓으면서 쏘아붙였다.

"아니, 이런!" 조는 매우 심각한 충고라도 하는 듯이 나에게 머리를 가로저으며 나직하게 말했다. "이보게 친구, 핍! 자네 그러다 잘못 탈이 날 수 있네. 목에 걸리기라도 하면 어쩌려고 그러나. 핍, 넌 분명 그걸 씹지도 않고 그냥 삼켰어."

"아니 또 무슨 일이냐니까?" 전보다 더 날카롭게 누나가 또 한 번 물었다.

"그걸 조금이라도 토해 낼 수 있다면, 그게 좋겠다고 생각한다, 핍." 조는 온통 겁에 질린 얼굴로 말했다. "식탁 예절도 예절이지만 네 건강이 더 중요한 것 아니겠니."

이쯤 되자 누나는 완전히 필사적인 상태가 되었다. 누나는 조에게 와락 달려들더니 그의 양쪽 구레나룻을 움켜잡고는 뒷벽에다 그의 머리를 한참이나 마구 찧어 댔다. 나는 구석에 앉아, 죄의식에 가득 차서 바라보고만 있었다.

"자, 이젠 무슨 일인지 말할 수 있겠지?" 숨을 헐떡이며 누나가 말했다. "멱 딴 통돼지처럼 뚫어져라 쳐다보기만 하는 이 멍청아."

조는 무기력하게 누나를 쳐다보았다. 그런 다음 역시 무기력하게 빵을 한 입 베어 먹더니 나를 다시 바라보았다.

"핍, 너도 알다시피……." 방금 한 입 베어 먹은 빵 조각을 볼 안에 넣은 채 조는 엄숙하게, 그리고 마치 우리 단둘이만 있기라도 한 것처럼 속마음을 털어놓는 은밀한 어조로 말했다. "너하고 난 언제나 친구잖니. 그리고 난 어떤 경우든 네 일을 일러바칠 사람이 아니잖니. 하지만 그렇게……." 그는 의자를 조금 움직여 치우더니 우리 둘 사이의 부엌 바닥을 살펴보았다. 그러곤 다시 나를 바라보았다. "그렇게 급하게 그냥 꿀꺽 삼켜 버리는 것만은!"

"음식을 급하게 꿀꺽 삼켜 버렸다고, 이 녀석이?" 누나가 소리치며 말했다.

"이보게 친구, 너도 알다시피." 조는 누나를 무시하고 오로지 나만 바라보면서, 볼 안에 여전히 빵을 물고 있는 채로 말했다. "나 역시 예전에 너만 했을 땐 음식을 급하게 꿀꺽 삼켜 버리곤 했단다. 자주 그랬지. 사실 내 소년 시절엔 그런 친구들이 꽤 많았단다. 하지만 핍, 너처럼 그렇게 삼켜 버리는 애는 정말이지 처음 보았다. 네가 목이 콱 막혀 죽지 않은 게 천만다행이구나."

누나는 나한테 달려들더니 머리채를 잡아끌었다. 그러곤 여지 없이 그 끔찍한 말을 덧붙였다. "이 녀석 이리 와서 약 먹어."

어떤 짐승 같은 의사 녀석이 그 당시에, 타르와 물을 섞은 용액을 훌륭한 약이라고 부활시켜 놓았다. 그래서 조 부인은 이 용액을 찬장에다 늘 일정 분량 비축해 놓고 있었는데, 그 맛이 고약한 만큼 약효가 높다고 믿었다. 이 만병통치약은 최고의 강장제 삼아 나에게 너무나 다량 투여되곤 하는 바람에, 제일 운이 좋은 경우에도 나는 약을 먹고 나면 새로 막 칠을 한 울타리 같은 냄새를 풍기며 창피스럽게 돌아다녀야 했다. 그날 저녁의 경우, 내 상태가 특히 위급하다면서 1파인트*나 되는 이 용액이 처방되어 내 건강의 증진을 위한다는 명목으로 목구멍 속으로 쏟아 부어졌는데, 그동안 조 부인은 장화 벗기는 기구에다 장화를 끼우듯이 내 머리를 겨드랑이 밑에 꽉 붙잡아 끼고 있었다. 조 역시 비록 반 파인트만 마시고 놓여 났지만, 어쨌든 (불 앞에 가만히 앉아 천천히 빵을 씹으면서 생각에 잠겨 있던 그로서는 매우 당혹스럽게도) 그걸 들이켜지 않으면 안 되었다. 누나 말로는 "그가 놀라 발작을 했기 때문"이라고 했지만, 내가 판단하건대 그가 발작을 한 것은 분명코 약을 먹기 전이 아니라 먹고 난 후였다고 말할 수 있다.

양심의 가책에 시달린다는 것은 어른이건 소년이건 괴로운 일이다. 하지만 소년에게 있어서 마음속의 그 비밀스러운 짐이 바지 자락 밑에 감춘 또 다른 비밀스러운 짐과 합해지는 경우 (내가 증언할 수 있는 바) 굉장히 고통스러운 형벌이 된다. 조 부인의 물건을 — 내가 조의 물건을 훔치려 한다는 생각은 전혀 들지 않았는데, 집 안의 재산 가운데 그 어떤 것도 조의 것이라고 생각한 적이 없었기 때문이다. — 훔치려고 한다는 죄의식에, 자리에 앉아 있을 때나 잔심부름을 하러 부엌 안을 왔다 갔다 할 때 항상 한쪽 손을 감춘 빵에 대고 있어야만 하는 어려움까지 겹쳐서, 나는 거의 미칠 지경이었다. 게다가 습지에서 바람이 불어 들어와 부엌 난롯불이 빨갛게 달아오르며 활활 타오를 때면 비밀을 지키도록 나에게 맹세를 시켰던 발에 쇠고랑을 찬 그 사람의 목소리가 저 바깥에서 들리는 듯했고, 그 목소리는 내일

---

* 액량의 단위로 0. 57리터 정도.

아침까지 굶을 수 없고 또 굶고 싶지도 않으니 당장 먹을 것을 내놓으라고 다그치는 것 같았다. 그러다가 또 어떤 때는, 두 손을 내 피로 적시지 못하게끔 그가 간신히 붙들어 두고 있다는 그 무서운 청년이 생각나면서, 혹시라도 그가 급한 성질을 참지 못하거나 시간을 잘못 알아 내일이 아닌 바로 오늘 밤에 내 심장과 간을 뜯어 먹어도 되는 것으로 착각이라도 하면 어쩌나? 하는 걱정에 사로잡히기도 했다. 만약 사람의 머리카락 끝이 공포 때문에 곤두설 수 있다면, 그날 저녁 바로 내 경우가 틀림없이 그랬을 것이다. 하지만 정말 사람의 머리카락이 그럴 수 있을까?

그날은 크리스마스 전날이었다. 그래서 나는 다음 날 쓸 푸딩을 우리 집 더치 벽시계로 7시부터 8시까지 구리 막대로 저어야 했다. 나는 바지 자락 안쪽에 빵을 그대로 달고서 저어 보려고 애썼는데 (이 때문에 다리에 쇠고랑을 달고 있는 그 사람이 다시 생각났다.) 몸을 움직여 대자 버터 바른 그 빵이 자꾸 발목으로 빠져나오려고 하는 바람에 도무지 어쩔 수가 없을 지경이었다. 다행히도 나는 살짝 빠져나와 내 다락방 침실에다 그것을 갖다놓고 빵으로 인한 양심의 고통에서 잠시 벗어날 수 있었다.

"저게 무슨 소리죠?" 푸딩 젓기를 마친 뒤, 잠자리로 올라가기 전에 부엌 벽난로 가에서 마지막으로 불을 쬐고 있던 내가 말했다. "대포 소리 아니었어요, 조?"

"이런!" 조가 말했다. "죄수가 또 하나 탈옥했군."

"그게 무슨 뜻이죠, 조?" 내가 말했다.

언제나 설명을 도맡아 하는 조 부인이 퉁명스럽게 말했다. "도망쳤다는 뜻이야, 도망쳤다는 뜻." 마치 타르 용액이라도 투약하는 것처럼 툭 던지는 설명이었다.

조 부인이 의자에 앉아 바느질감 위로 고개를 숙이고 있는 사이에 나는 소리 내지 않고 입 모양만으로 조에게 물었다. "죄수는 누구예요?" 조 역시 입 모양만으로 뭔가 대답을 해 주었는데, 너무나 세밀하고 복잡한 내용의 답변이라서 나는 "핍"이라는 단어 한 개 말고는 아무것도 이해할 수 없었다.

"어젯밤에 죄수가 하나 탈옥했단다." 조가 큰 소리로 말했다. "일몰 대포 소리가 난 뒤에 말이야. 그래서 그를 조심하라는 대포를 쏘았더랬지. 그런데 이제 또 한 명의 죄수를 조심하라고 대포를 쏘고 있는 것 같구나."

"대포는 누가 쏘죠?"

"이 망할 자식." 바느질감 너머로 나한테 얼굴을 찡그리며 누나가 끼어들었다. "웬 놈의 질문이 그렇게 많아. 질문 좀 작작해, 이놈아. 그래 봤자 거짓말만 자꾸 듣게 돼."

내가 질문을 좀 했기로서니, 자기가 나한테 거짓말만 자꾸 해 주게 될 거라는 식으로 말하다니, 그건 어느 모로 보나 자기 스스로를 깎아내리는 교양 없는 언사 같았다. 하지만 누나는 결코 교양 있게 말하는 적이 없었다. 손님이 있을 때는 빼고 말이다.

바로 그때 조가 입을 아주 크게 벌리더니 온 정성을 다해 입 모양으로 뭔가 단어 하나를 표현해 내려고 해서 내 호기심이 굉장히 크게 자극됐다. 내가 보기에 그것은 "화났어."라는 말 같았고, 그래서 나는 당연히 조 부인을 가리키면서 "누나가요?" 하는 입 모양을 지어 보였다. 그러나 조는 내 입 모양에 전혀 아랑곳하지 않은 채 다시 입을 크게 벌리고는 어떤 단어를 아주 힘주어 입 모양으로 표현해 보였다. 그러나 나는 그 단어가 무엇인지 전혀 알아낼 수 없었다.

"조 부인……." 나는 결국 마지막 수단으로 누나한테 물었다. "저어, 알고 싶은 게 있는데요. ―괜찮다면 말이에요.― 대포 소리는 어디서 나는 거죠?"

"하느님, 이 아이를 보우하소서!" '보우'는커녕 오히려 그 반대가 되기를 바라는 것처럼 누나는 소리쳤다. "그건 감옥선에서 나는 거다, 이놈아!"

"아하!" 나는 조를 바라보면서 말했다. "감옥선이라고 했구나!"

조는 책망하는 듯이 기침을 한 번 했는데, 마치 "글쎄, 내가 그렇게 말했잖니."라고 말하려는 것 같았다.

"그런데요, 죄송하지만 감옥선이 뭐예요?" 내가 말했다.

"글쎄, 이 녀석하고는 바로 이렇게 된다니까!" 누나는 소리치면서 실을 꿴 바늘로 나를 가리키고는 머리를 가로저었다. "한 가지 질문에 대답해 주면, 곧장 열두 개의 질문을 쏟아 내거든. 감옥선이란 바로 감옥으로 사용하는 배를 말하는 거야. 저 늪지 바로 건너편에 있는 배들 말이야." 우리 고장에서는 언제나 습지를 이렇게 늪지라고 불렀다.

"어떤 사람들이 감옥선에 가는지, 그리고 왜 가는지 궁금하네요." 나는 그냥 막연하게, 하지만 은근히 필사적인 심정으로 슬쩍 물었다.

조 부인은 이것까진 도저히 참을 수 없었는지 벌떡 자리에서 일어났다. "잘 들어, 이 꼬마 녀석아." 그녀는 말했다. "내가 널 손수 길러 준 것은 다른 사람을 못살게 굴라고 그런 게 아냐. 만약 그랬다면 그건 나에게 칭찬이 아니라 욕이 되고 말 거야. 사람들이 감옥선에 가는 것은 바로 살인을 하기 때문이야. 그리고 도둑질이나 위조 등 온갖 종류의 나쁜 짓을 하기 때문이야. 그런데 그런 사람들이 언제나 처음 시작하는 짓은 바로 질문을 해 대는 것이야. 알았어? 자 그럼, 어서 가서 자빠져 자!"

누나는 내가 잠자러 올라갈 때 발밑을 비출 촛불을 들고 가는 것을 결코 허락하지 않았다. 그래서 나는 욱신거리는 머리를 안고 — 자신의 마지막 말에 반주를 넣기 위해 조 부인은 골무로 내 머리를 탬버린 치듯 두드려 댔던 것이다.— 어둠 속에서 계단을 더듬어 올라갔는데, 그때 나는 내가 감옥선에 갈 가능성이 대단히 크고 또 거기에 딱 알맞은 사람이라는 것을 깊이 느끼면서 무서움에 떨었다. 나는 분명 감옥선을 향해 가고 있는 중이었다. 질문을 해 댐으로써 이미 그 첫발을 내디뎠고 게다가 이제 조 부인의 물건까지 훔치려 하고 있으니 말이다.

이미 상당히 먼 과거의 일이지만 그때 이래로 나는 공포에 사로잡혀 있는 어린 소년에게 얼마나 많은 남모르는 고뇌가 존재하는지를 아는 사람은 거의 없다고 종종 생각하곤 했다. 아무리 터무니없는 공포라 할지라도 그것이 공포인 이상 아이한테는 똑같은 법이다. 당시 나는 내 심장과 간을 뜯어먹으려 하는 청년에 대한 끔찍한 공포에 사로잡혀 있었고, 다리에 쇠고랑을 찬 채 나와 이야기를 나눈 그 무서운 사람에 대한 끔찍한 공포에 사로잡혀 있었다. 그리고 비록 강요에 의한 것일지라도 어쨌든 무서운 약속을 한 나 자신에 대해서도 끔찍한 공포에 사로잡혀 있었다. 물론 누구보다도 강한 누나가 있었지만, 항상 나를 구박만 할 뿐인 그녀에게 구원 같은 것을 기대한다는 것은 전혀 불가능한 일이었다. 이처럼 남모르는 공포에 사로잡혀 있는 상태에서 나는 아무리 끔찍한 짓이라도 시키는 대로 다 행하고 말았을 것이므로 지금도 그것을 생각하면 두려워진다.

그날 밤 내가 만약 조금이라도 잠을 잤다면, 그것은 단지 거센 조수에 실려 강물을 따라 감옥선을 향해 떠내려가는 내 모습에 대한 비몽사몽의 상상에 불과했을 것이다. 이 상상 속에는 해적 유령도 나왔는데, 그는 교수대를 지나는 나에게 강가에 올라와서 즉시 교수대에 목매달리는 게 차라리 나을 테니 망설이지 말고 어서 오라고 확성기로 크게 소리쳤다. 사실 나는 잠자고 싶은 마음이 있었다 해도 잠이 들까 봐 두려웠는데, 그것은 아침의 첫새벽 빛이 희미하게 비치자마자 곧바로 식품 보관실을 털어야 한다는 생각 때문이었다. 밤에는 그 일이 불가능했다. 그것은 그 당시에는 간단한 마찰로 쉽게 불을 붙여 밝히는 것이 불가능했기 때문이다. 불을 밝히려면 부싯돌과 쇠붙이를 부딪혀 불을 붙여야 했는데, 그러면 바로 그 해적이 쇠사슬을 덜거덕거리는 것과 같은 커다란 소리를 내고 말았을 게 틀림없다.

내 침실의 자그만 창문 밖에서 거대한 벨벳 같은 어둠의 장막에 희미한 회색빛이 번지기 시작하자마자 나는 자리에서 일어나 아래층으로 내려갔다. 내려가는 층계의 계단마다, 계단에 난 갈라진 틈마다 "도둑 잡아라!" "조 부인, 일어나요!" 하고 내 뒤에서 소리 지르는 듯했다. 명절이어서인지 식품 보관실에는 음식이 보통 때보다 훨씬 풍성하게 비축되어 있었다. 하지만 거기서 나는 발꿈치를 위로 향한 채 거꾸로 매달려 있는 토끼 한 마리를 보고는 아주 소스라치게 놀라기도 했는데, 내 생각에 그 토끼는 분명 내가 등을 돌리고 반쯤 돌아서려는 찰나 한쪽 눈을 깜빡여 보이기까지 했다. 한 치의 시간 여유도 없었으므로 나는 음식을 확인할 틈도, 고를 여유도, 또 따로 뭘 할 여지도 없었다. 그저 닥치는 대로 빵 조금과, 껍질이 단단한 치즈 조금, 그리고 반 단지 분량의 민스미트*를 집어 들었으며 (이것들은 어젯밤 남겨 놓은 빵 조각과 함께 내 손수건에 싸서 묶었다.) 도기(陶器)로 만든 술병에 담긴 브랜디를 약간 (이것을 나는 스페인 감초수** 라고 불리는 그 취하는 음료를 만들기 위해 내 방에서 비밀리 사용하곤 하던 유리병에다 따른 뒤, 원래의 술병에는 부엌 찬장의 주전자에 들어 있는 액체를 부어 놓았다.) 훔쳤다. 그리고 고기가 거의 붙어 있지 않은 뼈다귀 하나와, 아주 맛있어 보이고 또 속이 꽉 찬 둥근 돼지고기 파이도 훔쳤다. 이 돼지고기 파이는 못 보고 그냥 나올 뻔한 것이었는데, 왠지 선반을 한 칸 딛고 올라가 구석의 뚜껑 덮인 질그릇 접시 안에 그토록 조심스럽게 담아 놓은 게 뭔가 한번 알아보고 싶은 마음이 생기는 바람에 결국 발견하게 된 것이다. 이 파이를 훔치면서 나는 그것이 금방 먹을 음식으로 만들어 놓은 것이 아니기를, 그래서 얼마 동안 없어진 게 드러나지 않기를 바랐다.

부엌에는 대장간과 통하는 문이 하나 있었다. 나는 문고리를 풀고 빗장을 빼 그 문을 열었다. 그러곤 조의 연장 중에서 줄칼 하나를 집어 들었다. 그런 다음 문고리와 빗장을 원래 있던 대로 다시 채우고, 어제 저녁에 집으로 달려왔을 때 열고 들어왔던 출입문을 다시 열고 나갔다. 다시 그 문을 닫고, 나는 곧장 안개 낀 습지를 향해 달려갔다.

---

* 다진 고기에 사과, 건포도, 기름, 향료 등을 섞은 것으로 민스파이를 만들 때 속으로 넣음.

** 감초가 들어간 가벼운 음료수로 사실 알코올 성분이 없어서 마셔도 취하지 않는데 어린 핍은 이것을 취하는 술이라고 과장해서 말하고 있음.

3장

서리가 하얗게 내린, 아주 축축한 아침이었다. 밤사이 습기가 내 방의 작은 창문 바깥 면에 내려 덮이는 것을 보았는데, 마치 어떤 도깨비가 밤새도록 거기에 앉아 울면서 그 창문을 손수건으로 사용한 것 같은 느낌이었다. 이제 그 습기는 앙상한 울타리 나뭇가지와 파리한 풀밭 위에 굵은 거미줄처럼 내리덮인 채 이 가지에서 저 가지로, 이 풀잎에서 저 풀잎으로 치렁치렁 늘어져 있었다. 울타리 목책과 출입문은 모두 습기에 젖어 끈적끈적했고 습지 특유의 안개가 너무나 짙게 끼어서 사람들에게 우리 마을의 방향을 알려주는 — 이 안내를 받은 사람은 아무도 없었는데, 그것은 이쪽 길로 오는 사람이 아무도 없기 때문이었다. — 손가락 모양의 길 안내판은 내가 그 아래에 아주 가까이 다가갈 때까지도 거의 보이지 않았다. 그리고 그 아래에 도착한 내가 올려다보았을 때, 물기가 뚝뚝 떨어지고 있는 그 기둥은 양심에 짓눌린 나에게, 마치 나를 감옥선으로 인도하는 유령처럼 느껴졌다.

습지로 빠져나왔을 때는 안개가 더욱더 짙어져 있었다. 그래서 내가 주변의 모든 사물을 향해 달려가는 것이 아니라 주변의 모든 사물이 나를 향해 달려오는 것 같았다. 죄의식에 사로잡혀 있는 사람에게 이것은 매우 불쾌한 일이었다. 들판의 출입문과 도랑과 강둑 들이 안갯속에서 내 앞으로 불쑥불쑥 튀어나와 "다른 사람의 돼지고기 파이를 훔쳐 가는 소년이다! 잡아라!" 하고 있는 힘껏 또렷하게 소리치는 것처럼 여겨졌다. 풀을 뜯는 소들도 똑같이 갑작스럽게 내 앞에 불쑥 나타났는데, 콧구멍으로 김을 뿜으면서 커다란 눈으로 빤히 쳐다보는 모습이 마치 "어이, 꼬마 도둑놈!" 하고 부르는 것 같았다. 그중에는 목에 장식용 넥타이 모양의 하얀 반점이 있는 검은 수소가 — 양심에 찔려 예민해진 나에게 그 모습은 어딘지 꼭 목사님 같은 인상을 주었다. — 한 마리 있었는데, 그 소는 아주 완고한 시선으로 나를 노려보았을 뿐만 아니라, 빙 둘러 돌아가려는 나를 따라 자신의 무뚝뚝한 머리를 함께 돌리면서 몹시 책망하는 듯한 태도로 나를 바라보았다. 나는 울먹이면서 "어쩔 수 없었어요, 아저씨! 내가 먹으려고 훔친 것이 아니에요!" 하고 소에게 말했다. 그러자 소는 머리를 수그리며 코에서 한 줄기 콧김을 뿜어 내더니, 양 뒷다리를 한 번 높이 내지른 다음 꼬리를 휙 한 차례 휘젓고는 사라졌다.

이러는 내내 나는 강 쪽을 향해 계속 나아가고 있었다. 하지만 아무리 빨리 달려도 내 발은 따뜻해지지 않았다. 내가 지금 만나러 가는 그 사람의 다리에 쇠고랑이 단단히 채워져 있는 것처럼, 차가운 습기가 내 발에 단단히 채워져 있는 듯했다. 나는 포병대 자리까지 곧장 가는 길을 꽤 잘 알고 있었는데, 어느 일요일 조와 함께 거기에 가 본 적이 있었기 때문이다. 그때 조는 낡은 대포에 앉아서 나에게 말하기를, 내가 정식으로 계약을 하고 그의 도제가 되면 둘이 이곳에 와서 아주 신나는 시간을 보낼 것이라고 했더랬다. 그러나 안갯속에서 헷갈리는 바람에, 나는 한참 후 오른쪽으로 너무 멀리 갔다는 것을 깨달았고, 그 결과 조수(潮水)의 경계를 표시하는 말뚝들과 진흙 너머 돌들이 띄엄띄엄 널려 있는 둑 위를 걸어 강변을 따라 되돌아와야 했다. 강변을 따라 이렇게 전속력으로 나아가다가, 포병 요새 터와 아주 가까운 거리에 있는 것으로 내가 알고 있는 도랑 하나를 막 건넜을 때였다. 도랑 건너편의 둔덕 위로 막 기어 올라간 순간, 바로 내 눈앞에 그 사람이 앉아 있는 게 보였다. 등을 내 쪽으로 돌리고 앉은 그는 팔짱을 낀 채 깊은 잠에 빠져 고개를 앞으로 꾸벅거리고 있었다.

나는 그가 자신의 아침밥을 들고 오는 나와 이렇게 뜻밖의 방식으로 마주치게 되면 한층 기뻐할 것으로 생각했다. 그래서 가만히 앞으로 나아가서 그의 어깨를 손으로 건드렸다. 그는 즉시 펄쩍 뛰며 일어섰는데, 아니, 그는 내가 만났던 그 사람이 아니라 다른 사람 아닌가!

그렇지만 이 사람 역시 거친 회색 옷을 입고 있었고 다리에 커다란 쇠고랑을 차고 있었으며, 다리를 절고 있는 데다가 목소리도 거칠었고, 또 추위에 떨고 있는 등 모든 점에서 내가 만났던 사람과 똑같았다. 다른 것이라곤 오직 얼굴 생김새와, 납작하고 챙이 넓은 푹 꺼진 펠트* 모자를 쓰고 있다는 사실뿐이었다. 이 모든 것을 내가 본 것은 아주 짧은 한순간이었는데, 그것은 그가 단지 한순간밖에 내 눈앞에 서 있지 않았기 때문이다. 그는 나에게 뭐라고 한마디 욕을 하면서 주먹을 한 번 휘두르더니 — 그것은 한 번 휘익 휘두른 약한 주먹질로, 나를 맞히지 못한 채 그 자신만 거의 나동그라질 뻔했다. — 다음 순간 안갯속으로 달려가 사라져 버리고 말았다. 가다가 두 번이나 곱드러지긴 했지만 말이다.

'바로 그 젊은 청년이구나!' 하고 그 사람을 알아본 순간 나는 심장이 갑자기 욱신거리며 아파 오는 것을 느꼈다. 감히 말하건대, 간이 어디 있는지 알고 있었다면 나는 간에서도 통증을 느꼈을 것이다.

그런 뒤, 나는 곧 포병대 자리에 도착했다. 그곳에는 만나기로 한 바로 그 사람이 — 그는 몸을 감싸 안은 채 절뚝거리면서 왔다 갔다 하고 있었는데, 마치 밤새도록 한 번도 쉬지 않고 그렇게 절뚝거리며 걷고 있었던 것처럼 보였다. — 나를 기다리고 있었다. 분명코, 그는 끔찍하게 추워하고 있었다. 그가 극심한 추위를 견디지 못해 내 앞에서 그대로 푹 고꾸라져 죽어 버리지 않을까 하는 생각이 들 정도였으니 말이다. 그의 두 눈 역시 너무나 끔찍하게 굶주려 보였다. 그래서 그가 나한테 줄칼을 건네받아 그것을 풀밭 위에 내려놓았을 때, 나는 문득 그가 만약 내가 들고 온 꾸러미를 보지 못했다면 그 줄칼이라도 먹어 치우려 했을 것이라는 생각이 들기도 했다. 그는 이번에는 내가 가지고 있는 것을 뺏기 위해 나를 거꾸로 뒤집지 않고 그냥 똑바로 서 있게끔 내버려 두었다. 그러는 동안 나는 가져온 꾸러미를 풀고

---

* 모직에 짐승의 털이나 모피 등을 섞은 것으로 흔히 중절모 같은 것을 만드는 데 쓰임.

호주머니에 있는 것을 꺼내 놓았다.

"병 속에 든 건 뭐냐, 꼬마야?" 그가 말했다.

"브랜디요." 나는 말했다.

그는 벌써 민스미트를 목구멍으로 — 뭘 먹고 있기보다는 오히려 뭘 어딘가에 매우 황급하게 숨겨 넣고 있는 사람에 더 가까운 아주 이상한 방식으로 — 밀어 넘기고 있는 중이었지만, 이를 잠시 멈추고는 브랜디를 약간 마셨다. 그러는 동안 그는 내내 몸을 덜덜 떨었는데, 너무나 격렬하게 떨어서 입에 넣은 브랜디 병의 주둥이를 이빨로 물어뜯지 않도록 겨우 붙잡고 있을 정도였다.

"오한이 드셨나 봐요." 내가 말했다.

"그래, 그런 것 같다, 꼬마야." 그가 말했다.

"이 근처는 공기가 나쁘답니다." 나는 그에게 말했다. "늪지에서 밤을 지새우셨나 본데, 여긴 정말로 오한이 들기 쉬운 곳이에요. 관절염에 걸리기도 쉽고요."

"오한으로 죽는다 해도 일단은 먼저 아침을 먹고 보겠다." 그가 말했다. "먹고 나서 즉시 저 너머에 있는, 저기 저 교수대에 목이 매달린다 하더라도 일단 먹고 보겠다. 그때까진 틀림없이 떨리는 걸 참아 내고 말 테니, 두고 봐라."

그는 민스미트와 고기 뼈다귀와 빵과 치즈와 돼지고기 파이를 한꺼번에 우겨 넣고는 게걸스럽게 먹어 댔다. 그러면서 안개 낀 주변을 불안스레 노려보며 살폈고, 또 자주 동작을 멈춘 채 — 심지어 씹는 것까지 멈췄다. — 귀를 기울여 소리를 들어 보곤 했다. 문득, 정말인지 상상인지 무슨 소리가, 강에서 뭔가 짤랑거리는 소리 같기도 하고 습지에서 어떤 짐승이 숨 쉬는 소리 같기도 한 무슨 소리가 들려오자 그는 깜짝 놀라더니 갑자기 나에게 물었다.

"너 이 녀석, 거짓말 치는 사기꾼은 아니겠지? 아무도 데리고 온 사람 없지?"

"네, 아저씨! 아무도 안 데려왔어요!"

"네 뒤를 따라오도록 신호를 보낸 사람도 없겠지?"

"네, 없어요!"

"그럼, 널 믿겠다." 그는 말했다. "네 나이에, 버러지처럼 불쌍한 인간을 뒤쫓는 일을 돕는다면 넌 그야말로 지독한 악질 사냥개 새끼라고밖에 할 수 없을 거다. 똥 더미에 처박혀 죽을 지경이 되도록, 버러지처럼 쫓기고 있는 이런 비참하고 불쌍한 인간을 저버린다면 말이다!"

그의 목구멍에서 뭔가 짤깍 하고 걸리는 듯한 소리가 났다. 마치 그의 몸 안에 시계 같은 기계장치가 있어서 막 시간을 알리는 종이라도 치려는 듯한 소리였다. 다음 순간 그는 거칠고 너덜너덜한 옷소매로 눈 위를 훔쳤다.

그의 비참한 처지를 동정하면서, 그리고 그가 점차 안정을 되찾아 파이를 먹는 것을 지켜보면서, 나는 용기를 내어 말했다. "파이를 맛있게 잡수시니 기쁘군요."

"뭐라고?"

"아저씨께서 파이를 맛있게 잡수시니 기쁘다고 말했어요."

"고맙다, 꼬마야. 그래, 맛있게 먹고 있다."

나는 우리 집 큰 개가 음식 먹는 것을 자주 지켜보곤 했더랬다. 그런데 그 개가 먹는 방식과 지금 이 사람이 먹는 방식 사이에는 금방 알아차릴 수 있을 만큼 아주 분명한 유사점이 있었다. 이 사람은 힘차고 날카롭고 갑작스럽게 음식을 물어뜯었는데, 영락없이 우리 집 개와 똑같았다. 매번 물어뜯을 때마다 그는 그것을 너무 빨리 그리고 너무 급하게 삼켰다. 아니 정확히 말하면 입에 넣자마자 그냥 꿀꺽 넘겨 버렸다. 그리고 먹는 동안 곁눈질로 이리저리 살펴보았는데, 마치 어디서든 누군가가 나타나 그 파이를 뺏어 갈까 봐 두려워하는 것 같았다. 내 생각에 그는 파이를 먹는 동안 마음이 너무나 불안해서 그 맛을 조금도 편안하게 즐기지 못했을뿐더러, 누구하고도 그것을 함께 나눠 먹지 못할 것으로 보였는데, 만약 누가 나타나기라도 하면 즉시 이빨로 콱 물어뜯고 말았을 게 분명했다. 이런 모든 특징 하나하나가 그는 참으로 우리 집 개와 똑같았다.

"그분이 먹을 것을 하나도 안 남기고 다 드시고 말 것 같군요." 나는 조심스럽게 말했다. 그 말을 해도 예의에 어긋나지 않을지에 대해 한동안 침묵하며 망설이고 난 뒤였다. "그걸 가져온 곳에선 이제 더 이상 가져올 수 없거든요." 내가 그렇게 넌지시 암시하며 말하지 않을 수 없었던 것은 바로 이 사실의 확실함 때문이었다.

"그분이 먹을 거라고? 누구 말이냐?" 내 친구는 파이 껍질을 우적우적 씹다가 멈추며 말했다.

"젊은 청년요. 아저씨께서 말씀하신, 아저씨와 함께 숨어 있는 그분 말이에요."

"아!" 그는 웃음 같은 소리를 거칠게 한 번 터뜨리면서 대답했다. "그 사람? 그래, 맞아! 그런데 그는 음식을 먹고 싶어 하지 않는단다."

"그분도 먹고 싶어 할 것처럼 보이던데요." 나는 말했다.

그는 먹던 것을 멈추더니, 크게 놀라는 동시에 아주 날카롭게 살피는 얼굴로 나를 주시했다.

"뭐, 보였다고? 언제 말이냐?"

"방금 전에요."

"어디서?"

"저쪽에서요." 나는 손으로 가리키며 말했다. "저기 저 너머에서 만났는데, 꾸벅거리면서 졸고 있었어요. 전 그분이 아저씨인 줄 알았지요."

그는 내 멱살을 와락 움켜잡더니 나를 빤히 노려보았다. 너무나 무섭게 노려보는 바람에 나는 그가 내 목을 잘라 버리겠다는 애초의 생각을 다시 떠올린 것이 아닌가 하고 두려워했다.

"제 말은요, 그러니까 말이에요, 아저씨처럼 옷을 입었는데, 모자를 쓰고 있었어요." 나는 벌벌 떨면서 설명했다. "그리고 저어……." 나는 아주 조심스럽게 표현하려고 굉장히 애를 썼다. "그리고…… 또…… 아저씨처럼 줄칼을 빌리고 싶어 할 이유가 있는 분이었어요. 어젯밤 대포 소리 못 들으셨어요?"

"그렇다면 대포 소리는 진짜로 들린 거였군!" 그는 혼잣소리로 말했다.

"그 소리를 확실하게 못 들으셨다니 놀랍군요." 나는 대답했다. "우리 집에서도 크게 들렸거든요. 우리 집은 더 멀리 떨어진 곳인 데다가 또 문까지 다 닫고 안에 있었는데."

"이놈아, 봐라!" 그는 말했다. "이런 습지대에서 사람이 자기 혼자, 어질어질한 머리에다 배 속까지 텅 빈 채 추위와 굶주림으로 죽어 가고 있는 지경이면, 밤새도록 모든 게 오직 대포 쏘는 소리하고 그를 수색하며 외쳐 대는 소리로밖에 들리지 않는 법이야. 소리뿐인 줄 알아? 보이는 것도 모두 마찬가지야. 모든 것이 횃불을 앞에 치켜든 채 빨간 군복을 내비치면서 나를 점점 에워싸며 다가오는 군인들로밖에 안 보이지. 내 번호를 부르는 소리, 꼼짝 말라고 외치는 소리, 소총이 절그럭거리는 소리, '집어 총! 겨누어 총! 자, 제군들, 놈이 꼼짝 못 하게 그대로 겨누고 있게!' 하고 명령하는 소리, 그러곤 마침내 붙잡히고 마는, 그런 소리와 광경들만 이어질 뿐인 거야. — 그러다가는 퍼뜩 모조리 사라져 버리곤 하면서 말이야! 아 정말, 어젯밤에 추격대를 본 것만 해도 — 염병할 놈들, 저벅저벅 걸으며 질서정연하게 다가오고 있었지. — 한 백 개 부대는 되었을 것이야. 게다가 대포 소리는 어떻고! 아 정말, 날이 훤히 샌 뒤까지도 안개가 대포 소리로 진동하는 것을 보았다고 믿을 정도였지. 한데 네가 보았다는 그 사람 말이다." 그때까지 내내 그는 내가 거기 있다는 사실을 잊은 듯이 말했더랬다. "혹시 그 사람한테서 뭐 눈에 띄는 점은 없었느냐?"

"얼굴에 심하게 일그러진 흉터가 있었어요." 나는 내가 알고 있는 줄도 모르고 있던 것을 문득 기억해 냈다.

"여기 아니었냐?" 손바닥으로 자신의 왼쪽 뺨을 사정없이 치면서 그가 외쳤다.

"네, 맞아요, 거기예요!"

"그놈이 지금 어디 있느냐?" 그는 얼마 안 남은 음식을 모두 회색 윗도리의 가슴팍에다 우겨 넣었다. "그놈이 간 곳을 가리켜 보거라. 내 그놈을 경찰견처럼 쫓아가 잡아내고 말 테다. 아, 이 망할 놈의 쇠고랑! 발목까지 다 까졌군! 꼬마야, 그 줄칼 좀 이리 다오."

나는 아까 그 다른 사람이 안개에 덮여 사라져 간 방향을 손으로 가리켜 보였다. 그는 한순간 그쪽을 쳐다보았다. 하지만 곧 무성하고 축축한 풀밭 위에 주저앉아 미친 사람처럼 줄칼로 쇠고랑을 갈아 대기 시작했는데, 내 존재는 물론이고 자신의 다리조차도 신경을 쓰지 않았다. 이미 쇠고랑에 살이 쓸려 나가 피투성이가 되어 있는 다리였건만, 그는 그 다리가 줄칼이나 마찬가지로 아무 감각이 없는 것처럼 거칠게 함부로 다루었다. 그가 이렇게 마구 덤비며 격렬하게 흥분하는 것을 본 나는 또다시 그가 몹시 무서워졌다. 게다가 이렇게 오래 집 밖에 나와 있는 것 또한 몹시 걱정이 되는 상황이었다. 나는 그에게 그만 가 봐야겠다고 말했다. 하지만 그는 알아듣지 못했다. 그래서 나는 내가 할 수 있는 최선의 방책은 그냥 슬그머니 도망치는 것이라고 생각했다. 내가 마지막으로 그를 돌아보았을 때, 그는 고개를 무릎 위로 수그린 채 줄로 열심히 족쇄를 갈아 대면서, 조급한 듯이 족쇄와 다리를 향해 투덜투덜 욕설을 퍼붓고 있었다. 그리고 내가 안갯속에서 걸음을 잠깐 멈추고 귀를 기울여 마지막으로 그의 소리를 들었을 때, 줄질 하는 소리는 여전히 계속되고 있었다.

4장

나는 경찰이 우리 집 부엌에 와서 나를 체포해 가려고 기다리고 있을 줄로 완전히 믿고 있었다. 하지만 부엌에는 경찰이 없었을 뿐만 아니라 내가 물건을 훔쳤다는 사실조차 아직 발각되지 않은 상태였다. 조 부인은 그날 있을 잔치를 위해 집 안을 청소하고 준비하느라 정신없이 바빴다. 조는 부엌 입구의 계단에 나와 있었는데, 청소할 때 쓰레받기에 걸려들지 않도록 누나가 쫓아낸 것이었다. 누나가 집 안 바닥을 정력적으로 쓸고 치우고 할 때마다 그 쓰레받기에 조만간 걸려드는 것이 언제나 그의 정해진 운명이었다.

"너는 또 도대체 어딜 갔다 오는 거냐?" 무거운 양심을 끌고 내가 나타났을 때 조 부인이 던진 크리스마스 인사였다.

나는 크리스마스 캐럴을 들으러 갔었다고 말했다. "흥! 다행이군!" 조 부인이 말했다. "그보다 더 못된 짓을 할 수도 있었을 텐데 말이야." 사실은 정말 그랬지요 하고 나는 속으로 생각했다.

"내가 대장장이의 아내가 아니라면, 그리고 (결국은 똑같은 얘기지만) 앞치마를 결코 벗지 못하는 노예가 아니라면, 나 역시 캐럴을 들으러 갔을 거야." 조 부인이 말했다. "나는 사실, 캐럴을 매우 좋아하는 편이지. 내가 캐럴을 아예 듣지 않는 가장 큰 이유가 바로 그 때문이기도 하지."

쓰레받기가 우리 눈앞에서 사라졌을 때 용기를 내어 내 뒤를 따라 부엌으로 들어와 있던 조는 그 순간 조 부인이 그를 쏘아보자 비위라도 맞추려는 듯이 손등으로 코를 훔쳐 보였다. 그러곤 그녀가 시선을 거두어 다른 데를 보자, 그는 몰래 자신의 두 집게손가락을 열십자로 교차시킨 다음 그것을 나에게 보여 주었다. 그것은 조 부인이 화가 났음을 알리는 우리 둘 사이의 비밀 표시였다. 그런데 조 부인이 화내는 것은 너무나 일상적인 일이었기 때문에 조와 나는 자주, 몇 주일씩 연속해서 우리의 두 집게손가락을 열십자로 교차시킨 채 지내곤 했다. 마치 십자군 기사 조각상의 두 다리처럼 말이다.*

그날 우리는 양념에 절인 돼지고기와 야채, 그리고 속을 꽉 채운 닭고기 구이 등으로 이루어진 아주 훌륭한 오찬을 들 예정이었다. 근사한 민스파이가 어제 아침 미리 만들어져 (민스미트가 없어진 걸 아직 모르는 것은 바로 이 때문이었다.) 준비되어 있었고, 푸딩도 벌써 끓고 있는 중이었다. 이런 여러 가지 것을 준비하느라 우리는 아침 식사를 약식으로 줄여 간단히 해치우지 않으면 안 되었다. 조 부인은 말했다. "왜냐하면, 할 일이 태산같이 눈앞에 있는데 격식대로 다 차려서 배불리 먹고 마시고 설거

---

* 십자군 전쟁에 참가했던 기사의 석관(石棺) 위에 있는 기사 조각상은 흔히 두 다리를 십자로 꼬고 있다는 속설에서 나온 표현임.

지를 할 여유가 어디 있겠어. 정말이지, 그럴 순 없지!"

그리하여 우리는, 자기 집에서 식사를 하는 한 사람의 어른과 아이가 아니라 강행군에 나선 이천 명의 군인인 것처럼 빵 조각을 아무렇게나 배급받았으며, 우유와 물을 조리대 위에 놓인 주전자에서 직접 따라 사죄하는 듯한 표정으로 후다닥 들이켰다. 그러는 동안 조 부인은 벽에다 깨끗한 하얀 커튼을 쳤고, 넓은 벽난로 위에 가로로 쳐 놓은 낡은 꽃무늬 주름 장식을 새것으로 바꿔 달았으며, 복도 건너편의 자그마한 손님맞이용 거실에 덮어 놓았던 종이를 모두 걷어 냈다. 다른 때에는 덮은 종이를 결코 걷어 내는 법이 없는 이 방은 1년 내내 은색 종이에 안개처럼 서늘하게 덮여 있었는데, 심지어 벽난로 선반 위의 사기로 만든 네 마리의 푸들 강아지까지 이 종이에 모두 덮여 있었다. 이 강아지들은 검정 코에 입에는 꽃바구니를 물고 각기 서로 짝을 이루고 있었다. 조 부인은 매우 청결한 주부였다. 하지만 그녀에게는 자신의 청결함을 더러운 먼지보다 오히려 더 불편하고 거부감을 낳는 것으로 만드는 아주 묘한 기술이 있었다. 청결은 경건한 신앙심에 버금가는 것이라고 하는데, 그래서인지 개중에는 자신의 종교적 신앙심으로 조 부인과 똑같은 행동을 하는 사람들이 있다.

누나는 할 일이 아주 많았으므로 그날 교회의 예배는 대리로 드릴 예정이었다. 다시 말해 조와 나만 교회에 갈 예정이었다. 작업복을 입고 있으면 조는 건장하고 늠름한 대장장이로 보였다. 하지만 일요일에 입는 외출복을 걸치면 그는 영락없이 허수아비가 비단 옷을 차려입은 것 같은 꼴이 되었다. 어떤 옷을 일요일에 입든지 그에게는 전혀 어울리지 않았으며, 마치 남의 옷을 빌려다 입은 것처럼 보일 뿐이었다. 그리고 어떤 것을 입든지 그의 살갗은 옷에 쓸려 상처가 나곤 했다. 성탄 축하 예배가 있는 그 날도 그는, 교회 종소리가 즐겁게 울리기 시작할 때 참회(慙悔) 복 같은 일요일의 정장을 빈틈없이 차려입고서 그야말로 가련한 몰골로 방에서 나타났다. 한편 내 모습으로 말하자면, 내 생각에 누나는 내가 태어나자마자 출산 담당 경찰에게 체포된 뒤 그녀의 손에 넘겨진 소년 범죄자라는, 그래서 법의 위엄을 유린한 죄과에 합당하게 취급받아야 하는 그런 존재라는 막연한 인식에 사로잡혀 있는 게 틀림없었다. 나는 언제나 마치 내가 이성과 신앙과 도덕이 명령하는 것을 거역한 채, 그리고 가장 가까운 친구들이 강력히 만류하는데도 불구하고, 세상에 태어나기를 고집한 죄인인 것처럼 누나에게 취급당했다. 그녀는 심지어 새 옷을 한 벌 맞춰 주러 나를 데리고 갔을 때조차도 양복점 주인에게 옷을 일종의 소년원 제복처럼 지으라고, 그래서 내가 손발을 절대로 자유로이 움직일 수 없도록 하라고 주문을 하곤 했다.

그러므로 그날 조와 내가 교회에 가는 모습은 동정심 많은 사람에게는 실로 가슴 찡한 광경이었을 게 틀림없다. 하지만 내가 겉모습 때문에 당한 고통은 마음속으로 겪는 고통에 비하면 아무것도 아니었다. 조 부인이 식품 보관실 가까이 다가가거나 부엌 밖으로 나갈 때마다 나를 엄습하던 공포는 정말로 끔찍하여 오직 내 손이 저지른 행위를 반성하면서 마음속으로 느낀 양심의 극심한 가책만이 그것에 비견될 수 있었다. 악행에 대한 비밀의 무게에 짓눌린 나는 교회에서 만약 내가 그 비밀을 고백한다면 과연 교회가 나를 그 무서운 청년의 복수로부터 보호해 줄 만큼 충분한 힘을 발휘할 것인지 깊이 생각해 보았다. 내가 판단하기에, 결혼을 예고하는 순서*가 되어 목사님이 "그걸 지금 선언하시오!" 하고 말할 때가 바로 내가 일어나서 부속실에서의 사적인 면담을 요청하기에 가장 적당한 순간일 것 같았다. 그날이 성탄절이었기에 망정이지 만약 여느 일요일이었다면, 나는 이런 극단적인 행동을 취해 얼마 안 되는 우리 교회의 신도들을 경악에 빠뜨리고 말았을 게 거의 확실하다.

교회 서기인 웝슬 씨가 우리와 오찬을 같이 할 예정이었으며, 마차 수리공인 허블 씨와 그의 부인, 그리고 우리 집에서 제일 가까운 읍내의 부유한 곡물상으로 자기 소유의 이륜마차를 몰고 다니는 펌블추크 삼촌(원래 조의 삼촌인데 조 부인이 자신의 삼촌으로 삼아 버렸다.)도 올 예정이었다. 오찬 시간은 1시 30분이었다. 조와 내가 교회에서 돌아왔을 때 식탁에는 식탁보가 깔려 있었고 조 부인은 옷을 차려입고 있었으며 음식은 대기 중이었다. 현관문도 손님이 들어올 수 있도록 문고리를 풀어 놓았으며 (다른 때는 결코 이 문을 사용하지 않았다.) 모든 것이 아주 훌륭하게 준비되어 있었다. 그리고 도둑맞았다는 소리는 아직 한마디도 없었다.

시간이 되자 손님들이 왔다. 내 불안한 마음은 조금도 나아지지 않았다. 웝슬 씨는 로마인 같은 매부리코에다 넓은 대머리 이마가 반짝반짝 빛나는 사람으로 저음의 굵은 목소리를 지녔는데, 그는 이 목소리를 특별히 자랑스럽게 여겼다. 실제로 그를 아는 사람들 사이에서는 맡겨 주기만 한다면 그가 성경이나 기도문을 목사보다 훨씬 잘 읽어 목사를 무색하게 만들 것이라

---

* 영국 국교에서 결혼식이 있기 3주 전부터 일요일 예배 때마다 목사가 두 당사자의 결혼을 예고한 뒤 그 결혼에 이의가 있는 사람이 있으면 '그걸 선언하라.'라고 요청하는 절차.

는 인식이 퍼져 있었다. 그 자신도 고백하기를, 만약 교회의 문이 "활짝 개방된다면", 즉 누구든지 경쟁하여 성직자가 될 수 있다면 그가 교회에서 명성을 날릴 가능성이 적지 않다고 했다. 하지만 교회의 문이 '활짝 개방되지' 않은 관계로, 그는 아쉽게도, 내가 말한 대로 아직 우리 교회의 서기로 머물러 있었다. 그러나 그 대신 그는 "아멘" 소리를 엄청나게 크게 외쳐 댔으며, 시편을 낭독할 때마다 — 항상 한 절(節) 전체를 낭독했는데 — 먼저 신도 전부를 한 번 빙 둘러보면서 마치 "여러분은 방금 설교단 위의 저 친구가 읽는 걸 들었습니다. 자 그럼, 내가 읽는 방식을 한번 들어 보고 고견을 주기 바랍니다!" 하고 말하는 듯한 표정을 짓곤 했다.

나는 손님들에게 현관문을 — 그 문을 사용하는 것이 우리의 습관인 체하면서 — 열어 주었는데, 맨 먼저 웝슬 씨에게 열어 주었고, 이어 허블 씨 부부, 그리고 마지막으로 펌블추크 삼촌에게 문을 열어 주었다. 그런데 주목할 것 한 가지! 나 자신은 펌블추크 삼촌을 삼촌이라고 부르는 게 금지되었으며, 이를 위반할 시 아주 엄한 처벌을 받았다.

"조 부인." 펌블추크 삼촌이 말했다. 몸집이 크고 가쁜 숨을 쉬며 동작이 둔한 중년 사내인 펌블추크는 입이 붕어처럼 생겼고 멍하니 노려보는 듯한 시선에다 모랫빛 머리카락이 머리에 빳빳이 곤두서 있어서 마치 숨이 막혀 거의 죽을 뻔했다가 그 순간 막 제정신으로 돌아온 사람처럼 보였다. "성탄절 인사로 이걸 가져왔어요. 셰리주* 한 병을 가져왔지요, 부인. 그리고 포트

* 스페인산 백포도주.

와인*도 한 병 가져왔답니다, 부인."

매년 성탄절마다 그는 심오하고 진귀한 존재인 양 모습을 드러냈는데, 늘 똑같은 말을 던지면서 술 병 두 개를 아령처럼 들고 나타나는 것이었다. 그러면 매년 성탄절마다 조 부인은 "어머나, 퍼-엄블-추크 사-암촌! 정말 친절도 하셔라!" 하고 대답하곤 했는데 오늘 역시 그렇게 똑같은 말로 대답했다. 그러면 매년 성탄절마다 그는 "다 부인의 공덕 덕분이지요. 모두 안녕들 하겠지요. 팔푼이 녀석은 좀 어떤가요?"라고 대꾸하는 것이었고, 오늘 역시 그렇게 똑같은 말로 대꾸했다. 그런데 팔푼이 녀석이란 나를 지칭하는 말이었다.

이런 날 우리는 오찬을 부엌에서 들고, 이어 거실로 자리를 옮겨 호두와 오렌지, 그리고 사과 등을 먹었다. 거실은 조가 작업복에서 일요일 정장으로 옷을 바꿔 입은 것과 아주 흡사하게 완전히 바뀌어 있었다. 누나는 이날 유달리 활기에 넘쳤는데, 사실 허블 부인이 와 있으면 다른 손님이 있을 때보다 대체로 더 상냥한 편이었다. 내 기억에 허블 부인은 곱슬머리에다 날카롭게 생긴 자그마한 사람으로, 하늘색 옷을 입고 있었으며, 상투적으로 어린 소녀 같은 태도를 취하곤 했는데, 그것은 허블 씨와 결혼했을 때 — 얼마나 오래전인지는 모르겠지만 — 나이가 그보다 훨씬 어렸다는 데에서 기인했다. 내 기억에 허블 씨는 어깨가 높고 등이 구부정한 억센 노인으로 톱밥 냄새를 풍겼으며, 양다리가 놀라울 정도로 넓게 벌어져 있었다. 그래서 키가 작았던 어린 시절에 나는 길을 걸어오는 그와 마주칠 때

---

* 포르투갈산 적포도주.

면 항상 그의 양다리 사이로 수 킬로미터나 되는 들판을 바라볼 수 있었다.

이렇게 훌륭하신 손님들 사이에 끼어 있는 것은 그날 식품 보관실을 털지 않았다 하더라도 나에게는 불편한 일이었을 것이다. 그것은 손님들 사이에 간신히 끼어 식탁보가 날카롭게 접힌 모서리 앞에 앉아, 식탁이 가슴까지 올라온 채 펌블추크 삼촌의 그 유별난 팔꿈치에 계속 눈을 찔리면서 있어야 했기 때문만은 아니었다. 또 내가 말하는 것을 그들이 허락하지 않았기 때문도 아니었다.(사실 난 말하고 싶지도 않았다.) 그리고 내가 껍질이 그대로 붙어 있는 닭다리 맨 끝부분과 좀 수상한 부위의 돼지고기, 즉 돼지가 살아 있을 때 제일로 자랑스러워하지 않았을 부위의 고기로 융숭한 대접을 받았기 때문도 아니었다. 그렇다. 나는 그런 것들에 조금도 개의하지 않았을 것이다. 그들이 나를 가만히 내버려 두기만 했더라면 말이다. 그러나 그들은 나를 가만히 내버려 두려고 하지 않았다. 그들은 이따금씩 대화의 칼끝을 나에게로 돌려서 그 끝으로 나를 찔러 대지 않으면 무슨 좋은 기회라도 놓친 것처럼 생각하는 듯했다. 나는 스페인 투우장의 불행한 꼬마 수소나 다름없이, 도덕적인 말로 찔러 대는 그들의 쓰라린 칼날의 애무를 온몸에 받아야 했다.

이 학대는 오찬을 들기 위해 자리에 앉는 순간부터 시작되었다. 웝슬 씨가 극적인 열변조로 — 지금 생각해 보면 『햄릿』과 『리처드 3세』에 나오는 유령들*의 목소리를 종교적으로 교배한 것 같은 어조로 — 식사 기도를 했는데, 우리가 진정으로 감사

* 둘 다 셰익스피어의 희곡 작품으로, 『햄릿』 1막에 나오는 죽은 왕의 유령과 『리처드 3세』 5막 3장에 나오는, 리처드 3세가 죽인 사람들의 유령을 의미함.

하는 마음이 되기를 간절히 바란다는 아주 합당한 기원으로 기도를 마쳤다. 그러자 누나는 즉시 나를 째려보면서 낮은 목소리로 꾸짖듯이 말하는 것이었다. "잘 들었지, 너? 감사하는 마음을 가져야 돼."

"꼬마야." 펌블추크 씨가 말했다. "특히, 널 손수 길러 준 분들께 감사해야 하느니라."

허블 부인은 고개를 가로젓더니, 내 인생이 좋지 못한 결과로 끝날 거라는 슬픈 예감이라도 든 듯이 나를 물끄러미 바라보며 물었다. "어린애들이 도무지 감사할 줄 모르는 것은 대체 뭣 때문일까요?" 불가사의한 이 도덕적 문제는 한동안 손님들한테 너무 어려운 것처럼 보였는데, 마침내 허블 씨가 "턴성적으로 아카기 때무니지."*라고 짤막하게 말함으로써 문제를 해결했다. 그러자 모두들 "맞아요!" 하고 중얼거리더니, 특별히 더 불쾌하고 사적인 감정을 담은 태도로 나를 바라보았다.

조의 지위와 영향력은 아무도 없을 때보다 누군가 손님이 있을 때 더욱 미약한 것(물론 더 이상 미약해질 수 있다면 하는 말인데)이 되었다. 그러나 그는 항상 어떻게든 자기 나름의 방법으로 가능한 한 나를 돕고 위로해 주고자 했는데, 가령 오찬 때에 고기 국물이 있을 경우 항상 그걸 나한테 덜어 주는 것으로써 그런 표시를 했다. 마침 오늘은 고기 국물이 많이 있었으므로 조는 그 순간 약 반 파인트는 될 만큼 많은 양의 국물을 내 접시에다 떠서 부어 주었다.

오찬이 조금 더 진행되었을 때, 웝슬 씨가 그날의 설교를 돌

* '천성적으로 악하기 때문이지.'라는 말을 부정확한 발음으로 한 것을 나타내는 표기임.

이켜 보며 혹평을 좀 가하더니 — 여느 때와 같이 교회가 "활짝 개방된다면"이라는 가정하에서 — 자기라면 어떤 종류의 설교를 우리들에게 해 줄 것인가 하는 내용의 말을 넌지시 늘어놓았다. 그는 자신이 할 설교의 몇 가지 주요 항목을 그 자리에 있는 사람들에게 들려주는 호의를 베푼 뒤, 그날의 설교 주제는 잘못 선택된 것이라는 게 자신의 생각이라고 말했다. 그러곤 덧붙이기를, 아주 많은 주제가 도처에 "널려 있는" 상황에서 그런 잘못은 더욱 변명하기 힘든 것이라고 했다.

"역시 맞는 말이오." 펌블추크 삼촌이 말했다. "정말 똑바로 말했소, 웝슬 씨! 주제는 풍성하게 널려 있소. 그걸 찾아내는 방법을 알고 있는 사람에게는 말이오. 필요한 건 바로 그거요. 요령을 터득하고 있기만 하면 주제를 찾아 멀리 헤맬 필요가 없는 법이오." 펌블추크 삼촌은 말하고 나서 잠시 생각의 뜸을 들이더니 이렇게 덧붙였다. "이 돼지고기만 봐도 알 수 있소. 보시오, 주제가 바로 여기 있소! 주제가 필요하다면 바로 이 돼지고기를 보면 될 것이오!"

"맞습니다, 선생. 바로 이 돼지고기라는 대상으로부터 우리는……." 웝슬 씨가 대답했다. 그의 다음 말이 이어지기 전에 나는 이미 그가 나를 끌어들이려 한다는 것을 알아챘다. "어린아이들을 위한 수많은 교훈을 끌어 낼 수 있지요."

("이 녀석아, 잘 들어 둬." 누나가 대화의 틈을 타 엄한 목소리로 나에게 말했다.)

조는 나에게 고기 국물을 좀 더 부어 주었다.

"돼지는……." 마치 내 이름을 언급하고 있는 것처럼 웝슬 씨는 자신의 포크로 나의 빨개진 얼굴을 가리키면서, 그의 가장 굵은 저음의 목소리로 말을 이었다. "돼지는 바로 탕자의 벗이지요.* 탐욕스러운 돼지가 어린아이들에게 보여 줄 좋은 본보기로 바로 우리 눈앞에 놓여 있군요. (조금 전까지만 해도 돼지고기가 아주 살도 많고 연하다고 칭찬하면서 먹어 대던 그가 이런 말을 하다니 참 가관이라는 생각이 들었다.) 돼지의 혐오스러운 점이 소년에게 나타날 때는 더욱 혐오스럽게 보이지요."

"소녀의 경우도 그렇지." 허블 씨가 보충이라도 하듯 말했다.

"물론 소녀의 경우도 그렇지요, 허블 씨." 웝슬 씨는 다소 신경질적으로 맞장구를 쳤다. "하지만 지금 이 자리에 소녀는 없지요."

"게다가 말이다." 펌블추크 씨가 갑자기 나를 돌아보면서 말했다. "네가 감사해야 할 것이 무엇인지 한번 생각해 보거라. 만약 네가 꽥꽥거리는 돼지 새끼로 태어났더라면……."

"아이가 꽥꽥거리는 돼지 새끼일 수 있다면, 정말이지 이 녀석이야말로 그랬지요." 누나가 몹시 강조하면서 말했다.

조는 나에게 국물을 좀 더 부어 주었다.

"글쎄, 하지만 내 말은, 이 녀석이 정말로 네 발 달린 돼지 새끼로 태어났더라면, 하는 것이오." 펌블추크 씨가 말했다. "만약 네가 그렇게 태어났다면, 네가 과연 지금 이 자리에 있을 수 있겠니? 넌 결코……."

"저런 꼴이 아니고는……." 돼지고기가 담긴 접시를 향해 고개를 끄덕여 보이면서 웝슬 씨가 말했다.

"하지만 '저런 꼴'이라는 말을 하려는 게 아니었소, 웝슬 선

---

* 『신약성서』, 「누가복음」 15장 11~32절 참고.

생." 말이 끊기는 것을 싫어하는 펌블추크 씨가 대꾸했다. "내가 하려던 말은, 이 녀석은 결코 이렇게 어른들이나 윗사람들과 함께 즐거운 시간을 누리거나 그들의 대화를 통해 자신을 향상시키는 등, 온갖 호사를 누리며 편히 뒹구는 존재가 될 수 없었을 것이라는 말이었소. 이 녀석이 어찌 그럴 수 있었겠소? 절대로, 그러지 못 했을 거요. 그렇다면 과연 너의 운명은 어떤 것이었을까?" 나를 다시 돌아보며 펌블추크 씨는 말을 계속했다. "너는 주인에 의해, 시장의 물가에 따라 정해진 값을 받고 처분되었을 것이다. 그러면 백정 던스터블이 짚더미 사이에 누워 있는 너에게로 다가왔을 테고, 그는 곧장 왼팔로 너를 움켜잡아 겨드랑이 밑에 끼고 오른팔로는 작업복을 걷어 올려 안쪽 조끼 호주머니에서 주머니칼을 꺼냈을 거야. 그러고는 네 목을 따서 피를 쏟으며 숨통이 끊어지게 했을 테지. 그렇다면 손수 길러 준다든가 하는 것은 전혀 있을 수 없는 일이지. 아무렴, 어림도 없지!"

조는 나에게 국물을 좀 더 주려고 했는데, 나는 받기가 두려웠다.

"이 녀석은 정말 당신에게 끝없는 고생 단지였지요, 부인." 허블 부인이 누나를 동정하며 말했다.

"고생 단지라고요?" 누나는 되풀이해 말했다. "고생 단지라고요?" 그러더니 그녀는 내가 걸렸던 모든 질병을 비롯하여 나 때문에 잠 못 잤던 모든 일들, 내가 굴러떨어진 그 모든 높은 장소들, 또 내가 떨어져 처박힌 그 모든 낮은 장소들, 내가 잘못해서 입은 모든 상처들, 그리고 좀 죽어 없어졌으면 하고 바랐건만 내가 완고하게도 그러길 거부했던 모든 경우들 등등, 그 모든 끔찍한 고생 목록을 줄줄이 늘어놓기 시작했다.

나는 로마인들이 자신들의 매부리코로 서로를 몹시 화나게 했음에 틀림없다고 생각한다. 아마도, 그들이 그렇게 가만히 있지 못하고 침략적인 민족이 된 것은 그 때문일 것이다. 어쨌든 웝슬 씨의 그 매부리코는, 누나가 내 몹쓸 행동을 죽 열거하고 있는 동안, 정말이지 나를 너무나 화나게 했다. 나는 그 코를 힘껏 잡아당겨 그를 울부짖게 만들고 싶었다. 그러나 이제까지 내가 참고 견뎌 온 그 모든 것은 잠시 후 나를 사로잡은 그 끔찍한 공포에 비하면 아무것도 아니었다. 누나가 열거하기를 끝내자 잠깐 침묵이 흐르면서 손님들은 모두 분노와 혐오에 찬 시선으로 나를 바라보았는데 (나는 이것을 고통스럽게 의식하고 있었다.) 이 침묵은 다음과 같이 깨졌다.

"하지만……." 펌블추크 씨가 모두의 주의를 원래의 화제로 점잖게 되돌리면서 말했다. "돼지고기는 삶은 것으로 말하자면 영양분이 풍부한 음식이기도 하지요, 안 그렇습니까?"

"브랜디를 좀 드시겠어요, 삼촌?" 누나가 말했다.

오 맙소사, 드디어 올 것이 왔구나! 펌블추크 씨는 브랜디가 묽다는 걸 알아차릴 것이고, 그럼 분명히 그렇게 말할 테고, 그럼 난 끝장인 것이다! 나는 식탁보 밑의 식탁 다리를 두 손으로 꽉 움켜쥐고 운명의 순간을 기다렸다.

누나는 도기로 만든 그 술병을 가지러 갔다. 그러곤 곧 그 술병을 들고 돌아와서 펌블추크 씨에게 브랜디를 따라 주었다. 다른 사람은 아직 아무도 받지 못했다. 그 가증스러운 인간은 술잔을 잡고 만지작거리면서, 그러다가 그걸 들어 올려 불빛에 비춰 보고는 다시 내려놓곤 하면서, 내 고통을 오래 끌었다. 그러는 동안 조 부인과 조는 파이와 푸딩 먹을 준비를 하기 위해 식탁을 부지런히 치웠다.

나는 펌블추크 씨한테서 눈을 뗄 수 없었다. 식탁 다리를 두 손과 두 발로 여전히 꽉 움켜잡은 채 나는 그 가련한 인간이 술잔을 손가락으로 가지고 노는 것을 바라보았다. 마침내 그는 잔을 들어 올리더니, 미소를 짓고는 고개를 뒤로 젖히면서 브랜디를 쭉 들이켰다. 바로 다음 순간 모든 사람은 즉시 형언할 수 없는 경악에 사로잡히고 말았다. 펌블추크 씨가 갑자기 벌떡 일어나서는, 발작이라도 하듯 백일해 기침을 무섭게 터뜨리면서 몇 바퀴 빙글빙글 춤을 추며 돌더니, 문을 향해 달려 나갔기 때문이다. 그는 곧이어 창문 밖으로 모습을 보였는데, 격렬하게 펄쩍 펄쩍 날뛰면서 뭔가 뱉어 내려고 연신 기침을 해 대는 동시에, 말할 수 없이 끔찍하게 일그러진 얼굴을 하고 있는 꼴이 정말 제정신이 아닌 듯했다.

나는 계속 식탁을 꽉 붙들고 있었고, 조 부인과 조는 펌블추크한테로 달려 나갔다. 어떻게 된 영문인지 몰랐지만, 아무튼 내가 뭔가 잘못해서 그를 살해하게 된 것이 틀림없다고 생각했다. 하지만 이렇게 무서운 생각에 떨고 있을 때, 다행히도 그가 부축을 받으며 돌아와서 좀 안심이 되었다. 그는 마치 다른 사람들이 자기 말에 반대라도 했던 것처럼 사람들을 한 번 휘둘러보더니, 의자에 풀썩 주저앉으면서 헐떡이는 목소리로 한마디를 힘주어 토해 냈다. "타르였다니까!"

내가 술병을 채워 놓기 위해 주전자에서 따라 부은 것은 바로 타르 용액이었던 것이다. 나는 그의 상태가 잠시 후 더욱 악화될 것이라고 생각했다. 식탁보 밑으로 보이지 않게 움켜잡고 있는 내 손의 힘 때문에 식탁이 마치 요즘 시대의 영매(靈媒)에 의해 움직이듯이 저절로 움직였다.

"타르라고요!" 누나가 놀라서 외쳤다. "아니, 어떻게 타르가 그 속에 들어가 있지?"

그러나 우리 부엌에서 전지전능한 존재였던 펌블추크 삼촌은 더 이상 그 단어를 듣고 싶어 하지 않았으며, 그 문제에 대해서 아무 말도 들으려 하지 않았다. 그는 그저 위압적인 손짓으로 모든 것을 물리치고는 물을 탄 뜨거운 진 한 잔을 갖다 달라고 요청했다. 놀라울 정도로 깊은 생각에 막 잠기기 시작했던 누나는 하는 수 없이 분주히 움직여, 진과 뜨거운 물과 설탕과 레몬 껍질을 준비한 다음 그것들을 섞었다. 나는 적어도 당분간 화를 면한 셈이었다. 여전히 식탁 다리를 꼭 붙들고 있었지만, 이제는 열정적인 감사의 심정으로 움켜쥐고 있었다.

나는 조금씩 안정을 찾아, 마침내 식탁을 잡던 손을 풀고 푸딩 먹기에 동참할 수 있었다. 펌블추크 씨도 함께 푸딩을 먹었다. 모두 함께 푸딩을 먹었다. 이윽고 푸딩 먹는 순서가 종료되었고, 펌블추크 씨는 마신 진의 영향으로 안색이 기분 좋게 빛나기 시작했다. 그래서 나는 그날을 무사히 넘기는구나 하고 막 생각했는데, 바로 그 순간 누나가 조에게 "깨끗한 접시들을 준비해요. 찬 것들로요." 하고 말했다.

나는 즉시 식탁 다리를 다시 꽉 움켜잡았다. 그러곤 마치 내 절친한 골목 친구이자 영혼의 동지라도 되는 것처럼 그것을 내 가슴에 바싹 대고 눌렀다. 나는 누나가 뭘 하려는 것인지 알아차렸고, 이번에는 정말로 꼼짝없이 잡히는구나 하고 느꼈다.

"꼭들 맛보셔야만 해요." 누나는 손님들에게 더할 수 없이 상냥한 태도를 한껏 지어 보이며 말했다. "마지막으로, 꼭들 맛보셔야만 해요, 펌블추크 삼촌의 정말 훌륭하고 맛있는 선물을 말이에요!"

꼭 맛보아야만 한다고! 기대하지 않는 게 좋을걸!

"알고 계시겠지만……." 자리에서 일어나면서 누나는 말했다. "바로 파이랍니다. 맛좋은 돼지고기 파이 말이에요."

손님들은 뭐라고 찬사의 말을 각기 중얼거렸다. 펌블추크 삼촌은 자신이 동료 인간들에게서 찬사를 받을 자격이 있다는 것을 의식하고 있었던 듯이 — 모든 것을 고려할 때, 아주 쾌활하게 — 말했다. "자, 조 부인, 우리 모두 최선의 노력을 다할 테니, 어서 그 훌륭한 파이를 한 조각 먹어 봅시다."

누나는 파이를 가지러 나갔다. 식품 보관실로 다가가는 누나의 발소리가 들려 왔다. 나는 펌블추크 씨가 칼을 똑바로 고쳐 쥐는 것을 보았다. 웝슬 씨의 매부리코 콧구멍에 식욕이 다시 되살아나는 것도 보았다. 나는 또 허블 씨가 "맛있는 돼지고기 파이 한 조각보다 조은 것은 이 세상에서 아무 거또 업슬 거야. 그러니 먹어도 괜차늘 거야." 하고 말하는 소리를 들었다. 그리고 조가 "핍, 너도 좀 맛볼 수 있을 거야." 하고 말하는 소리도 들었다. 공포를 이기지 못한 나는 날카로운 비명을 지르고 말았다. 하지만 그게 마음속으로만 지른 것이었는지 아니면 손님들이 신체적으로도 들을 수 있는 것이었는지는 아직까지도 확신이 서지 않는다. 어쨌든 나는 더 이상 견딜 수 없다고, 그리하여 도망치지 않으면 안 되겠다고 느꼈다. 나는 식탁 다리를 놓았다. 그러곤 죽을힘을 다해 박차고 달려 나갔다.

그러나 나는 현관문에서 더 멀리 가지 못했다. 왜냐하면 거기서 나는 소총을 들고 있는 한 무리의 군인들에게 머리를 들이박으며 부딪치고 말았기 때문이다. 군인들 중 한 명이 수갑 한 벌을 나에게 내밀면서 말했다. "옜다, 이 녀석, 조심해야지, 응!"

5장

갑자기 군인 한 무리가 나타나 장전된 소총의 개머리판을 우리 집 현관 계단에다 쾅쾅 울리며 내려놓는 바람에 오찬을 들던 사람들은 모두 놀라 허둥지둥 식탁에서 일어났다. 그리고 빈손으로 부엌에 막 다시 들어오던 조 부인 역시 "아이고 이런, 아이고 맙소사, 대체 어디로 간 거지, 파이가!" 하고 놀라움과 비탄에 찬 소리를 지르다 말고는, 똥그래진 눈으로 빤히 쳐다보았다.

조 부인이 똥그래진 눈으로 쳐다보고 서 있는 동안 상사와 나는 부엌으로 들어섰다. 나는 이 혼란을 틈타 약간이나마 정신을 되찾은 상태였다. 아까 나에게 말을 던진 사람은 바로 이 상사였는데, 그는 이제 방 안을 빙 둘러보며, 오른손으로는 권하기라도 하듯이 우리 집 사람들한테 수갑을 내밀고 왼손으로는 내 어깨를 짚은 채 서 있었다.

"실례합니다, 신사·숙녀 여러분." 상사가 말했다. "문간에서 댁의 이 똘똘한 도련님한테도 말한 것처럼……." (그런데 그는 그런 말을 하지 않았다.) "저희는 지금 왕명을 받들어 추적 임무를 수행하는 중으로, 대장장이의 도움이 필요해서 왔습니다."

"미안하지만 무슨 일 때문에 그 사람을 찾는 거죠?" 누나가 퉁명스레 대꾸했다. 누나는 늘 사람들이 어떻게 매부 같은 사람을 찾을 수 있느냐는 듯이 발끈하곤 했다.

"부인……." 상사가 정중하게 대답했다. "제 개인적으로는 '그 사람의 훌륭하신 부인을 알게 되는 영광과 즐거움을 누리기 위해서'라고 답변하겠습니다만, 왕명을 받드는 사람으로서는 '약간의 일거리를 부탁하기 위해서'라고 대답하는 바입니다."

상사로서는 꽤 멋있는 답변이라고 모두들 여겼다. 펌블추크 씨가 "훌륭한 대답이야!" 하고 모두에게 들릴 만큼 큰 소리로 외칠 정도였다.

"이것 보시오, 대장장이 양반." 이때쯤 해서 조가 대장장이라는 것을 눈으로 구별해 낸 상사가 말했다. "이 수갑에 문제가 좀 생겼는데, 한쪽 자물쇠가 고장이 나서, 제대로 짝을 지어 구실을 못 하오. 당장 사용할 데가 있어서 그러니 한번 살펴봐 주겠소?"

조는 수갑을 살펴보곤 그것을 고치려면 대장간에 불을 지펴야 하며, 시간도 한 시간으로는 안 되고 두 시간 가까이 걸릴 것이라고 했다. "그래요? 그럼 즉시 일에 착수해 주시겠소, 대장장이 양반?" 말에 막힘이 없는 상사가 말했다. "나라의 공무를 집행하기 위한 것이니까 말이오. 그리고 만약 내 부하들이 조금이라도 거들어 줄 게 있다면, 도와줄 수 있도록 하겠소." 이 말과 함께 그는 부하들을 소리쳐 불렀다. 그러자 부하들이 우르르 몰려들어 한 사람씩 차례로 부엌에 들어오더니 한구석에다 자신들의 무기를 걸어총으로 세워 놓았다. 그런 다음 그들은 군인들이 으레 그러하듯 빙 둘러 섰는데, 때로는 느슨하게 깍지 낀 두 손을 앞에 모으고 있다가, 때로는 무릎이나 어깨의 근육을 풀어 주기도 하고, 때로는 허리띠나 탄대(彈帶)를 좀 헐겁게 풀어도 보면서, 그리고 때로는 문을 열고 군복의 높은 목깃 위로 목을 뻣뻣하게 잡아 뺀 채 마당으로 침을 뱉기도 하며 서 있었다.

나는 이 모든 것을 보았다. 하지만 당시엔 내가 그것들을 보고 있다는 사실을 알지 못했다. 체포에 대한 불안으로 고통스럽게 떨고 있었기 때문이다. 그러나 수갑이 나를 잡기 위한 것이 아니라는 것과, 군인들 때문에 파이가 저 멀리 뒷전으로 밀려나 잊히고 말았다는 것을 깨닫기 시작하면서 나는 흐트러졌던 정신을 좀 더 가다듬을 수 있었다.

"지금 시간이 얼마나 됐는지요?" 상사가 펌블추크 씨에게 물었는데, 말을 거는 태도가 마치 아까 자신의 멋진 대답을 알아준 능력을 보건대 당연히 시간도 말해 줄 능력이 있는 분으로 추측된다는 투였다.

"막 2시 30분이 지났소이다."

"그리 나쁜 상황은 아니군요." 상사가 생각을 해 보며 말했다. "여기서 두 시간 가까이 지체해야 한다 해도, 뭐 별 문제는 없을 것 같군요. 이 근처 분들은 여기서 습지까지 얼마나 된다고들 여기고 계신지요? 1.6킬로미터 이상은 안 될 것으로 추정됩니다만."

"딱 1.6킬로미터예요." 조 부인이 말했다.

"그럼 문제 없습니다. 우린 어두워질 때쯤 그놈들을 포위하기 시작할 것입니다. 어두워지기 조금 전에 하라는 게 제가 받은 명령이었지요. 그러니 그 정도면 별 문제 없을 것입니다."

"죄수들이겠죠, 상사님?" 웝슬 씨가 당연히 그럴 것이라는 태도로 물었다.

"그렇습니다!" 상사가 대답했다. "두 명입니다. 알려진 바에 따르면 놈들이 아직 습지에 숨어 있는 것이 거의 확실합니다. 놈들은 어두워지기 전에는 습지를 벗어나려고 하지 않을 것입니다. 여기 계신 분들 가운데 혹시 그런 쫓기는 놈들 같은 자들을 본 사람은 없습니까?"

나를 제외한 모든 사람이 확신에 찬 어조로 없다고 대답했다. 나를 염두에 두는 사람은 아무도 없었다.

"그렇군요!" 상사가 말했다. "하지만 놈들은 포위망에 걸려 잡히고 말 것입니다. 예상컨대 그것도 놈들이 생각하는 것보다 빨리 말입니다. 자, 대장장이 양반! 당신만 준비되면, 존귀하신 폐하의 명을 받드는 우리 군인들은 언제라도 시작할 수 있소."

조는 입고 있던 양복 윗도리와 조끼와 장식용 넥타이를 벗고 작업용 가죽 앞치마를 두른 뒤, 대장간으로 건너갔다. 군인들 중 한 사람이 대장간의 나무 덧창을 열었고, 다른 한 명이 불을 지폈으며, 또 다른 한 명은 풀무질을 시작했다. 나머지 군인들은 불길 주변을 빙 둘러섰는데, 불길은 곧 활활 타올랐다. 그러자 조는 탕탕, 쨍그랑, 치고 때리면서 망치질을 하기 시작했고, 우리는 모두 바라보며 서 있었다.

곧 있을 추적에 대한 관심 때문에 사람들의 주의가 온통 거기로 쏠렸을 뿐만 아니라 심지어 누나의 인심이 후해지기까지 했다. 그녀는 통에서 맥주를 한 주전자 받아다가 군인들에게 가져다 주었고, 상사한테는 브랜디를 한 잔 들라고 권했다. 하지만 펌블추크 씨가 재빨리 "포도주를 권하세요, 조 부인. 보장하건대 거기엔 타르가 없으니 말이오." 하고 말했다. 그러자 상사는 그에게 감사하다는 말을 하고는, 자신은 타르가 섞인 술을 좋아하지 않으니 따로 폐가 안 된다면 이왕이면 포도주를 마시겠노라고 말했다. 포도주를 건네자, 그는 폐하의 건강을 기원하고 성탄절을 축하하는 건배를 한 뒤 술을 한 입에 쭉 들이켰다. 그러곤 쩝쩝 입맛을 다셨다.

"좋은 술 같지 않소, 상사?" 펌블추크 씨가 말했다.

"진정코 말씀드리건대……." 상사가 대답했다. "이 술은 바로 선생께서 가져오신 것이 아닌가 생각합니다."

펌블추크 씨는 헤벌쭉하니 한껏 기름진 웃음을 터뜨리면서 말했다. "허허, 그렇소? 어떻게 아셨소?"

"왜냐하면 말입니다." 상사는 펌블추크 씨의 어깨를 두드리면서 대답했다. "선생께서는 사물을 분별할 줄 아는 분이시기 때문입니다."

"그렇게 생각하시오?" 펌블추크 씨는 아까와 똑같은 웃음을 다시 터뜨리며 말했다. "자, 한 잔 더 드시오!"

"선생께서도 같이 드시지요. 자, 건배." 상사가 대답했다. "제 술잔 꼭대기를 선생의 술잔 다리 끝에다, 선생의 술잔 다리 끝을 제 술잔 꼭대기에다, 그렇게 부딪치면서 한 번 쨍그랑, 또 한 번 쨍그랑, 이 유리잔 악기*에서 나오는 최고의 가락이지요! 자, 선생의 건강을 빕니다. 부디 만수무강하신 가운데, 바로 지금 이 순간 그러신 것처럼, 언제나 변함없이 만사를 훌륭하게 판단하

* 유리잔을 여러 개 배열해 꽂아 놓고 음악을 연주하는 악기의 일종인데, 여기서는 술잔을 지칭하는 비유로 사용되었음.

실 수 있기를 기원합니다!"

상사는 다시금 단숨에 자신의 술잔을 털어 넣고는 즉시 또 한 잔 들이켤 준비가 되었다는 표정을 지었다. 내가 가만히 보니 펌블추크 씨는 손님을 환대한답시고, 자기가 선물로 준 그 포도주가 이젠 자기 것이 아니라는 걸 잊은 채, 조 부인한테서 술병을 빼앗아서는 한껏 흥에 넘쳐 가지고 술잔을 이리저리 돌려 대며 혼자 모든 생색을 다 내고 있었다. 나까지도 좀 얻어 마셨을 정도다. 그러다가 그의 포도주 인심은 너무 지나치게 후해져서, 첫 번째 술병에 술이 다 떨어지자 나머지 술병까지 가져오라고 하더니 역시 아낌없이 따라 주며 술잔을 이리저리 돌려 댔다.

이렇게 모두 대장간에 둘러서서 떼를 지어 신나게 먹고 마시며 즐기는 동안, 그들을 지켜보던 나는 습지에 있는 내 도망자 친구가 오찬에 정말 끔찍이도 훌륭한 양념 구실을 하고 있다는 생각이 들었다. 그들의 연회는 내 도망자 친구 덕분에 생긴 흥분으로 자리에 활기가 가득 차기 전까지는 그 즐거움이 4분의 1도 못 되었더랬다. 그런데 이제, 그들은 모두 '그 두 악당들'이 잡힐 거라는 기대로 신이 나 있었으며, 이에 맞춰 풀무도 도망자들을 잡으라고 으르렁거리는 듯했고, 불길 역시 그들을 잡기 위해 너울거리는 듯했으며, 연기 또한 그들을 뒤쫓기 위해 급히 사라지는 듯했다. 탕탕 때려 대는 조의 망치질 소리도 그들을 잡으라고 소리치는 듯했고, 벽에 비친 그 모든 검은 그림자들도 불길이 솟구쳤다 가라앉거나 빨갛게 작열하는 불꽃들이 떨어져 꺼질 때마다 그들을 향해 위협하며 흔들거리는 듯했다. 그러는 동안 동정심에 찬 내 어린 상상의 눈에는, 바깥의 창백한 오후가 그토록 창백해진 것은 바로 가련하고 불쌍한 그들, 도망자들 때문인 것처럼 보였다.

마침내 조의 일이 끝났다. 그리고 탕탕 울리는 소리와 으르렁거리는 불길도 멈췄다. 조가 양복 윗도리를 다시 입으면서 용기를 내어, 우리 중 몇 사람이 군인들과 함께 가서 수색의 결과가 어떻게 되는지 한번 알아보는 게 어떠냐고 제안했다. 펌블추크 씨와 허블 씨는 담배를 피워야 하는 데다가 숙녀들을 놔두고 갈 수 없다는 핑계를 대며 거절했다. 하지만 웝슬 씨는 조가 간다면 자기도 가겠다고 했다. 이에 조는 좋다고 하면서, 만약 조 부인이 승낙해 준다면 나도 데리고 가고 싶다고 했다. 확신하건대, 이 일에 대해 모두 알고 싶은, 특히 그 결과가 어떻게 될지 궁금한 누나의 호기심이 아니었다면 우리는 결코 가도 좋다는 허락을 받지 못했을 것이다. 누나는 거절하지 않고 다음과 같은 조건만 달았다. "저 녀석 머리통이 총알로 박살이 난 채 데려와서는 나한테 다시 붙여 놓으라고 하지 말아요."

상사는 부인들에게 정중하게 작별 인사를 했다. 그리고 펌블추크 씨와는 마치 전우라도 되는 것처럼 헤어졌다. 그가 정신이 말짱한 상태에서도, 목구멍을 촉촉이 적시며 넘어가는 뭔가가 있을 때와 똑같이 그렇게, 이 신사 양반의 능력을 한껏 알아 주었을지는 몹시 의심스럽지만 말이다. 상사의 부하들은 소총을 다시 집어 들고 정렬했다. 웝슬 씨와 조, 그리고 나는, 반드시 후미에서 따라와야 하며 또 습지에 도착한 뒤에는 한마디도 하면 안 된다는 엄한 지시를 받았다. 우리 모두 춥고 쌀쌀한 밖으로 나와 수색할 곳을 향해 나아가고 있을 때, 나는 반역적이게도 조에게 속삭였다. "조, 난 우리가 그들을 찾지 못했으면 좋겠어요." 그러자 조도 나한테 이렇게 속삭였다. "그들이 이미 어디론가 달아나고 없으면 너에게 1실링을 주마, 핍."

길거리를 배회하다가 우리를 따라오는 마을 사람은 아무도 없었다. 춥고 잔뜩 찌푸린 날씨인 데다 길거리는 황량했고 땅은 걷기에 고약했으며 어둠까지 밀려오는 시각이었으므로, 사람들은 모두 집 안의 따뜻한 불가에 모여 앉아 성탄절을 기념하고 있었다. 불빛 환한 창가로 급히 달려와서 우리가 지나가는 것을 바라보는 얼굴이 몇몇 있었지만 밖으로 나오는 사람은 아무도 없었다. 우리는 마을 어귀의 길 안내판을 지나 교회 묘지가 있는 데까지 곧장 나아갔다. 거기서 우리는 상사의 손짓 신호를 받고 몇 분 동안 멈춰 섰는데, 그동안 그의 부하 두세 명이 흩어져서 무덤 사이를 수색하고 또 교회 입구 현관도 살펴보았다. 그들은 아무것도 발견하지 못한 채 다시 돌아왔고, 이어서 우리는 교회 묘지 옆쪽에 난 출입문을 통해 넓게 트인 습지로 나아갔다. 이곳으로 나오자 사나운 진눈깨비가 동풍과 함께 우리를 향해 거세게 몰아쳤다. 그래서 조는 나를 등에 업었다.

음산하고 황량한 습지대로 나오자, 즉 다른 사람들은 전혀 모르고 있는, 바로 내가 여덟, 아홉 시간 전쯤에 찾아와서 거기 숨어 있는 두 사람을 모두 보았던 그곳으로 나오자, 나는 비로소 한 가지 생각을 떠올리며 무시무시한 두려움에 사로잡혔다. 만약 우리가 그들을 발견하게 된다면 나의 그 죄수는 군인들을 데리고 온 게 바로 나라고 생각하지 않을까? 그는 나한테, 거짓말 치는 사기꾼 녀석이 아니냐고 물었더랬다. 그리고 또 만약 내가 그를 쫓는 일에 가담한다면 나는 지독한 악질 사냥개 새끼일 거라고 말했더랬다. 그는 정말로 내가 남을 감쪽같이 속이는 사기꾼이자 악질 사냥개 새끼라고, 그래서 그를 배반한 것이라고 믿지 않을까?

이제 와서 그런 질문을 나 자신에게 던지는 것은 아무 소용이 없는 일이었다. 나는 이미 조의 등에 업혀서 거기 와 있었고, 조는 나를 업은 채 도랑을 향해 사냥꾼처럼 돌진하면서 웝슬 씨가 매부리코를 처박으며 넘어지지 않고 잘 따라오도록 격려하고 있었다. 군인들은 우리 앞에서 서로 간격을 벌리고 꽤 넓게 퍼진 채 한 줄로 나란히 나아갔다. 우리는 내가 아침에 들어섰다가 안갯속에서 잘못 벗어났던 바로 그 진로를 택해 가고 있었다. 아직 때가 안 되었는지 아니면 바람에 다 흩어졌는지, 안개는 이제 걷혀 있었다. 낮게 드리운 빨간 노을빛 아래로 등대와 교수대, 포병대 자리가 있는 언덕, 그리고 반대편 강변 등이 온통 축축하게 젖은 납빛이긴 했지만, 모두 분명하게 보였다.

내 가슴이 조의 넓은 어깨에 대장장이처럼 쾅쾅 부딪치는 가운데 나는 죄수들이 혹시 보이지 않나 하고 사방을 두리번거렸다. 아무도 보이지 않았고, 아무 소리도 들리지 않았다. 웝슬 씨는 헉헉대는 신음소리와 가쁜 숨소리로 이미 두어 차례나 나를 몹시 놀라게 했다. 하지만 이제 나는 그 소리를 구별할 수 있었고, 우리의 추적 대상과 분리해서 그 소리를 들을 수 있었다. 문득 아직도 줄칼로 갈아 대는 소리가 들렸다고 생각한 나는 소스라치며 깜짝 놀랐다. 하지만 그것은 양의 목에 달린 방울 소리였다. 양들은 풀 뜯어먹던 것을 멈추고는 겁먹은 얼굴로 나를 쳐다봤다. 그리고 소들은 바람과 진눈깨비로부터 고개를 돌린 채, 마치 그 두 가지 불편 사항에 대한 책임이 우리에게 있다고 여기는 것처럼, 잔뜩 화가 난 얼굴로 우리를 노려보았다. 하지만 이것들과, 저무는 겨울날의 한기로 풀잎마다 바르르 떨리는 것을 제외하고는, 습지의 황량한 정적을 깨는 것은 아무것도 없었다.

군인들은 옛 포병대 자리가 있는 쪽으로 계속 나아갔고, 우리도 약간 뒤에 떨어진 채 그들을 따라 계속 나아갔다. 바로 그때, 우리는 모두 그 자리에 멈춰 서고 말았다. 갑자기 비바람을 타고 한 줄기 기다란 외침 소리가 들려왔기 때문이다. 그 소리는 반복해서 들렸다. 동쪽으로 멀리 떨어진 곳에서 나는 소리였는데, 길고 크게 질러 대는 소리였다. 아니 그보다는, 소리의 혼란스러운 성격으로 미루어 보건대, 둘 또는 그 이상이 함께 외쳐 대고 있는 소리 같았다.

상사와 그와 가장 가까이 있던 부하들이 숨을 죽인 채 상황을 그렇게 판단하며 이야기하고 있을 때, 조와 내가 그들이 있는 곳에 이르렀다. 한순간 귀를 기울여 들어본 후 (판단을 제대로 한) 조는 그들의 의견에 동의했으며 (판단을 제대로 하지 못한) 웝슬 씨도 동의했다. 결단력 있는 사람인 상사는, 외치는 소리에 응답을 해서는 안 되며 즉시 진로를 바꿔 소리가 나는 쪽을 향해 '속보로' 달려가라고 부하들에게 명령했다. 우리는 오른쪽으로 (즉 동쪽을 향하여) 비스듬히 방향을 틀었고, 조는 엄청나게 쿵쿵거리며 내닫기 시작했다. 나는 떨어지지 않도록 그를 꼭 붙잡고 있어야 했다.

이젠 정말 맹렬히 달려가는 상황, 조가 "놀랠 노 자야." — 달려가는 내내 그가 한 말은 딱 이 두 마디밖에 없었다. — 라고 부르는 상태가 되었다. 둑 아래로 내려갔다가 둑 위로 올라왔으며, 목책 출입문을 뛰어넘었고, 도랑으로 첨벙 뛰어들었으며, 거친 골풀 사이를 헤치며 내달았다. 아무도 앞을 가리지 않고 달렸다. 외치는 소리가 가까워질수록, 그것이 한 사람 이상의 목소리라는 사실이 점점 더 분명해졌다. 이따금 소리가 완전히 멈춰 버린 듯한 때도 있었다. 그러면 군인들은 걸음을 멈췄다. 그러다가 다시 소리가 터져 나오면 군인들은 전보다 더욱 빠른 속도로 소리 나는 쪽을 향해 내달았고, 우리도 그 뒤를 쫓아 달렸다. 잠시 후, 우리는 소리 나는 곳 아주 가까이까지 도달해서, 한 사람이 "사람 살려!" 하고 외치고 다른 한 사람이 "죄수들 여깄다! 도망자들 여깄다! 수색대! 도망 죄수들이 이쪽에 있다!" 하고 외치는 소리를 들을 수 있었다. 그러더니 두 사람의 목소리는 서로 치고박고 싸우느라 묻혀 버린 듯했는데, 그러다가는 다시 터져 나오곤 했다. 그러면 소리가 다시 들리는 순간 군인들은 다시 사슴처럼 내달렸고, 조도 그 뒤를 따라 달렸다.

소리 나는 곳에 아주 바짝 접근했을 때 상사가 제일 먼저 뛰어들었다. 그리고 곧바로 그 뒤를 이어 그의 부하 둘이 뛰어들었다. 남은 우리까지 모두 뛰어들었을 때, 그들은 이미 공이치기* 를 당긴 채 소총을 앞으로 겨누고 있었다.

"여기 두 놈 다 있다!" 도랑 바닥에서 드잡이를 벌이면서 상사가 숨이 찬 목소리로 외쳤다. "이놈들, 멈춰라! 이 망할 놈의 야수 같은 자식들! 서로 당장 떨어지지 못해!"

물이 튀기고 진흙이 날아다니며 욕설이 난무하는 가운데 주먹과 발길질이 오가고 있었다. 그러자 군인들 몇 명이 더 도랑으로 내려가 상사를 도왔다. 그러곤 내 친구인 죄수와 다른 죄수를 따로 떼어 내서 끌고 나왔다. 두 사람은 피를 흘리며 숨을 헐떡거리고 있었는데, 여전히 서로 욕을 퍼부어 대면서 싸우려 했

---

* 옛날 소총은 방아쇠를 당기기 전에 공이치기를 먼저 뒤로 당기게끔 되어 있었음.

다. 물론 나는 두 사람 다 즉시 알아보았다.

"잘 알아 두시오!" 내 죄수가 너덜너덜한 소맷자락으로 얼굴에서 피를 닦아 내면서, 그리고 잡아 뽑힌 머리털을 손가락에서 털어 내면서 말했다. "저놈을 붙잡은 건 바로 나요. 저놈을 당신들에게 넘겨주는 건 바로 나란 말이오! 그 점 분명히 알아 두시오!"

"그게 뭐 별거라고 그래?" 상사가 말했다. "그래 봤자 네놈한테 도움 될 것은 거의 없을 거다. 네놈의 곤란한 처지도 전혀 다를 바 없으니까 말이야. 자, 수갑을 채워라!"

"나한테 무슨 도움이 되길 기대해서 그러는 게 아니오. 지금 이렇게 된 것만으로도 난 더 바랄 게 없소." 내 죄수는 탐욕스러운 웃음을 터뜨리면서 말했다. "내가 저놈을 붙잡았소. 저놈은 그걸 알고 있지. 난 그걸로 충분하오."

다른 죄수는 완전 사색이 되어 있었다. 오래전에 생긴 얼굴 왼쪽의 흉터 외에도 그의 온몸은 멍과 찢긴 상처투성이인 것처럼 보였다. 그는 너무나 숨이 차서, 그들 둘에게 각각 수갑이 채워질 때까지 말을 한마디도 못한 채, 땅에 쓰러지지 않도록 군인 한 사람에게 겨우 몸을 기대고 있을 뿐이었다.

"명심하시오, 병사들. 저놈은 나를 살해하려고 했소." 이것이 그가 한 첫마디였다.

"하려고 했다고?" 내 죄수가 경멸에 찬 얼굴로 말했다. "그러니까, 살해하려고 했다가 안 했다는 거지? 자, 보시오. 내가 저놈을 붙잡았고, 당신들에게 넘겨주었소. 그게 바로 내가 한 행동이오. 난 저놈이 습지에서 빠져나가려던 걸 막았을 뿐만 아니라 저 녀석을 이리로 다시 끌고 왔소. 저놈이 감옥선으로 되돌아가도록 여기까지 끌고 온 거란 말이오. 저놈은 말이오, 놀랍게도 신사라오. 저 악당 놈이 말이오. 그러니까 감옥선은 이제, 나 덕분에 저 신사 놈을 다시금 모시게 된 셈이오. 저, 저놈을 살해하려 했냐고요? 내가 저놈을 붙잡아 끌고 가는 게 저놈한테 더 치명적일 텐데 저놈을 살해하는 게 나에게 무슨 가치가 있겠소!"

다른 죄수는 여전히 헐떡이면서 말했다. "저놈은, 저놈은, 나를 살해하려고, 했소. 증인이, 증인이 되어 주시오."

"좀 들어 보시오!" 내 죄수는 상사에게 말했다. "난 단독으로 감옥선에서 탈출해 나왔소. 난 과감히 시도를 해서 성공했소. 난 마찬가지로, 환장할 만큼 추운 이 습지도 충분히 빠져나갈 수 있었소. 만약 저놈이 여기에 있다는 것만 발견하지 않았다면 말이오. 내 다리를 좀 보시오. 보다시피 쇠고랑이 잘려 있잖소. 저놈이 자유롭게 도망가도록 내버려 두다니? 저놈이 내가 찾아낸 수단의 덕을 보게 하다니? 저놈이 다시금 새롭게 나를 이용해 먹도록 하다니? 또다시 말이야? 안 되지, 절대로 안 되고 말고. 내가 저기 진흙 바닥에서 이놈한테 죽었다 해도……." 그는 수갑 찬 두 손을 힘차게 휘둘러 도랑을 가리키며 말했다. "난 이놈을 두 손으로 꽉 붙잡고 절대 놓지 않았을 것이오. 그래서 당신들은 저놈을 나한테 붙잡힌 상태로 틀림없이 발견할 수 있었을 것이오."

다른 도망 죄수는 그의 동료 죄수에 대한 극도의 공포감을 역력하게 드러내면서, 아까와 똑같은 말을 반복했다. "저놈이 나를 살해하려고 했소. 당신네들이 오지 않았으면 나는 벌써 죽은 몸이었을 것이오."

"거짓말이오!" 내 죄수가 사납고 격렬하게 말했다. "저놈은 타고난 거짓말쟁이요. 그리고 죽을 때도 거짓말쟁이로 죽을 것이오. 저놈 낯짝을 좀 보시오. 거기 그대로 씌어 있잖소? 저놈한테 고개를 돌려 날 똑바로 바라보라고 해 보시오. 장담하건대 저놈은 감히 그러지 못 할 것이오."

다른 죄수는 멸시하는 미소를 지으려고 애쓰면서 — 하지만 아무리 애써도 그의 입 신경의 움직임은 어떤 확실한 표정을 지을 만큼 모아지지 못했다. — 군인들을 바라보았다가, 습지를 둘러보았다가, 또 하늘을 쳐다보았다가 했다. 하지만 자신을 비난하는 상대방 죄수만은 분명코 바라보지 못했다.

"저것 보시오." 내 죄수는 계속 몰아붙였다. "저놈이 얼마나 악당인지 이제 아시겠소? 비굴하게 돌아 가며 똑바로 쳐다보지 못하는 저 눈깔을 좀 보시오. 저놈은 우리가 함께 재판을 받을 때도 바로 저랬더랬소. 그는 결코 나를 똑바로 쳐다볼 수 없었소."

계속해서 메마른 입술만 씰룩씰룩 움직여 대며 불안스럽게 주변의 가깝고 먼 곳으로 시선을 끊임없이 돌려 대던 다른 죄수는 마침내 한순간 시선을 돌려 상대방 죄수를 쳐다보면서 말했다. "네놈한테는 쳐다볼 구석이 별로 없어." 그러곤 반쯤 조롱하는 시선으로 수갑에 묶인 죄수의 두 손을 흘끗 바라보았다. 이에 내 죄수는 미친 듯이 화를 내며 날뛰기 시작했는데, 군인들이 나서서 제지하지 않았더라면 그에게로 즉시 달려들고 말았을 것이다. 그러자 다른 죄수가 말했다. "보시오, 내가 말하지 않았소? 저놈은 할 수만 있다면 나를 살해하고 말 것이오." 그가 두려움으로 떨고 있다는 것, 그리고 얇은 눈 조각 같은 이상한 흰 딱지가 그의 입술에 갑자기 끼기 시작했다는 것은 누가 봐도 쉽게 알 수 있었다.

"말싸움은 이제 그만 닥쳐라." 상사가 말했다. "거기 횃불에 불을 밝혀라."

소총 대신 바구니를 들고 온 군인 한 명이 무릎을 꿇고 앉아 바구니를 열고 있을 때, 내 죄수는 처음으로 주위를 둘러보았다. 그러곤 나를 보았다. 나는 우리가 도랑의 가장자리에 도착했을 때 조의 등에서 내렸는데, 그 이후로 꼼짝 않고 서 있었다. 그가 나를 발견했을 때 나는 그를 간절하게 바라보았다. 그리고 양손을 살짝 흔들며 고개를 가로저었다. 나는 그에게 내 결백을 확신시킬 수 있는 기회를 잡기 위해 그가 나를 바라보기만을 기다리고 있었던 것이다. 그의 표정으로는 그가 내 의도를 제대로 이해했는지 전혀 알 수 없었다. 왜냐하면 그는 내가 이해할 수 없는 표정으로 나를 쳐다보았을 뿐만 아니라, 그 모든 것이 일순간에 지나가고 말았기 때문이다. 하지만 그가 한 시간 동안, 또는 하루 종일 나를 바라보고 있었다 할지라도, 그의 얼굴은 그 일순간의 표정보다 더 강렬하게 내 기억에 각인되지는 않았을 것이다.

바구니를 든 군인은 곧 불을 붙이는 데 성공하여 횃불을 서너 개 만든 다음, 하나는 자신이 들고 나머지는 다른 군인들에게 나눠 주었다. 아까부터 이미 어두워져 가고 있던 날은 이제 꽤 어둑어둑한 상태가 되어 있었고 조금 후면 아주 깜깜해질 것처럼 보였다. 그곳을 떠나기 전에, 네 명의 군인이 원을 그리고 서서는 공중에 대고 총을 두 번 발사했다. 그러자 곧 우리 뒤쪽으로 좀 멀리 떨어진 곳에서 횃불 몇 개가 켜지는 게 보였고, 반대편 강변의 습지에서도 횃불들이 보였다. "자, 됐다. 출발!" 상사가 외쳤다.

우리가 그리 멀리 가지 않았을 때 세 발의 대포가 우리 앞쪽에서 발사되었는데, 소리가 아주 커서 내 귓속의 뭔가가 터지는 것 같았다. "감옥선에서 네놈들을 기다리고 있다는 표시다." 상사가 내 죄수를 돌아보며 말했다. "네놈들이 돌아오고 있다는 걸 알고 있다는 뜻이지. 이봐, 왜 그리 뒤로 처지는 거야. 바짝 따라붙어."

두 죄수는 서로 떨어져서, 각기 일단의 군인들에게 포위된 상태로 걸어갔다. 나는 이제 조의 손을 잡고 걸었으며 조는 횃불을 하나 들고 있었다. 웝슬 씨는 그만 집으로 돌아가자는 쪽이었지만 조가 끝까지 따라가 볼 결심을 확고히 해서 우리는 일행을 따라 계속 걸어갔다. 길은 이제, 대부분 강가를 따라 걸어가는 상당히 편한 길이었다. 도중에 도랑으로 빠지는 갈림길이 여기저기 나타나기도 했는데, 거기에는 조그만 회전식 풍차와 진흙투성이의 수문이 있곤 했다. 주위를 둘러보았을 때, 우리 뒤쪽에서 따라오는 다른 횃불들이 내 눈에 보였다. 우리 일행이 들고 가는 횃불들에서 커다란 불똥들이 길 위에 떨어져 땅바닥에서 연기를 내며 타오르는 것도 보였다. 그밖에 보이는 것이라고는 칠흑 같은 어둠뿐이었다. 우리가 들고 가는 횃불은 송진이 타는 불길로 우리 주변의 공기를 따뜻하게 덥혔다. 소총으로 둘러싸인 채 절뚝거리며 따라가는 두 죄수한테는 그나마 그거라도 좋은 것 같았다. 그들의 절뚝대는 걸음 때문에 우리는 빨리 갈 수 없었다. 게다가 그들은 너무나 기진맥진한 상태여서 우리는 두세 번 걸음을 멈추고 그들이 잠시 쉬도록 해 줘야 했다.

이런 식으로 한 시간쯤 이동한 뒤에 우리는 거친 목조 오두막이 있는 선착장에 도착했다. 오두막 안에는 또 다른 수색대가 있었다. 그들은 누구냐! 하고 수하를 했고 상사가 이에 응답했다. 그런 다음 우리는 오두막으로 들어갔는데, 안에는 담배와 회반죽 냄새가 감도는 가운데 벽난로 불이 환하게 지펴져 있었고, 등불 하나와 소총 걸대, 북, 그리고 낮은 목조 침대틀 등이 있었다. 그 침대틀은 기계장치가 떨어져 나간 볼썽사나운 세탁물 압착롤러처럼 생겼는데, 한번에 열두어 명의 군인을 수용할 수 있을 만큼 큼지막했다. 서너 명의 군인이 두꺼운 외투를 입은 채로 그 위에 누워 있었지만, 그들은 우리 일행에 별로 관심을 보이지 않은 채, 그저 고개만 까딱 들어 올려 졸음에 찬 시선을 한 번 던지더니 그대로 다시 누워 버렸다. 상사는 모종의 보고 비슷한 것을 한 다음, 장부에다 뭔가를 기록했다. 그러고 나자, 내가 다른 죄수라고 불렀던 죄수가 그의 호송 군인들과 함께 불려 나가더니 배를 타고 먼저 떠났다.

내 죄수는, 처음 그 한 번 외에는 결코 나를 다시 쳐다보지 않았다. 우리가 오두막 안에 서 있는 동안 그는 벽난로 앞에 선 채 생각에 잠겨 불길을 바라보았다. 그러다가 그는 난로 시렁 위에 두 발을 번갈아 올려놓으며 그것들을 생각에 잠겨 바라보곤 했는데, 마치 자신의 두 발이 겪은 최근의 시련 때문에 그것들을 동정이라도 하는 듯했다. 갑자기, 그가 상사를 돌아보더니 이렇게 말했다.

"이번 탈출과 관련해서 좀 말하고 싶은 게 있소. 몇몇 사람이나 땜에 의심받는 걸 막을 수도 있는 내용이오."

"하고 싶은 말이 있다면 해도 좋다." 상사는 팔짱을 낀 채 서서, 그를 냉담하게 바라보며 대꾸했다. "하지만 그것을 여기서 말할 필요는 없다. 너도 알겠지만, 이 일이 종료되기 전에 앞으로 그것에 대해 말하고 들을 기회가 충분히 있을 테니까 말이다."

"알고 있소. 하지만 이건 다른 사항이오, 별개의 문제란 말이오. 사람이 굶어죽을 순 없잖소. 적어도 난 그럴 수 없었소. 그래서 저 건너편 마을에서 음식물을 좀 들고 나왔소. 습지 쪽으로 거의 나온 곳에 교회가 있는 마을이었소."

"그러니까 훔쳤다, 이 말이겠지?" 상사가 말했다.

"그런데 그걸 어느 집에서 훔쳤는지 말해 주겠소. 그건 대장장이 집이었소."

"어, 이런!" 상사는 조를 빤히 쳐다보며 말했다.

"어, 이런, 핍!" 조는 나를 빤히 쳐다보며 말했다.

"먹다 남은 음식물 쪼가리 ―그렇소, 바로 그런 것이었소. ― 약간과 소량의 술, 그리고 파이 한 판이었소."

"혹시 파이 같은 것 잃어버린 적 없소, 대장장이 양반?" 상사가 은근한 어조로 물었다.

"제 아내가 그렇다고 했었지요. 상사님이 우리 집에 들어오던 바로 그 순간에 말입니다. 그렇지 않니, 핍?"

"그러니까……." 내 죄수가 침울한 태도로 조에게로 시선을 돌리면서, 하지만 나에게는 조금도 눈길을 주지 않으면서 말했다. "그러니까 당신이 바로 그 대장장이인 게로군. 그렇소? 그렇다면 미안한 말이지만, 내가 당신네 파이를 훔쳐 먹었소."

"하느님께 맹세코, 당신은 얼마든지 그것을 먹어도 괜찮소. 물론 그것이 내 것이라는 가정하에서 하는 말이지만 말이오." 조는 다행스럽게도 조 부인을 기억해 내고는 그렇게 덧붙였다.

"우린 당신이 무슨 짓을 저질렀는지 모르오. 하지만 불쌍하고 가련한 동료 인간인 당신이 그 때문에 굶어죽도록 만들지는 않았을 것이오. 그렇지 않니, 핍?"

내가 전에도 알아차렸던 그 뭔가 짤깍 하는 소리가 죄수의 목에서 다시 나더니, 그는 등을 돌렸다. 배는 이미 돌아와 있었고 호송병들도 준비가 되어 있었다. 그래서 우리는 죄수의 뒤를 따라 거친 말뚝과 돌로 만든 선착장으로 내려갔고, 이어 그가 배에 태워지는 것을 보았다. 배는 그와 같은 일단의 동료 죄수들이 젓는 보트였는데, 아무도 그를 보고 놀라거나, 그를 보려는 관심을 보이거나, 그를 보고 반가워하거나, 그를 보고 동정하거나, 뭐라고 말을 하거나 하지 않았다. 단지 보트 안에 있는 누군가가 마치 개들에게 하듯이 "세게 당겨라, 이놈들아!" 하고 소리를 질렀을 따름이었는데, 그것은 세웠던 노를 물에 넣고 저으라는 신호였다. 횃불 빛에 의해 우리는 시커먼 감옥선이 해안의 진흙탕으로부터 좀 떨어진 저 바깥쪽에, 마치 사악한 노아의 방주처럼 떠 있는 것을 볼 수 있었다. 육중한 녹슨 쇠사슬로 빙 둘러쳐지고 묶이고 잡아 매어져 있는 그 감옥선은 내 어린 눈에, 죄수들처럼 쇠고랑을 차고 있는 것처럼 보였다. 우리는 보트가 감옥선 옆에 나란히 서는 것을 보았고, 죄수가 뱃전 위로 끌어올려져서 사라지는 것을 보았다. 타다 남은 횃불들은 강물에 내던져져 쉬쉬쉭 소리를 내며 꺼져 버렸다. 마치 죄수에게는 모든 것이 끝장났다는 듯이.

6장

뜻밖에 면죄부가 주어진 내 좀도둑질 행위에 대해 내 마음 상태는 그 일을 솔직하게 털어놓아야 한다는 쪽으로 기울지 않았다. 그렇지만 내 마음의 밑바닥에 선한 양심이 조금은 남아 있었다고 나는 믿고 싶다.

발각될까 하는 두려움에 더 이상 떨지 않아도 되었을 때, 내가 조 부인에 대해서 양심의 가책 같은 여린 감정을 조금이라도 느꼈다든가 하는 기억은 없다. 하지만 나는 매부 조만은 사랑했다. —그건 아마 다른 무엇보다도, 나의 그 어린 시절에 선량한 그가 나로 하여금 그를 사랑하도록 허락해 줬기 때문이었을 것이다— 그래서 그에 관해서는 내 속마음이 그렇게 쉽게 편해지지 못했다. 나는 조에게 모든 진실을 털어놓아야 한다고 마음속으로 많이 생각했다.(그가 줄칼을 찾는 것을 맨 처음 보았을 때 특히 그랬다.) 하지만 나는 그러지 못했는데, 만약 그렇게 했을 때 조가 나를 실제보다 더 나쁘게 생각할지도 모른다는 불안 때문이었다. 조의 신뢰를 잃는 것, 그래서 밤에 부엌의 벽난로 구석에 앉아 영원히 잃어버린 내 동료이자 친구를 비참한 심정으로 바라보아야 하는 것에 대한 두려움 때문에 내 혀는 얼어붙고 말았다. 나는 거의 병적으로 상상해 보곤 했다. 만약 조가 사실을 알게 된다면, 이후로 그가 난롯가에서 금발의 구레나룻을 쓰다듬고 있는 모습을 볼 때마다 나는 반드시, 그가 그 일에 대한 상념에 빠져 있다고 생각하게 될 것이라고. 그리고 만약 조가 사실을 알게 된다면, 이후로 전날 먹었던 고기나 푸딩이 다음 날 식탁에 올라왔을 때 그가 아무리 무심하게 그것을 바라본다 하더라도 나는 그때마다 그가, 혹시 내가 식품 보관실에 들어가지 않았는지 마음속으로 논쟁을 벌이고 있다고 생각하게 될 것이라고. 그리고 만약 조가 사실을 알게 되면, 이후 우리의 공동 가정생활의 어느 시기든지 그가 자신의 맥주가 김이 빠졌다든가 진하다든가 하고 말할 때마다, 맥주에 타르가 섞였다는 의심을 그가 하고 있다는 확신으로 내 얼굴이 확 달아오르곤 할 것이라고. 요컨대, 나는 옳다고 알고 있는 것을 실행할 만큼 용기가 있지 않았다. 나쁘다고 알고 있는 것을 거부하며 행하지 않을 만큼 용기가 있지 않은 것과 마찬가지로 말이다. 그 당시 나는 세상과의 접촉이 전혀 없었으므로 이런 식으로 행동하는 세상의 많은 사람들 중 누군가를 모방하거나 한 것은 전혀 없었다. 완전히 혼자서 깨우친 천재나 다름없이, 나는 내 행동방침을 스스로 찾아서 행동한 것이었다.

감옥선에서 멀리 가지 않아 내가 졸기 시작했으므로, 조는 나를 다시 등에 업고 집까지 걸어갔다. 귀갓길은 조에게 힘들고 지겨웠을 게 틀림없는데, 녹초가 되어 기분이 나빠진 웝슬 씨가 아주 고약한 심사를 부렸기 때문이다. 만약 그 순간 교회가 활짝 개방되었더라면 그는 아마 조와 나부터 시작해서 추격대 전체를 파문해 버리고 말았을 것이다. 하지만 아직 평신도에 불과한 그는 그저 축축한 습지에 앉아 쉬었다 가기를 고집했는데, 너무나 과도하게 앉아 있었던 나머지, 나중에 그가 부엌 난롯불에 말리려고 외투를 벗었을 때 그의 바지에 나타난 정황적 증거가 너무나 명백해서, 만약 습지에서의 그의 행위가 죽을죄에 해당했다면 그는 결코 교수형을 면하지 못했을 것이다.

그러는 동안 나는 꼬마 주정뱅이처럼 부엌 바닥에서, 잡아 일으켜져 두 발로 섰다가, 곧 깊은 잠에 빠져들었다가, 난롯불 열기와 등불 빛과 말소리 속에서 잠시 깨어났다가 하면서 비트적거리고 있었다. 문득 정신을 차리고 보니 (양어깨 사이를 호되게 퍽! 얻어맞고 "아이고, 원 세상에 이런 놈은 없을 거야!" 하고 정신이 번쩍 들도록 누나가 외쳐 준 덕분에 그랬지만) 조는 죄수가 고백한 것에 대해 손님들에게 이야기하고 있었고 손님들은 모두 죄수가 식품 보관실에 들어왔을 여러 가지 방법들을 나름대로 제시하고 있었다. 펌블추크 씨는 우리 집 구조를 주의 깊게 살펴본 후에, 죄수가 먼저 대장간 지붕 위로 올라간 다음 우리 집 지붕 위로 옮겨 왔으며, 그러고 나서는 그의 침구류 천 조각을 찢어 만든 밧줄로 부엌 굴뚝을 타고 내려왔을 것이라고 주장했다. 펌블추크 씨가 아주 확신에 차서 말한 데다, 또 자기 생각을 자신의 이륜마차처럼 — 모든 사람 위로 — 사정없이 밀어붙였으므로 모두들 그렇게 된 것임에 틀림없다고 동의했다. 물론 웝슬 씨가, 지친 사람의 힘없는 악의를 담아 "아닙니다!" 하고 제법 사납게 소리치긴 했다. 하지만 그는 아무 이론도 없었을 뿐만 아니라 외투마저 벗고 있는 상태였으므로, 그는 만장일치로 무시당하고 말았다. 게다가 그는 습기가 증발해 나가도록 부엌 난롯불에 등을 향하고 서 있었으므로 그의 등 뒤로 김이 심하게 피어오르고 있었으니, 그 꼴로 다른 사람들의 신뢰를 불러일으키기 힘들었을 것이라는 점은 말할 필요도 없을 것이다.

여기까지가 내가 그날 밤 들은 이야기의 전부다. 누나는 마침내 나를, 손님들의 눈에 거슬리는 불쾌한 졸음꾼으로서, 와락 움켜잡고는 위층의 침대까지 끌어다주는 호의를 베풀었다. 다만 어찌나 억세게 잡아끌고 갔던지, 마치 내가 쉰 개의 구두를 신고는 계단 모서리에다 그것들 전부를 우당탕탕 부딪쳐 대며 끌려가는 것처럼 들렸다. 앞에서 언급했던 내 마음 상태는 내가 다음 날 아침에 일어나기 전에 이미 형성되기 시작했으며, 그 일이 잊혀서 어쩌다 특별한 경우 말고는 더 이상 언급되지 않게 된 후까지도 오랫동안 그대로 지속되었다.

7장

내가 교회 묘지에 서서 우리 가족의 묘비를 읽고 있던 그때, 내 교육 수준은 묘비의 글자를 한 자 한 자 겨우 판독할 정도밖에 안 되었다. 비문의 간단한 의미조차도 그다지 정확하게 조합해 내지 못했는데, 가령 "상기(上記)한 자의 부인"이라는 표현을 나는, 우리 아버지가 천국으로 올라가셨다는 것을 찬사하는 말로 읽었던 것이다. 그래서 만약 돌아가신 내 일가친척 가운데 누구라도 '하기한 자'라고 언급되었다면, 틀림없이 나는 그 친척에 대해 최악의 평가를 내렸을 것이다. 교리문답을 통해 나에게 의무로 부여된 신자로서의 자세에 대한 내 이해 역시 정확한 것과는 전혀 거리가 멀었다. 가령 아직도 생생하게 기억하는바 "일생 동안 오직 한 길만 걷겠"노라고 선언한 이상, 나는 집에서 마을을 통해 갈 때 언제나 특정한 한 방향으로만 다니는 것이 내 의무인 것으로 여겼으며, 따라서 마차 수리공 집을 지나 아랫길로 돌거나 방앗간을 지나 윗길로 빠짐으로써 방향을 바꿔서는 절대 안 된다고 여겼다.

적당한 나이가 되면 나는 조의 도제가 될 예정이었다. 그런데 그 존귀한 직위에 오를 수 있을 때까지 나는 누나의 말로 이른바 '지못때루', 즉 (내가 이해하기로는) 제멋대로 놀게 해서는 안 되었다. 따라서 나는 대장간 주변의 잔심부름꾼 노릇을 했을 뿐만 아니라, 동네에서 누가 마침 새를 쫓거나 돌을 주워 오는 것 같은 잡일을 시킬 아이가 필요할 때마다 그 일에 고용되는 혜택을 누리곤 했다. 하지만 그걸로 인해 우리의 점잖은 신분이 손상되지 않도록, 저금통 하나를 부엌의 벽난로 장식 선반 위에 올려놓고는 내가 번 돈은 모두 그 속에 넣는다고 공개적으로 알렸다. 그 돈들이 궁극적으로 국가 부채의 청산을 위해 기부될 예정이라고 들었던 것 같기도 한데, 어쨌든 분명한 것은 내가 그 재산에 대해 개인적으로 이익을 분배받을 가능성은 조금도 없었다는 점이다.

웝슬 씨의 왕고모라는 분이 마을에서 야간학교를 운영하고 있었다. 달리 말하면, 재산은 한정되어 있고 노쇠함은 한정없는 우스꽝스러운 한 노파가 매일 저녁 6시부터 7시까지 동네 아이들을 모아 놓고는 꾸벅꾸벅 졸곤 했는데, 그 아이들은 그녀가 그러는 것을 보는 유익한 기회를 얻는 대가로 주당 2펜스씩 지불하고 있었다. 그녀는 조그만 주택을 임대하여 살았는데, 웝슬 씨가 위층 방을 사용하고 있었다. 우리 학생들은 웝슬 씨가 그 방에서 아주 위엄 있고 무서운 방식으로 큰 소리로 낭독을 하며 이따금씩 머리를 천장에 부딪치곤 하는 것을 엿듣곤 했다. 웝슬 씨는 3개월에 한 번씩 학생들에게 '시험을 치르게 하는' 것으로 알려져 있었지만 그건 허울 좋은 핑계였다. 그가 그 시간에 실제로 한 일은 자신의 소맷부리를 접어 올리고 머리카락을 뻗쳐 세운 채 마르쿠스 안토니우스가 카이사르의 시체를 놓고 했던 연설*을 우리에게 낭송하는 일이었다. 그러고 난 뒤에는 항상 콜린스의 「격정에 부치는 시」** 낭송이 이어졌는데, 이 중 복수의 화신이 '피 묻은 칼을 벼락같이 소리치며 내던지고는 사람을 얼어붙게 하는 표정으로 전쟁을 선포하는 나팔을 집어 드는' 장면을 낭송할 때의 웝슬 씨의 모습이 나에겐 특히 존경스럽게 보였다. 물론 이것은 그 당시의 느낌으로 훗날 내가 성장하고 나서는 달라졌는데, 격정의 세계를 내가 실제로 경험하고 나서 콜린스와 웝슬의 묘사와 비교했을 때, 이 두 신사는 나에게서 꽤 불리한 평가를 받고 말았던 것이다.

웝슬 씨의 왕고모는 이 교육기관 외에 자그만 잡화점도 바로 그 방에서 운영했다. 그녀는 가게에 어떤 물건이 들어와 있는지, 그리고 그것들의 가격은 얼마인지 전혀 알지 못했다. 다만 기름때 묻은 자그만 장부 같은 것 하나가 서랍 속에 보관되어 있었는데, 그것이 가격 목록의 중대한 역할을 했고, 그 목록의 신성한 지시에 따라 비디가 가게의 모든 거래를 처리했다. 비디는 웝슬 씨의 왕고모의 손녀였다. 하지만 고백하건대, 그녀가 웝슬 씨와 정확히 어떤 관계인지는 내 능력으로 풀 수 없는 문제였다. 그녀는 나처럼 고아였으며, 또한 나처럼 '손수' 길러진 아이였다. 그녀는 손이나 발 같은 신체의 말단과 관련해 사람들 눈에 아주 잘

---

* 셰익스피어의 사극 『줄리어스 시저』의 3막 2장 참조.

** 윌리엄 콜린스(William Collins, 1721~1759). 18세기 영국의 시인. 「격정에 부치는 시」는 그의 1747년 작품으로, 복수를 비롯하여 두려움, 절망, 분노, 환희 등과 같은 열두 개의 격정이 각각 묘사된 시이다.

띄는 편이었다. 그녀의 머리는 언제나 빗질이 안 되어 있었고, 양손은 언제나 씻지 않은 상태인 데다 구두는 언제나 수선이 필요한 상태로 뒤꿈치가 찌부러져 있었기 때문이다. 다만 이런 설명은 평일에만 해당하는 것이었다. 일요일에 교회에 갈 때면 그녀는 정성 들여 단장한 모습이 되었다.

많은 부분 남의 도움 없이 혼자서, 그리고 웝슬 씨의 왕고모보다는 비디의 도움을 더 받아 가며, 나는 마치 가시나무 덤불이라도 헤쳐 나가듯이 힘들게 알파벳을 깨우쳐 나갔다. 매 글자마다 적지 않은 고초와 할큄을 당하면서 말이다. 그러고 난 뒤 나는 그 도둑놈들 같은 아홉 개의 숫자들과 맞닥뜨렸는데, 이놈들은 매일 저녁 뭔가 새로운 술수를 써 가지고는 이리저리 변장해 대면서 도무지 식별을 할 수 없게 만들었다. 그러나 마침내 나는, 반(半)장님처럼 더듬거리는 방식이었지만, 읽고 쓰고 계산하는 법을 극히 제한된 규모로나마 알아 가기 시작했다.

어느 날 밤, 나는 부엌 벽난로 구석에 석판을 들고 앉아서, 굉장히 심혈을 기울여 조에게 보낼 편지를 작성하고 있었다. 습지에서의 그 추격 사건이 있고서 꼬박 1년은 지났음에 틀림없는 때라고 생각된다. 그 후 시간이 꽤 지난 뒤였고, 겨울철인 데다가 혹한기였기 때문이다. 난롯가의 내 발치에 알파벳 표를 참고용으로 펼쳐 놓고 한두 시간 정도 끙끙거린 뒤에 나는 마침내 다음과 같은 서신을 지저분한 인쇄체로 써 내는 데 성공했다.

치내하는 조 난 당시니 아조 자알 지네고 이끼를 비러요 난 내가 빨리 조 당시늘 가르쳐줄 쑤 이끼를 비러요 그러믄 우린 매우 기쁠 거예요 그리고 내가 조 당시느 도재가 되믄 얼마나 신날가요 날 미더요 사랑 하는 핍이.

조가 바로 내 옆에 앉아 있었고 또 우리 둘밖에 없었으므로, 내가 조에게 편지로 의사소통을 해야 할 불가피한 상황 같은 것은 전혀 없었다. 하지만 나는 글로 쓴 이 통신을(석판을 포함한 일체를) 내 손으로 직접 조에게 전달했고, 조는 그것을 박학다식의 경이로운 표적처럼 받았다.

"아니 이런, 이보게, 핍!" 조는 파란 두 눈을 크게 뜨면서 소리쳤다. "넌 참 대단한 학자로구나! 그렇잖니?"

"나도 그렇게 되었으면 좋겠어요." 나는 그가 들고 있는 석판을 흘긋 바라보며 말했다. 글씨가 아무래도 좀 들쭉날쭉하다는 생각이 들었다.

"야! 여기 J가 있구나." 조가 말했다. "그리고 어디에나 들어갈 수 있는 O도 있구나. 그래, 여기 J하고 O가 있구나. J – O, 그래서 '조'가 되는구나."

나는 조가 이 단음절 단어 이상으로 뭔가를 더 소리 내서 읽는 걸 본 적이 없었다. 그리고 지난 일요일 교회에서는, 내가 우연히 우리의 기도서를 거꾸로 들고 있었을 때 그것이 똑바로 들었을 때나 마찬가지로 조에게는 아무런 불편도 주지 않는다는 점을 알아차리기도 했다. 현재의 이 기회를 포착하여, 조를 가르칠 때 내가 아주 기초부터 시작해야 할 것인지를 한번 알아보고 싶어서 나는 이렇게 말했다. "그렇군요! 하지만 나머지도 읽어 보세요, 조."

"나머지도 읽으라고, 응, 핍?" 조는 말하면서, 뭔가를 찾는 듯한 시선으로 천천히 석판을 살펴봤다. "하나, 둘, 셋. 야! 여기 J

가 세 개 있고, O도 세 개, 그래서 J－O가, 즉 '조'가 세 개나 있구나, 핍!"

나는 조에게로 몸을 기울여, 집게손가락으로 짚어 가며 그에게 편지 전체를 읽어 주었다.

"참으로 놀랍구나!" 내가 읽기를 마치자 조는 말했다. "넌 정말 학자로구나."

"'가저리'란 이름은 어떻게 쓰지요, 조?" 조심스레 은혜를 베푸는 듯한 태도로 나는 그에게 물었다.

"내가 그걸 쓰는 경우는 전혀 없단다." 조가 말했다.

"하지만 그런 경우가 있다고 가정한다면요."

"그런 가정은 불가능하단다." 조가 말했다. "내가 글 읽기를 비상하게 좋아하긴 하지만 말이다."

"그래요, 조?"

"그래, 비상하게 좋아한단다." 조는 말했다. "나한테 좋은 책 한 권이나 좋은 신문 하나를 쥐어 주고는 따뜻한 불 앞에 앉혀 놓아 봐라. 그럼 난 더 이상 바라는 게 없을 거다. 진짜로 말이다!" 그는 양 무릎을 잠시 동안 손으로 문지르더니 다시 말을 이었다. "J와 O가 있는 곳에 딱 이르게 되면, '마침내 여기 J－O, '조'가 있군.' 하고 말하는 거야. 그럼 글 읽기가 얼마나 재미있는지 모른단다!"

나는 이 말을 듣고, 조의 교육 수준이 증기기관*처럼 아직 젖먹이 수준밖에 안 되는구나 하고 판단했다. 나는 이 문제를 좀 더 알아보고자 했다.

---

* 19세기 초에 증기기관이 아직 초보 수준의 발전 단계에 있는 것을 빗대어 표현한 것.

"학교에 다닌 적이 없나요, 조? 나처럼 어렸을 때 말이에요."

"그렇단다, 핍."

"나처럼 어렸을 때 왜 학교에 다니지 않았어요, 조?"

"글쎄다, 핍." 조는 부지깽이를 집어 들고는, 생각에 잠길 때면 늘 하는 버릇대로 벽난로 앞 쇠틀의 아래쪽 가로막대 사이로 불길을 천천히 헤쳐 재를 긁어 내기 시작했다. "그러니까 말이다, 핍. 우리 아버진 술을 엄청 좋아했단다. 그리고 술이 많이 취하면 우리 어머닐 아주 사정없이 두들겨 패곤 했지. 물론 그가 사람을 두들겨 팬 것은 그게 거의 전부란다. 날 팬 것을 빼곤 말이다. 아버지가 날 두들겨 팰 때는 그 기운이 아주 대단했는데, 아마 자기 모루를 치는 데 썼음 직한 기운만이 그것에 맞먹을 수 있을 거란다. 무슨 말인지 잘 알아듣고 있는 거니, 핍?"

"네, 조."

"그 결과, 어머니와 나, 우리 둘은 몇 번인가 아버지한테서 도망을 쳤단다. 그때마다 어머닌 나가서 일자릴 구하셨고, 나한테 말씀하시곤 했지. '조야.' 어머닌 이렇게 말씀하셨지. '얘야, 이젠 잘하면 너도 학교 가서 공불 할 수 있을 거야.' 그리고 어머닌 정말로 날 학교에 집어넣으셨단다. 하지만 우리 아버진 맘씨만은 아주 착한 사람이어서, 우리들 없이 혼자 사는 걸 견딜 수가 없었단다. 그래서 그는 엄청나게 많은 패거리를 이끌고 와서는 우리가 세 들어 사는 집 문간에서 굉장한 소동을 벌였고, 그러면 집주인과 이웃들은 결국 할 수 없이 우리와 더 이상 관계하지 않겠다며 우릴 아버지한테 넘겨주곤 했지. 그럼 아버진 우릴 집으로 데리고 가서 또다시 두들겨 팼지. 그러다 보니……." 생각에 빠진 채 불길을 헤치던 것을 멈추고 조는 나를 바라보며 말했다. "핍, 너도 이제 알겠지만, 내 교육은 중단되고 말았단다."
"그랬군요, 불쌍한 조!"
"하지만 잘 들어라, 핍." 조는 부지깽이로 맨 위쪽 가로막대를 재판관 같은 태도로 한두 번 두드리면서 말했다. "모든 자에게 줄 것은 주고,* 사람과 사람 사이에 공평한 정의를 베풀어 말한다면, 우리 아버진 맘씨만은 아주 착한 사람이었단다. 알겠니?"
나는 알 수 없었다. 하지만 그렇게 말하지는 않았다.
"그건 그렇고!" 조는 말을 다시 이었다. "집안의 누군가는 생계를 책임져야 하는 법이지, 핍. 그렇잖으면 생계가 유지될 수 없을 테니 말이다. 알겠니?"
그건 잘 알 수 있었다. 그래서 그렇다고 말했다.
"그 결과, 우리 아버진 내가 일하러 나가는 것에 반댈 하지 않았단다. 그래서 난 일을 하기 시작했는데, 그게 바로 지금의 내 직업, 즉 아버지가 계속했더라면 아버지의 직업이기도 했을, 이 대장장이 일이란다. 그리고 핍, 너한테 장담하건대, 난 아주 열심히 일을 했단다. 머지 않아서 난 아버질 부양할 수 있게 되었고, 그래서 아버지가 네이럴성 발작**으로 쓰러지실 때까지 그렇게 했단다. 그런데 아버지의 묘비에 이런 글귀를 새기는 게 내 의도였단다. '그의 결점이 뭐든지, 읽는 자여, 기억할지니/ 그는 맘씨만은 아주 착한 사람이었나니.'라고 말이다."
조는 이 2행 시구를 자랑스러운 빛이 아주 역력하게, 그리고 아주 조심스럽게 또박또박 낭송했다. 그래서 나는 그가 이 시구를 직접 지은 거냐고 물었다.

* 『신약성경』, 「로마서」 13장 7절에 나오는 표현.
** 뇌일혈(腦溢血)성 발작이란 병명을 조가 잘못 알아듣고 발음한 것임.

"그래, 내가 지은 거란다." 조는 말했다. "내가 직접 말이다. 그것도 한순간에 지어 낸 거란다. 마치 편자를 한 방에 쳐서 완전하게 만들어 내는 것과도 같았지. 내 평생 그렇게 놀란 적은 결코 없단다. 내 머리로 지어 냈다는 걸 믿을 수 없었지. 정말이지, 그게 내 머리에서 나온 거라고 도저히 믿기 어려웠단다. 어쨌든 핍, 내가 말한 것처럼 이 글귀를 아버지 머리맡에 새겨 놓는 게 내 의도였단다. 하지만 시를 새기는 데는 돈이 들어. 글자가 작든 크든, 어떻게 새기든 상관없이 말이야. 그래서 그렇게 하지 못하고 말았지. 상여꾼 비용으로 들어갈 돈은 물론이고, 절약할 수 있는 돈은 모두 어머닐 위해 남겨 둬야 했단다. 어머닌 건강이 나빠서 거의 운신조차 못 하는 상태였거든. 결국 오래잖아 불쌍하신 어머닌 아버지의 뒤를 따랐고, 마침내 어머니 몫의 영원한 평화를 맞이하게 되었지."

조의 파란 두 눈이 약간 축축해졌다. 그는 먼저 한쪽 눈을, 그리고 이어 다른 쪽 눈을 차례로 비볐는데, 부지깽이 끝의 둥근 손잡이로 아주 부자연스럽고 불편하게 비벼 대는 희한한 방식이었다.

"그 후 혼자 여기서 사는 게 외롭기만 했단다." 조는 말했다. "그러다 마침 네 누날 알게 되었지. 그런데 말이다, 핍." 조는 마치 내가 그의 말에 동의하지 않을 거라는 걸 잘 알고 있다는 듯이, 단호한 얼굴로 나를 바라봤다. "네 누난 풍채가 훌륭한 여자란다."

그것을 명백하게 의심하는 상태에서 나는 난롯불을 바라보지 않을 수 없었다.

"그 문제에 대해 집안 식구들이 어떻게 생각하든, 또 세상 사람들이 어떻게 생각하든간에, 핍, 네 누난 말이다…….” 그는 한 마디 한 마디 할 때마다 난로 맨 위쪽 가로막대를 부지깽이로 한 번씩 두드리며 말했다. “풍채가, 훌륭한, 여자, 란다!”

나는 달리 더 좋은 말이 생각나지 않아서 이렇게 말했다. “그렇게 생각한다니까 기쁘네요, 조.”

“나도 그렇단다.” 조는 내 말을 그대로 받아서 대답했다. “나도 내가 그렇게 생각해서 기쁘단다, 핍. 얼굴이 좀 빨갛기로서니, 또는 여기저기 뼈가 좀 튀어나왔다고 해서, 그게 나한테 무슨 상관이 있단 말이냐?”

나는 그에게 상관없는 것이라면 아무에게도 상관없는 것일 거라고 현명하게 대응해 줬다.

“그렇고말고!” 조는 그 말에 맞장구를 쳤다. “내 말이 바로 그 말이라네. 이보게, 자네 참 말 잘했네! 그건 그렇고, 내가 네 누날 알게 되었을 때, 그녀가 널 손수 힘들게 키우고 있다는 건 마을의 화젯거리였지. 네 누난 마음이 참 착하기도 하다고 모든 사람들이 말했고, 나도 모든 사람들과 함께 그렇다고 말했지. 너로 말하자면…….” 조는 실로 뭔가 아주 역겨운 것을 바라보는 듯한 표정을 얼굴에 띠면서 말을 이었다. “네가 그때 자신이 얼마나 쪼끄맣고 비실비실하며 볼품없는 존재였는지를 알 수 있었다면, 아 정말이지, 넌 너 자신에 대해 참으로 경멸에 찬 평가를 내렸을 것이다!”

그다지 달갑게 들리는 말이 아니었던지라 나는 이렇게 말했다. “난 신경 쓰지 마세요, 조.”

“하지만 난 너에 대해 신경을 썼단다, 핍.” 조는 순박한 얼굴로 다정하게 대답했다. “누나에게 정식으로 교제를 청하고는 그녀가 대장간에 와서 같이 살 마음의 준비가 되는 대로 교회에서 혼인 절차를 밟자고 제안하면서 나는 누나에게 이렇게 말했지. '그리고 말이오. 불쌍한 그 아이도 데리고 오시오. 불쌍한 그 애에게 하느님의 가호가 있기를!' 난 네 누나에게 말했단다. '그 애랑 같이 살 공간이 대장간엔 충분히 있다오.'"

나는 울음을 터뜨리며 신경 쓰지 말라고 했던 것에 대한 용서를 빌고는, 조의 목을 꼭 끌어안았다. 조는 부지깽이를 내려놓고는 나를 껴안아 주며 말했다. "우린 언제나 최고의 친구지, 그렇잖니, 핍? 이보게, 친구, 울지 말게!"

이러느라 이야기가 잠시 중단되었다가 조가 다시 말을 시작했다.

"자, 이제 알겠지, 핍. 바로 그렇게 해서 너와 내가 지금 이렇게 지내게 된 거란다! 대략 일이 그렇게 되어서, 너와 내가 이렇게 지내게 된 거지! 그런데 말이다, 핍, 네가 날 맡아서 글자를 가르쳐 줄 때 (그런데 미리 말해 두지만 난 끔찍이도 우둔하단다, 정말 끔찍이도 우둔하지.) 조 부인이 우리 일을 잘 모르게 해야 한단다. 다시 말하면, 우린 누나 몰래 공부를 해야만 한다는 거다. 왜 몰래 해야만 하냐고? 왜 그런지 내 말해 주마, 핍."

그는 부지깽이를 다시 집어 들었다. 부지깽이 없이는 그는 아마 자신의 설명을 계속해서 진행할 수 없었을 거라고 나는 생각한다.

"네 누난 지배를 좋아한단다."

"누나가 정부(政府)에 주어졌다고요,* 조?" 나는 깜짝 놀라며

* '지배를 좋아한다.'는 뜻으로 말한 조의 영어표현 given to government에서 government란 단어를 핍이 '정부'라는 뜻으로 잘못 해석하여 말한 것임.

물었다. 왜냐하면 나는 조가 누나와 이혼하고는 그녀를 해군성이나 재무성 장관에게 넘겨주었는가 하는 막연한 생각이 (그리고 솔직히 덧붙이자면, 희망이) 문득 들었기 때문이다.

"아니, 누난 지배를 좋아한단다." 조는 말했다. "그게 무슨 말인고 하면, 누난 너와 날 지배하기를 좋아한다는 뜻이다."

"아, 네에!"

"그래서 누난 집에 학자가 있는 걸 별로 좋아하지 않을 거다." 조는 말을 계속했다. "특히 내가 학자가 되는 걸 별로 좋아하지 않을 거야. 내가 혹시 들고일어나거나 하면 안 될 테니까 말이야. 일종의 반란자처럼 말이다, 알아듣겠니?"

내가 질문으로 이를 반박할 셈으로, "왜"라고 막 말을 시작했을 때, 조가 내 말을 가로막았다.

"잠깐 기다리거라. 핍, 난 네가 무슨 말을 하려는지 안다. 잠깐 기다리거라! 난 네 누나가 가끔 무지막지한 몽골족처럼 우릴 지배한다는 걸 부정하지 않는다. 난 네 누나가, 사람을 거꾸로 패대기 친 다음 위에서 무겁게 내려 덮쳐 누르듯, 우릴 마구 짓밟는다는 걸 부정하지 않는다. 솔직히 말해서 네 누나가 길길이 날뛸 땐 말이다, 핍." 조는 목소리를 낮추고는 문간을 한 번 흘끗 바라보더니 속삭이듯 말했다. "그럴 땐 나도 네 누나가 파괴적인 폭군이라는 걸 인정하지 않을 수 없단다."

조는 이 '파괴적인 폭군'이라는 단어를, 큼지막한 'ㅍ'이 적어도 열두 개는 들어 있는 것처럼 굉장히 강하게 발음했다.

"왜 내가 들고일어나지 않냐고? 내가 네 말을 가로막았을 때 하려던 말은 바로 그거였지, 핍?"

"네, 맞아요, 조."

"글쎄……." 조는 구레나룻을 어루만지기 위해 부지깽이를 왼손으로 바꿔 쥐며 말했다. 그가 그렇게 평온한 자세를 취할 때마다 나는 그를 이겨 낼 희망이 없다는 것을 알았다. "네 누난 주도자란다. 주도자."

"그게 어떤 사람인데요?" 나는 혹시 그를 궁지에 몰아넣을 수 있지 않을까 하는 약간의 희망을 품으며 말했다. 하지만 조는 내가 기대했던 것보다 빨리 그 단어의 정의를 내릴 준비가 되어 있었는데, 그는 나를 빤히 응시하면서 "네 누나 같은 사람이지." 하고 순환논법으로 대답함으로써 나를 완전히 좌절시켜 버리고 말았다.

"반면에 난 주도자가 아니란다." 조는 나를 응시하던 시선을 풀고 다시 구레나룻을 어루만지며 말을 이었다. "그리고 마지막으로 말이다, 핍. 그런데 이보게, 이건 내가 자네한테 아주 진지하게 말하고 싶은 거라네. 난 불쌍한 우리 어머니에게서, 고되게 노예처럼 일만 하면서 정직한 마음에 상처만 입고 평생 하루도 마음 편하게 지내지 못하는 그런 여자의 모습을 너무나 뼈저리게 보았단다. 그래서 여자에게 올바른 행동을 하지 않음으로써 잘못을 저지르는 걸 끔찍이 두려워하게 되었단다. 그래서 차라리 다른 방식으로 잘못을 해서 내가 좀 불편하게 사는 것이 둘 중에 그래도 낫겠다고 생각했지. 물론 핍, 괴로움을 당하는 게 나 혼자라면 얼마나 좋겠니. 이보게, 자네가 '따끔이'한테 얻어맞는 일이 없다면 얼마나 좋겠는가. 그 모든 걸 내가 대신 당할 수 있다면 얼마나 좋겠니. 하지만 그런 건 오르락내리락 평평한 인생사의 기복처럼 어쩔 수 없는 거란다, 핍. 그래서 난 네가 그런 부족한 점들을 잘 참고 넘어가기만을 바랄 뿐이다."

확신하건대, 아직 어렸지만 나는 그날 밤부터 조에 대해 새로운 존경심을 품게 되었다. 우리는 그 후에도, 이전에 그랬던 것처럼, 대등한 상대로 지냈다. 하지만 그 후부터는 조용한 시간에 조를 바라보고 앉아서 그에 대한 생각을 할 때면, 내가 그를 진심으로 존경하고 있다는 의식이 마음속에서 새롭게 느껴지곤 했다.

"그런데 말이다." 조는 불에 석탄을 더 갖다 넣으려고 일어서며 말했다. "우리 더치 벽시계가 이제 곧 8시를 치려고 부지런히 똑딱거리고 있건만, 네 누난 아직 돌아오지 않았구나! 펌블추크 삼촌의 암말이 혹시 얼음판에 발을 잘못 디뎌 넘어지지나 않았는지 걱정이구나."

조 부인은 장날이면 이따금 펌블추크 삼촌과 함께 장에 가서 여자의 분별력이 요구되는 가재도구나 물건 등을 사는 일을 도와주곤 했는데, 이는 펌블추크 삼촌이 독신인 데다 자기 집 하인을 도무지 신뢰하지 못했기 때문이다. 그날도 장날이어서 조 부인은 이런 볼일 가운데 하나로 외출 중이었던 것이다.

조는 불을 지펴 놓고는 벽난로 주변을 청소했다. 그러고 나서 우리는 문간으로 나가서 이륜마차 소리가 들리는지 귀를 기울였다. 건조하고 추운 밤이었고, 바람이 매섭게 불었으며, 하얀 서리가 짙게 덮여 있었다. 이런 날 습지에 누워서 밤을 보내는 사람은 죽고 말 것이라고 나는 생각했다. 그러다가 나는 문득 별을 바라보았는데, 사람이 밤하늘에 반짝이는 수많은 별들을 올려다보면서 그들 가운데 아무런 도움이나 동정의 손길도 찾지 못한 채 그대로 얼어 죽어 간다면 그 얼마나 끔찍한 일일까 하는 생각이 들었다.

"저기 말이 오는 소리가 들리는구나." 조가 말했다. "마치 종이 울리는 듯한 소리를 내면서 말이다!"

딱딱한 길에 부딪치는 말발굽의 쇳소리가 아주 음악적으로 들리는 가운데, 말은 보통 때보다 훨씬 경쾌하게 속보로 달려오고 있었다. 우리는 조 부인이 내릴 때 디딜 의자를 밖에 내다 놓고는, 불길을 한층 높이 지펴서 창문이 환하게 보이게끔 한 다음, 부엌의 물건들이 모두 제자리에 잘 정돈되어 있는지 마지막으로 살펴보았다. 우리가 이런 준비를 다 완료했을 때, 그들은 눈 밑까지 온통 둘러싼 채 집 앞에 당도했다. 조 부인이 곧 마차에서 내렸고, 곧이어 펌블추크 삼촌도 내려서 말을 천으로 덮어주었다. 그리고 바로 우리는 모두 부엌에 들어왔는데, 차가운 공기를 얼마나 많이 몰고 들어왔는지 벽난로의 불에서 온기가 전부 다 쫓겨가 버린 것 같았다.

"자……." 흥분한 얼굴로 급하게 겉옷을 벗고 모자를 뒤로 획 벗어젖히며 (그러자 모자는 끈에 매달린 채 어깨 위에 늘어졌다.) 조 부인은 말했다. "만약 이 녀석이 오늘 밤 감사하게 여기지 않는다면, 이놈은 평생 아무것에도 감사하지 않을 놈이에요!"

나는, 왜 감사해야 하는지 전혀 모르는 아이가 지을 수 있는 최대한의 감사의 표정을 지어 보였다.

"오직 바라건대……." 누나가 말했다. "이 녀석이 지못때루 굴도록 버릇을 잘못 들이면 안 될 텐데. 하지만 그럴 것 같아 걱정이 되는군요."

"그녀는 그러지 않을 것이오, 부인." 펌블추크 씨가 말했다. "그녀는 그런 어리석은 짓을 할 사람이 아니라오."

그녀라니? 나는 조를 바라보면서 내 입술과 눈썹으로 "그녀라니요?" 하는 표정을 지어 보였다. 조 역시 나를 바라보면서 입술과 눈썹으로 "그녀라니?" 하는 표정을 지어 보였다. 그 순간 누나가 조의 그 행동을 포착했는데, 그러자 조는 그런 경우에 늘 그러듯이, 비위를 맞추는 듯한 태도로 코에다 손등을 한 번씩 문질러 보고는 그녀를 쳐다보았다.

"아니, 뭐야?" 누나는 특유의 그 쏘아붙이는 말투로 말했다. "뭘 그렇게 노려보고 있는 거야, 당신? 집에 불이라도 난 거야?"

"……그러니까 누군가가……." 조는 공손하게, 에둘러 말했다. "'그녀'라는 말을 한 거 같은데."

"아니 그럼, 그녀가 그녀지 뭐겠어?" 누나는 말했다. "미스 해비셤을 그 남자라고 부르지 않는 한 말이야. 그런데 당신은 정말로 그렇게 부를지도 모른다는 생각이 드는군."

"읍내의 저 미스 해비셤 말이오?"

"아니, 미스 해비셤이 읍 바깥에 또 있단 말이야?" 누나는 대꾸했다. "미스 해비셤은 이 녀석이 자기 집에 와서 놀아 주기를 바라고 있어. 물론 이 녀석은 갈 거야. 그리고 거기서, 아주 잘 놀아야 이 녀석 신상에 좋을걸." 그렇게 말하면서 누나는, 극도로 명랑하고 장난스럽게 놀아 보라는 권고의 표시로 나를 보며 고개를 좌우로 흔들어 댔다. "안 그랬다간 여기서 죽도록 일하며 나한테 혹사를 당하고 말 테니 말이야."

나는 읍내의 미스 해비셤에 대한 소문을 알고 있었는데 — 주변의 몇 킬로미터 내에 사는 사람이면 누구나 읍내의 미스 해비셤에 대한 소문을 알고 있었다. — 그녀는 엄청난 부자이자 무서운 부인으로, 강도가 못 들어오게끔 쇠창살을 친 커다랗고 음울한 저택에서 혼자 은둔 생활을 하고 있다고 했다.

"아니, 그게 정말이오!" 조는 깜짝 놀라며 말했다. "그런데 그녀가 어떻게 핍을 알게 되었지?"

"이런 얼간이!" 누나가 소리쳤다. "그녀가 핍을 안다고 누가 언제 말했어?"

"……그러니까 누군가가……." 조는 다시 공손하게, 에둘러 말했다. "그녀가 핍이 자기 집에 와서 놀아 주기를 바란다고 말한 거 같은데."

"그럼 그녀가 펌블추크 삼촌께, 자기 집에 와서 놀아 줄 만한 아이 하나 혹시 알고 있지 않느냐고 물어볼 수도 없다는 거야? 또 펌블추크 삼촌께서 그녀의 임차인으로서 이따금 — 그게 분기마다인지 반년마다인지는, 당신한테 너무 복잡한 문제일 테니 말하지 않겠는데 — 어쨌든 이따금, 집세를 내러 그녀의 집을 방문하는 일도 충분히 있을 수 있는 거 아냐? 그리고 그런 때 그녀가, 자기 집에 와서 놀아 줄 만한 아이 하나 혹시 알고 있지 않냐고 펌블추크 삼촌께 물어볼 수도 있는 것 아니겠어? 그러자 펌블추크 삼촌께서, 언제나 우리를 배려하고 생각해 주시는지라, 물론 조셉, 당신은 그렇게 생각하지 않을지도 모르지만 말이야, (누나는 이 말을, 조가 세상에서 가장 무정한 조카이기라도 한 것처럼 더할 나위 없이 비난에 찬 어조로 말했다.) 여기 이렇게 날뛰며 서 있는 이 녀석을, (엄숙하게 맹세하건대 난 그 순간 전혀 날뛰고 있지 않았다.) 내가 바보처럼 자진해서 평생 노예 노릇을 하고 있는 바로 이 녀석을 그녀에게 언급할 수도 있지 않겠어?"

"훌륭한 대답이오, 조 부인!" 펌블추크 삼촌이 외쳤다. "아주 잘 말했소! 정곡을 찌르는 멋진 설명이었소! 정말 훌륭하오! 자, 조셉, 이제 사정이 어떻게 된 것인지 알겠지?"

"아냐, 조셉." 누나는 여전히 비난에 찬 태도로 말했는데, 그동안 조는 사죄라도 하듯이 손등으로 코를 반복해서 문질러 댔다. "당신은, 그렇게 생각하지 않겠지만, 아직 사정을 잘 모르고 있어. 당신은 이제 사정을 다 알았다고 생각할지 모르지만, 조셉, 당신은 아직 잘 모르고 있어. 왜냐하면 당신이 모르는 사실이 있기 때문이지. 그건 바로 펌블추크 삼촌께서, 이 녀석이 미스 해비셤네 집에 감으로써 혹시 우리가 모르는 어떤 행운이 이 녀석한테 생길지도 모른다고 판단하셔서, 오늘 밤 직접 삼촌의 이륜마차에 이 녀석을 태워 읍내로 데리고 가서는 댁에서 하룻밤 재워 준 다음, 내일 아침 미스 해비셤의 집에 손수 데려다주시겠노라고 자청하셨다는 사실이야. 그런데 맙소사, 내 정신 좀 봐!" 누나는 갑자기 모자 끈을 풀어 던지며 절망이라도 한 듯이 외쳤다. "이 바보 맹꽁이들하고 쓸데없는 이야기나 하면서 이렇게 서 있다니! 펌블추크 삼촌께서 기다리고 계시고, 문밖에서는 말이 추위에 떨고 있는데 말이야. 게다가 이 녀석은 머리카락 끝에서 발바닥까지 온통 시커먼 때투성이 범벅인데 말이야!"

그 말과 함께 누나는 마치 독수리가 어린 양을 덮치듯이 나에게 달려들었다. 곧 내 얼굴은 부엌의 개수대에 있는 나무 대야에 연달아 처박혔고, 내 머리는 빗물통의 수도꼭지 아래에 연거푸 들이밀어졌다. 그리하여 나는 비누질을 당하고 주물러지고 수건으로 닦이고 탁탁 후려쳐지고 득득 써레질 당하고 박박 문질러졌는데, 그 고통이란 정말이지 거의 완전히 정신을 잃고 말 지경이었다.(이 자리를 빌려 말하건대, 나는 결혼반지가 인간의 얼굴 위를 사정없이 문질러 댈 때 생기는 그 우둘투둘한 마찰의 영향을 나보다 더 잘 알고 있는 사람은 이 세상에 아무도 없다고 자부하는 바다.)

내 세정(洗淨)식이 완료되었을 때, 누나는 마치 어린 참회자에게 거친 마포를 입히듯이 나에게 제일 빳빳한 감의 깨끗한 속옷을 입혔고, 이어 내가 가진 양복 중 가장 꽉 죄고 소름 끼치는 옷으로 나를 포박하듯 동여맸다. 그러고 난 뒤 나는 펌블추크 씨의 손에 넘겨졌는데, 그는 마치 치안행정관이라도 된 것처럼 격식을 차려 나를 인계 받았으며, 이어 내가 빤히 짐작하고 있던 대로, 그동안 내내 말하고 싶어 죽을 지경이었던 예의 그 연설을 나한테 발사했다. "꼬마야, 언제나 너의 모든 친지들에게 감사하는 마음을 지니거라. 특히 널 손수 길러 준 분들께 감사해야 하느니라."

"다녀올게요, 조!"

"하느님의 가호를 빈다, 핍, 이보게!"

나는 그 이전에 조와 한 번도 떨어져 본 적이 없었다. 그래서 북받치는 감정이랑 눈가에 스며든 비누 거품 등으로 인해, 이륜마차에서 처음 한동안은 별이 내 눈에 전혀 들어오지 않았다. 그러나 얼마 후 반짝이는 별들이 하나씩 하나씩 보이기 시작했다. 하지만 그 별들은 내가 도대체 왜 미스 해비셤의 집에 놀러 가는지, 그리고 내가 거기서 도대체 무엇을 하며 놀아야 할 것인지 등의 문제에 대해서는 아무런 빛도 밝혀 주지 않았다.

8장

읍내 —장이 서는 읍이었는데— 의 중심가에 있는 펌블추크 씨의 점포는 곡물상이자 씨앗 장수의 점포답게, 말린 후추 열매와 곡물 가루 냄새가 물씬 풍겼다. 가게에 작은 서랍을 그렇게 많이 가지고 있으니, 내가 보기에 그는 정말로 대단히 행복한 사람임에 틀림없을 것 같았다. 아래쪽 서랍 한두 개를 들여다본 나는 끈으로 묶인 갈색 종이 꾸러미들이 그 안에 있는 것을 보았는데, 그때 나는 꽃씨와 구근(球根)들이 화창한 어느 날 그 감옥들에서 탈출하여 꽃을 활짝 피우고 싶어 하지 않을까 하는 궁금증이 들기도 했다.

내가 마음속으로 이런 상상을 해 본 것은 그곳에 도착한 다음 날 이른 아침이었다. 전날 밤에는 도착하자마자 곧바로 지붕 밑 다락방으로 자러 올라가야 했는데, 경사진 그 방의 천장이 침대가 놓인 구석 부분에 가서는 어찌나 낮아지는지, 거기 누운 나는 지붕의 기와가 내 눈썹에서 30센티미터도 안 되는 곳에 있겠구나 하고 계산을 할 정도였다. 그날 아침 나는 씨앗과 코르덴 바지 사이에 독특한 친족 관계가 있다는 것을 발견했다. 펌블추크 씨는 코르덴 바지를 입고 있었고, 그의 점원 역시 똑같은 것을 입고 있었다. 그런데 어째선지, 그들의 코르덴 바지가 풍기는 전반적인 분위기와 냄새는 씨앗의 성질을 너무나 많이 띠고 있었고, 또한 씨앗이 풍기는 전반적인 분위기와 냄새 역시 코르덴 바지의 성질을 너무나 많이 띠고 있어서, 어느 것이 어느 것인지 나는 거의 구분할 수 없었다. 한편 그날 아침 나는 또 다른 사실을 알아차릴 기회가 있었는데, 그것은 바로 펌블추크 씨가 길 건너편의 마구 판매상을 바라보는 것으로 자신의 영업을 수행하고 있는 것 같다는 점이었다. 그런데 그 마구 판매상 역시 마차 제조업자를 응시하는 것으로 그 자신의 영업을 처리하는 것 같았으며, 마차 제조업자 또한 호주머니에 양손을 집어넣고는 빵 장수를 골똘히 관찰하는 것으로 생계를 꾸려 나가는 것 같았다. 그리고 빵 장수의 경우, 그는 팔짱을 낀 채 식료품 가게 주인을 노려보았으며, 그동안 식료품 가게 주인은 점포 문간에 서서 약제사를 바라보며 하품을 했다. 오직 시계 수리공만이 그 중심가에서 유일하게 자신의 본업에 주의를 기울이고 있는 사람 같았는데, 그는 언제나 돋보기를 눈에 낀 채 자그만 책상 위를 열심히 들여다보고 있었다. 그리고 그의 그런 모습을 작업복 차림의 몇몇 사람들이 가게 유리창을 통해 마치 검사라도 하듯이 열심히 들여다보고 있었다.

펌블추크 씨와 나는 8시에 가게 뒤의 안채 거실에서 아침 식사를 했다. 그동안 그의 점원은 머그잔에 따른 차와 버터 바른 빵 한 덩어리를 점포 앞쪽의 완두콩 자루 위로 들고 가서 먹었다. 펌블추크 씨와 함께 식사하는 것은 고역이었다. 그는 내 음식에 금욕적이고 참회자 같은 성격을 부여해야 한다는 누나의 생각을 그대로 받아들였을 뿐만 아니라 — 그래서 나에게 가능한 한 버터를 적게 바른 거의 맨덩어리 빵과, 우유를 완전히 빼 버리는 게 차라리 솔직하게 생각될 만큼 따뜻한 물을 대량으로 섞은 우유를 주었을 뿐만 아니라 — 오로지 산수에 관한 것으로만 대화를 이끌어 갔다. 내가 그에게 안녕히 주무셨냐고 공손히 아침 인사를 하자마자 그는 거만하게 뽐내듯이 말했다. "7 곱하기 9는 뭐지, 꼬마야?" 아니, 그런 식으로 허를 찔리면, 게다가 그것도 낯선 곳에서 배 속이 텅 빈 상태인데, 도대체 내가 어떻게 대답을 할 수 있단 말인가! 나는 몹시 배가 고팠다. 하지만 내가 빵 한 조각을 채 씹어 삼키기도 전에 그는 계산 문제를 연속적으로 내기 시작하더니, 아침 식사 내내 계속해서 퍼부어 댔던 것이다. "더하기 7은?" "더하기 4는?" "더하기 8은?" "더하기 6은?" "더하기 2는?" "더하기 10은?" 등등의 방식으로 말이다. 나는 각각의 숫자를 처리한 뒤, 다음 숫자가 나오기 전에 가능한 한 재주껏 한입 베어 먹거나 한 모금 마시는 게 고작이었는데, 그러는 동안 그는 편안히 앉아서 아무것도 계산할 필요 없이 베이컨과 뜨거운 롤빵을 (이런 표현을 써도 된다면 하는 말인데) 식충이처럼 게걸스럽게 먹어 대고 있었다.

이런 이유들 때문에, 10시가 되어서 우리가 미스 해비셤의 집을 향해 출발하게 되었을 때 나는 매우 기뻤다. 물론 그 부인의 지붕 밑에서 내가 어떤 방식으로 행동해야 할 것인지에 대해서는 조금도 마음이 편하지 않았지만 말이다. 15분도 채 안 되어 우리는 미스 해비셤의 집에 도착했다. 오래된 벽돌 건물이었는데 음울하고 쇠창살이 굉장히 많이 달린 저택이었다. 창문들 중 어떤 것들은 담이 둘러쳐져 있었다. 그리고 나머지 창문들 중 아래쪽에 있는 것들은 전부 녹슨 쇠창살이 쳐져 있었다. 건물 앞쪽으로 안마당이 있었는데, 그것 역시 쇠막대로 울타리가 되어 있었다. 그래서 우리는 초인종을 울린 뒤에 누군가가 나와서 대문을 열어 줄 때까지 그대로 기다리고 있어야 했다. 기다리는 동안 나는 대문 안을 들여다보았는데 (심지어 그때까지도 펌블추크 씨는 "더하기 14는?" 하고 말했지만, 나는 못 들은 체해 버렸다.) 저택 옆으로 커다란 양조장이 있는 것을 보았다. 현재 거기서 양조가 행해지고 있는 기미는 없었으며, 이미 오랫동안 양조를 전혀 한 적이 없는 것처럼 보였다.

창문이 하나 들어 올려지더니 누군가가 또렷한 목소리로 "누군지 이름을 말하세요." 하고 요구했다. 이에 나의 안내자는 "펌블추크요." 하고 대답했다. 목소리의 주인공이 "알았어요." 하고 대꾸했고, 창문은 다시 닫혔다. 그러더니 어린 숙녀 하나가 손에 열쇠 꾸러미를 든 채 안마당을 가로질러 걸어 나왔다.

"이 애가 핍이란다." 펌블추크 씨는 말했다.

"아, 이 애가 핍이로군요?" 어린 숙녀가 대꾸했다. 아주 예쁜 소녀였는데 몹시 거만해 보였다. "들어와라, 핍."

펌블추크 씨도 함께 들어가려고 하던 참이었는데 그녀가 대문으로 그를 막았다.

"어머!" 그녀는 말했다. "아저씨도 미스 해비셤을 만나고 싶은 거였나요?"

"미스 해비셤께서 혹시 날 만나고 싶어 하실까 해서 말이다." 펌블추크 씨는 당혹스러운 표정으로 대답했다.

"아, 그래요!" 소녀는 말했다. "하지만 아시다시피 만날 생각이 없으시답니다."

그녀가 이 말을 너무나 딱 잘라서, 재론의 여지가 전혀 없다는 듯이 말했기 때문에 펌블추크 씨는, 비록 체면이 온통 구겨지고 말았지만, 아무런 항변도 하지 못했다. 그 대신 그는 나를 엄하게 한 번 노려보고는 — 마치 내가 그에게 무슨 잘못이라도 한 것처럼 말이다! — 비난에 찬 어조로 이렇게 말하면서 떠나갔다. "꼬마야! 너를 손수 키워 준 분들한테 명예가 되도록 행동 잘해야 하느니라!" 나는 그가 금세 다시 돌아와 대문의 쇠창살 사이로 "더하기 16은?" 하고 질문을 던지지 않을까 하는 두려움을 떨칠 수 없었다. 하지만 그런 일은 없었다.

나의 어린 숙녀 안내자는 대문의 자물쇠를 잠갔다. 그리고 우리는 안마당을 가로질러 걸어갔다. 판석이 깔려 있는 마당은 깨끗했지만, 여기저기 틈새가 있는 곳마다 풀이 자라고 있었다. 마당에는 양조장 건물로 통하는 좁은 길이 하나 있었는데, 이 길의 나무 출입문은 활짝 열려 있었고, 그 사이로 양조장 내부 전체가, 저만치 빙 둘러싼 높은 담장까지 훤히 드러나 보였다. 그곳은 완전히 텅 비어 있었고 사용되지 않았다. 차가운 바람이 그 안에서는 출입문 이쪽보다 더 춥게 부는 것 같았다. 바람은 울부짖는 듯한 날카로운 소리를 내며 양조장의 트여 있는 쪽으로 불어 들어왔다 빠져나갔는데, 그 소리는 마치 바다에서 배의 삭구(索具)에 들이치는 바람 소리처럼 들렸다.

소녀는 내가 양조장을 바라보는 것을 보고는 이렇게 말했다. "저기 지금 보이는 데서 양조된 독한 맥주는 모두 아무 탈 없이 마실 수 있단다, 꼬마야."

"글쎄, 그럴 것 같군요, 아가씨." 나는 수줍어하며 말했다.

"하지만 지금 저기서 술을 양조하려고 하지 않는 게 좋을걸. 그랬다간 시어 터지고 말 테니까 말이야, 그렇게 생각하지 않니, 꼬마야?"

"그렇게 보이는군요, 아가씨."

"그렇다고 누가 지금 저기서 양조를 하려고 한다는 뜻은 아니야." 그녀는 덧붙였다. "왜냐하면 양조장은 이제 완전히 문을 닫았거든. 저곳은 앞으로 무너질 때까지, 지금처럼 아무것에도 사용되지 않은 채 그대로 서 있을 거야. 독한 맥주로 말하자면, 지하 창고에 이미 이 '매너 하우스'*를 잠기게 하고도 남을 만큼 충분히 저장되어 있단다."

"그게 이 집의 이름인가요, 아가씨?"

"이름 중의 하나란다, 꼬마야."

"그럼 이름이 여럿이란 말인가요, 아가씨?"

"뭐, 딱 하나 더 있을 뿐이야. 그건 '새티스'라는 이름인데, 그리스언지 라틴언지 히브리언지, 아님 그 셋을 다 합친 것인지 잘 모르겠지만, 나한텐 다 마찬가지인데, 아무튼 '충분하다'는 뜻의 단어란다."

"그럼 '충분한 집'이 되겠군요." 나는 말했다. "좀 이상한 이름이군요, 아가씨."

"그래." 그녀는 대답했다. "하지만 그 말이 원래 의미하는 것은 그 이상이었단다. 이 집에 그 이름이 처음 붙여졌을 때 그 의미는 누구든지 이 집을 소유하는 사람은 더 이상 원하는 게 없

---

* Manor House, 대개 영주나 지주의 시골에 있는 큰 저택을 가리키는 명칭.

을 것이라는 뜻이었단다. 내 생각에, 그 당시 사람들은 참 쉽게 만족했음에 틀림없어. 하지만, 꼬마야, 이제 그만 꾸물대거라."

그녀는 아주 빈번하게, 그것도 칭찬과는 거리가 먼, 아무렇게나 내뱉는 어투로, 나를 "꼬마"라고 불렀지만, 사실 그녀는 내 나이 또래 정도밖에 안 되어 보였다. 물론 여자아이인 데다 아름답고 냉정할 만큼 침착했으므로, 그녀는 나보다 훨씬 나이가 많은 것처럼 보였다. 그래서 그녀는 마치 자기가 스물한 살이라도 된 듯, 그리고 여왕이라도 된 듯이 나를 무시하고 깔보았다.

우리는 옆문을 통해 집으로 들어갔다. — 정면의 커다란 출입문은 두 줄의 쇠사슬이 열십자로 바깥쪽에 둘러쳐져 있었다. — 안에 들어간 내가 맨 처음 알아차린 것은 복도가 온통 캄캄하다는 것과 그녀가 밖으로 나올 때 촛불을 거기에 놓아뒀다는 사실이었다. 그녀는 촛불을 집어 들었고, 우리는 복도를 여럿 지난 뒤 계단으로 올라갔다. 여전히 집 안은 온통 깜깜했고 오직 촛불만이 우리를 비춰 주었다.

마침내 우리는 어느 방문 앞에 이르렀고 그녀가 말했다. "들어가렴."

나는 정중하게, 하지만 수줍음을 더 많이 띠며 대답했다. "먼저 들어가세요, 아가씨."

그러자 그녀는 이렇게 대꾸했다. "바보같이 굴지 말거라, 꼬마야. 난 안 들어가." 그러고는 경멸에 찬 표정으로 휙 걸어가 버렸는데, 설상가상으로 촛불까지 들고 가 버렸다.

이건 아주 난감한 상황이었으며, 나는 또 무섭기까지 했다. 하지만 오직 방문을 두드리는 것밖에는 다른 수가 없었던지라, 나는 방문을 두드렸다. 그러자 안에서 들어오라는 말이 들려왔고, 나는 안으로 들어갔다. 꽤 커다란 방이었는데, 여러 개의 촛불이 환히 밝혀져 있었다. 바깥에서 들어오는 빛이라곤 전혀 찾아볼 수 없었다. 가구들로 보건대 — 비록 처음 보는 형태에다 용도가 뭔지 모르는 가구들이 많았지만 — 옷 갈아입는 방 같았다. 하지만 방에서 특히 눈에 띄는 것이 하나 있었는데, 금박 테두리의 거울이 달린, 테이블보가 씌워진 탁자였다. 나는 한눈에 그것이 지체 높은 귀부인의 화장대라는 것을 알아차렸다.

그 앞에 지체 높은 귀부인이 앉아 있지 않았는데도 내가 어떻게 그렇게 금방 그 가구의 정체를 알아볼 수 있었는지 잘 모르겠다. 어떤 부인이 한쪽 팔꿈치를 탁자 위에 괴고는 그 손으로 머리를 받친 채 안락의자에 앉아 있었는데, 그때까지, 그리고 그 이후로도 내가 본 가장 이상한 부인이었다.

그 부인은 훌륭한 옷감 — 반짝이는 공단, 레이스, 비단 등 — 으로 된 옷을 입고 있었는데 모두 하얀색이었다. 구두 역시 하얀색이었다. 그녀는 또한 하얀 면사포를 머리에서부터 길게 늘어뜨리고 있었으며 신부(新婦)용 꽃을 머리에 꽂고 있었다. 하지만 머리카락은 백발이었다. 그녀의 목과 양손에는 눈부신 보석들이 광채를 번득이고 있었으며, 화장대 위에도 보석 몇 개가 광채를 발하며 놓여 있었다. 그녀가 입고 있는 것보다는 덜 화려한 옷들과 반쯤 짐을 꾸린 여행 가방들이 주변 여기저기 널려 있었다. 그 부인은 옷차림을 완전히 갖춰 입은 상태가 아니었다. 구두를 한 짝밖에 신고 있지 않았고 — 나머지 한 짝은 화장대 위의 팔 근처에 놓여 있었다. — 면사포도 절반 정도만 제대로 달려 있었으며, 줄 달린 시계도 아직 차지 않은 상태였다. 그리고 가슴에 달 레이스 장식을 비롯해 다른 자잘한 장신구들과 손수건, 장갑, 꽃다발, 기도서 등이 온통 뒤엉킨 채 거울 주변에 어지럽게 쌓여 있었다.

사람들이 보통 생각하는 것보다 많은 것들을 내가 처음 잠깐 동안에 알아보긴 했지만, 그 잠깐 동안에 내가 이 모든 것들을 다 알아본 것은 아니었다. 하지만 내 눈에 띈 그 하얀색이어야 할 모든 것들이 본래는 분명 하얀색이었지만 이미 오래전에 광택을 잃고 색이 바래서 누렇게 되어 버린 것이라는 점만은 나는 분명히 알아보았다. 나는 또한 신부 옷을 입고 있는 신부가 자신의 옷과 마찬가지로, 그리고 신부용 꽃과 마찬가지로, 시들어 버린 지 이미 오래되었고 푹 꺼진 두 눈의 번득이는 광채 말고는 아무런 광채도 남아 있지 않다는 것을 알아보았다. 그리고 또 신부의 옷이 원래 젊은 여인의 통통한 몸에 입혔을 테지만 이젠 피골이 상접하도록 쪼그라든 몸에 걸쳐져 헐렁하게 축 늘어져 있다는 것을 알아보았다. 언젠가 나는 박람회에 따라갔다가 무시무시한 밀랍 인형을 본 적이 있는데, 그것이 누군지는 모르겠지만 어떤 유명 인물의 정장(正裝) 안치된 모습을 한 기괴한 인형이었다. 언젠가 나는 또 우리 고장 습지의 어느 옛 교회에 따라가서 판석을 깐 교회 바닥 밑의 지하 납골묘에서 파낸 해골을 본 적이 있는데, 거의 흙먼지로 변한 화려한 옷 같은 것에 싸여 있는 해골이었다. 그런데 바로 그런 밀랍 인형과 해골이 그 순간, 퀭하니 시커먼 두 눈을 하고는 살아 움직이며 나를 바라보고 있는 것 같았다. 나는 너무나 무서워 비명조차 지르지 못한 채 그냥 벌벌 떨고만 있었다.

"누구냐?" 화장대 앞의 부인이 말했다.

"핍이에요, 마님."

"핍이라고?"

"펌블추크 씨가 보낸 아인데요, 마님. 놀러 오, 라고 하신."

"가까이 오너라. 얼굴을 좀 보자. 이리 다가와 보거라."

그녀의 시선을 피하며 그 부인 앞에 가만히 서 있는 동안 나는 비로소 주변의 사물을 자세히 살펴볼 수 있었다. 화장대 위의 시계는 9시 20분 전에 멈춰 있었고 방 안의 괘종시계 역시 9시 20분 전에 멈춰 있었다.

"나를 쳐다보거라." 미스 해비셤은 말했다. "네가 태어난 이래로 태양을 전혀 본 적이 없는 여자를 넌 무서워하지 않겠지?"

말하기 부끄럽지만 나는 "네, 안 무서워요." 하고 엄청난 거짓말이 담긴 대답을 두려움 없이 하고 말았다.

"여기, 내가 지금 만지고 있는 것이 무엇인지 아니?" 그녀는 두 손을 왼쪽 가슴팍에 포개어 얹어 놓으며 말했다.

"네, 알아요, 마님." (그것을 보자 나는 예의 그 무서운 청년 생각이 났다.)

"내가 만지는 게 뭐지, 그럼?"

"가슴요."

"찢어진 가슴이란다!"

그녀는 그 말을 매우 진지한 표정으로 강하게 힘주어서, 그리고 일종의 자랑하는 듯한 기묘한 미소를 띠면서 말했다. 그러고 난 뒤 그녀는 얼마 동안 두 손을 그대로 가슴에 대고 있다가, 마치 무거운 돌이라도 들어내듯이 천천히 손을 떼어 냈다.

"난 지쳤단다." 미스 해비셤은 말했다. "기분 전환이 필요해. 그런데 세상 사람들과는 관계를 끊었지. 자, 놀아 보거라."

아무리 반박하기 좋아하는 독자라도 충분히 인정할 것이라고 생각하는데, 그녀가 그 상황에서 불행한 소년에게 지시할 수 있는 것 중 이것보다 더 행하기 어려운 것은 아마 이 넓은 세상에 하나도 없을 것이다.

"난 때때로 병적인 기분에 사로잡힌단다." 그녀는 말을 이었다. "그런데 요즘은 어떤 놀이 같은 것을 보고 싶은 기분이야. 자, 어서!" 오른손 손가락들을 짜증스럽게 흔들어 대면서 그녀는 말했다. "놀아 봐라, 놀아, 어서, 놀아 봐!"

당장이라도 눈앞에 누나가 나타나 나를 죽도록 혹사할 것 같은 두려움에 사로잡히면서 나는 한순간, 펌블추크 씨의 이륜마차 흉내를 내며 방 안을 뛰어 돌아다녀 볼까 하는 필사적인 생각을 해 보았다. 그러나 아무래도 그 연기를 해낼 수 있을 것 같지 않다는 느낌이 들어 나는 단념하고 말았다. 그러고는 미스 해비셤만 빤히 바라보며 서 있었는데, 그것이 그녀에게는 완고한 모습으로 보인 것 같았다. 왜냐하면 우리가 한참 동안 서로를 쳐다보고 났을 때 그녀는 이렇게 말했기 때문이다.

"넌 뿌루퉁하고 고집 센 아이로구나?"

"아니에요, 마님. 마님께 대단히 죄송해요. 갑자기 막 놀이를 하려니 못 하겠어요, 대단히 죄송해요. 마님께서 저에 대해 불평을 하시면 저는 우리 누나한테 야단을 맞을 것이기 때문에, 할 수만 있다면 저는 시키신 대로 하고 싶어요. 하지만 여긴 너무나 새로운 곳인 데다 너무나 낯설고 또 너무나 훌륭하며, 게다가 또 너무나 우울한……." 내가 너무 말을 많이 하는 것 같다는, 아니 이미 너무 말을 많이 했다는 두려움에 사로잡혀 나는 말을 멈췄다. 그리고 우리는 다시금 서로를 빤히 쳐다보았다.

얼마 후 다시 말을 시작하기 전에, 그 부인은 나한테서 시선을 거두고는 자신이 입고 있는 옷과 화장대, 그리고 마지막으로 거울에 비친 자신의 모습을 차례로 바라보았다.

"저 아이한테는 저토록 새로운 곳인데……." 그녀는 중얼거렸다. "나한테는 너무나 오래된 곳이야. 저 아이한테는 저토록 낯선 곳인데, 나한테는 너무나 익숙한 곳이야! 하지만 우울한 것은 우리 둘 다에게 똑같군! 에스텔러를 부르거라!"

그녀가 여전히 거울에 비친 자신의 모습을 바라보고 있었으므로, 나는 그녀가 여전히 혼자 중얼거리고 있는 것으로 생각하고는 가만히 서 있었다.

"에스텔러를 부르라니까." 그녀는 나를 휙 쏘아보며 되풀이했다. "그것도 못 한다고 하진 않겠지. 에스텔러를 부르거라. 문으로 가서 말이야."

낯선 저택의 어딘지 모를 복도에 서서, 보이지도 않고 대답도 없는 경멸에 가득 찬 소녀에게 어둠 속에서 '에스텔러' 하고 외쳐 대는 것은, 그것도 그녀의 이름을 그렇게 소리쳐 불러 대는 참으로 불손하고 무지막지한 행동을 하고 있다고 느끼면서 그러는 것은 명령에 따라 노는 일만큼이나 곤혹스러운 일이었다. 하지만 그녀는 마침내 대답을 했고, 그녀의 촛불이 캄캄한 긴 복도를 따라 별빛처럼 다가왔다.

미스 해비셤은 손짓으로 그녀에게 가까이 다가오라고 했다. 그러더니 화장대에서 보석 하나를 집어 들고는, 그것을 그녀의 아직 앳된 하얀 가슴과 예쁜 갈색 머리카락에 갖다 대며 잘 어울리는지 살펴보았다. "언젠가 네 것이 될 거다, 얘야. 잘 사용하도록 하거라. 자, 이 아이하고 카드놀이를 좀 해 보거라."

"이 애하고요! 아니, 앤 천한 막노동꾼 소년이잖아요!"

내가 얼핏 듣기에 미스 해비셤은, 정말로 그렇게 대답했다고 믿기가 좀 어려운 것이었는데, "그게 뭐 어때서? 저 애 가슴을 찢어지게 하면 되잖니."라고 대답하는 것 같았다.

"할 줄 아는 게 뭐니, 꼬마야?" 더할 나위 없이 지독한 경멸을 드러내며 에스텔러가 나에게 물었다.

"거지로 만들기*밖에 몰라요, 아가씨."

"저 아이를 거지로 만들어 보렴." 미스 해비셤이 에스텔러에게 말했다. 그리하여 우리는 앉아서 카드놀이를 시작했다.

방 안의 모든 것이 화장대 위의 시계와 괘종시계와 마찬가지로 오래전에 멈춰 버렸다는 것을 내가 이해하기 시작한 것은 바로 그때였다. 나는 미스 해비셤이, 아까 그 보석을 집었던 바로 그 자리에 정확히 다시 내려놓는 것을 알아차렸다. 에스텔러가 카드를 나누어 주고 있을 때 나는 화장대를 다시 흘긋 바라보았는데, 거기 놓여 있는, 한때는 하얀색이었지만 이제 누렇게 바랜 구두가 한 번도 발에 신긴 적이 없다는 것을 알아차렸다. 나는 그 구두를 신었어야 할 발을 내려다보았는데, 그 발에 신겨 있는, 역시 한때는 하얀색이었지만 이제 누렇게 바랜 긴 비단 양말이 바닥이 닳아 너덜너덜해진 지 이미 오래라는 것을 알아차렸다. 모든 것이 이렇게 정지되어 있지만 않았다면, 모든 물건들이 이렇게 창백하니 퇴색한 상태로 정지되어 있지만 않았다면, 푹 꺼지고 쭈그러든 육체 위의 그 빛바랜 신부 옷조차도 그토록 시체 위의 수의처럼 보이지 않았을 것이며 그 긴 면사포조차도 그

* 주로 어린이들이 하는 카드놀이로, 숫자가 같거나 짝을 이루는 카드를 상대방이 내놓지 못하면 카드를 따 가는, 그래서 상대방의 카드를 다 따서 거지로 만들면 이기는 놀이.

토록 시체 싸는 천처럼 보이지 않았을 것이다.

우리가 카드놀이를 하는 동안 그 부인은 그렇게 시체처럼 앉아 있었는데, 그녀의 신부 옷에 달린 주름 장식과 다른 장식물들은 마치 흙으로 된 종이처럼 보였다. 나는 그 당시, 이따금 고대에 매장된 시체들이 발견되어 외부의 빛에 뚜렷하게 드러나는 순간 즉시 가루가 되어 부스러진다는 사실을 전혀 알지 못했다. 하지만 후에 그것을 알게 된 뒤로는, 당시 미스 해비셤은 자연의 태양빛이 방 안으로 들어와 그녀에게 닿는 즉시 흙먼지로 부스러져 버릴 존재처럼 보였음에 틀림없다고 자주 생각하곤 했다.

"얘는 네이브*를 잭이라고 불러요, 얜 말이에요!" 에스텔러는 잔뜩 경멸하며 말했다. 첫 게임이 끝나기도 전이었다. "그리고 저 거친 손 좀 보세요! 또 저 두껍고 흉한 구두 좀 보세요!"

나는 내 손이 부끄럽다는 생각을 전에 한 번도 해 본 적이 없었다. 하지만 그 순간부터 나는 내 양손을 아주 질이 나쁜 두 짝의 물건처럼 여기기 시작했다. 나에 대한 소녀의 멸시는 너무나 강렬해서 다른 사람에게 전염이 될 정도였는데, 바로 나 자신이 거기에 전염되어 버린 것이었다.

그녀가 게임에서 이겼다. 그래서 내가 카드를 나눠 주었는데, 나는 잘못 나누고 말았다. 내가 잘못하기만을 기다리며 소녀가 유심히 지켜보고 있다는 것을 알고 있는 상황에서 그것은 당연한 일이었다. 그러자 소녀는 나를 바보 같고 서투른 막노동꾼 소년이라고 비난했다.

"넌 저 애에 대해 아무 말도 안 하는구나." 계속 지켜보고 있

* 왕의 시종이 그려진 카드로 요즘은 보통 잭이라고 부름.

던 미스 해비셤이 나에게 말했다. "저 애가 너에 대해 심한 말을 하는데도 너는 저 애에 대해 아무 말도 안 하는구나. 넌 저 애를 어떻게 생각하니?"

"말하고 싶지 않아요." 나는 더듬거리며 말했다.

"내 귀에다 살짝 말해 보거라." 미스 해비셤은 몸을 구부리며 말했다.

"저 앤 아주 거만하다고 생각해요." 나는 속삭이는 소리로 대답했다.

"그리고 또?"

"저 앤 아주 예쁘다고 생각해요."

"그리고 또?"

"저 앤 아주 모욕적이라고 생각해요." (그 순간 그녀는 더없이 혐오스럽다는 표정으로 나를 쳐다보고 있었다.)

"그리고 또?"

"집에 가고 싶은 생각이 들어요."

"그러곤 저 아일 다시 안 봤으면 하는 거니, 저렇게 예쁜 아인데 말이야?"

"저 아일 다신 안 보고 싶은지는 잘 모르겠어요. 하지만 지금은 집에 가고 싶어요."

"곧 집에 가게 될 거다." 미스 해비셤은 큰 소리로 말했다. "카드놀이를 마저 끝내거라."

맨 처음에 봤던 그 한 번의 기묘한 미소만 없었다면 나는 미스 해비셤의 얼굴이 미소를 지을 수 없을 거라고 거의 확신했을 것이다. 그녀의 얼굴에는 곰곰이 생각하며 주시하는 표정이 내려앉아 있었는데 — 아마 십중팔구는 그녀 주변의 모든 것들이 정지되었던 바로 그 시기에 그랬을 것이다. — 그 어떤 것도 그녀의 얼굴에서 그 표정을 걷어낼 수 없을 것처럼 보였다. 그녀의 가슴도 푹 내려앉아서 허리가 구부정해져 있었다. 목소리 역시 푹 가라앉아서, 아주 낮은 어조로 말했고, 콱 막히고 짓눌린 느낌을 주었다. 전체적으로 어떤 절체절명의 강력한 타격을 받고 육체와 영혼, 안과 밖 모두가 푹 꺼지고 내려앉아 버린 모습이었다.

나는 에스텔러와 끝까지 게임을 했고, 그녀는 나를 거지로 만들었다. 카드를 전부 다 땄을 때 그녀는 마치 그것들이 나한테서 딴 것들이기 때문에 경멸스럽다는 듯이 카드들을 화장대 위에 내던져 버렸다.

"네가 언제 다시 여기 오면 좋을까?" 미스 해비셤이 말했다. "가만 있어 보자."

내가 그녀에게 오늘이 수요일이라는 사실을 일깨워 주려고 했을 때 그녀는 오른손 손가락들을 아까처럼 짜증스럽게 흔들어 대면서 나를 제지했다.

"그만두거라! 나는 요일이니 날짜 따윈 전혀 모른다. 1년 중 몇 주가 되었는지 하는 건 난 전혀 관심 없다. 엿새 후에 다시 오너라. 알겠니?"

"네, 마님."

"에스텔러야, 저 아이를 아래로 데리고 가거라. 먹을 것을 좀 주렴. 그리고 먹는 동안 주위를 구경하며 돌아다니게 해 주거라. 자, 가거라, 핍."

올라올 때 그랬던 것처럼 나는 에스텔러의 촛불을 따라 아래로 내려갔다. 소녀는 아까와 똑같은 자리에 촛불을 다시 세워 놓았다. 그녀가 옆문을 열 때까지 나는, 따로 생각해 보거나 하는 것 없이 그저 시간이 당연히 밤일 거라고 믿고 있었다. 그래서 갑자기 쏟아져 들어오는 햇빛 때문에 나는 당황하고 말았는데, 꼭 촛불이 켜진 그 이상한 방에 아주 오랜 시간 머물러 있다가 나온 것 같은 느낌이었다.

"여기서 기다리고 있거라, 꼬마야." 에스텔러는 말했다. 그러곤 문을 닫고 사라져 버렸다.

안마당에 혼자 남게 된 틈을 타서 나는 내 거친 손과 투박한 구두를 살펴봤다. 나의 이 부속물들에 대한 내 평가는 호의적이지 않았다. 그 이전에는 그것들에 대해 괴로워한 적이 한 번도 없었다. 그러나 이제 나는 그것들을 비천한 종속물로 여기며 괴로워하게 되었다. 나는 조에게 네이브라고 불러야 할 그 그림이 있는 카드들을 왜 잭이라고 부르도록 가르쳐 줬는지 물어보기로 작정했다. 조가 좀 더 훌륭한 교육을 받았더라면 좋았을 텐데, 그랬더라면 나도 그렇게 훌륭한 교육을 받았을 텐데 하는 아쉬움이 들었다.

에스텔러는 약간의 빵과 고기, 그리고 자그만 머그잔에 따른 맥주를 가지고 돌아왔다. 그녀는 머그잔을 마당의 판석 위에다 내려놓고는 쳐다보지도 않은 채 빵과 고기를 나에게 주었는데, 마치 내가 눈 밖에 난 혐오스러운 개라도 되는 것처럼 멸시하는 태도였다. 나는 너무나 심한 굴욕감, 마음의 상처, 모멸감, 불쾌감, 분노, 서글픔 — 그 쓰라린 감정을 뭐라고 표현해야 할지 적절한 말이 떠오르지 않는다. 그건 아마 하느님만이 아실 것이다. — 등을 느낀 나머지 눈물이 핑 돌기 시작했다. 눈물이 솟아올라 내 눈에 괴는 순간 그녀는 나를 흘긋 바라보며 자신이 그 원인이라는 것을 기뻐하는 표정을 지었다. 나는 오기가 나서 눈물을 꾹 참고 그녀를 쳐다보았다. 그러자 그녀는 경멸하듯이 고개를 휙 한 번 젖혀 보이고는 — 하지만 내가 심하게 상처받았다는 것을 분명히 확인했다는 의식을 드러내는 듯하며 — 나를 놔두고 가 버렸다.

그러나 그녀가 사라졌을 때 나는 얼굴을 숨길 곳이 없나 하고 주위를 둘러보았다. 그러곤 양조장으로 통하는 작은 길의 출입문 한쪽 뒤로 숨어 들어가서 팔을 담벼락에다 대고 이마를 댄 뒤 울기 시작했다. 나는 담벼락을 발로 걷어차고 머리카락을 심하게 쥐어뜯으며 울었다. 비참한 심정이 너무나 사무치고 형언할 수 없는 상처가 너무나 쓰라려서 뭔가 중화 작용이 나한텐 필요했던 것이다.

우리 누나의 양육 방식은 나를 예민하게 만들었다. 아이들이 누구한테 양육을 받든지 간에 아이들이 존재하는 조그만 세계에서, 부당한 처사만큼 아이들에게 예민하게 인식되고 세세하게 느껴지는 것은 없다. 아이에게 가해지는 부당한 처사가 그저 조그만 것에 불과할 수도 있다. 하지만 아이는 작은 존재이고 아이의 세계도 작다. 그리고 그런 작은 세계에서 아이의 흔들목마는 비율로 칠 때, 우락부락한 아일랜드 사냥개만큼이나 커다랗고 높이 솟은 존재로 보이는 법이다. 유아기 때부터 내 마음속에는 부당한 처사에 대한 끊임없는 갈등과 거부감이 형성되어 있었다. 말을 할 줄 알게 되었을 때부터 나는 누나가 변덕스럽고 폭력적인 억압으로 나를 부당하게 대한다는 것을 인식하고 있었다. 나를 손수 길러 준다고 해서 그것이 곧 나를 마구 패대기치며 기를 권리를 누나에게 부여한 것은 아니라는 확신을 나는 마음속 깊이 간직하고 있었다. 내가 당한 그 모든 처벌과 구박, 밥

굶기와 잠 못 자기, 그리고 참회를 강요하는 그 밖의 여러 고행들을 통해 나는 이 확신을 키워 나갔으므로, 내가 정신적으로 소심하고 매우 예민하게 된 주된 원인은 바로 혼자서 아무런 도움도 받지 못한 채 이 확신을 늘 가슴에 품고 살아간 탓에 있다고 믿는다.

한동안 격한 감정을 쏟아 양조장 담벼락을 걷어차고 머리카락을 쥐어뜯고 나자 상한 감정은 어느 정도 풀어졌다. 그러고 난 뒤 나는 소매로 얼굴을 닦아 내고는 문 뒤에서 나왔다. 빵과 고기는 먹을 만했고 맥주도 톡 쏘며 몸에 훈훈한 기운이 돌게 했다. 그래서 나는 곧 주변을 둘러볼 만큼 기분이 좋아졌다.

정말로 황폐한 곳이었다. 양조장 마당의 비둘기장에 이르기까지 모두 그러했는데, 그 비둘기장은 거센 바람에 날려 기둥 위에 기우뚱하게 기울어져 있어서 만약 그 안에 비둘기가 살고 있었다면 바람에 흔들릴 때마다 자신들이 바다 위에 있다고 생각했을 것이다. 그러나 비둘기장에는 비둘기가 한 마리도 없었고, 마구간에도 말이 전혀 없었으며, 돼지우리에도 돼지가 없었고, 창고에도 맥아가 하나도 없었다. 그리고 구리 솥과 양조용 큰 통에서도 곡물이나 맥주 냄새가 전혀 나지 않았다. 양조장의 모든 쓰임새와 냄새는 마지막으로 내보낸 연기와 함께 증발해 버린 것 같았다. 뒷마당에는 텅 빈 술통이 무수히 널려 있었는데, 좋았던 지난날에 대한 어떤 시큼한 기억이 그 주변에 감돌고 있는 듯했다. 하지만 그 시큼함은 너무나 오래 묵어서, 사라진 맥주의 표본으로 받아들여질 수 없었다. — 이런 점에서 나는 그 은둔자 같은 술통들을 다른 대부분의 것들과 마찬가지로 황폐함의 표상으로만 기억한다.

양조장의 맨 저쪽 끝에는 낡은 담장 너머로 풀이 무성한 정원이 하나 있었다. 담장은 그리 높지 않아서, 나는 붙잡고 올라가 한동안 버티면서 그 너머를 충분히 둘러볼 수 있었다. 풀이 무성한 그 정원은 저택에 딸려 있었는데 이리저리 뒤엉킨 잡초들로 온통 뒤덮여 있었다. 하지만 초록과 누런색이 뒤섞인 샛길에는 누군가가 가끔 걸어다닌 것처럼 사람이 밟고 다닌 자국이 나 있었다. 실제로 바로 그 순간에도 에스텔러가 저쪽으로 걸어가고 있는 게 내 눈에 보였다. 하지만 에스텔러가 존재하지 않는 곳은 없는 것처럼 보였다. 내가 술통들이 일으킨 유혹을 이기지 못하고 그 위를 걸어다니기 시작했을 때, 언제 나타났는지 바로 그녀가 마당 저쪽 끝에서 술통 위를 걷고 있는 것이 내 눈에 띄었다. 그녀는 나에게 등을 보이고 아름다운 갈색 머리카락을 양손으로 펼쳐 들고 있었는데, 한 번도 주위를 돌아보지 않고 그대로 걸어가 곧바로 내 시야에서 사라져 버렸다. 양조장 건물 — 바닥에 판석이 깔려 있는 높고 넓은 장소로 예전에 맥주를 만들던 곳을 말하는데, 그곳에는 아직도 양조용 용기들이 남아 있었다. — 안에서도 그랬다. 그곳에 처음 들어갔을 때 나는 내부의 어두컴컴한 분위기에 다소 짓눌려 문간 근처에서 주변을 둘러보며 서 있었다. 그런데 바로 그때 나는 또, 그녀가 불 꺼진 화로 사이를 지나서 어떤 가벼운 철제 계단을 올라가더니, 머리 위 높은 곳에 있는 난간을 통해 마치 하늘로 올라가듯이 밖으로 나가는 것을 보았던 것이다.

내가 이상한 환상을 본 것은 바로 그곳, 바로 그 순간이었다. 정말로 이상하게 여겨진 환상이었는데, 그것은 그 후 오랜 뒤에도 똑같이, 아니 더욱 이상하게 생각되었다. 나는 — 눈부시게 하얀 바깥 빛을 올려다보느라 약간 침침해진 — 내 시선을 오른편 가까운 데로 돌려 건물의 낮은 천장 모서리에 있는 커다란 나무 대들보 하나를 문득 쳐다보게 되었다. 그런데 바로 거기에 어떤 사람이 목이 매달린 채 달려 있는 것이었다. 누렇게 바랜 흰 옷을 온몸에 걸치고 구두를 한쪽 발에만 신고 있는 형상이었다. 매달린 그 모습이 너무나 뚜렷해서 나는 그 옷의 빛바랜 가장자리 장식들이 흙으로 된 종이 같다는 것과, 얼굴이 바로 미스 해비셤의 얼굴인데 마치 나를 부르려고 애쓰기라도 하는 것처럼 안면 전체를 움찔거리고 있다는 것을 알아볼 수 있었다. 그 형상을 본 공포로 인해, 그리고 한순간 전까지만 해도 분명 그것이 거기 없었다는 확신으로 두려워하며, 나는 처음에 그 형상에게서 달아났다가 곧바로 다시 그쪽으로 달려가 보았다. 그리고 다음 순간 내 공포는 최고조에 달했는데, 그곳에 아무것도 보이지 않았던 것이다.

청명한 하늘의 눈부시게 하얀 빛과, 안마당 끝의 대문 쇠창살 너머로 사람들이 지나가는 모습, 그리고 남은 빵과 고기와 맥주를 먹고 원기가 회복된 것 등이 없었다면 나는 제정신으로 쉽게 돌아오지 못했을 것이다. 아니, 그것들의 도움을 받고서도, 만약 에스텔러가 나를 내보내 주려고 열쇠 꾸러미를 들고 다가오는 것을 보지 못했다면, 나는 그렇게 빨리 정신을 차리지 못했을 것이다. 만약 내가 놀라서 겁먹은 것을 그녀가 본다면, 그녀는 나를 경멸할 좋은 구실을 얻게 될 것이었다. 이 생각에 나는 그녀에게 그런 구실을 조금도 주지 않기로 작정했다.

그녀는 내 옆을 지나치면서 의기양양한 시선을 나에게 던졌다. 마치 내 손이 그토록 거칠고 내 구두가 그토록 두껍고 흉하다는 것을 한껏 기뻐하는 듯한 표정이었다. 그녀는 대문을 연 다음, 문을 잡고 서 있었다. 내가 그녀를 쳐다보지도 않고 그녀 옆을 그대로 지나 밖으로 나가려고 하는 찰나 그녀는 조롱하듯이 손으로 나를 툭 건드렸다.

"너 왜 울지 않니?"

"울고 싶지 않으니까요."

"거짓말 마." 그녀는 말했다. "네가 거의 장님이 될 정도로 울고 있었다는 거 다 알아. 지금도 넌 다시 울음을 터뜨리기 일보 직전일걸."

그녀는 경멸에 찬 웃음을 터뜨리더니, 나를 밖으로 밀어낸 다음 곧바로 대문을 잠가 버렸다. 나는 펌블추크 씨의 집으로 곧장 갔는데, 그가 집에 없다는 것을 알고는 굉장히 안심했다. 그래서 나는 점원에게 미스 해비셤이 언제 나를 다시 오라고 했는지 말을 남기고, 우리 대장간까지 약 6.4킬로미터 떨어진 거리를 걸어가기 시작했다. 길을 따라 걸어가면서 나는 그날 내가 보았던 모든 것들을 깊이 떠올려 보았다. 그리고 내가 천한 막노동꾼 소년이라는 점과, 내 손이 거칠다는 것, 내 구두가 두껍고 흉하다는 것, 네이브를 잭이라고 부르는 천박한 습관을 내가 지니고 있다는 것, 내가 어제까지 생각하던 것보다 훨씬 무지하다는 것과, 전체적으로 볼 때 내가 비천하고 불량한 존재라는 사실 등에 대해 곰곰이 생각해 보았다.

9장

내가 집에 도착했을 때 누나는 미스 해비셤네 집에 대한 모든 것을 몹시도 알고 싶어 했다. 그래서 여러 가지 많은 질문을 해 댔다. 나는 곧 목덜미와 허리 뒷부분 등짝을 세차게 두들겨 맞고 얼굴을 부엌 벽에다 굴욕스럽게 부딪치며 뭉개야 했는데, 그것은 누나의 질문에 내가 충분히 길게 대답을 하지 않았기 때문이다.

만약 이해받지 못하는 것에 대한 두려움이 다른 어린아이들의 가슴속에도 내 가슴속에 감춰져 있던 것과 같은 정도로 감춰져 있다면 — 나는 그럴 가능성이 크다고 생각하는데, 왜냐하면 어렸을 때 나 자신이 유달리 괴상한 아이였다고 의심할 만한 특별한 이유가 전혀 없기 때문이다. — 그것은 아이들의 수많은 침묵을 설명해 주는 열쇠라고 할 수 있다. 나는 내가 본 그대로 미스 해비셤네 집을 설명한다면 어른들한테 이해받지 못할 것이라는 확신이 들었다. 그뿐만 아니라, 나는 미스 해비셤 역시 이해받지 못할 것이라는 확신이 들었다. 그리고 비록 그 부인이 나에게 완전히 불가사의한 존재이긴 했지만, 내가 (미스 에스텔러는 말할 것도 없고) 만약 그녀를 실제 있는 그대로 조 부인 앞에 고찰 대상으로 끌어다놓는다면 그것에는 뭔가 비열하고 배반자 같은 면이 있을 것 같은 느낌이 들었다. 이러한 결과, 나는 가능한 한 말을 적게 했고, 그 때문에 얼굴을 부엌 벽에 사정없이 뭉개야 했던 것이다.

하지만 최악의 상황은 바로 그 협잡꾼 같은 펌블추크 영감이 내가 보고 들은 모든 것을 알고 싶은 게걸스러운 호기심을 주체하지 못하고, 이륜마차를 타고 입을 떡 벌린 채 차 마시는 시간에 달려 들어와서는 자세한 내용을 낱낱이 고하도록 했다는 것이다. 물고기 같은 눈과 입을 크게 뜨고 벌린 채, 그리고 빨리 듣고 싶다는 듯이 모랫빛 머리카락을 잔뜩 곤두세운 채, 장황한 산수 문제로 불룩한 조끼를 들썩이며 씨근대는 그 고문자의 모습을 보는 것만으로도 나는 악감이 발동해 더더욱 말을 하지 않게 되었다.

"자, 꼬마야." 상석인 부엌 벽난로 옆자리에 앉자마자 펌블추크 삼촌은 말을 시작했다. "읍내에서 어떻게 보냈느냐?"

나는 "상당히 잘요, 아저씨." 하고 대답했다. 그러자 누나는 나에게 주먹을 불끈 쥐어 보였다.

"상당히 잘이라고?" 펌블추크 씨는 되풀이해 말했다. "상당히 잘이라는 말은 대답이 아냐. 상당히 잘이라니, 그게 무슨 뜻인지 말해 보겠니, 꼬마야?"

내 머리가 고집불통 상태로 단단히 굳어 버리고 만 것이 이마에 묻은 허연 회반죽 때문인지는 잘 모르겠다. 어쨌든, 부엌 벽에서 묻어 나온 허연 회반죽을 이마에 묻힌 채 나는 강철처럼 단단한 고집불통 상태가 되었다. 나는 잠시 동안 생각해 본 다음, 마치 새로운 생각이라도 발견해 낸 것처럼 대답했다. "상당히 잘 보냈다는 뜻이에요."

누나는 못 참겠다는 듯이 소리를 지르며 나에게 달려들었고—조가 대장간에서 일하고 있었으므로 나에겐 아무런 방어막도 없었다.—그 순간 펌블추크 씨가 가로막으며 말했다. "안 돼요! 그렇게 화낼 것 없어요! 이 아인 나한테 맡겨요, 부인. 나에게 맡겨 봐요." 그러더니 펌블추크 씨는 마치 내 머리라도 깎으려는 것처럼 나를 자기 쪽으로 돌려세우고는 말했다.

"먼저, (이건 아마 생각을 가다듬도록 하기 위한 조치 같았는데) 42펜스는 얼마지?"

나는 "400파운드요."라고 대답하면 그 결과가 어떨지 계산해 보았다. 그러곤 아무래도 그것이 나에게 불리하게 작용할 것 같다는 판단에 할 수 있는 한 정답에 가깝게 대답을 했다. 아마 한 8펜스 정도 벗어난 수치였을 것이다. 그러자 펌블추크 씨는 "12펜스는 1실링이야."부터 시작해서 "40펜스는 3실링 4펜스지."에 이르기까지 펜스 계산표의 여러 단계를 죽 나에게 연습시킨 다음, 마치 나를 성공적으로 해치우기나 한 듯 의기양양하게 물었다. "자, 그럼! 42펜스는 얼마지?" 이 질문에 나는 한참 동안 뜸을 들여 생각을 하고 난 뒤에, "모르겠어요." 하고 대답했다. 사실 그 순간 나는 악감이 너무나 북받쳐 있어서 내가 과연 답을 알고 있었는지조차 의심스러울 정도였다.

펌블추크 씨는 나에게서 정답을 비틀어 짜내기라도 하려는 듯이 자신의 고개를 나사못처럼 비틀어 대며 말했다. "가령, 43펜스면 7실링 6펜스 3파딩*이 되느냐?"

"네, 맞아요!" 나는 말했다. 그 순간 누나가 즉시 내 따귀를 후려갈겼는데도 그 대답으로 그의 꼬드기는 농담이 무색해지면서 그의 말문이 꽉 막히고 만 것을 보는 것은 나에게 굉장히 큰 만족이었다.

"꼬마야! 미스 해비셤은 어떻게 생겼느냐?" 정신을 차린 펌블추크 씨는 팔짱을 단단히 낀 두 팔을 가슴 위에 올려놓고는 아까처럼 고개로 나사못 돌리기를 하면서 다시 말을 시작했다.

"키가 아주 크고 얼굴이 검었어요." 나는 그에게 말했다.

"그래요, 삼촌?" 누나가 물었다.

펌블추크 씨는 눈짓으로 그렇다고 표시했다. 그것을 보고 나는 즉시 그가 미스 해비셤을 한 번도 본 적이 없다는 것을 알아차렸다. 왜냐하면 전혀 그렇게 생기지 않았기 때문이다.

"좋아!" 펌블추크 씨는 우쭐대며 말했다. ("아이는 바로 이렇게 다루는 법이지요, 부인! 자, 이제 우리 뜻대로 되어 가고 있는 것 같군요, 부인!")

"정말 그래요, 삼촌." 조 부인은 대답했다. "삼촌께서 늘 저 녀석을 데리고 계셨으면 해요. 삼촌께서는 저 녀석 다루는 법을 너무나 잘 알고 계세요."

"자, 꼬마야! 오늘 네가 들어갔을 때 미스 해비셤은 무얼 하고 있었느냐?" 펌블추크 씨가 물었다.

"그분은……." 나는 대답했다. "검은색 융단 마차에 앉아 있었어요."

---

* 당시엔 1페니 열두 개, 즉 12펜스가 1실링에 해당하고 20실링이면 1파운드가 되었음. 파딩은 4분의 1페니에 해당함.

펌블추크 씨와 조 부인은 서로 빤히 쳐다봤다. — 물론 그건 당연한 일이었다. — 그러곤 되물었다. "검은색 융단 마차에 앉아 있었다고?"

"네." 나는 말했다. "그리고 에스텔러 아가씨 — 그분의 조카딸이라고 생각되는데 — 가 마차의 창문으로 그녀에게 케이크와 포도주를 넣어 주었어요, 황금 접시에 담아서요. 그리고 우린 모두 황금 접시에 담은 케이크와 포도주를 먹었지요. 저는 제 케이크와 포도주를 먹기 위해 마차 뒤에 올라탔어요, 미스 해비셤이 그러라고 했거든요."

"또 누가 거기 있었느냐?" 펌블추크 씨가 물었다.

"개가 네 마리 있었어요."

"큰 개더냐 작은 개더냐?"

"엄청나게 큰 개였어요." 나는 말했다. "그리고 그 개들은 은 바구니에 든 저민 송아지 고기 조각을 먹기 위해 서로 싸웠어요."

펌블추크 씨와 조 부인은 그야말로 놀라서 눈이 휘둥그레진 채 다시 서로를 빤히 쳐다봤다. 나는 완전히 될 대로 되라는 식이었다. — 고문을 받고 자포자기해 버린 증인과도 같았다. — 그래서 무슨 말이든 서슴없이 해 댈 판이었다.

"아니 마차가 도대체 어디에 있었단 말이냐?" 누나가 물었다.

"미스 해비셤의 방에 있었지요." 그들은 다시 빤히 쳐다봤다. "하지만 말은 매여 있지 않았어요." 그 순간 화려하게 마구를 장식한 네 마리의 준마가 마차에 매여 있었다고 말하려던 나는 그 무모한 생각을 간신히 뿌리치고는 이 말을 덧붙임으로써 위기를 넘겼다.

"이게 정말 있을 수 있는 일인가요, 삼촌?" 조 부인은 물었다. "저 녀석이 대체 지금 무슨 말을 하고 있는 거죠?"

"그게 무슨 말이냐면 말이오, 부인." 펌블추크 씨가 말했다. "내 생각에 그건 의자 가마 같소. 잘 알다시피, 그녀는 좀 괴팍하잖소. 아니, 몹시 괴팍하지. 의자 가마에 앉아서 나날을 보낼 만큼 정말 아주 괴팍한 사람이라오."

"그녀가 거기 앉아 있는 걸 본 적이 있으세요, 삼촌?" 조 부인이 물었다.

"어떻게 그런 모습을 내가 볼 수 있었겠소?" 더 이상 감출 수 없게 된 그는 결국 대답했다. "이날 이때까지 그녀를 한 번도 본 적이 없는데 말이오. 난 그녀의 뒤통수조차 본 적이 없단 말이오!"

"어머나, 삼촌! 하지만 그녀하고 이야기를 나누셨다면서요!"

"아니, 부인도 알잖소!" 펌블추크 씨는 퉁명스럽게 말했다. "그동안, 내가 거기 갈 때면 나는 그녀의 방문 밖까지만 안내를 받아 올라가고, 그럼 조금 열어 놓은 문을 사이에 두고 그녀가 나하고 이야기한다는 것을 말이오. 그걸 몰랐다고 말하지 말아요, 부인. 하지만 그건 그렇고, 이 녀석은 거기에 놀러 갔었소. 거기서 뭘 하며 놀았느냐, 꼬마야?"

"우린 깃발을 가지고 놀았어요." 나는 말했다. (이 당시 한 거짓말들을 회상할 때면 나도 나 자신에 대해 놀라워 한다는 점을 말해 두고 싶다.)

"깃발이라고!" 누나는 되풀이해 말했다.

"네." 나는 말했다. " 에스텔러는 파란 깃발을 흔들었고 저는 빨간 깃발을 흔들었어요. 그리고 미스 해비셤은 전체에 조그만 금빛 별들이 흩뿌려져 있는 깃발을 흔들었어요, 마차 창문 밖으로요. 그런 다음 우리는 모두 칼을 흔들며 만세를 외쳤어요."

"칼이라고!" 누나는 되물었다. "칼이 어디서 났지?"

"벽장에서 꺼낸 것이었어요." 나는 말했다. "벽장에는 권총도 있었어요, 그리고 잼도 있었고, 알약도 있었어요. 방 안에는 햇빛이 전혀 들어오지 않았지만 촛불이 온통 환히 밝혀져 있었어요."

"그건 사실이오, 부인." 펌블추크 씨가 엄숙한 표정으로 고개를 끄덕이며 말했다. "방은 바로 그런 상태였소. 그 정도까지는 나도 직접 보았소." 그러고 나서 두 사람은 나를 노려보았다. 나는 일부러 보란 듯이 천연덕스러운 표정을 얼굴에 띤 채 그들을 마주 노려보았다. 그러면서 오른손으로 오른쪽 바지 자락을 잡고 비비 꼬아 댔다.

그들이 나에게 조금만 더 질문을 계속했다면 나는 틀림없이 발각되고 말았을 것이다. 왜냐하면 그 순간에도 나는 마당에 풍선이 있었다는 말을 막 지어내고 있던 참이었는데, 만약 내 상상력이 그것과 양조장에 곰이 있다는 것 사이에서 갈등하고 있지만 않았다면 나는 위험을 무릅쓰고 그 말을 하고 말았을 것이기 때문이다. 하지만 두 사람은 내가 그때까지 진술한 그 경이로운 일들에 대해 열심히 숙고하며 토론하느라 여념이 없어, 나는 더 이상 질문을 받지 않고 화를 면했다. 조가 일을 멈추고 차 마시러 들어왔을 때까지도 그들은 여전히 그 문제에 열중해 있었다. 누나는 조의 호기심을 만족시켜 주기보다는 자기 자신의 답답한 마음을 풀기 위해서, 내가 꾸며 낸 미스 해비셤 집에서의 일들을 조에게 이야기해 줬다.

조가 파란 두 눈을 동그랗게 뜬 채 주체할 수 없는 놀라움에 부엌을 휘휘 둘러보는 것을 보았을 때 나는 마침내 죄책감을 금할 수 없었다. 하지만 오직 조에 대해서만 그랬을 뿐 — 나머지 두 사람에 대해서는 조금도 그런 마음을 느끼지 않았다. 내가 조에 대해서, 오직 그에 대해서만, 나 자신을 흉악한 꼬마 괴물로 생각하며 괴로워하는 동안 나머지 두 사람은 내가 미스 해비셤을 알게 되고 또 그녀의 마음에 든 결과 이제 어떤 일이 나에게 일어날지 논의하며 앉아 있었다. 그들은 미스 해비셤이 나를 위해 '뭔가를 해 줄' 것이라는 점을 믿어 의심치 않았다. 그들의 궁금증은 오직 그 뭔가가 과연 어떤 형태를 띨 것인가에 관한 것이었다. 누나는 '재산' 쪽일 거라고 주장했다. 반면 펌블추크 씨는 내가 어떤 점잖은 직업 — 가령 곡물 및 종자상 같은 직업 — 에 도제로 들어가도록 상당한 액수의 계약금을 줄 거라는 쪽을 지지했다. 조는 두 사람에게 혹독한 면박과 창피를 당하고 말았는데, 왜냐하면 그저 송아지 고기 조각을 두고 싸운 개들 중 한 마리만을 선물로 받게 될 것이라는 의견을 아주 근사한 생각인 듯이 제시했기 때문이다. "바보 같은 대가리로 어련하겠어." 누나는 말했다. "그따위 생각이나 하고 있느니 차라리 가서 남은 일거리나 찾아 하시지." 그래서 그는 대장간으로 갔다.

펌블추크 씨가 마차를 몰고 떠난 뒤 누나가 설거지를 하고 있는 동안, 나는 조가 있는 대장간으로 살짝 빠져나왔다. 그리고는 그가 그날 저녁 일을 다 마칠 때까지 곁에 머물러 있다가 조가 일을 끝냈을 때 나는 말했다. "화덕 불이 꺼지기 전에 하고 싶은 말이 좀있어요, 조."

"그래, 핍?" 조는 말편자 두드리는 받침대를 화덕 가까이 끌어당기면서 말했다. “그럼 말해 보렴. 핍, 뭔데 그러니?”
“조…….” 나는 말아 올린 그의 셔츠 소맷자락을 잡아 검지와 엄지로 쥐고 비틀면서 말했다. “미스 해비셤네 집에 대한 제 이야기 모두 기억하고 있지요?”
“기억하고 있냐고?” 조는 말했다. “아무렴, 기억하다마다! 정말 놀랍더라!”
“끔찍한 일인데 말이에요, 조. 그건 사실이 아니에요.”
“아니, 그게 무슨 말이냐, 핍?” 조는 더없이 경악한 얼굴로 뒤로 물러서며 외쳤다. “설마 너 지금…….”
“네, 맞아요. 조. 그건 거짓말이었어요.”
“하지만 전부 다는 아니겠지? 정말이지, 핍, 설마 검은색 유-웅단 마차도 없었단 말은 아니겠지?” 내가 고개를 가로저으며서 있자 덧붙인 말이었다. “하지만 적어도 개들은 있었겠지, 핍? 그렇지, 핍?” 조는 설득하듯이 말했다. “설령 송아지 고기 조각은 없었다고 하더라도 적어도 개들은 있었겠지?”
“없었어요, 조.”
“한 마리도?” 조는 말했다. “강아지조차도? 정말로?”
“네, 없었어요, 조. 그런 건 아무것도 없었어요.”
내가 절망적인 눈으로 그를 빤히 쳐다보는 동안, 조는 낙담한 얼굴로 나를 주시했다. “핍, 이보게! 그래선 안 되는 거네, 여보게! 허, 이런! 대체 어떻게 되려고 그랬단 말인가?”
“끔찍한 일이죠, 조, 그렇죠?”
“끔찍하다고?” 조는 외쳤다. “이건 아주 무시무시한 일이야! 대체 귀신에라도 씌었던 거니?”
“내가 뭣에 씌었는지 나도 잘 모르겠어요, 조.” 그렇게 대답하고 나는 그의 소맷자락을 놓고, 그의 발치에 있는 잿더미에 풀썩 주저앉으며 고개를 푹 숙였다. "하지만 매부가 나한테 카드에서 네이브를 잭이라고 가르쳐 주지 않았더라면 좋았을걸 하는 생각이 들어요. 그리고 내 구두가 이토록 흉하게 두껍지 않고 내 손도 이토록 흉하게 거칠지 않다면 좋을 텐데 하는 생각이 들어요."

그러고 나서 나는 조에게 내가 몹시 비참한 심정이라는 것과, 나를 그토록 마구 대하는 조 부인과 펌블추크에게 내가 보고 느낀 바를 제대로 설명할 수 없었다는 것과, 미스 해비셤네 집에 지독하게 거만하고 아름다운 꼬마 숙녀가 하나 있었는데 그녀가 나보고 천하다고 말했다는 것과, 나도 나 자신이 천하다는 것을 알고 있으며 그래서 내가 천하지 않다면 얼마나 좋을까 하는 생각이 든다는 것 등을 이야기한 뒤, 그런 모든 것들로 인해 어쩌다가 나도 모르게 그만 거짓말이 나오고 만 것이라고 말했다.

이것은 적어도, 나에게 만큼이나 조에게도 다루기 힘든 형이상학적 문제였다. 하지만 조는 그 문제를 형이상학의 영역에서 단번에 확 잡아 끌어내렸고, 그럼으로써 그것을 즉시 격파해 버렸다.

"이것 한 가지만은 네가 확신해도 좋다, 핍." 조는 잠시 생각에 잠겼다가 말했다. "즉 거짓말은 거짓말이라는 거다. 어떻게 해서 하게 되었든 넌 거짓말을 하지 말았어야 했다. 거짓말은 거짓말의 아버지인 악마의 입에서 나와서 결국 그 악마의 구렁텅이로 떨어지게 되어 있다. 더 이상 거짓말을 하지 말거라, 핍. 그건 천하거나 평범한 것에서 벗어나는 방법이 아니라네, 친구. 그런데 천하거나 평범하다는 것에 대해 말하자면, 난 도무지 그걸 분명히 이해할 수 없구나. 넌 몇 가지 점에서 비범하잖니. 가령 넌 비범하게 작지. 마찬가지로 넌 또 비범한 학자이기도 하지."

"아니에요, 난 무식하고 뒤떨어진 아이에요, 조."

"뭐라고, 어젯밤 네가 얼마나 훌륭한 편질 썼는지 생각해 봐라! 그것도 인쇄체로 쓰지 않았니! 난 편지들을 본 적이 있단다. 그럼! 지체 높은 양반님들이 쓴 편지들도 봤지. 그런데 내 맹세하건대 그것들은 인쇄체로 쓰이지 않았어." 조는 말했다.

"난 아직 배운 게 거의 없어요, 조. 매부가 날 높이 평가하고 있는 거예요. 정말 그뿐이에요."

"글쎄다, 핍." 조는 말했다. "그게 그렇든 안 그렇든, 비범한 학자가 되기 위해서는 그에 앞서 먼저 평범한 학자부터 되어야 하는 법이라고 난 믿는다! 머리에 왕관을 쓰고 왕좌에 앉은 왕이라 해도, 왕위에 아직 오르기 전의 왕자일 때 알파벳부터 배우기 시작하지 않았다면, 그렇게 보좌에 앉아 나라의 법령을 인쇄체로 쓰진 못할 거다. 그렇고말고!" 조는 마지막 말을 덧붙이며 의미심장하게 고개를 한 번 가로저었다. "그리고 그것도 A에서 시작해서 Z까지 깨우쳐 나가야 했을 거야. 그리고 뭐든지 바로 그렇게 해야만 한다는 걸 난 알고 있다. 비록 나 자신이 정확히 그렇게 했다고 말할 순 없지만 말이다."

이 지혜로운 말에는 뭔가 희망을 주는 점이 있어서 나에게 다소 격려가 되었다.

"직업이나 벌이에 있어서 평범한 사람들이……." 조는 생각에 잠긴 채 계속해서 말했다. "비범한 사람들과 어울리며 나다니는 것보다 평범한 사람들과 그냥 계속해서 교제하며 사는 게 더 낫지 않은가 하는 문제는, 그런데 말이다, 말하다 보니 생각나는데, 혹시 깃발은 있지 않았니?"

"없었어요, 조."

"깃발도 없었다니 유감이구나, 핍. 어쨌든 어떤 게 더 나은가 하는 문젠 지금 따져 볼 수 없는 문제다. 그랬다간 네 누나가 길길이 날뛰고 말 테니까 말이다. 따라서 그 문젠 괜히 일부러 생각할 필요가 없는 문제다. 자, 그러니 핍, 이제 진정한 친구로서 내가 너에게 해 주는 말을 잘 듣거라. 진정한 친군 이렇게 말하고 싶다. 네가 만약 똑바른 길을 가는 걸로 비범하게 될 수 없다면, 비뚤어진 길을 가는 걸로는 더더욱 그렇게 될 수 없을 거다. 그러므로 더 이상 거짓말을 하지 말거라, 핍. 그리고 잘살다가 행복하게 죽음을 맞이하거라."

"나한테 화난 것은 아니지요, 조?"

"그렇다네, 이보게 친구. 하지만 핍, 네 거짓말이 정말이지 대담하고 놀랍기 그지없는 것들 — 송아지 고기 조각과 개싸움에 관한 거짓말을 지칭하는 건데 — 이라는 점을 생각해 볼 때, 진지하게 네가 잘 되길 바라는 사람은 이렇게 충고할 것이다. 위층에 자러 올라갔을 때 그것들을 마음속으로 곰곰이 반성해 보라고 말이야. 이보게, 그게 전부네. 그리고 절대로 거짓말은 더 이상 하지 말게."

내 작은 방에 올라가서 취침 기도를 드릴 때 나는 조의 권고를 잊지 않았다. 하지만 내 어린 마음은 이미 너무나 뒤흔들려서 은혜를 모르는 상태가 되어 있었다, 그래서 자리에 누운 후 오랫동안 나는 대장장이밖에 안 되는 조를 에스텔러가 얼마나 천하게 여길까, 그리고 그의 구두는 얼마나 두껍고 흉하다고 여길 것이며, 또 그의 손은 얼마나 거칠다고 여길까 하는 것 등을 생각했다. 나는 또한 조와 누나가 그 순간 거실이 아닌 부엌에 앉아 있다는 사실과, 내 침실이 부엌에서 곧장 올라오도록 되어 있다는 것과, 미스 해비셤과 에스텔러가 결코 부엌에 앉는 법이 없는, 즉 그런 천한 행위와는 한참 거리가 먼 높은 수준의 사람들이라는 것 등을 생각했다. 나는 미스 해비셤의 집에 있을 때 '하던' 것들을 돌이켜 생각하다가 잠이 들었다. 마치 그곳에 가 있었던 게 몇 시간이 아니라 몇 주 또는 몇 달이라도 되는 것처럼, 그리고 그게 겨우 그날 일어난 일이 아니라 아주 오래된 기억의 주제이기라도 한 것처럼 느끼면서 말이다.

그날은 나에게 잊지 못할 중대한 날이었다. 그날은 나에게 커다란 변화를 일으킨 날이었기 때문이다. 하지만 그건 어느 누구의 인생이든지 마찬가지일 것이다. 인생에서 어느 선택된 하루가 빠져 버렸다고 상상해 보라. 그리고 인생의 진로가 얼마나 달라졌을지 생각해 보라. 이 글을 읽는 그대 독자여, 잠시 멈추고 생각해 보라. 철과 금, 가시와 꽃으로 된, 현재의 그 긴 쇠사슬이 당신에게 결코 묶이지 않았을 수도 있다는 것을. 어느 잊지 못할 중대한 날에 그 첫 고리가 형성되지 않았더라면 말이다.

10장

하루나 이틀이 지난 후 아침, 잠에서 깨어났을 때 나는 한 가지 훌륭한 묘안을 떠올렸는데, 나 자신을 비범하게 만드는 가장 좋은 방법은 바로 비디한테서 그녀가 알고 있는 모든 것을 다 배워 내는 것이라는 생각이었다. 이 근사한 생각을 실현하고자, 나는 밤에 웝슬 씨의 왕고모네 야학에 갔을 때 비디에게, 인생에서 성공하고 싶은 특별한 이유가 나에게 있으며 그녀가 알고 있는 모든 지식을 가르쳐 준다면 무척 고맙게 여기겠노라고 말했다. 그 어느 소녀보다도 남을 잘 도와주는 비디는 즉시 그렇게 해 주겠노라고 했고, 실제로 5분도 채 지나지 않아 약속을 실천에 옮기기 시작했다.

웝슬 씨의 왕고모가 확립해 놓은 교육 체계 내지 교육 과정은 다음과 같이 요약하여 정리할 수 있다. 먼저, 학생들이 사과를 먹든지 등에다 서로 지푸라기 따위를 집어넣든지 하며 한참 놀고 있으면, 웝슬 씨의 왕고모가 마침내 기운을 차리고는 자작나무 회초리를 들고 비틀비틀 아이들한테 달려들어 무차별적으로 때려 댔다. 그 공격을 온갖 방식으로 비웃어 대며 막아 낸 아이들은 이윽고 자리에 정렬해 앉았고, 그런 다음 너덜너덜한 책 한 권을 웅성거리며 손에서 손으로 전달했다. 그 책에는 알파벳과 얼마간의 숫자와 계산표, 그리고 약간의 철자법 등이 들어 있었다. — 좀 더 정확히 말하면, 들어 있던 흔적이 있었다. 이 책이 학생들 사이에 돌아다니기 시작하자마자 바로 웝슬 씨의 왕고모는 혼수상태에 빠졌는데, 잠이 들어서 그렇거나 아니면 류머티즘의 발작 때문에 발생한 현상이었다. 그러면 학생들은 자기네끼리 구두를 주제로, 누구의 발가락을 누가 가장 세게 밟을 수 있는가 하는 것을 확인하기 위해 서로 경쟁적으로 시험해 보기 시작했다. 이 정신 운동은 비디가 달려들어 그들을 중단시키고 닳아 떨어진 세 권의 (마치 어떤 물건의 큰 토막에서 서투른 솜씨로 잘라 낸 것처럼 생긴) 성경책을 나눠 줄 때까지 계속되었다. 그런데 이 성경책들은 정말이지 내가 그 후에 본 어떤 낡은 고서적보다도 더 읽기 힘들게 인쇄되어 있는 데다, 온통 잉크 얼룩투성이였고 또 책장 사이마다 곤충세계의 여러 가지 표본들이 압사한 상태로 끼어 있었다. 이 단계의 교육 과정은 대개, 비디와 말을 안 듣는 학생들 간에 1대 1로 벌어지는 몇 차례의 싸움을 통해 분위기가 달궈지곤 했다. 이 싸움이 다 끝났을 때 비디는 읽을 페이지가 어딘지 알려 줬고, 그러면 우리는 모두 아는 대로 — 아니면 모르는 대로 — 재주껏 크게 소리 내어 끔찍한 합창으로 따라 읽었는데, 비디가 먼저 고음의 날카롭고 단조로운 목소리로 읽어 나가면 우리는 읽는 내용에 대한 이해나 경외심 같은 것은 조금도 없이 그저 소리만 따라서 내는 식이었다. 이 지독한 소음이 일정 시간 동안 계속되고 나면 마침내 웝슬 씨의 왕고모가 자동적으로 깨어났는데, 그러면 그녀는 아무렇게나 한 아이한테 비틀대며 다가가 그의 귀를 잡아당기는 것이었다. 이 행동은 바로 그날 저녁 수업 과정의 종결을 알리는 표시로 이해되었고, 그러면 우리는 지적 승리의 비명을 질러 대며 밤공기 속으로 뛰어나왔다. 공정하게 말하건대, 어떤 학생이든지 석판 또는 심지어 잉크(물론 그게 있다면 하는 말인데)까지도 사용하는 것이 금지되지는 않았다. 하지만 겨울철에 그쪽 분야의 학업을 추구한다는 것은 쉽지 않았다. 왜냐하면 수업이 이뤄지는 — 그리고 웝슬 씨의 왕고모의 거실이자 침실이기도 한 — 그 자그만 잡화점은 싸구려 재활용 양초 한 개의 맥없는 불빛으로, 그것도 심지를 잘라 주는 법이 없이* 겨우 희미하게 밝혀져 있을 뿐이었기 때문이다.

이와 같은 상황에서 내가 비범해지는 데에는 시간이 상당히 걸릴 것처럼 보였다. 그런데도 나는 노력해 보기로 작정했고, 그래서 바로 그날 저녁부터 비디는 나와의 그 특별한 약속을 이행하기 시작했는데, 그녀는 자신이 가지고 있는 작은 가격표 목록에서 습당(濕糖)이라는 항목 아래의 정보 약간을 나에게 가르쳐 준 다음, 집에서 베껴 쓰라고 커다란 고대 영어 글자 D를 나에게 빌려 줬다. 그 D자는 그녀가 어느 신문 제목에서 보고 써 놓았던 것인데, 그녀가 나에게 그게 뭔지 말해 줄 때까지 나는 그것이 혁대 버클을 나타내는 도안이라고 생각했더랬다.**

마을에는 당연히 술집이 있었다. 그리고 당연히 조는 가끔

* 옛날 양초는 촛불이 밝게 잘 타오르도록 가끔씩 심지를 잘라 줘야 했음.
** 고대영어 D 자인 Ð가 버클처럼 생긴 데서 비롯된 핍의 오해.

씩 거기 가서 담배 피우는 것을 즐겼다. 나는 그날 저녁 누나한테서 엄중한 명령을 받았는데, 그것은 야학교에서 돌아오는 도중에 '세 명의 술친구'라는 이름의 이 술집에 들러 거기 있는 조를 무슨 일이 있어도 꼭 집으로 데리고 오라는 것이었다. 따라서 '세 명의 술친구'를 향해 나는 발걸음을 옮겼다.

'세 명의 술친구'의 입구에는 판매 카운터가 있었는데, 그 카운터 옆의 문간 쪽 벽면에는 굉장히 긴 외상 눈금들이 백묵으로 그어져 있었다. 내가 보기에 그것들을 갚는 경우는 전혀 없는 것 같았다. 그 눈금들은 내가 기억할 수 있기 전부터 거기 있었을 뿐만 아니라 내 키보다 빠른 속도로 높이 올라갔다. 우리 고장에서는 백묵을 만드는 석회석이 많이 났는데, 그래서 아마 사람들은 기회 있을 때마다 부지런히 그것을 사용하곤 했던 모양이다.

토요일 저녁이어서 그랬는지, 내가 들어갔을 때 술집 주인은 이 눈금 기록들을 다소 엄한 얼굴로 바라보고 있었다. 하지만 내 용건은 그가 아니라 조에게 있었으므로, 나는 간단히 저녁 인사만 하고는 그를 지나쳐서 복도 끝에 있는 넓은 휴게실로 들어갔다. 거기에는 커다란 벽난로 불이 밝게 활활 타고 있었고, 조가 웝슬 씨와 낯선 사람 한 명과 함께 앉아 파이프 담배를 피우고 있었다. 조는 늘 그러듯이 "어이, 여보게, 친구, 핍!" 하고 나를 맞아 주었는데, 조가 그렇게 인사하는 순간 낯선 사람은 고개를 획 돌려서 나를 쳐다보았다.

어딘지 비밀스러워 보이는 그 사람은 내가 한 번도 본 적이 없는 사람이었다. 그의 머리는 한쪽으로 완전히 기울어 있었고, 한쪽 눈은 반쯤 감겨 있었다. 마치 보이지 않는 총으로 뭔가를 겨낭하고 있는 듯한 모습이었다. 파이프를 물고 있던 그는 입에서 그것을 빼더니, 나를 계속해서 빤히 쳐다보며 천천히 연기를 뿜어 날려 보냈다. 그러곤 나에게 고개를 끄덕여 보였다. 그래서 나도 그에게 고개를 끄덕여 보였는데, 그러자 그는 다시 고개를 끄덕여 보이더니, 내가 앉을 수 있도록 긴 의자의 자기 옆자리를 내주었다.

그러나 나는 그 휴게실에 들어갈 때마다 조 옆에 앉는 것에 익숙해 있었으므로 "고맙습니다만 다른 데 앉겠어요, 아저씨."라고 말하곤 반대편 긴 의자의, 조가 나를 위해 내준 공간에 자리를 잡고 앉았다. 낯선 사람은 조를 한 번 흘긋 보더니, 조의 주의가 다른 데 쏠려 있는 것을 보고는 막 자리에 앉은 나에게 다시 고개를 끄덕였다. 그러곤 자신의 다리를 — 내가 받은 인상으로는 아주 이상한 방식으로 — 문질렀다.

"당신은……." 낯선 사람이 조를 돌아보며 말했다. "막 자신이 대장장이라고 말하던 중이었지요?"

"맞습니다. 그렇게 말했지요, 아시다시피." 조가 말했다.

"뭘 드시겠습니까, 미스터—? 그러고 보니 아직 성함을 말해 주지 않으셨군요."

이에 조는 이름을 말해 줬고, 그러자 그 낯선 사람은 조의 이름을 사용하며 말했다. "뭘 드시겠소, 가저리 씨? 내가 사겠소. 마지막 한 잔으로 말이오."

"글쎄요." 조가 말했다. "솔직히 말씀드리자면, 전 제가 아닌 남이 사는 술은 별로 마셔 버릇하지 않습니다."

"버릇이라고요? 그게 아니오." 낯선 사람은 대답했다. "그저 딱 한 번이오. 게다가 토요일 밤이기도 하잖소. 자! 말씀만 하시오, 가저리 씨."

"너무 뻣뻣하게 구는 사람이 되고 싶진 않으니까, 그럼……." 조는 말했다. "럼을 마시겠습니다."

"좋소, 럼." 낯선 사람은 되풀이하며 말했다. "거기 계신 다른 신사 분도 의사를 밝혀 주시겠소?"

"나도 럼을 마시겠소."

"럼 석 잔 주시오!" 낯선 사람은 주인을 향해 큰 소리로 외쳤다. "자, 어서 잔을 돌리시오!"

"여기 이 신사 분은……." 조는 웝슬 씨를 소개하며 말했다. "누구나 듣고 싶어 할 만큼 낭독을 아주 잘하시는 분이랍니다. 바로 우리 교회의 서기시죠."

"아, 그래요!" 낯선 사람은 재빨리, 그리고 나에게 찡긋 눈짓을 하며 말했다. "습지 저 바깥에 있는, 주위에 무덤들이 있는 그 외딴 교회 말이죠!"

"바로 그렇습니다." 조가 말했다.

낯선 사람은 파이프를 문 채 일종의 느긋한 콧소리를 킁킁거리며 혼자 독차지하고 있는 그 긴 의자 위에 자기 두 다리를 올려놓았다. 그는 테두리가 넓고 펄럭이는 여행자 모자를 쓰고 있었는데, 모자 밑에다 손수건을 캡 모양으로 머리에 둘러매고 있어서 머리카락이 하나도 보이지 않았다. 그가 난롯불을 바라보고 있을 때, 나는 어떤 교활한 표정이 그의 얼굴에 떠오르는 것을 보았다고 느꼈다. 하지만 그것은 즉시 웃음 섞인 표정으로 바뀌었다.

"신사 여러분, 나는 이 고장에 대해 잘 모릅니다만 강 쪽을 향한 지역은 좀 외딴 곳처럼 보이는군요."

"습지대는 대부분 외딴 곳이지요." 조가 말했다.

"물론 그렇죠, 물론. 집시나 떠돌이나 부랑자 같은 패거리가 지금도 그곳에는 있나요?"

"아니오." 조가 말했다. "도망 죄수만이 이따금씩 있을 뿐이랍니다. 게다가 그들을 발견하는 것도 쉽지는 않답니다. 그렇죠, 웝슬 씨?"

웝슬 씨는 지난번 곤혹을 위엄 있게 기억하면서 그렇다고 동의했다. 하지만 그리 적극적인 동의는 아니었다.

"두 분은 죄수를 쫓는 그런 수색에 나선 적이 있는가 보군요?" 낯선 사람이 물었다.

"한 번 있었지요." 조가 대답했다. "물론 이해하시겠지만 직접 그들을 잡기 위해서는 아니었습니다. 구경꾼으로 따라나선 것뿐이었지요. 저와 여기 웝슬 씨, 그리고 핍이 함께 갔었답니다. 그렇잖니, 핍?"

"그래요, 조."

낯선 사람은 나를 다시 바라보았다. 그러면서 여전히 눈을 찡긋거렸는데, 마치 자신의 보이지 않는 총으로 나를 특별히 겨냥이라도 하고 있는 듯했다. 그가 말했다. "똘똘하게 생긴 꼬마 대장 친구로군요. 이름이 뭐라고요?"

"핍이라고 합니다." 조가 말했다.

"세례명이 핍이라는 건가요?"

"아닙니다. 세례명이 아닙니다."

"그럼, 성씨겠군요?"

"아니오." 조는 말했다. "어렸을 때 자기 스스로 지은 일종의 애칭인데, 그냥 다들 그렇게 부르고 있지요."

"아드님이시오?"

"글쎄요." 조는 명상에 잠기며 말했다. — 물론 그것에 대해 숙고할 필요가 조금이라도 있어서 그런 것이 아니라, '술친구'에서는 담배를 피우며 논하는 것은 무엇이든지 깊이 숙고하는 것처럼 보이는 게 관례였기 때문에 그런 것이었다. "글쎄요……. 아닌데요. 아들이 아닙니다."

"그럼 조캅니까?" 낯선 사람은 다시 물었다.

"글쎄요." 조는 아까처럼 심오한 사유의 표정을 지으며 말했다. "아닙니다…… 네, 아닙니다. 사실을 말씀드리건대, 이 아인 제 조카가…… 아닙니다."

"이런 젠장, 그럼 대체 뭐란 말이오?" 낯선 사람이 물었다. 나에겐 그가 필요 이상으로 열을 내며 물어보는 것처럼 여겨졌다.

그러자 웝슬 씨가 끼어들었다. 남자가 결혼할 수 없는 여자 친척이 누구인가를 유념하고 있어야 할 직책상의 이유*가 있었던 그는 가족 관계에 대해 모든 것을 알고 있는 사람으로서, 나와 조 사이의 관계를 상세히 설명해 줬다. 일단 입을 연 이상 웝슬 씨는 『리처드 3세』**에 나오는 구절 하나를 아주 무시무시하게 으르렁대며 암송하고 난 뒤에야 말을 끝냈다. 그러곤 마지막에 단지 "시인이 그렇게 말했다오."라고만 덧붙였는데, 그는 그것으로 암송의 이유를 충분히 다 설명했다고 생각하는 듯했다.

---

* 교회 서기는 종교적으로 금혼의 대상이 되는 친족 관계의 범위를 알고 있어야 했음.

** 셰익스피어의 사극. 이어지는 웝슬 씨가 암송했다는 구절은 이 작품의 4막 2장에서 리처드 3세가 자기 형의 딸, 즉 조카와 결혼할 계획을 언급하는 부분으로 추정됨.

그런데 나는 여기서, 웝슬 씨가 나에 대한 이야기를 할 때면 내 머리카락을 헝클어뜨려 그것으로 내 눈을 찔러 대는 것을 이야기의 필수적인 부분으로 여겼다는 것을 말하고 싶다. 우리 집을 방문하는 그와 비슷한 위치의 사람들이 왜 꼭 비슷한 상황이 되면 나로 하여금 언제나 그런 화딱지 나는 똑같은 과정을 거치게 했는지 나는 지금도 이해할 수 없다. 내가 기억하는 한, 어린 시절 우리 집에서의 사교적 모임에서 내가 화제의 대상이 될 때마다 틀림없이 누군가 커다란 손을 가진 사람이 나에 대한 후원의 표시로 모종의 그런 안과(眼科)적 조치를 취하곤 했던 것이다.

한편 그러는 동안 낯선 사람은 오직 나만을 계속 바라보았는데, 마치 나를 저격하여 쓰러뜨리기로 최종적인 결심이라도 한 것처럼 나를 바라보았다. 다만 아까 "젠장" 어쩌고 하며 격한 말을 내뱉은 이후로, 주인이 물을 탄 럼을 잔에 담아 가져올 때까지 말은 한마디도 하지 않았다. 그러다가 술잔이 오자 그는 드디어 발사를 했다. 그런데 그것은 아주 특이한 발사였다.

그것은 언어적 표현이 아닌 무언의 동작으로 이루어진 행위였으며, 나를 날카롭게 정면으로 겨냥한 것이었다. 그는 나를 날카롭게 겨냥한 채 자신의 물 탄 럼을 젓더니, 역시 나를 날카롭게 겨냥한 채 맛을 보았다. 그러더니 그는 그것을 다시 저었고 다시 맛을 보았다, 주인이 갖다준 스푼이 아니라 줄칼로 말이다.

그는 나 말고는 아무도 줄칼을 보지 못하도록 이 행위를 아주 교묘하게 했다. 그렇게 한 뒤 그는 줄칼을 닦아서 가슴 안주머니에 집어넣었다. 나는 그것이 조의 줄칼이라는 것을 알 수 있었다. 그리고 그 연장을 본 순간 나는 그가 내 죄수를 알고 있다는 것을 알았다. 나는 마법에라도 걸린 듯이 그를 빤히 노려보며 앉아 있었다. 하지만 그는 이제 나를 거의 무시하다시피 한 채 자신의 긴 의자에 비스듬히 누워서는 주로 순무에 대한 이야기만 늘어놓았다.

우리 마을에서는 토요일 밤이면, 삶을 새롭게 계속해 나가기 전에 청소나 정리를 하고 조용히 휴식을 취한다는 유쾌한 느낌이 있었다. 바로 이런 느낌에 고무되어 조는 토요일에는 감히 다른 때보다 30분이나 더 오래 머무르곤 했다. 그 30분과 물 탄 럼이 마침내 모두 바닥이 나자, 조는 돌아가기 위해 자리에서 일어나 내 손을 잡았다.

"잠깐만 기다리시오, 가저리 씨." 낯선 사람이 말했다. "내 호주머니 어딘가에 반짝거리는 1실링짜리 새 동전이 있을 텐데, 그게 정말 있으면 당신의 그 꼬마에게 주고 싶소."

그는 한 주먹 꺼내 든 동전들 사이에서 그것을 찾아내더니 구겨진 종이 같은 것에다 싸서 나에게 주었다. "자, 가져라!" 그는 말했다. "명심해라! 네 것이다."

나는 그에게 고맙다고 말하기는 했지만, 조에게 바짝 달라붙어서는 예의의 범위를 훨씬 넘어서도록 그를 빤히 쳐다보았다. 그는 조에게 잘 가라고 인사를 한 다음 웝슬 씨(그도 우리와 함께 나갔다.)에게도 잘 가라고 인사를 했다. 그리고 그의 조준하는 눈으로 나를 흘긋 한 번 바라보기만 했다. — 아니, 그건 바라보는 게 아니었다. 왜냐하면 그는 그 눈을 감았기 때문이다. 하지만 눈을 감는 것으로도 놀라운 일은 행해질 수 있는 법이다.

귀갓길에서, 만약 내가 대화를 나눌 기분이기만 했다면 그 대화는 전부 내가 도맡아 했을 게 틀림없다. 웝슬 씨는 바로 '술친구' 문 앞에서 우리와 헤어졌고 조는 최대한 많은 공기를 들이쉬어 럼 냄새를 제거하고자 집으로 가는 내내 입을 크게 벌린 채 걸어갔기 때문이다. 하지만 나는 옛날 내 비행(非行)과 옛날에 알던 사람이 이렇게 다시 떠오른 것에 대한 충격으로 다소간 얼이 빠져 있었고, 그래서 다른 생각을 할 수 없었다.

우리가 부엌에 들어갔을 때 누나는 기분이 그리 나쁘지 않은 상태였다. 조는 여느 때와 다른 이 상황에 용기를 얻어 반짝이는 그 1실링 동전에 대한 이야기를 누나에게 했다. "못 쓰는 동전일 거야, 틀림없어." 조 부인은 장담하듯이 뻐기며 말했다. "그렇지 않고서는 그걸 이 녀석한테 주었을 리 없어! 어디 좀 보자."

나는 종이에서 동전을 꺼냈다. 동전은 진짜인 것으로 판명되었다. "그런데 이건 뭐야?" 조 부인은 동전을 내던지고 동전을 쌌던 종잇조각을 집어들며 말했다. "1파운드짜리 지폐 두 장 아냐?"

정말 틀림없는 1파운드짜리 지폐 두 장이었다. 그것도 군(郡)에 있는 모든 가축 시장을 뻔질나게 드나들며 그것들과 더없이 친밀한 관계를 맺었던 것처럼 보이는, 땀에 절고 기름진 지폐들이었다. 조는 얼른 모자를 다시 집어 쓰고는, 지폐를 들고 그것을 주인에게 돌려주기 위해 '술친구'로 달려갔다. 그가 가고 없는 동안 나는 내가 늘 앉는 걸상에 앉아서 누나를 멀뚱하니 바라보고 있었다. 하지만 속으로는 그 사람이 술집에 없을 것을 강하게 확신하고 있었다.

조는 곧 돌아왔다. 그는 그 사람이 이미 가고 없어서 '세 명의 술친구'에다 지폐에 관한 전갈을 남겨 놓고 왔다고 말했다. 그러자 누나는 지폐를 종이에 싸서 봉한 뒤 그것을 손님맞이용 거실의 찬장 위, 장식용 찻주전자 속의 말린 장미꽃잎들 밑에다 넣어 두었다. 그리하여 지폐들은 거기 그렇게 놓인 채, 수많은 나날 동안 악몽처럼 나를 괴롭혔다.

그날 잠자리에 들었을 때 나는 잠을 몹시 설쳤는데, 보이지 않는 총으로 나를 겨냥하는 그 낯선 사람 생각과, 죄수들과 은밀한 공모 관계에 있다는, 그 죄지은 듯하고 비천하고 상스러운 사실 — 그것은 내가 그동안 잊고 있었던 비천한 내 삶의 한 단면이었다. — 에 대한 생각이 자꾸 떠올랐기 때문이다. 줄칼에 대한 생각도 나를 사로잡았다. 내가 전혀 예상하지 못하고 있을 때 그 줄칼이 다시 나타날 것이라는 두려움을 나는 떨쳐 버릴 수 없었다. 나는 다음 수요일 미스 해비셤의 집에 가는 것에 대한 생각으로 마음을 겨우 달래고 잠이 잠깐 들었다. 하지만 꿈속에서 나는 그 줄칼이, 누가 그것을 쥐고 있는지는 알 수 없는 채, 어떤 문에서 나와서 나를 향해 다가오는 것을 보고 비명을 지르며 깨어나고 말았다.

11장

약속된 시간에 나는 미스 해비셤네 집으로 다시 갔다. 대문에서 머뭇거리며 초인종을 누르자 에스텔러가 나왔다. 에스텔러는 지난번에 그랬던 것처럼, 나를 들어오게 한 뒤 대문을 잠갔다. 그러곤 다시 앞장서서 나를 데리고 촛불을 놓아 둔 그 어두운 복도로 들어갔다. 그때까지 계속 나를 본 척 만 척하고 있던 그녀는 촛불을 손에 집어 들더니, 어깨 너머로 돌아보며 거만하게 말했다. "너, 오늘은 이쪽으로 가야 돼." 그러곤 나를 집의 전혀 다른 쪽으로 데리고 갔다.

복도는 아주 길어서 저택의 네모난 아래층 전체를 통과하여 지나는 것처럼 여겨졌다. 하지만 우리가 실제로 가로질러 간 부분은 네모난 아래층의 한쪽 면에 불과했는데, 그 끝에 이르자 그녀는 걸음을 멈추더니 촛불을 내려놓고 문을 열었다. 그러자 햇빛이 다시 나타났고, 곧 나는 우리가 판석이 깔린 자그만 안마당으로 나왔다는 것을 알았다. 마당 건너편에는 독채로 떨어진 주택이 하나 서 있었는데, 없어진 옛 양조장의 지배인이나 주임이 살았던 집처럼 보였다. 집의 바깥벽에는 큰 시계가 하나 걸려 있었다. 그것 역시 미스 해비셤의 방에 있는 괘종시계와 손목시계와 마찬가지로, 9시 20분 전에 멈춰 있었다.

우리는 열려 있는 문을 통해 안으로 들어갔다. 그리고 1층 안쪽에 있는, 천장이 낮고 어두컴컴한 어느 방으로 들어갔다. 방 안에는 다른 사람들이 몇 명 있었는데, 에스텔러는 그들이 있는 자리로 가면서 나에게 말했다. "꼬마야, 넌 저쪽에 가서 부를 때까지 기다리고 서 있어." 그녀가 말한 '저쪽'이란 창가를 지칭하는 것이었으므로 나는 방을 가로질러 그 '저쪽'으로 가서, 아주 거북하고 불편한 심정으로 밖을 내다보며 서 있었다.

창문은 마당을 향해 나 있었는데, 아무렇게나 방치된 정원의 아주 초라한 한 귀퉁이를 내려다보고 있었다. 무성하게 널린 양배추 줄기 잔해들과, 끝을 둥글게 쳐서 푸딩 모양으로 다듬은 지 이미 오래된 듯한 회양목 한 그루가 그리로 보였다. 이 회양목은 그 후 새로 자라난 가지들이 여기저기 위로 삐져나와 모양이 흉해지고 색깔도 서로 다르게 되어 버려서, 마치 푸딩의 그 부분이 냄비에 들러붙어 타 버리기라도 한 것 같은 꼴이었다. 물론 이것은 회양목을 멀거니 바라보면서 떠올린 나의 소박한 연상에 불과했다. 밤사이에 살짝 눈이 내렸는데, 내가 아는 바로는 눈이 아직 녹지 않은 채 남아 있는 곳은 아무 데도 없었다. 하지만 내가 지금 바라보는 이 정원의 차갑고 그늘진 귀퉁이에는 눈이 아직 완전히 녹지 않고 남아 있었다. 그리고 자그만 회오리를 일으키며 부는 바람이 그곳의 눈을 쓸어 올려 내가 서 있는 창가 쪽으로 날려 보냈는데, 마치 내가 그 집에 온 것 때문에 나에게 공격을 퍼붓기라도 하는 듯한 느낌을 주었다.

내가 거기 들어온 것 때문에 방 안의 대화가 중단되었다는 것과, 방 안의 다른 사람들이 나를 바라보고 있다는 사실을 나는 간파하고 있었다. 유리창에 비친 난로 불빛을 제외하고는 방 안의 아무것도 볼 수 없었지만, 나는 그들이 나를 면밀하게 뜯어보고 있다는 사실을 의식했고, 이 때문에 내 온몸의 뼈마디는 뻣뻣하게 경직되었다.

방 안에는 숙녀 셋과 신사 한 명이 있었다. 어떻게 그랬는지는 모르겠지만, 내가 창가에 서 있은 지 5분도 채 되기 전에 그들은 자신들이 모두 아첨쟁이에다 사기꾼이라는 인상을 나에게 심어 주었다. 하지만 그들은 각자 서로 다른 사람들이 아첨쟁이에다 사기꾼이라는 사실을 모르는 체하고 있었는데, 누구든지 그 사실을 인정하면 바로 자기 자신도 아첨쟁이에다 사기꾼이라는 것을 증명하는 셈이 되기 때문이었다.

그들은 모두 누군가의 허락이 내려지기만을 멍하니 따분하게 기다리고 있는 듯한 태도를 보였다. 그래서 숙녀들 중 가장 수다스러운 여자조차도 하품이 나오는 것을 참기 위해 잔뜩 눈을 부릅뜬 얼굴로 이야기를 해야 했다. 커밀러라는 이름의 이 숙녀는 우리 누나를 아주 많이 생각나게 했는데, 단지 나이가 좀 더 많고 얼굴 생김새가 (그녀를 보았을 때 알아차린 것이지만) 좀 무디게 보인다는 점만이 달랐다. 실제로 그 숙녀를 더 자세히 살펴보았을 때, 나는 그 숙녀에게 얼굴 생김새라는 것이 조금이라도 있다는 게 그나마 다행이라고 생각했다. 꽉 막힌 벽 같은 그 숙녀의 얼굴은 그만큼 아무런 특색이 없는 밋밋함과 무미건조함 그 자체였다.

"가엾은 사람 같으니라고!" 꼭 우리 누나처럼 아주 느닷없는 방식으로 그 숙녀가 말했다. "남도 아니고 바로 자기가 스스로의 원수라니까요!"

"차라리 누군가 다른 사람의 원수가 되는 게 훨씬 더 바람직한 일일 거요." 신사가 말했다. "훨씬 더 자연스러운 일이기도 하고."

"레이먼드 사촌." 다른 숙녀의 말이었다. "이웃을 사랑해야 된다고 했잖아요."

"새러 포킷." 레이먼드 사촌이 대답했다. "사람이 자기 자신을 이웃으로 여기지 않으면, 누굴 이웃으로 여기겠어요?"

미스 포킷은 소리 내어 웃었다. 그러자 커밀러도 소리 내어 웃으며 (하지만 하품이 나오는 것을 막으며) 말했다. "무슨 어처구니없는 말을!" 그러나 내가 보기에 두 사람은 오히려 그 말을 훌륭하게 생각하는 것 같았다. 그때까지 아무 말도 하지 않던 다른 숙녀가 엄숙하게 강조하며 말했다. "참으로 지당한 말이에요!"

"가엾은 사람 같으니라고!" 커밀러는 곧 계속해서 말했다.(나는 그들이 모두, 그동안 내내 나를 계속 바라보고 있었다는 것을 잘 알고 있었다.) "그는 정말이지 너무나 이상하다니까요! 톰의 아내가 사망했을 때인데 말이에요. 아무도 믿지 못하겠지만, 그때도 그는 정말이지, 톰의 아이들 상복에 상장(喪章)용 장식을 최대한 많이 다는 것이 중요하다고 그렇게 설득해도 막무가내였다니까요! '맙소사! 커밀러. 엄마 잃은 그 불쌍한 것들이 상복만 입고 있으면 됐지 그런 게 다 무슨 의미가 있단 말이야?'라고 그는 말하는 거예요! 정말이지 매슈답다니까요! 그런 어처구니없는 말을 하다니!"

"물론 그에게도 좋은 점이 있지요, 좋은 점이." 레이먼드 사촌이 말했다. "맹세코 나는, 그에게도 좋은 점이 있다는 것을 부정하지 않아요. 하지만 그는 예의범절에 대한 의식이 전혀 없고, 또 앞으로도 결코 없을 거요."

"모두들 알다시피 나는 할 수 없이……." 커밀러가 말했다. "나는 할 수 없이 단호하게 주장해야 했어요. 나는 이렇게 말했죠. '집 안의 명예를 위해서 절대 그럴 수는 없어요.'라고요. 나는 그에게, 상장용 장식을 최대한으로 달지 않으면 우리 집안은 망신을 당한다고 말했지요. 그러곤 아침 식사 때부터 오찬 때까지 그 일로 계속 울어 댔지요. 소화불량에 걸릴 정도로 말이에요. 그러자 마침내 그는 격하게 화를 내고 거친 말을 내뱉으며 소리쳤어요. '그럼 네 마음대로 해라.' 하고 말이에요. 하느님께 감사드리건대 내가 그 즉시, 쏟아지는 비에도 불구하고 밖으로 나가 필요한 것들을 샀다는 것은 언제 생각해도 나에게 커다란 위안이 되곤 한답니다."

"하지만 돈은 그분이 냈지요, 그렇잖아요?" 에스텔러가 물었다.

"누가 돈을 냈는가는 문제가 되지 않는단다, 얘야." 커밀러는 대답했다. "어쨌든 그것들을 구입한 사람은 바로 나였으니까. 밤중에 잠이 깰 때마다 나는 그 사실을 평안한 마음으로 생각하곤 할 거란다."

멀리서 종 울리는 소리가 들리는가 싶더니, 동시에 누군가 외치는 것 같기도 하고 부르는 것 같기도 한 소리가 그것과 뒤섞여 내가 지나온 복도를 따라 울려 퍼졌다. 그러자 대화는 중단되었고 에스텔러가 나에게 말했다. "자, 가자, 꼬마야!" 내가 돌아서

자 그들은 모두 극도의 경멸감에 찬 시선으로 나를 바라보았다. 그리고 내가 방에서 나갈 때 새러 포킷이 "나 원, 참! 또 무슨 해괴한 짓이람!" 하고 말하는 소리와, 커밀러가 분노에 찬 어조로 "이런 변덕이 세상에 또 있을까! 정-말 어-처구니없다니까!" 하고 덧붙이는 것이 내 귀에 들렸다.

촛불을 들고 어두운 복도를 따라 가고 있을 때 갑자기 에스텔러가 걸음을 멈췄다. 그러더니 뒤로 돌아서서 얼굴을 나한테 아주 바짝 갖다댄 채, 특유의 그 조롱하는 태도로 말했다.

"그래서 어쨌다는 거니?"

"그래서 어쨌다뇨, 아가씨?" 나는 그녀에게 거의 부딪쳐 넘어질 뻔하다가 간신히 멈춰 서며 대답했다.

그녀는 나를 바라보며 서 있었다. 물론 나도 그녀를 바라보며 서 있었다.

"내가 예쁘니?"

"그래요. 아주 예쁘다고 생각해요."

"내가 모욕적이니?"

"지난번에 그랬던 것만큼은 아니에요." 나는 말했다.

"지난번만큼은 아니라고?"

"네."

마지막 질문을 할 때 그녀는 발끈 화를 내는 듯싶었는데, 내가 질문에 대답하는 순간 그녀는 있는 힘을 다해 손바닥으로 내 얼굴을 갈겼다.

"자, 이젠 어떠니?" 그녀는 말했다. "이 천한 괴물딱지 꼬맹이야, 자, 이젠 나를 어떻게 생각하니?"

"말하지 않겠어요."

"위층에 가서 말하려고 그러는 거지, 그렇지?"

"아니에요." 나는 말했다. "그건 아니에요."

"왜 다시 울지 않는 거니, 이 비열한 꼬마놈아?"

"절대로 다시는 아가씨 때문에 울지 않기로 했으니까요." 나는 말했다. 하지만 그 말은 그 어떤 거짓말만큼이나 거짓된 선언이었다고 나는 생각한다. 왜냐하면 그 순간 나는 그녀 때문에 속으로 울고 있었고, 또 그 후에도 그녀 때문에 수없이 눈물을 흘리며 고통스러워했다는 사실을 나 자신 너무나도 잘 알고 있기 때문이다.

이 일이 있고 나서 우리는 다시 걸음을 옮겨 계단을 올라갔다. 그런데 올라가다가 위에서 내려오던 한 신사와 마주쳤다.

"이 아이는 누구냐?" 신사는 걸음을 멈추고 나를 바라보며 물었다.

"그저 꼬마일 뿐이에요." 에스텔러가 말했다.

건장한 체격의 신사는 얼굴이 굉장히 가무잡잡했는데, 머리가 굉장히 컸고 손도 그에 걸맞게 아주 컸다. 그는 그 큰 손으로 내 턱을 잡더니 내 얼굴을 들어 올리고는 촛불 빛으로 나를 내려다보았다. 그는 나이에 비해 일찍 머리 윗부분이 벗어 있었으며, 숱이 많은 까만 눈썹은 옆으로 눕지 않고 뻣뻣하게 곤두서 있었다. 두 눈은 얼굴 속에 아주 깊숙이 박혀 있었는데 불쾌할 정도로 날카롭고 의심에 가득 찬 눈빛이었다. 또 커다란 시곗줄을 드리우고 있었으며, 깎지 않고 내버려 두었다면 턱수염과 구레나룻이 자라났을 자리에 짙고 검은 반점들만 남아 있는 얼굴을 하고 있었다. 그는 나와 아무 관계도 없는 사람이었으며, 또한 그가 나중에 나와 어떤 관계가 있으리라는 예견 같은 것도 그 당시 나로서는 전혀 할 수 없는 상황이었다. 하지만 우연히도 그렇게 기회가 주어져서 나는 그 순간 그를 세밀히 관찰할 수 있게 되었던 것이다.

"근처에 사는 소년인가? 그러냐?" 그가 물었다.

"네, 아저씨." 나는 말했다.

"여긴 어떻게 해서 오게 되었지?"

"미스 해비셤께서 불러서 왔어요, 아저씨." 나는 대답했다.

"그래! 똑바로 행동하거라! 나는 아이들을 많이 대해 보았는데, 네놈들은 모두가 고약한 사고뭉치들이야. 그러니 명심해라!" 그는 자신의 커다란 집게손가락의 옆면을 물어뜯는 동시에 찌푸린 얼굴로 나를 노려보며 말했다. "똑바로 행동해야 된다!"

그 말과 함께 그는 나를 놓아 주었다. — 나는 그게 기뻤는데, 왜냐하면 그의 손에서 독한 비누 향내가 났기 때문이다. — 그러곤 계단을 따라 내려가던 길을 계속 갔다. 나는 그가 혹시 의사가 아닐까 하고 생각해 봤다. 하지만 곧, 아니라고 판단했다. 의사일 리 없었다. 의사라면 좀 더 점잖고 부드럽게 권유하듯 말할 것이었다. 하지만 이 문제에 대해 깊이 생각할 시간이 별로 없이 우리는 곧 미스 해비셤의 방 안에 들어섰다. 그녀를 비롯해 방 안의 모든 것이 내가 지난번 보았던 그대로였다. 에스텔러는 나를 문가에 세워 둔 채 가 버렸다. 나는 미스 해비셤이 화장대에서 고개를 돌려 나에게 시선을 던질 때까지 그 자리에 그대로 서 있었다.

"그러니까!" 그녀는 놀라거나 당황하는 기색이 없이 말했다. "날짜가 지나간 게로구나, 그렇지?"

"네, 마님. 오늘이 바로……."

"자, 자, 그만두거라!" 미스 해비셤은 손가락을 짜증스레 흔들어 대며 말했다. "그런 건 알고 싶지 않다. 자, 놀 준비가 되었느냐?"

나는 약간 당혹감에 사로잡혀 "아직 안 된 것 같은데요, 마님." 하고 대답할 수밖에 없었다.

"카드놀이도 못 하겠단 말이냐?" 그녀는 날카롭게 살펴보며 물었다.

"아뇨, 마님. 그건 할 수 있을 거예요, 원하신다면요."

"이 집이 너한텐 낡고 엄숙한 느낌을 준다 이거지, 꼬마야." 미스 해비셤은 짜증스럽게 말했다. "그래서 놀고 싶은 마음이 내키질 않는다 이거지. 너, 그럼, 일이라도 하겠느냐?"

나는 그전에 받았던 질문에 대해 느꼈던 것보다 더 편한 마음으로 이 물음에 대답할 수 있었다. 그래서 기꺼이 그러고 싶다고 말했다.

"그러면 저 건너편 방으로 가거라." 그녀는 앙상하게 마른 손으로 내 뒤의 문간 쪽을 가리키며 말했다. "그리고 거기서 내가 갈 때까지 기다리고 있거라."

나는 문 앞 층계참 마루를 건너가서 그녀가 가리킨 방으로 들어갔다. 그 방 역시 햇빛이 완전히 차단되어 있었다. 그리고 답답하고 탁한 냄새까지 났다. 축축하게 보이는 구식 벽난로에는 지펴 놓은 지 얼마 안 된 것처럼 보이는 난롯불이 타고 있었는데, 그것은 활활 타오르기보다는 오히려 금세 꺼져 버리고 싶은 듯한 기색이었으며, 거기서 마지못해 피어올라 방 안에 떠 있는 연기는 바깥의 맑은 공기보다 오히려 더 추운 느낌을 주었다. 꼭 우리 마을 습지대의 안개처럼 말이다. 높은 벽난로 선반 위에는 앙상한 겨울 나뭇가지 같은 촛대의 촛불 몇 개가 방 안을 희미하게 비추고 있었다. 아니 좀 더 제대로 표현하자면, 방 안의 어두움을 희미하게 방해하고 있었다. 방은 널찍했으며, 감히 말하건대 옛날에는 훌륭했을 게 틀림없는 곳이었다. 하지만 이제 식별할 수 있는 방 안의 모든 물건은 먼지와 곰팡이로 덮여 있었으며, 금세라도 무너지거나 부서져 내리고 말 것 같은 상태에 있었다. 이 중 제일 눈에 띄는 물건은 기다란 식탁이었는데, 식탁보가 펼쳐져 있는 모습이 마치 이 집과 시계가 모두 멈춰 버린 그 순간에 어떤 잔치 같은 것이 준비되고 있었던 것처럼 보였다. 식탁의 중앙 장식대와 그 위의 장식물을 합친 것 같은 어떤 물체가 펼쳐진 식탁보 한가운데에 놓여 있었는데, 그 위로 거미줄이 너무나 겹겹이 둘러쳐져 있어서 형체를 도무지 알아볼 수 없었다. 넓게 펼쳐진 그 누런 식탁보 — 지금도 잘 기억하는바, 중앙의 그 물체는 꼭 그 식탁보에서 자라고 있는 시커먼 버섯처럼 보였다. — 를 따라 살펴보던 나는 다리에 반점이 있고 몸이 얼룩덜룩한 거미들이 중앙의 그 물체로 바쁘게 달려 들어갔다가 나왔다가 하는 것을 발견했다. 마치 엄청나게 중요한 어떤 공적인 상황이 거미들의 공동체에 막 발생하기라도 한 것처럼 말이다.

생쥐들 소리 또한 가까이서 들려왔는데, 그 녀석들 역시 거미 세계의 그 사건이 자기네 이해관계에도 중대한 영향을 끼치는 것인 양, 방 벽면의 널판 뒤에서 달그락거리며 시끄럽게 뛰어다녔다. 하지만 까만 딱정벌레들은 이런 소란에 전혀 아랑곳하지 않은 채, 마치 근시에다 귀가 잘 안 들리고 또 서로 간의 관계도 원만하지 않은 노인네들처럼 벽난로 주변을 무거운 걸음으로 더듬더듬 기어다녔다.

기어다니는 이런 것들은 내 관심을 사로잡았고, 나는 멀찌감치 서서 그것들을 주의 깊게 지켜보았다. 그때 미스 해비셤이 다가와 내 어깨에 손을 얹었다. 그녀의 다른 손은 머리 부분이 목발처럼 생긴 지팡이를 짚고 있었는데, 그 모습은 꼭 그곳을 지배하는 마녀처럼 보였다.

"이것은……." 그녀는 지팡이로 기다란 식탁을 가리키며 말했다. "내가 죽었을 때 누울 자리다. 모두들 와서 여기 누워 있는 나를 보게 될 거야."

그녀가 그 순간 식탁 위에 올라가 곧바로 죽어 버릴지도 모른다는, 그래서 박람회에서 본 그 무시무시한 밀랍 인형의 모습을 완벽하게 실현해 보일지도 모른다는 막연한 불안감에 사로잡히며, 나는 그녀의 손길 아래 몸을 움찔하고 말았다.

"저게 뭐라고 생각하느냐?" 미스 해비셤은 다시 지팡이로 가리키며 나에게 물었다. "저기 저 거미줄이 쳐져 있는 것 말이다."

"뭔지 잘 모르겠어요, 마님."

"그건 대형 케이크란다. 결혼 케이크지. 바로 내 결혼 케이크지!"

그녀는 눈을 부릅뜨고 노려보며 온 방 안을 둘러보았다. 그러더니 손으로 내 어깨를 비틀듯이 꽉 움켜쥔 채 나한테 의지하며 말했다. "자, 가거라, 자! 나를 걷게 해 다오, 날 좀 걷게 해 다오!"

나는 이 말을 듣고, 내가 할 일이라는 것이 바로 미스 해비셤을 도와 방 안을 빙글빙글 걸어다니는 것이라는 사실을 깨달았다. 따라서 나는 즉시 걷기 시작했고 그녀도 내 어깨를 짚은 채 따라 움직였는데, 우리는 펌블추크 씨의 이륜마차를 흉내 낸다고 (이것은 아마 내가 이 집에 처음 왔을 때 했던 생각에서 비롯된 연상일 것이다.) 할 만한 모습과 속도로 걸어다녔다.

그녀는 육체적으로 튼튼하지 못했던지라, 얼마 지나지 않아 "좀 천천히!" 하고 말했다. 하지만 우리는 여전히 조급하고 불규칙적인 속도로 걷고 있었으며, 그러는 동안 그녀는 내 어깨를 잡은 손을 움찔움찔 비틀어 대며 입도 씰룩씰룩 움직거렸다. 그로 인해 나는 우리가 빨리 걷고 있는 것이 바로 그녀의 생각이 빠르게 움직이고 있기 때문이라고 믿었다. 얼마 후 그녀는 말했다. "에스텔러를 부르거라!" 나는 층계참으로 나가서 지난번에 그랬던 것처럼 그 이름을 소리쳐 불러 댔다. 에스텔러의 촛불 빛이 보이기 시작했을 때 나는 미스 해비셤에게로 돌아갔다. 그리고 우리는 다시 계속해서 방 안을 빙글빙글 돌기 시작했다.

에스텔러 혼자만 와서 우리의 이런 행동을 구경했더라도 나는 충분히 거북하고 불만스러웠을 것이다. 그런데 에스텔러는 내가 아래층에서 보았던 그 숙녀 셋과 신사를 전부 다 데리고 들어왔고, 그 때문에 나는 정말로 어쩔 줄 모르는 상태가 되고 말았다. 예의상 나는 걸음을 멈추려고 했다. 하지만 미스 해비셤이 내 어깨를 계속 잡아 비트는 바람에 우리는 걷기를 계속했다. 다 내가 주도해서 하는 짓이라고 그들이 생각하리라는 의식으로 내 얼굴은 벌겋게 달아오른 채 말이다.

"오, 친애하는 미스 해비셤." 미스 새러 포킷이 말했다. "참말로 건강해 보이시는군요!"

"허튼소리 마." 미스 해비셤은 대꾸했다. "난 누런 살가죽에다 뼈다귀뿐이야."

미스 포킷이 이렇게 퉁명스러운 핀잔을 받자 커밀러의 얼굴이 환해졌다. 그녀는 애처롭다는 듯이 미스 해비셤을 바라보며 중얼거렸다. "아, 가여운 분! 정말이지 건강해 보일 것을 기대할 수 없는 처지시지, 가여운 분! 그런 분에게 그런 어처구니없는 말을 하다니!"

"그런데 자넨 어떻게 지내나?" 미스 해비셤이 커밀러에게 물었다. 우리가 그 순간 커밀러에게 가까이 다가가 있었으므로 나는 당연히 걸음을 멈추려고 했다. 하지만 미스 해비셤은 멈추려고 하지 않았다. 우리는 그냥 휙 스쳐 지나갔고, 나는 내가 커밀러에게 대단히 혐오스러운 존재가 되었다는 것을 알 수 있었다.

"물어봐 주셔서 고맙습니다. 미스 해비셤." 그녀는 대답했다. "할 수 있는 한 잘 지내려고는 하고 있습니다."

"그게 무슨 말이야, 무슨 일인데 그래?" 미스 해비셤이 아주 날카롭게 쏘아보며 물었다.

"말할 가치가 하나도 없는 거랍니다." 커밀러는 대답했다. "제 애정을 드러내 알리고 싶은 마음은 없지만, 전 밤마다 습관적으로 미스 해비셤 생각에 감당할 수 없을 만큼 가슴이 아프곤 한답니다."

"그럼 내 생각을 안 하면 되잖아." 미스 해비셤은 대꾸했다.

"말이야 아주 쉽게 할 수 있지요!" 커밀러는 다정스레 말했다. 그러면서 울음이라도 참는 듯이 윗입술을 씰룩거리는가 싶더니 곧 눈물을 주르르 흘렸다. "레이먼드도 다 알고 있으니 물어보세요, 제가 밤마다 얼마나 많은 생강과 탄산 암모니아수*를 복용해야 하는지 말이에요. 또 제 다리에 얼마나 심한 신경성

---

* 생강과 탄산 암모니아수는 당시 의식 회복용 약제로 사용되곤 했음.

경련이 일어나는지도 말이에요. 그렇지만 숨이 막혀 정신을 잃거나 신경성 경련이 일어나는 것은 사랑하는 사람들에 대해 걱정할 때면 저한테 늘 생기는 일들이지요. 제가 애정이 좀 덜 깊고 또 좀 덜 예민할 수만 있다면 소화는 훨씬 잘 되고 제 신경도 무쇠 덩어리처럼 튼튼해질 거예요. 정말이지 그럴 수만 있다면 참 좋겠어요. 하지만 밤에 미스 해비셤 생각을 하지 않는다는 것은…… 아, 그건 정말 생각할 수 없는 일이에요!" 여기서 그녀는 한바탕 울음을 터뜨렸다.

그녀가 언급한 레이먼드는 바로 그 순간 거기 함께 있는 신사라는 사실을 나는 알아차렸다. 또한 그가 바로 미스터 커밀러, 즉 그녀의 남편이라는 사실도 눈치 챘다. 그는 바로 그 순간 그녀를 구원하러 나서서, 위로와 칭찬이 섞인 목소리로 말했다. "여보, 커밀러, 일가친척에 대한 당신의 지극한 애정이 당신 건강을 조금씩 갉아먹어서 급기야 한쪽 다리가 다른 쪽 다리보다 짧아졌을 정도라는 것은 다 알고 있는 사실이라오."

"이봐요, 커밀러." 아직 한 번밖에 말하는 것을 들어 보지 못했던 그 엄숙한 숙녀가 말했다. "어떤 사람에 대해 생각한다고 해서 그 사람에게 큰 요구를 할 수 있는 것은 아닌 줄로 알고 있는데."

미스 새러 포킷 — 이때쯤 나는 그녀가 체구가 작고 메마른 갈색 피부에다 주름이 많으며, 호두 껍질로 만들어진 것 같은 조그만 얼굴에 수염 없는 고양이 입처럼 생긴 커다란 입을 지닌 노파라는 것을 파악했다. — 도 이 견해를 지지하며 말했다. "그래, 정말이지 그건 아니란다, 커밀러야. 에헴!"

"생각하는 것이야 누구나 충분히 쉽게 할 수 있는 일이지요."

엄숙한 숙녀는 말했다.

"사실 잘 알다시피 그것보다 더 쉬운 일도 없지!" 미스 새러 포킷이 동조하며 말했다.

"아, 그래요, 그래!" 커밀러가 외쳤다. 그녀의 북받치는 감정은 두 다리에서 가슴으로 끓어오르는 것처럼 보였다. "모두 다 맞는 말이에요! 그토록 애정 깊은 것이 제 약점이라 할지라도 저는 어쩔 수 없어요. 제가 그렇지만 않다면 제 건강은 분명코 훨씬 더 좋아졌을 거예요. 그렇지만 저는 제 성격을 바꾸지 않겠어요. 설령 바꿀 수 있다 하더라도 안 바꿀 거예요. 물론 그 때문에 많은 고통을 받아야만 하지요. 하지만 밤중에 잠이 깰 때, 내가 그런 심성을 지니고 있다는 사실을 아는 것은 나에게 큰 위안이 되지요." 여기서 그녀는 또 한바탕 감정을 터뜨렸다.

이러는 동안 내내 미스 해비셤과 나는 한 번도 걸음을 멈추지 않고 계속해서 방 안을 빙글빙글 돌았는데, 때로는 방문객들의 치맛자락을 바짝 스치며 지나가기도 했고, 때로는 음울한 방의 반대편 끝을 돌며 그들을 멀찌감치 바라보기도 했다.

"매슈를 좀 생각해 보세요!" 커밀러가 말했다. "그는 친척들 누구와도 전혀 어울리지 않고 미스 해비셤의 안부를 물으러 여기 찾아오는 법도 전혀 없잖아요! 언젠가 저는 코르셋 끈까지 끊어진 채 인사불성으로 몇 시간 동안이나 소파에 쓰러져 누워 있었답니다. 그때 제 머리는 소파 가장자리 너머로 젖혀진 채 머리카락을 온통 아래로 늘어뜨리고 있었고, 제 두 발은 어디에 어떻게 놓였는지도 모르는 상태로……."

("당신 머리보다 훨씬 높은 위치에 있었다오, 여보." 미스터 커밀러가 말했다.)

“어쨌든 저는 그런 상태로 실신한 채 몇 시간 동안이나 쓰러져 있었는데, 그건 바로 매슈의 도무지 설명할 길 없는 이상한 행동 때문이었지요. 그런데 저에게 고맙다고 말하는 사람은 아무도 없었어요.”

“굳이 말하자면, 사실 아무도 없을 수밖에 없었지!” 엄숙한 숙녀가 끼어들었다.

“그러니까, 커밀러야.” 미스 새러 포킷(그녀는 악의적이면서 친밀한 척 구는 사람이었다.)이 덧붙였다. “너 자신에게 물어볼 질문은 말이다, 네가 누구에게 고맙다는 말을 듣기를 기대했는가 하는 것이란다, 얘야.”

“고맙다는 말 같은 것은 사실 전혀 기대하지 않았어요.” 커밀러는 다시 말을 이었다. “저는 그저 몇 시간 동안이나 그런 상태로 쓰러져 있었어요. 레이먼드도 다 알고 있어요. 제가 어느 정도로 숨이 막혀 의식을 잃었는지, 그리고 생강이 얼마나 효과가 없었는지 하는 것들을 말이에요. 제가 앓는 소리는 우리 집 길 건너편 피아노 조율사의 집에서도 들렸는데, 그 집 아이들은 그걸 비둘기들이 멀리서 구구구 하며 우는 소리인 줄 알았다고 하더군요. 그런데 이제 와서 듣는 소리라고는 겨우…….” 여기서 커밀러는 한 손을 목에다 갖다 대고는 거기서 새로 화학 혼합물이라도 생성해 내는 것처럼 아주 괴상하게 캑캑거리기 시작했다.

이 매슈라는 사람의 이름이 언급되었을 때 미스 해비셤은 나를 멈춰 서게 했다. 그러곤 말을 하고 있는 커밀러를 바라보며 서 있었다. 이 변화는 커밀러의 화학 작용을 갑자기 중단시키는 데 커다란 영향력을 끼쳤다.

“매슈도 마침내 여기 와서 나를 보게 될 거야.” 미스 해비셤은 단호하게 말했다. "내가 저 식탁 위에 죽어 누우면 말이야. 그의 자리는 저기가 될 거야, 저기." 그녀는 지팡이로 식탁을 치며 말했다. "내 머리맡이야! 그리고 자네 자리는 저기가 될걸세! 그리고 자네 남편 자리는 저기일 거고! 그리고 새러 포킷, 자네 자리는 저기야! 그리고 조지애너, 자네 자리는 저쪽이네! 자, 이제, 나를 뜯어먹으러 왔을 때 모두들 어디에 앉아야 할지 잘 알았겠지. 그럼 이제 모두들 가 버리게!"

각 사람의 이름을 부를 때마다 미스 해비셤은 지팡이로 식탁의 다른 자리를 두드렸다. 그러고 나더니 나에게 말했다. "자, 걸어라, 걸어!" 그래서 그녀와 나는 다시 걷기를 계속했다.

"제 생각에 우리가 할 일은……." 커밀러가 큰 소리로 외치듯 말했다. "말씀에 순종하여 떠나는 것밖에 없는 듯하군요. 이렇게 아주 짧은 시간이나마 우리의 사랑과 존경의 대상을 만나 뵐 수 있어서 정말 뜻 깊었어요. 밤중에 잠이 깼을 때 이 일을 생각하고는 울적하게나마 만족스러워할 거예요. 매슈도 이런 위안을 얻을 수 있다면 좋을 텐데. 하지만 그는 이런 것을 무시해버리는 사람이지요. 제 감정을 드러내지 않기로 작정했지만, 마치 저희가 사람 잡아먹는 거인이기라도 한 것처럼 저희보고 친척을 뜯어먹고 싶어 한다고 하시면서 가 버리라고 말씀하시다니 그건 좀 너무하셨어요. 그런 험한 말씀을 하시다니!"

커밀러 부인은 감정에 북받쳐 부풀어 오르는 자신의 가슴에 손을 얹었는데, 이를 본 미스터 커밀러가 도우려고 나섰다. 그러자 그 숙녀는 겨우 억지로 참아 내고 있다는 듯한 태도를 취했는데, 내 생각에 그것은 방에서 나가자마자 곧바로 쓰러져 실신하고 말 작정이라는 것을 표현하기 위한 것 같았다. 그녀는 그렇게 미스 해비셤에게 손으로 작별의 키스를 보내며 남편의 부축을 받아 방에서 나갔다. 새러 포킷과 조지애너는 누가 마지막까지 남아 있을 것인가를 두고 경쟁했다. 하지만 새러는 너무나 약삭빨라서 다른 사람에게 질 수 없는 존재였던지라, 조지애너 옆을 슬그머니 돌아 아주 교묘하게 뒤로 빠졌고, 그 결과 조지애너는 어쩔 수 없이 먼저 나가야 했다. 그러자 새러 포킷은 "하느님의 축복을 빌겠어요, 친애하는 미스 해비셤!" 하고 따로 자기만의 작별 인사를 하면서, 호두껍질 같은 얼굴에 나머지 일행의 어리석음에 대한 연민과 용서의 미소를 지어 보였다.

에스텔러가 그들에게 불을 비춰 주러 내려가고 없는 동안 미스 해비셤은 여전히 내 어깨를 짚고 계속해서 걸었다. 하지만 그 속도는 점점 느려졌다. 마침내 그녀는 벽난로 앞에서 멈춰 섰다. 그러곤 뭐라고 중얼거리며 몇 초 동안 난롯불을 바라보고 있다가 말했다.

"오늘이 내 생일이란다, 핍."

내가 막 생일을 축하한다는 말을 하려고 했을 때 그녀는 지팡이를 들어 올리며 말했다.

"그런 말은 난 듣고 싶지 않다. 나는 방금 여기 있다 간 사람들은 물론이고 그 누구도 그런 말을 하지 못하게 하고 있다. 그들은 매년 이날 여기 찾아온단다. 하지만 아무도 감히 그런 말을 입에 올리지 못하지."

물론 나도 그 말을 입에 올리려는 노력을 더 이상 하지 않았다.

"저기 썩은 덩어리가 된 저 케이크가 이리로 운반되어 온 것은……." 그녀는 거미줄에 덮인 식탁 위의 물체를 목발 모양의 지팡이로 찌르듯이 가리키며, 하지만 건드리지는 않으며 말했다. "네가 태어나기 오래전 바로 이날이었단다. 그 후로 저 케이크와 나는 함께 썩어 갔지. 저것은 생쥐들한테 갉아 먹히고, 나는 생쥐의 이빨보다 훨씬 날카로운 이빨에 갉아 먹히면서 말이다."

그녀는 지팡이의 머리 부분을 가슴에 바짝 갖다 댄 채 식탁을 바라보며 서 있었다. 한때는 하얀색이었지만 이제 완전히 누렇게 바래 버린 웨딩드레스를 입고 있는 그녀의 모습이나, 역시 한때는 하얀색이었지만 이제 완전히 누렇게 바래 버린 식탁보나, 주변의 모든 것들이 손으로 한 번 만지기만 하면 그대로 바스러져 버리고 말 것 같은 상태였다.

"이 모든 파괴가 완결되어……." 그녀는 소름끼치는 얼굴로 말했다. "내가 신부복 차림 그대로 저 결혼식 피로연 식탁에 눕혀지는 날, 그런데 반드시 그렇게 될 것이고, 그래서 그자에 대한 마지막 저주는 완성될 거야, 그날이 바로 이날과 일치한다면 더 바랄 게 없을 거야!"

그녀는 식탁을 바라보며 서 있었는데, 마치 자신이 실제로 그 순간 거기 누워 있는 것처럼 그렇게 바라보며 서 있었다. 나는 말없이 조용히 있었다. 에스텔러가 돌아왔지만, 그녀 역시 말없이 조용히 있었다. 우리는 오랫동안 그렇게 서 있었던 듯했다. 방 안의 답답하고 무거운 공기 속에서, 그리고 저만치 떨어진 방 구석마다 드리워진 무거운 어둠 속에서, 나는 에스텔러와 나까지도 금세 썩어 들어가기 시작할 것 같다는 무서운 환상에 사로잡혔다.

마침내 미스 해비셤은 자신의 어지러운 상념에서 갑자기, 즉 차츰차츰이 아니라 어느 순간에 돌연 깨어나며 말했다. "너희들이 카드놀이 하는 것을 보여 다오. 왜 아직 시작하지 않고 있는 거냐?" 그 말과 함께 우리는 그녀의 방으로 돌아가서 전처럼 자리를 잡고 앉았다. 나는 전처럼 거지로 만들어졌다. 그리고 역시 전처럼 미스 해비셤은 우리를 내내 지켜보았고, 나로 하여금 에스텔러의 아름다움에 주목하게 했으며, 자신의 보석들을 에스텔러의 가슴과 머리에 달아 봄으로써 그녀의 아름다움이 내 눈에 더욱더 돋보이게 했다.

에스텔러 자신 역시 전과 똑같은 태도로 나를 대했다. 다른 점이 있다면 이젠 나한테 말조차 걸려고 하지 않았다는 것뿐이었다. 우리가 카드놀이를 대여섯 판가량 하고 났을 때 미스 해비셤은 내가 다시 방문할 날을 정해 주었고, 그러자 에스텔러는 나를 마당으로 데리고 내려가서 이전처럼 개 먹이를 주듯이 나에게 먹을 것을 갖다주었다. 그런 다음 역시 전처럼 내가 마음대로 돌아다니도록 내버려 두었다.

지난번에 왔을 때 기어 올라가 넘겨다보았던 정원 담장의 출입문이 지난번 그때 열려 있었는지 닫혀 있었는지 하는 것은 그다지 중요한 문제가 아니다. 단지 내가 지난번에는 출입문이 있는 것을 보지 못했지만 이번에는 출입문이 있는 것을 보았다는 사실만으로도 충분하다. 그런데 이 출입문이 열려 있었으므로, 그리고 에스텔러가 아까 그 방문객들을 모두 내보냈다는 것을 알고 있었으므로 — 아까 에스텔러는 손에 열쇠 꾸러미를 들고 돌아왔기 때문이다. — 나는 이 정원으로 걸어 들어가 여기저기 한가롭게 돌아다녔다. 정원은 아주 황폐한 곳이었다. 참외와 오이 줄기를 지탱해 주는 받침대와 틀이 널려 있었는데, 다 낡아서 허물어진 그것들에는 제멋대로 자라다 만 것처럼 보이는 비리비리한 열매들이 낡은 모자나 헌 구두짝 모양으로 매달려 있거나 찌그러진 냄비 같은 꼴로 초라하게 여기저기 삐져나와 있거나 했다.

정원을 섭렵하고, 쓰러진 포도 덩쿨과 병 몇 개 외에는 아무것도 없는 온실까지 다 구경하고 났을 때 나는 내가 어느덧 아까 창문으로 내다보았던 그 음울한 정원 귀퉁이에 와 있다는 사실을 알게 되었다. 집 안에는 이제 아무도 없다는 것을 조금도 의심하지 않은 채 나는 무심코 다른 창문 하나를 들여다보았는데, 아주 놀랍게도 그 안에 있는 눈꺼풀이 빨갛고 머리카락 색깔이 옅은 창백한 어린 신사 하나와 정면으로 눈이 마주치고 말았다.

이 창백한 어린 신사는 금세 사라졌는가 싶더니 곧바로 내 곁에 나타났다. 그는 내가 들여다봤을 때 공부하던 중이었는데, 이제 눈앞에 선 모습을 보니 실제로 잉크가 여기저기 묻어 있었다.

"안녕! 어린 친구!" 그가 말했다.

'안녕'이라는 이 일반적인 인사말은 대개 똑같은 말로 대답하는 게 가장 좋다고 관찰을 통해 알고 있었으므로 나도 "안녕!" 하고 말했다. 다만 예의 바르게 '어린 친구'라는 말은 생략했다.

"누가 너를 들여보내 줬니?" 그가 물었다.

"미스 에스텔러가 들여보내 줬어."

"누가 너보고 여길 어슬렁거리며 돌아다니라고 했니?"

"그것도 미스 에스텔러야."

"그럼, 이리 와서 싸우자." 창백한 어린 신사는 말했다.

그를 따라가는 것 말고 내가 뭘 할 수 있었겠는가? 그 후로도 나는 자주 나 자신에게 이렇게 묻곤 했다. 그렇게 하지 않고 내가 달리 뭘 할 수 있었겠는가? 그의 태도가 너무나 확정적인 데다가 나는 너무나 놀라 어리둥절한 상태였으므로, 마치 마법에라도 걸린 것처럼 나는 그가 이끄는 곳으로 따라가고 말았던 것이다.

"그런데, 잠깐 멈춰 봐." 몇 발짝 걸어가지 않아 그가 빙그르 돌아서며 말했다. "싸워야 할 이유도 너한테 마련해 줘야 하겠지. 자, 받아라!" 사람의 화를 몹시 자극하는 방식으로, 그는 즉시 손뼉을 짝짝 치더니 한쪽 다리를 멋들어지게 뒤로 흔들어 차올려 본 다음 내 머리카락을 와락 잡아당겼다. 그러고는 다시 손뼉을 짝짝 친 다음 머리를 휙 아래로 숙이더니 그대로 내 복부를 들이받았다.

마지막의 그 황소 같은 행동은 의심할 여지 없이 무례한 짓이라고 할 만했을 뿐만 아니라, 빵과 고기를 먹고 난 직후인 나한테는 특히나 불쾌한 것이었다. 그러므로 나는 그를 향해 힘껏 주먹을 한 번 휘둘렀고 이어 또다시 휘두르려는 동작을 취했다. 그러자 그는 "아하! 그래, 한번 해 볼래?" 하고 말하더니, 제한된 내 경험으로는 일찍이 본 적이 없는 방식으로 껑충껑충 앞뒤로 뛰어 대기 시작했다.

"경기 규칙대로 하는 거다!" 그러면서 그는 왼쪽 다리로 한 번 뛰었다가 오른쪽 다리로 바꿔 뛰었다. "정식 규칙대로 하는 거다!" 그러면서 이번에는 오른쪽 다리로 한 번 뛰었다가 왼쪽 다리로 바꿔 뛰었다. "자, 앞으로 나와서 준비운동을 해라!" 그러면서 그는 앞뒤로 홱홱 몸을 젖혀 대는 등 온갖 묘기를 다 부렸는데, 그동안 나는 얼빠진 얼굴로 그를 쳐다보고만 있었다.

나는 그가 그렇게 기술이 좋은 것을 보고 속으로 두려움을 느꼈다. 하지만 나는 머리카락 색이 옅은 그가 머리로 내 명치를 들이받을 이유가 전혀 없다는 것과, 그런 식으로 관심을 강요받을 때 나에겐 그것을 부당하게 여길 권리가 있다는 것을 도덕적으로나 육체적으로나 분명히 확신했다. 그래서 나는 아무 말 없이 정원의 후미진 구석으로 그를 따라갔다. 두 담장이 서로 만나는 지점인 그곳은 쓰레기 더미 같은 것에 가린 으슥한 곳이었다. 자리가 마음에 드냐고 나에게 물은 그는 내가 그렇다고 대답하자, 그럼 잠깐 좀 갔다 오겠다고 말하곤 사라지더니 금세 물병과 식초에 적신 스펀지 한 덩어리를 들고 돌아왔다. 그는 "두 사람 다 사용할 수 있어!" 하고 말하며 그것들을 담장에 기대어 놓았다. 그런 다음 그는 웃옷과 조끼뿐만 아니라 속셔츠까지 벗기 시작했는데, 유쾌함과 사무적 딱딱함과 살벌함이 동시에 뒤섞인 묘한 방식이었다.

그는 그리 강인해 보이지는 않았지만 — 얼굴에 뾰루지가 나 있었고 입가에는 발진도 있었다. — 그의 이 무서운 준비 행위는 나에게 굉장히 큰 공포감을 불러일으켰다. 내 판단에 그는 대략 내 나이 또래 같았다. 하지만 그는 나보다 키가 훨씬 큰 데다가 아주 근사하게 몸을 이리저리 놀리며 움직여 댈 줄 알았다. 그 밖의 점에 있어서는, 그는 회색 양복을 입은 (물론 싸우기 위해 옷을 벗어던지기 전의 모습을 말하는데) 어린 신사로, 팔꿈치와 무릎과 손목과 발꿈치가 발육 면에서 나머지 다른 신체 부위보다 상당히 앞질러 있었다.

그는 정교한 기술을 한껏 드러내는 동작으로 나와 맞붙어 싸울 자세를 취하더니, 마치 어떤 뼈를 가격할지 세밀한 선택이라도 하듯이 내 신체 구조를 살펴보았다. 그것을 본 나는 겁을 잔뜩 집어먹고 말았는데, 이 때문에 내가 첫 번째 주먹을 날렸을 때 그가 벌렁 뒤로 나자빠져서 짧게 이지러진 얼굴로 코피를 흘리며 나를 올려다보고 있는 것을 본 나는 내 인생의 어떤 순간보다도 더 크게 놀라고 말았다.

그러나 그는 곧바로 일어났다. 그러곤 아주 능숙한 솜씨로 얼굴을 스펀지로 닦은 다음 다시 싸울 자세를 취했다. 내 인생에서 두 번째로 크게 놀란 것은 그가 다시 벌렁 나자빠진 채 퍼렇게 멍든 눈으로 나를 올려다보고 있는 것을 보았을 때였다.

그의 기백은 나에게 굉장히 큰 존경심을 불러일으켰다. 그는 완력이 전혀 없는 것 같았다. 그는 한 번도 나를 세게 때려 보지 못했고, 언제나 나가떨어지기만 했다. 하지만 그는 순식간에 다시 일어나서 스펀지로 얼굴을 닦거나 물병의 물을 마시면서, 규정에 따라 자기 자신을 지원하는 것에 대해 더할 나위 없이 큰 만족감을 나타냈다. 그런 다음 그는 마침내 정말로 나를 끝장내 버릴 것이라는 믿음이 들 만큼 단호한 태도와 확고한 동작으로 나에게 달려들곤 했다. 그는 심하게 멍이 들고 말았다. 왜냐하면 기록하기 미안하지만 그를 칠 때마다 나는 점점 더 세게 쳤기 때문이다. 하지만 그는 다시 일어나 달려들기를 수없이 반복했다. 그러다 마침내 그는 담벼락에 뒤통수를 부딪치며 심하게 나동그라지고 말았다. 그러한 위기를 맞고서도 그는 또다시 일어났는데, 내가 어디에 있는지도 알아보지 못한 채 정신없이 몇 번인가를 빙글빙글 돌았다. 그러다가 마침내 그는 무릎으로 기어서 스펀지가 있는 곳으로 가더니, 스펀지를 잡아 위로 던져 올리면서 헐떡이는 목소리로 말했다. "이건 네가 이겼다는 뜻이야."

그가 너무나 용감하고 순수해 보여서 나는 비록 내가 싸움을 제안하지는 않았지만 승리에 대해 우울한 만족감밖에 느끼지 못했다. 사실 나는 지금 이 순간에도, 그때 내가 옷을 입으면서 나 자신을 어린 야생 늑대 같은 일종의 야수 같은 존재로 여겼다고 생각할 정도다. 어쨌든 나는 피 묻은 내 얼굴을 이따금씩 침울하게 닦아 대면서 마침내 옷을 다 차려입었다. 그러고는 그에게 말했다. "도와줄까?" 그러자 그는 말했다. "고맙지만 괜찮아." 나는 다시 말했다. "그럼 잘 가라." 그러자 그도 말했다. "너도 잘 가라."

안마당으로 갔을 때 에스텔러는 열쇠 꾸러미를 들고 기다리고 있었다. 하지만 내가 어디에 있다 왔는지 묻지 않았고 또 그녀를 기다리게 한 이유가 뭔지도 묻지 않았다. 그녀는 마치 뭔가 기쁜 일이라도 일어난 것처럼 얼굴이 밝게 상기되어 있었다. 그녀는 또한 대문으로 곧장 걸어가는 대신 출입문 안 복도로 뒷걸음 쳐 들어가면서 손짓으로 나를 불렀다.

"이리 와 봐! 네가 원한다면 나한테 키스해도 좋아."

그녀가 뺨을 나에게로 돌렸을 때 나는 거기에 키스를 했다. 생각하건대 그녀의 뺨에 키스를 하기 위해서라면 나는 아주 많은 것을 감수했을 것이다. 하지만 그 순간 나는 이 키스가 상스럽고 천한 소년에게 동전 한 닢 던져 주듯이 주어진 것이라는, 그래서 아무런 가치도 없다는 느낌밖에 들지 않았다.

생일 방문객에다 카드놀이에다 소년과의 싸움 등으로 인해 너무 오래 미스 해비셤 집에 머물러 있었으므로 내가 집 근처에 이르렀을 때는 이미 습지 끝의 모래톱 위에 있는 등대가 캄캄해진 밤하늘을 배경으로 불을 반짝이고 있었고 조의 대장간 화로에서 나오는 불빛도 길 건너편까지 길게 뻗어 비치고 있었다.

12장

그 창백한 어린 신사 문제로 내 마음은 매우 불안해졌다. 그와의 싸움을 생각할수록, 뒤로 나자빠진 채 여러 단계로 숨이 차고 벌게져 가던 그의 창백한 얼굴을 상기하면 할수록 나한테 뭔가 응징이 가해질 것이라는 게 점점 확실해 보였다. 나는 그 창백한 어린 신사에게 피를 흘리게 한 책임이 나에게 있고 그래서 법이 그것에 대한 복수를 가할 것이라고 생각했다. 내가 과연 어떤 형벌을 받을 것인지는 전혀 몰랐지만, 상류계급 사람들의 집을 헤집고 다니며, 학문에 힘쓰는 영국 소년을 심하게 두드려 팬 시골 마을 소년이 엄혹한 징벌을 받는 상황에 떨어지지 않고 시골을 마음대로 활보하고 다닐 수 없는 것만은 분명해 보였다. 나는 심지어 며칠 동안 집 안에 틀어박혀 지내면서, 심부름 가기 전에 아주 조심스럽게 떨리는 마음으로 부엌문 앞에서 밖을 살펴보곤 했다. 혹시 군(郡) 교도소의 경관들이 나를 덮쳐서 잡아 가지나 않을까 하고 말이다. 그 창백한 어린 신사가 흘린 코

피로 인해 내 바지는 얼룩이 졌더랬는데, 나는 한밤중에 일어나 내가 지은 그 범죄의 증거를 씻어 내려고 시도하기도 했다. 또 내 주먹은 그 창백한 어린 신사의 이에 부딪혀 찢어졌는데, 나는 내가 판사 앞에 끌려갔을 때 그 저주스러운 상황을 변명할 온갖 말도 안 되는 핑계를 궁리해 내느라 내 상상력을 수백 수천 가지 방식으로 쥐어짰다.

내가 폭력 행위의 현장으로 다시 돌아갈 날이 되었을 때 내 공포는 최고조에 달했다. 런던에서 특별히 내려보낸 정의의 집행관들이 대문 뒤에 숨어서 나를 기다리고 있지는 않을까? 미스 해비셤이 자신의 집에 가해진 폭행에 대해 개인적으로 직접 복수하고 싶어서 그 수의 같은 옷을 입은 그대로 의자에서 일어나 권총을 꺼내 나를 쏴서 죽여 버리지는 않을까? 돈으로 고용되어 불려 온 소년들이 — 수많은 고용병의 무리가 — 양조장에서 나를 덮쳐서 내 숨이 끊어질 때까지 두드려 패지는 않을까? 그런 와중에 내가 한 번도 창백한 그 어린 신사를 이러한 보복 행위의 공모자로 생각해 본 적이 없다는 것은 그의 고결한 정신에 대한 내 신뢰감이 얼마나 컸는가에 대한 강력한 증거다. 이 보복 행위는 언제나 그의 지각 없는 친척들이 그의 얼굴 상태에 자극을 받고 또 망가진 가문의 체신에 대한 분노한 동정심의 자극을 받아 저지르는 행위들로 내 마음속에 떠올랐다.

하지만 나는 미스 해비셤 집에 꼭 가야만 했고, 그래서 나는 갔다. 그런데 보라! 최근의 결투와 관련해 아무 일도 일어나지 않았다. 싸움에 대해서 어떤 방식으로든 한마디도 언급되지 않았고, 창백한 어린 신사도 저택 주변에서 전혀 찾아볼 수 없었다. 나는 정원 담장의 출입문이 열려 있는 것을 보고 정원을 둘러보았다. 심지어 독채로 떨어진 집의 창문을 들여다보기도 했다. 하지만 안에서 닫아 놓은 덧문만이 시야를 확 가로막을 뿐 아무것도 보이지 않았으며 모든 것이 쥐 죽은 듯이 조용했다. 싸움을 벌였던 그 정원의 구석 자리에서만 나는 어린 신사의 존재를 말해 주는 약간의 증거를 발견할 수 있었다. 그 자리에는 그가 흘린 핏자국이 아직 몇 군데 남아 있었는데, 나는 사람들의 눈에 띄지 않도록 정원의 흙으로 그것들을 덮어 버렸다.

미스 해비셤의 방과 긴 식탁이 차려져 있는 다른 방 사이의 넓은 층계참 마루에서 나는 정원용 의자가 하나 놓여 있는 것을 보았다. 뒤에서 밀게 되어 있는 바퀴 달린 가벼운 의자로, 지난번 방문했을 때 이후로 거기에 놓여 있었다. 바로 그날부터 미스 해비셤을 이 의자에 태우고 (그녀가 손으로 내 어깨를 짚고 걸어다니는 것에 지쳤을 때) 그녀의 방과 층계참, 그리고 다른 방을 이리저리 밀며 돌아다니는 것은 내 정례적인 일이 되었다. 우리는 이 왕래를 몇 번이고 반복했는데, 때로는 한 번에 세 시간씩이나 계속해서 그렇게 하기도 했다. 나는 우리가 이 왕래를 무수히 했다는 식으로 대충 일반적인 언급을 하고 넘어갈 생각인데, 얼마 지나지 않아 내가 하루걸러 한 번씩 정오 때 그 일을 하기 위해 그곳을 방문하기로 결정되었을 뿐만 아니라, 적어도 8개월에서 10개월 정도 되는 기간을 지금은 간단히 요약하고자 하기 때문이다.

우리가 서로에게 좀 더 익숙해지면서 미스 해비셤은 나와 예전보다 더 많은 말을 나누었다. 그녀는 내가 어느 정도나 배웠으며 장래 무엇이 되고 싶은지 등과 같은 질문을 했다. 나는 앞으로 조의 도제가 될 것으로 믿고 있다고 말했다. 그리고 내가 아무것도 아는 바가 없으며 할 수만 있다면 모든 것을 배워서 알고 싶다는 희망을 제법 길게 이야기했는데, 혹시 그녀가 나의 그런 희망과 목표에 뭔가 도움을 주지나 않을까 하는 기대감에서였다. 그러나 그녀는 그런 도움을 주지 않았다. 오히려 그 반대로 그녀는 내가 무식한 상태로 있는 것을 더 좋아하는 것처럼 보였다. 그녀는 — 오직 그날그날의 식사만 나에게 제공했을 뿐 — 나에게 돈 같은 것을 전혀 주지 않았고, 또 내 봉사에 대해 뭔가 보수를 해 주리라는 약정 같은 것도 전혀 하지 않았다.

에스텔러는 언제나 주위에 있으면서, 언제나 나를 들여보내고 내보내 주었다. 하지만 또다시 키스해도 좋다고는 절대로 말하지 않았다. 때로는 쌀쌀맞게 나를 그저 묵인하듯이 대하는가 하면 때로는 짐짓 말을 걸어 주기도 했다. 또 어떤 때는 아주 친밀하게 굴기도 했으며, 어떤 때는 나를 증오한다고 아주 열렬하게 말하곤 했다. 미스 해비셤은 귓속말로 혹은 우리 둘만 있을 때면 큰 소리로 나에게 자주 묻곤 했다. "에스텔러가 갈수록 예뻐지고 있지 않니, 핍?" 그리고 내가 그렇다(실제로 그녀는 점점 예뻐졌다.)고 대답하면 탐욕스러운 표정으로 그 대답을 음미하는 듯이 보였다. 미스 해비셤은 또한 우리가 카드놀이를 할 때면, 에스텔러의 기분이 어떻게 변하든 그것을 조금도 놓치지 않으려는 듯이 지켜보며 곁에서 즐거워하곤 했다. 그리고 이따금 에스텔러의 기분이 너무나 자주 바뀌고 너무나 서로 모순되는 바람에 내가 어떻게 말하고 행동해야 할지 몰라 당혹스러워할 때면, 미스 해비셤은 애정이 끓어 넘치는 듯한 태도로 그녀를 포옹해 주며 귀에다 대고 뭔가를 속삭이곤 했는데, 얼핏 듣기에 "그들의 가슴을 찢어 놓아라, 내 자랑이자 희망인 에스텔러야! 그들의 마음을 인정

사정없이 찢어 놓아라!"라고 하는 말 같았다.

조가 대장간에서 일할 때 콧노래로 부분 부분 흥얼거리곤 하는 노래가 하나 있었다. 이 노래의 후렴은 '올드 클렘'이었는데, 조의 그런 흥얼거림은 수호성인*에게 경의를 표하는 방식으로는 그다지 격식을 갖춘 것이 아니었다. 하지만 올드 클렘은 그만큼 대장장이들과 친밀한 관계에 있는 존재라고 나는 믿는다. 장단에 맞춰 쇠를 두드리는 소리와 가락이 비슷한 이 노래는 올드 클렘이라는 존귀한 이름을 외치기 위해 시늉 삼아 곡조를 붙인 것에 지나지 않았는데 다음과 같이 불렀다. "자, 두들겨 대거라, 두들겨 대—올드 클렘! 쾅쾅 내리쳐라, 내리쳐—올드 클렘! 때리고 쳐라, 때리고 쳐—올드 클렘! 쨍그랑, 소리도 좋구나, 건장한—올드 클렘! 힘찬 풀무 소리, 지펴라 지펴—올드 클렘! 이글이글 활활, 불길도 거세구나—올드 클렘!" 바퀴 달린 의자를 밀기 시작한 지 얼마 안 된 어느 날, 미스 해비셤은 손가락을 짜증스럽게 흔들어 대는 예의 그 동작을 하며 갑자기 나에게 말했다. "자, 자, 그만! 노래나 좀 해 보거라!" 갑작스러운 이 요구에 놀란 나는 그녀를 밀며 엉겁결에 이 노랫가락을 읊조리기 시작했다. 그런데 우연히도 이 노래가 매우 마음에 들었는지 그녀는 생각에 잠긴 듯한 낮은 목소리로 그 노래를 따라 불렀는데, 마치 잠결에 따라 부르는 것처럼 들렸다. 그때 이후로, 우리가 방 안을 돌아다니며 이 노래를 함께 부르는 것은 일종의 습관이 되다시피 했으며, 에스텔러까지도 자주 함께 부르곤 했다. 다만 우리 셋이 다같이 부를 때조차도 노래는 전체적으로 너무나 나지

---

* 올드 클렘은 성 클레멘트(St. Clement)라는 수호성인의 약칭임.

막하게 읊조려져서, 암울한 그 낡은 저택 안에는 지극히 가벼운 바람결보다도 작은 소리밖에 울려 퍼지지 않았다.

이런 환경 속에서 내가 과연 어떤 사람으로 자라날 수 있었겠는가? 이런 환경이 어떻게 내 성격에 영향을 끼치지 않을 수 있었겠는가? 곰팡내 나는 그 누런 방에서 자연의 빛이 비치는 밖으로 나왔을 때 내 눈이 그랬던 것처럼 내 생각과 사고가 혼란에 빠져 갈피를 잡을 수 없었다면 그것은 당연한 일이라고 할 수 있지 않겠는가?

아마, 내가 이전에 나도 모르게 하게 되었던 그 엄청난 거짓말과 그것을 고백했던 일만 없었다면 나는 조에게 그 창백한 어린 신사에 대해 이야기했을 것이다. 하지만 나는, 과거의 그 일로 인해 조가 틀림없이 창백한 어린 신사를 내가 지어 낸 그 검은색 융단 마차 안에 타고 있기에 적합한 승객으로밖에 받아들이지 않을 것이라고 생각했다. 따라서 나는 창백한 어린 신사에 대해 그에게 아무 이야기도 하지 않았다. 그뿐만 아니었다. 맨 처음부터 나를 사로잡고 있었던, 즉 미스 해비셤과 에스텔러를 사람들 입에 오르내리게 하기를 꺼리는 내 마음은 시간이 흐를수록 점점 더 강력해졌다. 나는 비디 외에는 그 누구도 완전히 신뢰하지 않았다. 하지만 비디에게만은 모든 것을 털어놓고 이야기했다. 그렇게 하는 것이 어째서 나에게 자연스러운 일이 되었는지, 그리고 불쌍한 비디는 왜 내가 이야기하는 그 모든 것에 대해 깊은 관심을 보였는지, 그 당시 나는 그 이유를 알지 못했다. 물론 지금은 그 이유를 안다고 생각하지만 말이다.

한편, 그러는 동안 우리 집 부엌에서는 계속해서 회의가 진행되었는데, 그러잖아도 반감과 분노에 찬 내 기분을 거의 견딜 수 없는 상태로 악화하는 회의였다. 머저리 같은 저 펌블추크는 누나와 내 장래를 논의한다는 목적으로 밤에 자주 우리 집에 찾아오곤 했다. 정말이지, 그 당시 할 수만 있었다면 내 이 두 손으로 그의 이륜마차에서 바퀴를 고정하는 핀을 빼 버리고 말았을 것이라고 나는 굳게 믿는다.(지금 이 순간까지도, 그리고 느껴야 마땅한 뉘우치는 마음도 별로 없이 말이다.) 그 한심한 인간은 너무나 둔하고 꽉 막힌 상상력의 소유자였던지라 나를 자기 눈앞에다 — 말하자면, 자신의 정신을 작동시킬 대상으로 삼고자 — 세워 놓지 않고서는 내 장래를 논할 수 없었다. 그래서 그는 한쪽 구석의 내 걸상에 조용히 앉아 있는 나를 끌어내서는 (대개는 목덜미를 잡아서) 마치 무슨 요리라도 하려는 양 난롯불 앞에다 세워 놓고 다음과 같이 말을 시작하곤 했다. "자, 부인, 여기 아이가 있소! 부인이 손수 길러 준 아이가 바로 여기 있소. 고개를 들어라, 얘야, 그리고 너를 손수 길러 준 분들에게 언제나 감사하는 마음을 가져라. 자, 부인, 이 아이에 대해서 말해 봅시다!" 그러고 나서 그는 내 머리카락을 고약한 방식으로 마구 헝클어 — 그런데 앞에서도 암시했듯이, 내 기억의 최초 순간부터 나는 동료 인간 누구도 그렇게 할 권리가 없다고 마음속으로 굳게 믿어 왔다. — 놓은 다음, 내 소맷자락을 쥔 채로 나를 자기 앞에다 꼭 붙들어 놓곤 했는데, 그것은 이 세상에서 오직 그자만이 할 수 있는 바보스러운 작태였다.

그런 다음 그자는 누나와 머리를 맞대고는 미스 해비셤에 대해, 그리고 그녀가 나에게 또는 나를 위해 무엇을 해 줄 것인가에 대해 온갖 터무니없는 추측을 해 대기 시작했다. 그 터무니없는 정도가 너무 심해서 나는 악의에 찬 눈물이 터져 나오는 것을 겨우 — 아주 고통스럽게 — 참았으며, 할 수만 있다면 펌블추크에게 달려들어 주먹으로 실컷 두드려 패 주고 싶은 마음이었다. 이 대화에서 누나는 나를 언급할 때마다 매번 마음속으로 내 이를 한 개씩 잡아 뽑는 듯한 태도로 이야기를 하곤 했는데, 그러는 동안 내 후원자를 자처하는 펌블추크 그 작자는 탐탁잖게 여기는 시선으로 나를 훑어보며 앉아 있었다. 마치 내 운명의 창조자로서 그 자신에게는 별로 이익이 안 되는 일에 종사하고 있다고 생각하는 듯한 태도였다.

조는 이 토론에 전혀 끼어들지 않았다. 하지만 토론이 진행되는 동안 그는 자주 잔소리 세례를 받았는데, 누나가 파악하기에 내가 대장간을 떠나는 것에 대해 조가 그다지 호의적이지 않은 듯했기 때문이었다. 그 당시 나는 조의 도제가 될 만한 충분한 나이였다. 그래서 조가 생각에 잠긴 표정으로 무릎 꿇고 앉아 부지깽이로 벽난로 아래쪽 가로막대 사이의 석탄재를 긁어내고 있을 때면, 누나는 이 순수한 행동을 반대 의견의 표시로 아주 확고하게 해석하여, 즉시 그에게 달려들어 부지깽이를 빼앗았다. 그러곤 그를 마구 잡아 흔들어 댄 다음 부지깽이를 어딘가로 치워 버리곤 했다. 이러한 토론은 매번 나를 극히 화나게 하는 방식으로 끝났다. 그것은 아무런 기미도 없이 순식간에 일어났는데, 누나는 하품을 문득 하다가 멈추고서는 우연히 내가 눈에라도 띄었다는 듯 나를 바라보다가 와락 나를 덮치며 이렇게 말하곤 했다. "이놈! 네놈 꼴은 이제 지겹다! 가서 자빠져 자거라. 네놈 때문에 오늘 저녁 골머리 썩은 것은 이걸로 충분해!" 마치 내가 그들에게 내 인생에 간섭해 달라고 간절히 부탁이라도 한 것처럼 말이다.

상황은 오랫동안 이런 식으로 전개되었다. 그리고 이후로도 꽤 오랫동안 계속 이런 식으로 전개될 것처럼 보였다. 하지만 그러던 어느 날, 내 어깨를 짚고 나와 함께 방 안을 걷고 있던 미스 해비셤이 갑자기 걸음을 멈추더니 약간 불쾌한 듯한 어조로 말했다.

"키가 점점 자라는구나, 핍!"

이것은 내가 통제할 수 없는 상황에 의한 것이었으므로, 이 사실을 나는 생각에 잠긴 표정을 통해 암시적으로 전달하는 것이 가장 현명하다고 판단했다.

그녀는 그 순간 더 이상 아무 말도 하지 않았다. 하지만 그녀는 잠시 후 또다시 걸음을 멈추고는 나를 바라보았다. 그러더니 잠시 후 또다시 그렇게 했는데, 그러고 나서는 얼굴을 찡그리며 침울한 표정을 지었다. 내가 그다음 번에 방문한 날, 늘 하던 우리의 운동을 끝내고 내가 그녀를 화장대 앞까지 인도해 주었을 때였다. 그녀는 손가락을 짜증스럽게 흔드는 예의 그 동작으로 나를 멈춰 세웠다.

"너희 집의 그 대장장이 이름이 뭐라고 했지?"

"조 가저리예요, 마님."

"네가 도제로 들어갈 주인이 그 사람이겠지?"

"네, 맞아요. 미스 해비셤."

"이제 너는 즉시 도제가 되는 게 좋을 것 같다. 가저리가 너와 함께 이리로 올 수 있을 것 같으냐? 네 도제 계약서를 가지고 말이다."

나는 의심할 여지 없이 매부가 그녀의 초청을 영광으로 여길 것이라는 뜻의 대답을 했다.

"그럼, 그에게 좀 오라고 하거라."

"특별히 언제가 좋을까요, 미스 해비셤?"

"또, 또! 나는 시간에 대해선 아무것도 모른다니까. 언제든 되는 대로 곧, 너하고 둘이서만 오도록 해라."

내가 그날 밤 집에 도착해서 조에게 전할 이 전갈을 알렸을 때 누나는 과거 그 어느 때보다도 더 험악하고 무섭게 '길길이 날뛰었다.' 그녀는 나와 조에게, 자신을 우리의 발 닦개 정도로만 여기는 것이 아니냐고, 어떻게 감히 자기를 그렇게 대접할 수 있냐고, 도대체 자기를 어떤 자들과 어울리기에 적절한 사람으로 생각하는 거냐고 물었다. 이런 등등의 질문들을 격렬하게 한참 쏟아붓고 나더니 그녀는 촛대를 집어 조에게 던지고는 갑자기 큰 소리로 흐느끼며 울어 댔다. 그러더니 곧 쓰레받기를 집어 들고는 — 그것은 아주 나쁜 징조였다. — 예의 그 거친 앞치마를 두른 다음 아주 무서운 기세로 청소를 하기 시작했다. 누나는 빗자루 청소만으로는 만족하지 못했는지, 바닥을 문지르는 솔과 물통을 집어 들고는 물청소를 시작했는데, 그 바람에 우리는 꼼짝없이 밖으로 쫓겨나 뒷마당에서 오들오들 떨며 서 있어야 했다. 우리가 용기를 내어 집 안으로 다시 기어들어간 것은 밤 10시가 넘어서였다. 우리가 들어가자 누나는 조에게 왜 검둥이 여자 노예와 결혼해 버리지 않았느냐고 물었다. 불쌍한 조는 아무 대답도 하지 않고 그저 가만히 선 채 자기 구레나룻을 어루만지며 우울한 얼굴로 나를 바라보았는데, 마치 그게 정말로 더 나은 선택이었을지도 모른다고 생각하는 듯했다.

13장

다음다음 날, 나와 함께 미스 해비셤네 집에 가기 위해 조가 자신의 나들이 양복을 차려입는 것을 나는 견디기 힘든 시련처럼 지켜보았다. 그러나 조가 이런 경우에는 예복이 꼭 필요하다고 생각했기 때문에, 나는 그가 작업복 차림일 때가 오히려 훨씬 보기 좋다고 차마 말할 수 없었다. 더구나 그가 그렇게 자신을 끔찍할 정도로 불편하게 만들고 있는 것이 전적으로 나 때문이라는 사실과 또 그가 셔츠 목깃을 아주 높이 잡아 올려서 정수리 부분의 머리카락을 깃털 장식처럼 곤두서게 하고 있는 것도 오로지 나를 위해서라는 사실 등을 너무나 잘 알고 있었기 때문에, 나로서는 특히나 그렇게 말할 처지가 못 되었다.

아침 식사 때 누나는 선언하듯이 자기 뜻을 밝혔는데, 자신은 우리와 함께 읍내까지 같이 가서 펌블추크 삼촌 댁에서 기다리고 있을 작정이니 우리가 "훌륭하신 귀부인네님들과 볼일을 다 마치고 나셨을 때"—누나의 이런 표현 방식에서 조는 최악의 사태를 예감하는 듯한 표정을 지었다. — 그리로 자기를 데리러 오라는 것이었다. 대장간은 그날 문을 닫았다. 조는 문에다 백묵으로 '외출'이라는 짤막한 단어 하나만을 써 놓고는 (그가 일을 쉬는 때는 아주 드물었는데, 그런 경우 그는 관례적으로 이렇게 했다.) 그 옆에다 자기가 간 방향으로 날아가는 것처럼 보이게끔 화살표를 하나 대충 그려 놓았다.

우리는 걸어서 읍내까지 갔다. 누나가 앞장을 섰는데, 그녀는 비버 모피로 만든 아주 큰 보닛을 쓰고 밀짚으로 엮은, 국새(國璽) 상자만큼이나 커다란 바구니를 들고 갔으며, 이 밖에도 밝고 화창한 날이었음에도 불구하고 나막신 한 켤레와 여분의 숄, 그리고 우산 등을 함께 들고 갔다. 누나가 이런 물건들을 고행 삼아 들고 간 것이었는지 아니면 겉치레용으로 들고 간 것이었는지에 대해서는 나는 확실히 알지 못한다. 하지만 아무래도 그녀가 이것들을 자신의 소유 물품들로 전시하고자 했던 것이 아닌가 싶다. — 클레오파트라나 그 밖의 내로라하는 '날뛰는' 여왕 군주들이 자신의 부유함을 행렬이나 행진에서 과시하는 것처럼 말이다.

펌블추크의 가게 앞에 도착하자 누나는 우리를 뒤에 내버려 둔 채 안으로 휙 뛰어 들어가 버렸다. 정오가 거의 다 되어 가고 있었으므로 조와 나는 곧장 미스 해비셤의 집으로 향했다. 에스텔러가 여느 때처럼 대문을 열어 주었다. 그녀가 나타났을 때 조는 즉시 모자를 벗고는 양손으로 챙을 붙잡은 채 모자의 무게를 재는 자세로 서 있었는데, 마치 꼭 1온스의 8분의 1까지 정밀하게 재야만 하는 어떤 긴급한 이유라도 마음속에 있는 듯한 모습이었다.

에스텔러는 우리에게 아무런 관심도 보이지 않은 채, 곧바로 내가 너무나 잘 알고 있는 그 길을 앞장서서 걸어갔다. 그녀의 바로 뒤를 내가 따라갔고 조가 맨 뒤에서 따라왔다. 긴 복도 안에 들어섰을 때 나는 조를 한번 돌아봤는데, 그는 아직도 아주 조심스럽게 모자의 무게를 재고 있었다. 그리고 큰 걸음으로, 하지만 발끝만 디디면서 우리 뒤를 따라오고 있었다.

에스텔러는 조와 내가 함께 들어가야 한다고 나에게 말했다. 그래서 나는 조의 소맷자락을 잡아끌고 안으로 들어가서, 그를 미스 해비셤 앞으로 안내했다. 그녀는 화장대 앞에 앉아 있다가 곧바로 우리를 돌아보았다.

"오!" 미스 해비셤이 조에게 말했다. "당신이 이 아이의 누나 남편이군요?"

나는 사랑하는 조가 그 순간 그토록 자신과 완전히 다른 이상한 모습으로 보일 줄 상상하지 못했다. 정수리 뒤의 머리카락은 헝클어진 깃털 장식처럼 온통 곤두서 있고 입은 벌레라도 받아 먹고 싶은 것처럼 떡 벌린 채 말없이 서 있는 그의 모습은 정말이지 무슨 기괴한 새와도 같은 형상이었다.

"당신이 이 아이의 누나 남편이지요?" 미스 해비셤은 다시 한 번 반복했다.

상황이 몹시 고약해져 가고 있었다. 하지만 면담의 처음부터 끝까지 조는 고집스럽게도 미스 해비셤 대신 나만을 상대로 이야기를 하는 것이었다.

"그러니까 내 말은 말이다, 핍." 조는 강력한 논증과 엄중한 비밀스러움과 굉장한 정중함을 전부 다 포함하고 있는 듯한 태도로 말을 시작했다. "난 과감하게 네 누나와 결혼을 했단다. 그리고 그 당시 난 분명히, 네가 독신이라고 부를 수 있는 (물론 그렇게 부르고 싶은 마음이 있다는 것을 전제로 하는 말인데) 남자였지."

"좋아요!" 미스 해비셤은 말했다. "그런데 당신은 장차 당신의 도제로 삼을 생각으로 이 아이를 길렀겠지요, 그렇지요, 가저리 씨?"

"핍, 너도 잘 알고 있지." 조는 대답했다. "너와 난 언제나 친구였다는걸. 그래서 우리 사이에서는 그렇게 되길 기대해 왔지. 서로에게 즐거운 일이 될 거라고 생각하면서 말이야. 물론 핍, 만약 네가 그동안 이 문제에 대해 반대 의견을 — 가령 검댕이나 얼룩으로 더러워지기 쉽다거나 그런 비슷한 점들을 지적함으로써 — 내비쳤다면, 조금이라도 그렇게 했다면 그 의견은 결코 무시되지 않았을 것이다. 그건 너도 잘 알고 있지?"

"이 아이가 그런 반대 의견을 내비친 적이 없나요?" 미스 해비셤이 말했다. "그는 이 직업을 좋아하나요?"

"핍, 그건 너 자신 이미 잘 알고 있는 사실이잖니." 조는 논증과 비밀스러움과 정중함이 모두 뒤섞인 듯한, 조금 전의 그 태도를 더욱 강화하면서 대답했다. "이 직업은 바로 너 자신이 맘속으로 바라는 것이었나니.(그가 말을 계속하기 전에 나는 알아차렸다. 자기 아버지 비문의 어투를 그 순간 사용해 보고 싶은 생각이 그에게 퍼뜩 떠올랐다는 사실을 말이다.) 무엇이든, 핍, 넌 아무런 반대도 안 했을지니, 그건 네가 맘속으로 간절히 바라는 거라는 뜻이나니!"

나는 그가 미스 해비셤을 상대로 이야기해야 한다는 사실을 인식하게 하려고 몹시 애를 썼지만 그건 완전히 헛수고였다. 얼굴을 찌푸리거나 그 밖의 여러 동작으로 그에게 그 사실을 알리려고 애를 쓰면 쓸수록, 그는 더욱더 비밀스럽고 논증적이고 정중한 태도로 고집스레 계속 나만을 상대로 이야기하는 것이었다.

"이 아이의 도제 계약서를 가지고 왔나요?" 미스 해비셤이 물었다.

"글쎄, 핍, 너도 잘 알고 있지." 조는 마치 그 질문이 약간 부당하다는 듯이 대답했다. "내가 그것을 이 모자에 집어넣는 걸 너 자신도 직접 목격했잖니. 그러니 그것이 여기에 있다는 걸 넌 모를 리 없지." 그 말과 함께 조는 계약서를 꺼내더니 그것을 미스 해비셤이 아니라 나한테 내미는 것이었다. 에스텔러가 미스 해비셤이 앉은 의자 뒤에 서서 장난기 가득한 눈으로 웃고 있는 것을 보았을 때, 유감스럽게도 나는 선량한 매부 조를 창피하게 여겼다. — 부끄러운 기억이지만 정말로 나는 그렇게 여겼다. 나는 계약서를 그의 손에서 받아서 미스 해비셤에게 건네주었다.

"당신은 이 아이에 대해 도제 수업료 같은 건 전혀 기대하지 않았겠지요?" 미스 해비셤은 계약서를 훑어보며 말했다.

"조!" 나는 질책하듯이 말했다. 그는 아무런 답변도 하려고 하지 않았던 것이다. "대답 안 하고 뭐 하는……."

"핍……." 그는 마음이 상한 듯한 표정으로 내 말을 가로막으며 대답했다. "그러니까 내 말은 말이다. 너와 나 사이에서 그런 건 대답이 필요 없는 문제라는 거다. 너도 잘 알다시피 당연히 내 대답은 그런 기대 같은 걸 전혀 하지 않았다는 것일 테고, 핍, 너도 그건 이미 잘 알고 있다. 그러니 뭣 때문에 내가 따로 대답할 필요가 있겠니?"

미스 해비셤은 그를 흘끗 쳐다보았는데, 마치 그 순간 거기 서 있는 조의 모습만 보고서도 그가 정말로 어떤 사람인가를 내가 생각했던 것보다 훨씬 더 잘 알아차린 듯한 표정이었다. 그녀는 옆에 있는 탁자에서 자그만 주머니를 집어들었다.

"핍은 여기서 도제 계약에 필요한 수업료를 벌었어요." 그녀는 말했다. "자, 여기 이 주머니에 25기니*가 들어 있으니 받아요. 핍, 네 주인에게 이걸 건네주거라."

미스 해비셤의 이상한 모습과 방 안의 이상한 풍경이 야기한 놀라움 때문에 얼이 완전히 빠져 버리기라도 했는지, 조는 그 상황에서조차도 여전히 고집스럽게 나만을 상대로 말했다.

"핍, 너의 이 처사는 아주 너그러운 것이다." 조는 말했다. "그러한 점 분명히 마음에 새기며 고맙게 잘 받겠다. 하지만 정말이지 이런 건 전혀 생각도 기대도 한 적이 없단다. 자, 여보게 친구." 조의 이 말에 나는 순간 화끈 달아올랐다가 곧바로 얼어붙는 듯한 느낌에 사로잡혔는데, 얼핏 느끼기에 이 친근한 호칭이 마치 미스 해비셤에게 사용된 것 같았기 때문이다. "자, 여보게 친구, 이제 우린 우리의 의무를 다하자꾸나! 너와 나 우리 두 사람 각자 서로에게, 그리고 다른 사람들에게 의무를 다하자꾸나. 너의 이 너그러운 선물이 그들에게 가져다준 —그러니까 그들의 마음이 만족하도록 —그들은 결코……." 여기서 조는 마침 내 자신이 끔찍한 곤경에 빠진 것을 느낀 듯 난감한 표정을 지었다. 하지만 그러다가 퍼뜩 의기양양한 얼굴로 다음과 같이 자신을 위기에서 구출해 냈다. "그리고 나는 추호도 그런 일이 없을

* 1기니는 원래 1파운드보다 1실링 많은, 즉 21실링에 해당하는 옛 화폐단위였으나 그냥 1파운드와 동일한 금액을 의미하기도 했음.

거다!" 그는 이 말이 너무나 멋있고 설득력 있게 생각되었는지 두 번이나 반복해서 말했다.

"잘 가거라, 핍!" 미스 해비셤이 말했다. "에스텔러야, 저들을 밖으로 안내해 주렴."

"제가 다시 와야 되는지요, 미스 해비셤?" 나는 물었다.

"아니다. 가저리가 이제 네 주인이다. 가저리! 잠깐 한마디만!"

나는 문밖으로 나가면서, 그렇게 조를 다시 부른 그녀가 다음과 같이 분명하게 강조하는 목소리로 말하는 것을 들었다. "저 아인 이곳에서 행동을 잘했어요. 그 돈은 그것에 대한 보상이에요. 물론 당신은 정직한 사람으로서, 그 이상 다른 것은 기대하지 않으리라 믿어요."

조가 어떻게 방에서 나왔는지에 대해서는 확실히 알지 못한다. 하지만 방에서 나온 그가 계단 아래로 내려오는 대신 자꾸만 계단 위로 올라가려고 했으며, 내가 아무리 뭐라고 해도 전혀 듣지 못하는 바람에 결국 그의 뒤를 쫓아가서 잡아 끌고 내려와야 했다는 것만은 분명히 기억한다. 잠시 후 우리는 대문 밖으로 나왔다. 대문은 곧 다시 닫히고 에스텔러는 가 버렸다. 햇빛이 비치는 바깥에 우리 둘만 남아 있게 되자, 조는 뒷걸음질로 담장에 기대고 서더니 나에게 말했다. "참말로 놀랍구나!" 그러곤 거기에 그렇게 선 채 이따금씩 "참말로 놀랍구나!" 하고 반복하여 외쳐 댔는데, 너무나 자주, 그리고 너무나 오랫동안 그러고 있는 바람에 나는 그가 결코 제정신을 차리지 못할 거라는 생각이 들기 시작했다. 하지만 그는 얼마 후 마침내 "핍, 내 너한테 단언하건대 이건 정말 노-올-랍구나!"라고 말을 좀 더 길게 늘여서 했고, 그 이후로 조금씩 더 말을 많이 하기 시작했으며 그러다가 마침내 걸음을 떼어 그곳을 떠날 수 있게 되었다.

조의 지적 능력이 조금 전에 겪었던 그 만남으로 자극을 받아 좋아졌다고 생각할 만한, 그래서 펌블추크의 가게로 가는 도중에 그가 정교하고 심오한 방책을 궁리해 냈다고 생각할 만한 충분한 근거가 나에게는 있다. 펌블추크 씨의 거실에서 일어난 다음의 장면은 그 근거가 무엇인지 말해 줄 것이다. 우리가 펌블추크 씨의 거실에 모습을 나타냈을 때 누나는 의자에 앉아 그 혐오스러운 종자상과 뭔가 의논을 하는 중이었다.

"아니, 이런!" 누나는 우리 둘을 동시에 싸잡아 상대하며 소리쳤다. "이게 웬일이야? 귀하신 몸들께서 나처럼 미천한 사람을 위해 이렇게 다시 와 주시다니, 이거 정말 놀랍기 그지없군!"

"미스 해비셤이 말이오." 조는 뭔가를 기억해 내려고 애쓰는 듯이 나를 빤히 내려다보며 말했다. "꼭 좀 전해 달라고 우리한테 각별하게 부탁했다오. 당신에게 그녀의…… 안부라고 했니, 경의라고 했니, 핍?"

"안부라고 했어요." 내가 대답했다.

"그래, 나도 그거라고 생각했단다." 조는 대답했다. "그러니까 말이오, 그녀가 J. 가저리 부인께 자신의 안부 인사를 꼭 좀 전해 달라고……."

"흥, 그런 안부 인사 받아 봤자지!" 누나는 그렇게 대꾸했지만 표정은 다소 만족스러워하는 듯했다.

"그러면서 그녀는 말했다오." 조는 다시금 뭔가를 기억해 내려고 애쓰는 듯이 나를 또다시 빤히 내려다보며 말을 이었다. "자신의 건강 상태만 허락했다면, 기꺼이…… 그렇게 말했지, 핍?"

"네, '기꺼이 즐거운 마음으로' 라고 했어요." 나는 덧붙여 설명했다.

"부인네들의 방문을 받았을 텐데 그럴 수 없어 아쉽다고 말했다오." 그렇게 말하고 나서 조는 긴 숨을 내쉬었다.

"글쎄, 뭐!" 누나는 펌블추크 씨를 흘긋 한 번 바라보며 한층 누그러진 태도로 말했다. "그럼 애초부터 그런 전갈을 보냈어야지. 하지만 아예 안 하는 것보다는 늦게라도 하니 그나마 낫군. 그런데 그 여자가 여기 이 망나니 녀석에게 무엇을 주었지?"

"그녀는 그에게……." 조는 말했다. "아무것도 주지 않았다오."

조 부인은 버럭 소리를 지르려고 했지만, 그 순간 조가 말을 계속했다.

"그녀가 준 건……." 그는 말했다. "그의 친구들한테 준 거라오. '그의 친구들한테 준다는 건 바로 그의 누나인 J. 가저리 부인의 손에 들어가길 바란다는 것이에요.'라고 그녀는 말했다오. 분명히 말했다오, 'J. 가저리 부인'이라고 말이오. 아마 그녀는……." 조는 생각에 잠긴 듯한 얼굴로 덧붙여 말했다. "내 이름이 조인지 조지인지 정확히 몰랐을 거요."

누나는 펌블추크를 쳐다보았다. 그는 자신의 나무 안락의자의 양쪽 팔걸이를 문질러 대더니, 누나를 향해, 그리고 이어 벽난로 불을 향해 고개를 끄덕끄덕거렸다. 마치 자신은 이미 그 모든 것을 다 알고 있었다는 듯이 말이다.

"그래 그녀가 얼마나 줍디까?" 누나는 웃으며 물었다. 분명 웃으며 말했다!

"10파운드라면 지금 여기 계신 사람들은 어떻게 생각하시겠습니까?" 조가 물었다.

"다들 꽤 괜찮은 금액이라고 하겠지." 누나는 퉁명스럽게 말했다. "아주 많지는 않지만 꽤 괜찮은 금액이라고는 할 수 있겠지."

"그런데 그것보다 많다오." 조가 말했다.

저 끔찍한 사기꾼, 펌블추크는 즉시 고개를 끄덕이더니 의자 팔걸이를 문지르며 말했다. "그것보다 많아요, 부인."

"아니, 설마 삼촌께서는 다 아시……." 누나가 말을 시작했다.

"그래요, 난 다 알고 있어요, 부인." 펌블추크는 말했다. "하지만 잠깐만 기다려요. 자, 조셉, 계속해 보게. 자네, 잘하고 있네! 자, 계속해 보게!"

"그럼, 여기 계신 분들은 어떻게 생각하시겠습니까?" 조는 다시 말을 이었다. "20파운드라면 말입니다."

"상당히 큰 금액이라고 해야 적절하겠지." 누나가 대답했다.

"그렇죠." 조는 말했다. "그런데 20파운드보다 많답니다."

저 비열한 위선자, 펌블추크는 다시 고개를 끄덕이고는 후원자 같은 태도로 웃음을 터뜨리며 말했다. "그것보다 많아요, 부인. 잘했네, 조셉! 자, 끝까지 계속해 보게!"

"그럼 이만 끝내기 위해 말씀드리겠는데……." 조는 기쁜 얼굴로 돈주머니를 누나에게 건네면서 말했다. "25파운드라오."

"25파운드라오, 부인." 사기꾼 중에서도 최고로 비열한 저 펌블추크는 조의 말을 되풀이해 말하더니 자리에서 일어나 누나와 악수를 나눴다. "그 돈은 오직 부인의 공로에 대한 대가일 뿐이오. (내 의견을 물었을 때 내가 이미 말했듯이 말이오.) 부인에게 그 돈이 생긴 것을 진심으로 축하하오!"

이 악당이 설령 여기서 멈췄다 해도 그의 행위는 이미 충분히 끔찍한 것이었을 터이다. 하지만 그는 이에 그치지 않고 자신의 죄악을 더욱 추악하게 만들었으니, 바로 나를 꽉 움켜잡고 꼼짝 못 하게 함으로써 자기가 내 은인이라는 권리를 주장했다. 이것은 이제까지의 그의 모든 악행을 훨씬 능가하는 짓이었다.

"조셉, 그리고 부인. 모두 잘 알다시피……." 펌블추크는 내 팔의 팔꿈치 위쪽을 잡으며 말했다. "나는 일단 일을 시작하면 언제나 곧바로 그 끝장을 보는 사람 가운데 하나요. 이 아이는 당장 도제 계약을 맺어야 하오. 그게 바로 내 일 처리 방식이오. 자, 당장 계약을 맺읍시다."

"맹세코 말씀드리건대, 펌블추크 삼촌." 누나는 (돈을 움켜쥐며) 말했다. "삼촌께 우리가 얼마나 많은 신세를 지는지 모르겠어요."

"천만의 말씀이오. 부인." 악마 같은 그 곡물상은 대답했다. "기쁜 일은 세상 사람 누구에게나 기쁜 일이 아니겠소. 하지만 부인, 이 아이는 말이오, 당장 도제 계약을 맺어야 하오. 내 말은 그러니까, 나한테 맡기라는 뜻이오. 솔직히 말한다면 말이오."

마침 바로 가까운 곳에 시청이 있었고 치안판사들이 그곳에서 업무를 보고 있었다. 우리는 즉시 판사 앞에서 나를 조의 도제로 삼는 계약을 맺으러 그리로 갔다. '우리가 그리로 갔다.'고 그냥 말했지만 사실 나는 펌블추크한테 떼밀려서 그곳까지 끌려가다시피 했다. 흡사 내가 그 순간 소매치기를 하거나 곡식 낟가리에 불을 지르다가 붙잡히기라도 한 것처럼 말이다. 실제로 법정에서 사람들이 받은 전체적인 인상도 내가 현장에서 붙잡힌 범죄자라는 것이어서, 펌블추크가 나를 뒤에서 떠밀면서 군중들 사이를 헤쳐 나갈 때, 몇몇 사람들이 "저 아이가 무슨 죄를 저지른 거요?"라고 말하는 것과 "너무 어린 녀석 같은데 그래도 못되게 생겼군, 그렇잖소?" 하고 말하는 소리가 들렸다. 그중 온화하고 인자하게 생긴 어떤 사람은 심지어 나에게 자그만 책자를 하나 쥐어 주기까지 했는데, 그것은 소시지 가게를 차릴 만큼 치렁치렁 늘어진 족쇄를 찬 사악하게 생긴 젊은이가 목판화로 그려져 있고 '나의 감방에서 읽을 것'이라는 제목이 붙은 책자였다.

시청은 좀 괴상한 곳처럼 생각되었다. 방청석의 의자는 교회 의자보다도 더 높았는데 — 사람들이 그 의자 너머로 몸을 내민 채 바라보고 있었으며 — 높으신 판사님들(그중 한 사람은 머리에 분가루를 바르고 있었다.)은 판사석에 깊숙이 기대고 앉아 팔짱을 끼거나 코담배를 들이마시거나 막 잠이 들려고 하거나 뭔가를 쓰고 있거나 신문을 읽고 있거나 등등을 하고 있었다. 그리고 벽면에는 몇 개의 검은 초상화들이 광택을 내며 걸려 있었는데, 예술에 문외한인 내 눈에 그것들은 딱딱한 아몬드 캔디와 반창고의 합성물처럼 여겨졌다. 바로 이런 곳의 한구석에서 나의 도제 계약서는 절차에 따라 서명과 인증이 이루어졌고, 이로써 나는 마침내 도제로 '묶이게' 되었다. 펌블추크 씨는 그동안 내내 나를 꼭 붙잡고 있었는데, 마치 나를 교수대로 데리고 가다가 사소한 준비 절차들을 처리하러 잠깐 거기에 들른 것과도 같은 태도였다.

우리는 다시 밖으로 나왔다. 내가 공개적으로 처형되는 걸 보게 될 거라는 기대로 한껏 기분이 들뜬 채 기다리고 있던 소년들은 내 친지들이 그저 나를 후원하러 모였을 뿐이라는 사실을 발견하고는 크게 실망했다. 그런 그들을 뒤로 한 채 우리는 펌블추크의 가게로 돌아갔다. 거기서 누나는 25기니로 인해 몹시 흥분한 상태가 되었는지, 절대로 그냥 넘어갈 수 없다면서 우리 모두 다 함께 '블루보어' 식당에 가서 횡재한 그 돈으로 만찬을 들어야 한다고 주장했다. 그러고는 펌블추크한테 어서 그의 이륜마차를 몰고 가서 허블 씨 부부와 웝슬 씨도 데리고 오라고 재촉했다.

모두들 이 제안에 동의했다. 그리고 나는 아주 우울한 하루를 보내야 했다. 불가사의하게도 그 자리에 모인 일행 모두는 나를 그날의 연회에서 불필요한 군더더기 같은 존재로 여기는 것이 당연하다고 생각하는 듯했다. 설상가상으로 그들은 모두 이따금씩 — 즉 그들이 달리 할 일이 없을 때마다 — 왜 즐거워하지 않느냐고 나에게 묻곤 했다. 그리고 그럴 때마다 나는 즐거워하고 있다고 말하는 것 외에 다른 도리가 없었다. 전혀 즐겁지가 않은데도 말이다!

하지만 그들은 어른이었고 그들 나름의 행동 방식이 있었으며, 그것을 최대한 이용했다. 사기꾼 펌블추크는 이 모든 일을 주선한 자비로운 은인으로 떠받들어져서, 실제로 식탁의 상석을 차지하고 앉았다. 그러곤 내가 도제로 계약된 것에 대해 일행들에게 연설을 하면서, 만약 내가 카드놀이에 빠지거나 독한 술을 마시거나 늦잠을 자거나 나쁜 친구를 사귀면, 또는 내 도제 계약 서류에 거의 필연적인 것으로 예상되어 기재된 그 밖의 다른 탈선 행위들을 범하면 내가 감옥에 잡혀 들어가도록 되어 있다는 사실에 대해 악마처럼 기뻐하며 좌중에게 떠벌려 댔는데, 그때 그는 자신의 말을 구체적으로 예증하고자 나를 자기 옆의 의자 위에 올라가 서 있게까지 했다.

그 밖에 그날의 거창한 연회에 대해 기억하는 것들로는 다음과 같은 것들이 전부다. 먼저 그들은 내가 잠을 자도록 내버려 두지 않았다. 내가 꾸벅거리며 조는 것을 볼 때마다 나를 깨워서는 즐겁게 보내라고 말하곤 했다. 다음으로, 꽤 늦은 저녁 시간에 웝슬 씨가 예의 그 콜린스의 시구절*을 암송했는데, 피 묻은 칼을 벼락같이 소리치며 내던지는 부분을 너무나 요란하게 읊어 대는 바람에 웨이터가 들어와서 "아래층에 계신 순회 판매원 분들이 찬사를 전해 달라고 했습니다. 하지만 여기는 곡예사의 극장이 아니랍니다."라고 말했다. 한편, 집으로 돌아가는 길에 모두들 기분이 한껏 좋아서 「오, 아름다운 부인!」**을 합창했는데, 이때 웝슬 씨는 베이스 부분을 맡아서 엄청나게 큰 목소리로 (모든 사람의 사적인 문제를 전부 다 알려고 함으로써 아주 건방지게 노래의 첫 부분을 시작하는, 그 캐묻기 좋아하는 짜증나는 녀석의 말에 대답하여) 자기가 바로 하얀 머리칼을 휘날리는 사내라고, 그리고 자신은 전체적으로 볼 때, 세상을 돌아다니는 가장 연약한 순례자라고 외쳐 댔다.

마지막으로 기억나는 것은 내 작은 침실로 올라왔을 때 내 기분이 정말로 비참했으며 내가 조의 직업을 결코 좋아하지 않으리라는 강한 확신이 들었다는 것이다. 한때는 그걸 좋아했지만 이젠 과거의 일이었다.

---

* 84쪽 각주 참조.

** 당시 유행했던 노래로 아일랜드 시인 토머스 모어(Thomas Moore, 1779~1852)가 작사 작곡했음. 한 남자가 아름다운 부인에게, 어디에 가는지, 그리고 함께 있는 하얀 머리칼을 휘날리는 사내는 누구인지 묻는 것으로 노래가 시작됨.

14장

자기 집을 부끄럽게 여긴다는 것은 몹시 비참한 일이다. 물론 그것은 사악한 배은망덕에서 비롯된 것이기 쉽고, 따라서 인과응보의 벌을 받아 마땅한 짓이라고 말할 수 있다. 하지만 그보다 더 확실히 말할 수 있는 것은 그것이 비참한 일이라는 거다.

누나의 성미 때문에 집은 나에게 결코 즐거운 곳이 못 되었다. 하지만 조가 그런 집을 성스러운 곳으로 만들어 주었고, 그래서 나는 집의 소중함을 믿었다. 나는 우리 집의 손님맞이용 거실을 아주 우아한 응접실이라고 믿었고, 우리 집의 정면 출입문을 경건하게 문을 열고 들어가 구운 새고기의 제물을 바치는 장엄한 신전의 신비스러운 입구처럼 생각했다. 나는 또한 우리 집 부엌이 훌륭하지는 못해도 정결한 구역이라고 믿었으며, 대장간에 대해서는 사내다움과 독립으로 이끄는 빛나는 길이라고 믿어 왔다. 그런데 채 1년도 안 되는 동안에 이 모든 것이 달라져 버렸다. 나에게 이제 이 모든 것은 투박하고 천박했으며, 어떤 일이 있어도 미스 해비셤과 에스텔러한테 이런 것을 보여 주고 싶지 않았다.

배은망덕한 이런 내 심리 상태의 얼마만큼이 나 자신의 잘못이고, 얼마만큼이 미스 해비셤의 탓이며, 또 얼마만큼이 누나의 탓이었는가 하는 것은 이 순간 나를 비롯한 어느 누구에게도 전혀 중요하지 않다. 문제는 나에게 변화가 일어났고, 그래서 일이 그렇게 되었다는 사실이다. 잘되었든 잘못되었든, 변명의 여지가 있든 없든, 일은 그렇게 되어 버린 것이다.

이전에는 내가 마침내 조의 도제가 되어 셔츠 소매를 걷어 올리고 대장간으로 들어갈 수 있게 되면 자랑스럽고 행복할 것처럼 보였다. 그런데 이제 그것이 현실로 닥쳐오자, 잘게 부서진 석탄재로 먼지투성이가 되었다는 느낌과, 대장간의 모루는 깃털에 불과하게 여겨질 만큼 무거운 돌이 내 매일매일의 삶을 짓누르고 있다는 느낌밖에 없었다. 훗날 인생을 살아가면서 나에게는 (대부분의 사람들도 마찬가지라고 생각하는데) 한동안 인생의 모든 재미와 낭만 위에 두꺼운 장막이 내리 덮쳐서 지루한 인고의 삶을 제외하고는 모든 것이 나에게서 영원히 차단되어 버린 것처럼 느껴지던 때들이 있었다. 그런데 조의 도제라는 새로운 길에 들어섬으로써 내 눈앞에 똑바로 펼쳐진 인생 행로를 보았던 이때만큼 그 장막이 무겁고 막막하게 내리 덮친 적은 결코 없었다.

내 '도제 기간'의 후반부였다고 기억하는 시절, 어둠이 내리 덮이는 일요일 저녁 무렵이면 나는 교회 마당 주변을 서성거리곤 했다. 그러면서 내 장래의 전망과 바람 부는 습지 풍경을 비교하여, 둘 다 얼마나 평평하고 낮은가, 그리고 둘 다 참으로 무명의 길과 어두운 안개와 바다만이 이어지는구나 하고 생각하며 둘 사이의 비슷한 점을 찾아내곤 했다. 도제로 처음 일을 시작하던 날부터 이미 나는 이런 훗날의 우울함을 거의 똑같이 느꼈다. 하지만 지금도 기쁘게 기억하는 것은 도제 계약이 지속되는 동안 내가 그런 불만을 조에게 한마디도 벙긋하지 않았다는 사실이다. 이것은 그 시절과 관련해서 내가 나 자신에 대해 기쁘게 기억하는 거의 유일한 사항이다.

왜냐하면 비록 내가 앞으로 덧붙여 이야기하는 것이 거기에 포함되는 내용이라 할지라도, 내가 말하는 그 모든 것의 공로는 바로 조에게 있기 때문이다. 내가 도망쳐 군인이나 선원이 되지 않았던 것은 내가 충실해서가 아니라 오로지 조가 나를 충실하게 대해 줬기 때문이다. 또 전혀 마음이 내키지 않았어도 내가 그런대로 열심히 일을 했던 것은 나에게 강한 근면성이 있어서가 아니라 오로지 조가 보여 준 강한 근면성 때문이었다. 온화하고 심성이 정직하며, 자신의 의무를 다하는 어떤 한 사람의 영향력이 이 세상에서 얼마나 멀리까지 미치는지를 아는 것은 가능하지 않다. 하지만 그 사람의 영향력이 바로 내 곁을 지나칠 때 나 자신이 어떻게 영향을 받았는가를 아는 것은 아주 가능한 일이다. 내 도제 생활과 관련하여 뭔가 좋게 여길 만한 점이 조금이라도 있다면 그것은 순박하고 만족하며 사는 조에게서 비롯된 것이지, 갈망과 불만에 가득 차서 들떠 있기만 했던 나에게서 비롯된 것이 결코 아니라는 사실을 나는 분명히 잘 알고 있다.

내가 원하는 것이 무엇이었는지 누가 말할 수 있으랴? 나라고 어떻게, 그 당시 결코 몰랐던 것을 이제 와서 말할 수 있으랴? 내가 두려워했던 것은 어느 운 나쁜 날, 내가 가장 더럽고 천박한 모습을 하고 있는 순간, 문득 눈을 들어 에스텔러가 대장간의 나무 창문 한쪽을 통해 나를 들여다보고 있는 것을 발견하게 되는 일이었다. 나는 머지않아 그녀가, 시커먼 얼굴과 손을 한 채로 맡은 일 가운데 제일로 미천한 작업을 하고 있는 내 모습을 찾아낼 것이며 그런 나를 보고는 득의만만해하며 멸시의 시선을 던지리라는 두려움에 늘 사로잡혀 있었다. 종종 날이 어두워진 뒤 조를 위해 풀무질을 하면서 그와 함께 올드 클렘 노래를 부르고 있을 때면, 그래서 미스 해비셤의 집에서 이 노래를 부르곤 했다는 생각과 함께 자연스레 에스텔러의 얼굴과 바람에 나부끼는 그녀의 아름다운 머리카락과 나를 경멸하는 그녀의 두 눈을 불길 속에서 떠올리게 되곤 할 때면— 그럴 때면 나는 자주, 깜깜해서 시커먼 판자처럼 보이는 대장간 벽의 창문을 바라보곤 했고, 그때마다 그녀가 막 얼굴을 떼며 창문 뒤로 물러서는 것을 보았다는 착각과 함께 마침내 그녀가 나를 보러 왔구나 하고 믿곤 했다.

그러고 난 뒤면, 저녁 식사를 하러 집으로 들어갔을 때 집과 식사는 전보다 더욱더 보잘것없게 여겨지곤 했고, 집을 부끄럽게 여기는 배은망덕한 감정이 내 마음속에서 전보다 더욱더 커지곤 했다.

15장

이제 내가 웝슬 씨의 왕고모네 야학에 다니기에는 너무 자라서 그 우스꽝스러운 부인 밑에서 받던 내 교육도 종료를 맞게 되었다. 하지만 그것은 물론 비디가 자신이 알고 있는 모든 것, 작은 가격표 목록에서부터 예전에 그녀가 반 페니를 주고 샀던 익살스러운 노래 가사에 이르기까지 모든 것을 나에게 가르쳐 준 뒤였다. 이 중 맨 끝에 언급한 문학작품의 경우, 말이 되는 유일한 부분은 다음과 같은 첫 몇 행뿐이었다.

내가 론돈*시내에 갔을 때 말이에요, 나리 님들.
투 룰 루 룰
투 룰 루 룰
난 깜쪽같이 당하고 말았잖아요, 나리 님들?

* 런던을 잘못 발음한 것.

투룰루룰
투룰루룰

하지만 현명해지고 싶은 갈망으로 나는 이 작품을 더할 나위 없이 엄숙하게 암송했을 뿐만 아니라, '투 룰' 부분이 시 구절보다 좀 지나치게 많다고 생각했던 것(사실 지금도 그렇게 생각한다.)을 제외하고는 그 뛰어난 가치에 대해서 전혀 의심하지 않았던 것으로 기억한다. 지식에 굶주린 나는 웝슬 씨한테 하찮은 거라도 좋으니 지적인 가르침을 좀 베풀어 달라고 청하기도 했는데, 친절하게도 그는 이를 받아들였다. 하지만 나중에 드러나고 말았는데, 그는 나를 연극용 마네킹으로 삼아 반박을 퍼붓거나 포옹하거나 애도하거나 위협하거나 와락 움켜잡거나 칼로 찌르거나 마구 두드려 패거나 하면서 여러 가지 연극 연습을 하고 싶었을 뿐이었다. 그래서 나는 곧 그런 교육과정을 거부하고 말았다. 비록 웝슬 씨가 이미 시적 격정 상태에서 나에게 극심한 야만적 학대를 한참 가하고 난 뒤였지만 말이다.

나는 배운 것을 무엇이든 조한테도 알려 주려고 애썼다. 그런데 그렇게 말하면 너무 좋게 들릴 것이므로, 양심상 설명을 한마디 덧붙이지 않을 수 없다. 나는 조를 좀 덜 무식하고 좀 덜 미천한 사람으로 만들기를 원했는데, 그것은 오직 그가 좀 더 나와 어울릴 자격이 되고 또 에스텔러의 멸시를 좀 덜 받을 만한 사람이 되도록 하기 위해서였다.

우리의 공부 장소는 습지의 옛 포병대 자리였으며, 깨진 석판 한 장과 짤막한 석판용 연필 한 자루가 우리의 학습용 도구였다. 다만 여기에 언제나 조의 파이프 담배가 추가로 곁들여지곤 했다. 내가 아는 한, 조는 어느 일요일에 배운 것을 다음 일요일까지 조금이라도 기억한 적이 한 번도 없었다. 아니 조가 내지도 아래 도대체 한 조각의 지식이라도 습득한 게 있었는지 나는 결코 자신 있게 말할 수 없다. 하지만 조는 다른 어느 곳보다도 이곳 포병대 자리에서 훨씬 더 지혜로운 모습으로 — 심지어 학식이 넘치는 듯한 모습으로 — 담배를 피우곤 했다. 마치 자신이 학문적으로 엄청나게 진보하고 있다고 생각하기라도 하는 듯이 말이다. 아, 사랑스러운 조. 그가 정말로 그랬기를 바란다.

그곳은 조용하고 즐거운 장소였다. 강 위에 떠서 지나가는 배들의 돛이 토루(土壘) 너머로 보였는데, 가끔 썰물 때면 그 돛들은 강바닥에서 아직도 항해를 계속하고 있는 침몰한 배들의 돛처럼 보이기도 했다. 배들이 하얀 돛을 펼치고 바다를 향해 나아가는 것을 볼 때마다 나는 왠지 모르게 미스 해비셤과 에스텔러 생각이 나곤 했다. 그리고 저 멀리 수평선으로 기울어진 햇살이 구름이나 돛단배나 푸른 언덕이나 수위(水位) 표시 막대 위로 비스듬히 비칠 때도 언제나 똑같이 그랬다. — 미스 해비셤과 에스텔러, 그리고 그들의 기이한 집과 기이한 생활은 그림처럼 아름다운 그 모든 것들과 어떤 연관이 있는 것처럼 여겨졌다.

어느 일요일이었다. 그날따라 조가 파이프 담배를 아주 맛있게 피우면서 자신의 '끔찍한 우둔함'을 너무나 자랑스레 내세우는 바람에, 나는 아무래도 오늘은 더 이상 안 되겠다고 생각하고는 손으로 턱을 괸 채 토루 위에 엎드렸다. 그러곤 주위의 모든 풍경으로부터, 그리고 하늘과 강에서 미스 해비셤과 에스텔러의 모습을 찾아내려고 하면서 얼마 동안 그대로 엎드려 있었다. 그러다가 마침내 나는, 이들과 관련하여 내 마음속에 오랫동안 간직되어 있던 한 가지 생각을 말해 보기로 결심했다.

"조." 나는 말했다. "내가 미스 해비셤을 한번 방문해야 한다고 생각하지 않아요?"

"글쎄다, 핍." 조는 천천히 생각에 잠기며 대답했다. "뭣 때문에?"

"뭣 때문이냐고요, 조? 꼭 무슨 이유가 있어야만 방문하는 건가요?"

"경우에 따라선 얼마든지 그런 반문을 해도 되는 방문이 있겠지, 핍." 조는 말했다. "하지만 미스 해비셤을 방문하는 일에 관해선 말이다. 그녀는 네가 뭔갈 바란다고—그러니까 네가 그녀한테서 뭔갈 기대한다고 생각할지도 몰라."

"아무것도 바라지 않는다고 말하면 되지 않겠어요, 조?"

"물론 그럴 수 있겠지, 친구야." 조는 말했다. "그리고 그녀가 그걸 믿어 줄 수도 있겠지. 하지만 마찬가지로 안 믿어 줄 수도 있어."

나도 그렇게 느꼈지만, 조 역시 자신이 일리 있는 말을 했다고 느꼈다. 그는 말을 반복함으로써 그 효과를 약화하지 않도록 담배 파이프를 세게 빨아 댔다.

"핍, 너도 알고 있듯이 말이다." 말을 반복할 위험에서 벗어나자마자 조는 다시 말을 이었다. "미스 해비셤은 너한테 후한 호의를 베풀어 주었다. 그런데 너한테 그렇게 후한 호의를 베풀어 주고 나서 미스 해비셤은 날 다시 불러서는 그게 전부라고 분명히 말했단다."

"그래요, 조. 나도 들었어요."

"그게 전부라고 말이다." 조는 아주 강조하며 반복해 말했다.

"그래요, 조. 나도 들었다니까요."

"그러니까 내 말은 말이다, 핍. 그녀가 한 말의 뜻은 바로, 이걸로 끝이다! 원래의 상태로 돌아가라! 난, 북쪽으로, 그리고 넌, 남쪽으로 가라! 각자 따로 제 갈 길을 가라!라는 게 아닌가 싶다는 거다."

사실 나도 그렇게 생각했더랬다. 조 역시 그렇게 생각했다는 것을 알게 된 것이 내겐 결코 위안이 되지 않았다. 그것은 내 판단이 맞을 가능성을 더욱 크게 하는 셈이었기 때문이다.

"하지만, 조."

"그래, 친구야."

"내 도제 생활의 첫 해도 이제 거의 다 지나가고 있어요. 그런데 도제 계약을 맺던 날 이후로 나는 미스 해비셤한테 감사의 말이나 안부 인사를 한 번도 드리지 못했고, 그분의 호의를 잊지 않고 있다는 표시도 전혀 하지 못했어요."

"그건 맞는 말이다, 핍. 그런데 네가 그 부인에게 네 짝 전부 갖춘 말편자 한 벌을 만들어 줄 수 있다면 모르겠지만 —그러니까 내 말은 말이다, 네 짝 전부 갖춘 말편자 한 벌조차도 적절한 선물이 될 수 없을 거라는 거다. 그 부인에겐 그걸 신길 말이 전혀 없으니까."

"그런 종류의 감사 표시를 하겠다는 뜻이 아니에요, 조. 선물 같은 걸 하겠다는 뜻이 아니에요."

하지만 조는 선물에 대한 생각이 머리에 박혀서 그것에 대한 이야기를 멈출 수 없었다. "또는 심지어 말이다." 그는 말했다. "네가 내 도움을 받아서 현관문에 달 새 쇠사슬 줄을 그 부인에게 만들어다 주거나, 아니면 가령 이삼백 개의 둥근머리 다용도 나사못이나, 아니면 부인이 머핀을 먹을 때 쓸 긴 토스트용 포크 같은 가볍고 멋진 소품 종류나, 아니면 청어 같은 생선을 먹을 때 사용할 석쇠나……."

"선물 같은 건 전혀 할 뜻이 없다니까요, 조." 나는 그의 말을 가로막으며 말했다.

"글쎄 말이다." 여전히 조는 마치 내가 선물을 특별히 주장이라도 한 것처럼, 선물 이야기를 멈추지 않고 계속했다. "그래도 내가 너라면 말이다, 핍, 난 그런 걸 선물하지 않을 거다. 그래, 난 그러지 않을 거야. 그녀는 현관문을 늘 닫아걸어 놓고 있는데 쇠사슬 줄이 무슨 필요가 있겠니? 그리고 둥근머리 나사못은 모양이 잘못 만들어지기 쉽지. 그리고 토스트용 포크는, 놋쇠로 그걸 만들게 될 텐데, 그래 봤자 별로 내밀 만한 것이 못 되지. 그리고 석쇠의 경우도, 비범한 기술자가 비범한 솜씨를 보여 줄 수 있을 만한 물건이 못 된단다. 석쇠는 어디까지나 석쇠일 뿐이니까 말이다." 조는 나를 어떤 고착된 망상에서 일깨워 주고자 노력이라도 하는 것처럼 나에게 이 점을 단단히 각인시키며 말했다. "그러니까 네가 아무리 마음먹고 애를 써도 석쇠는 네가 바라든 바라지 않든 결국 석쇠로밖에 만들어지지 않는 법이고, 그건 어쩔 수 없는……."

"아아, 조……." 나는 그의 외투 자락을 움켜잡으며 절망적으로 소리쳤다. "제발 좀 그만 해요. 미스 해비셤에게 선물할 생각 같은 건 난 전혀 하지 않았어요."

"그래, 핍." 조는 자신이 내내 주장한 바가 바로 그거라는 듯이 맞장구를 쳤다. "내 너한테 말하건대, 정말 잘 생각했다, 핍."

"그래요, 조. 하지만 내가 하고 싶은 말은, 그러니까, 요즘 대장간 일이 다소 한가한 편이니 매부가 내일 나에게 반나절의 휴가를 준다면 읍내에 가서 미스 에스 — 아니 해비셤을 한번 찾아볼까 생각한다는 것이에요."

"그 부인의 이름은……." 조는 진지한 얼굴로 말했다. "에스안 해비셤이 아닐 텐데, 핍, 그녀가 세례를 새로 받지 않은 한 말이다."

"맞아요, 조. 나도 알아요. 말이 잘못 나온 것뿐이에요. 어쨌든 제 생각에 대해 어떻게 생각하세요, 조?"

요컨대 내가 그러는 게 좋다고 생각한다면 조 자신도 좋다고 생각한다는 것으로 결론이 났다. 하지만 그는 한 가지 각별한 단서를 달았는데, 만약 미스 해비셤이 나를 따뜻하게 맞아 주지 않는다면, 즉 단지 베풀어 준 호의에 대한 감사의 표시일 뿐 다른 아무런 배후의 목적이 없는 내 방문이 그대로 받아들여지지 않아서 또다시 방문해도 좋다는 권유를 받지 못한다면, 그렇다면 이번의 실험적인 방문이 더 이상 계속되어서는 안 된다는 것이었다. 나는 이 조건을 받아들이고 지키겠다고 약속했다.

그 당시 조는 주급을 지불하면서 직공(職工)을 한 명 부리고 있었는데, '올릭'이라는 성씨의 사람이었다. 그는 '돌지'라는 — 도저히 있을 수 없는 — 이름을 자신의 세례명이라고 주장했는데, 그가 몹시 완고한 성격의 사내였다는 점에서 나는 그가 그 사항에 관해 어떤 잘못된 착각에 빠져서 그런 것이 아니라 마을 사람들의 지적 능력에 대한 고의적인 모욕으로서 터무니없는 그 이름을 억지로 들이댄 것이라고 믿는다. 어깨가 떡 벌어지고 수족이 유연한 그는 가무잡잡한 얼굴에 힘이 아주 장사인 사내로, 결코 급히 서두르는 법이 없이 구부정한 자세로 언제나 어슬렁

어슬렁 돌아다녔다. 대장간에 올 때조차도 그는 전혀 일하러 온 것처럼 보이지 않고 그저 어쩌다 들른 것처럼 구부정하니 어슬렁어슬렁 들어왔다. 그리고 점심을 먹으러 '세 명의 술친구'에 가거나 저녁에 일을 끝내고 돌아갈 때 역시 구부정한 자세로 어슬렁어슬렁 걸어 나갔는데, 마치 카인*이나 방랑하는 유대인**처럼 자신이 어디로 가고 있는지 전혀 모르고 또다시 돌아올 생각도 전혀 없는 듯한 모습이었다. 그는 저 밖 습지에 있는 수문지기의 집에서 하숙을 했으며, 일하는 날에는 점심 꾸러미를 목에 느슨하게 묶어 매단 뒤 등에다 달랑달랑 늘어뜨린 채 두 손은 양 호주머니에 집어넣고는 자신의 은둔처에서 어슬렁어슬렁 걸어 나왔다. 그리고 일요일에는 대체로 하루 종일 수문 위에 누워 있거나, 볏짚가리나 헛간 같은 데에 기대어 서 있었다. 그는 항상 구부정한 자세로 시선을 땅에다 둔 채 어슬렁어슬렁 돌아다녔다. 그러다가 누가 부르거나 혹은 다른 일로 시선을 들어야 할 필요가 있을 때면 반쯤은 분개하는 듯하고 반쯤은 당혹스러워하는 태도로 쳐다봤는데, 마치 자신에게 아무 생각이 없다는 게 좀 이상하고 모욕적인 사실이라는 것밖에는 아무 생각이 없는 듯한 표정이었다.

뿌루퉁한 이 직공은 나를 전혀 좋아하지 않았다. 내가 아주 작고 소심한 아이였을 때 그는 나로 하여금 깜깜한 대장간 한 구석에 악마가 살고 있는데 자신은 그 악마를 잘 알고 있다고 믿게 했다. 그는 또한 7년에 한 번씩 살아 있는 소년으로 대장

---

* 『구약성경』에 나오는 인물로 자신의 동생 아벨을 죽인 인류 최초의 살인자.

** 십자가를 지고 갈보리 산으로 처형을 받으러 끌려가는 예수를 괴롭힌 죄로 영원한 방랑의 저주를 받았다는 전설상의 유대인.

간 불을 지피는 것이 꼭 필요한데 내가 바로 그 땔감이 될 수 있다고 말하기도 했다. 나중에 내가 조의 도제가 되었을 때 올릭은 아마도 내가 자신을 밀어낼 거라는 의심을 더욱 확실히 품었던 것 같다. 그래서인지 어쨌든 그는 더더욱 나를 좋아하지 않았다. 그가 어떤 말이나 행동으로 나에 대한 적대감을 공공연하게 드러낸 것은 아니었다. 내가 눈치 챈 것은 그저, 그가 항상 내 쪽으로 불꽃을 튀겨 보낸다는 것과 내가 올드 클렘을 부를 때마다 박자가 틀리게 끼어들곤 한다는 것 정도였다.

다음 날 반나절 휴가 주기로 한 것을 내가 조에게 상기시켰을 때 돌지 올릭도 대장간에서 함께 일하고 있었다. 그는 그 순간에는 아무 말도 하지 않았다. 그와 조가 막 뜨거운 쇳덩어리 하나를 둘 사이에 가져다 놓은 참이었고 나도 풀무질을 하는 중이었기 때문이다. 하지만 얼마 지나지 않아 그는 해머에 몸을 기대고 서더니 입을 열었다.

"보세요, 주인님! 우리 둘 중 한 사람만 총애하려는 것은 아니겠지요. 꼬마 핍에게 반나절 휴가를 줄 거라면 이 올릭 영감한테도 똑같은 대우를 해 주셔야지요." 내가 기억하기로 그때 그의 나이는 스물다섯 살가량이었다. 하지만 그는 늘 자신을 나이 먹은 늙은이처럼 일컫곤 했다.

"아니, 자넨 반나절 휴가를 받으면 뭘 하려고 그러는가?"

"내가 뭘 하려고 그러냐고요! 그럼 핍은 뭘 하려고 그러는데요? 나도 그와 똑같은 걸 하겠습니다." 올릭은 말했다.

"핍은 읍내에 갈 일이 있다네."

"좋아요, 그럼, 이 올릭 영감도 읍내에 갈 일이 있습니다." 퍽이나 '영감' 좋아하는 그 작자의 대꾸였다. "두 사람 다 읍내에 갈 수 있는 거 아닙니까. 한 사람만 읍내에 갈 수 있다는 법은 없잖습니까."

"그렇게 화낼 것까진 없네." 조가 말했다.

"그거야 내가 내고 싶으면 내는 거지요." 올릭은 으르렁대며 대꾸했다. "누군 팔자 좋게 읍내에 놀러 가고, 뭐냔 말이야! 자, 보세요, 주인님! 이 대장간에서 편애는 안 됩니다. 남자답게 구세요!"

주인인 조가 직공의 기분이 좋아질 때까지 그 문제에 대해 논하기를 거절하자 올릭은 화덕으로 달려들었다. 그러곤 시뻘겋게 달궈진 쇠막대를 하나 끄집어내더니 마치 내 몸을 관통하여 찔러 버릴 듯이 그걸 들고 나를 향해 돌진했다. 그러곤 그것을 내 머리 주위로 휘휘 휘둘러 대더니 모루 위에 내려놓고 해머로 쾅쾅 쳐 대기 시작했다. 마치 내가 그 쇠막대고 튀기는 불꽃들은 뿜어 나오는 내 핏물이기라도 한 것처럼 말이다. 그러더니 마침내 해머질로 자신의 몸이 달아오르고 쇠막대가 차갑게 식어 버렸을 때, 그는 다시 해머에 몸을 기대며 말했다.

"자, 주인님!"

"이젠 기분이 괜찮아졌는가?" 조가 물었다.

"그래요! 괜찮아졌어요." 올릭은 퉁명스레 대꾸했다.

"그렇다면……." 조는 말했다. "대체적으로 자네도 남들만큼 일을 충실히 잘하는 편이니, 그래, 우리 모두 같이 반나절 쉬기로 하세."

그동안 누나는 마당의 적당한 거리에서 조용히 우리말을 엿들으며 서 있었다. — 누나는 아주 파렴치할 정도로 염탐질과 엿듣기를 잘했다. — 그러던 누나가 어느 틈에 창문으로 다가와 얼굴을 들이대며 조에게 소리쳤다.

"잘한다, 이 머저리 같은 작자야! 게으른 놈팡이 건달들에게 그렇게 휴가를 내주다니! 그런 식으로 임금을 낭비하다니, 참말이지 당신 돈이 남아도는가 보군! 차라리 내가 저놈 주인이 되는 게 좋겠어!"

"어디 그럴 수 있으면 얼마든지 그래 보시지요?" 올릭은 혐오스러운 미소로 이죽거리며 대꾸했다.

("그녀를 내버려 두게." 조가 말했다.)

"난 얼간이들과 악당들을 얼마든지 상대할 수 있어." 누나는 강력한 분노의 상태로 자신을 몰아가기 시작하면서 대답했다. "그런데 난 얼간이들의 멍텅구리 대장인 네 한심한 주인과 먼저 상대하지 않고는 얼간이들과 상대할 수 없어. 그리고 우리나라와 프랑스를 통틀어 가장 사악하게 생기고, 최고로 흉악한 악당인 네놈과 먼저 상대하지 않고는 다른 악당들과 상대할 수 없어. 자, 덤벼라, 이놈아!"

"가저리 아줌씨, 당신은 정말 지독한 악다구니쟁이요.". 직공은 으르렁대며 대꾸했다. "악당의 판정관 자격이 그걸로 주어진다면 당신이야말로 딱 적격자일 거요."

("그녀를 내버려 두라고 했네." 조가 말했다.)

"너 지금 뭐라고 했어?" 누나는 거의 비명에 가까운 어조로 외쳤다. "너 지금 뭐라고 말했어? 얘, 핍, 올릭 저놈이 방금 나한테 뭐라고 했니? 아이고, 남편이 버젓이 옆에 서 있는 데서 저놈이 지금 날 뭐라고 부른 거지? 오! 오! 오!" 마지막 한마디 한마디는 절규의 외침이었다. 내가 일찍이 만나 본 난폭한 여자들 모두에게 똑같이 해당되는 것으로 누나에 대해서 한 가지 말해 둘

게 있는데, 그것은 바로 격정 때문에 그랬다는 핑계가 누나에게는 성립되지 않는다는 점이다. 누나는 누가 봐도 틀림없게, 갑자기 격정에 빠져드는 대신 의식적이고 의도적으로 각별한 노력을 기울여 자신을 격정 속에 강제로 밀어 넣고는 규칙적인 단계를 거쳐 맹목적인 광분 상태로 진행해 나갔다. "저놈이 나한테 무슨 욕을 한 거지? 그런데도 나를 보호해 주겠다고 맹세한 저 비겁한 작자는 가만히 보고만 있다니! 오! 나 좀 잡아 줘! 오!"

"어이구, 이런!" 직공은 이를 악물며 으르렁거렸다. "당신이 내 마누라였다면 얼마든지 잡아 줬을 거요. 잡아다 수도 펌프 아래 처박고는 얼을 쏙 빼 버렸을 거요."

("다시 말하는데, 그녀를 내버려 두게." 조가 말했다.)

"오, 오! 저놈 말하는 것 좀 봐!" 누나는 외쳤다. 그러곤 손뼉을 한 번 치며 비명을 질렀다. — 이건 그녀의 다음 단계였다. "저놈이 나한테 욕지거리하는 것 좀 봐! 올릭, 저놈이 말이야! 바로 내 집 마당에서! 남편이 있는 여자인 나한테 말이야! 그것도 남편이 옆에 버젓이 서 있는 자리에서 말이야! 오! 오!" 여기서 누나는 한바탕 손뼉을 치며 비명을 질러 댄 다음, 두 손으로 앞가슴과 양 무릎을 차례로 두드려 댔다. 그러고는 모자를 벗어 던진 다음 머리카락을 풀어헤쳤다. — 이것들은 광기로 가는 그녀의 마지막 단계였다. 이런 식으로 마침내 더할 나위 없이 완전한 분노의 화신 상태에 성공적으로 도달하게 된 누나는 즉시 대장간 문을 향해 돌진했다. 하지만 다행히도 문은 내가 아까 잠가 놓은 상태였다.

중간에 몇 번 만류의 말을 던졌다가 무시만 당한 불쌍한 조는 이제 다른 도리가 없었다. 자신의 직공을 마주 보고 서서는,

자신과 조 부인 사이에 그런 식으로 끼어들다니 그게 무슨 행패냐고 말한 뒤, 곧이어 사나이답게 덤벼 볼 용기가 있냐고 묻는 것밖에는. 올릭 영감은 조와 맞붙어 싸우는 수밖에는 다른 도리가 없는 상황임을 깨닫고는 즉시 방어 자세를 취했다. 이리하여 두 사람은 불에 타고 그슬린 앞치마를 벗어 놓을 겨를도 없이, 서로를 향해 두 명의 거인처럼 달려들었다. 하지만 나는 조에게 맞서서 오래 버틸 수 있는 사람을 우리 동네에서 본 적이 없다. 올릭은 마치 기껏해야 나와 싸웠던 그 창백한 어린 신사 정도밖에 안 되는 것처럼 금세 석탄재 더미 속으로 나동그라졌고, 거기서 곧바로 나올 생각도 별로 없는 듯했다. 그러자 조는 대장간 문을 열고 나가 누나를 잡아 일으켰다. 인사불성이 된 채로 창문 앞에 쓰러져 있던 (하지만 싸움을 보고 난 뒤였다고 나는 생각한다.) 누나는 곧 집 안으로 운반되어 눕혀진 다음 정신을 차리라는 권유를 받았다. 하지만 그녀는 그저 두 손으로 조의 머리카락을 움켜쥔 채 몸부림만 쳐 댈 뿐이었다. 그러고 난 뒤, 모든 소동 끝에 항상 이어지게 마련인 묘한 고요와 침묵이 찾아왔고, 나는 그런 잠잠함과 언제나 연결 짓곤 하던 막연한 느낌 ―즉 그날이 일요일이고 누군가 사망했다는 느낌을 지닌 채, 위층으로 올라가 외출복으로 갈아입었다.

내가 다시 아래층으로 내려왔을 때 조와 올릭은 대장간을 쓸고 있었다. 올릭의 콧구멍 한쪽이 찢어진 것을 제외하고는 소동이 있었다는 어떤 흔적도 없었으며, 상처 자체도 그다지 심하거나 눈에 확 띄진 않았다. '술친구'에서 맥주 한 잔이 배달되어 와 있었고 두 사람은 평화로운 얼굴로 그것을 돌려 가며 마시고 있었다. 그 잠잠한 상태의 영향으로 인해 차분하고 철학적인 기분이 되었는지 조는 길까지 나를 배웅해 주러 나와서는 나한테 도움이 될 작별의 말로 다음과 같이 말했다. "길길이 날뛰기도 하다가, 핍, 길길이 날뛰지 않기도 하다가, 핍 — 인생이란 바로 그런 것이란다!"

내가 얼마나 터무니없는 흥분(어른에게 매우 심각한 감정들이 아이들한테서 발견될 때, 그것은 아주 우스꽝스럽게 여겨지는 법이기 때문이다.)에 사로잡혀 미스 해비셤의 집으로 걸어갔는가 하는 것은 여기에서 별로 중요한 사실이 아니다. 또한 내가 초인종을 울릴 결심을 하기 전에 그녀의 집 대문을 얼마나 여러 차례 지나치며 왔다 갔다 했는지도 중요하지 않다. 또한 초인종을 울리지 말고 그냥 돌아갈까 하고 망설였으며, 만약 내가 마음대로 시간을 낼 수만 있었다면 나중에 다시 오기로 하고 그냥 돌아가고 말았을 게 틀림없다는 것 역시 별로 중요한 사실이 아니다.

미스 새러 포킷이 대문을 열어 주러 나왔다. 에스텔러는 보이지 않았다.

"아니, 웬일이야? 네가 또 여길 오다니?" 미스 포킷은 말했다. "뭣 때문에 온 거냐?"

그저 미스 해비셤에게 안부 인사를 드리러 왔을 뿐이라고 말했을 때 새러는 나를 그냥 쫓아 버릴 것인지 말 것인지를 놓고 따져 보는 기색이 역력했다. 그러나 책임질 위험을 무릅쓰고 싶지 않았는지 그녀는 일단 나를 들어오게 했다. 그러고는 잠시 후 돌아오더니 "올라오란다." 하고 날카롭게 말을 전했다.

아무것도 변한 것 없이 그대로였다. 미스 해비셤은 혼자였다. "그래, 어쩐 일이냐?" 그녀는 나를 빤히 노려보며 말했다. "뭘 바라고 온 것은 아니겠지? 아무것도 받지 못할 테니까 말이야."

"네, 물론이지요, 미스 해비셤. 그저 제가 도제 생활을 아주 잘하고 있다는 것과, 제가 항상 크게 감사하고 있다는 것을 말씀드리고 싶어서 왔을 뿐이에요."

"그래, 그만 됐다!" 손가락을 짜증스레 흔들어 대는 예의 그 동작과 함께 그녀는 말했다. "가끔씩 오너라. 네 생일 때 오너라. 아, 그렇지!" 그녀는 갑자기 크게 외치며, 의자에 앉은 채 나에게로 몸 전체를 돌렸다. "넌 지금 에스텔러를 찾아 두리번거리고 있는 게로구나. 그렇지?"

실제로 나는 두리번거리고 있었다. — 물론 에스텔러를 찾아서 말이다. 그래서 나는 그녀가 잘 지내고 있기를 바란다고 더듬거리며 말했다.

"외국에 갔단다." 미스 해비셤은 말했다. "숙녀가 될 교육을 받으러 갔지. 아주 멀리 떨어진 곳으로 말이야. 전보다 더욱 예뻐졌단다. 보는 사람마다 찬탄을 하지. 어때, 넌 그 애를 잃어버렸다고 느끼지 않니?"

마지막 말을 하면서 그녀가 너무나 역력하게 악의적인 즐거움을 드러내 보였고 또 갑자기 너무나 불쾌한 웃음을 터뜨렸기 때문에, 나는 당혹스러워서 뭐라고 말해야 할지 몰랐다. 하지만 나는 더 이상 당황하며 고민할 필요가 없었는데 그녀가 곧바로 나한테 그만 가 보라고 했기 때문이었다. 호두 껍데기 같은 얼굴의 새러 포킷이 내 등 뒤로 대문을 닫았을 때 나는 우리 집과 내 직업, 그리고 그 밖의 모든 것에 대한 불만을 더욱더 크게 느꼈다. 그날의 그 발걸음으로 내가 얻은 것은 오직 이것뿐이었다.

내가 가게의 진열장들을 침울하게 들여다보면서, 그리고 내가 신사라면 무엇을 살 것인가 하고 생각하면서 읍내 중심가를 따라 느릿느릿 걸어가고 있을 때, 마침 책방에서 나오는 한 사람이 있었는데, 그건 바로 다름 아닌 웝슬 씨였다. 웝슬 씨는 방금 6펜스를 투자해 구입한 조지 반웰*의 감동적인 비극 이야기를 손에 들고 있었는데, 펌블추크와 함께 차를 마실 예정인 그는 그 책의 내용을 한마디도 빠짐없이 펌블추크의 머리 위에 쏟아 부을 작정이었다. 그는 나를 보자마자 신의 특별한 섭리로 도제 하나가 책 읽어 줄 대상으로 그에게 보내졌다고 생각하는 듯했다. 그는 나를 붙잡아 세우고는, 자기와 함께 펌블추크의 응접실에 가자고 강력히 주장했다. 그대로 집에 가 봤자 비참한 기분일 뿐이라는 걸 잘 알고 있는 데다가, 또 밤길이 어둡고 황량하므로 누구라도 동행이 있는 것이 그나마 나을 것이라고 생각한 나는 그다지 큰 저항을 하지 않았다. 그 결과 가게들과 길거리에 막 불이 밝혀지기 시작할 무렵 우리 두 사람은 펌블추크의 집에 함께 들어섰다.

조지 반웰의 이야기를 다룬 다른 공연에 참여한 적이 전혀 없으므로, 나는 그것을 공연하는 데 보통 얼마나 걸리는지 알지 못한다. 하지만 그날 저녁의 경우 9시 30분이 넘도록 계속되었다는 것을 잘 기억하고 있다. 특히 뉴게이트 감옥** 장면을 시작했을 때 웝슬 씨가 교수형 장면에 결코 도달하지 못할 거라고 생각했던 것을 잘 기억하고 있다. 그만큼 주인공은 자신의 수치스

* 영국 작가 조지 릴로(George Lillo, 1693~1739)가 지은 비극 『조지 반웰의 이야기』(The History of George Barnwell)의 주인공. 어느 상인의 도제로 일하다가 창녀의 유혹에 빠져 강도 짓을 하고 자기 삼촌까지 살해한 뒤 결국 교수형에 처해짐.

** 중죄인을 수감하던 런던의 유명한 형무소.

러운 생애 중 그 부분에서 특히 더 느리게 진행했던 것이다. 나는 주인공이, 자신의 인생행로가 시작된 이래로 계속해서 인생의 잎을 하나하나 떨어뜨리면서 영락의 길을 주욱 걸었는데도, 마치 그러지 않은 것처럼 자신의 인생이 꽃을 다 피우기도 전에 꺾여 버리고 말았다고 불평하는 것은 좀 지나치다고 생각했다. 하지만 이것은 단지 길이와 지루함의 문제일 뿐이었다. 나를 정말로 고통스럽게 만든 것은 그 이야기의 사건 전체가 아무 죄도 저지르지 않은 나 자신의 짓인 것처럼 간주되었다는 사실이다. 반웰이 잘못된 길을 가기 시작했을 때, 단언하건대 나는 꼼짝없이 깊은 죄책감을 느껴야 했다. 펌블추크가 분노에 찬 시선으로, 내가 바로 그 잘못을 저지른 것처럼 몹시 노려보았기 때문이다. 웝슬 씨 역시 나를 최악의 모습으로 보이게 하고자 수고를 아끼지 않았다. 나는 흉포한 동시에 찔찔 짜 대는 인물로 묘사되는 한편, 참작의 여지가 조금도 없는 상황에서 삼촌을 살해하는 존재로 만들어졌다. 밀우드*는 어떤 상황에서도 나를 굴복시켜 그녀의 말에 따르게 했고, 반면 내 주인의 딸은 완전히 편집광적으로 나를 끔찍이 염려해 주는 것으로 묘사되었다. 운명의 날 아침 겁에 질려 헐떡대며 질질 끌던 내 행위에 대해 내가 말할 수 있는 것은 오직 그것이 내 성격의 전체적인 유약함에 딱 들어맞는다는 것뿐이었다. 다행히도 나는 마침내 교수형을 당했고 웝슬은 책을 덮었다. 하지만 그런 뒤까지도 펌블추크는 나를 계속 노려보며 앉아서는, 고개를 가로저으며 "교훈으로 삼거라, 교훈으로 삼아!"라고 말했다. 마치 내가, 가까운 친척 하나를 설득

* 작품에서 반웰을 유혹하여 죄에 빠뜨리는 창녀의 이름.

해 내 은인으로 만들 수만 있다면 그 어리석은 사람을 살해할 마음을 품고 있다는 것이 널리 알려진 사실인 것처럼 말이다.

모든 것이 끝나고 내가 웝슬 씨와 함께 귀갓길에 올랐을 때는 아주 깜깜한 밤이었다. 읍내를 벗어나서부터는 안개가 짙게 끼어 있었다. 안개는 축축하고 자욱하게 내려앉았다. 유료도로 표시등은 흐릿해져서 보통 때와는 아주 다른 위치에 있는 것처럼 보였고, 그것이 비추는 빛은 안개에 덮인 고체 물질처럼 보였다. 우리가 이런 것들에 주목하면서, 안개가 어떻게 습지의 한 방면에서 부는 바람의 변화로 인해 발생하는가에 대해 이야기하고 있을 때였다. 우리는 도로 통행세 징수소를 바람막이로 삼아 그 앞에 구부정하니 서 있는 한 사람과 마주쳤다.

"어이!" 우리는 걸음을 멈추며 말했다. "거기 올릭 아닌가?"

"여어!" 그는 구부정한 자세로 걸어 나오며 대답했다. "혹시라도 동행이 생기지 않을까 해서, 잠시 기다리던 참이었소."

"좀 늦었군요." 내가 말했다.

"그래서? 너도 늦었잖아." 능히 올릭다운 대꾸였다.

"우린 말일세." 아까 그 반웰 공연으로 기분이 한껏 고양되어 있는 웝슬 씨가 말했다. "우린 말일세, 올릭 군, 지적인 저녁 시간을 한바탕 즐기고 오는 길이라네."

그것에 대해 아무 할 말도 없다는 듯이 올릭 영감은 그저 한 번 투덜거리고 말았으며, 우리는 곧 함께 계속해서 걸어갔다. 잠시 후 나는 올릭에게 반나절의 휴가를 읍내를 돌아다니며 보냈냐고 물었다.

"그래, 반나절 전부 거기서 보냈다." 그는 대답했다. "네 뒤를 따라 읍내로 왔지. 너를 보진 못했지만 틀림없이 네가 도착한 바로 뒤에 나도 도착했을 거다. 그런데 말이다, 대포가 또 발사되고 있다."

"감옥선에서요?" 나는 말했다.

"그래! 까마귀 몇 마리가 새장을 탈출한 거지. 어두워진 뒤로 대포 소리가 계속 들려오더군. 이제 곧 너도 듣게 될 거다."

실제로 우리가 몇 미터 걸어가지 않았을 때, 쾅! 하는 그 귀에 익은 대포 소리가 저쪽에서 들려왔다. 안개로 인해 둔탁해진 그 소리는 강 옆의 낮은 지대를 타고 무겁게 울려 퍼졌는데, 마치 도망 죄수들을 위협하며 추적하고 있는 듯이 들렸다.

"도망치기 딱 좋은 밤이군." 올릭이 말했다. "날아간 까마귀들을 어떻게 잡아들여야 할지 오늘밤 꽤나 난감해하겠군."

이 화제는 나에게 뭔가 연상시키는 것이 있었다. 그래서 나는 말없이 그것에 대해 생각하며 걸어갔다. 웝슬 씨는 그날 저녁에 읽은 비극의 배반당한 삼촌으로 돌아가, 그가 캠버웰에 있는 자신의 정원*에서 명상하는 대목을 큰 소리로 암송하기 시작했다. 올릭은 양손을 호주머니에 넣은 채 내 옆에서 무거운 발걸음으로 구부정하게 걸어갔다. 몹시 캄캄하고 매우 축축하며 아주 질척거리는 밤이었고, 그런 밤길을 따라 우리는 철벅철벅 걸어갔다. 이따금씩, 탈옥을 알리는 대포 소리가 우리 귀를 때렸고, 그 소리는 다시 강변을 따라 음울하게 울려 퍼져 나갔다. 나는 혼자만의 생각에 잠긴 채 아무 말 없이 걸었다. 웝슬 씨는 캠버웰에서 선하고 다정하게 죽었고 보스워스 들판에서는 더할 나위 없이 장렬하게 전사했으며, 글래스턴버리에서는 극심한 고통 속

* 앞에 나온 릴로의 비극에서 조지 반웰이 삼촌을 죽이는 장소.

에서 사망했다.* 한편 올릭은 가끔씩 "때리고 쳐라, 때리고 쳐 — 올드 클렘! 쨍그랑, 소리도 좋구나, 건장한 — 올드 클렘!" 하고 투덜대듯 흥얼거리곤 했다. 내 생각에 그는 술을 마신 것 같았지만, 술에 취한 상태는 아니었다.

이런 식으로 우리는 마을에 도착했다. 마을로 가기 위해 우리가 택한 길은 '세 명의 술친구'를 지나가게 되어 있었는데, 놀랍게도 그곳은 밤 11시인데도 아직 소란스러운 상태였다. 가게 문이 활짝 열어젖혀져 있었고 평소와는 달리 여기저기 켜진 등불이 급하게 들어 올려졌다가 내려놓아지곤 했다. 웝슬 씨가 무슨 일인지 물어보러 (죄수가 한 명 잡힌 것이라고 추측하면서) 안으로 잠시 들어갔다. 하지만 그는 곧 굉장히 급한 걸음으로 달려 나왔다.

"핍, 너희 집에 말이다……." 그는 걸음을 멈추지 않고 말했다. "무슨 사고가 났단다. 어서 달려가자!"

"무슨 일인데요?" 나는 그의 뒤를 바짝 쫓아가며 물었다. 올릭 역시 뒤처지지 않고 나와 나란히 달려갔다.

"나도 잘은 모르겠다만, 조 가저리가 나가고 없을 때 너희 집에 강도가 들었다는 것 같다. 아마 도망 죄수들의 짓인 듯하다. 그리고 누군가가 공격을 당해서 다쳤다는구나."

우리는 더 이상 이야기를 나눌 수 없을 만큼 아주 빠른 속도로 달려갔다. 우리 집 부엌에 들어설 때까지 한 번도 멈추지 않았다. 부엌은 사람들로 가득 차 있었다. 마을 사람 전체가 부엌

---

* 보스워스 들판은 셰익스피어의 사극 『리처드 3세』에서 리처드 3세가 죽는 곳이고, 글래스턴버리는 셰익스피어의 또 다른 사극 『존 왕』에서 존 왕이 죽는 곳인 스윈스테드 애비를 디킨스가 잘못 알고 이렇게 쓴 것으로 추측됨.

과 마당에 모여 있었다. 의사가 와 있었고 조도 있었으며, 한 무리의 부인네들이 부엌 바닥 한가운데 주변에 모여 있었다. 하릴없이 서성거리며 구경하던 마을 사람들은 나를 보자 뒤로 물러섰는데, 다음 순간 내가 발견한 것은 바로 누나의 모습 — 난롯불을 향해 얼굴을 돌리고 있을 때 정체를 알 수 없는 누군가에게 뒤통수를 크게 가격당하고 쓰러진, 그래서 맨 마룻바닥에 아무 감각도 없이 꼼짝 않고 누워 있는 — 이제 조의 아내로 살아 있는 동안 다시는 결코 길길이 날뛰지 못할 운명이 된 누나의 모습이었다.

16장

조지 반웰의 이야기가 머리에 가득 차 있던 참인지라 나는 처음에, 바로 나 자신이 누나가 공격당한 일에 상당한 역할을 했음에 틀림없다는, 그리고 아무튼 그녀에게 은혜를 입고 있는 것으로 널리 알려진 가까운 친척으로서 내가 다른 어느 누구보다도 혐의의 대상이 되기에 마땅하다는 믿음에 사로잡혔다. 하지만 다음 날 아침 맑은 정신으로 사건을 다시 고려해 보고 사방에서 들려오는 사람들의 이야기를 들어 보기 시작하자, 사건에 대해 좀 더 이성적인 관점을 갖게 되었다.

조는 전날 저녁 8시 15분부터 10시 15분 전까지 '세 명의 술친구'에 가서 파이프 담배를 피우며 시간을 보내고 있었다. 그가 거기 가 있는 동안 누나가 부엌문 앞에 서 있는 모습이 사람들 눈에 띄었으며, 또 집으로 돌아가던 농장 일꾼 한 사람과 저녁 인사를 나누기도 했다고 했다. 그 일꾼은 누나를 본 시각에 대해 그게 틀림없이 9시 전이었다는 것밖에는 정확히 기억하지 못했다.(정확히 기억하려고 애를 쓰자 그는 오히려 깊은 혼란에 빠져 버렸다.) 조가 10시 5분 전에 집으로 돌아왔을 때, 누나가 바닥에 쓰러져 있는 것을 발견했고, 즉각 사람들의 도움을 청했다. 당시 부엌의 난롯불은 특별히 약하게 타고 있거나 하지 않았으며, 타들어간 촛불 심지도 그다지 길지 않았다. 그렇지만 촛불은 꺼져 있었다.

집 안 어디에도 도난당한 물건은 없었다. 부엌이 어지럽혀진 흔적은 누나 자신이 쓰러져 피를 흘리며 어지럽힌 것 외에 촛불이 꺼진 것밖에 없었다. — 촛불은 부엌문과 누나 사이의 식탁 위에 놓여 있었고, 누나는 그것을 등진 채 난롯불을 향하고 서 있다가 습격을 당했다. 하지만 한 가지 주목할 만한 증거물이 현장에 있었다. 누나는 뭔가 둔탁하고 묵직한 것으로 머리와 척추 부분을 가격당했다. 그리고 타격이 가해지고 난 뒤에는 뭔가 묵직한 것이 얼굴을 아래로 한 채 쓰러져 있는 그녀에게 상당히 거세게 내던져졌다. 조가 그녀를 들어 올렸을 때, 그녀 옆의 바닥에는 줄칼로 갈아 잘려 있는 죄수의 족쇄가 있었다.

조는 곧 이 쇠고랑을 대장장이의 눈으로 살펴본 뒤, 꽤 오래전에 줄칼로 잘린 것이라고 단언했다. 긴급히 감옥선으로 신고가 전달되었고 거기서 사람들이 와서 쇠고랑을 조사한 결과 조의 견해는 맞는 것으로 확인되었다. 그들은 그 쇠고랑이 전에 감옥선에 속했던 것은 틀림없지만 그것이 언제 감옥선을 떠났는지는 말할 수 없다고 했다. 하지만 그들은 어젯밤 탈옥한 두 명의 죄수 중 아무도 이런 족쇄를 차고 있지 않았다는 것만은 확실히 알고 있다고 주장했다. 게다가 이 죄수들 가운데 한 명은 이미 다시 잡혔는데, 그는 자신의 쇠고랑을 그대로 차고 있었다고 했다.

나 혼자 따로 알고 있는 바가 있었으므로, 이 시점에서 나는 내 나름의 추론을 세웠다. 나는 그 쇠고랑이 예전의 내 죄수가 찼던 쇠고랑 — 그가 줄칼로 갈아 대는 것을 내가 직접 눈으로 보고 귀로 소리를 들은 그 쇠고랑 — 이라고 믿었다. 하지만 마음속으로 그 죄수가 바로 어제 그 쇠고랑을 그렇게 사용한 사람이라고는 생각하지 않았다. 나는 그 물건이 다른 한두 사람의 손에 넘어갔다가 이렇게 잔인한 짓에 사용된 것이 틀림없다고 믿었다. 올릭이든지 아니면 나에게 그 줄칼을 보여 줬던 그 낯선 사람이든지 말이다.

그런데 올릭에 대해 말하자면, 그는 유료도로에서 우리와 동행하게 되었을 때 이야기했던 그대로 읍내에 정말 갔더랬다. 그는 그날 저녁 내내 읍내 여기저기서 사람들 눈에 띄었으며, 몇 군데 술집에서 이런저런 사람들과 어울리며 함께 있었다. 게다가 나와 웝슬 씨와 함께 돌아오지 않았던가. 낮에 다툰 일을 제외하고 그에게는 의심스러운 점이 하나도 없었다. 게다가 누나는 전에도 그와 다툰 적이 있었을 뿐만 아니라, 그녀 주변의 다른 모든 사람들과도 자주 다퉜다. 수천 번도 더 말이다. 낯선 사람에 대해서 말하자면, 만약 그가 그 두 장의 지폐를 되찾으러 돌아온 것이라면 그에 대해서는 아무런 논쟁도 일어나지 않았을 것이다. 누나는 얼마든지 그 돈을 돌려줄 준비가 되어 있었기 때문이다. 게다가 서로 언쟁을 벌인 흔적이 전혀 없었다. 가해자는 매우 조용히, 그리고 아주 갑자기 들어왔기 때문에 누나는 뒤돌아볼 틈도 없이 얻어맞고 쓰러졌던 것이다.

아무리 의도적인 것이 아니라고는 하지만, 공격의 도구를 나 자신이 제공했다고 생각하는 것은 끔찍한 일이었다. 하지만 나는 그렇지 않다고 생각하기가 거의 불가능했다. 나는 말로 표현할 수 없는 고통을 겪으면서, 마침내 내 어린 시절의 그 올가미를 끊어 버리고 조한테 모든 것을 털어놓을 것인지에 대해 수없이 생각에 생각을 거듭했다. 그 사건 후 여러 달 동안 나는 매일같이 그 문제에 대해 부정적인 결론을 최종적으로 내렸다가는, 다음 날 아침이면 다시 그 문제를 꺼내서 또다시 논의하곤 했다. 이 갈등은 결국 다음처럼 — 즉 그 비밀은 이제 너무나 오래된 것인 데다가 그동안 내 속에 너무나 깊이 뿌리를 내려 나 자신의 일부가 되었으므로, 나는 이제 그것을 떼어 버릴 수 없게 되었다는 식으로 끝났다. 내가 두려워한 것은, 내 비밀이 이토록 커다란 해악을 초래한 이상, 이제 설령 조가 그것을 믿는다고 해도 그것으로 인해 조는 나로부터 멀어질 가능성이 그 어느 때보다 크다는 것이었다. 그런데 이 두려움 말고도 나를 더욱더 짓누르는 두려움이 있었는데, 그것은 바로 조가 그것을 믿지 않고 예전의 그 상상의 개들과 송아지 고기처럼 터무니없이 꾸며 낸 거짓으로 여길 것이라는 두려움이었다. 그렇지만 나는 물론 나 자신과 타협했다. — 나는 옳고 그름 사이에서 오락가락하고 있었는데, 그런 때면 항상 그런 식으로 타협하게 마련 아닌가? — 그래서 가해자를 찾아내는 데 도움이 될 어떤 새로운 가능성이나 상황이 조금이라도 생기면 그때는 모든 것을 털어놓고 말겠다고 결심했다.

경찰들과 런던의 보 스트리트 형사들*이 — 이 사건은 지금

* 런던의 보 스트리트(Bow Street)에 있는 경찰대 소속 형사들로 범죄 수사 능력이 뛰어나다고 알려지기도 했는데, 이 작품이 발표되기 한참 전인 1839년에 해체되었음.

은 없어진 그 빨간 조끼 입은 경찰들의 시대에 일어났다. — 한 두 주일가량 우리 집 주변을 얼쩡거리면서, 유사한 직책의 관원들이 그런 경우에 범한다고 내가 듣거나 읽은 것들을 꽤 많이 범하고 다녔다. 그들은 분명히 아무 상관도 없는 사람을 여러 명 체포했으며, 잘못된 생각을 붙잡고 아주 열심히 씨름하는가 하면, 상황에서 생각을 끌어내려고 애쓰는 대신에 상황을 생각에 억지로 끼어 맞추려고 고집을 부렸다. 그들은 또한 은밀하고 과묵한 표정으로 '술친구'의 출입문 주변을 서성거리기도 했는데, 그 심오한 표정에 마을 사람들 모두가 경탄해 마지않았다. 술을 마실 때도 그들은 범인을 체포하는 것과 거의 같은 교묘한 방식으로 잔을 들이켰다. 하지만 거의 같을 뿐 완전히 같은 것은 아니었다. 왜냐하면 그들은 범인을 결코 잡지 못했기 때문이다.

이 헌법상의 치안 당국자들이 마을에서 떠나고 난 오랜 뒤까지도 누나는 심하게 아픈 채 침대에 누워 있었다. 누나는 시력에 손상을 입었다. 그래서 사물이 여러 개로 보였으며, 찻잔이나 포도주 잔 등을 잡으려고 할 때 실제 물건이 아닌 헛것을 움켜쥐곤 했다. 청력도 크게 나빠졌으며, 기억력도 마찬가지였다. 그녀의 말 또한 알아들을 수 없게 되었다. 마침내 누나가 부축을 받아 아래층으로 내려올 만큼 몸이 회복되었을 때도, 여전히 내 석판을 누나 옆에 항상 준비해 놓고 있어야만 했는데, 누나가 말로 표현해 낼 수 없는 것을 글씨로 표현해 낼 수 있도록 하기 위해서였다. 그녀는 (필체가 고약한 것은 고사하고) 정도 이상으로 철자가 엉망이었으므로, 게다가 조까지 읽는 능력이 정도 이상으로 엉망이었으므로, 기이하고 복잡한 일들이 두 사람 사이에 발생하곤 했다. 그리고 그때마다 해결사로 내가 늘 불려 들어가곤 했다. '약' 대신에 '양고기'를 갖다주거나 '조'를 '차'라고 착각하거나 '베이컨' 대신에 '베개'를 갖다주거나 한 것은 우리가 범한 오해 중에 가장 사소한 것들에 해당되었다.

그렇지만 누나는 성격이 굉장히 유순해졌으며, 인내심도 아주 커졌다. 수족의 동작이 불안하게 떨리는 것은 곧 그녀의 일상적인 상태가 되었다. 그리고 그 이후로 그녀는 두세 달 간격을 두고, 두 손을 자주 머리에 갖다 대곤 하다가는 곧이어 한번에 일주일 정도씩 우울한 정신이상 상태에 빠져 있곤 했다. 우리는 누나의 시중을 들어 줄 적당한 사람을 찾지 못해 매우 난감해했는데, 마침 적절한 상황이 발생해 우리의 고민이 해결되었다. 웝슬 씨의 왕고모가 마침내 자신의 고질적인 생존 습관을 정복하고 세상을 뜨는 바람에 비디가 우리 식구의 일원이 되었던 것이다.

누나가 부엌에 다시 나타난 지 한 달가량 되었을 때 비디는 자신의 세상 물건 전부를 담은 자그만 점박이 상자를 들고 우리 집으로 왔다. 그리고 우리 가정에 축복스러운 존재가 되었다. 무엇보다도 그녀는 조에게 축복스러운 존재가 되었다. 선량한 조는 불구가 된 아내의 모습을 늘 바라봐야 하는 것에 몹시 가슴 아파 했다. 저녁에 그녀의 시중을 들어 주는 동안에는 이따금씩 나를 꼭 돌아보고는 파란 눈에 눈물을 글썽이며 "예전엔 그렇게도 풍채가 훌륭한 여자였건만, 핍!" 하고 습관처럼 되뇌곤 했다. 비디는 즉시, 마치 태어나면서부터 누나를 연구하기라도 한 것처럼 더할 나위 없이 총명하게 누나를 돌봐 주기 시작했다. 그래서 조는 인생의 좀 더 평온한 나날을 얼마간 누릴 수 있게 되었고 기분 전환을 위해 '술친구'에도 가끔씩 나가서 유익한 시간을 보낼 수도 있게 되었다. 경찰들 모두 (비록 조 자신은 전혀 몰랐지만) 가엾은 조를 다소간 혐의자로 여겼다는 것은, 그리고 그들이 조를 이제까지 마주친 인간들 가운데 가장 속을 알 수 없는 존재로 간주하는 데에 하나같이 동의했다는 것은 참으로 경찰관들다운 면모였다.

새로 맡은 임무에서 비디가 거둔 첫 번째 승리는 조와 내가 완전히 두 손 들고 포기했던 어려운 문제 하나를 풀어 낸 일이었다. 나 역시 그걸 붙잡고 열심히 애를 써 봤지만 도무지 아무런 해결도 못 했던 것이었다. 사정은 다음과 같았다.

누나는 수없이 반복해서 계속, 이상한 T 자처럼 생긴 글자 하나를 석판 위에다 그렸다. 그러곤 자신이 특별히 원하는 대상인 것처럼 지극히 간절하게 우리의 주의를 그것에 끌었다. 나는 토스트(toast)에서 통(tub)에 이르기까지 T 자로 시작하는 가능한 모든 것을 가져다 보여 주었지만 헛수고였다. 그러다가 마침내 그 기호가 망치처럼 생겼다는 생각이 퍼뜩 머리에 떠올랐다. 내가 누나의 귀에 대고 그 단어를 기운차게 소리 내어 말하자, 누나는 식탁을 주먹으로 망치질 하듯이 두드려 대기 시작하며 부분적인 동의를 표시했다. 그것을 본 나는 즉시 집에 있는 모든 망치를 하나씩 하나씩 가져다 보였다. 하지만 더 이상 소득이 없었다. 그 뒤 나는 모양이 상당히 똑같다는 데 착안하여 그게 목발일 것이라고 추측하고서, 마을에서 목발 하나를 빌려다가 상당히 자신 있게 누나 앞에 내놓았다. 그러나 그것을 보여 줬을 때 누나는 고개를 가로젓기만 했는데, 너무나 세차게 가로젓는 바람에 우리는 허약하게 부서진 그녀의 몸 상태에서 혹시 목뼈라도 탈골되지나 않을까 하는 공포에 사로잡히기까지 했다.

비디가 자신의 뜻을 이해하는 데 매우 빠르다는 것을 누나가 알아챘을 때, 이 불가사의한 기호는 다시 석판에 나타났다. 비디는 그것을 주의 깊게 바라보았다. 그러곤 내 설명을 들었으며, 누나를 주의 깊게 바라본 다음, 조를 (그는 언제나 이름의 첫 글자인 J로 석판에 표시되었다.) 주의 깊게 바라보았다. 그러더니 갑자기 대장간으로 달려갔다. 우리도 그녀 뒤를 따라갔다.

"아, 그렇고말고요!" 비디는 의기양양한 얼굴로 외쳤다. "모르겠어요? 그건 바로 저 사람이에요!"

그렇다, 그건 틀림없이 올릭이었다! 누나는 올릭의 이름을 잊어 먹은 것이고 그래서 그의 망치로만 그를 나타내 보일 수 있었던 것이다. 우리는 그에게 부엌으로 좀 들어와 달라고 부탁하며 그 이유를 설명했다. 그는 천천히 자신의 망치를 내려놓더니 팔뚝으로 이마를 닦았다. 그러고는 두르고 있던 앞치마로 이마를 한 번 더 닦은 뒤, 그의 두드러진 특징인, 양 무릎이 건달처럼 묘하게 풀린 구부정한 자세로 어슬렁대며 부엌 쪽으로 걸어 나왔다.

고백하건대 나는 누나가 그를 비난하는 모습을 보리라고 기대했었다. 그래서 그것과 다른 결과를 보았을 때 실망하고 말았다. 그녀는 그와 우호적인 관계를 맺고 싶어 하는 갈망을 아주 강렬하게 드러내 보였으며, 마침내 그가 그녀 앞에 데려와진 것에 대해 진심으로 크게 기뻐하는 모습이었고, 그에게 뭔가 마실 것을 갖다주었으면 한다는 뜻을 손짓으로 표시했다. 그녀는 그가 이런 대접을 기쁘게 받아들이는지 특별히 확인이라도 하고 싶은 듯이, 그의 안색을 주의 깊게 살폈으며, 그의 비위를 맞춰 주고 싶어 하는 가능한 모든 갈망을 나타내 보였다. 이런 그녀의 모든 행동에는 상대방의 환심을 사고자 하는 겸손한 태도가 역력히 배어 있었다. 그것은, 나도 본 적이 있지만, 가혹한 선생을 대하는 어린아이의 태도에 깃들어 있는 것 같은 그런 태도였다. 그날 이후로 거의 하루도 빠지지 않고 누나는 석판에 망치를 그렸으며, 그러면 올릭은 언제나 구부정한 자세로 어슬렁대며 들어와서는, 나와 마찬가지로 어떻게 생각해야 할지 잘 모르겠다는 듯이 뜨악한 표정으로 누나 앞에 서 있었다.

17장

나는 이때쯤 틀에 박힌 일상적인 도제 생활로 접어들어 있었다. 내 생일을 맞아 미스 해비셤을 다시 방문하는 것 외에는, 마을과 습지의 경계를 벗어나는 별다른 주목할 만한 상황이 없는 생활이었다. 미스 새러 포킷이 여전히 대문을 열어 주는 임무를 맡고 있었다. 그리고 미스 해비셤도 지난번 떠나올 때의 모습 그대로였다. 그녀는 아주 똑같은 말을 사용하지는 않았지만, 지난번과 아주 똑같은 방식으로 에스텔러 이야기를 했다. 그녀와의 면담은 단 몇 분밖에 지속되지 않았다. 내가 가려고 할 때 그녀는 나에게 1기니를 주면서 다음번 내 생일 때 다시 찾아오라고 말했다. 그때부터 이것은 일종의 연례행사가 되었다고 여기서 곧바로 말해 둬도 무방할 것이다. 나는 처음에 그 1기니를 받지 않으려고 했다. 하지만 그것은 미스 해비셤으로 하여금 몹시 화를 내며 '더 많은 것을 바라는 거냐?'고 묻게 만드는 결과밖에 가져오지 않았다. 그래서 나는 그 이후로 돈을 받았다.

그 음울한 옛집은, 어두운 방의 누런 빛, 화장대 거울 옆 의자에 유령처럼 앉아 있는 쇠락한 존재 등, 그 모든 것이 너무나 변함이 없었다. 마치 시계가 정지됨으로써 그 기괴한 곳에서는 시간까지 멈추고 만 것 같았다. 그 결과 나를 비롯해 바깥세상의 모든 것이 자라거나 늙어 가는 동안 이 집은 그대로 정지해 있는 듯한 느낌이었다. 실제 현실에서도 그랬지만 그 집에 대한 내 생각이나 기억에 있어서도, 햇빛은 결코 그 집에 비쳐 들지 않았다. 그 집은 나를 당혹스럽게 했으며, 그 집의 영향 아래 나는 계속해서 마음속으로 내 직업을 증오했고 우리 집을 수치스럽게 여겼다.

그렇지만 나는 아주 희미하게나마, 비디에게 일어난 변화를 알아챘다. 그녀의 구두는 찌그러진 뒤축이 세워졌으며, 머리카락은 깔끔해지고 윤기가 났다. 그리고 두 손도 언제나 깨끗했다. 그녀는 아름답지 않았다. — 그녀는 미천한 평민이었고 에스텔러와 같을 수는 없었다. — 하지만 상냥하고 건강하며 마음씨가 고왔다. 그녀가 우리와 함께 지낸 지 1년이 채 넘지 않았을 때였는데 (아마 그녀가 상복을 막 벗었을 때 있었던 일이라고 기억된다.) 어느 날 저녁 나는 그녀가 묘하게도 사려 깊고 주의 깊은 눈을 지녔다고 나 스스로에게 말했다. 그것은 아주 예쁘고 선한 눈이었다.

이것은 내가 마침 열심히 하고 있던 일 — 어떤 책에서 몇 개의 구절을 베껴 쓰는 일로, 한 번에 두 가지 방식으로 나를 향상시키기 위한 일종의 전략이었다. — 을 잠시 멈추고 고개를 들었다가 내가 공부하는 것을 지켜보는 비디와 눈이 마주쳤을 때 일어난 일이었다. 나는 펜을 내려놓았고 비디는 바느질하던 것을,

내려놓지는 않았지만 멈추었다.

"비디……." 나는 말했다. "넌 어떻게 그토록 잘해 나가는 거니? 내가 아주 어리석든지 네가 아주 총명하든지 둘 중 하나일 거야."

"내가 뭘 잘해 나간다는 거니? 무슨 소린지 모르겠구나." 비디는 미소를 지으며 대답했다.

그녀는 우리 집안 살림 전체를 도맡아 꾸려 나갔다. 그것도 아주 훌륭하게 말이다. 하지만 내가 말하려던 것은 그게 아니었다. 비록 그것으로 인해, 내가 말하려던 비디의 능력은 더욱더 놀라운 것이 되었지만 말이다.

"비디……." 나는 말했다. "넌 어떻게 그렇게 내가 배우는 모든 것을 다 배워서 언제나 나를 따라잡을 수 있는 거니?" 당시 나는 내 지식에 대해 다소 우쭐해하기 시작하던 참이었는데, 내 생일에 받은 기니들을 그것을 위해 썼을 뿐만 아니라 용돈의 대부분도 그것에 투자하기 위해 따로 모아 두고 있었기 때문이다. 물론 의심할 여지 없이 당시 내가 알고 있던 쥐꼬리만 한 지식은 투자한 값에 비해 극히 보잘것없는 것이었지만 말이다.

"오히려 내가 너한테 물어보고 싶구나." 비디가 말했다. "너야말로 어떻게 그렇게 잘해 내는 거니?"

"그건 달라. 내가 저녁에 대장간에서 들어오면 곧바로 공부에 열심히 매달린다는 것은 누구나 다 아는 사실이잖니. 하지만 비디, 넌 공부에 전혀 매달리거나 하질 않잖아."

"아마 난 모든 걸 그냥 받아들이는가 보지, 뭐. 감기에 걸리듯이 말이야." 비디는 조용히 말했다. 그러곤 바느질을 계속했다.

나는 나무 의자에 몸을 깊숙이 기대고는 비디가 고개를 한

쪽으로 기울인 채 바느질을 해 나가는 모습을 바라보며 이 문제에 대해 좀 더 숙고해 보았는데, 그러다가 마침내 그녀가 다소 비범한 소녀라는 생각을 하게 되었다. 왜냐하면 문득 나는, 그녀가 대장간 일의 여러 용어와 우리가 하는 여러 가지 다른 종류의 일의 명칭과 우리가 사용하는 여러 연장들에 대해 우리와 똑같이 정통해 있다는 생각이 떠올랐기 때문이다. 요컨대, 비디는 내가 아는 것은 무엇이든지 다 알고 있었다. 이론적으로, 그녀는 이미 나만큼 능숙한, 아니 나보다 나은 대장장이였던 것이다.

"비디……." 나는 말했다. "너는 모든 기회를 최대한 활용하는 사람 중 하나인가 보다. 우리 집에 오기 전까지 너한테는 기회 같은 것이 전혀 없었지. 그런데 좀 봐, 우리 집에 오고 나서 네가 얼마나 나아졌는지 말이야!"

비디는 한순간 나를 바라보았다. 그러더니 다시 바느질을 계속해 나갔다. "하지만 난 너의 첫 선생님이었지. 안 그래?" 그녀는 바느질을 계속하며 말했다.

"아니, 비디!" 나는 깜짝 놀라며 소리쳤다. "너 지금 울고 있구나!"

"아니, 안 울고 있어." 비디는 고개를 들고 소리 내어 웃으며 말했다. "왜 그런 생각을 한 거니?"

왜 그런 생각을 한 거냐고? 그녀의 바느질감 위로 눈물이 반짝이며 떨어지는 것을 보지 않았으면 왜 그랬겠는가? 나는 말없이 앉아, 웝슬 씨의 왕고모가 — 어떤 사람의 경우 그것에서 벗어나는 것이 참으로 바람직한 — 그 고약한 생존 습관을 성공적으로 정복할 때까지 비디의 삶이 얼마나 고달픈 것이었던가를 떠올려 보았다. 나는 초라하기 짝이 없는 그 작은 가게와 초라하기 짝이 없는 그 작고 소란스러운 야학 교실에서, 짐짝처럼 무능력한 그 가련한 노파를 언제나 끌고 메고 부축해 주며 살아야 했던 그녀의 절망적인 주변 상황을 떠올려 보았다. 그런 불우한 시절에도 비디한테는 이미, 현재 발휘되고 있는 그녀의 능력이 잠재되어 있었음에 틀림없다고 나는 생각하게 되었다. 왜냐하면 내 갈등과 불만이 처음 시작되었을 때 나는 그녀에게 도움을 청하는 것을 당연한 일로 여겼기 때문이다. 비디는 더 이상 눈물을 흘리지 않고 조용히 앉아 바느질을 계속했다. 그녀를 바라보며 이 모든 것에 대해 생각하는 동안 나는 혹시 내가 그동안 비디에게 충분하게 감사해하지 않았던 것이 아닌가 하는 생각이 들었다. 그동안 내가 너무나 내 속마음을 말하지 않았는지도 모른다. 나는 좀 더 터놓고 말함으로써 그녀에게 내 신뢰를 베풀어 줬어야 (물론 생각 속에서 내가 정확하게 이 표현을 사용한 것은 아니었다.) 했다.

"그래, 비디." 그런 여러 가지 생각을 한참 하고 난 뒤 나는 말했다. "넌 내 첫 선생님이었지. 그것도 우리가 이렇게 이 부엌에서 함께 지내게 될 것이라고는 전혀 생각하지 못했을 때에 말이야."

"아, 불쌍한 조 부인!" 비디는 그렇게 내 말에 응답했다. 내 말을 누나에 대한 것으로 돌리고는 자리에서 일어나 누나한테 가서, 그녀를 좀 더 편안하게 해 주기 위해 분주히 움직이는 것은 과연 자신보다 남을 먼저 생각하는 비디다운 행동이었다. "그래, 슬프게도 그렇구나!"

"그런데 말이야!" 나는 말했다. "우린 좀 더 이야기를 나눠야 한다고 생각해, 예전에 그랬던 것처럼 말이야. 그리고 또, 역시 예전에 그랬던 것처럼 난 너한테 좀 더 조언을 구해야 한다고 생각해. 비디, 우리 이번 일요일에 습지로 조용히 함께 산책을 나가자. 그리고 오랫동안 이야기를 나눠 보자."

누나는 이제 조금도 혼자 놔둘 수 없는 상태였다. 하지만 조가 일요일 오후에 누나를 돌보는 일을 기꺼이 맡아 주었으므로, 비디와 나는 함께 나갈 수 있었다. 때는 여름이었고 아름다운 날씨였다. 우리가 마을과 교회와 교회 묘지를 지나 습지로 나온 뒤 멀리 떠 가는 돛단배들이 보이기 시작했을 때, 나는 늘 하던 대로 그 풍경을 미스 해비셤과 에스텔러와 연결 짓기 시작했다. 우리는 강변에 이르러 기슭의 언덕 위에 앉았다. 발밑에서 찰랑이는 물결 소리는 그 소리가 없을 때보다 오히려 더 그곳을 조용하게 느껴지도록 하는 것 같았는데, 그때 나는 바로 이 순간 여기야말로 비디에게 내 마음속의 비밀을 터놓고 말할 적절한 시간이자 장소라고 결정했다.

"비디." 그녀에게 비밀을 지키겠다는 약속을 하게 한 후 나는 말했다. "나는 신사가 되고 싶어."

"어머나, 내가 너라면 그러지 않을 텐데!" 비디는 대답했다. "나는 그게 유익한 일일 거라고 생각하지 않아."

"비디." 나는 약간 엄하게 말했다. "나한테는 신사가 되고 싶은 특별한 이유가 있어."

"글쎄 네가 누구보다도 잘 알고 있겠지, 핍. 하지만 넌 지금 이대로가 더 행복하다고 생각하지 않니?"

"비디." 나는 참을 수 없다는 듯이 외쳤다. "나는 지금 이대로 조금도 행복하지 않아. 나는 내 직업과 내 생활이 혐오스러워. 도제 계약을 맺은 이래 나는 그 어느 것도 전혀 마음에 들지 않았어. 터무니없는 소리 하지 마."

"내가 터무니없는 소릴 했니?" 비디는 놀란 듯이 눈을 치켜뜨며 조용히 말했다. "그랬다면 미안하구나. 그럴 의도는 아니었어. 난 그저 네가 잘해 가고, 또 편안하게 살기만을 바랄 뿐이야."

"글쎄, 그렇다면, 자 이젠 분명히 알아 둬, 내가 지금 살고 있는 것과 아주 다른 종류의 삶을 살지 못하는 한, 나는 결코 편안하게 살지 못할 것이고 또 그럴 수도 없을 것이라는 걸 말이야. 알았니, 비디! 나에겐 오직 비참한 삶밖에 없을 거야."

"그건 참 가슴 아픈 일이구나!" 비디는 고개를 가로저으며 슬픈 듯이 말했다.

나 역시 그동안 너무나 자주 그것을 가슴 아프게 여겨 왔기 때문에, 그 순간 비디가 나 자신의 감정과 똑같은 그녀의 느낌을 그렇게 말로 표현했을 때, 나는 마음속으로 나 자신과 늘 벌이고 있던 일종의 '나 홀로 싸움'의 상태에서, 거의 그만 분노와 고뇌의 눈물을 흘릴 뻔했다. 나는 그녀 말이 맞다고 그녀에게 말했으며, 나 스스로도 그것이 몹시 안타까운 일이라는 것을 잘 알고 있었다. 하지만 그러면서도 나는 어쩔 수 없었다.

"내가 마음을 차분히 다잡을 수만 있다면." 나는 비디에게 말했다. 그러면서 손이 닿는 곳에 있는 짧은 풀을 쥐어뜯었는데, 그것은 예전에 미스 해비셤네 양조장에서 머리카락을 잡아 뜯고 담장을 걷어차며 감정을 쏟아 냈던 것과 아주 흡사한 행위였다. "만약 내가 마음을 차분히 다잡고서 어렸을 때 그랬던 것의 반만큼이라도 대장간 일을 좋아할 수만 있다면, 그게 나에게 훨씬 좋은 일일 거라는 걸 나는 잘 알고 있어. 그러면 비디 너와 나, 그리고 조는 더 이상 아무것도 바랄 게 없이 살아갈 수 있을 거야. 조와 나는 아마 내 도제 계약 기간이 끝났을 때 서로 동업자가 될 수 있을 거고, 또 내가 좀 더 자라면 나는 너와 연인 사이가 될 수도 있을 거야. 그러면 우리 둘은 어느 화창한 일요일에 아주 다른 사람들이 되어 이 강가 언덕에 함께 앉아 있을지도 몰라. 나는 비디, 너한테 충분히 잘 어울리는 상대가 될 거야, 그렇지 않니, 비디?"

비디는 강 위를 떠 가는 배들을 바라보며 한숨을 내쉬더니 대답했다. "그래. 나는 뭐 별로 까다롭지 않으니까." 이 말은 나를 그다지 치켜세우는 말처럼 들리지 않았다. 하지만 나는 그녀가 좋은 뜻으로 말했다는 것을 알고 있었다.

"그런데 말이야." 나는 좀 더 많은 풀을 쥐어뜯어 내고는 그중 한두 잎을 입으로 씹으면서 말했다. "바로 그렇게 하는 대신에, 내가 지금 어떻게 살아가고 있는지 좀 봐! 불만투성이에다 늘 불편한 마음이고, 그리고…… 하지만 거칠고 미천한 게 난 아무렇지도 않을 텐데. 누군가 나한테 그렇게 말하지만 않았다면 말이야!"

비디는 갑자기 나한테 얼굴을 돌리더니 강 위로 떠 가는 배들을 바라볼 때보다 훨씬 더 주의 깊은 시선으로 나를 바라보았다.

"누가 말했는지 그건 사실도 아니고 또 예의 바른 말도 아니야." 그녀는 다시 시선을 배들에게로 돌리면서 말했다. "그런데 누가 그렇게 말했니?"

나는 당황했다. 왜냐하면 무슨 말을 하는지 제대로 깨닫지 못한 채 나는 문득 다른 소리를 하고 말았던 것이다. 하지만 그것은 이제 그냥 넘겨 버릴 수 없는 것이 되었고, 그래서 나는 대답했다. "미스 해비셤의 집에 있는 아름다운 아가씨가 그랬어. 그녀는 이 세상 누구보다도 아름다워. 그리고 난 그녀를 몹시 흠모해. 내가 신사가 되고 싶은 것은 바로 그녀 때문이야." 이 미치광이 같은 고백을 하고 난 뒤 나는 잡아 뜯었던 풀을 강으로 던지기 시작했다. 마치 나도 그것들을 뒤따라 강으로 뛰어들고 싶기라도 한 것처럼 말이다.

"네가 신사가 되고 싶은 것은 그녀에게 앙갚음을 하고 싶어서니, 아니면 그녀의 호감을 얻기 위해서니?" 비디는 잠시 가만히 있다가, 나에게 조용히 물었다.

"나도 모르겠어." 나는 침울하게 대답했다.

"왜냐면 말이다……." 비디는 말을 계속했다. "만약 그게 그녀에게 앙갚음을 하기 위한 것이라면, 내 생각에 — 물론 네가 누구보다도 잘 알겠지만 — 그녀 말을 무시해 버리는 것이 훨씬 더 훌륭하고 의연한 방법일 거야. 그리고 만약 그게 그녀의 호감을 얻기 위한 것이라면, 내 생각에 — 물론 네가 누구보다도 잘 알겠지만 — 그녀는 그럴 만한 가치가 없는 여자 같구나."

그건 정확히 바로 나 자신이 그동안 여러 번 생각했던 것이었다. 그건 또한 정확히, 바로 그 순간 나에게 완전히 자명해 보이는 사실이기도 했다. 하지만 얼빠진 가련한 시골 마을 소년인 내가 어떻게, 세상에서 가장 훌륭하고 현명한 사람들조차 매일매일 빠져드는 그 불가사의한 모순을 피할 수 있었겠는가?

"네 말이 모두 옳을지도 몰라." 나는 비디에게 말했다. "하지만 나는 그녀를 몹시 흠모해."

요약하건대, 나는 그렇게 말하면서 몸을 돌려 엎드린 다음,

양옆의 머리카락을 잔뜩 움켜쥐고는 그것을 격렬하게 마구 비틀어 댔다. 나는 내내, 바보 같은 내 마음이 참으로 너무나 바보 같고 엉뚱하게 빗나간 것이라는 점을 잘 알고 있었다. 아마 내가 머리카락을 그대로 잡아당겨 내 머리를 목에서 뽑아낸 다음 그걸 강가 조약돌에다 내팽개쳤다고 해도, 그럼으로써 나 같은 얼간이한테 달려 있는 것에 대한 징벌을 가했다고 해도, 나는 그것을 전적으로 내 얼굴이 받아 마땅한 죄과로 여겼을 것이다.

비디는 어느 소녀보다도 현명한 소녀였다. 그래서 그녀는 더 이상 나를 설득하려고 하지 않았다. 그녀는 손을 — 비록 일을 많이 해서 거칠긴 했지만 위안을 주는 편안한 손이었다. — 내밀어 내 양손을 하나씩 하나씩 붙잡았다. 그러곤 그것들을 내 머리카락에서 부드럽게 떼어 냈다. 그런 다음 그녀는 달래 주듯이 내 어깨를 가만히 토닥거려 주었다. 그러는 동안 나는 얼굴을 소맷자락에 파묻고 약간 흐느끼며 — 양조장 마당에서 그랬던 것과 아주 똑같이 — 울었는데, 그러면서 누군가에 의해, 아니 모든 사람에 의해 — 어느 쪽인지는 잘 모르겠지만 — 내가 몹시 부당한 대우를 받고 있다는 확신을 막연하게 품었다.

"내가 기쁘게 생각하는 게 하나 있는데, 핍." 비디가 말했다. "그건 바로 네가 나한테 비밀을 털어놓을 수 있다고 느꼈다는 점이야. 그리고 한 가지 또 기쁘게 생각하는 게 있는데, 그건 바로 네가 나를, 네 비밀을 지킬 뿐만 아니라 항상 그렇게 비밀을 털어놓고 말할 만한 사람으로 당연하게 믿고 생각한다는 점이야. 만약 네 첫 선생님이었던 내가 (아! 자기 자신도 모르는 게 너무나 많았던 참으로 형편없는 선생님이었지!) 지금 이 순간에도 너를 가르칠 만한 선생이라면, 나는 어떤 공부를 시킬 것인지 알고 있다고 생각해. 하지만 그건 배우기 어려운 공부일 거야. 게다가 너의 수준은 이미 나를 넘어섰고, 그래서 이제 아무 소용이 없지." 그렇게 말한 다음 비디는 나를 위해 한숨을 조용히 내쉬면서 언덕에서 일어났다. 그러더니 생기 있고 명랑한 목소리로 바뀌어 말했다. "우리 좀 더 산책을 할까, 아님 집으로 돌아갈까?"

"비디." 나는 일어서서 팔로 그녀의 목을 감싸 안고 키스를 하며 큰 소리로 말했다. "난 언제나 너에게 모든 것을 이야기할 거야."

"네가 신사가 될 때까지는 그러겠지." 비디는 말했다.

"너도 알다시피 난 결코 신사가 되지 못할 거잖아. 그러니 결국 언제까지나 그럴 거라는 말인 거지. 그렇다고 내가 너한테 뭔가를 말해 줘야 할 무슨 필요가 있다는 것은 물론 아냐. 왜냐하면 넌 내가 아는 것을 이미 모두 다 알고 있으니까. 저번 날 밤에 내가 집에서 말했듯이 말이야."

"아이 참!" 비디는 속삭이듯이 아주 작게 말하며, 시선을 멀리 돌려 배들을 바라보았다. 그러더니 아까처럼 명랑한 목소리로 돌아가 다시 물었다. "그래, 우리 좀 더 산책을 할까, 아님 집으로 돌아갈까?"

나는 좀 더 산책을 하자고 비디에게 말했고, 그래서 우리는 그렇게 했다. 여름날 오후는 부드럽게 잦아들어 여름날 저녁으로 이어졌고, 아주 아름다웠다. 나는 바로 이런 환경에서의 생활이 시계가 멈춘 방의 촛불 아래에서 '거지로 만들기' 카드놀이를 하며 에스텔러한테 경멸을 당하는 것보다 결국, 나에게 훨씬 더 자연스럽고 건강한 삶이 아닌가 하고 진지하게 생각해 보기 시작했다. 나는, 만약 내가 에스텔러를 비롯해 다른 모든 기억과 공상들을 머릿속에서 지워 버릴 수 있다면, 그래서 내가 해야 되는 일을 즐겁게 받아들이고 그것에 충실하며 그것에서 최대한의 보람을 찾을 결심으로 일터에 나갈 수 있다면, 그것은 나에게 아주 바람직한 일일 것이라고 생각했다. 나는 나 자신에게 물어보았다. 만약 그 순간 비디 대신 에스텔러가 내 곁에 있다면 그녀가 나를 비참하게 만들 것이라는 것을 난 분명히 알고 있지 않은가? 하고. 나는 확실히 그렇다고 인정하지 않을 수 없었으며, 따라서 나 자신에게 말했다. "핍, 넌 얼마나 바보인가!"

우리는 걸으면서 많은 이야기를 나눴다. 비디가 하는 말은 모두 옳은 것처럼 여겨졌다. 비디는 결코 남을 모욕하거나 변덕스럽게 굴지 않았으며, 오늘은 비디가 되었다가 내일은 전혀 다른 사람이 되었다가 하지 않았다. 그녀는 나에게 고통을 주는 것을 즐거워하기보다는 오히려 고통스러워하기만 할 것이었다. 그녀는 내 가슴에 상처를 주느니 차라리 자기 가슴에 상처를 입히고 말 사람이었다. 그렇다면 내가 둘 중에 그녀를 훨씬 더 좋아하지 않는다는 것은 대체 어떻게 된 일일까?

"비디……." 우리가 집으로 돌아가고 있을 때 나는 말했다. "나는 네가 나를 좀 바로잡아 줄 수 있으면 좋겠어."

"나도 그럴 수만 있다면 좋겠다!" 비디는 말했다.

"내가 나로 하여금 너와 사랑에 빠지도록 할 수만 있다면 — 아주 오랫동안 알고 지내는 사이니까 이렇게 솔직하게 말해도 괜찮겠지?"

"오, 그럼, 물론이지!" 비디는 말했다. "난 괜찮으니까 말해."

"내가 나로 하여금 그렇게 하도록 할 수만 있다면, 그거야말로 정말 나에게 꼭 합당한 일일 거야."

"하지만 넌 결코 그렇게 하지 못할 거야, 너도 알다시피 말이야." 비디는 말했다.

우리가 몇 시간 전에 그 문제를 논의했다면 달랐겠지만, 그 순간만큼은 그것이 그토록 완전히 불가능하게는 보이지 않았다. 따라서 나는 그렇게 장담할 수 없는 일이라고 말했다. 하지만 비디는 자신은 장담할 수 있다고 말했는데, 그것도 아주 단정하듯이 말했다. 나는 마음속으로는 그녀가 옳다고 믿었다. 하지만 그러면서도 그녀가 그 점에 대해 그토록 확신하고 있다는 것이 다소 언짢게 받아들여졌다.

교회 묘지 근처까지 왔을 때 우리는 제방을 가로질러 가서 수문 근처의 울타리 층계 하나를 넘어가야 했다. 그런데 바로 그때, 수문에선지, 골풀 숲에선지, 아니면 습지의 진흙 바닥(고여서 정지해 있는 그것은 올릭과 딱 어울렸다.)에선지, 어딘가에서 올릭이 갑자기 튀어나왔다.

"여어!" 그는 으르렁대듯 소리쳤다. "너희 두 사람, 지금 어딜 가는 중이냐?"

"집 말고 우리가 어딜 가는 중이겠어요?"

"아, 그래." 그는 말했다. "그럼, 내가 너희들을 집까지 바래다주지 않는다면 난 작살난다!"

'작살나는' 벌을 받을 거라는 이 말은 그가 툭하면 내뱉는 가정법 표현이었다. 내가 아는 한 그는 이 말에 어떤 명확한 의미도 부여하지 않은 채 그저 자신의 꾸며 낸 세례명과 마찬가지로 사람들을 모욕하기 위해서, 그리고 뭔가 잔인하게 해를 끼친다는 인상을 주기 위해서 사용했다. 좀 더 어렸을 때 나는 그가 개인적으로 나를 작살낸다면 아마 날카롭게 비틀린 갈고리로 그렇게 할 것이라고 막연하게 믿곤 했더랬다.

비디는 그가 우리와 함께 가는 것을 몹시 반대했다. 그래서 나에게 귓속말로 말했다. "그가 따라오지 못하게 해. 나는 그가 싫어." 그를 싫어하는 것은 나도 마찬가지였으므로 나는 무례함을 무릅쓰고, 말은 고맙지만 우리는 그가 바래다주는 걸 원하지 않는다고 말했다. 그는 그런 사절의 통고를 한바탕 크게 웃어 대며 받아들였다. 그러곤 뒤로 처졌다. 하지만 약간 거리를 둔 채 우리 뒤를 구부정하게 어슬렁대며 따라왔다.

비디가 혹시, 누나가 아무런 설명도 해 줄 수 없었던 그 살인적인 습격 사건에 올릭이 관여했다고 의심하는지 알아보고 싶은 마음이 생겨서, 나는 그녀에게 왜 그를 싫어하는 거냐고 물었다.

"아, 그건!" 우리 뒤를 어슬렁거리며 따라오고 있는 올릭을 어깨 너머로 힐끗 바라보며 그녀는 대답했다. "내 생각에 그가, 나, 나를 좋아하는 것 같기 때문이야."

"그가 너한테 좋아한다고 말한 적이 있니?" 나는 분개하며 말했다.

"아니." 비디는 다시 어깨 너머를 힐끗 바라보며 말했다. "그가 나한테 그렇게 말한 적은 한 번도 없어. 하지만 그는 나와 시선이 마주칠 때마다 언제나 날 보며 춤추듯 몸을 흔들어 대."

애정의 표현으로 이 행위가 아무리 독특하고 이상할지라도 나는 비디의 해석이 정확하다는 것을 확신했다. 나는 올릭이 감히 비디를 흠모한다는 것에 실로 아주 뜨거운 분노가 끓어올랐다. 마치 그것이 나 자신에 대한 능욕인 것처럼 뜨거운 분노가 끓어올랐다.

"하지만 그건 너하고 아무 상관없는 일이겠지, 너도 알다시피 말이야." 비디는 조용히 말했다.

"그래, 비디, 나하고 아무 상관없는 일이야. 하지만 난 그게 싫어. 난 그게 마음에 안 들어."

"나 역시 싫어." 비디는 말했다. "물론 너하곤 아무 상관도 없는 일이겠지만 말이야."

"틀림없이 그렇긴 해." 나는 말했다. "하지만 비디, 너한테 분명히 말해 두겠는데, 만약 그가 네 동의하에 그렇게 너한테 몸을 흔들며 수작을 부린다면, 난 정말로 너를 다시 볼 거야."

그날 저녁 이후로 나는 올릭을 주의 깊게 지켜보았다. 그리고 그가 비디에게 몸을 흔들어 댈 만한 상황이 생길 때마다 그의 앞으로 끼어들어서 그의 애정 표현을 가로막곤 했다. 누나가 갑자기 그를 좋아하게 된 것 때문에 그는 조의 대장간에 붙박이로 자리를 잡게 되었는데, 그렇지만 않았다면 나는 그를 해고당하게 만들려고 애썼을 것이다. 나중에 내가 좀 더 확실히 알게 될 것이지만, 그는 나의 그런 '선량한' 의도를 완전히 이해하고 그에 걸맞게 나를 대하고 행동했다.

아직 혼란이 충분하지 못했던 것이기라도 한지, 내 마음은 이제 5만 배나 더 복잡하게 뒤엉키고 말았다. 그 원인은 에스텔러보다 비디가 한없이 더 훌륭한 소녀이며, 내 타고난 운명인 노동하며 사는 평범하고 정직한 삶은 아무것도 부끄러워할 게 없으며, 오히려 자부심과 행복을 충분히 누릴 수 있는 삶이라는 것 등을 내가 분명히 인식하는 순간과 상태가 지속적으로 일어난 데 있었다. 그럴 때면 나는, 사랑하는 조와 대장간에 대한 내 불만이 모두 사라져 버렸으며, 그래서 이제 나는 아무 문제 없이 성장해 나가 조와 동업자가 되는 한편 비디와 연인이 될 수 있을 것이라고 확정적인 결론을 내리곤 했다. ─ 그런데 그러다가도 어느 한순간 미스 해비셤네 집 시절에 대한 어떤 기억이 저주스럽게도, 파괴적인 포탄처럼 문득 나를 덮쳤고, 그러면 내 분별력은 박살 나서 산산조각으로 흩어져 버렸다. 박살 난 분별력은 다시 조각조각 주워 모으는 데 긴 시간이 걸리는 법이다. 게다가 대개는 내가 그것들을 충분히 잘 주워 맞추기도 전에, 우연히 떠오른 어떤 한 생각 ─ 가령, 미스 해비셤이 아마도 결국에는 내 도제 계약 기간이 끝났을 때 나에게 큰 행운을 가져다줄 것이라는 따위의 생각 ─ 으로 인해서 다시 사방팔방으로 박살 나 흩어져 버리곤 했다.

내 도제 계약 기간이 다 채워졌다 해도, 나는 아마 여전히 그런 혼란의 깊은 심연에서 계속 허우적대고 있었을 것이다. 하지만 다음에 이어지는 이야기처럼, 내 도제 기간은 다 채워지지 않고 조기에 종료를 맞게 되었다.

18장

내가 조의 도제가 된 지 4년째 되던 해의 어느 토요일 저녁이었다. 사람들 한 무리가 '세 명의 술친구'의 난롯가에 모여 앉아, 웝슬 씨가 큰 소리로 신문을 읽는 것에 귀를 기울이고 있었다. 그중에는 나도 끼어 있었다.

살인 사건 하나가 얼마 전에 일어나 아주 널리 알려졌는데, 웝슬 씨는 눈썹까지 피로 물들 만큼 그 사건에 빠져 있었다. 그는 신문 기사의 모든 혐오스러운 형용사를 한껏 흥에 겨워 읽어 나갔으며, 자신이 바로 희생자의 검시에 배석한 각각의 증인들인 것처럼 행동했다. 그는 희생자가 되어 희미한 목소리로 "나는 끝장이구나."라고 신음하듯 말하는가 하면, 곧바로 살인자가 되어 "네놈에게 복수하고 말리라." 하고 악쓰며 외치기도 했다. 그는 우리 고장의 의사 흉내를 영락없이 내며 의학적 증언을 해 보였으며, 또한 살인자가 가격하는 소리를 들었던 늙은 유료도로 징수원이 되어 째지는 목소리로 벌벌 떨며 증언하기도 했는데,

중풍 환자처럼 너무나 떨어 대는 바람에 증인으로서 그의 정신적 능력에 대해 의심을 일으켰겠다는 생각이 들 정도였다. 검시관은 웝슬 씨의 손에서 아테네의 타이먼이 되었으며, 법정 관리는 코리올라누스가 되었다.* 웝슬 씨는 더할 나위 없이 즐거운 시간을 보냈고, 우리도 모두 즐거운 시간을 보내며 유쾌하고 편안한 분위기에 젖어 있었다. 이렇게 기분 좋은 상태에서 우리는 '고의적 살인'이라는 평결에 도달하게 되었다.

바로 그때, 그전까지는 몰랐는데, 나는 한 낯선 신사가 내 반대편의 긴 나무 의자 등받이 너머로 몸을 기울인 채 우리를 바라보고 있는 것을 알아차렸다. 그의 얼굴에는 경멸의 표정이 배어 있었는데, 그는 자신의 커다란 집게손가락 옆면을 물어뜯으며 방 안에 모인 사람들의 얼굴을 지켜보았다.

"자, 그러면!" 낭독이 끝나자 낯선 사람은 웝슬 씨에게 말했다. "선생은 스스로에게 아주 만족스럽게 그 사건의 결론을 내렸겠지요, 틀림없이 말이오?"

사람들은 모두, 마치 살인범이라도 나타난 것처럼 깜짝 놀라서 그를 쳐다봤다. 그는 차갑게 비웃는 듯한 시선으로 모든 사람들을 바라보았다.

"물론 유죄겠지요?" 그는 말했다. "자, 분명히 말해 보시오. 어서!"

"선생." 웝슬 씨는 대답했다. "선생과 인사를 나누는 영광을 누리진 못했지만, 나는 '유죄'라고 감히 말하는 바이오." 이 말

---

* 타이먼과 코리올라누스는 둘 다 아테네의 귀족으로 각각 셰익스피어 사극에 제목이자 주인공으로 등장하는데, 극 중에서 타이먼은 극심한 인간 혐오주의자가 되고 코리올라누스는 오만한 인간으로 묘사됨.

에 우리는 모두 용기를 내어 그것을 시인한다는 중얼거리는 소리를 다 함께 냈다.

"물론 그러시겠지." 낯선 사람은 말했다. "내 그럴 줄 알고 있었소. 그럴 거라고 내가 말하지 않았소. 하지만 자, 이제 당신에게 한 가지 질문을 하겠소. 당신은, 영국 법에 의하면 모든 사람은 그가 유죄라는 것이 입증되기 전, 잘 들으시오, 입증되기 전까지는 무죄로 간주된다는 것을 알고 있소, 아니면 모르고 있소?"

"선생." 웝슬 씨는 대답을 하기 시작했다. "나 자신은 영국인으로서……."

"이보시오!" 낯선 사람은 웝슬 씨를 보고 자신의 집게손가락을 물어뜯으며 말했다. "내 질문을 피하지 마시오. 당신은 그 사실을 알고 있소, 모르고 있소. 어느 쪽이오?"

그는 머리를 한쪽으로 기울이고 몸은 다른 쪽으로 기울인 채, 심문하는 듯한 위압적인 태도를 취하고 섰다. 그러곤 집게손가락을 휙 내뻗어 웝슬 씨를 — 그를 지목하는 표시라도 하려는 것처럼 — 가리켰다가는, 다시금 그것을 물어뜯기 시작했다.

"자!" 그가 말했다. "당신은 그걸 알고 있소, 아니면 모르고 있소?"

"물론 알고 있소." 웝슬 씨가 대답했다.

"물론 알고 있으시겠지. 진작 처음부터 그렇게 말하면 되었을 걸 왜 그랬소? 자, 이제 당신에게 또 다른 질문을 하겠소." 웝슬 씨에 대한 무슨 권리라도 가지고 있는 것처럼 그를 독차지한 채 그는 말을 계속했다. "당신은 이 사건의 증인들 중 아직 아무도 반대신문을 받지 않았다는 것을 알고 있소?"

웝슬 씨는 입을 열어 "내가 말할 수 있는 것은 단지……."라고 말을 시작했는데, 그 순간 낯선 사람이 말을 중단시켰다.

"아니, 뭐요? '그렇다, 아니다.' 대답하지 않고 지금 또 딴소리 하려는 거요? 자, 다시 한 번 기회를 주겠소." 그는 다시 집게손가락을 휙 내뻗어 웝슬 씨를 가리키며 말했다. "내 말을 주의 깊게 들으시오. 당신은 이 사건의 증인들 중 아직 아무도 반대신문을 받지 않았다는 것을 알고 있소, 아니면 모르고 있소? 자, 나는 당신한테서 한마디만을 듣기 원할 뿐이오. 그렇소, 안 그렇소?"

웝슬 씨는 머뭇머뭇 망설였다. 그러자 우리는 모두 그에 대해 다소 부정적인 견해를 품기 시작했다.

"자, 보시오!" 낯선 사람은 말했다. "내가 좀 도와주겠소. 당신은 도움 받을 자격이 없지만, 그래도 내가 좀 도와주겠소. 당신이 지금 손에 들고 있는 그 종잇조각을 한번 보시오. 그게 무엇이오?"

"이게 무엇이냐고요?" 웝슬 씨는 신문을 힐끔 바라보며, 몹시 당황한 얼굴로 되물었다.

"그것이 바로……." 낯선 사람은 지극히 빈정대는 듯하고 의심스러워하는 태도로 말을 계속했다. "당신이 방금 전까지 사건을 읽어 주던 인쇄된 신문 맞소?"

"틀림없이 그렇소."

"틀림없이 그렇지요. 자, 그럼 그 신문을 들여다보시오. 그리고 죄수가 모든 답변을 완전히 유보하라는 지시를 자신의 변호사에게서 받았다고 분명히 말했다는 내용이 신문에 명백하게 진술되어 있는지 아닌지 나에게 말해 보시오."

"방금 전에야 막 그걸 읽은 참이었소." 웝슬 씨는 변명하듯이 말했다.

"당신이 방금 전에 막 읽은 게 무엇인지는 상관 마시오, 선생. 난 당신이 방금 전에 무엇을 읽었냐고 묻고 있지 않소. 당신이 원한다면 당신은 주기도문을 뒤에서부터 거꾸로 읽을 수도 있을 것이오. 아마 실제로 당신은 이미 그렇게 했을지도 모르오. 자, 그 신문을 들여다보시오. 아니, 아니, 거기가 아니오, 친구 양반. 기사의 상단으로 가지 말고, 당신은 그 정도로 어리석지 않을 텐데 왜 그러시오, 기사의 하단으로 가시오, 하단으로 말이오." (우리는 모두 웝슬 씨가 속임수로 가득 찬 사람이라고 생각하기 시작했다.) "자, 어떻소? 찾았소?"

"여기 있소." 웝슬 씨가 말했다.

"자, 그럼 당신 눈으로 그 구절을 따라가 보시오. 그리고 죄수가 모든 답변을 완전히 유보하라는 지시를 자신의 변호사에게서 받았다고 분명히 말했다는 내용이 신문에 명백하게 진술되어 있는지 아닌지 나에게 말해 보시오. 자, 어서! 그렇게 써 있는 게 맞소?"

"정확히 그렇게 씌어 있지는 않소." 웝슬 씨는 대답했다.

"정확히 그렇게 씌어 있지는 않다!" 신사는 신랄한 어조로 그 말을 한 번 더 반복해 말했다. "그럼 내용은 정확히 그것이오?"

"그렇소." 웝슬 씨가 대답했다.

"물론 그렇겠지." 낯선 사람은 말을 반복하며, 증인, 즉 웝슬 씨를 향해 오른손을 내뻗은 채 방 안의 나머지 사람들을 둘러보았다. "자, 그럼, 여러분에게 묻겠소. 저 사람의 양심을 어떻게 생각하시오, 바로 눈앞에 그 구절이 있는데도 변론도 들어 보지 않은 채 동료 인간을 유죄라고 선언한 뒤 베개를 베고 편히 누울 수 있는 저 사람의 양심을 말이오?"

우리는 모두 웝슬 씨가 우리가 생각하던 그런 사람이 아니구나 하고, 그리고 그의 정체가 마침내 탄로 나고 있구나 하고 생각하기 시작했다.

"게다가, 여러분 기억하시오, 바로 저 사람이……." 신사는 집게손가락을 휙 내뻗어 웝슬 씨를 사정없이 가리키며 계속 몰아붙였다. "바로 저 사람이 바로 이 재판의 배심원으로 소집될 수도 있다는 것을 말이오. 그러면 저 사람은 이처럼 심하게 잘못된 판단을 내린 다음, 자기 가족의 품으로 돌아와 베개를 베고 편히 누울 것이오. '우리의 최고 통치자이신 국왕 폐하와 피고석의 죄수 사이에 발생한 쟁점을 제대로 진실되게 심리할 것이며, 증거에 따라 진정한 평결을 내릴 것'*이라고 엄숙히 맹세하고 난 뒤에 말이오. 오, 하느님께서 그에게 자비를 베푸시길!"

우리는 모두, 웝슬 씨가 불행히도 너무 지나치게 멀리까지 달려갔으며, 아직 시간이 있을 때 그의 무모한 질주를 그만두는 게 좋을 것이라고 깊이 확신하게 되었다.

낯선 신사는 거역할 수 없는 권위적인 태도로, 그리고 만약 그가 폭로하기로 마음만 먹으면 우리들 개개인을 결정적으로 파멸시킬 어떤 비밀을 알고 있는 듯한 그런 태도로, 긴 나무 의자의 등받이 뒤를 떠나 난롯불 앞에 있는 두 개의 긴 나무 의자 사이의 공간으로 걸어 나와서는, 거기에 버티고 섰다. 왼손은 호주머니에 넣은 채, 오른손 집게손가락을 물어뜯으면서.

---

* 영국의 배심원들이 하는 선서문의 일부 구절을 인용한 것임.

"내가 받은 정보에 따르면……." 그는 우리를 둘러보며 말했는데, 그의 시선 앞에서 우리는 모두 움츠러들었다. "당신들 가운데 틀림없이 조셉 — 또는 조 — 가저리라는 이름의 대장장이가 있는 것으로 아는데, 누가 그 사람이오?"

"여기 있습니다." 조가 말했다.

낯선 신사는 그에게 손짓으로 자리에서 나오라고 했고, 이에 조는 앞으로 나갔다.

"당신에게 도제가 하나 있지요?" 낯선 사람은 계속해서 말했다. "보통 핍이라고 불린다는데, 그가 여기 있소?"

"여기 있습니다!" 내가 큰 소리로 외쳤다.

낯선 사람은 나를 알아보지 못했지만, 나는 그가 바로 미스 해비셤의 집을 두 번째 방문하던 날 계단에서 만났던 그 신사라는 것을 알아차렸다. 그가 긴 나무 의자 너머로 바라보는 것을 보았던 그 순간부터 이미 나는 그를 알아보았더랬지만, 이제 그의 앞에 서서 내 어깨에 손을 올려놓고 있는 그를 대면하게 되자, 나는 다시금 그의 커다란 머리와 검은 얼굴색, 깊숙이 박혀 있는 두 눈, 무성하게 난 까만 눈썹, 커다란 시곗줄, 짙고 시커먼 반점으로 남은 턱수염과 구레나룻 자국들, 그리고 심지어 그의 커다란 손에서 풍기는 비누 향내에 이르기까지, 그 모든 특징을 자세히 확인할 수 있었다.

"당신네 두 사람과 따로 사적인 협의를 할 게 있소." 나를 찬찬히 살펴보고 난 다음 그는 말했다. "아마 시간이 좀 걸릴 것이오. 당신들이 사는 곳으로 함께 가는 게 좋지 않을까 싶소. 내가 전할 말을 나는 여기서 미리 떠벌리고 싶지 않소. 여기 있는 당신네 친구들에게는 나중에, 당신네 마음대로 많게든 적게든 이야기해 줄 수 있을 것이오. 그건 나와 아무 상관없소."

사람들이 말없이 궁금해하는 가운데, 우리 셋은 '술친구'에서 걸어 나갔다. 그리고 마찬가지로 말없이 궁금해하며 집으로 걸어갔다. 길을 따라 걸어가는 동안 낯선 신사는 이따금씩 나를 쳐다봤다. 그리고 이따금씩 손가락 옆면을 물어뜯었다. 집에 가까이 왔을 때, 조는 막연하게나마 이 일이 격식을 차릴 필요가 있는 특별한 경우라고 판단했는지, 집으로 먼저 들어가 현관문을 열어 주었다. 우리의 협의는 촛불 하나로 희미하게 불을 밝힌 가운데 손님맞이용 거실에서 열렸다.

낯선 신사가 거실 식탁 앞에 앉아 촛불을 자기에게로 끌어당겨 놓고는 자기 수첩에 적혀 있는 몇 가지 사항을 훑어보는 것으로 우리의 협의는 시작되었다. 그런 다음 그는 수첩을 도로 집어넣고는 촛불을 약간 옆으로 밀어 놓았다. 다만 그러기 전에 촛불 주변의 어둠 사이로 조와 나를 자세히 바라보았는데, 아마 누가 누구인지 확인하기 위한 것 같았다.

"내 이름은 재거스라고 하오." 그는 말했다. "나는 런던에 사는 변호사요. 꽤 잘 알려진 사람이오. 나는 당신들과 처리할 특별한 용무가 있어서 왔소. 본론에 앞서 우선, 이게 나 자신이 제안한 일이 아니라는 설명부터 해 두는 바이오. 만약 이 일에 대한 내 의견을 달라는 부탁이 있었다면 나는 여기에 와 있지 않았을 거요. 하지만 내 의견을 달라는 부탁이 없었고, 그 결과 나는 이렇게 당신들 앞에 오게 되었소. 나는 오직 의뢰인의 사적인 비밀 대리인으로서 내가 해야 하는 일만을 수행할 뿐이오. 그 이상도, 그 이하도 아니오."

그는 자신이 앉은 곳에서는 우리가 그다지 잘 보이지 않는다는 것을 발견하고는, 자리에서 일어나 한쪽 다리를 들어 의자의 등받이 너머로 걸쳐 놓은 다음 거기에 몸을 기대고 섰다. 그리하여 한 발은 의자의 앉는 부분 위에 올려놓고 다른 발은 바닥을 디디고 있는 자세가 되었다.

"자, 조셉 가저리, 나는 당신을 당신의 도제인 이 젊은 친구에 대한 의무에서 자유롭게 해 줄 제안을 들고 왔소. 당신은 이 젊은 친구의 도제 계약을, 그의 요구에 의해, 그리고 그의 이익을 위해, 해제하는 데 반대하지 않겠소? 당신은 그렇게 하는 대가로 뭔가 바라는 게 없겠소?"

"핍의 앞길을 가로막지 않는 대가로 내가 뭔가를 바라다니, 하느님 맙소사." 조는 눈을 동그랗게 뜨며 말했다.

"하느님 맙소사는 경건한 말이긴 하지만 질문에 합당한 대답은 아니오." 재거스 씨는 대꾸했다. "문제는 바로 '당신이 뭔가 바라는 게 있느냐?' 하는 것이오. 자, 당신은 뭔가 바라는 게 있소?"

"내 대답은 '없습니다.'입니다." 조는 단호하게 대답했다.

나는 재거스 씨가 사심 없는 조의 태도를 보고 마치 이런 바보가 있나 하고 여기는 듯이 조를 흘긋 쳐다보았다고 생각했다. 하지만 나는 숨 막힐 만큼 강한 호기심과 놀라움에 빠져 너무나 정신이 없었기 때문에 그것을 확신할 수는 없었다.

"아주 좋소." 재거스 씨는 말했다. "당신이 방금 시인한 사항을 잘 기억해 두시오. 그리고 금세 딴소리를 하거나 하지 마시오."

"누가 그럴 거라고 했습니까?" 조는 쏘아붙이듯이 대꾸했다.

"누가 그럴 거라는 말은 아니오. 당신은 개를 키우시오?"

“예, 한 마리 키우고 있습니다.”

“그럼 명심하시오, ‘자랑은 훌륭한 개이지만 실속은 더욱 훌륭한 개’라는 말을 말이오. 명심하시오, 알겠소?” 재거스 씨는 반복해 말하면서 눈을 감은 채 조에게 고개를 끄덕여 보였는데, 마치 뭔가를 용서해 주는 듯한 태도였다. “자, 이제, 이 젊은 친구에게로 돌아가겠소. 내가 전달해야 하는 말은 바로, 그는 거액의 유산을 물려받을 예정이라는 것이오.”

조와 나는 놀라움으로 숨이 막힌 채 서로를 쳐다보았다.

“나는 그에게 전달하라는 지시를 받았소.” 재거스 씨는 집게손가락을 휙 내뻗어 나를 가리키며 말했다. “그가 굉장히 큰 재산을 상속받게 될 것이라는 사실을 말이오. 그리고 아울러, 그가 현재의 생활 터전과 환경에서 즉시 벗어나서 신사로서, 다시 말해 막대한 재산을 물려받을 젊은이로서, 교육을 받아야 한다는 것이 현재 그 재산을 소유한 사람의 뜻이라는 것도 전달하라는 지시를 받았소.”

내 꿈이 실현된 것이다. 내 터무니없는 공상을 초월한 일이 실제 현실로 나타난 것이다. 미스 해비셤은 굉장히 큰 규모로 내게 행운을 안겨 줄 작정인 듯했다.

“자, 핍 군.” 변호사는 말을 계속했다. “이제부터 내가 하는 말은 모두 자네에게 하는 것이네. 제일 먼저 자네는, 언제나 핍이라는 이름을 지녀야 한다는 것이 나에게 지시를 한 사람의 요구사항이라는 점을 분명히 알고 있어야 하네. 막대한 유산을 상속받을 가능성에 그런 쉬운 조건이 지워지는 것에 대해 자네는 아마 아무런 반대도 없을 것이라 믿네. 하지만 만약 조금이라도 이의가 있다면, 지금이야말로 그걸 말할 순간이니 어서 말하게.”

내 심장이 너무나 빠르게 뛰고 내 귀에서는 소리가 너무나 심하게 울리고 있어서, 나는 아무런 이의도 없다는 뜻을 어눌하게조차 말할 수 없는 지경이었다.

"당연히 없을 줄 알았네! 자, 핍 군, 자네가 두 번째로 알고 있어야 할 사항은 이것이네. 자네에게 너그러운 은인이 되어 준 사람의 이름은 그가 밝히기로 결심할 때까지는 완전히 비밀로 유지될 것이네. 나한테 주어진 권한 내에서 내가 말할 수 있는 것은, 자기가 직접 자네에게 구두로 이름을 밝히겠다는 것이 자네 은인의 의도라는 것 정도뿐이네. 그 의도가 언제, 그리고 어디서 실행될 것인지에 관해서는 나는 알지 못하네. 사실 아무도 알지 못한다네. 그건 여러 해 뒤가 될 수도 있지. 자, 그러니 명확히 알아 두고 있게. 차후로 나와 주고받게 될 모든 의사소통에서 자네는 이 문제에 대해 어떤 질문도 절대 해서는 안 되며, 또 아무리 어렴풋하게라도 누군가를 이 사람으로 암시하거나 언급하는 것이 절대 금지되어 있다는 점을 말일세. 혹시 자네 마음속에 뭔가 짚이는 게 있어도 그대로 마음속에 묻어 두고 있게. 이렇게 금지하는 이유가 무엇이냐 하는 것은 본질과는 전혀 상관없는 문제네. 그것들은 아주 당연하고 심각한 이유들일 수도 있고, 그저 단순한 변덕일 수도 있네. 그것은 자네가 알려고 할 사항이 아니네. 조건은 정해져서 제시되었네. 자네가 그것을 받아들여서 의무로 지키느냐 하는 것만이 유일하게 남아 있는 조건인데, 내가 나의 의뢰인, 즉 그에게 지시받은 사항 외에는 내가 책임질 일이 아무것도 없는 그 사람에게서 임무로 부여받은 일은 바로 그것이네. 물론 그 사람은 자네가 재산을 물려받게 될 사람이며, 오직 그 사람과 나만이 모든 비밀을 알고 있네. 자, 다시 말하지만, 이렇게 큰 행운에 수반되는 조건으로는 정말 별로 어렵지 않은 조건이라고 할 수 있지. 하지만 만약 조금이라도 이의가 있다면 지금이야말로 그걸 말할 순간이니 어서 말하게. 자, 말해 보게."

나는 다시 한 번, 아무런 이의도 없다고 더듬거리며 간신히 말했다.

"물론 없을 줄 알았네! 자, 핍 군, 이제 계약 조건에 관한 것은 다 끝났네." 그가 비록 나를 '핍 군'이라고 불렀고 또 내 호감을 사려고 다소 신경을 쓰는 듯했을지라도, 그는 여전히 일종의 위압적인 의심의 태도를 버리지 못하고 있었다. 그는 심지어 그 순간조차도, 말하는 동안 이따금씩 눈을 감고는 손가락을 휙 내뻗어 나를 가리켜 대곤 했다. 마치 나에게 치욕이 될 온갖 종류의 비밀을 다 알고 있어서, 마음만 먹으면 얼마든지 입 밖에 낼 수 있다고 표현하려는 듯이 말이다. "이제부터 우리가 할 일은 세부적인 준비 사항들뿐이네. 먼저 알아 둬야 할 게 있는데, 비록 내가 '유산을 물려받을 것'이라는 표현을 두어 번 사용했지만, 자네는 앞으로 유산을 물려받을 것이라는 약속만 주어진 것이 아니라네. 내 손에는 이미, 자네가 적절한 교육과 생활을 하기에 충분하고도 남을 만큼의 많은 돈이 맡겨져 있다네. 부디 앞으로 나를 자네의 후견인으로 생각해 주기 바라네. 아, 잠깐!" 내가 그에게 감사하다는 말을 하려고 하자 그는 내 말을 가로막았다. "내 분명히 말하겠는데, 나는 이 일에 대한 보수를 받고 있네. 그렇지 않으면 이 일을 하지 않을 걸세. 자네는 자네의 바뀐 처지에 합당하게 좀 더 훌륭한 교육을 받아야만 한다고 나는 생각하고, 자네도 그런 교육의 유익함을 즉시 취득하는 것의 중요성과 필요성을 충분히 인식하게 될 줄로 생각하는 바네."

나는 항상 그걸 갈망해 왔다고 말했다.

"자네가 항상 갈망해 온 것이 무엇인지는 상관말게, 핍 군." 그는 쏘아붙이듯 내게 대답했다. "본론에서 벗어나지 말게. 자네가 지금 그것을 갈망한다면 그걸로 충분하네. 그러니까, 자네는 즉시 적당한 개인 교사를 찾아 배울 준비가 되어 있다는 대답을 한 셈인가? 그게 맞는가?"

나는 그렇다고, 그게 맞다고, 더듬거리며 말했다.

"좋아. 그럼, 자네의 의향을 들어 보도록 하겠네. 하지만 유념하게. 난 이게 현명한 일이라고 생각하지 않네. 다만 내 의무이기 때문에 그렇게 할 뿐이네. 자네는 혹시 특별히 더 마음에 들 만한 개인 교사를 누구 알고 있는가?"

나는 비디와 웝슬 씨의 왕고모 말고는 그 어떤 개인 교사도 들어 본 적이 없었다. 그래서 나는 모른다고 대답했다.

"내가 좀 듣고 아는 개인 교사가 하나 있는데, 내 생각에 그는 자네의 현재 목적에 적합한 사람일 것 같네." 재거스 씨는 말했다. "하지만 잘 듣게, 내가 그를 추천하는 것은 아니네. 나는 사람을 추천하는 법이 결코 없네. 내가 지금 말하는 그 신사는 매슈 포킷이라고 하는 사람이네."

아! 나는 즉시 그 이름을 알아들었다. 미스 해비셤의 친척. 커밀러 씨 부부가 언급했던 그 매슈라는 사람. 미스 해비셤이 죽어서 신부복 차림 그대로 신부의 만찬 식탁에 눕혀질 때 그녀의 머리맡에 앉게 될 그 매슈라는 사람, 바로 그 사람이었다.

"자네는 그 사람 이름을 아는가?" 재거스 씨는 나를 날카롭게 쳐다보며 말했다. 그러곤 눈을 감은 채 내 대답을 기다렸다.

내 대답은, 그 이름을 들어 본 적이 있다는 것이었다.

"오!" 그는 말했다. "자네는 그 이름을 들어 본 적이 있군. 하지만 문제는, 자네가 그를 어떻게 생각하느냐? 하는 것이네."

나는 그의 추천을 대단히 감사하게 생각한다고 말했다, 아니 말하려고 했다.

"안 되지, 안 돼, 내 젊은 친구!" 그는 커다란 머리를 아주 천천히 가로저으면서 내 말을 중단시켰다. "정신 차리고 잘 말하게!"

나는 말을 알아듣지 못해 정신을 못 차리고 다시금, 그의 추천을 대단히 감사하게 생각한다고 말하기 시작했다.

"안 된다니까, 젊은 친구." 그는 고개를 가로젓고, 찡그리는 동시에 미소를 지으며 내 말을 중단시켰다. "그건 안 돼, 안 된다니까. 아주 썩 솜씨가 좋기는 하지만 소용없네. 그런 것으로 나를 걸려들게 하기에는 자네는 아직 너무 어려. 추천이라는 단어는 적합한 단어가 아니네, 핍 군. 다른 단어를 써 보게."

나는 말을 고쳐서, 그가 매슈 포킷 씨를 언급해 준 것에 대해 매우 감사하게 생각한다고 말했다.

"그건 좀 그럴듯하군!" 재거스 씨는 크게 말했다.

그리고 나는 기꺼이 그 신사 분한테서 한번 배워 보겠다는 말을 덧붙였다.

"좋아. 그럼 그의 집으로 들어가서 한번 배워 보도록 하게. 자넬 위해 준비를 해 놓도록 하겠네. 그리고 자넨 런던에 살고 있는 그의 아들을 먼저 만나 볼 수도 있을 것이네. 언제 런던에 올 텐가?"

나는 (옆에 서서 꼼짝 않고 지켜보고 있는 조를 흘긋 한 번 바라보며) 당장이라도 갈 수 있을 것으로 생각한다고 말했다.

"우선……." 재거스 씨는 말했다. "자네는 런던에 입고 올 새 옷이 좀 있어야겠군. 물론 작업복 같은 것은 말고. 일주일 후 오는 걸로 하세. 돈이 좀 필요하겠지. 한 20기니쯤 주면 되겠나?"

그는 더할 나위 없이 침착한 태도로 기다란 돈주머니를 하나 꺼냈다. 그러곤 금화 20기니를 세어 식탁 위에 올려놓더니 그것들을 내 쪽으로 밀어 놓았다. 그가 의자에서 다리를 치운 것은 이것이 처음이었다. 그는 돈을 나에게로 밀어 놓고 나서는 다리를 벌리고 의자에 걸터앉았다. 그러고는 돈주머니를 흔들흔들 움직이며 앉아서 조를 바라보았다.

"어떻소, 조셉 가저리? 당신은 어리둥절한 얼굴 같은데?"

"같은 게 아니라 정말 그렇습니다!" 조는 아주 단호한 태도로 말했다.

"당신은 자신을 위해 바라는 게 아무것도 없다고 말한 것으로 이해하는데, 잊지 않았겠지요?"

"그렇게 말했지요." 조는 말했다. "그리고 그건 변함이 없습니다. 그리고 앞으로도 마찬가지로 변함이 없을 겁니다."

"하지만 말이오." 재거스 씨는 지갑을 흔들어 대며 말했다. "만약 내가 받은 지시 가운데 당신한테 보상의 뜻으로 선물을 하라는 것이 있다고 한다면 어떻게 하겠소?"

"무엇에 대한 보상이란 말입니까?" 조는 따지듯이 물었다.

"당신을 돕는 저 친구의 일손을 잃는 것에 대한 보상이오."

조는 내 어깨 위에 여자 같은 손길로 부드럽게 손을 올려놓았다. 그때 이래로 나는 자주, 힘과 부드러움을 겸비하고 있는 그를, 사람을 으깰 수도 있고 계란 껍질을 살며시 두드릴 수도 있는 증기 해머와 같은 존재로 생각하곤 했다. "핍은 영광과 행복을 찾아 얼마든지 자유롭게 일을 그만두고 떠날 수 있습니다. 이건 말로 할 수 없을 만큼 진심입니다. 하지만 당신이 그를, 조그만 꼬마 때 대장간에 와서, 늘 나의 제일 친한 친구가 되어 줬던, 그를 잃는 것을 돈으로 보상할 수 있다고 생각한다면……"

아 사랑하는 선량한 조, 나는 배은망덕하게도 그토록 기꺼이 당신을 떠나고 싶어 했건만! 당신의 그 모습이 다시 눈앞에 떠오릅니다. 대장장이의 힘센 팔로 눈을 가린 채, 넓은 가슴을 들썩거리며 잦아드는 목소리로 울먹이던 당신의 그 모습이 말입니다. 아, 선량하고 진실하며 다정한, 사랑하는 조, 오늘도 나는 내 팔에 닿은 당신의 그 애정에 찬, 떨리는 손길을 경건하게 느껴 봅니다, 마치 천사의 부드러운 날개 스침인 것처럼 말입니다!

그러나 그 당시 나는 조에게 그러지 말라고 달래기만 했다. 나는 앞으로 닥칠 행운이라는 미로에서 헤매고 있었고, 그래서 조와 내가 함께 걸어왔던 샛길을 다시 더듬어 볼 겨를이 없었다. 나는 그저 조에게, 우리는 (그가 말한 것처럼) 언제나 서로에게 제일 친한 친구였고 또 (내가 말한 것처럼) 앞으로도 언제나 그럴 것이므로 제발 슬퍼하지 말라고 간청했다. 조는 나를 잡지 않은 다른 손 손목으로, 마치 눈자위를 도려낼 작정이기라도 한 것처럼 두 눈을 세차게 후벼 파며 눈물을 훔쳤다. 그러곤 더 이상 아무 말도 하지 않았다.

재거스 씨는 이 모든 것을 지켜보고 있었는데, 마치 조에게서 시골 마을 천치를 발견하고 나에게서는 그의 보호자를 발견한 사람 같은 표정이었다. 이 모든 게 끝났을 때, 그는 흔들어 대던 돈주머니를 손에 올려놓고 그 무게를 저울질해 보이면서 말했다.

"자, 조셉 가저리, 경고하건대 이것이 당신의 마지막 기회요. 어설픈 수작은 나한테 안 통하오. 만약 당신이 내가 위임받은 당신한테 줄 선물을 받을 생각이라면 분명히 말하시오. 그러면 당신은 그걸 받게 될 것이오. 그렇지 않고 만약 당신이 반대로……." 여기서 그는 경악에 찬 얼굴이 되며 그만 말을 멈추고 말았는데, 조가 갑자기 무서운 권투 동작을 격렬하게 해 보이며 그의 주변을 돌기 시작했기 때문이었다.

"그러니까 말이오." 조는 큰 소리로 외쳤다. "만약 당신이 황소와 오소리를 물어 죽이는 개들처럼* 날 못살게 괴롭히려고 내 집에 온 거라면 말이오, 자 이리 나오시오! 그러니까 말이오. 당신이 사나이라면, 자 어서 덤비시오! 그러니까 말이오. 나는 한 번 말하면 진정으로 말하고, 또 쓰러질 때까지 그걸 지키는 사람이란 말이오!"

나는 조를 저만치 잡아끌고 갔다. 그는 즉시 유순한 태도가 되었다. 그러곤 나에게 자상한 태도로, 하지만 그것과 우연히 관계가 있는 어떤 사람에게는 점잖게 통보하는 경고의 말로서, 자기는 그저 자기 집에서 개들이 황소와 오소리에게 하는 것과 같은 그런 괴롭힘을 당할 생각이 없었을 뿐이라고 말했다. 재거스 씨는 조가 싸우려는 동작을 해 보이기 시작했을 때 자리에서 일어나서는 뒷걸음질로 문 있는 데까지 가 있었다. 그는 안으로 다시 들어올 의향을 전혀 내보이지 않은 채, 그곳에서 작별의 말을 전했다.

"글쎄, 핍 군, 자네는 곧 신사가 될 예정이므로 자네가 여기를

* 줄에 묶은 황소나 풀어 놓은 오소리를 개로 하여금 괴롭히다가 물어 죽이게 하는 16세기의 놀이를 비유적으로 언급한 표현.

빨리 떠나면 떠날수록 그만큼 자네에게 더 좋을 것으로 생각되네. 일주일 후 런던에서 보기로 하세. 그때까지 내 인쇄된 주소를 자네에게 보내 주도록 하겠네. 런던에 오면 역마차 정거장에서 삯마차를 잡아타고 곧바로 나에게로 오면 될 것이네. 명심하게, 나는 내가 맡은 책무에 대해 이런 식으로든 저런 식으로든 내 의견을 전혀 표현하지 않는다는 것을 말이야. 나는 맡은 책무에 대해 보수를 받고 있고, 그에 따라 일을 수행하는 것뿐일세. 자, 마지막으로 다시 말하는데, 그 점을 명심하게. 그 점을 말이야!"

그는 그러면서 집게손가락을 휙 내뻗어 조와 나를 모두 가리켜 댔다. 그가 조를 위험스럽게 여겨서 즉시 떠나가지 않았다면, 내 생각에 그는 아마 계속해서 그렇게 하고 있었을 것이다.

무엇인가 문득 머리에 떠오르는 것이 있어서 나는 그의 뒤를 쫓아 달려갔다. 그는 타고 온 전세 마차가 기다리고 있는 '술친구'를 향해 돌아가고 있었다.

"죄송합니다만, 재거스 씨, 잠깐만요."

"여어, 이런!" 그는 뒤돌아서며 말했다. "무슨 일인가?"

"재거스 씨, 저는 선생님의 지시를 어긋남 없이 정확하게 잘 따르고 싶습니다. 그래서 여쭤 보는 게 좋겠다고 생각했는데, 혹시 제가 이곳을 떠나기 전에 이 근처의 아는 사람들에게 작별 인사를 하는 것에 무슨 반대가 있겠는지요?"

"없네." 그는 대답했지만, 내 말을 거의 이해하지 못한 것처럼 보였다.

"제 말씀은 이 마을뿐만이 아니라 읍내에 사는 사람도 괜찮냐는 것입니다."

"괜찮네." 그는 말했다. "아무런 반대도 없네."

나는 그에게 감사하다고 말하고 집으로 다시 돌아갔다. 조는 벌써 현관문을 도로 잠가 놓고 손님맞이용 거실을 치운 다음, 부엌 난롯가에 앉아 양 무릎에 손을 올려놓은 채 벌겋게 타는 석탄불을 열심히 들여다보고 있었다. 나도 난롯불 앞에 가서 앉아 석탄불을 들여다보기 시작했다. 우리는 한참 동안 서로 아무 말도 하지 않았다.

누나는 그녀가 늘 앉는 한쪽 구석의, 쿠션을 깐 의자에 앉아 있었고, 비디는 벽난로 바로 앞에 앉아 바느질을 하고 있었으며, 조는 그 옆에 앉아 있었다. 그리고 나는 조의 옆, 즉 누나의 반대쪽 구석에 앉아 있었다. 빨갛게 달아오른 석탄불을 들여다보고 있으면 있을수록 나는 점점 더 조를 쳐다볼 수 없게 되었다. 그리고 침묵이 오래 계속되면 될수록 나는 말하는 것이 점점 더 어렵게 느껴졌다.

마침내 나는 입을 떼었다. "조, 비디한테 이야기했어요?"

"아니, 핍." 조는 여전히 난롯불을 바라보며, 그리고 마치 양 무릎이 어딘가로 달아날 작정이라는 비밀 정보라도 입수한 것처럼 두 무릎을 꽉 움켜쥔 채 대답했다. "네가 직접 말하라고 그냥 있었단다, 핍."

"난 오히려 매부가 이야기했으면 좋겠어요, 조."

"그럼." 조는 말했다. "핍은 이제 재산이 많은 신사가 되었어. 이에 대해 하느님의 축복이 그에게 임하기를!"

비디는 바느질하던 것을 손에서 떨어뜨렸다. 그러곤 나를 바라보았다. 조도 두 무릎을 꽉 움켜쥔 채 나를 바라보았다. 나도 두 사람을 바라보았다. 잠시 후, 두 사람은 진심으로 나를 축하해 주었다. 하지만 그들의 축하 속에는 어딘지 약간 슬픈 기미가 섞여 있었으며, 나는 그것을 다소 불쾌하게 생각했다.

나는 나 스스로 작정하고 비디에게 (그리고 비디를 통해 조에게) 내 행운의 시혜자에 관해 어떤 것도 알려고 하거나 말해서는 안 되는 중대한 의무에 그들 역시 묶여 있는 것으로 간주된다는 점을 분명히 각인해 놓았다. 나는, 모든 것은 나중에 때가 되면 자연스레 알려질 것이며, 그때까지는 내가 어떤 이름 모를 후원자에게서 큰 재산을 물려받게 되었다는 점을 제외하고는 아무것도 이야기해서는 안 된다고 말했다. 비디는 난롯불을 바라보며 생각에 잠긴 얼굴로 고개를 끄덕거리고는 바느질감을 다시 집어 들었다. 그러곤 아주 각별히 주의하겠노라고 말했다. 그러자 조도 여전히 두 무릎을 틀어쥔 채로 말했다. "그래, 알았다. 나도 마찬가지로 각별히 주의하마, 핍." 그러고 나서 그들은 다시금 나를 축하해 줬는데, 내가 신사가 된다는 것에 대해 너무나 심하게 놀라움을 표현해 대는 바람에 나는 그것이 조금도 마음에 들지 않았다.

그런 뒤, 비디는 무슨 일이 있어났는지 누나에게 약간이라도 전달해 주기 위해 무한히 애를 썼다. 하지만 내가 보기에, 그 노력은 완전히 실패로 돌아갔다. 누나는 소리 내어 웃으며 수없이 고개를 끄덕거렸다. 그리고 심지어 비디를 따라서 '핍'과 '재산'이라는 단어를 반복해 말하기도 했다. 하지만 나는 그 단어들이 선거 때 외치는 구호나 마찬가지로 그녀에게 아무런 의미도 지니지 않았다고 믿는다. 누나의 정신 상태를 이보다 더 암울하게 보여 주는 예는 아마 제시하기 어려울 것이다.

내가 그걸 직접 경험하지 않았다면 절대로 믿지 못했을 사실인데, 그것은 바로 조와 비디가 점점 그들의 명랑하고 편한 상태로 다시 돌아감에 따라 나는 오히려 점점 심하게 우울해져 갔다는 사실이다. 물론 나한테 내 행운에 대한 무슨 불만이 있을 리 없었다. 하지만 아마도 나는, 제대로 의식하진 못했지만, 나 자신에 대해서 뭔가 심한 불만을 느꼈던 것 같다.

어쨌든 조와 비디 두 사람이 내가 떠나는 일과 나 없이 그들이 어떻게 살 것인가 등등에 대해 이야기를 나누고 있는 동안, 나는 팔꿈치를 무릎에 대고 손으로 얼굴을 괸 채 난롯불을 들여다보며 앉아 있었다. 그리고 나를 바라보는 둘 중 한 사람의 시선과 마주칠 때마다 (그런데 그들은 나를 자주 바라보았다. — 특히 비디가 그랬다.) 비록 그 어느 때보다도 즐거운 얼굴로 바라보는 시선이었지만, 나는 마치 그들이 나에 대해 뭔가 불신의 감정을 표현하고 있는 것처럼 불쾌하게 느꼈다. 하느님께서 아시듯이, 그들이 어떤 말이나 표시로도 전혀 그러질 않았건만 말이다.

그럴 때마다 나는 자리에서 일어나 문간으로 가서 밖을 내다보곤 했다. 우리 집 부엌문은 밤이 되자마자 곧바로 열어 놓았는데, 여름날 저녁의 경우에는 방 안의 통풍을 위해 그렇게 열어 놓은 채 내버려 두었다. 부끄럽게도 나는, 그때 눈을 들어 올려다보았던 바로 그 별들조차, 그동안 내가 속해서 살아왔던 시골의 그 촌스러운 대상들을 비추어 주는 하찮고 미천한 종류의 별들에 불과하다고 여겼다.

"오늘이 토요일 저녁이니까……." 우리가 치즈 바른 빵과 맥주로 저녁 식사를 하기 위해 앉았을 때 나는 말했다. "닷새가 지나면, 그러면 바로 그날의 하루 전이 되는군요! 금방 지나갈 거예요."

"그래, 핍." 조는 말했다. 그의 목소리는 그의 맥주 컵 속에서 공허하게 울렸다. "금방 지나갈 거야."

"정말로 금방 지나갈 거야." 비디도 말했다.

"생각해 봤는데요, 조. 월요일에 읍내에 가서 새 옷을 주문할 때 말이에요, 난 양복점 주인에게, 내가 직접 그리로 다시 오든지 아니면 펌블추크 씨네 집으로 옷을 가져다 두면 거기서 입어 보든지 하겠다고 말할 작정이에요. 이리로 가져와서 사람들이 모두 빤히 바라보는 데서 입어 보는 것은 몹시 거북한 일일 테니까요."

"허블 씨 부부는 신사복을 멋있게 차려입은 네 모습을 보고 싶어 할 텐데, 핍." 조는 치즈 바른 빵을 왼손바닥 위에다 올려놓고 그것을 열심히 자르며 말했다. 그러면서 아직 손도 대지 않은 내 식사를 흘긋 바라보았는데, 마치 우리가 빵 조각을 서로 비교하곤 했던 그 시절을 떠올리기라도 하는 것 같았다. "웝슬 씨도 마찬가지일 거고 말이다. 게다가 '술친구'도 그걸 영광으로 여길 텐데."

"그게 바로 내가 원하지 않는 거예요, 조. 그들은 야단법석을 떨 거예요. 아주 천박하고 상스러운 법석을 말이에요. 그러면 나는 견딜 수 없을 거예요."

"아, 그렇구나, 정말, 핍!" 조는 말했다. "네가 그렇게 견딜 수 없다면……."

이때 누나에게 접시를 받쳐 주며 앉아 있던 비디가 나에게 물었다. "가저리 씨와 누나와 나한테는 언제 네 모습을 보여 줄 것인지 생각해 봤니? 물론 우리한테는 보여 주겠지, 그렇지?"

"비디." 나는 약간 불쾌한 얼굴로 대답했다. "너는 정말 너무나 빨라서 도대체 따라잡기가 어려울 정도야."

("그녀는 언제나 빠르지." 조가 덧붙여 말했다.)

"네가 만약 한순간만 더 기다렸다면 말이야, 비디, 넌 내가 하루저녁 날을 잡아, 아마 떠나기 전날 저녁이 될 가능성이 아주 큰데, 내 옷을 보따리에 싸서 이리로 가지고 올 것이라고 말하는 걸 들었을 거야."

비디는 더 이상 아무 말도 하지 않았다. 나는 곧 그녀를 너그러이 용서해 주고 나서, 그녀와 조에게 잘 자라는 인사를 다정하게 한 다음 내 침실로 올라갔다. 내 작은 방에 들어갔을 때 나는 의자에 앉아, 방을 오랫동안 둘러보았다. 이제 곧 높은 신분이 되어 내가 영원히 떠나가게 될, 보잘것없는 작은 방이었다. 하지만 어린 시절의 기억들이 생생하게 배어 있는 방이기도 했으므로, 바로 그 순간조차 나는 그 방과 앞으로 내가 가게 될 더 좋은 방들 사이에서 혼란스러운 마음의 갈등을 느꼈다. 대장간과 미스 해비셤의 집 사이에서, 그리고 비디와 에스텔러 사이에서 내가 그토록 자주 느끼곤 했던 혼란스러운 갈등과 아주 똑같은 것을 말이다.

그날은 태양이 온종일 내 다락방 지붕 위로 눈부시게 내리비쳤고, 그래서 방 안은 약간 더웠다. 나는 창문을 열어 놓고 밖을 내다보며 서 있었는데, 조가 아래층의 어둑해진 출입문으로 천천히 걸어 나와 한두 차례 마당을 돌며 바람을 쐬는 모습이 보였다. 그런 뒤 이번엔 비디가 나와서 그에게 담배 파이프를 갖다 주고 그를 위해 불을 붙여 주는 모습도 보였다. 조는 그렇게 늦은 시간에 담배를 피우는 법이 결코 없었다. 따라서 그가 어떤 이유에선가 마음의 위로를 얻고 싶어 한다는 사실을 암시하는 것처럼 보였다.

조는 곧, 내 바로 밑의 부엌 출입문 앞에 멈춰 서서는 담배를 피우고 있었다. 비디도 그리로 와서, 조용히 그와 이야기를 나누며 함께 서 있었다. 나는 그들이 내 이야기를 한다는 것을 알았다. 왜냐하면 두 사람이 애정 어린 어조로 내 이름을 몇 차례 언급하는 것이 들려왔기 때문이다. 귀를 기울여 좀 더 듣고 싶은 생각도 없었지만, 그들의 말도 더 이상 잘 들리지 않았기에, 나는 창가에서 물러나 침대 옆의 하나뿐인 의자에 앉았다. 그러곤 나에게 찬란한 행운이 찾아온 첫날 밤이 내가 일찍이 경험해 본 가장 외로운 밤이라는 것이 참으로 슬프고도 이상하다고 느꼈다.

열린 창문 쪽으로 얼굴을 향하고 있는 나에게 조의 파이프에서 올라온 연기가 동그랗게 소용돌이를 그리며 떠 가는 것이 보였다. 나는 그것을 조가 보내는 축복 — 나에게 억지로 들이밀거나 내 앞에서 자랑스레 떠벌려 대는 것이 아닌, 우리가 함께 숨 쉬는 공기에 스며 있는 것과 같은 그런 축복 — 인 것처럼 상상해 보았다. 나는 촛불을 끄고 침대로 기어 들어갔다. 침대는 이제 불편하게 느껴졌고, 다시는 거기서 예전처럼 달고 깊은 잠을 잘 수 없었다.

19장

다음 날 아침이 되자 내 인생의 전망은 상당히 크게 달라져 있었다. 그것은 너무나 찬란하게 빛나는 것으로 바뀌어서 똑같은 인생이라고 좀처럼 믿기지 않을 정도였다. 내 마음을 무겁게 누르고 있는 것은 현재의 나와 출발하는 날 사이에 엿새라는 날짜가 끼어 있다는 생각이었다. 그동안에 혹시 런던에서 무슨 일이라도 일어나서 내가 거기에 도착했을 때 상황이 크게 악화되어 있거나 아니면 완전히 취소되어 있을지도 모른다는 불안감을 나는 도무지 떨쳐 버릴 수 없었다.

다가오는 우리의 작별에 대해 내가 이야기했을 때 조와 비디는 매우 다정하고 명랑하게 반응했다. 하지만 그들은 내가 먼저 언급할 때만 그것을 언급했다. 아침 식사 후 조는 손님맞이용 거실에 있는 옷장에서 내 도제 계약서를 꺼내 왔다. 그리고 우리는 그것을 불 속에 던져 넣었는데, 나는 일종의 해방감을 느꼈다. 자유의 몸이 되었다는 색다른 기분에 잔뜩 취한 채, 나는 조와 함께 교회에 갔으며, 목사가 그 모든 사실을 알았더라면 그는 아마 그날 부자와 천국에 대한 구절*을 읽지 않았을 거라고 생각했다.

오찬을 들고 난 뒤 나는 혼자서 산책하러 나갔다. 마지막으로 습지를 곧장 한 번 돌아보며 정리하려는 생각이었다. 교회를 지나갈 때 나는, 평생 동안 일요일마다 꼬박꼬박 그곳에 가야만 하고, 마침내 저 풀에 덮인 나지막한 무덤들 사이에 이름 없이 묻힐 불쌍한 운명의 마을 사람들에 대해 (아침 예배 시간에도 느꼈던 것처럼) 숭고한 동정심을 느꼈다. 나는 조만간 그들을 위해 뭔가를 해 주리라고 나 자신에게 다짐했다. 그러고는 구운 쇠고기, 자두 푸딩, 맥주 1파인트, 그리고 1갤런의 내 겸손**으로 이루어진 정찬을 마을의 모든 사람들에게 베풀어 주는 계획을 대략적으로 머릿속에 세워 보았다.

옛날에 이 무덤들 사이로 절룩거리며 걸어가는 것을 본 적이 있는 그 도망 죄수와의 관계에 대해 내가 전에도 자주 수치심에 가까운 심정으로 기억하곤 했다면, 하필 바로 이 일요일, 무덤을 바라보다가 문득 다리에 죄수의 상징인 쇠고랑을 차고는 누더기를 걸친 채 벌벌 떨고 있던 그 비참한 죄수가 다시 떠올랐을 때 나의 심정은 어땠겠는가! 나는 그게 아주 오래전의 일이며 그는 틀림없이 유형수가 되어 아주 먼 곳에 있을 것이라고, 따라서 그는 이제 나에게 죽은 존재나 다름없을 뿐만 아니라 실제로 이미 죽었을지도 모른다고 생각하면서 다소나마 위로를 얻고자

---

* 『신약성서』, 「마태복음」 19장 23~24절에 나오는, 부자가 천국에 들어가는 것은 낙타가 바늘구멍으로 들어가는 것보다 어렵다고 말한 예수의 비유.

** 1갤런은 8파인트이고, 1파인트는 영국의 경우 약 568밀리리터에 해당됨.

했다.

낮은 습지대도 이젠 마지막이구나, 도랑과 수문, 노려보는 소들도 — 비록 그들이 지금은 우둔한 방식으로나마 좀 더 존경하는 듯한 태도를 띠고 있는 듯하고, 또 이처럼 굉장한 유산을 물려받을 가능성의 소유자인 나를 가능한 한 오랫동안 바라보고 싶어서 뒤로 돌아서기까지 하는 듯했지만 — 이젠 마지막이구나. 잘 있거라, 내 어린 시절의 지루한 친구들이여. 이제부터 나는 런던에 가서 훌륭한 신분이 될 몸이시다. 대장간의 막일이나 너희들하고는 더 이상 어울리지 않는 귀한 몸이시라 이 말씀이다! 나는 의기양양한 기분이 되어 옛 포병대 자리까지 나아갔다. 그러곤 거기에 누워 미스 해비셤이 나를 에스텔러의 짝으로 삼을 작정인지에 대해 생각해 보다가 잠이 들었다.

잠에서 깨었을 때 나는 조가 내 옆에 앉아 파이프 담배를 피우고 있는 것을 보고 깜짝 놀랐다. 그는 내가 눈을 뜨는 걸 보자 환한 미소로 나를 맞아 주며 말했다.

"이게 마지막이 될 것 같아서 뒤따라왔단다, 핍."

"따라와 줘서 나도 매우 기뻐요, 조."

"고맙다, 핍."

"사랑하는 조." 조와 악수를 나누고 난 뒤에 나는 말을 이었다. "내가 매부를 절대로 잊지 않을 거라는 것을 매부는 확신해도 돼요."

"그래, 그래, 핍!" 조는 편안한 어조로 말했다. "물론 난 그걸 확신하지! 그렇고말고, 여보게 친구! 하느님께서 도우사, 어떤 상황을 믿기 위해선 마음속으로 그걸 받아들여 익숙해지기만을 기다리면 되는 거지. 하지만 마음속으로 그걸 받아들여 익숙해지기까진 시간이 좀 걸리는 법이란다. 변화가 그렇게 너무나 느닷없이 철썩! 때리며 닥쳤을 땐 말이야, 그렇잖니?"

나는 어쩐지, 조가 나에 대해 그렇게 강력하게 확신하고 있는 것이 그다지 마음에 들지 않았다. 그가 감격한 표정을 지어 보이거나, "그래 훌륭하구나, 핍!"이라고 말하거나, 아니면 그런 종류의 어떤 것을 할 것으로 나는 기대했던 것이다. 따라서 나는 조가 말한 첫 번째 부분에 대해서는 아무 말도 하지 않고, 두 번째 부분에 대해서만 대답을 했다. 정말로 갑작스레 찾아온 소식임에 틀림없지만 나는 늘 신사가 되고 싶었으며, 신사가 되면 무엇을 할 것인가에 대해 수없이 자주 생각해 보곤 했다고 나는 말했다.

"그랬니, 정말?" 조는 말했다. "참으로 놀랍구나!"

"이렇게 되고 보니 좀 안타까워요, 조." 나는 말했다. "우리가 여기서 함께 공부했을 때 매부가 좀 더 많이 향상되지 못한 것이 말이에요. 안 그래요?"

"글쎄다, 잘 모르겠구나." 조는 대답했다. "난 참말로 끔찍하게 우둔한 사람이란다. 내가 잘하는 거라곤 오직 내 일밖에 없지. 하지만 내가 참으로 끔찍하게 우둔한 사람이라는 건 언제나 안타까운 사실이었어. 지금이라고 예전보다, 가령 열두 달 전 오늘보다, 더 안타까운 사실이 된 것은 아니란다. 그렇잖니?"

내가 말하려고 했던 것은, 내가 재산을 소유하게 되어서 그를 위해 뭔가를 해 줄 수 있게 되었을 때 만약 그가 신분 상승을 하기에 좀 더 자격을 갖추고 있다면 훨씬 더 바람직한 일일 거라는 것이었다. 그러나 조는 내 말뜻을 전혀 알아듣지 못하고 있었다. 나는 차라리 이것을 비디에게 말하는 게 낫겠다고 생각했다.

그리하여 우리가 집으로 돌아가 차를 마시고 났을 때, 나는 비디를 길가에 있는 자그만 우리 집 정원으로 데리고 갔다. 그러곤 그녀의 기분을 북돋워 주기 위해 내가 그녀를 절대로 잊지 않을 거라는 등의 일반적인 말을 몇 마디 던진 다음 그녀에게 부탁이 하나 있다고 했다.

"그게 뭐냐면, 비디." 나는 말했다. "네가 기회 있을 때마다 잊지 말고 조가 좀 나아지도록 꼭 도와줬으면 한다는 것이야."

"그를 어떻게 나아지도록 하라는 거니?" 비디는 나를 빤히 쳐다보듯이 하며 물었다.

"글쎄! 조는 참 선량하고 좋은 사람이야. 사실 이 세상 누구보다도 더 좋은 사람이라고 나는 생각해. 하지만 그는 몇 가지 점에서 다소 뒤떨어져 있어. 가령, 지식이나 예절 같은 것에서 말이야, 비디."

나는 말하면서 비디를 바라보고 있었고, 그녀도 내가 말을 시작했을 때 두 눈을 아주 크게 뜨고 나를 쳐다보고 있었다. 하지만 그녀는 이제 나를 바라보지 않았다.

"아니, 그의 예절이라니! 그의 예절이 충분하지 않다는 말이니, 그럼?" 비디는 까치밥나무 잎을 잡아 뜯으며 물었다.

"사랑하는 비디, 물론 여기서야 매우 충분하지."

"오! 여기서는 매우 충분하다고?" 비디는 내 말을 가로채며, 손에 들고 있는 나뭇잎을 열심히 들여다봤다.

"내 말 좀 끝까지 들어 봐. 하지만 만약 내가 조를 좀 더 높은 신분으로 올려놓고자 할 경우, 그러니까 말하자면 내가 재산을 완전히 물려받게 될 때 그를 그렇게 만들 생각인데, 그럴 경우 그의 예절은 그에게 거의 어울리지 않는 것이 될 거야."

"그도 그걸 알고 있다는 생각은 들지 않니?" 비디가 물었다.

그것은 참으로 몹시 화나게 하는 질문이었다. (왜냐하면 아주 희미하게조차도 그런 생각을 한 적이 나는 전혀 없었기 때문이다.) 그래서 나는 날카롭게 쏘아붙였다.

"비디, 그게 무슨 말이지?"

비디는 나뭇잎을 두 손바닥 사이에 넣고 문질러서 산산조각 냈다. 그때 이후로 까치밥나무 수풀 냄새만 맡으면 나는 언제나 길가에 있는 그 자그만 정원에서의 그날 저녁 장면을 떠올리곤 했다. 그러더니 그녀는 말했다. "넌 그가 자존심이 강할지도 모른다고는 생각해 본 적이 전혀 없니?"

"뭐, 자존심?" 나는 경멸에 찬 어조로 힘주어 되물었다.

"아, 그래! 자존심도 여러 가지 종류가 있단다." 비디는 나를 빤히 바라보고 고개를 가로저으며 말했다. "자존심이라고 모두 다 같은 것은 아니야."

"그래서? 멈추지 말고 계속 말해 봐." 나는 말했다.

"그래, 자존심이라고 모두 다 같은 것은 아니야." 비디는 말을 다시 이었다. "그는 자존심이 강해서, 자신의 능력에 합당하고 또 실제로 성실하고 훌륭하게 그 역할을 다하고 있는 자신의 현재 자리에서 누군가가 자기를 데려가는 것을 원하지 않을지도 몰라. 사실 솔직히 말해서, 나는 그가 그렇다고 생각해. 물론 네가 당연히 나보다 그를 훨씬 더 잘 알 테니까, 내가 이렇게 말하는 것이 좀 주제넘게 들리겠지만 말이야."

"자, 들어봐, 비디." 나는 말했다. "너한테서 이런 모습을 보게 되다니 몹시 유감이구나. 너한테서 이런 것을 보게 되리라고는 예상하지 못했어. 너는 날 시기하는 거야, 비디, 그래서 까탈을

부리는 거야. 너는 내게 큰 행운이 온 것 때문에 못마땅한 거고, 그래서 그런 심정을 숨길 수가 없는 거야."

"네가 정말 무정하게도 그렇게 생각한다면, 얼마든지 그렇게 말해." 비디는 대답했다. "얼마든지 반복해서 그렇게 말해, 네가 정말 무정하게도 그렇게 생각한다면 말이야."

"네가 정말 무정하게도 그렇게 나를 시기한다면 그렇게 말하라고 해야 맞는 것 아닐까, 비디." 나는 도덕적 우월감에 차서 말했다. "나한테 그것을 전가하려고 하지 마. 나는 너의 이런 모습을 보게 되어 몹시 유감이다. 이건, 이건, 인간성의 나쁜 측면이야. 나는 정말로 너에게 부탁할 작정이었어. 내가 떠난 뒤에 아무리 작은 기회라도 혹시 너한테 생기면 그걸 잘 활용해서 사랑하는 조가 좀 나아지게 도와 달라고 말이야. 하지만 이렇게 된 이상, 나는 너한테 아무것도 부탁하지 않겠어. 너한테서 이런 모습을 보게 되어 정말 극히 유감이야, 비디." 나는 반복해서 말했다. "이건, 이건, 인간성의 나쁜 측면이야."

"네가 나를 비난하든 칭찬하든……." 불쌍한 비디는 대답했다. "너는 그것과 상관없이 내가 여기에서 내 능력이 미치는 모든 것을 언제나 열심히 할 거라는 점은 믿어도 될 거야. 네가 나에 대해 어떤 생각을 하고 떠나든지 간에, 너에 대한 내 기억은 아무것도 달라진 게 없을 거야. 다만 신사라고 해서 남을 부당하게 대해서는 안 된다고 생각해." 그렇게 말하면서 비디는 고개를 돌렸다.

나는 다시 흥분하여 이건 인간성의 나쁜 측면이라고 반복해 말했다. (그런데 이 말을 비디가 아닌 다른 사람에게 적용할 경우, 내 이런 판단이 틀리지 않다고 생각할 만한 근거를 나는 그 이후로 경험했다.) 그런 다음 비디를 떠나서 좁은 길을 따라 걸어 내려갔다. 비디는 집으로 들어갔고, 나는 정원 출입문으로 나가서 저녁 식사 때까지 우울한 산책을 했는데, 내 찬란한 행운의 두 번째 밤이 첫 번째 밤과 똑같이 외롭고 불만스럽다는 것은 참으로 슬프고 이상하다는 느낌이 나를 다시금 사로잡았다.

그러나 다음 날 아침 내 인생관은 다시금 찬란하게 밝아졌고, 나는 관대한 기분을 비디에게까지 베풀어 주었으며, 우리는 그 문제를 더 이상 언급하지 않았다. 나는 내게 있는 제일 좋은 옷을 차려입고서, 가게들이 문을 열었을 것으로 기대되는 가장 이른 시간에 읍내로 갔다. 그러고는 양복점 주인인 트랩 씨 앞에 모습을 드러냈다. 가게 뒤의 거실에서 아침 식사를 들고 있던 그는 일부러 나와서 나를 맞아 줄 가치가 없다고 생각하고는, 나를 그가 있는 안으로 불러들였다.

"그래!" 트랩 씨는 '어이, 이보게 잘 만났네.' 하는 투의 어조로 말했다. "안녕한가? 무슨 일로 왔는가?"

트랩 씨는 뜨거운 롤빵을 깃털 침대처럼 보들보들한 세 겹의 얇은 조각으로 막 잘라 놓은 참이었는데, 그는 그 빵 조각들 사이에다 버터를 부드럽게 발라 넣고는 담요로 덮듯이 살포시 덮었다. 그는 사업이 번창하는 노총각이었다. 그의 가게 창문 역시 번창하고 있는 자그만 정원과 과수원을 향해 열려 있었으며, 그의 벽난로 옆에 있는 벽면에도 번창하는 철제 금고가 박혀 있었다. 그 금고 안에는 틀림없이 그의 번창의 산물들이 주머니에 담긴 채 산더미처럼 쌓여 있었을 것이다.

"트랩 씨." 나는 말했다. "자랑처럼 들릴 것 같아서 말하기가 좀 거북하지만, 저는 상당히 큰 재산을 물려받게 되었답니다."

트랩 씨의 표정에 즉각 변화가 일어났다. 그는 버터가 녹아 있는 부드러운 빵도 잊고는, 그 곁에서 냉큼 일어나더니 식탁보에다 손가락을 닦으며 큰 소리로 외쳤다. "세상에 그런 일이!"

"저는 제 후견인을 만나러 런던으로 올라갈 예정입니다." 그렇게 말하며 나는 무심결인 듯 주머니에서 1기니짜리 금화를 몇 개 꺼내서 바라보았다. "그래서 저는 입고 갈, 요즘 유행하는 고급 양복이 필요합니다. 그리고 그 양복 값을 지불하고자 합니다." 그러곤 이렇게 덧붙였다. 그렇지 않으면 그가 단지 양복을 만드는 시늉만 할지 모른다고 생각했기 때문이다. "현금으로 당장 말입니다."

"친해하는 핍 군." 트랩 씨는 그렇게 말하면서 정중히 몸을 구부리고 두 팔을 벌리더니, 양해도 구하지 않고 내 양쪽 팔꿈치 바깥쪽을 스스럼없이 붙잡았다. "그런 식으로 말해서 나에게 상처를 주지 말게나. 내가 감히 축하를 해도 되겠지? 자, 이리, 가게로 와 주는 호의를 베풀어 주겠나?"

트랩 씨의 점원은 고장 전체에서 제일 건방지고 무례한 소년이었다. 아까 내가 가게로 들어섰을 때 그는 비로 가게를 쓸고 있었는데, 그때 그는 나한테로 비질을 해 댐으로써 그 일을 좀 더 재미있게 만들려고 했더랬다. 내가 트랩 씨와 함께 가게로 다시 나왔을 때 그는 여전히 비질을 하고 있었다. 그런데 그는 모서리와 장애물이 조금이라도 있는 곳마다 빗자루를 마구 부딪혀 댐으로써 (내가 이해하건대) 자신이 그 어떤 — 살아 있든 죽었든 — 대장장이하고도 대등한 존재라는 것을 표현하고자 했다.

"조용히 좀 하지 못해!" 트랩 씨가 더없이 엄한 얼굴로 노려보며 말했다. "안 그럼 네놈 모가지를 꺾어 버리겠다! 핍 군, 부디 여기 의자에 앉아 주시겠나. 자, 그럼." 그렇게 말하며 트랩 씨는 두루마리 양복천 한 뭉치를 끌어내려서 그것을 판매대 위에 날라다가 물결처럼 차르르 펼쳐 놓더니, 손을 그 밑에다 집어넣고는 광택이 어떤지 보여 주었다. "이것은 아주 훌륭한 상품이라네. 그대의 현재 목적에 맞는 것으로 적극 추천할 만한데, 왜냐하면 이건 정말이지 최고급 특상품이기 때문이라네. 하지만 물론 다른 것들도 좀 봐야겠지. 4번 옷감을 나한테 가져오너라, 꼬마야!" (이건 점원에게 한 말이었다. 못된 그 녀석이 옷감 뭉치로 나를 쓸어 밀치거나 아니면 다른 유의 친밀한 표시를 가할 위험성을 미리 예견이라도 했는지, 아주 무섭도록 엄하게 노려보면서 말이다.)

트랩 씨는 점원이 4번 옷감을 판매대 위에 내려놓고 안전한 거리로 물러날 때까지 엄한 시선을 그에게서 조금도 떼지 않았다. 그런 다음 그는 점원에게 5번 옷감과 8번 옷감도 가져오라고 명령했다. "그리고 못된 수작 따윈 조금도 부릴 생각 말거라." 트랩 씨는 말했다. "안 그랬다간, 이 악당 녀석, 넌 네 평생에 그렇게 긴 날이 없을 만큼 후회하게 되고 말 거다."

그런 다음 트랩 씨는 4번 옷감 위로 몸을 구부리더니, 경의가 담긴 일종의 은근한 태도로, 여름철에 입을 가벼운 양복감이자 귀족과 지주계급 사이에서 요즘 크게 유행하는 옷감으로 그것을 나에게 추천하면서, 출중한 동향 사람(나를 동향 사람이라고 주장해도 괜찮다면 하는 말이라면서)이 그것을 입고 있다는 것을 생각하면 자신은 늘 영광스럽게 느낄 것이라고 말했다. 그러고는 "이 건달 녀석, 도대체 5번과 8번 옷감들을 가져오는 거야, 뭐야?" 하고 점원에게 소리치더니 이렇게 덧붙였다. "아니면 네놈을 가게에서 내쫓아 버리고 내가 직접 가서 가져올까?"

나는 트랩 씨의 판단력에 의존하여 양복감을 골랐다. 그러고 나서 양복 치수를 재러 그의 거실로 다시 들어갔다. 비록 그가 예전에 이미 재 놓은 치수를 가지고 있을 뿐만 아니라 이제까지는 그것을 아주 만족스럽게 여겼음에도 불구하고, 그는 예전의 치수는 "현재의 상황에서는 쓸 수 없을 것이라네, 핍 군. 전혀 쓸 수 없을 것이라네."라고 변명하듯이 말했다. 그리하여 트랩 씨는 거실에서, 마치 나는 토지고 자신은 최고 수준의 측량기사라도 되는 것처럼, 내 몸의 치수를 재고 계산을 하느라 애썼다. 너무나 엄청난 수고를 들이는 바람에 나는 어떤 양복을 팔아도 결코 그의 노고에 상응하는 보수가 되지 못할 거라고 느꼈다. 마침내 일을 마치고 옷을 목요일 저녁에 펌블추크 씨네 가게로 보내 주기로 약속한 후, 그는 거실 문의 자물쇠 위에 손을 올려놓은 채 이렇게 말했다. "핍 군, 런던의 신사 양반들이 지방 양복점을 이용해 준다는 것은 대체로 기대하기 어려운 일이라는 것을 나는 잘 알고 있네. 하지만 같은 읍내 사람이라는 점을 고려해 이따금씩 나에게도 기회를 준다면 굉장히 감사하게 여기겠네. 안녕히 잘 가시게, 핍 군. 대단히 고맙네. 문 열어 드려!"

마지막 말은 점원에게 던진 것이었는데, 그는 그게 무슨 뜻인지 조금도 이해하지 못했다. 그러나 그는 자신의 주인이 두 손으로 내 옷을 털어 주며 문밖까지 배웅해 주는 것을 보고 거의 주저앉다시피 했다. 돈의 엄청난 위력에 대한 나의 결정적인 첫 경험은 바로 그것이 트랩 씨의 점원을 정신적으로 뒤로 나자빠지게 했다는 것이었다.

이 기억할 만한 일이 있은 후 나는 모자 가게와 구두점과 양말 가게 등을 차례로 돌았는데, 마치 차림새를 갖추기 위해 온갖 직업의 도움을 필요로 했던 허버드 아줌마의 강아지*라도 된 듯한 느낌이었다. 나는 또한 역마차 사무실에도 들러 토요일 아침 7시 마차의 자리를 예약해 놓았다. 내가 상당히 많은 재산을 물려받게 되었다는 사실을 가는 곳마다 설명할 필요는 없었다. 하지만 내가 그런 내용으로 뭔가 말을 했을 때는 언제나 상점 주인들이 창문을 통해 중심가 쪽으로 열심히 주의를 기울이던 업무를 즉시 중단하고 나에게로만 온 정신을 쏟는 현상이 일어났다. 필요한 것들을 모두 주문하고 난 다음 나는 펌블추크 씨의 가게를 향해 발걸음을 옮겼다. 그 신사의 일터에 가까이 이르렀을 때 나는 그가 문간에 서 있는 것을 보았다.

그는 굉장히 애타게 나를 기다리고 있었다. 아침 일찍 자신의 이륜마차를 타고 외출했던 그는 대장간에 들렀다가 내 소식을 들었다. 그는 반웰의 이야기를 읽었던 예전의 그 거실에다 나를 위해 조촐한 식사를 준비해 놓고 있었을 뿐만 아니라, 내 귀하신 몸이 지나간다고 "입구에서 비켜 서거라." 하고 그의 점원에게 명령하기까지 했다.

"친애하는 내 친구." 식탁을 옆에 두고 나와 단둘이 남게 되자 펌블추크 씨는 내 두 손을 꼭 잡으며 말했다. "자네의 행운을 진심으로 축하하네. 응분의 보상이야, 응분의 보상!"

이것은 곧장 핵심을 찌르는 말이었다. 나는 그것을 그가 생각을 표현하는 분별력 있는 방식이라고 생각했다.

"미력하나마……." 씩씩거리며 나에 대한 칭찬을 얼마 동안

* 1805년 새러 캐서린 마틴(Sarah Catherine Martin)이 지은, 당대에 널리 알려진 동요로 허버드 아줌마가 자신의 개에게 옷을 차려입히기 위해 양복점, 모자 가게, 이발소, 구두점, 양말 가게 등을 들른다는 내용.

늘어놓고 난 후 펌블추크는 말했다. "내가 바로 이런 행운을 가져오는 도구 역할을 했다고 생각하니 자랑스럽지 않을 수 없네."

나는 펌블추크 씨한테, 그 부분에 대해서는 어떤 것도 이야기하거나 암시해서는 안 된다는 점을 기억해 달라고 간청했다.

"친애하는 내 젊은 친구." 펌블추크 씨는 말했다. "물론 자네를 그렇게 불러도 된다고 허락해 준다면 하는 말이네만."

나는 "물론이지요."라고 중얼거리듯 말했다. 그러자 펌블추크 씨는 내 두 손을 다시 잡더니 조끼에 움직임이 전달될 만큼 몸을 들썩였는데, 그것은 비록 억제되긴 했지만 감격의 기색을 띠고 있는 것이었다. "친애하는 내 젊은 친구, 걱정 말게. 자네가 없는 동안 조셉이 그 사실을 언제나 기억하고 있도록 부족하나마 내가 할 수 있는 모든 걸 다 하겠네. 아, 조셉!" 펌블추크 씨는 일종의 동정심 어린 탄식을 터뜨리며 말했다. "아, 조셉! 조셉!" 그러면서 그는 머리를 가로젓고는 손가락으로 그곳을 두드려 댐으로써 조셉의 부족한 점에 대한 자신의 인식을 표현했다.

"하지만 친애하는 내 젊은 친구." 펌블추크 씨는 말했다. "자넨 틀림없이 시장할 거야, 자넨 틀림없이 몹시 지쳐 있을 거야. 자, 어서 앉게. '블루보어'에서 시켜다 놓은 닭고기가 여기 있네. 또 '블루보어'에서 시켜다 놓은 소 혓바닥 요리도 여기 있네. 그리고 역시 '블루보어'에서 시켜다 놓은 한두 가지 작은 요리들도 여기 있네. 부디 마음에 들기를 바라네. 하지만……." 펌블추크 씨는 자리에 막 앉았는가 싶더니 즉시 다시 일어나면서 말했다. "지금 내 눈앞에 있는 사람이 정녕 내가 일찍이 그의 행복한 유년 시절에 함께 놀았던 그 아이가 맞단 말인가? 그런데 괜찮겠는가, 좀…… 괜찮겠는가, 좀……?"

이 '괜찮겠는가, 좀'이라는 말은 그가 나와 악수를 좀 해도 괜찮겠냐는 뜻이었다. 나는 괜찮다고 했다. 그러자 그는 열렬하게 악수를 했다. 그러고는 다시 자리에 앉았다.

"여기 포도주가 있네." 펌블추크 씨는 말했다. "자, 건배하세. 행운의 여신께 감사를, 그리고 앞으로도 그녀가 똑같은 분별력으로 행운아들을 점지해 주길! 하지만 나는……." 펌블추크 씨는 다시 자리에서 일어나면서 말했다. "눈앞에 그런 행운아를 바라보면서, 그리고 또 그를 위해 건배를 들면서, 다시금 내 기쁜 마음을 도저히 표현하지 않을 수가…… 괜찮겠는가, 좀…… 괜찮겠는가, 좀?"

나는 괜찮다고 말했고, 그는 다시 나와 악수를 했다. 그러고 나서 그는 자신의 잔을 죽 들이켜 비우더니 그것을 거꾸로 뒤집어 보였다. 나도 똑같이 따라 했는데, 만약 내가 내 몸을 먼저 거꾸로 뒤집은 다음 포도주를 마셨다고 해도 포도주가 그렇게 빨리 내 머리로 직행하지는 않았을 것이다.

펌블추크 씨는 간을 끼워 요리한 닭 날개와 제일 좋은 소 혓바닥 조각을 (예의 그 먹을 수 없는 이상한 부위의 돼지고기 조각들과는 전혀 거리가 먼 것들이었다.) 나에게 집어 주었다. 반면 그 자신은 전혀 안 먹는다고 할 정도로 신경을 쓰지 않았다. "아, 계육(鷄肉)이여, 계육이여!" 펌블추크 씨는 접시에 담긴 닭고기 요리를 돈호법으로 부르며 말했다. "너는 전혀 생각하지 못했겠지, 네가 어린 햇병아리였을 때 네 앞날에 무엇이 준비되어 있는지를? 너는 전혀 생각하지 못했겠지, 네가 미천한 이 지붕 아래에서 행운아를 위한 영양가 많은 요리가 되리라는 것을? 아, 이걸 내 약점이라고 부르고 싶으면 그렇게 불러도 좋네, 하지만……."

펌블추크 씨는 다시 자리에서 일어나며 말했다. "괜찮겠는가, 좀? 괜찮겠는가, 좀……."

괜찮다고 말하는 절차를 이제는 반복할 필요가 없게 되었으며, 그는 즉시 나와 악수를 했다. 그가 그토록 자주 나와 악수를 하면서도 내가 쥐고 있던 칼에 어떻게 상처를 전혀 입지 않을 수 있었는지 모르겠다.

"그런데 자네 누나 말이네……." 그는 잠깐 좀 착실하게 음식을 먹는가 싶더니 다시 말을 시작했다. "손수 자네를 길러 주는 영광을 누렸던 자네 누나 말일세! 더 이상 그 영광을 온전히 이해할 수 없는 상태가 되었다는 것을 생각하니 참으로 슬픈 일이네. 그런데, 괜찮겠는……."

나는 그가 다시 나에게로 다가오려고 한다는 것을 알아채고는 그를 막아 세우며 말했다.

"누나를 위해 건배를 들어요."

"아, 그래!" 펌블추크 씨는 감탄으로 온몸이 완전히 녹아내린 듯이 의자에 깊숙이 기대어 앉으며 외쳤다. "그게 바로 주변 사람들을 알아주는 방식이오, 선생! (이 '선생'이 누구를 말하는 것인지 모르겠는데, 나는 분명히 선생이 아니었다. 그렇다고 제3의 인물이 거기 있는 것도 아니었다.) 그게 바로 고귀한 마음을 지닌 사람들을 알아주는 방식이오, 선생! 늘 너그러이 용서하고 늘 상냥히 대하는 것, 바로 그거요." 그러더니 비굴한 이 펌블추크는 아직 입에 대지 않은 자신의 포도주 잔을 그대로 황급히 내려놓고는 다시 일어나며 말했다. "무식한 자들에게는 이게 자꾸 반복하는 듯이 보일지 모르겠지만, 그렇지만, 괜찮겠는가, 좀……?"

악수를 한 뒤 그는 자리에 다시 앉아서 누나를 위해 건배를 했다. "누나의 성격적 결함을 우리가 결코 몰라서는 안 되겠지." 펌블추크 씨는 말했다. "하지만 다 좋은 뜻에서 그런 것이었다고 생각하기로 하세."

이때쯤 해서 나는 그의 얼굴이 발그레해지기 시작하고 있다는 것을 알아차렸다. 나 자신으로 말하자면, 얼굴 전체가 포도주에 흠뻑 젖어서 온통 따끔거리는 느낌뿐이었다.

나는 펌블추크 씨에게, 내 새 양복을 그의 집으로 보내 달라고 했다고 말했다. 그러자 그는 내가 그를 그렇게 특별히 선택해 준 것에 대해 열광적으로 기뻐했다. 나는 마을 사람들이 지켜보는 것을 피하고 싶어 하는 이유를 언급했고, 그는 그것을 하늘 높이 찬양했다. 그는 내가 속마음을 털어놓을 만한 사람은 자신밖에 없다고 넌지시 암시하며 뭔가 덧붙이려고 했는데, 그러다 결국 괜찮겠는가, 좀? 하고 말했다. 악수하고 난 뒤 그는 나에게, 우리가 함께 아이들처럼 산수 문제 놀이를 했던 것과, 내 도제 계약을 맺으러 우리가 함께 갔던 일, 그리고 요컨대 자신이 항상 내가 가장 좋아하는 사람이자 나의 특별한 친구였다는 것 등을 기억하느냐고 다정하게 물었다. 내가 그날 마신 포도주의 열 배를 더 마셨다고 해도 그가 결코 나와 그런 관계에 있지 않았다는 것을 분명히 알고 있었을 것이며, 따라서 그런 주장을 마음속으로 진정코 부인했을 것이다. 하지만 기억하건대, 나는 이 모든 것에도 불구하고, 내가 그동안 그를 상당히 잘못 보았으며 그는 양식 있고 현실적이며 마음씨 좋은 훌륭한 양반이라고 확신하게 되었다.

그는 점차 나에게 굉장히 큰 신뢰감을 보이기 시작하더니 마침내 자신의 사업에 대한 조언을 구하기까지 했다. 그는 자신의 가게가 확장되기만 하면 곡물과 종자 매매 쪽으로 굉장히 큰 합병과 독점이 자신의 가게에서 이루어질 가능성이 큰데, 그렇게만 되면 이 지역이나 인근의 다른 어떤 지역에서도 일찍이 없었던 좋은 기회가 될 거라고 했다. 다만 이런 엄청난 이익을 실현하는 데 딱 한 가지가 부족한데, 그건 바로 약간의 추가 자본이라고 했다. 즉 별거 아닌 그저 약간의 추가 자본만 있으면 되는 것이었다. 그래서 이제 자기(즉 펌블추크)가 보기에, '만약 어떤 익명의 동업자를 통해 이 자본이 사업에 투입되기만 한다면 말이오, 선생 — 그 익명의 동업자는 그저 원하는 때마다 언제든지 직접 또는 대리인을 통해 가게에 한 번씩 들러서 장부를 살펴보기만 하면 되고 — 또 1년에 두 번 가게에 들러 50퍼센트에 달하는 이익 배당금을 호주머니에 챙겨 가기만 하면 될 것이라오.' 자기가 보기에, 이것은 기백과 재산을 겸비한 젊은 신사에게 좋은 기회로서 한번 주목해 볼 가치가 있는 것이었다. '자, 그런데 선생은 어떻게 생각하는지?' 자기는 내 의견을 굉장히 신뢰하고 있는데, '자, 선생은 어떻게 생각하는지?' 나는 내 의견을 이렇게 제시했다. "조금만 기다리세요!" 광대함과 명료함이 결합된 이 견해는 그에게 너무나 깊은 감명을 주어서 그는 나와 악수를 좀 해도 괜찮겠냐고 더 이상 묻지 않고, 곧장 악수를 꼭 해야겠다고 말했다. 그러곤 그렇게 했다.

우리는 포도주를 전부 다 마셨다. 펌블추크 씨는 조셉이 기준에 (무슨 기준인지는 모르겠는데) 부합하도록 잘 관리하겠노라고, 그래서 나에게 효과적이고 충실한 봉사를 (역시 무슨 봉사를 말하는지 모르겠는데) 해 주겠노라고 수없이 반복해서 다짐했다. 그는 또한, 자신이 항상 나에 대해서 "저 아이는 비범한 아이야. 명심하게, 저 아이의 운명은 비범한 운명이 될 거야."라고 말해 왔다고 나에게 털어놓기도 했다.(내 평생 처음 듣는 소리인 것으로 보아 그는 틀림없이 그동안 이 비밀을 아주 놀라울 정도로 잘 간직했던 것 같았다.) 그는 지금 생각하니 그건 참으로 기이한 일이라고 말하면서 눈물이 글썽이는 미소를 지었는데, 나도 그렇게 생각한다고 말했다. 마침내 나는 밖으로 나왔다. 그런데 햇빛의 작용이 평소와는 달리 좀 이상하다는, 몽롱한 느낌이 들었고, 또 가는 길을 전혀 살피지도 않았는데 어느새 유료도로에 마치 꿈결처럼 도달해 있었다.

그곳에서 나는 펌블추크 씨가 큰 소리로 부르는 소리에 문득 정신을 차렸다. 그는 저 멀리 햇빛 비치는 거리 아래쪽에서 나한테 걸음을 멈추라는 뜻의 동작을 연신 해 대고 있었다. 내가 걸음을 멈추자 그는 숨을 헐떡이며 다가왔다.

"그럴 수 없네, 친애하는 내 친구." 말을 할 수 있을 만큼 숨을 돌리고 났을 때 그는 말했다. "설령 그럴 수 있다고 해도 그럴 수 없네. 자네한테서 그 친절한 호의를 한 번 더 받지 않고는 이 기회를 완전히 떠나 보낼 수 없네. 괜찮겠는가, 옛 친구이자 행운을 빌어 주는 사람으로서 내가 좀? 괜찮겠는가, 좀?"

우리는 최소한 백 번째는 되는 악수를 나눴다. 그리고 그는 지나가던 젊은 마차꾼에게 아주 굉장히 분노한 얼굴로 내가 가는 길에서 썩 비켜 서라고 명령했다. 그런 뒤 그는 나를 축복해 주고는, 내가 길이 구부러지는 곳에 이를 때까지 손을 흔들어 주며 서 있었다. 나는 곧 들판으로 접어들었는데, 어느 생나무 울타리 아래에서 낮잠을 한숨 길게 자고 난 다음에야 집을 향해 다시 걸음을 옮길 수 있었다.

나는 런던으로 가지고 갈 짐이 별로 없었다. 내 소유의 물건이 얼마 안 되는 데다가 그나마 내 새로운 신분에 어울릴 만한 것은 더더욱 얼마 안 되었기 때문이다. 하지만 나는 바로 그날 오후부터 짐을 꾸리기 시작했다. 한순간도 허비할 수 없다는 허울 좋은 핑계 아래 당장 내일 아침이면 필요할 게 분명한 물건들까지도 요란스럽게 꾸려 대며 법석을 피웠다.

그렇게 화요일, 수요일, 목요일이 지나갔다. 그리고 금요일 아침이 되자 나는 새 양복을 입어 보고 또 미스 해비셤도 방문하기 위해 펌블추크 씨의 집으로 갔다. 펌블추크 씨는 내가 옷을 입어 볼 수 있도록 자신이 쓰는 방을 내줬을 뿐만 아니라, 특별히 이를 위해 방에다 깨끗한 수건들을 장식해 놓기까지 했다. 내 양복은 물론, 다소 실망스러웠다. 아마도 옷이란 게 생겨난 이래, 간절히 고대하던 모든 새 의복은, 막상 입어 봤을 때 입는 사람의 기대에 약간 못 미치게 마련이었을 것이다. 하지만 새 양복을 입은 채 약 30분 정도 지나고, 또 펌블추크 씨의 아주 좁은 화장대 거울 앞에서 내 다리를 비쳐 보고자 하는 사소한 목적을 위해 온갖 희한한 자세를 한없이 취하며 한참 애를 쓰고 나자, 양복이 그래도 조금은 더 어울리는 듯이 느껴졌다. 그날 아침은 마침 약 16킬로미터 정도 떨어진 인근 읍내에 장이 서는 날이었기 때문에 펌블추크 씨는 집에 없었다. 나는 정확히 언제 내가 런던으로 떠날 예정인지 그에게 말해 주지 않았다. 그래서 런던으로 출발하기 전에 그와 다시 악수를 할 가능성은 없었다. 이것은 그야말로 내가 딱 원하는 바였다. 나는 새 양복을 차려입은 그대로 밖으로 나갔는데, 가게 점원을 지나쳐야 할 때 심한 부끄러움과 두려움을 느꼈다. 내가 결국, 일요일용 정장을 차려

입은 조의 모습과 비슷하게 신체적인 곤경 상태에 빠져 있다는 생각을 하면서 말이다.

나는 가능한 한 뒷길로만 빙 돌아서 미스 해비셤의 집으로 갔다. 그러고는 길고 뻣뻣한 장갑의 손가락 부분 때문에 부자연스럽게 초인종을 당겨 울렸다. 새러 포킷이 대문으로 나왔는데, 너무나 달라진 내 차림새를 보고 그녀는 정말이지 비틀거리며 뒤로 넘어지다시피 했다. 그리고 호두 껍데기 같은 그녀의 얼굴도 동시에 갈색에서 누르락푸르락한 안색으로 변했다.

"아니, 너?" 그녀는 말했다. "너? 세상에 이런! 그런데, 왜 온 거냐?"

"제가 런던에 가게 되었습니다, 미스 포킷." 나는 말했다. "그래서 미스 해비셤에게 작별 인사를 하고 싶어서요."

내가 예고 없이 갑자기 찾아온 것이므로 그녀는 일단 나를 마당 안까지만 들여 놓은 채, 나를 들여보내도 좋은지 물어보러 안으로 들어갔다. 그녀는 금세 돌아와서는 나를 데리고 들어갔는데, 같이 가는 내내 나를 뚫어져라 쳐다보았다.

미스 해비셤은 결혼식 만찬용의 그 긴 식탁이 있는 방에서 목발 모양 지팡이에 의지한 채 걷는 운동을 하고 있었다. 방 안은 예전과 똑같이 촛불로 밝혀져 있었는데, 우리가 들어가는 소리에 그녀는 걸음을 멈추고 돌아섰다. 그녀가 그때 멈춘 위치는 부패한 그 신부용 케이크와 바로 나란히 선 자리였다.

"가지 말고 있게, 새러." 그녀는 말했다. "어쩐 일이냐, 핍?"

"저는 런던으로, 내일 떠납니다. 미스 해비셤." 나는 극도로 조심스럽게 가려서 말을 했다. "그래서 작별 인사를 드리러 와도 마님께서 친절히 받아 주실 거라고 생각했습니다."

"참 멋진 모습이로구나, 핍." 그렇게 말하며 그녀는 자신의 목발 모양 지팡이를 내 주위로 장난스럽게 한 번 휙 휘둘렀다. 마치 나를 변화시킨 요정 대모(代母)*인 그녀가 나한테 마지막 선물을 선사하고 있기라도 한 것처럼 말이다.

"지난번 뵙고 난 이후로 저는 참으로 큰 재산을 물려받게 되었답니다, 미스 해비셤." 나는 중얼거리며 말했다. "저는 그것에 대해 진심으로 감사하고 있습니다, 미스 해비셤!"

"그래, 그래!" 그녀는 당혹과 질투에 가득 찬 새러를 즐거운 듯이 바라보며 말했다. "나도 그것에 대해 들었다, 핍. 최근에 재거스 씨를 만났거든. 그래, 내일 떠난다고?"

"예, 미스 해비셤."

"그리고 어느 부자가 너를 양자로 삼았다고?"

"예, 미스 해비셤."

"이름은 밝히지 않은 채?"

"네, 미스 해비셤."

"그리고 재거스 씨가 네 후견인으로 지정되었다며?"

"예, 미스 해비셤."

그녀는 이 모든 질문과 대답에 대해 아주 흡족한 표정을 지었다. 새러 포킷의 질투심에 가득 찬 실망을 보는 그녀의 즐거움은 참으로 강렬했다. "그래!" 그녀는 계속해서 말했다. "네겐 이제 아주 유망한 앞날이 펼쳐져 있구나. 잘 행동하거라. 행운을 누리기에 마땅한 사람이 되거라. 그리고 재거스 씨의 지시를 잘 지키거라." 그녀는 나를 바라보았다. 그러고는 새러를 바라보았는데,

* 신데렐라를 아름답게 변화시킨 요정처럼 동화 속에서 주인공에게 초자연적인 은혜를 베푸는 요정을 일컫는 명칭.

새러의 안색을 살펴보는 그녀의 얼굴에는 잔인한 미소가 뒤틀리듯 떠올랐다. "잘 가거라, 핍! 넌 항상 핍이라는 이름을 사용하도록 되어 있지, 너도 알고 있겠지만 말이다."

"예, 미스 해비셤."

"잘 가거라, 핍!"

그녀는 손을 내뻗었다. 그리고 나는 무릎을 꿇고 그 손에 입을 맞추었다. 그녀에게 어떻게 마지막 순간의 작별을 고할 것인지 나는 미리 생각해 보지 않았더랬다. 하지만 그 순간이 되자 그런 동작이 자연스럽게 나에게서 나왔다. 그녀는 귀신 같은 눈에 의기양양한 표정을 띤 채 새러 포킷을 바라보았다. 이리하여 나는, 목발 모양 지팡이에 두 손을 얹은 채 희미하게 불을 밝힌 방 한가운데, 거미줄로 온통 덮인 부패한 결혼 케이크 옆에 서 있는 나의 요정 대모와 헤어졌다.

새러 포킷은 나를 아래층으로 안내해 줬는데, 마치 유령이라도 배웅하고 있는 듯한 태도였다. 그녀는 나의 출현을 받아들일 수가 없었다. 그래서 극도의 혼란에 빠져 있었다. "안녕히 계십시오, 미스 포킷." 나는 말했다. 하지만 그녀는 그저 계속 빤히 쳐다보기만 했을 뿐, 내가 말했다는 사실조차 알아차리지 못할 만큼 정신이 흐트러져 있는 것 같았다. 그 집에서 나오자 나는 최대한 빠른 걸음으로 펌블추크 씨의 가게로 갔다. 그러곤 새 양복을 벗고 내 원래 옷으로 갈아입은 다음, 새 양복을 보따리에 싸서 들고 집으로 향했다. 솔직히 말한다면, 비록 보따리를 들고 가야 했지만 그것이 훨씬 더 편하게 느껴졌다.

그토록 느리게 지나갈 것만 같던 엿새가 어느새 모두 지나가서 과거로 사라져 버렸고, 이제 떠날 날이 내가 생각하는 것보다 훨씬 더 확고하게 목전인 하루 앞에 닥쳐 있었다. 6일간의 저녁이 닷새로, 나흘로, 사흘로, 마침내 이틀로 차츰 줄어들어 감에 따라, 나는 조와 비디와 함께 지내는 삶의 소중함을 점점 더 분명히 인식하게 되었다. 마지막 날 저녁, 나는 내 새 양복을 차려 입고 나와서 그들을 기쁘게 해 줬다. 그리고 잘 시간까지 그 훌륭한 차림 그대로 앉아 있었다. 그날을 기념하여 우리는, 특별한 날이면 꼭 나오는 닭고기 요리를 곁들여 뜨겁게 차린 음식으로 저녁 식사를 했고, 식사 마지막엔 약간의 플립*도 마셨다. 우리는 모두 기분이 매우 침울해져서 일부러 유쾌한 체해 보기도 했지만 조금도 기분이 나아지지 않았다.

나는 아침 5시에 작은 여행용 손가방을 들고 마을을 출발할 예정이었다. 나는 아무도 없이 혼자서 걸어가고 싶다고 조에게 이미 말해 놓았더랬다. 부끄럽게 — 참으로 부끄럽게 — 생각하건대, 내 이러한 의도는, 만약 내가 조와 함께 역마차 정거장까지 간다면 나와 조 사이에 나타날 대조적인 모습에 대한 내 자의식에서 비롯된 것이었다. 나는 혼자 가기로 한 이 결정에 그런 불순한 의도가 전혀 없다고 나 스스로를 속이려 했다. 하지만 마지막인 그날 밤 내 작은 침실로 올라갔을 때, 나는 그런 의도가 있다는 걸 인정하지 않을 수 없었다. 그래서 다시 내려가서 조에게 아침에 나와 함께 걸어가 달라고 간청하고 싶은 충동을 느꼈다. 그러나 나는 그러지 않았다.

밤새도록 나는 자다 깨다 하는 가운데 꿈속에서 역마차들을 보았다. 그것들은 런던이 아닌 이상한 곳으로 가고 있었으며, 마

* 맥주나 브랜디 등에 향료, 설탕, 달걀 등을 넣어 만든 음료.

차를 끄는 줄에는 때로는 개들이, 때로는 고양이들이, 때로는 돼지들이, 그리고 때로는 사람들이 매여 있곤 했다. 말들이 매여 있는 적은 한 번도 없었다. 새벽이 밝아 오고 새들이 울기 시작할 때까지 나는 기상천외한 여행의 실패를 연달아 겪으며 잠을 설쳤다. 날이 밝아 오자 나는 침대에서 일어나 옷을 어느 정도 차려입었다. 그러곤 창가에 앉아 마지막으로 창밖을 내다보고 있었는데, 그러다가 깜빡 잠이 들었다.

비디는 내 아침 식사를 준비하기 위해 아주 일찍부터 일어나 움직였다. 그래서 창가에 앉아 잠이 든 지 한 시간도 안 되어 나는 부엌 벽난로 불에서 올라오는 연기 냄새를 맡을 수 있었는데, 그때 나는 시간이 벌써 늦은 오후임에 틀림없다는 끔찍한 착각에 화들짝 놀라며 일어서기도 했다. 하지만 그러고 난 뒤에도 오랫동안, 그리고 찻잔이 땡그랑거리며 식탁에 놓이는 소리를 듣고 또 완전히 떠날 준비를 마친 뒤에도 오랫동안, 나는 아래층으로 내려갈 결심을 하지 못했다. 비디가 늦었다고 나에게 소리쳐 부를 때까지 나는 2층에 그대로 머무른 채, 내 작은 여행 가방을 열었다 잠갔다, 끈을 풀었다 묶었다를 반복하고 있었다.

아무 맛도 모른 채 급하게 떠 넣는 아침 식사였다. 식사를 마친 나는 자리에서 일어나며 짐짓 쾌활한 태도로, 마치 막 생각나기라도 한 것처럼 말했다. "이런! 떠날 시간이 된 것 같군요!" 그러고 나서 나는 누나에게 키스를 했다. 누나는 늘 앉는 의자에 앉은 채 고개를 끄덕거리고 소리 내어 웃으며 몸을 흔들어 댔다. 이어서 나는 비디에게 키스를 한 다음, 조의 목을 두 팔로 끌어안았다. 그러고 나서 나는 내 작은 여행 가방을 집어 들고 걸어 나갔다. 그날 마지막으로 본 그들의 모습은, 잠시 후 뒤에서 옥신각신하는 소리가 들려와 내가 뒤를 돌아봤을 때 조가 내 등 뒤로 낡은 구두 한 짝을 던지고 이어 비디가 나머지 한 짝을 던지는 모습*이었다. 나는 걸음을 멈추고는 모자를 벗어 흔들어 줬다. 사랑하는 매부 조도 자신의 억센 오른팔을 머리 위로 흔들어 주며 "잘 가거라!" 하고 목 멘 소리로 외쳤다. 그리고 비디는 앞치마를 얼굴로 가져갔다.

떠나는 일이 내가 그동안 상상해 오던 것보다는 쉽다고 생각하면서, 그리고 중심가의 모든 사람들이 보는 앞에서 낡은 구두가 역마차 뒤로 던져지도록 하는 건 정말로 창피한 일이었을 거라고 돌이켜 생각하면서, 나는 상당히 빠른 발걸음으로 걸어갔다. 나는 휘파람을 불었고, 이렇게 떠나는 일을 아무것도 아닌 듯 여겼다. 마을은 아주 평화롭고 고요했으며, 엷은 안개가 마치 나에게 넓은 세상을 보여 주기라도 하려는 듯 장엄하게 걷히고 있었다. 이곳에서 나는 참으로 천진난만하고 작은 존재로 살아왔는데, 이제 저 너머 세상은 참으로 너무나 알지 못하는 드넓은 곳이었다. 그러자 순식간에 감정이 복받쳐 오르며 눈물이 왈칵 쏟아지고 말았다. 마을 끝에 있는 손가락 모양의 길 안내판 옆에서 이 일이 일어났는데, 나는 표지판 위에다 손을 얹고는 "오, 사랑하는, 사랑하는 내 친구야, 잘 있거라!" 하고 말했다.

하늘에 대고 말하건대, 우리는 눈물을 흘리는 것에 대해 결코 부끄러워할 필요가 없다. 왜냐하면 눈물은, 우리 눈을 멀게 하고 우리의 가슴 위에 단단히 쌓인 지상의 흙먼지 위에 내리는 단비와 같기 때문이다. 한동안 울고 나자 나는 전보다 기분이

* 먼 길을 떠나는 사람에게 행운을 빌어 주는 영국의 민간 풍습.

좀 나아졌다. — 나 자신의 배은망덕함을 좀 더 분명히 깨닫고 후회하는 마음이 되었으며, 좀 더 부드러운 마음이 되었다. 만일 내가 좀 더 빨리 눈물을 흘렸다면, 그 순간 내 곁에는 조가 함께 있었을 것이다.

이처럼 눈물을 흘리고 난 덕분에, 그리고 조용히 걸어가던 도중에 다시 한 번 눈물을 쏟아 내고 난 덕분에 내 마음은 크게 순화되었다. 그래서 나중에 마차에 올라타고 마차가 읍내를 빠져나왔을 때, 나는 쓰라린 후회의 심정으로, 마차의 말을 바꿀 때 마차에서 내려 집으로 다시 돌아가서 하루저녁 더 보내며 좀 더 나은 이별을 하면 어떨까 하는 생각을 깊이 해 보기까지 했다. 마차의 말을 바꿔 맬 때가 왔다. 하지만 나는 마음의 결정을 내리지 못했다. 그러곤 다음 번 말을 바꿀 때 마차에서 내려서 집으로 걸어 돌아가는 것도 충분히 실행 가능한 일일 거라고 여기면서 여전히 마음의 위로를 얻었다. 그리고 이렇게 생각에 잠겨 심사숙고를 거듭하고 있는 동안, 나는 길을 따라 우리 쪽으로 걸어오고 있는 어떤 남자가 조와 아주 꼭 닮았다고 상상하곤 했으며 그럴 때마다 내 심장은 빠르게 두근댔다. — 도대체 조가 그곳에 나타나는 것이 가능하기라도 한 것처럼 말이다!

마차는 다시 말을 바꿔 맸다. 그리고 또다시 바꿔 맸다. 이제는 돌아가기에 너무 늦었고 또 너무 멀리 왔다. 그리하여 나는 그대로 계속해서 갔다. 안개는 이제 완전히 걷혔으며, 드넓은 세상이 내 앞에 엄숙하게 펼쳐져 있었다.

여기까지가 핍의 유산 상속 과정의 첫 번째 단계임.

20장

우리 읍내에서 수도인 런던까지는 약 다섯 시간가량 걸리는 여행길이었다. 내가 승객으로 타고 있는 말 네 필짜리 역마차가 런던의 칩사이드 지구, 우드 스트리트에 있는 크로스 키즈 종점 주변의, 교통이 혼잡하게 얽히고설킨 거리로 들어선 것은 정오가 약간 지났을 때였다.

그 당시 우리 영국인들은, 우리가 세계에서 최상의 것을 소유하고 있으며 또 우리가 세계 최고라는 것을 의심하는 일은 반역적인 것이라는 확신을 특히 강하게 지니고 있었다. 그렇지만 않았다면 나는 런던이 엄청나게 큰 것에 대해 두려울 만큼 놀라는 한편으로, 런던이 다소 보기 흉하고 비뚤배뚤하고 답답하고 지저분하지 않은가 하는 모종의 의심을 어렴풋이 품고 말았을 것이다.

재거스 씨는 기한에 맞춰 자신의 주소를 나한테 보내 주었더랬다. '리틀 브리튼'이라고 되어 있는 명함의 주소 뒤에다가 그는 "스미스필드*에서 나오자마자, 역마차 사무실 바로 근처."라고 적어 놓았다. 그럼에도 불구하고, 기름때가 묻은 커다란 외투 위에 자기 나이만큼 많은 수의 어깨 망토를 겹겹이 걸친 것처럼 보이는 삯마차 마부는, 마치 나를 80킬로미터는 태우고 갈 예정인 것처럼 마차 안으로 나를 꽉꽉 밀어 넣고는 종소리가 딸랑거리는 접이식 발판으로 내 주위를 에워싸듯이 막았다. 그가 마부석 — 내 기억에, 비바람으로 얼룩지고 좀벌레가 먹어 너덜너덜해진 진한 연두색의 낡은 마부석용 천이 무슨 장식처럼 깔려 있던 마부석 — 에 올라앉는 일은 그야말로 시간이 한참 걸리는 작업이었다. 훌륭한 마차였다. 마차 바깥에 여섯 개의 커다란 화관 문양 장식**이 달려 있고, 후미에는 몇 명인지 모르지만 아무튼 셀 수 없이 많은 시종들이 붙잡고 갈 만한 손잡이 줄들이 넝마 조각들처럼 주렁주렁 달려 있었으며, 그 밑에는 아마추어 시종들***이 마차 뒤로 뛰어 올라타고 싶은 유혹에 굴복하지 못하도록 써레 모양의 쇠막대 살이 붙어 있었다.

마차를 타고 가는 것도 잠시, 정신을 가다듬고 마차 안이 밀짚으로 덮인 마당 같을 뿐만 아니라 헌옷 가게 같기도 하다고 생각하는 한편으로, 왜 말의 여물 주머니들이 마차 안에 들어와 있는지 궁금하게 여길 만한 여유를 막 가지려고 하는 찰나, 나는 마부가 마치 마차가 곧 멈출 예정인 것처럼 자신의 자리에서 내려갈 채비를 하는 것을 보았다. 과연 곧 우리는 멈췄는데, 그

---

* 당시에 런던의 가축 시장이 있던 거리.

** 귀족 가문을 표시하는 문장(紋章)으로, 이 삯마차가 예전엔 어느 귀족의 호화로운 마차였다는 것을 말해 주는 장식물임.

*** 길거리의 하층민 아이들을 비유적으로 표현한 것.

곳은 우울한 느낌을 주는 어느 거리의 한 사무실 앞이었다. 열려 있는 사무실 출입문에는 '미스터 재거스'라는 글씨가 페인트로 씌어 있었다.

"얼마인가요?" 나는 마부에게 물었다.

마부는 대답했다. "1실링입니다. 손님이 더 주고 싶다면 모르겠지만 말입니다."

물론 나는 더 주고 싶은 마음이 없다고 말했다.

"그럼 1실링 주십시오." 마부는 말했다. "나는 곤경에 빠지고 싶지 않습니다. 나는 저 사람을 알고 있으니까요!" 그는 은밀한 태도로 재거스 씨의 이름을 향해 한 눈을 찡긋해 보이며 고개를 가로저었다.

1실링을 받은 마부가 다시 한참 시간이 걸려 마부석에 올라가는 작업을 완료한 뒤 떠나갔을 때 (그는 그곳을 떠나게 되어 안심이 되는 것처럼 보였다.) 나는 내 자그만 여행 가방을 손에 들고 건물 입구에 있는 사무실로 들어가서 사무원에게 재거스 씨가 안에 계시냐고 물었다.

"안 계십니다." 사무원이 대답했다. "그는 지금 법정에 나가 계십니다. 혹시 핍 씨가 아닌지요?"

나는 그렇다는 표시를 했다.

"방에 들어가서 좀 기다려 달라고 재거스 씨께서 말씀을 남겨 놓으셨습니다. 재판이 있기 때문에 재거스 씨께서는 얼마나 걸릴지 알 수 없다고 하셨습니다. 하지만 그의 시간은 매우 소중하므로, 필요 이상 오래 걸리지는 않을 거라고 생각해도 틀림없을 겁니다."

이렇게 말하면서 사무원은 문을 열고는 나를 건물 안쪽의 한 사무실로 안내했다. 거기에는 우단 양복과 짧은 바지를 입은 애꾸눈 신사 한 사람이 있었는데, 신문을 열심히 정독하고 있던 그는 우리가 들어가자 읽기를 중단하고 소매로 코를 쓱 문질러 닦았다.

"밖에 나가서 기다리게, 마이크." 사무원이 말했다.

나는 방해가 안 되었기를 바란다고 막 말하려고 했는데, 그 순간 사무원은 내가 일찍이 본 최소한의 예의로 이 신사를 밖으로 밀쳐 내고는 그의 모피 모자를 그의 등에다 뒤따라 내던졌다. 그러곤 나를 혼자 남겨 놓고 나갔다.

재거스 씨의 방은 천창으로 들어오는 빛으로만 조명이 되었는데, 참으로 음울한 곳이었다. 천창은 깨진 머리통처럼 여기저기 기괴하게 땜질이 되어 있었고, 그리로 보이는 뒤틀린 인접한 집들은 마치 그 창문을 통해 나를 들여다보기 위해 일부러 몸을 비틀고 있기라도 한 것 같았다. 내가 예상했던 것만큼 그렇게 많은 서류들이 주변에 보이지는 않았다. 오히려 내가 예상하지 못했던 몇몇 이상한 물건들이 눈에 띄었다. 녹슨 낡은 권총 한 자루, 칼집에 든 칼 한 자루, 이상하게 생긴 상자들과 꾸러미 몇 개, 그리고 선반 위의 묘하게 퉁퉁 부어 있고 코 주위가 뒤틀린 무섭게 생긴 얼굴 석고상 두 개 등이 그런 것들이었다. 재거스 씨가 사용하는 등받이가 높은 의자는 아주 새카만 말총으로 만든 것으로, 시체 넣는 관처럼 가장자리를 빙 둘러 황동 못이 박혀 있었다. 그가 그 의자에 깊숙이 기대고 앉아 의뢰인들을 보며 집게손가락을 물어뜯고 있는 모습이 어렵지 않게 상상이 되었다. 방은 생각보다 작은 편이었는데, 그래서 의뢰인들은 벽에 등을 기대는 습관이 있었던 것처럼 보였다. 벽면은, 특히 재거스 씨의 의자 바로 반대편 벽면은 사람들의 어깨에서 묻은 기름때가 끼어 있었다. 나는 아까 그 애꾸눈 신사 역시, 나 때문에 공연히 쫓겨나게 되었을 때, 그 벽면에다 몸을 문지르며 밀려 나가던 것을 기억해 냈다.

나는 재거스 씨의 의자 맞은편에 놓인 의뢰인용 의자에 앉았다. 그러자 곧 그곳의 음울한 분위기가 나를 사로잡았다. 문득 아까 그 사무원의 태도 역시 자기 주인과 똑같이, 모든 사람에 대해 약점이 될 만한 것을 알고 있는 듯한 태도라는 것이 생각났다. 나는 얼마나 많은 사무원이 위층에서 일하고 있는지, 그리고 그들 모두가 자기들도 동료 인간들을 두렵게 하는 그런 능력을 똑같이 지니고 있다고 주장할 것인지 궁금했다. 또한 방 주변에 널려 있는 저 모든 이상한 잡동사니들의 내력이 무엇이며 또 어떻게 이곳에 와 있게 되었는지 궁금했다. 또한 저 퉁퉁 부어 있는 석고상 얼굴이 재거스 씨의 가족 얼굴인지, 그리고 만약 그가 몹시 불행하게도 그렇게 흉측하게 생긴 두 명의 친척을 두었다면 왜 그가 그들을 자기 집의 한 곳에다 안치해 두지 않고 저렇게 먼지 낀 받침대 위에 세워 놓고는 검댕과 파리가 내려앉도록 하는 것일까 궁금했다. 물론 나는 런던의 여름날을 처음 겪어 보는 상황이어서 온갖 건물에서 배출되는 뜨거운 공기와 모든 물체에 두껍게 쌓여 있는 먼지와 모래 때문에 기분이 몹시 짓눌려 있었는지도 모른다. 하지만 나는 재거스 씨의 답답한 방에 앉아서 위와 같은 것들을 궁금해하며 기다리고 있었다. 그러다가 마침내 나는 재거스 씨의 의자 위 선반에 있는 그 두 석고상을 정말로 더는 견딜 수가 없어서, 그만 자리에서 일어나 밖으로 나오고 말았다.

기다리는 동안 밖에 나가 한 바퀴 돌아보겠노라고 사무원한테 말하자, 그는 나에게 모퉁이를 돌아가면 바로 스미스필드로 들어서게 될 거라고 일러 주었다. 그래서 나는 스미스필드로 갔다. 그런데 그곳은 오물과 비계와 피와 거품 등으로 온통 더럽혀져 있는 장소였고, 그 지저분함이 나한테 그대로 들러붙는 것 같았다. 나는 가능한 한 빨리 그곳에서 벗어나고자 즉시 다른 거리로 빠져나갔다. 다른 거리로 들어서자 성 바울 성당의 커다란 검은색 둥근 지붕이 무섭게 생긴 어떤 석조 건물 뒤에서 나를 향해 불쑥 솟아오르듯 나타났는데, 지나가던 어떤 구경꾼이 그게 바로 뉴게이트 감옥이라고 알려 줬다. 감옥의 담장을 따라 걸어가던 나는 지나가는 마차 소리를 죽이기 위해 도로에 밀짚이 깔려 있는 것을 발견했다. 이것을 보고, 그리고 독한 술과 맥주 냄새를 강하게 풍기는 사람들이 주변에 많이 서 있는 것을 보고, 나는 재판이 진행 중이라는 사실을 추측할 수 있었다.

내가 그곳에서 주변을 돌아보고 있을 때, 몹시 더러운 데다 술까지 약간 취한 법무 관리 한 사람이 나에게로 다가오더니, 안으로 들어가서 재판을 방청하지 않겠냐고 물었다. 그러면서 반 크라운*만 내면 가발을 쓰고 법복을 차려입은 재판장을 확실하게 잘 볼 수 있는 앞자리를 내줄 수 있다는 정보까지 덤으로 알려 줬다. 그는 그 대단하신 분을 마치 밀랍 인형 전시품밖에 안 되는 것처럼 입에 올렸는데, 금세 18펜스라는 할인된 가격으로 그를 보여 줄 수 있다고 제안했다. 내가 약속이 있다는 구실을 대며 이 제안을 거절하자, 그는 친절하게도 나를 법원 마당으

* 1크라운은 5실링(즉 60펜스)에 해당되는 은화.

로 데려가더니, 어디가 교수대를 보관하는 곳이고 또 어디가 죄수들을 공개적으로 채찍질하는 곳인지 등을 알려 줬다. 그런 다음 그는 또 교수형에 처해질 죄수들이 최후로 끌려 나오는 채무자 감옥 출입문도 보여 줬는데, 그 무서운 출입구에 대한 관심을 고조하기 위해 그는 '녀석들 네 명'이 모레 아침 8시에 바로 그 문으로 끌려 나와 연달아 처형될 예정이라고 나한테 친히 알려 줬다. 이것은 소름 끼치는 이야기였으며, 나에게 런던에 대한 역겨운 인상을 줬다. 게다가 이 재판장의 소유주께서 걸치고 있는 옷들이 (머리 위의 모자에서부터 발끝의 목 긴 구두에 이르기까지 그리고 다시 손수건에 이르기까지, 모든 것을 포함해) 곰팡이가 피어 있을 뿐 아니라 그것들이 원래 그의 것이 아니라 교수형 집행인한테서 싼값으로 구입한 것이 틀림없다는 생각이 들자 그러한 인상은 더욱더 강해졌다. 이런 상황에서 나는, 비록 1실링을 주고 나서야 그에게서 벗어날 수 있었지만 그걸 잘한 일로 여겼다.

나는 재거스 씨의 사무실에 들러서 그동안에 그가 돌아왔는지 물어보았다. 그가 아직 돌아오지 않았으므로 나는 다시 밖으로 산책하러 나갔다. 이번에는 리틀 브리튼 거리를 한 바퀴 둘러본 다음 바솔로뮤 클로스 쪽으로 들어가 보았다. 이때쯤 해서 나는, 나뿐만 아니라 다른 사람들 역시 재거스를 기다리고 있다는 사실을 알게 되었다. 먼저, 수상한 모습의 남자 두 명이 바솔로뮤 클로스 안에서 어슬렁거리고 있었다. 그들은 생각에 잠긴 채 포장된 길 바닥의 갈라진 틈에다 자신들의 발을 끼워 넣으며 이야기를 나누고 있었는데, 그들이 내 곁을 처음 지나쳐 갈 때 그들 중 하나가 다른 사람에게 이렇게 말하는 게 들렸다. "그게 가능한 일이라면 재거스는 꼭 그렇게 할 거야." 한편 길모퉁이 한 곳에는 남자 셋과 여자 둘이 무리 지어 서 있었는데, 여자 하나는 더러운 숄에 얼굴을 댄 채 울고 있었고, 다른 여자는 자신의 숄을 그녀의 어깨 위로 당겨 덮어 주며 이런 말로 그녀를 위로하고 있었다. "재거스가 그의 변호사야, 어밀리어. 그러니 그 이상 뭘 더 바랄 수 있겠어?" 이 밖에도 내가 클로스 안을 거닐고 있는 동안 그곳으로 들어온 키가 작고 눈이 충혈된 유대인 한 사람이 있었다. 그는 키 작은 또 다른 유대인 한 명을 동반하고 왔는데, 곧 그를 어디론가 심부름을 보냈다. 두 번째 유대인이 심부름 가고 없는 동안 나는 이 첫 번째 유대인을 주목해서 보았다. 아주 쉽게 흥분하는 성격처럼 보이는 그는 가로등 기둥 아래를 걱정에 가득 찬 얼굴로 오락가락하면서 일종의 광란 상태에서 다음과 같이 부르짖었다. "오, 재거뜨, 재거뜨, 재거뜨여! 다른 따람들은(사람들은) 모두 떡은(썩은) 고기 장수들일 뿐이야. 나한테 오직 재거뜨만 있으면 돼!" 내 후견인의 인기에 대한 이러한 증거들은 나에게 깊은 인상을 주었고, 그래서 나는 전보다 더욱 감탄하고 놀라워했다.

마침내, 내가 바솔로뮤 클로스의 철문 앞에서 리틀 브리튼 쪽을 내다보고 있을 때, 재거스가 나를 향해 길을 건너오고 있는 것이 보였다. 기다리고 있던 다른 사람들도 동시에 그를 보았고, 모두들 그를 향해 달려가기 시작했다. 재거스 씨는 내 어깨에 한 손을 올려놓더니 아무 말도 하지 않은 채 그저 나를 자기 옆에서 계속 걷게 하면서, 따라오는 다른 사람들에게 말을 건넸다.

먼저 그는 수상한 그 두 사내부터 시작했다.

"보시오, 나는 당신네들한테 할 말이 아무것도 없소." 재거스 씨는 손가락을 획 내뻗어 그들을 가리키며 말했다. "나는 내가 지금 알고 있는 이상으로 더 알고 싶지 않소. 결과에 대해서는, 반반의 가능성이오. 처음부터 나는 반반의 가능성이라고 당신들에게 말했소. 웨믹에게 돈을 지불했소?"

"오늘 아침에 돈을 다 마련했습니다, 선생님." 사내들 중의 하나가 온순한 태도로 말했고, 그러는 동안 다른 사람은 재거스의 얼굴을 주의 깊게 살폈다.

"나는 당신네들이 언제 돈을 마련했는지, 또는 어디서 마련했는지, 또는 돈을 마련했는지 안 했는지 따위를 묻는 게 아니오. 내 질문은 웨믹이 돈을 받았느냐, 이거요."

"예, 받았습니다, 선생님." 두 사람이 함께 말했다.

"아주 좋소. 그럼 당신네들은 가도 좋소. 자, 자, 난 더 이상 듣고 싶지 않소!" 재거스 씨는 그들에게 뒤로 처지라는 뜻으로 손을 흔들어 대며 말했다. "만약 당신들이 나한테 한마디라도 더 말한다면 나는 이 사건을 포기해 버리겠소."

"저희가 생각하는 건 말입니다, 재거스 씨." 그들 중 하나가 모자를 벗으며 말을 시작했다.

"그게 바로 내가 하지 말라는 것이오." 재거스 씨가 말했다. "당신네들이 생각한다고? 생각은 내가 하는 거요, 당신들을 위해서 말이오. 당신들한테는 그걸로 충분하오. 당신들이 필요할 경우 나는 당신들을 어디서 찾아야 하는지 알고 있소. 당신들이 나를 찾아올 필요는 없소. 자, 더 이상 듣고 싶지 않소. 한마디도 듣지 않겠소."

재거스 씨가 다시 그들에게 뒤로 처지라는 뜻으로 손을 흔들어 대자, 두 사내는 서로 얼굴을 쳐다보더니 겸손히 뒤로 물러났다. 그러곤 더 이상 아무 말도 하지 않았다.

"자, 이제, 당신네들!" 재거스 씨는 갑자기 걸음을 멈추고는 숄을 두른 두 여자들에게로 돌아서며 말했다. 함께 있던 세 명의 남자들은 이미 그녀들한테서 떨어져서 공손히 서 있었다. "오! 어밀리어로군, 그렇지?"

"네, 재거스 씨."

"자네 기억하고 있나?" 재거스 씨는 쏘아붙이듯 말했다. "내가 아니었다면 자넨 지금 여기에 있지도 않을 거고, 또 있을 수도 없을 거라는 걸 말이야."

"오, 그럼요, 선생님!" 두 여자는 함께 큰 소리로 외쳤다. "하느님의 축복이 선생님께 내리시길 빌며 말씀드리건대, 저흰 그걸 아주 잘 알고 있지요, 선생님!"

"그렇다면……." 재거스 씨는 말했다. "여긴 어째서 온 거지?"

"저희 빌 말이에요. 선생님!" 울던 여자가 간청하듯 말했다.

"자, 잘 듣게!" 재거스 씨는 말했다. "마지막으로 분명히 말하겠네. 자네의 빌이 유능한 사람 손에 맡겨져 있다는 것을, 자넨 혹 모를지 몰라도 난 잘 알고 있네. 그런데 만약에 자네가 여기 와서 자네의 빌 문제로 귀찮게 군다면, 나는 자네의 빌과 자네 모두 본보기로 크게 혼내 줄 뿐만 아니라 자네의 빌을 내 손가락 사이로 빠져나가게 해 버릴 것이네. 웨믹에게 돈을 지불했는가?"

"오, 그럼요, 선생님! 한 푼도 빠짐없이 다 했답니다."

"아주 좋아. 그러면 자네는 자네가 해야 할 일을 다 한 것이네. 자, 한마디라도, 단 한마디 말이라도, 더 해 보게, 그러면 웨믹이 자네한테 돈을 돌려주고 말 것이네."

이 끔찍한 위협은 두 여자로 하여금 즉시 재거스 씨에게서 떨어져 나가게 했다. 이제, 쉽게 흥분하는 그 유대인 외에는 아무도 남아 있지 않았다. 그는 그동안에 이미 수차례나 재거스 씨의 외투 자락을 들어 입술에 갖다댔더랬다.

"이 사람은 전혀 모르는 작자인데!" 재거스 씨는 사람을 꼼짝 못하게 하는 그 똑같은 말투로 말했다. "이 친구는 뭘 원하는 거지?"

"치내(친애)하는 내 재거뜨 찌(씨), 저는 하브라함 나싸로(아브라함 나사로)의 치녕(친형)이올씀니다!"

"그가 누구요?" 재거스 씨는 말했다. "내 외투를 놓고 말하시오."

소청인은 옷자락 끝에 한 번 더 입을 맞춘 뒤 외투를 놓으면서 대답했다. "하브라함 나싸로라고, 은제(銀製) 띡기류(식기류)와 관련된 혐의로 잡힌 따람(사람)입지요."

"당신은 너무 늦었소." 재거스 씨가 말했다. "난 이미 저쪽 편에 서기로 했소."

"하느님 맙소사, 재거뜨 찌(씨)!" 쉽게 흥분하는 그 사람은 얼굴이 하얗게 질리며 큰 소리로 외쳤다. "썰마(설마) 당신이 하브라함 나싸로의 반때편(반대편)이라는 말씀은 아니겠죠!"

"아니, 반대편이라는 말이오." 재거스 씨는 말했다. "그러니 이야기는 끝났소. 비키시오."

"재거뜨 찌! 자, 잠깐만요! 내 찐싸촌(친사촌)이 지금 이 순깐 웨믹 찌를 만나러 갔씁니다. 그에게 어떤 금액이든 다 내겠다고 제안하러 말입니다. 재거뜨 찌! 잠깐의 잠깐만요! 당신이 쩌쪽 편에서 저희에게로 넘어올 찐절(친절)을 베풀어 주실 쑤 있따면, 값은 얼마든지 말뜸하십씨오! 돈은 쩐혀 문제가 되지 안씀니다! 재거뜨 찌, 재거뜨 찌!"

내 후견인은 이 소청인을 지극히 무관심한 태도로 뿌리치고 떠나 버렸다. 유대인은 포장된 길바닥 위에 남아 마치 그것이 숯불처럼 뜨겁기라도 한 듯이 펄쩍펄쩍 뛰어 댔다. 우리는 더 이상 방해를 받지 않고 재거스 씨의 사무실에 도착했는데, 입구 쪽 사무실에는 아까 그 사무원과 모피 모자에 우단 양복 차림의 그 남자가 기다리고 있었다.

"여기 마이크가 왔습니다." 사무원이 자신의 걸상에서 내려와 재거스 씨한테 바짝 다가서며 은밀한 태도로 말했다.

"오, 그래!" 재거스 씨는 그렇게 말하며 그 남자를 돌아보았는데, 그는 마치 종 치는 줄을 잡아당기는 '수컷 울새'의 피리새와도 같이 자기 이마 한가운데의 머리 타래를 잡아당기고 있었다.* "자네 증인을 오늘 오후 데리고 오라고 했지? 그래, 어찌 됐나?"

"글쎄요, 쟁어스 씨." 마이크라는 사람은 체질적인 감기 환자의 코맹맹이 소리로 대답했다. "왱장히(굉장히) 오생한(고생한) 끝에, 쓸 마안(만한) 사암(사람)을 한나 찾아씀다요, 나리."

"그자는 뭘 증언할 준비가 되어 있나?"

"글쎄요, 쟁어스 씨." 마이크는 이번에는 모피 모자에다 코를 문질러 닦으며 말했다. "임반적인(일반적인) 것으로, 아무거나요."

---

* 앞머리를 잡아당기는 행위는 보통 시골 사람들이 높은 계급 사람들에게 하는 경의의 표시였음. 그리고 앞에 나온 피리새는, 1744년에 지어져서 당시까지 잘 알려진 「누가 수컷 울새를 죽였나?」라는 동요에서 수컷 울새의 장례식 때 애도의 표시로 종을 쳐 울리겠다고 자원하는 피리새를 지칭함.

재거스 씨는 갑자기 아주 노한 얼굴이 되었다. "이봐, 내가 전에 경고했지." 그는 겁에 질린 의뢰인을 집게손가락을 휙 내뻗어 가리키며 말했다. "만약 네가 여기서 감히 그런 식으로 말을 한다면 본보기로 크게 혼날 줄 알라고 말이야. 이 빌어먹을 악당 놈, 감히 나한테 그런 식으로 말하다니!"

의뢰인은 겁먹은 얼굴이었지만 동시에, 자신이 뭘 잘못했는지 모르는 듯이 당혹스러워하는 표정이었다.

"이 멍청아!" 사무원이 나지막한 목소리로 말하며 그를 팔꿈치로 쿡 찔렀다. "이 돌대가리야! 그런 말을 그렇게 대놓고 떠벌려야 쓰겠냐?"

"자, 이 얼간이 바보 녀석아, 마지막으로 한 번 더 묻겠다." 내 후견인은 아주 엄한 얼굴로 말했다. "네놈이 이리 데리고 온 사람은 뭘 증언할 준비가 되어 있느냐?"

마이크는 마치 내 후견인의 얼굴에서 어떤 가르침을 읽어 내기라도 하려는 듯이 열심히 그를 쳐다보았다. 그러더니 천천히 대답했다. "피고의 잉격(인격)이나, 아니면 문제의 그날 밤 피고와 헤어지지 않고 내내 함께 있었다능 것을 증언할 수 있습다요."

"자, 조심해서 말하게. 그자는 어떤 일에 종사하는 사람인가?"

마이크는 자기 모자를 한 번 바라보고 사무실 바닥을 바라보았다. 그리고 천장을 바라보았다가 이어 사무원을 바라보았다. 그러더니 심지어 나까지 한 번 바라보고 나서는 불안한 태도로 대답을 하기 시작했다. "그의 옷차림을 뭣처럼 보이도록 꾸몄냐면요……." 그 순간 내 후견인이 다시금 호통을 쳤다.

"뭣이 어째? 이놈 너 또 그럴 거야, 응?"

("이 멍청아!" 사무원이 다시 한 번 팔꿈치로 쿡 찌르며 덧붙였다.)

마이크는 절망적인 얼굴로 얼마 동안 빙 둘러보다가 문득 얼굴이 환해지며 다시 말을 이었다.

"그는 점잔(점잖은) 파이 장수처럼 옷을 입고 있습다요. 일종의 과자 장수처럼 말임다."

"그가 지금 여기 와 있나?" 내 후견인이 물었다.

"길모퉁이 돌아 어느 집 뭉간(문간) 층계에 앉아 있으라 하고 왔습다요." 마이크가 대답했다.

"그를 데리고 저 창문으로 지나가게 해. 내가 좀 볼 수 있도록."

재거스 씨가 가리킨 창문은 사무실 창문이었다. 우리 세 사람은 모두 그리로 가서 쇠줄로 된 차양 뒤에 섰다. 곧 우리의 의뢰인이 짧은 흰 아마포(亞麻布) 양복에 종이 모자를 쓴, 살인자 같은 인상의 키 큰 사람 하나를 우연인 듯 창문 앞으로 데리고 지나가는 게 보였다. 아무것도 모르는 이 과자 상인이라는 작자는 결코 맑은 정신처럼 보이지 않았으며, 한쪽 눈두덩에는 비록 분을 발라 놓긴 했지만 푸르스름하게 멍든 자국이 남아 있었다.

"저놈한테 당장 그의 증인을 데리고 꺼지라고 말하게." 내 후견인은 극도로 역겨운 듯이 사무원에게 말했다. "그리고 도대체 무슨 뜻으로 저런 작자를 데리고 왔냐고 물어보게."

그런 뒤 내 후견인은 나를 자기 사무실로 데리고 갔다. 그러곤 상자에 든 샌드위치와 작은 휴대용 술병에 든 셰리주를 꺼내, 선 채로 점심 식사를 하며 (그는 자신의 그 샌드위치조차도 무섭게 위협하면서 먹는 것 같았다.) 나를 위해 그가 어떤 것들을 준비해 놓았는지 알려 주었다. 나는 '바너드 여관', 즉 포킷 씨의 아들이 거처하는 곳으로 갈 예정인데, 거기에는 이미 내가 머물 수 있도록 침대도 들여놓았다고 했다. 나는 월요일까지 포킷 씨 아들과 함께 지내다가, 월요일이 되면 그와 함께 그의 아버지 집으로 찾아가서 그에게 배우는 것이 마음에 드는지 한번 알아볼 예정이었다. 내 후견인은 또한 내 용돈이 얼마로 정해져 있는지 — 그런데 그것은 굉장히 큰 액수였다. — 말해 준 다음, 서랍 하나에서 상인들의 가게 명함을 꺼내 나에게 건네주었는데, 그들은 내가 이런저런 의복 일체를 비롯해 앞으로 합당하게 필요할 그 밖의 여러 가지 것들을 구입할 때 거래하도록 정해진 상인들이었다. "자네는 자네의 신용 상태가 좋다는 것을 알게 될 걸세, 핍 군." 내 후견인은 말하면서 셰리주를 급하게 들이켰는데, 그때 그의 술병에서는 술이 가득 찬 큰 술통만큼이나 독한 술 냄새가 났다. "하지만 이렇게 정해 놓음으로써 나는 자네의 계산서들을 점검해 보고 자네가 과도하게 낭비하고 있는 것을 발견할 때 자네를 제지할 수 있을 것이네. 물론 자네는 틀림없이 어떻게든 잘못된 길로 빠지고 말겠지만 말이야. 하지만 그건 내 책임이 아니야."

이런 고무적인 견해에 대해 잠시 곰곰이 생각해 본 뒤에, 나는 마차를 부르러 사람을 보내도 되겠느냐고 재거스 씨에게 물었다. 그는 내 목적지가 아주 가까운 곳에 있으므로 그럴 가치가 없다면서, 내가 괜찮다면 웨믹이 나와 함께 그리로 걸어가 줄 것이라고 말했다.

나는 그때서야 옆방에 있는 그 사무원이 바로 웨믹이라는 것을 알았다. 웨믹이 외출하고 없는 동안 그의 자리를 대신 지키도록 위층에 있는 다른 사무원에게 종소리로 연락이 갔고, 그가 내려오자 나는 내 후견인과 악수를 한 뒤 웨믹을 따라 거리로 나갔다. 밖에는 또다시 새로운 무리의 사람들이 서성거리고 있었다. 하지만 웨믹은 그들 사이를 헤치고 나아가며, 냉담하게, 하지만 단호한 어조로 말했다. "분명히 말하지만 이래 봤자 아무 소용없소. 그는 당신네들 누구하고도 한마디도 하지 않을 것이오." 우리는 곧 그들을 지나쳐서 나란히 걸어갔다.

21장

길을 따라 걸어가면서 나는 웨믹 씨에게로 시선을 돌려 햇빛 속에서 그가 어떻게 생겼는지 살펴보았다. 그는 정이 없는 사람처럼 보였으며 키가 다소 작고 얼굴이 네모났는데, 딱딱한 목질(木質)의 얼굴 표정은 마치 날이 무딘 끌로 불완전하게 깎아서 만든 것처럼 보였다. 그리고 재료가 좀 더 부드럽고 도구가 좀 더 예리했더라면 보조개가 되었을 수도 있겠지만 그렇지 못하고 그저 움푹 팬 흠집이 되고 만 자국들이 얼굴에 몇 개 있었다. 그런 장식적 시도의 흔적이 그의 코에도 서너 군데 있었는데, 그의 얼굴을 깎던 끌이 그것들을 매끄럽게 다듬으려는 노력을 하지 않은 채 그냥 일을 포기해 버리고 만 것 같은 형상이었다. 나는 그의 셔츠 상태가 닳아 해진 것을 보고 그가 독신이라고 판단했는데, 그는 상당히 여러 번 사별을 당한 사람처럼 보였다. 왜냐하면 그는, 유골 단지가 놓인 무덤 앞에 여인과 수양버들이 있는 그림이 새겨진 상복용 브로치 말고도, 최소한 네 개는 되는 추모 반지를 손가락마다 끼고 있었기 때문이다. 나는 또한 그의 시곗줄에 반지와 인장 들이 여러 개 매달려 있는 것을 보았는데, 마치 고인이 된 친지들의 유품이 그에게는 넘쳐 나는 듯한 느낌이었다. 그의 두 눈은 반짝반짝거렸으며 — 작고 날카롭고 까만 눈이었다. — 옆으로 길게 벌어진 얇은 입술에는 얼룩덜룩 반점이 있었다. 확신하건대, 그가 그런 눈과 입술을 달고 세상에 나온 지는 최소한 사오십 년은 됨 직했다.

"그러니까 당신은 전에 런던에 와 본 적이 전혀 없는 건가요?" 웨믹 씨가 나에게 물었다.

"예." 나는 말했다.

"나도 한때는 그랬지요." 웨믹 씨는 말했다. "지금 생각하려니 참 묘한 느낌이군요!"

"이제는 런던을 훤히 잘 알고 계시겠지요?"

"아, 그럼요." 웨믹 씨는 말했다. "나는 런던이 돌아가는 사정을 잘 알고 있지요."

"런던은 아주 사악한 곳인가요?" 나는 알고 싶어서라기보다는 그냥 뭔가 말을 이어가기 위해 물었다.

"런던에서는 사기나 강도나 살인 따위를 당할 수 있지요. 하지만 그런 짓을 할 사람들은 세상 어느 곳이든지 많은 법이지요."

"원한이 있는 경우에 그렇겠지요." 나는 그 사실을 좀 완화하기 위해 말했다.

"글쎄요! 난 원한에 대해선 잘 모릅니다." 웨믹 씨는 대답했다. "그런 일에 원한은 별로 크게 작용하지 않지요. 그런 자들은 무엇이든 이익만 생기면 그런 짓을 서슴없이 행한답니다."

"그건 더욱 고약한 얘기로군요."

"그렇게 생각합니까?" 웨믹 씨는 대답했다. "내가 보기엔 거의 마찬가지 얘기 같은데요."

그는 모자를 머리 뒤쪽으로 젖혀 쓴 채 앞을 똑바로 바라보며 걸어갔는데, 마치 그의 주의를 끌 만한 것이 길거리에는 아무것도 없다는 듯한 자족적인 태도였다. 그의 옆으로 길게 벌어진 입은 너무나도 우체통 구멍처럼 생겨서, 그냥 가만히 있어도 자동적으로 미소를 띤 얼굴처럼 보였다. 하지만 우리가 홀본 힐의 꼭대기에 도착할 때까지도 나는 그게 그저 기계적으로 나타나는 표정일 뿐, 그가 전혀 미소를 띠고 있지 않다는 사실을 알아차리지 못했다.

"매슈 포킷 씨가 사시는 곳을 아십니까?" 나는 웨믹 씨에게 물었다.

"예, 압니다." 그는 말하며 그쪽 방향으로 고개를 끄덕여 보였다. "런던 서부의, 해머스미스라는 곳에 살지요."

"여기서 먼가요?"

"글쎄요! 8킬로미터 정도 될 겁니다."

"그분을 아십니까?"

"이런, 당신은 반대신문을 아주 잘하겠군요!" 웨믹 씨는 칭찬하는 듯한 태도로 나를 바라보며 말했다. "예, 그를 압니다. 잘 알지요!"

이 말을 하는 그의 어투에는 경멸 내지는 용인의 태도가 섞여 있었으며, 그것을 본 나는 약간 낙담한 기분이 되었다. 나는 계속해서 곁눈질로 나무토막 같은 그의 얼굴을 바라보며 혹시라도 그 문제에 대해 고무적인 언급을 덧붙이지 않나 하고 기다렸는데, 순간 그가 바너드 여관에 도착했다고 말했다. 내 낙담한 기분은 그 선언으로 인해 전혀 호전되지 않았다. 왜냐하면 나는 이 숙박 시설이 바너드 씨가 운영하는 호텔로서, 그에 비하면 우리 읍내의 블루보어 여관은 그저 선술집에 불과한 그런 곳일 거라고 짐작했는데 그게 전혀 아니었기 때문이다. 내가 그 순간 발견한 것은, 바너드라는 사람이 육체를 떠난 영혼이거나 허구적 존재일뿐더러 그의 여관이란 곳도 악취 나는 한구석에다 꽉꽉 쑤셔 넣은 초라한 건물들의 집합체로, 수고양이들의 회합 장소로나 적합할 지저분하기 짝이 없는 곳이라는 사실이었다.

우리는 쪽문을 통해 이 안식처의 구내로 들어섰다. 입구의 통로를 비집듯이 빠져나오자 평평한 묘지처럼 보이는, 우울한 느낌의 자그맣고 네모난 안마당이 나타났다. 세상에서 가장 침울한 나무들과 세상에서 가장 침울한 참새들, 세상에서 가장 침울한 고양이들, 그리고 세상에서 가장 침울한 주택 건물들이 (그 수가 예닐곱 개 정도 되는 듯했는데) 그곳에 모여 있는 듯했다. 주택들 안에 각각 나뉘어 있는 여러 가구의 방 창문들은 너덜너덜한 차양과 커튼, 부서진 화분, 깨지고 금 간 유리창, 먼지로 덮인 부식된 부분, 처량하게 임시로 땜질한 자리 등등 온갖 단계의 황폐함을 전시해 놓고 있는 듯했다. 한편 비어 있는 방들의 창문마다 '세놓음'이라는 글씨들이 서로 연달아 나붙은 채 나를 노려보고 있었는데, 마치 그곳으로 새로 이사해 오는 가련한 인간이 아무도 없는 가운데 현재의 거주자들이 하나씩 하나씩 자살하여 마당의 자갈 밑에 장례식도 없이 부정(不淨)하게 묻혀 썩어 감으로써 바너드의 영혼이 복수심을 천천히 달래고 있기라도 한 것 같은 느낌이었다. 바너드의 이 황량한 창조물은 곰팡내 나는 검댕과 연기를 시커먼 상복처럼 온통 뒤집어쓴 채, 그리고 머리 위까지 재로 뒤덮인 채, 한심한 먼지 구덩이로서 굴욕과 참회의 시련을 겪고 있었다. 내 눈에 비친 모습들이 이런 것들이라면 다른 한편으로, 방치된 지붕과 지하실 등에서 썩고 있는 메마른 부패물과 습기 찬 부패물들, 그리고 온갖 소리 없는 부패물들 — 집쥐, 생쥐, 빌레 따위의 부패물과 바로 근처에 붙어 있는 역마차 마구간의 부패물 등 — 이 내 후각 쪽을 살며시 자극하며 "바너드 특유의 혼합 제품을 한번 써 보세요!"* 하고 신음하듯 속삭이고 있었다.

큰 유산 상속 가능성의 첫 번째 실현은 이렇게 너무나도 불완전한 것이어서 나는 몹시 낙심한 얼굴로 웨믹 씨를 바라보았다. "아!" 그는 내 표정을 잘못 해석하며 말했다. "좀 한적한 곳이라 고향 생각이 나는가 보군요. 나도 그렇답니다."

그는 나를 데리고 구석진 곳으로 들어가서는 층계 — 내가 보기에 계단들은 천천히 톱밥이 되어 무너져 내리고 있는 듯했다. 그래서 어느 날엔가는 위층 주민들이 문을 열고 나왔을 때 밑으로 내려갈 수단이 없어진 것을 발견하게 되고 말 것 같았다. — 위로 올라갔다. 그러곤 맨 꼭대기 층에 있는 집으로 나를 안내했다. '미스터 포킷 2세'라는 글씨가 문에 페인트로 씌어 있었는데, 우편함 위에는 '금방 돌아옴'이라는 쪽지가 붙어 있었다.

"그는 당신이 이렇게 일찍 도착하리라고는 아마 생각하지 못했을 겁니다." 웨믹 씨는 설명하듯이 말했다. "내가 더 이상 필요 없겠지요?"

---

* 담배나 의약 회사에서 자기네 상품을 선전할 때 사용하곤 하던 문구를 흉내 낸 것.

"네, 감사합니다." 나는 말했다.

"내가 현금을 관리하고 있으니까……." 웨믹 씨가 말했다. "아마 우린 틀림없이 꽤 자주 만나게 될 것입니다. 안녕히 계십시오."

"안녕히 가십시오."

나는 손을 내밀었다. 그러자 웨믹 씨는 처음에는 내가 뭔가를 원한다고 생각하는 것처럼 내 손을 그냥 쳐다보기만 했다. 그러다가 다음 순간 나를 바라보고는, 자신의 착각을 바로잡으며 말했다.

"아, 그렇지요! 예. 악수하는 습관이 있는가 보군요?"

나는 다소 당황하면서, 악수하는 것이 런던에서는 유행이 아닌 게 틀림없구나 하고 생각했다. 하지만 어쨌든 그렇다고 대답했다.

"나는 그 습관을 거의 버리다시피 했답니다." 웨믹 씨는 말했다. "마지막 순간*을 제외하고는 말입니다. 하지만 오늘은 물론 다르지요. 이렇게 알게 되어 매우 기쁩니다. 그럼, 안녕히 계십시오!"

그가 나와 악수를 나누고 떠나간 뒤 나는 계단의 창문을 열어 보았는데, 하마터면 머리가 잘려 나갈 뻔했다. 창문을 붙들어 매는 줄이 썩어 문드러진 탓에 창문이 단두대처럼 아래로 떨어져 내렸기 때문이다. 하지만 다행히도 창문이 너무나 빨리 떨어지는 바람에 나는 고개를 밖으로 미처 내밀지 못한 상태였다. 이렇게 화를 면하고 나자, 나는 먼지가 두껍게 낀 창문을 통해

* 교수형 당하기 직전에 죄수와 마지막으로 악수하며 인사하는 것을 의미함.

여관의 경치를 뿌옇게 내려다보는 것으로 만족했다. 그러곤 음울한 얼굴로 밖을 내다보며 서서는, 런던은 결단코 과대평가 되었다고 혼자 중얼거렸다.

'금방'이라는 말에 대한 포킷 2세의 개념은 내가 지닌 개념과는 달랐다. 내가 30분 동안이나 밖을 내다보며 거의 미칠 정도로 안달복달하다가 창문의 모든 먼지 낀 유리창마다 손가락으로 내 이름을 몇 번씩이나 써 대고 난 뒤에야 비로소 계단을 올라오는 발소리가 들려왔다. 잠시 후 모자, 머리, 장식용 넥타이, 조끼, 바지, 그리고 목이 긴 구두 등의 순으로, 나와 비슷한 신분의 사회 구성원 한 사람이 내 눈앞에 차츰 모습을 드러냈다. 그는 양쪽 겨드랑이에 종이 봉지를 하나씩 끼고 한 손에는 딸기 바구니를 하나 든 채, 숨을 헐떡이며 올라왔다.

"핍 씨지요?" 그가 말했다.

"포킷 씨지요?" 내가 말했다.

"아이고 이런!" 그는 크게 외쳤다. "이거 정말 너무 미안합니다. 하지만 나는 댁네 고장 그 지역에서 정오 출발 마차가 있다는 걸 알고 있어서, 댁이 그걸 타고 올 거라고 생각했답니다. 그리고 사실, 나는 댁을 위해서 나갔다 오는 길이랍니다, 그게 무슨 변명이 되는 건 아니겠지만, 당신이 시골에서 오니까 오찬을 든 후 약간의 과일을 먹고 싶어 할 거 같아서 신선한 것들을 사고자 코벤트 가든 시장*까지 갔었거든요."

내 나름의 어떤 이유로 인해 나는 그 순간 두 눈이 머리에서 튀어나올 것 같은 놀라움을 느꼈다. 나는 그의 깊은 배려에 황

* 런던의 청과물 도매시장.

설수설 고마움을 표하는 한편으로, 이게 꿈이 아닌가 하는 생각을 하기 시작했다.

"아이고 이런!" 포킷 2세는 말했다. "이 문은 왜 또 이리 꿈쩍 않는 거지!"

그가 겨드랑이에 종이 봉지를 그대로 낀 채 문과 씨름하느라 과일을 급속도로 짓이기고 있었으므로, 나는 종이 봉지들을 내가 들고 있어도 되겠느냐고 물었다. 그는 흔쾌한 미소로 승낙하며 그것들을 나에게 내주었다. 그러곤 마치 문이 사나운 맹수라도 되는 것처럼 문과 격투를 벌였다. 그러다 마침내 문이 갑자기 확 당겨지며 열렸으므로 그는 뒤로 비틀거리며 나에게 부딪쳤고, 그 바람에 나도 뒤로 비틀거리며 반대편 문에 부딪쳤다. 그리고 우리 둘은 큰 소리로 웃었다. 하지만 나는 여전히, 두 눈이 머리에서 튀어나올 것 같은 놀라움과 이게 꿈임에 틀림없다는 느낌에 사로잡혀 있었다.

"자, 어서 들어오세요." 포킷 2세는 말했다. "내가 안내를 좀 해 줘도 괜찮겠지요? 가구나 세간이 별로 없긴 하지만, 당신이 월요일까지는 그런대로 잘 견뎌 낼 수 있으리라 생각해요. 우리 아버지께서는 당신이 내일 아버지 자신보다는 나하고 보내는 게 더 즐거울 것이며 또 당신이 런던을 좀 돌아다녀 보고 싶어 할 거라고 생각하셨어요. 난 정말로 당신에게 런던 구경을 시켜 주는 걸 아주 기쁘게 여길 것입니다. 우리가 먹을 식사에 대해서 말하자면, 내 예상으로는 당신은 그게 그리 나쁘지 않다는 것을 알게 될 것입니다. 이 근처 커피하우스에서 시켜다 먹을 테니까요. 그런데 (당연히 덧붙여 말해야 하는 것으로서) 그건 다 당신의 비용으로 시키는 것이며, 모두 재거스 씨의 지시에 따른 것이랍니다. 우리의 숙소에 대해서 말하자면, 결코 훌륭하다고 할 수 없는 곳인데, 그건 나 스스로 생활비를 벌어서 사는 데다가 우리 아버지께서 아무것도 도와줄 수 없기 때문이지요. 뭐, 아버지께서 도와줄 수 있다고 해도 나는 받지 않을 테지만요. 자, 여기가 거실입니다. 보다시피 그저 우리 집에서 여분으로 내줄 수 있는 의자와 식탁과 카펫 몇 가지뿐입니다. 식탁보와 숟가락과 양념병 등까지 내가 다 갖춰 놓은 거라고 생각하지는 말아요. 그것들은 커피하우스에서 당신을 위해 가져온 거랍니다. 여기는 내 작은 침실입니다. 좀 퀴퀴하지요. 하지만 바너드 여관 자체가 퀴퀴한 곳이랍니다. 이게 당신이 쓸 침실입니다. 가구는 당신을 위해 임대한 것인데, 그런대로 적당할 것이라고 믿습니다. 하지만 뭐든지 더 필요한 게 있으면 내가 가서 구해 올 테니 말하세요. 여기는 방들이 외진 편이라서 우린 거의 둘이서만 지내게 될 겁니다. 하지만 아마 뭐, 싸울 일은 없을 겁니다. 그런데 아이고 이런, 용서해 주세요, 당신한테 그 과일을 내내 들고 있게 했군요. 어서 그 봉지를 나한테 주세요. 이거 정말 부끄럽습니다."

나는 포킷 2세를 마주 보고 서서 과일 봉지를 그에게 건네주었다. 하나, 둘 — 순간, 깜짝 놀라는 표정이, 즉 내 눈에 이미 나타나 있다는 것을 나 자신도 잘 알고 있는 그 놀라는 표정이 그의 눈에 떠오르는 게 보였다. 그는 뒷걸음치며 말했다.

"하느님 맙소사, 넌 바로 그 어슬렁거리던 아이 아냐!"

"그리고 넌……." 나는 말했다. "바로 그 창백한 어린 신사고!"

22장

바너드 여관에서 그 창백한 어린 신사와 나는 그렇게 서로를 빤히 바라보며 서 있었다. 그러다 마침내 우리는 함께 웃음을 터뜨렸다. "이게 바로 너라니, 정말!" 그는 말했다. "나야말로, 이게 바로 너라니, 정말!" 나는 말했다. 그러고 나서 우리는 다시금 서로를 한참 동안 빤히 바라보았다. 그러고는 또다시 크게 웃었다. "글쎄!" 창백한 어린 신사는 쾌활한 얼굴로 손을 내밀며 말했다. "다 지난 일로 생각하자, 이제. 그리고 내가 널 그렇게 때려눕혔던 것을 너그럽게 용서해 준다면 참으로 고맙겠다."

이 말을 듣고 나는 허버트 포킷(이 창백한 어린 신사의 이름은 허버트였다.) 군이 아직도 자신의 의도와 실제 결과를 다소 혼동하고 있다는 사실을 알아차렸다. 하지만 나는 겸손하게 대답했고, 우리는 다정하게 악수를 나눴다.

"그땐 네가 아직 너의 그 행운을 얻기 전이었지?" 허버트 포킷이 말했다.

"그래, 맞아." 나는 말했다.

"그래, 맞아." 그도 내 말에 맞장구쳤다. "나도 그게 아주 최근에 일어난 일이라고 들었어. 사실 그 당시, 나 자신도 그런 행운을 얻을지 모른다는 기대를 좀 했었지."

"정말?"

"그래. 미스 해비셤이 나를 불렀거든, 나를 좋아할 수 있는지 알아보려고 말이야. 하지만 해비셤 부인은 나를 좋아할 수 없었어. 뭐, 어쨌든 그녀는 나를 좋아하지 않았어."

나는 예의상 그래야 할 것 같아서, 그건 좀 놀라운 일이라고 말했다.

"고약한 경험이었지." 허버트는 웃으며 말했다. "하지만 사실이 그랬어. 그래, 그녀는 나를 시험 삼아 한번 오라고 불렀지. 그리고 만약 내가 성공적으로 시험을 통과했더라면 나는 아마 재산을 물려받았을 거야. 그리고 에스텔러와 소위 말하는 그런 관계가 되었을지도 몰라."

"그게 무슨 관계인데?" 나는 갑자기 심각해진 얼굴로 물었다.

그는 과일을 접시에 담아 놓으며 이야기를 하고 있었다. 그의 주의력이 흐트러져서 이런 말실수가 나오게 된 것은 그 때문이었다. "약혼 관계 말이야." 그는 여전히 과일을 열심히 담으며 설명하듯 말했다. "정혼한 관계. 혼인을 약속한 관계. 뭐, 그런 비슷한 말로, 소위 그런 종류의 명칭들 있잖아."

"그때 너는 어떻게 실망을 견뎌 냈니?"

"푸푸!" 그는 말했다. "나는 별로 개의하지 않았어. 그녀는 타타르족처럼 사나운 여자거든."

"미스 해비셤 말이니?"

"그녀도 물론 그렇다고 할 수 있겠지만 내가 말한 건 에스텔러야. 그 여자애는 무정하고 거만하고 변덕스럽기 짝이 없는데, 미스 해비셤이 모든 남성들한테 복수하라고 기른 아이야."

"그 애와 미스 해비셤은 어떤 관계인데?"

"아무 관계도 아냐." 그는 말했다. "그저 양녀일 뿐이지."

"그런데 왜 모든 남성들에게 복수를 한다는 거니? 그리고 무슨 복수를 말하는 거니?"

"맙소사, 핍 군!" 그는 말했다. "모르고 있었니?"

"응." 나는 말했다.

"이런 참! 이건 좀 이야기하자면 길어. 그러니 식사 때까지 미뤄 두기로 하자. 자, 그럼, 무람없지만 나도 너한테 하나 물어보자. 너는 그날 어떻게 거기 오게 된 거였니?"

나는 그에게 자초지종을 이야기했다. 그는 내가 말을 마칠 때까지 주의 깊게 들었다. 그러더니 다시금 큰 소리로 웃음을 터뜨리며, 나보고 혹시 나중에 많이 아프지 않았냐고 물었다. 나는 그 자신이야말로 어땠냐고 되묻지 않았는데, 왜냐하면 그 점에 대해 나는 완전히 굳게 확신하고 있었기 때문이다.

"재거스 씨가 너의 후견인인 것으로 알고 있는데?" 그는 계속해서 말했다.

"응, 맞아."

"그가 미스 해비셤의 재산 관리인이자 변호사로서, 다른 누구도 받지 못하는 신뢰를 그녀에게서 받고 있다는 걸 넌 알고 있니?"

이야기는 (내가 느끼기에) 나에게 좀 위험한 지점으로 나아가고 있었다. 나는 조심스러운 태도를 숨기지 않고 그대로 드러낸 채, 우리가 격투하던 바로 그날 미스 해비셤의 집에서 재거스 씨를 보았지만 그때 말고는 전혀 만난 적이 없으며 내가 믿기에 그는 아마 나를 거기서 보았다는 기억조차 전혀 없을 것이라고 대답했다.

"그는 무척 고맙게도 우리 아버지를 너의 개인 교사로 추천해 주고 또 직접 우리 아버지에게 찾아와서 그걸 제안하기까지 했단다. 물론 그가 우리 아버지에 대해 알게 된 것은 미스 해비셤과의 관계를 통해서지. 우리 아버진 미스 해비셤과 사촌 간이거든. 하지만 그렇다고 두 사람 사이에 무슨 친밀한 교류가 있다는 뜻은 아니야. 왜냐하면 우리 아버진 아첨을 못 하는 사람이어서 미스 해비셤의 비위를 맞춰 주려고 하지 않거든."

허버트 포킷에게는 사람의 마음을 끄는, 솔직하고 자연스러운 태도가 있었다. 비열하거나 은밀한 그 어떤 짓도 천성적으로 할 수 없는 성품이 모든 표정과 어조에 그토록 강하게 드러나는 사람을 나는 그때까지 결코 본 적이 없고, 또 그 이후로도 결코 본 적이 없다. 전반적인 그의 태도에는 굉장히 희망찬 뭔가가 느껴졌는데, 이와 동시에 그가 크게 성공하거나 부유한 사람이 결코 되지 못할 거라는 어떤 속삭임 같은 것도 느껴졌다. 어째서 그런 느낌이 들었는지는 잘 모른다. 그저 그날 첫 만남의 순간, 식사를 하러 자리에 앉기도 전에 그런 생각이 나를 사로잡았을 뿐이며, 어떻게 해서 그랬는지는 설명할 수 없다.

그는 아직도 창백한 어린 신사의 모습을 지니고 있었다. 활기차고 쾌활한 모습에도 불구하고 어딘지 한풀 꺾인 듯한 무기력의 기미를 풍기고 있었고 그로 인해 타고난 체력이 강하지 못하다는 인상을 주었다. 그의 얼굴은 잘생긴 편이 아니었다. 하지만 잘생긴 것보다 더 나은, 즉 더없이 상냥하고 명랑한 얼굴이었다. 그의 체격은, 그 옛날 내가 주먹으로 그토록 무례하게 다뤘던 때와 마찬가지로 별로 볼품이 없었지만, 그 반면에 언제까지나 경쾌하고 소년처럼 보일 것 같은 체격이기도 했다. 트랩 씨의 시골 솜씨가 발휘된 내 양복이 나보다 그에게 더 우아하게 잘 어울렸을 것인가 하는 질문에 대해서는 쉽게 긍정하기 어려울 수도 있다. 하지만 내가 분명히 기억하고 있는바, 다소 낡은 양복을 걸치고 있는 그의 품새는 새 양복을 걸치고 있는 내 품새보다 훨씬 나은 모습이었다.

그가 매우 많은 이야기를 해 줬으므로 내 편에서 너무 말을 삼가면 같은 나이 또래에 걸맞지 않은 부적절한 반응일 것이라는 느낌이 들었다. 그래서 나는 대단찮은 내 이야기를 그에게 해 주고는, 내 은인이 누구인지 묻는 것은 나한테 금지되어 있다는 점을 강조했다. 그리고 좀 더 나아가 내가 시골에서 대장장이 일을 배우며 자란 탓에 정중한 예절에 대해서는 아는 것이 거의 없으므로 만약 내가 어쩔 줄 몰라 하거나 잘못된 행동을 하는 걸 볼 때마다 그가 나에게 살짝 귀띔을 해 준다면 굉장히 큰 친절로 여기겠노라고 덧붙였다.

"내 기꺼이 그렇게 해 줄게." 그는 말했다. "너는 그런 귀띔이 거의 필요하지 않을 거라고 내 감히 예언하지만 말이야. 우린 아마 자주 함께 지내게 될 거야. 그래서 말인데, 나는 우리 사이에 불필요한 격식 따윈 모두 내던져 버렸으면 해. 지금부터라도 당장 네가 나를 내 세례명인 허버트라고 부르기 시작하면 좋겠는데 그래 줄 수 있니?"

나는 그에게 고맙다고 한 뒤, 그러겠다고 했다. 그리고 이에 대한 답례로 내 세례명은 필립이라고 그에게 알려 줬다.

"필립이라는 이름이 별로 마음에 안 드는구나." 그는 미소를 지으며 말했다. "꼭 철자 교본에 나오는 교훈적인 이야기의 불량 소년처럼 들린다. 너무나 게을러서 연못에 그냥 빠지고 말거나, 너무나 먹어 대서 두 눈이 가릴 정도로 살이 찌거나, 너무나 탐욕스러워서 케이크를 몰래 감춰 뒀다가 결국 쥐들만 배불리고 말거나, 막무가내로 고집을 피워 새 둥지를 뒤지러 나섰다가 바로 그 근처에 살고 있는 곰들에게 잡아먹히고 마는, 그런 말 안 듣는 아이 말이야. 내가 좋아할 이름이 뭔지 말해 줄게 들어 봐. 우리는 아주 화목한 사이이고 너는 대장장이였으니까…….그런데 이거 괜찮을까 모르겠구나?"

"네가 제안하는 것이면 뭐든지 나는 괜찮게 여길 거야." 나는 대답했다. "하지만 네가 말하는 그게 뭔지 모르겠다."

"헨델이라는 이름으로 널 친하게 부르면 어떻겠니? 헨델이 작곡한 아름다운 작품으로 바로 「화목한 대장장이」라는 게 있거든."

"아주 썩 마음에 들 것 같은데."

"그렇다면, 자, 내 친애하는 헨델." 그는 거실 문을 여는 동시에 돌아서며 말했다. "여기 식사가 준비되어 있어. 그리고 네가 식탁의 윗자리에 앉아 주기를 청하는 바야. 네 비용으로 시킨 식사니까 말이야."

나는 이것을 받아들이지 않았다. 그래서 그가 윗자리에 앉았고 나는 그를 마주 보고 앉았다. 조촐하고 근사한 오찬이었다. — 그 당시 나에겐 런던 시장의 취임 축하연과도 같아 보였다. 게다가 런던 한가운데서 연장자들이 전혀 없이 그렇게 독립

된 상황에서 우리끼리만 먹는다는 사실로 인해 더더욱 즐겁고 맛이 나는 식사였다. 식사의 이 즐거움과 맛은 다시금 한층 더 증대되었는데, 장식처럼 곁들여진 일종의 집시 같은 성격이 이 향연을 돋보이게 했기 때문이다. 식탁은, 펌블추크 씨가 말했음 직한 표현을 쓰자면, 그야말로 넘쳐나는 사치의 낙원 — 커피하우스에서 가져온 것들로 모든 것이 완전히 갖춰져 있었으므로 — 인 반면에 거실의 식탁 주변 지역은 상대적으로 황무지 같고 임시변통적인 성격을 띠고 있었던 것이다. 이것은 웨이터로 하여금 이리저리 유랑하는 습관에 빠지도록 강요했는바, 그는 그릇 뚜껑들을 거실 바닥에다 내려놓고 (그러고는 나중에 그것들에 걸려 넘어졌다.) 녹인 버터는 안락의자 위에 올려놓았으며, 빵은 책꽂이 선반 위에 얹어 놓고, 치즈는 석탄 운반통 안에다 넣어 두었으며, 삶은 닭 요리는 멀리 옆방의 내 침대 위에다 — 나중에 잠자러 들어갔을 때, 나는 닭 요리에 따라왔던 상당히 많은 파슬리와 버터가 응고된 상태로 거기에 남아 있는 것을 발견했다. — 올려놓아야 했다. 이 모든 것이 우리의 연회를 즐겁게 만들었으며, 웨이터가 가고 나를 지켜볼 사람이 없어지자 내 기쁨은 완전무결한 상태가 되었다.

식사가 어느 정도 진행되었을 때 나는 허버트에게 미스 해비셤에 대해 이야기해 주기로 한 약속을 상기시켰다.

"그래, 맞아." 그는 대답했다.

"바로 그 이야기를 시작하도록 하자. 하지만 서론 격으로 한 가지만 먼저 언급한다면, 헨델, 런던에서는 칼을 입안에 집어넣지 않는 것이 관례란다. 뭐, 사고라도 날까 봐 그러겠지. 그리고 물론 그런 용도를 위해 포크가 있긴 하지만 포크도 필요 이상으로 입안에 집어넣지는 않는단다. 언급할 가치가 거의 없는 것이지만, 다른 사람들이 하는 대로 하는 게 좋을 듯해서 말한 것뿐이야. 또, 숟가락은 일반적으로 위에서 아래로 감아 잡지 않고 아래에서 위로 받쳐 잡는단다. 이건 두 가지 이점이 있지. 하나는 음식을 좀 더 쉽게 입으로 가져갈 수 있다는 것이고 (숟가락을 사용하는 목적은 결국 그것이니까) 다른 하나는 굴을 깔 때 오른쪽 팔꿈치 부분의 자세가 상당히 편해진다는 점이란다."

이 우정 어린 충고를 너무나 쾌활하게 말해 줬기 때문에 우리는 둘 다 웃음을 터뜨렸으며, 나는 얼굴을 거의 붉히지 않았다.

"자, 그럼 미스 해비셤에 대해서 이야기하자." 그는 계속해서 말했다. "먼저 알아 둬야 할 것은, 미스 해비셤이 응석받이로 자랐다는 사실이야. 그녀의 어머니는 그녀가 아기였을 때 돌아가셨고, 아버지는 딸의 요구라면 뭐든지 다 들어줬어. 그녀의 아버지는 네가 살던 고장의 시골 신사였는데 양조업자였지. 양조업자가 왜 존경받는 직업이 되는지 나는 잘 모르겠어. 하지만 점잖은 신사면서 빵 굽는 일은 절대 할 수 없는 반면에 그 누구 못지않게 점잖은 신사면서 양조업을 할 수 있다는 것은 반박할 수 없는 사실이란다. 그런 건 매일 볼 수 있는 일이야."

"하지만 신사가 술집을 운영해서는 안 되는 것이겠지, 그렇지?" 나는 말했다.

"그럼, 결코 안 될 일이지." 허버트는 대답했다. "하지만 술집이 신사를 먹여 살리는 것은 가능하지. 그건 그렇고! 해비셤 씨는 아주 부자인 데다 몹시 거만했단다. 그의 딸도 마찬가지였지."

"미스 해비셤은 그의 외동딸이었니?" 나는 짐작으로 한번 말해 봤다.

"잠깐만 기다려, 막 그 이야기를 하려는 참이야. 아니야, 그녀는 외동딸이 아니었어. 이복 남동생이 하나 있었어. 미스 해비셤의 아버지가 남몰래 재혼을 했거든. 자기 집 요리사와 말이야, 내가 듣기로는."

"그는 거만한 사람이었다면서." 내가 말했다.

"물론 그는 그랬지, 내 다정한 친구 헨델. 바로 그래서 남몰래 그 여자와 재혼을 한 거지, 거만한 사람이었으니까 말이야. 그런데 시간이 좀 지난 뒤에 그녀 또한 사망하고 말았어. 내가 알기로, 그녀가 사망하고 나자 그는 비로소 딸에게 자기가 그간에 저지른 행동을 털어놓았지. 그러곤 그 뒤로 그 아들이 집안 식구의 일원이 되어서 네가 잘 알고 있는 그 집에서 함께 살기 시작했지. 그 아들은 자라서 청년이 되자, 방탕하고 사치스럽고 불효막심한, 즉 완전히 못된 사람이 되고 말았어. 마침내 아버지는 그와 부자 관계를 끊어 버리기까지 했지. 하지만 그는 세상을 떠날 때 마음이 누그러져서 그 아들에게 넉넉한 재산을 남겨 주었어. 미스 해비셤에게 준 것과는 도저히 비교가 안 되었지만 말이야. 포도주 한 잔 더 들어. 그런데 용서해 주기 바라는데, 대체로 사교계에서는 술잔 바닥을 뒤집어 올려 술잔 테두리가 코에 닿을 만큼 그렇게 양심적으로 술잔을 엄밀하게 비우는 것을 기대하지 않는다고 말해 주고 싶구나."

그의 이야기에 지나치게 주의를 집중한 나머지 나는 바로 그렇게 잔을 비우고 있었던 것이다. 나는 그에게 고맙다고 한 뒤 미안하다고 사과했다. 그는 "천만에."라고 말한 다음 다시 말을 이었다.

"그래서 이제 미스 해비셤은 유산 상속자가 되었고, 그 결과 너도 짐작하겠지만 훌륭한 결혼 상대로 뭇 사람들의 선망의 대상이 되었지. 이복동생은 다시금 충분한 재산이 생겼지만 그간의 빚과 새로운 방탕 생활 등으로 다시금 무서운 속도로 재산을 탕진해 버렸어. 그와 미스 해비셤은 그와 그의 아버지의 경우보다 훨씬 더 사이가 나쁜 관계였는데, 그는 자기 아버지의 분노가 그녀의 영향 때문이라고 생각해서 그녀에 대해 악의에 찬 깊은 원한을 품었던 것으로 추정되고 있어. 자, 이야기의 고통스러운 부분은 바로 여기서부터야. 그런데 그저 잠깐 쉴 겸해서 다른 말을 한마디 한다면, 내 다정한 친구 헨델, 식사용 냅킨은 컵 속에 집어넣는 게 아니란다."

내가 왜 냅킨을 내 컵에다 쑤셔 넣고 있었는지 나는 도무지 모르겠다. 내가 아는 것은 그저, 훨씬 더 훌륭한 일에나 필요함 직한 대단한 끈기를 가지고 냅킨을 그 비좁은 입구 속에다 틀어넣고자 안간힘을 다해 용을 쓰고 있는 나 자신을 내가 그 순간 발견했다는 사실밖에 없다. 나는 다시 그에게 고맙다고 한 뒤 미안하다고 사과했고, 그는 다시금 더없이 명랑한 태도로 "천만에, 정말이야!"라고 말하고는 이야기를 계속했다.

"그런 상황에서 어떤 남자가 등장했는데, 가령 경마장이나 공공 무도회장, 또는 그 밖에 어디든 그런 비슷한 장소에서라고 해 두자. 그는 미스 해비셤에게 구애를 하기 시작했어. 나는 그 사람을 본 적이 없어. 25년 전에 (즉 헨델 너와 내가 태어나기 전에) 일어난 일이니까 말이야. 하지만 나는 우리 아버지가 말씀하시는 걸 들은 적이 있는데, 그는 멋쟁이처럼 보이는 남자로 그런 일에 딱 제격인 부류의 사내였다고 하셨어. 하지만 무지하거나 편견을 가진 사람이 아니고서는 그를 신사로 오해할 사람은 아무도 없을 거라고 우리 아버지는 아주 강하게 단언하셨어. 마음이 진정한 신사가 아닌 사람이 행동에 있어서 진정한 신사가 된 적은 세상이 시작된 이래 결코 없었다는 것이 우리 아버지의 지론이거든. 아버지는 말씀하시길, 어떤 왁스 칠도 나뭇결을 가릴 수 없으며, 우리가 왁스 칠을 하면 할수록 오히려 그 나뭇결이 더욱더 잘 드러나게 마련이라고 하셨어. 그건 그렇고! 이 남자는 미스 해비셤을 가까이에서 쫓아다녔고, 그러면서 그녀를 흠모한다고 공언했어. 내가 믿기에 그녀는 그 이전까지는 남자들에게 감정적 반응을 보인 적이 별로 없었어. 그런데 잠자고 있던 그녀의 감정적 반응이 바로 그때, 정말이지 전부 다 터져 나온 거야. 그래서 그녀는 그를 열정적으로 사랑하기 시작했고, 그녀가 그를 완전히 우상처럼 숭배한다는 것은 누가 봐도 틀림없었지. 그는 그녀의 그런 애정을 아주 조직적인 방법으로 이용해서 그녀한테서 거액의 돈을 갈취했을 뿐만 아니라, 그녀를 구슬려 그녀의 이복 남동생이 지닌 양조장 사업의 소유 지분을 (그의 아버지가 그에게 변변찮은 상태로 남겨 준 것이었는데) 엄청난 값을 치르고 매입하게 했어. 자기가 그녀의 남편이 되었을 때 그 모든 것을 소유하고 경영하겠다는 구실을 대서 말이야. 네 후견인은 그때 당시 미스 해비셤에게 조언을 해 줄 위치가 아니었어. 게다가 그녀는 너무나 거만하고 사랑에 푹 빠져 있어서 어느 누구의 충고도 들으려고 하지 않았지. 그녀의 친척들은 가난했고, 또 우리 아버지를 빼고는 모두 교활한 궁리를 하기에 바빴어. 우리 아버지도 가난한 건 마찬가지였지만 기회주의적이거나 시기하거나 하질 않았어. 친척들 가운데 유일하게 사심 없는 사람으로 아버진 그녀에게 경고했지. 그녀가 이 남자에게 너무나 많은 것을 해 주고 있으며 또 너무나 무조건적으로 그에게 빠져들고 있다고 말이야. 그러자 그녀는 기회가 생기는 즉시, 그 남자가 있는 자리에서 우리 아버지에게 성난 얼굴로 그녀의 집에서 나가라고 명령했고, 그 뒤로 우리 아버진 한 번도 미스 해비셤을 만나러 간 적이 없어."

나는 미스 해비셤이 "매슈도 마침내 여기 와서 나를 보게 될 거야, 내가 저 식탁 위에 죽어 누우면 말이야."라고 말하던 것이 생각났다. 그리고 허버트에게, 그녀에 대한 그의 아버지의 분노가 그토록 극심한 것이냐고 물어보았다.

"그건 아니야." 그는 말했다. "하지만 그녀는 남편감으로 정한 그 남자 앞에서 우리 아버지에게, 우리 아버지가 그녀에게 아첨하여 자신의 이익을 얻으려던 기대가 꺾여서 그러는 것이라고 비난을 했어. 그래서 만약 아버지가 이제 와서 그녀에게 찾아간다면 그 비난이 그 자신에게조차, 그리고 그녀에게조차 사실로 여겨질 거야. 자, 다시 그 남자에게로 돌아가 이야기를 끝낸다면, 결혼식 날짜가 정해지고 웨딩드레스가 준비되고 신혼여행 계획이 세워지고 결혼식에 올 하객들도 다 초청되었어. 그리고 그날이 왔지. 하지만 신랑이 나타나지 않았어. 그는 그녀에게 편지를 보냈는데……."

"그 편지를 그녀는 결혼식장에 가려고 막 드레스를 입고 있을 때 받았지?" 나는 갑자기 끼어들어 말했다. "9시 20분 전에 말이야."

"맞아." 허버트는 고개를 끄덕이며 말했다. "그리고 그녀는 나중에 집 안의 모든 시계를 바로 그 시각에 맞춰 정지시켜 놓았지. 편지에 뭐라고 씌어 있었는지에 대해서는, 그것이 아주 비정하게 결혼을 깨뜨려 버렸다는 것밖에 나는 말할 수 없어. 왜냐하면 나도 모르거든. 그 뒤 그녀는 심하게 앓아 누웠다가 회복했는데, 그 후로 집 전체를 네가 보았듯이 황폐하게 내버려 두었지. 그러곤 그 이래로 햇빛을 한 번도 본 적이 없단다."

"그게 이야기의 전부니?" 허버트의 이야기에 대해 잠시 생각해 본 뒤에 나는 물었다.

"그게 내가 아는 전부야. 사실 그만큼도 나 스스로 조각조각 짜 맞춰서 겨우 알고 있을 뿐이야. 우리 아버지는 그것에 대한 이야기를 언제나 피하셨지. 미스 해비셤이 나를 그리 오라고 불렀을 때조차도 아버진 내가 절대적으로 알고 있어야 할 것 외에는 아무것도 말씀해 주지 않으셨어. 아, 한 가지 잊은 게 있구나. 그녀에게 잘못된 믿음을 주었던 그 남자는 처음부터 끝까지 그녀의 이복동생과 짜고 행동했던 것으로, 즉 두 사람이 공모하여 일을 꾸몄고 그래서 나중에 둘이 이익을 나눠 가진 것으로 추측되고 있어."

"그가 왜 미스 해비셤과 결혼해서 모든 재산을 독차지하지 않았는지 의아하구나." 나는 말했다.

"글쎄, 그는 이미 결혼한 사람이었는지도 모르고, 그녀에게 잔인한 굴욕을 주는 것이 그녀 이복동생의 책략의 일부였을 수도 있어." 허버트는 말했다. "하지만 주의해! 그건 나도 잘 모르는 사항이야."

"그 두 사람은 어떻게 되었니?" 나는 다시금 그 이야기에 대해 잠시 생각해 본 뒤에 물었다.

"그들은 더욱더 깊은, 물론 그럴 수 있다면 하는 말이지만, 수치와 타락과 파멸의 길로 빠지고 말았지."

"그들은 아직 살아 있니?"

"모르겠어."

"너는 아까 에스텔러가 미스 해비셤과 인척 관계가 아니라 그냥 양녀라고 말했어. 그럼 언제 양녀가 된 거니?"

허버트는 어깨를 으쓱해 보였다. "내가 미스 해비셤 이야기를 처음 들었을 때부터 에스텔러는 언제나 함께 언급되었어. 그 이상은 몰라. 자, 헨델." 그는 마치 이야기를 그만 결말 짓고 떨쳐 버리려는 듯이 말했다. "너와 나는 이제 완전히 모든 걸 함께 알고 있는 사이가 된 거야. 미스 해비셤에 대해 내가 아는 것은 전부 다 너도 알고 있어."

"그리고 너도……." 나도 대꾸해 줬다. "내가 아는 것을 모두 다 알고 있지."

"전적으로 그렇게 믿어. 그러므로 이제 너와 나 사이에는 경쟁심이나 곤혹감 따위는 전혀 존재할 수 없는 거야. 그리고 네 인생의 행운이 유지될 수 있는 조건, 너에게 그 은혜를 베풀어 준 사람이 누군지 묻거나 논의해서는 안 된다는 사항에 대해서는 확신해도 돼. 나와 나에게 속한 어떤 사람도 그것을 침해하거나 심지어 언급조차 하지 않을 거라는 점을 말이야."

진실로 말하건대, 그는 이것을 아주 세심하게 말했기 때문에 나는 내가 앞으로 십수 년을 그의 아버지 집에서 산다 할지라도 그 문제는 전혀 신경 쓸 필요가 없을 것처럼 느꼈다. 하지만 그는 동시에 그것을 아주 의미심장하게 말했기 때문에 나는 그가 미스 해비셤이 내 은인이라는 사실을 내가 알고 있는 바와 똑같이 완전히 알고 있다고 느꼈다.

나는 그가 우리 둘 사이에 그 문제를 깨끗이 정리하려는 목적으로 대화를 그리로 이끌어 갔다는 것을 그때까지 생각하지 못했다. 하지만 우리가 그 문제를 꺼내서 이야기하고 난 뒤 우리 마음이 너무나 가볍고 편해졌으므로 나는 그제야 비로소 그 사실을 알아차렸다. 우리는 아주 명랑하고 화기애애했는데, 대화를 나누는 도중에 나는 그가 무슨 일을 하는지 물었다. "자본가야. 선박 보험업자 같은 거지." 생각하건대 그는 내가 방 안을 둘러보며 해상 운송을 나타내는 어떤 물건이나 자본을 찾는 것을 보았음에 틀림없었다. 왜냐하면 그는 "런던 시내 중심가에서 일해."라고 덧붙였기 때문이다.

나는 런던 시내 중심가의 선박 보험업자들이 엄청난 재산과 굉장히 중요한 지위를 지니고 있는 것으로 알고 있었다. 그래서 내가 젊은 보험업자를 때려눕히고 그의 기업가적인 눈을 멍들게 하고 그의 책임 무거운 머리를 찢어 놓았다는 생각에 새삼 두려움을 느끼기 시작했다. 하지만 그 순간 다시금, 허버트 포킷이 결코 크게 성공하거나 부유한 사람은 되지 못할 거라는 그 이상한 예감이 나에게 떠오르면서 나는 안정을 되찾았다.

"나는 단지 선박 보험업에 내 자본을 투자하는 것에만 만족하며 안주하지는 않을 거야. 나는 유망한 생명보험업 주식도 좀 사들일 것이고, 또 이사(理事)직 쪽으로 진출할 생각이야. 나는 또한 광산업 쪽에도 손을 좀 뻗어 볼 작정이야. 하지만 이런 것들 중 어떤 것도 내가 선박 몇천 톤 정도를 독립 자산으로 세를 내어 직접 사업을 하는 것에 방해가 되지는 않을 거야." 그는 의자에 깊숙이 기대어 앉으며 말했다. "나는 동인도 지역으로 나가서 비단, 숄, 조미료, 염료, 약재, 고급 목재 등을 무역할 생각이야. 그건 꽤 신나는 무역일 거야."

"그리고 이익도 상당히 많겠지?" 나는 말했다.

"엄청나지!" 그가 말했다.

나는 다시금 경외감에 떨며, 허버트가 나보다 더 막대한 재산을 얻을 가능성을 지니고 있다는 생각이 들기 시작했다.

"나는 또……." 그는 양 엄지손가락을 조끼 호주머니에 찔러 넣으며 말했다. "서인도 제도로도 나가서 설탕, 담배, 그리고 럼주(酒) 등을 무역할 생각이야. 그리고 실론*에도 갈 거야, 특히 상아 무역을 하러 말이야."

"그러려면 상당히 많은 배가 필요하겠구나." 나는 말했다.

"완전한 선단 하나는 돼야 할걸." 그는 말했다.

무역 거래의 이러한 장대한 규모에 완전히 압도된 나는 그와 보험 계약을 맺은 배들이 현재 대부분 어디로 나가 있느냐고 물었다.

"나는 아직 선박 보험업을 시작하진 않았어." 그는 대답했다. "나는 지금 주변을 살펴보고 있는 중이야."

어쩐지, 이런 방식의 일 수행은 바너드 여관과 오히려 더 잘 어울리는 것처럼 여겨졌다. 나는 (납득한 듯한 어조로) 말했다. "아, 그렇구나!"

"그래, 나는 지금 회계 사무소 한 곳에 나가며 주변을 살피는 중이야."

"회계 사무소는 수익이 많은 곳이니?" 나는 물었다.

"그러니까, 그곳에 나가는 젊은이에게 말이니?" 그는 대답 대

---

* 스리랑카의 옛 이름.

신 물었다.

"응, 너한테 말이야."

"글쎄, 아-아니. 나한테는 아니야." 그는 세밀하게 계산하여 전체 수지를 맞춰 보는 사람 같은 태도로 이 말을 했다. "직접적인 이익이 있지는 않아. 다시 말하면 나는 그곳에서 아무런 보수도 받지 않아. 그래서 나는 나 스스로, 꾸려 나가야 해."

이것은 분명코 이익이 많이 날 형세와는 거리가 멀었다. 나는 그런 수입원으로부터 많은 자본을 축적하고 마련하는 것은 어려울 거라는 뜻을 표현하듯이 고개를 가로저었다.

"하지만 말이야." 허버트 포킷은 말했다. "중요한 것은 내가 주변을 살핀다는 점이야. 그거야말로 대단한 사실이야. 그러니까, 회계 사무소에 나가고, 그래서 주변을 살필 수 있다는 것, 바로 그게 중요한 거야."

그의 말은 마치 '회계 사무소에 나가지 않으면 주변을 살필 수 없다.'는 것처럼 좀 이상하게 들렸다. 하지만 나는 그의 경험을 존중해 아무 말도 하지 않았다.

"그러다가 마침내 다가오는 거야." 허버트는 말했다. "좋은 기회가 열리는 순간이 말이야. 그러면 즉시 뛰어들어 그것을 덮치는 거야. 그리고 자본을 마련하는 거지. 그러면 다 되는 거야! 일단 자본을 마련하기만 하면 그것을 투자하는 일밖에 할 일이 없으니까 말이야."

이것은 미스 해비셤의 정원에서의 그 우연한 만남 때 행동과 아주 흡사한 것이었다. 정말 아주 흡사한 것이었다. 그가 자신의 궁핍을 견디는 방식 또한 그때의 패배를 견뎠던 방식과 정확히 일치했다. 그는 그 옛날 내 주먹질을 받아들인 것과 똑같은 태도로 현재의 그 모든 고난과 시련을 받아들이고 있는 것처럼 보였다. 그가 지극히 간단한 필수품들 외에는 아무것도 갖춘 것이 없다는 것은 명백했다. 왜냐하면 내가 주목하며 언급하는 것마다 모두 커피하우스나 어디 다른 곳에서 나를 위해 가져다 놓은 것으로 판명되었기 때문이다.

자신의 마음속에서는 이미 성공을 다 성취해 놓았지만 그는 그것에 대해 아주 겸손하게 굴었으며, 그래서 나는 그가 우쭐대지 않은 것에 대해 깊은 고마움을 느꼈다. 그런 그의 겸손함은 호감을 일으키는 그의 타고난 성품을 한층 더 호감 있게 만들었으며, 그 결과 우리는 더없이 좋은 사이가 되었다. 저녁 때 우리는 거리로 산책을 나갔고, 중간에 들어가는 반액 입장권을 사서 연극도 관람했다. 그리고 다음 날 우리는 웨스트민스터 사원에서 일요 예배를 드린 다음, 오후에는 공원을 거닐었다. 나는 런던의 저 수많은 말들의 편자를 누가 다 만드는지 궁금해하면서, 조가 만든다면 얼마나 좋을까 하는 생각을 했다.

아직 일요일이었지만 그날 나는, 적당히 줄여 계산해도, 조와 비디를 떠난 지 벌써 수개월 이상 된 것 같은 느낌이었다. 나와 그들 사이에 놓인 공간적 거리에 있어서도 그러한 확장이 똑같이 일어났고, 그래서 우리 고장의 습지는 한없이 멀리 떨어진 것처럼 느껴졌다. 내가 낡은 일요일용 양복을 입고 우리 동네의 낡은 교회에 간 것이 다름 아닌 바로 지난주 일요일이었다는 사실은, 지리적으로나 사회적으로나 태양으로나 태음으로나, 완전히 불가능의 총체인 것처럼 여겨졌다. 하지만 땅거미 진 저녁에 사람들로 몹시 북적대고 불이 아주 환하게 밝혀진 런던의 거리를 걸을 때, 문득 고향 집의 초라한 부엌을 그토록 멀리 내버리고 온 것에 대한 어떤 자책감 같은 것에 사로잡히는 우울한 순간들이 있었다. 그리고 고요한 한밤중에도, 무능한 사기꾼 같은 어떤 수위가 바너드 여관을 지킨다는 핑계 아래 여관 주변을 배회할 때 그의 발소리가 내 가슴에 공허하게 울렸다.

월요일 아침 9시 15분 전에 허버트는 일종의 출근 보고를 하기 위해, 그리고 내 생각에 주변을 살피기 위해, 회계 사무소로 나갔는데, 나도 그와 동행했다. 그는 한두 시간 정도 있다가 나와서 나를 데리고 해머스미스에 갈 예정이었다. 그래서 나는 근처에서 그를 기다리고 있기로 했다. 내 보기에 젊은 보험업자들을 배출해 낼 알들은 마치 타조 알처럼 먼지와 열기 속에서 부화되고 있는 것 같았다. 태동기에 있는 그 거인들이 월요일 아침에 들어가는 장소들을 보고 판단하건대 그랬다. 허버트가 도와주고 있는 회계 사무소라는 곳도 내 눈에는 결코 주변을 살피기 좋은 전망대처럼 보이지 않았다. 3층 뒤편의 안마당 쪽 사무실로, 모든 점에서 때 묻고 더러운 상태인 데다 또 다른 쪽 3층 뒤편을 들여다보고 있어서 밖을 내다보며 살피는 것과는 거리가 멀었기 때문이다.

나는 정오가 될 때까지 주변을 거닐며 기다렸다. 나는 런던 거래소에 들어가 봤는데, 거기에서 텁수룩한 사람들이 선박보험에 관한 광고 벽지 아래 앉아 있는 것을 보았다. 나는 그들이 이름 있는 대(大) 상인들인가 보다 하고 생각했지만 이해할 수 없게도 그들은 모두 침울한 얼굴을 하고 있었다. 허버트가 나왔을 때 우리는 유명한 식당에 가서 점심을 먹었다. 그곳은 그 당시 나에게는 아주 훌륭하게 보였지만 지금 와서 믿기로는 유럽에서 가장 형편없이 잘못 알려진 곳으로, 그 당시조차도 고기즙이

스테이크 위보다 식탁보와 칼과 웨이터의 옷에 더 많이 묻어 있는 것을 알아차리지 않을 수 없었다. 이 식사를 적당한 가격에 (값이 청구되지 않은 많은 기름기를 고려할 때 그러했는데) 해치우고 난 뒤 우리는 바너드 여관으로 돌아가서 내 작은 여행 가방을 가지고 나왔다. 그러곤 마차를 타고 해머스미스로 출발했다. 우리는 그곳에 오후 두세 시경에 도착했고, 얼마 걸어가지 않아서 바로 포킷 씨의 집에 이르렀다. 대문의 빗장을 들어 올리자 우리는 곧바로 강을 내려다보는 자그만 정원으로 들어섰는데, 그곳에서는 포킷 씨의 아이들이 여기저기 돌아다니며 놀고 있었다. 내 이해관계나 선입견과 전혀 무관한 사항에 대해 내가 잘못 생각하지 않았다면, 내가 보기에 포킷 씨 부부의 아이들은 성장이나 양육이 아니라 굴러 넘어지기를 통해 자라고 있는 것 같았다.

포킷 부인은 나무 밑에 있는 정원용 의자에 앉아서 또 다른 정원용 의자에 두 다리를 올려놓은 채 책을 읽고 있었다. 그리고 포킷 부인의 보모 두 명이 주변에서 아이들이 노는 것을 살펴보고 있었다. "어머니." 허버트가 말했다. "이쪽은 젊은 핍 군이에요." 그러자 포킷 부인은 상냥하고 위엄 있는 모습으로 나를 맞아 주었다.

"앨릭 도련님, 그리고 제인 아가씨." 보모 중 한 사람이 아이들 둘에게 소리쳤다. "그렇게 수풀에 부딪치며 날뛰고 다니다가는 강물에 빠져서 익사하고 말 거예요. 그럼 아빠께서 뭐라고 말씀하시겠어요!"

이와 동시에 그 보모는 포킷 부인의 손수건을 땅에서 집어 들며 말했다. "원 참, 이걸 떨어뜨리신 게 벌써 여섯 번째나 된답니다, 마님!" 이에 포킷 부인은 소리 내어 웃으며 말했다. "고마워,

플롭슨." 그러곤 자세를 고쳐 의자 하나에만 자리를 잡고 앉아 독서를 계속했다. 그녀의 얼굴은 즉시, 마치 일주일 동안 계속해서 독서를 해 오는 중이기라도 한 것처럼 이마를 찌푸리며 몰두한 표정을 띠었다. 하지만 대여섯 줄을 채 읽기도 전에 그녀는 고개를 들어 나에게 시선을 던지며 말했다. "네 엄마는 안녕하시겠지?" 예상치 못한 이 질문에 나는 너무나 당황한 나머지 그야말로 터무니없는 방식으로 대답하기 시작했는데, 만약 그런 분이 내게 있다면 틀림없이 아주 안녕히 잘 지내고 있을 것이고, 이렇게 안부를 물어 준 데 대해 굉장히 감사할 것이며, 부인께 안부 인사를 전해 달라고 했을 것으로 믿는다고 말했다. 하지만 그 순간 다행히 보모가 나를 이 상황에서 구출해 줬다.

"아이고 이런!" 그녀는 포킷 부인의 손수건을 다시 집어 들며 소리쳤다. "원 참, 이게 벌써 일곱 번째라니까요! 오늘 오후 대체 왜 그러시는 거죠, 마님?" 포킷 부인은 자신의 그 소유물을 받았는데, 처음에는 마치 그것을 생전 처음 보는 것처럼 말할 수 없이 놀라워하는 표정을 짓더니 다음 순간 그걸 알아보고는 웃음을 터뜨리며 "고마워, 플롭슨." 하고 말했다. 그러고는 나를 잊어버리고 독서를 계속했다.

이때쯤 아이들의 수를 세어 볼 여유를 갖게 된 나는 굴러 넘어지며 성장하고 있는 여러 연령대의 어린 포킷 자녀들이 적어도 여섯 명은 된다는 것을 발견했다. 하지만 내가 그들의 총계를 다 냈구나 하고 생각하는 순간 일곱 번째 아이의 구슬프게 울부짖는 소리가 어딘가에서 허공을 타고 들려왔다.

"원 참, 이건 아기 소리가 틀림없다니까!" 플롭슨은 그것이 지극히 놀라운 일이라는 듯한 표정으로 말했다. "어서 서둘러 가

봐, 밀러스."

밀러스는 다른 보모였다. 그녀는 집으로 들어갔고, 그러자 아이의 울부짖는 소리가, 마치 입에 뭔가를 물고 있는 어린 복화술사의 소리 같이 차츰 잦아들더니 마침내 멈췄다. 그러는 내내 포킷 부인은 독서를 계속하고 있었는데, 나는 그녀가 읽는 책이 무엇인지 알고 싶어졌다.

그 순간 우리는 포킷 씨가 우리 있는 곳으로 나오기를 기다리고 있었던 것으로 기억한다. 어쨌든 우리는 거기서 기다렸는데, 그 덕분에 나는 한 가지 특이한 가족적 현상을 관찰할 기회를 갖게 되었다. 그 현상이란 바로, 놀고 있던 아이들 중 어느 누구라도 어쩌다 포킷 부인 근처로 잘못 다가오게 될 때마다 항상 뭔가에 발이 걸려서 그녀에게로 굴러 넘어진다는 사실이었다. 그리고 그때마다 항상 포킷 부인이 일순간 깜짝 놀라는 반면 아이들은 오랫동안 통곡을 해 대곤 했다. 나는 이 놀라운 상황을 어떻게 해석해야 할지 몰라 당혹스러웠다. 그래서 그것에 대해 열심히 여러 가지 추측을 하지 않을 수 없었는데, 얼마 후 밀러스가 아기를 안고 내려올 때까지도 그러고 있었다. 밀러스는 아기를 플롭슨에게 건네주었고 이에 플롭슨은 다시 아기를 포킷 부인한테 건네주려고 했는데, 그 순간 그녀 역시 안고 있던 아기까지 통째로, 완전하게 곤두박질을 치며 포킷 부인에게로 넘어졌다. 다행히 허버트와 내가 붙잡아 구출해 주긴 했지만 말이다.

"어머나 이런, 플롭슨!" 포킷 부인은 일순간 책에서 눈을 떼며 말했다. "오늘은 모두 다 굴러 넘어지는구나!"

"아니 이런, 마님, 정말이지!" 플롭슨은 아주 빨갛게 달아오른 얼굴로 대답했다. "거기에다 뭘 두고 계신 건가요?"

"내가 여기에 뭘 두고 있다고, 플롭슨?" 포킷 부인은 물었다.

"아니, 원 참, 이건 마님의 발 놓는 걸상이 아니고 뭐냐니까요!" 플롭슨은 외쳤다. "그리고 그걸 그렇게 치마 밑에다 감춰 두면 누가 굴러 넘어지지 않을 수 있겠어요! 자! 아기 좀 받으세요, 마님. 그리고 책은 이리 주세요."

포킷 부인은 충고대로 따랐다. 그러곤 다른 아이들이 아기 주위에서 노는 동안 아기를 무릎에 올려놓고 서투른 솜씨로 약간 얼러 주었다. 이것은 아주 짧은 시간밖에 지속되지 않았는데, 포킷 부인이 곧 아이들은 모두 들어가서 낮잠을 잘 시간이라는 명령을 짤막하게 내렸기 때문이다. 이리하여 나는 첫 방문인 그날의 두 번째 발견을 했는데, 그것은 어린 포킷 자녀들의 양육이 굴러 넘어지기와 드러눕기를 번갈아 하는 것으로 이루어져 있다는 사실이었다.

이런 상황에서 플롭슨과 밀러스가 아이들을 어린 양 떼처럼 몰고 집으로 들어가고 포킷 씨가 집에서 나와서 나와 인사를 나누었을 때, 나는 포킷 씨가 다소 당혹스러운 표정의 얼굴에 머리에는 아주 허연 머리카락이 헝클어져 있는 신사인 것을 보고 그다지 놀라지 않았다. 그는 마치 상황을 바로잡을 방도를 도무지 찾지 못하는 사람 같은 모습이었다.

23장

포킷 씨는 나를 만나서 기쁘다고 말하고는, 내가 그에 대해 실망스럽게 여기지 않기를 바란다고 했다. "왜냐하면……." 그는 자기 아들의 미소와 똑같은 미소를 띠며 덧붙였다. "나는 정말이지 놀라울 것이 없는 사람이니까 말이야." 당혹스러운 표정과 허옇게 센 머리칼에도 불구하고 그는 젊어 보였으며, 행동과 태도가 아주 자연스러웠다. 자연스럽다는 내 말의 의미는 꾸밈이 없다는 것이다. 그의 어수선한 태도에는 어딘지 우스꽝스러운 데가 있었는데, 자신이 정말로 매우 그렇다는 사실을 그가 인식하고 있지만 않다면 그야말로 우습기 짝이 없게 보일 그런 것이었다. 나와 잠시 이야기를 나눈 다음, 그는 잘생긴 검은 눈썹을 다소 불안스레 찌푸리며 포킷 부인에게 말했다. "여보, 벨린더, 핍 군한테 환영 인사를 했겠지?" 그러자 그녀는 책에서 눈을 들어 올리고는 "네, 했어요."라고 말했다. 그러고 나서 그녀는 건성으로 미소를 지어 보이더니 오렌지 꽃 탄산수의 맛을 좋아하냐고 물었다. 그 질문은 이전의 대화나 이후의 대화 내용과 가깝게든 멀게든 하등의 관계가 없는 것이었으므로, 나는 그것을 아까 나에게 던진 그녀의 말들과 똑같이 그저 의례적인 인사말로 간주했다.

내가 몇 시간 동안에 발견한 사실로 여기서 즉시 언급해도 괜찮다고 여기는 것이 있는데, 그것은 바로 포킷 부인이 아주 우연한 방식으로 작위를 받은 어떤 사망한 훈작(勳爵)의 외동딸이라는 사실이다. 이 훈작은 자신의 돌아가신 부친이 어떤 사람 — 그게 누구였다고 들었는지는 잊어 먹었는데 — 즉 국왕 폐하나 수상, 혹은 대법관이나 캔터베리 대주교 등 하여튼 누군가의 완전히 개인적인 동기에서 비롯된 확고한 반대만 없었다면 준남작의 작위를 받을 수 있었을 거라는 허구를 스스로 꾸며 내어 믿고는, 완전히 가설적인 이 사실을 근거로 자신을 지상의 귀족들 명부에다 억지로 끼워 넣었다고 한다. 내가 믿기로, 그는 어느 건물인지 뭔지의 초석을 놓는 행사에서 펜 끝으로 영어 문법을 난도질하여 고급 양피지에 큰 글자로 극렬한 연설문을 씀으로써, 그리고 어떤 왕족에게 흙손인지 회반죽인지를 건네줌으로써 훈작의 작위를 받게 된 것이었다. 어쨌든 그는, 포킷 부인을 귀족 작위가 있는 사람과 결혼하는 게 당연한 순리인 여자로, 그래서 평민이 하는 가사 일에 대한 지식을 획득하지 않게끔 보호받아야 할 여자로 자라도록 그녀가 요람에 있을 때부터 지도하고 감독했다.

이 명철하신 아버지에 의한 밤낮 없는 감시와 보호가 이 어린 숙녀에게 너무나 성공적으로 실행되어서 그녀는 아주 훌륭한 장식물 같은 존재로, 하지만 완전히 무능하고 쓸모없는 존재로 자라게 되었다. 이렇게 행복하게 성격 형성이 이루어진 그녀는 젊음이 막 피어날 무렵 포킷 씨를 만났다. 포킷 씨 역시 젊음이 막 피어날 무렵이었는데, 그는 양털을 채운 의자에 올라가 앉을지* 아니면 머리에 주교의 관(冠)을 푹 뒤집어쓰게 될지 아직 결정을 하지 못하고 있던 상태였다. 하지만 그가 어느 쪽이든 둘 중 하나를 달성하는 것은 시간문제일 뿐이었으므로, 포킷 씨와 포킷 부인은 시간의 앞머리를 (그 길이로 판단하건대, 잘라 내는 게 필요할 만큼 상당히 길게 보였을 때) 움켜잡아** 그 명철하신 아버지 몰래 결혼을 해 버렸다. 이 명철하신 아버지께서는 지참금으로 줄 게 또는 보류할 게 축복밖에는 없었던지라, 잠시 흥분하며 화를 내다가는 곧 그것을 후하게 베풀어 주면서, 포킷 씨에게 그의 아내가 "왕자에게나 어울리는 보물"이라고 친히 일러 주었다. 그 이래로 포킷 씨는 이 왕자의 보물을 세상 살아가는 일에 투자했는데, 그 보물은 그에게 그저 변변찮은 이자밖에 가져다주지 않은 것으로 알려졌다. 그럼에도 불구하고 포킷 부인은 일반적으로 묘한 종류의 존경 어린 동정의 대상이 되었는데, 작위가 있는 사람과 결혼하지 못했다는 이유 때문이었다. 반면에 포킷 씨는 묘한 종류의 관대한 비난의 대상이 되었는데, 그건 그가 작위를 결코 얻지 못했다는 이유에서였다.

포킷 씨는 나를 데리고 집 안으로 들어가서 내가 쓸 방을 보여 줬다. 방은 쾌적했으며, 나만의 사적인 거실로도 편하게 사용

* 상원 의장이 된다는 뜻을 상원 의장이 앉는 양털로 채운 의자를 통해 비유적으로 표현한 것.

** 시간의 앞머리를 잡는다는 것은 기회를 놓치지 않고 붙잡는다는 뜻의 비유적 표현임. 그리고 그 앞머리가 길다는 것은 그만큼 잡기가 쉽다는 것을 뜻함.

할 수 있도록 가구가 잘 갖춰져 있었다. 그런 뒤 포킷 씨는 내 방과 비슷한 다른 두 방의 문을 두드리고 들어가서, 드러믈과 스타톱이라는 이름의 방 주인들에게 나를 소개해 줬다. 드러믈은 나이보다 늙어 보이고 체구가 육중한 청년이었는데, 휘파람을 불고 있었다. 나이와 외모가 좀 더 젊어 보이는 스타톱은 책을 읽고 있었는데, 너무나 강력한 지식의 충전으로 머리가 폭발할 위험이라도 있다고 생각하는 듯이 자기 머리를 꼭 움켜쥐고 있었다.

포킷 씨 부부는 누군가 다른 사람의 수중에 놓여 있는 듯한 인상을 너무나 현저하게 풍기고 있어서, 나는 이 집의 실제 소유주로 그들을 거기에 살게 해 주고 있는 게 누구인지 궁금했다. 그러다가 마침내 나는 이 숨은 권력자가 바로 하인들이라는 것을 깨달았다. 아마 수고를 던다는 면에서 그것은 살아가는 매력적인 방식일지도 모른다. 하지만 비용이 꽤 많이 들 것 같았다. 하인들은 먹고 마시는 데 있어서 고급스럽게 구는 것과 아래층에 자기네 손님을 많이 들이는 것을 자기네가 마땅히 수행해야 할 의무인 것처럼 여기고 있었다. 그들은 포킷 부부에게 아주 푸짐한 식탁을 제공했다. 하지만 그 집에서 최상의 식사를 하는 장소는 단연코 부엌일 거라는 생각이 나에겐 언제나 들었다. 다만 거기서 식사하는 사람은 언제나 자기 방어를 할 수 있어야 한다는 조건하에서 그렇다. 왜냐하면 내가 그곳에서 살게 된 지 일주일도 못 되어서 포킷 씨 집안과 개인적 친분이 없는 어느 동네 부인이 쪽지를 써서 보내왔는데, 그것에 의하면 밀러스가 아기를 철썩철썩 때리는 것이 목격되었다는 것이다. 포킷 부인은 이 일로 굉장히 큰 고통을 받았는데, 그녀는 쪽지를 받자마자 곧바로 눈물을 터뜨리며 이웃사람들이 왜 가만히 있지 않고 남의 일에 참견하는지 도무지 이상한 일이라고 말했다.

나는 점차, 주로 허버트를 통해서, 포킷 씨가 해로우*와 케임브리지 대학에서 교육을 받았을 뿐만 아니라 그곳에서 두각을 나타낸 학생이었다는 것을 알게 되었다. 하지만 아주 젊은 나이에 포킷 부인과 결혼하는 행복을 얻는 대가로 그는 자신의 유망한 장래를 망치게 되었고, 그 결과 부잣집 자제들의 개인 교사를 직업으로 택하게 되었다. 수많은 둔재들에게 — 특이한 점은 이 둔재들의 아버지들이 항상, 자기네가 영향력을 행사할 수 있을 때 포킷 씨가 발탁되도록 기꺼이 도와주겠다고 말했지만 자식들이 포킷 씨를 떠나고 나면 언제나 그것을 잊어버리곤 했다는 사실이다. — 힘들게 공부를 가르친 뒤에 그는 그 보람 없는 일에 대해 지겨움을 느끼고는 런던으로 옮겨 왔다. 런던에서 그의 높은 기대가 하나씩 하나씩 꺾이는 좌절을 겪고 난 뒤에 그는 결국, 기회가 없었거나 기회를 놓친 몇몇 학생들을 지도해 주는 일을 하게 되었다. 이 밖에도 특별한 준비를 하는 다른 여러 학생들의 실력을 다져 주는 일을 하기도 했고, 다른 한편 자신의 학식과 재능을 문학 관련 편집과 교정을 하는 일에 사용하기도 했다. 그리고 이런 벌이들과 그 밖에 별 시원찮은 개인적 재산을 합한 것에 의지해 그는 내가 본 현재의 그 집을 아직껏 유지해 나가고 있었다.

포킷 씨 부부에게는 아첨쟁이 이웃이 하나 있었다. 과부였는데 아주 심할 정도로 공감을 잘하는 성격이어서 그녀는 누구의

* 1572년에 설립된 영국에서 가장 유서 깊은 명문 사립학교의 하나.

의견에도 동의를 했고 누구에게든지 신의 은총을 빌어 주었으며 누구에게나 상황에 따라 미소를 지어 주거나 눈물을 흘려 주거나 했다. 이름이 코일러 부인이었는데, 나는 포킷 씨 집에 정착한 첫날 저녁 식사 때 그녀를 아래층으로 안내하는 영광을 얻었다. 코일러 부인은 계단에서 친애하는 포킷 씨가 지도해 줄 신사들을 받아들여야만 하는 형편에 있는 것이 친애하는 포킷 부인에게는 큰 타격이라고 나에게 알려 주었다. 하지만 그런 신사들 속에 나는 포함되지 않는다고 그녀는 애정과 신뢰감이 넘치는 태도로 나에게 말했다. (그때 그녀는 나를 안 지 5분도 안 되었다.) 그러고는 그 신사들이 모두 나와 같기만 하다면 아주 다른 상황이 될 거라고 덧붙였다.

"하지만 말이우." 코일러 부인은 말했다. "친애하는 포킷 부인은 일찌감치 실망을 했던지라 (물론 친애하는 포킷 씨에게 그것에 대한 책임이 있다는 말은 아니에요.) 그 후로는 아주 많은 사치와 우아함을 요구하는데……."

"그렇습니다, 부인." 나는 그녀의 말을 중단시키기 위해 말했다. 왜냐하면 그녀가 금방 울음을 터뜨릴 것만 같았기 때문이다.

"게다가 그녀는 너무나 귀족적인 성품을 지니고 있어서……."

"그렇습니다, 부인." 나는 아까와 똑같은 목적으로 다시 말했다.

"그래서 친애하는 포킷 씨의 시간과 주의가 친애하는 포킷 부인에게서 다른 데로 돌려지는 것은 정말이지 견디기 힘든 일일 거예요."

나는 푸줏간 주인의 시간과 주의가 친애하는 포킷 부인에게서 다른 데로 돌려진다면 그것은 더욱더 견디기 힘든 일일 것이라고 생각하지 않을 수 없었다. 하지만 나는 아무 말도 하지 않았는데, 사실 코일러 부인 앞에서 예절에 어긋난 행동을 할까 봐 조심하느라고 다른 여유가 없었다.

나는 칼과 포크와 숟가락, 유리잔, 그리고 자해 가능성이 있는 다른 위험한 식사 도구들에 열심히 주의를 기울이는 한편으로 포킷 부인과 드러믈 사이에 오가는 말을 통해, 드러믈의 세례명이 벤틀리며 그가 실제로 준(准)남작 작위의 두 번째 승계 후보자라는 사실을 알게 되었다. 그리고 이 밖에도 포킷 부인이 정원에서 읽고 있는 걸 내가 보았던 그 책의 내용이 온통 작위에 관한 것이라는 사실과, 그녀가 자신의 할아버지가 그 책에 이름이 올랐더라면 정확히 그 날짜가 언제였을 것인지 알고 있다는 사실도 알게 되었다. 드러믈은 말이 별로 많지는 않았지만(그는 뚱한 성격의 사람이라는 인상을 나에게 강하게 주었다.) 가끔씩 입을 열 때면 나름대로 특권 계급의 일원처럼 행세하며 말을 했고 포킷 부인을 한 여성이자 동족으로 인정해 주는 듯이 대했다. 그들 두 사람과 아첨쟁이 이웃, 즉 코일러 부인을 빼고는 아무도 그들의 이 대화에 전혀 관심을 보이지 않았는데, 내 보기에 허버트는 그 대화를 고통스럽게 여기는 것 같았다. 그것은 오랫동안 지속될 기미를 보이고 있었는데, 마침 그때 시동(侍童)이 들어와 집 안의 재난 사항을 알렸다. 그것은 간단히 말하면 요리사가 쇠고기를 잘못된 곳에 놓아 두었다는 내용이었다. 나는 그때 처음으로, 말로 표현할 수 없을 만큼 아주 놀랍게도, 포킷 씨가 내가 보기에 아주 이상한 행동을 함으로써 마음을 다스리는 것을 보았다. 그 행동은 나 이외의 다른 사람에게는 아무런 인상을 주지 않았고 나 역시 금세 나머지 사람들과 마찬가지로 그것에 익숙해지게 되었다. 포킷 씨는 고기를 자르던 칼과 포크를 — 그 순간 그는 고기를 잘라서 나눠 주는 일을 하고 있었으므로 — 내려놓더니 두 손을 헝클어진 머리칼 속에 쑤셔 넣고는 그걸로 자신의 몸 전체를 들어 올리려는 듯이 비상한 노력을 기울였다. 그러더니 잠시 후 이 동작을 다 마치고 나서, 비록 자신을 조금도 들어 올리지 못했지만, 그는 하던 일을 조용히 계속했다.

그러고 난 뒤 코일러 부인이 화제를 바꿔서 나에게 아첨하는 말을 하기 시작했다. 나는 잠시 동안은 그것이 좋았으나 그녀의 아첨하는 정도가 너무나 심해져서 그 즐거움은 곧 끝나 버렸다. 코일러 부인은 뱀처럼 나에게 바짝 달라붙어서는 내가 떠나온 고향과 그곳 친구들에 대해 지극히 관심이 있는 체했는데 정말이지 혀가 두 갈래로 갈라진 뱀처럼 징그러운 행동이었다. 그녀는 어쩌다가 스타톱(그는 그녀와 거의 말을 하지 않았다.)이나 드러믈(그는 더욱더 말을 하지 않았다.)에게 한마디씩 던지곤 했는데, 그때마다 나는 그들이 식탁 반대편에 앉아 있는 것을 부러워했다.

식사가 끝난 후에 아이들이 소개되었다. 코일러 부인은 그들의 눈, 코, 다리에 대해 칭찬의 말을 잔뜩 늘어놓았다. 아이들의 정신을 향상시키는 방법으로 참으로 총명하기도 한 짓이었다. 어린 여자아이가 넷이었고 어린 사내아이가 둘이었으며, 이 밖에 여자아인지 남자아인지 분간하기 힘든 아기가 하나 있었고, 그 아기 다음으로 아직 어느 쪽도 아닌 아기가 하나 더 배 속에 있다고 들었다. 아이들은 플롭슨과 밀러스에게 이끌려서 방으로 들어왔는데, 마치 그들이 두 명의 하사관처럼 어딘가에 가서 아이들을 징집하고 다니다가 마침내 이 아이들을 선발하여 데리고 온 것 같은 인상이었다. 아이들이 소개되는 동안 포킷 부인은 귀족이 되었어야 할 그 어린 아이들을 빤히 바라보았다. 그러나 마치 이전에 그들을 사열하는 기쁨을 누린 적이 있다는 생각이 들긴 하지만 그 순간 그들을 어떻게 분간해야 할지 전혀 모르겠다는 듯한 표정이었다.

"자! 마님, 포크를 저한테 주시고 아기를 받으세요." 플롭슨이 말했다. "아기를 그렇게 받지 마세요. 그랬다간 아기 머리가 식탁 밑으로 들어가게 돼요."

이렇게 충고를 받고 포킷 부인은 아기를 다른 방식으로 받아서 아기 머리가 식탁 위로 오게 했는데, 그 사실은 엄청나게 세게 부딪치는 소리를 통해 그 자리에 있는 모든 사람들에게 확실히 알려졌다.

"아이고, 저런! 아기를 저한테 다시 주세요, 마님." 플롭슨이 또 말했다. "그리고 제인 아가씨, 이리 와서 아기 좀 얼러 줘요, 어서!"

아직 작은 꼬마에 불과하지만 일찍부터 다른 아이들을 돌봐주는 일을 떠맡게 된 듯이 보이는 어린 여자아이 하나가 내 옆자리에서 일어나더니, 앞으로 나가 아기 앞을 왔다 갔다 하며 춤을 췄다. 아기는 조금 후 울음을 그치고 웃기 시작했고, 그러자 다른 아이들도 모두 웃었다. 그리고 (그동안 두 번이나 머리카락을 잡아당겨 자신을 들어 올리려고 노력했던) 포킷 씨도 웃었고, 우리도 모두 따라 웃으며 즐거운 기분이 되었다.

그런 뒤 플롭슨은 아기를 마치 네덜란드 인형*처럼 관절 부

---

* 팔다리가 유연하게 잘 꺾이며 접히도록 만들어진 당시의 유명한 목각 인형.

분을 접어서 포킷 부인의 무릎에다 안전하게 앉혀 놓은 다음, 호두 까는 도구를 아기에게 가지고 놀라고 쥐어 주었다. 그러면서 포킷 부인에게 그 도구의 양 손잡이가 아기의 눈과 조화롭지 못할 가능성이 크다는 점을 주의하라고 충고하는 한편, 제인 양에게도 잘 살피라고 날카롭게 지시했다. 그런 뒤 두 보모는 방에서 나가더니 계단에서 한 시동과 생생한 난투극을 한판 벌였다. 식사 시중을 들었던 그 시동은 방탕에 빠져 도박판에서 자기 제복 단추의 절반을 잃은 게 분명했다.

나는 곧 마음이 매우 불안해졌다. 포킷 부인이 설탕과 포도주에 담근 얇은 오렌지 조각을 먹으면서 두 개의 준남작 작위에 관해 드러믈과 토론하는 데 빠져 그녀의 무릎 위에 있는 아기를 완전히 잊고 있었기 때문이다. 그러는 사이 아기는 호두 까는 도구로 정말 무시무시한 행위를 마구 해 대고 있었다. 마침내 꼬마 제인이 아기의 어린 머리통이 위험한 지경에 있다는 것을 알아차리고, 가만히 자기 자리를 떠나 여러 가지 작은 술책으로 아기를 구슬려서 그 위험천만한 무기를 빼앗았다. 그런데 거의 같은 순간 포킷 부인이 오렌지를 막 다 먹고는 이것을 보더니, 제인을 책망하며 말했다.

"이 버릇없는 아이야, 이게 무슨 짓이니? 당장 네 자리로 가서 앉거라!"

"아니에요, 엄마." 어린 소녀는 혀 짧은 소리로 말했다. "아기가 자기 눈을 파낼 뻔했어요."

"아니 감히 이게 무슨 말 버르장머리니?" 포킷 부인은 쏘아붙였다. "당장 네 의자로 가서 앉지 못해!"

포킷 부인의 위엄은 너무나 단호하고 압도적이어서 나는 내가 뭘 잘못해서 그렇게 되기라도 한 것처럼 몹시 당혹스러웠다.

"벨린더." 식탁의 다른 끝에서 포킷 씨가 항의하며 말했다. "당신은 어떻게 그리 비이성적일 수 있소? 제인은 아기를 보호하려고 그랬던 것뿐인데."

"나는 누구도 내 일에 간섭하는 걸 용납할 수 없어요." 포킷 부인은 말했다. "매슈, 당신이 나로 하여금 간섭의 모욕을 당하라고 하다니 참 놀랍군요."

"하느님 맙소사!" 포킷 씨는 참담한 절망의 표정을 지으면서 외쳤다. "아기들이 호두처럼 으깨져서 무덤에 갈 지경인데 아무도 구해 주지 말아야 한다는 거요?"

"나는 제인의 간섭을 받고 싶지 않단 말이에요." 포킷 부인은 그 죄 없는 꼬마 범죄자에게 위엄에 찬 시선을 던지며 말했다. "나는 돌아가신 우리 할아버지의 신분을 잊지 않고 있다고 생각해요. 그런데 감히 제인이, 정말이지!"

포킷 씨는 다시 두 손을 머리카락 속으로 쑤셔 넣었다. 그리고 이번에는 정말로 자기 의자에서 자신을 몇 인치 정도 들어 올렸다. "아, 좀 들어 보소서!" 그는 하늘에 대고 호소하듯이 절망스럽게 외쳤다. "돌아가신 할아버지 신분 때문에 아기들이 호두처럼 으깨져서 죽어도 좋답니다!" 그런 다음 그는 다시 자리에 앉았다. 그러곤 이내 조용해졌다.

이런 일이 진행되는 동안 우리는 모두 어색하게 식탁보만 바라보고 있었다. 잠시 침묵이 이어졌는데, 아무것에도 아랑곳하지 않는 정직한 아기는 그동안 꼬마 제인을 향해 펄쩍 뛰고 까르르 웃으며 일련의 재롱을 피웠다. 내가 보기에 제인은 가족 가운데 (하인을 제외하고는) 아기가 얼굴을 확실하게 알고 있는 유일한 사람인 듯했다.

"드러믈 씨." 포킷 부인이 말했다. "종을 울려 플롭슨을 좀 불러 주겠어요? 그리고 예의 없는 아이, 제인, 넌 가서 자거라. 사랑스러운 우리 아기는 자, 엄마하고 가자꾸나!"

아기는 나름대로 지조 있는 존재였는지라 온 힘을 다해 저항하기 시작했다. 아기는 포킷 부인의 팔 너머로 몸을 완전히 뒤집어 젖혀, 보드라운 얼굴 대신에 털실로 짠 신발과 포동포동한 살이 보조개처럼 접힌 두 발목을 사람들에게 내보이는 등, 더없이 격렬한 반란 상태를 보이며 끌려 나갔다. 아기는 결국 목적한 바를 쟁취하고 말았다. 몇 분 지나지 않아 꼬마 제인이 아기를 돌보고 있는 모습이 창문으로 보였다.

우연히도 나머지 다섯 아이들은 저녁 식탁에 그대로 남아 있었다. 그들을 돌보는 일을 맡은 사람이 플롭슨밖에 없었는데 그녀에게 뭔가 개인적인 볼일이 생겼기 때문이다. 그 결과 나는 그들과 포킷 씨 사이의 상호 관계를 좀 알게 되었는데, 그것은 다음과 같은 방식으로 예증되어 나타났다. 포킷 씨는 헝클어진 머리에다 평소의 당혹스러운 표정이 한층 심한 얼굴로 몇 분 동안 아이들을 바라보았다. 마치 어떻게 해서 그들이 이 집에 와서 먹고 마시며 거주하게 되었는지, 그리고 왜 그들이 자연의 여신에 의해 누군가 다른 사람의 집에 숙소를 할당받지 못했는지 등을 도무지 이해할 수 없다는 듯한 표정이었다. 그러다가 서먹서먹하고 선교사 같은 방식으로 그들에게 몇 가지 질문을 했다. 가령, 꼬마 조에게 왜 옷의 주름 장식에 구멍이 생겼는가 하고 그가 묻자 꼬마 조는 아빠, 플롭슨이 시간이 나는 대로 꿰매 줄 거예요 하고 말했으며, 꼬마 패니에게 어떻게 해서 그 종기가 생기게 되었는가 하고 그가 묻자 아이는 아빠, 밀러스가 잊지 않고 기억하는 대로 고약을 붙여 줄 거예요 하고 대답했다. 그러고 난 뒤 포킷 씨는 마음이 누그러져서 아버지로서의 애정을 보이더니 아이들에게 각각 1실링씩을 주며 가서 놀라고 말했다. 그러고는 아이들이 나갈 때 머리카락을 잡아당겨 자신을 들어 올리려는 아주 강력한 노력을 한 번 하고 난 다음, 그 절망적인 상황을 머리에서 지워 버렸다.

저녁 때는 강에서 보트 젓기 놀이가 있었다. 드러믈과 스타톱이 각기 보트를 가지고 있었으므로 나도 내 것을 하나 마련해서 그들을 앞지를 결심을 했다. 시골 소년들이 능숙하게 하는 운동들 대부분을 나 역시 상당히 잘했다. 하지만 — 다른 강에 대해서는 몰라도 — 템스 강에 어울리는 우아한 스타일이 나에게는 없다는 것을 알고 있었으므로, 나는 즉시 개인 지도를 받기로 작정하고 새로 사귄 내 친구들의 소개를 받아 우리가 이용하는 선착장에서 손님을 기다리고 있던 나룻배 경기 우승자와 계약을 맺었다. 이 노련한 보트 젓기의 권위자는 내가 대장장이의 팔을 지니고 있다고 말함으로써 나를 굉장히 당황스럽게 했다. 칭찬으로 한 그 말이 자신의 학생을 거의 쫓아 버릴 뻔했다는 사실을 그가 알았다면 그는 틀림없이 그 말을 하지 않았을 것이다.

밤에 집으로 돌아오자 간단한 저녁참이 쟁반에 준비되어 나왔다. 기억하건대 다소 불쾌한 한 가지 집안일만 발생하지 않았더라면 우리는 모두 즐거웠을 것이다. 포킷 씨는 기분이 좋은 상태였다. 그런데 마침 그때 하녀가 들어와서 말했다. "괜찮으시다면, 나리, 좀 말씀드리고 싶은 게 있는데요."

"주인님께 직접 말을 하겠다고?" 포킷 부인이 다시 권위를 세우며 말했다. "어떻게 감히 그런 생각을 할 수 있단 말이냐? 플롭슨에게 가서 이야기하거라. 아니면 나한테 이야기하든지. 이따가 다른 시간에 말이야."

"용서해 주십시오, 마님." 하녀는 대답했다. "하지만 지금 즉시, 그것도 주인님께 직접 말씀드리고 싶습니다."

이 말을 듣고 포킷 씨는 방에서 나갔다. 그리고 우리는 그가 돌아올 때까지 최대한 즐겁게 시간을 보냈다.

"이것 참 꼴좋게 되었소, 벨린더!" 포킷 씨는 슬픔과 절망의 표정이 가득 찬 얼굴로 돌아와 말했다. "요리사가 술에 취한 채 부엌 바닥에 인사불성으로 드러누워 있고, 새로 만든 버터는 큰 꾸러미로 포장되어 찬장에서 기름 덩어리 재료로 팔리기를 기다리고 있으니!"

포킷 부인은 즉시 아주 상냥한 감정을 내보이며 말했다. "이건 다 가증스러운 소피아가 일으킨 일일 뿐이에요!"

"그게 무슨 뜻이오, 벨린더?" 포킷 씨가 물었다.

"소피아가 당신한테 말한 거잖아요." 포킷 부인은 말했다. "그 애가 방금 이 방으로 들어와 당신에게 이야기하고 싶다고 말하는 걸 내가 두 눈으로 보고 두 귀로 직접 듣지 않았던가요?"

"하지만 여보, 벨린더." 포킷 씨가 말했다. "그 애가 한 일은 나를 아래층으로 데리고 내려가서 요리사와 그 버터 꾸러미를 보여 준 것뿐이잖소?"

"말썽을 일으킨 그 애를 지금 옹호하는 건가요, 매슈?" 포킷 부인은 말했다.

포킷 씨는 음울한 신음 소리를 냈다.

"할아버지의 손녀인 내가 이 집에서 아무것도 아닌 존재란 말인가요?" 포킷 부인은 말했다. "게다가, 요리사는 언제나 아주 훌륭하고 공손하게 구는 여자였어요. 특히 일자리를 구하러 여기 왔을 때 그녀는 아주 자연스러운 태도로 말했어요, 내가 타고난 공작 부인처럼 느껴진다고 말이에요."

포킷 씨가 서 있는 자리에는 마침 소파가 하나 있었는데, 그는 그 위에 「죽어 가는 검투사」*와 같은 자세로 털썩 쓰러지듯 주저앉았다. 잠시 후 그는 여전히 그 자세 그대로 "잘 자게, 핍 군." 하고 힘없는 목소리로 말했다. 나는 그를 떠나서 내 침실로 가는 것이 바람직하다고 생각했다.

---

* 죽어 가는 검투사의 모습을 묘사한, 기원전 3세기경의 그리스 조각 작품을 지칭함.

24장

이삼 일 후, 내가 새로운 거처에 적응하여 안정을 찾고 또 여러 차례 런던을 오가며, 필요한 모든 물건을 재거스가 정해 준 상인들에게 주문하고 난 뒤, 포킷 씨와 나는 함께 긴 대화의 시간을 가졌다. 그는 예정된 나의 장래에 대해 내가 알고 있는 것보다 더 많이 알고 있었다. 그는 내가 어떤 직업도 갖지 않도록 예정되어 있으며, 또 내가 부유한 상황에 있는 보통 젊은이들과 함께 '뒤처지지 않고 어울릴 수' 있다면 내 운명에 맞는 충분히 훌륭한 교육을 받아야 한다고 재거스 씨한테 들었다고 말했다. 물론 나는 그것과 다르게 알고 있는 것이 아무것도 없었으므로 그 말을 그대로 받아들였다.

그는 내게 필요한 단순한 기본 지식의 습득을 위해서는 런던의 이런저런 장소들을 다니라고 추천하면서 그 자신에게는 내 모든 공부에 대한 설명과 지도의 역할을 맡기라고 권했다. 그는 내가 도움만 현명하게 잘 받으면 낙담하게 될 경우가 별로 없이 잘해 나갈 수 있을 것이며, 그러면 금세 그의 도움 이외에는 다른 도움이 전혀 필요하지 않게 될 것으로 기대한다고 말했다. 이런 식으로 비슷한 취지의 여러 가지 많은 이야기들을 해 줌으로써 그는 경탄할 만큼 훌륭하게 나와 신뢰 깊은 관계를 형성해 나갔다. 그리고 이 자리에서 즉시 말하고 싶은데, 그는 나와 맺은 약속을 이행함에 있어서 언제나 참으로 열성적이고 존경스러운 모습을 보여서 나로 하여금 그와 맺은 약속을 이행하는 데 똑같이 열성적이고 존경스러운 모습을 보이도록 만들었다. 만약 그가 선생으로서 시큰둥한 태도를 보였다면 의심할 여지 없이 나도 학생으로서 똑같은 태도로 그에게 반응했을 것이다. 그는 나에게 그런 변명의 여지를 주지 않았고, 그래서 우리는 각자 상대방에게 합당하게 행동했다. 또한 나는 선생으로서 나와 교류하는 그에게 우스꽝스러운 점 — 진지하고 정직하며 훌륭한 것이 아닌 다른 점 — 이 있다고 생각한 적이 결코 없었다.

이러한 사항들이 결정되고 또 내가 열심히 공부하기 시작할 만큼 상당히 많이 실행되었을 때 나에게 문득 한 생각이 떠올랐다. 만약 내가 바너드 여관의 내 침실을 계속 보유한다면 내 생활에 기분 좋은 변화가 포함될 것인 동시에 내 예절도 허버트와의 교제를 통해 나빠질 게 전혀 없을 거라는 생각이었다. 포킷 씨는 이 구상에 반대하지는 않았지만 그런 쪽으로 어떤 조치를 취하기 전에 반드시 내 후견인에게 이야기를 해야만 한다고 주장했다. 나는 그의 이 세심한 입장이, 나의 계획이 허버트의 비용을 꽤 덜어 줄 것이라는 민감한 고려에서 비롯된 것이라고 느꼈다. 그래서 나는 리틀 브리튼으로 곧장 가서 재거스에게 내 희망 사항을 말했다.

"지금 저를 위해 임대해 놓은 그 가구들과……." 나는 말했다. "그 밖에 한두 가지 소소한 것들을 살 수 있다면, 저는 그곳에서 아주 편히 지낼 수 있을 것입니다."

"어서 집행하게!" 재거스 씨는 짧게 웃음을 터뜨리며 말했다. "자네들이 사이좋게 잘 지낼 거라고 내 말했지. 그래! 얼마나 필요한가?"

나는 얼마나 필요한지 모르겠다고 했다.

"자, 어서!" 재거스 씨는 재촉했다. "얼마면 되겠나? 50파운드?"

"아, 절대 그렇게 많이는 아닙니다."

"그럼 5파운드?" 재거스 씨는 말했다. 이것은 또 너무나 크게 떨어진 액수여서 나는 당혹스러워하며 말했다. "아! 그것보다는 많습니다."

"그것보다는 많다고, 응?" 재거스 씨는 기다렸다는 듯이 대꾸했다. 두 손을 호주머니에 넣고 머리는 한쪽으로 기울인 채 눈으로는 내 등 뒤의 벽을 쳐다보면서 말이다. "얼마나 많은가, 그럼?"

"액수를 정하기가 어렵습니다." 나는 주저하며 말했다.

"자!" 재거스 씨는 말했다. "어서 결정하세. 5파운드의 두 배. 그 정도면 되겠나? 5파운드의 세 배. 그 정도면 되겠나? 5파운드의 네 배. 그 정도면 되겠나?"

나는 그 정도면 아주 넉넉할 거로 생각한다고 말했다.

"5파운드의 네 배면 아주 넉넉하겠다, 이 말인가?" 재거스 씨는 눈살을 찌푸리며 말했다. "자 그럼, 5 곱하기 4는 몇이 되지?"

"5 곱하기 4가 몇이냐고요?"

"그래!" 재거스 씨는 말했다. "얼마가 되지?"

"물론 20파운드라고 말씀하실 수 있겠지요." 나는 미소를 지으며 말했다.

"이보게, 내가 얼마라고 말할 수 있는가는 상관 말게." 재거스 씨는 그런 건 안 통한다는 듯이 고개를 교활하게 흔들어 대며 말했다. "내가 알고 싶은 건 자네가 얼마라고 말할 수 있는가네."

"물론 20파운드지요."

"웨믹!" 재거스 씨는 사무실 문을 열며 말했다. "핍 군에게서 청구서를 작성하여 받게, 그리고 20파운드를 지불하게."

이처럼 딱 부러지도록 선을 그어 사무를 처리하는 그의 방식은 딱 부러지도록 선명한 인상을 나에게 주었다. 하지만 유쾌한 종류의 인상은 아니었다. 재거스 씨는 결코 소리 내어 웃는 법이 없었다. 하지만 그는 반짝반짝 빛나고 삐걱거리는 커다란 구두를 신고 있었다. 그래서 그가 그 구두 위에 몸의 중심을 잡고 서서는 커다란 머리를 숙인 채 두 눈썹이 서로 맞닿도록 찌푸린 얼굴로 상대방의 대답을 기다리며 가끔씩 그 구두를 삐걱거리게 할 때면, 마치 그 구두들이 쌀쌀하고 의심스러운 방식으로 소리 내어 웃는 것 같았다. 마침 그 순간 그가 밖으로 나갔고 또 웨믹이 활기차고 말하기 좋아하는 모습이었으므로 나는 웨믹에게, 재거스 씨의 태도를 어떻게 해석해야 할지 잘 모르겠다고 말했다.

"그에게 그대로 말하세요. 그럼 그는 그걸 칭찬으로 받아들일 것입니다." 웨믹은 대답했다. "당신이 그의 태도를 해석해 내지 못하는 것이야말로 바로 그가 의도하는 바랍니다. 아, 물론!" 이건 내가 놀라는 표정을 지었기 때문에 덧붙인 말이었다. "개인적으로 그러는 건 아니지요. 단지 직업적으로만 그러는 것입니다. 직업적으로 말이에요."

웨믹은 자기 책상 앞에 앉아서, 메마르고 딱딱한 비스킷으로 점심 식사를 하고 — 즉 우적우적 씹어 먹고 — 있었는데, 그는 그 비스킷 조각들을 이따금씩, 옆으로 길게 벌어진 틈 같은 입 속에다 마치 편지를 우체통 구멍에 집어넣듯이 던져 넣곤 했다.

"내가 보기에 언제나……." 웨믹은 말했다. "그는 사람 잡는 덫을 설치해 놓고는 그것을 지켜보고 있는 것 같답니다. 갑자기, 철컥! 하는 소리가 나고, 그럼 당신은 잡히는 거지요!"

사람 잡는 덫이 인생의 편의 시설에는 속하지 않는다는 말을 하지 않고, 나는 그저 그의 솜씨가 아주 뛰어난 것으로 생각되는데 그러냐고 물었다.

"아주 깊답니다." 웨믹은 말했다. "오스트레일리아만큼이나요." 그는 펜으로 사무실 바닥을 가리켰는데, 마치 비유의 의도상 오스트레일리아가 지구 정반대편의 대칭되는 지점에 위치하는 것으로 간주된다는 표현 같았다. "무엇이든 더 깊은 것이 있다면……." 웨믹은 펜을 다시 서류에 갖다 대면서 덧붙였다. "그는 바로 그런 존재라고 말할 수 있을 겁니다."

그 다음에 나는 재거스 씨가 훌륭한 직업을 가졌다고 생각한다고 말했다. 그러자 웨믹은 "최고의 직업이지요!"라고 했다. 그 다음에 나는 사무원이 많냐고 물었다. 이에 웨믹은 이렇게 대답했다.

"우린 사무원을 그다지 많이 쓰는 편이 아니랍니다. 왜냐하면 재거스 씨는 오직 한 사람뿐인데 사람들은 남을 거치지 않고 그와 직접 상대하려고 하거든요. 우린 모두 네 명밖에 안 된답니다. 한번 그들을 만나 보겠습니까? 뭐, 당신도 이제 우리 사무실 식구의 일원이라고 할 수 있겠지요."

나는 그 제의를 받아들였다. 웨믹 씨가 비스킷을 우체통 같은 입에 모두 집어넣고 금고 — 이 금고의 열쇠를 그는 그의 등허리 아래 어딘가에 보관하고 있다가 마치 쇠줄로 땋은 머리처럼 외투 목깃으로부터 꺼냈다. — 속의 현금 상자에서 돈을 꺼내 나에게 지불했을 때, 우리는 위층으로 올라갔다. 건물 내부는 어둡고 꾀죄죄했으며, 계단은 재거스 씨의 방에 자국을 남겨 놓았던 기름때 묻은 어깨의 소유자들이 여러 해 동안 오르락내리락하며 문질러 댄 것처럼 보였다. 2층의 정면 쪽 방에서는 선술집 주인과 쥐잡이꾼 중간쯤 되는 것처럼 보이는 사무원 하나가 — 퉁퉁 부어서 부풀어 오른 듯한 커다란 몸집의 창백한 사람이었다. — 꾀죄죄한 모습의 사람 서너 명을 주의 깊게 상대하고 있었다. 그는 그 사람들을 무례하게 다루었는데, 재거스 씨의 금고가 두둑해지는 데 기여하는 사람들은 모두 다 그렇게 다뤄지는 것처럼 보였다. "증거를 모으고 있는 것이랍니다." 우리가 그곳에서 나올 때 웨믹 씨가 말했다. "베일리*에서의 재판을 위해서지요." 그 다음 방에서는 텁수룩한 작은 테리어 사냥개 같은 사무원이 머리카락을 축 늘어뜨린 채 (강아지였을 때 주인이 털 깎아 주는 것을 잊어 먹은 것처럼 보였다.) 시력이 나쁜 한 남자를 역시 비슷한 태도로 상대하고 있었다. 웨믹은 그 남자가 제련업자라고 나에게 알려 주면서, 그는 도가니를 언제나 펄펄 끓는 상태로 유지하고 있으며 무엇이든지 내가 원하는 것을 녹여 줄 수 있다고 말했다. — 그런데 그는 마치 자신의 기술을 스스로에게

---

* 런던의 중앙형사재판소 이름. 올드 베일리라고도 함.

시험하고 있기라도 한 것처럼 비지땀을 아주 뻘뻘 흘리고 있었다. 뒷방에서는 어깨가 높은 한 남자가 안면 신경통으로 얼굴을 더러운 무명 수건으로 싸매고는 구부정한 자세로, 앞의 두 사무원이 기록한 것들을 재거스 씨가 직접 사용할 수 있도록 정서하여 작성하는 일을 하고 있었다. 그는 낡은 검정색 양복을 입고 있었는데, 그 양복은 반들반들하게 밀랍 칠을 한 것처럼 보였다.

이게 사무실의 전부였다. 우리가 아래층으로 다시 내려갔을 때 웨믹은 나를 내 후견인의 방으로 데리고 가더니 "이 방은 이미 보았지요." 하고 말했다.

"그런데 말이에요." 뒤틀린 표정으로 노려보는 그 가증스러운 석고상들과 다시 시선이 마주쳤을 때 나는 말했다. "저건 누구의 얼굴들인가요?"

"이것들 말입니까?" 그렇게 말하며 웨믹은 의자 위에 올라가 소름 끼치는 그 머리통들의 먼지를 입으로 불어 낸 다음 그것들을 들고 내려왔다. "이 둘은 유명한 놈들이랍니다. 우리한테 막대한 명성을 안겨 준 유명한 우리 의뢰인들이지요. 여기 이 녀석은 (이런, 네놈은 밤에 내려와서 잉크병을 들여다보았던 게 틀림없구나. 눈썹에 이 얼룩이 묻은 것을 보니, 이 교활한 악당 녀석아!) 자기 주인을 살해했답니다. 증거를 없애는 훈련 같은 걸 받지 않았다는 점을 고려할 때, 그는 살인 계획을 꽤 잘 세운 셈이었지요."

"실제 얼굴과 비슷한가요?" 나는 그 잔인한 사람에게서 몸을 움츠리며 물었다. 그 순간 웨믹은 그 범죄자의 눈썹에 침을 한 번 뱉고는 소매로 쓱 닦아 주었다.

"비슷하냐고요? 보다시피, 그 사람 그 자체입니다. 이 석고상은 뉴게이트 감옥에서 그가 교수형을 당한 직후 만들어진 것이랍니다. 네놈은 나를 특별히 좋아했지, 안 그래, 이 교활한 재주꾼 녀석아?" 웨믹은 말했다. 그러곤 애정 담긴 이 호칭에 대한 설명으로, 유골 단지가 있는 무덤 앞에 여인과 수양버들이 있는 그림이 새겨진 자신의 브로치를 만지며 "그는 이걸 나를 위해 특별히 만들어 주었답니다."라고 말했다.

"그 숙녀는 어떤 특별한 사람인가요?" 나는 말했다.

"아닙니다." 웨믹은 대답했다. "그저 그가 즐겨 찾던 창녀일 뿐입니다. (넌 그 여잘 꽤 좋아했지, 안 그래?) 천만에요, 핍 씨, 이 사건에 숙녀 같은 건 코털만치도 관련되지 않았답니다. 그저 한 여자가 있을 뿐인데, 그녀는 이렇게 날씬하고 숙녀 같은 종류의 여자가 아니었고, 또 이렇게 유골 단지를 돌보는 모습을 보여 줄 만한 여자가 전혀 아니었답니다. 그 안에 뭔가 마실 것이 있을 때는 빼고 말입니다." 이렇게 그의 브로치에 주의력이 쏠리자, 그는 석고상을 내려놓고는 브로치를 손수건으로 열심히 닦기 시작했다.

"저 다른 사람도 똑같은 최후를 맞았나요?" 나는 물었다. "똑같은 표정을 하고 있는데요."

"맞아요." 웨믹은 말했다. "진짜 실물 그대로의 표정이죠. 콧구멍 한쪽이 영락없이 말총과 작은 낚싯바늘에 걸린 것 같지요. 네, 그래요. 그도 똑같은 최후를 맞았어요. 여기서는 뭐, 아주 자연스러운 일임에 틀림없지요. 그는 유언장을 위조했답니다. 이 친구는 정말 그랬지요. 자기가 위조한 유언장의 실제 유언자까지 살해했을 가능성도 크지만 말이에요. 하지만 네놈은 신사 같은 멋쟁이였지." (웨믹 씨는 다시 정겨운 호칭으로 부르며 말했다.) "그리고 너는 그리스어를 쓸 줄 안다고 말하기도 했지. 흥, 허풍

쟁이 같으니라고! 세상에 너 같은 거짓말쟁이는 없을 거다. 정말 이지 너 같은 거짓말쟁이는 결코 만난 적이 없다!" 고인이 된 그의 친구를 선반에 다시 올려놓기 전에 웨믹은 그의 추모 반지 가운데 가장 큰 것을 만지며 말했다. "그는 죽기 바로 전날 사람을 시켜서 나에게 이걸 사다 줬답니다."

그가 다른 석고상을 올려놓고 의자에서 내려올 때 내 마음을 스치는 생각이 있었는데, 그가 개인적으로 소유한 보석들 모두가 이와 비슷한 출처에서 생긴 것이 아닌가 하는 것이었다. 그가 그 문제에 대해 아무런 주저함도 보이지 않았으므로, 나는 그가 내 앞에 서서 손에 묻은 먼지를 털고 있을 때 실례를 무릅쓰고 과연 그러한지 그에게 한번 물어봤다.

"오, 그렇습니다." 그는 대답했다. "이것들은 모두 그런 종류의 선물들이랍니다. 보다시피, 하나가 생기면 그걸로 인해 다른 것이 생기고, 뭐 그런 식이지요. 나는 항상 그것들을 마다하지 않고 받는답니다. 그것들은 골동품 같은 것들이거든요. 그리고 재산이기도 하고요. 그다지 값이 많이 나가는 것들은 아니지만, 어쨌든 그것들은 재산이고 또 휴대와 이동이 가능한 것들이지요. 장래가 찬란한 당신에게는 별 의미가 없는 것이겠지만, 나로 말하자면 내 인생의 변치 않는 지침은 바로, '동산(動産)을 놓치지 말고 잡아라.'라는 것입니다."

내가 이 좌우명에 대해 경의를 표하자 그는 친밀한 태도로 계속해서 말했다.

"특별히 할 일이 없이 시간이 남을 때, 괜찮다면 월워스에 있는 우리 집에 한번 찾아오세요. 그럼 잠자리 제공은 물론이고 영광으로 여기겠습니다. 보여 줄 게 많지는 않지만 내가 가지고 있는 한두 가지 골동품들은 한번 살펴보고 싶을 만할 것입니다. 그리고 내가 아끼는 작은 정원과 정자도 있습니다."

나는 그의 호의를 기쁜 마음으로 받아들이겠다고 말했다.

"고맙습니다." 그는 말했다. "그럼 당신한테 편리한 때에 그렇게 해 주시는 것으로 알고 있겠습니다. 그런데 재거스 씨 집에서 식사를 한 적이 있나요?"

"아직 없는데요."

"글쎄요." 웨믹은 말했다. "그는 아마 당신에게 포도주를 대접할 겁니다. 좋은 포도주를요. 나는 펀치*를 대접하겠습니다. 그리 나쁘지 않은 펀치를요. 그런데 한 가지 미리 말해 주지요. 재거스 씨 집에 식사하러 갈 때 그의 가정부를 잘 보세요."

"뭔가 아주 특이한 것을 보게 되나요?"

"글쎄요." 웨믹은 말했다. "야수가 길들여진 것을 보게 될 것입니다. 뭐 그렇게 대단한 것은 아니라고 물론 말할 겁니다. 하지만 나는 그 맹수의 본래의 야성이 어땠는가, 그리고 길든 정도가 어떤가에 따라 문제가 다르다고 대답할 겁니다. 그것으로 인해 재거스 씨의 능력에 대한 당신의 의견이 낮아지는 일은 결코 없을 것입니다. 잘 눈여겨보도록 하세요."

그가 그렇게 준비시켜 준 것 때문에 흥미와 호기심이 한껏 발동한 나는 그러겠노라고 그에게 말했다. 이제 그만 떠날 때가 되어 막 나가려고 하는데, 문득 웨믹이 5분만 할애하여 '직무 수행 중'인 재거스 씨의 모습을 보지 않겠느냐고 물어 왔다.

몇 가지 이유로, 그리고 재거스 씨가 어떤 '직무'를 수행 중인

---

* 레몬즙, 설탕, 향료 등을 술과 함께 물에 타서 섞은 음료.

지 명확히 알고 싶은 마음도 강해서, 나는 그러겠다고 했다. 우리는 시내 중심가로 빠르게 걸어갔다. 그러곤 곧 사람들로 북적대는 경범죄 재판소에 도착했다. 그곳에는 브로치에다 멋진 취향을 발휘했던 웨믹의 죽은 친구와 살인의 측면에서 동족처럼 보이는 한 사람이 피고석에 서서 불안하게 뭔가를 씹고 있었다. 그리고 내 후견인은 한 여자에게 심문인지 반대신문인지 — 어느 쪽인지 모르겠는데 — 를 하고 있었는데, 그녀를 비롯해 판사석에 앉은 판사들, 그리고 다른 모든 사람들을 두려움에 사로잡히게 하고 있었다. 만약 누구든지 조금이라도 그가 동의하지 않는 말을 한마디라도 하는 경우 그는 즉시 그것을 '받아 써 놓을 것'을 요구했다. 누구든지 어떤 것에 대해 인정을 하지 않으면 그는 "반드시 인정하게 만들 것이오."라고 말했으며, 누구든지 인정을 하면, "자, 이제 당신은 완전히 잡혔소!"라고 말했다. 판사들은 그가 집게손가락을 물어뜯을 때마다 벌벌 떨곤 했다. 도둑들과 도둑을 잡은 형사들 모두 두려움 섞인 얼굴로 넋을 잃고 그의 말에 귀를 기울였으며, 그의 눈썹에 난 털 한 오라기라도 그들 쪽으로 돌려지면 몸을 움츠렸다. 나는 그가 어느 쪽 편에 서서 변호하는 것인지 알 수 없었다. 왜냐하면 그는 법정 전체를 맷돌로 갈아 대고 있는 것처럼 보였기 때문이다. 하지만 발끝으로 살금살금 걸어서 법정을 나올 때 나는 그가 판사석 편이 아니라는 것만은 알 수 있었다. 왜냐하면 그는, 영국의 법과 정의를 대변하는 사람으로서 판사석에 앉아 그날의 법정을 주재하는 늙은 신사의 행동을 맹렬하게 비난함으로써, 그 늙은 판사 나리의 두 다리가 판사석 테이블 아래에서 심한 경련을 일으키며 떨도록 만들었기 때문이다.

25장

벤틀리 드러믈은 성격이 너무나 뚱한 사람이라 책을 들고 읽을 때조차 그 저자가 그에게 해를 끼치기라도 하는 것 같은 표정을 지었는데, 사람을 사귀는 일에서도 똑같이 뚱한 태도를 보였다. 체구와 동작, 그리고 이해력이 모두 둔하고 육중한 — 그런데 얼굴의 굼뜬 표정 또한 그랬고, 방 안의 아무 데고 축 늘어져 있는 그 자신과 똑같이 그의 입안에 축 늘어져 있는 크고 어색한 그의 혓바닥 역시 그랬다. — 그는 게으르고 거만하고 인색하며, 말을 잘 안 하고 의심이 많았다. 그는 서머싯 주*의 한 부유한 집안 출신인데, 그의 집안 사람들은 위와 같은 성질의 결합체인 그를 열심히 기르다가 그가 성년의 나이가 되었을 때 마침내 그가 멍청이라는 사실을 발견했다. 그 결과 벤틀리 드러믈은 포킷 씨에게 배우러 오게 되었다. 당시 그는 키가 포킷 씨보

* 영국 남서부의 주.

다 머리통 하나만큼이나 컸을 뿐만 아니라, 대부분의 신사들보다 여섯 배 정도나 더 미련한 머리를 지니고 있었다.

스타톱은 마음 약한 어머니에게서 응석받이로 자랐으며 학교에 다녀야 할 시기를 넘긴 채 집에만 계속 머물러 있었다. 하지만 그는 어머니에 대해 아주 깊은 애정과 무한한 존경심을 지니고 있었다. 그는 여자 같은 섬세한 용모를 지녔는데 — "그의 어머니를 결코 만난 적이 없을지라도 너는 알게 될 것이야."라고 허버트가 말한 것처럼 — '그의 어머니와 똑같다.'고 할 생김새였다. 내가 드러믈보다 그에게 훨씬 더 친밀감을 느낀 것은 당연한 일일 수밖에 없었다. 보트 젓기를 처음 시작하던 날 저녁부터 이미 그와 나는 집 쪽을 향해 나란히 노를 저으면서 보트 너머로 대화를 나누며 갔던 반면, 드러믈은 우리 뒤에 멀리 떨어진 채 쑥 내민 강둑 아래를 따라 골풀 사이로 혼자서 배를 저어 왔다. 드러믈은 언제나, 일종의 양서류 동물처럼 물가를 따라 느릿느릿 기어가듯 배를 저었는데, 심지어 조수가 그와 같은 방향으로 흘러 그를 빠르게 밀어 줄 때조차도 그랬다. 그래서 나는 그에 대해 생각할 때면 항상, 스타톱과 나의 배가 강 한복판에서 석양빛이나 달빛을 가르며 나아가는 동안 그가 어둠 속에서 또는 강둑 옆의 역수(逆水)*를 거스르며 우리 뒤를 따라오는 모습을 떠올린다.

허버트는 나의 친밀한 동료이자 친구였다. 나는 내 보트에 대한 절반의 사용권을 그에게 주었다. 그래서 그는 자주 해머스미스로 내려오곤 했다. 그리고 그의 집에 대한 절반의 사용권을 가

* 강둑에 부딪쳐서 되밀려 나오는 물결.

진 나도 런던으로 자주 올라가곤 했다. 우리는 때를 가리지 않고 두 곳 사이를 내내 함께 걸어가곤 했다. 나는 아직도 (비록 그때만큼 즐겁게 느껴지는 길은 아니지만) 그 길에 대한 애정을 간직하고 있는데, 그것은 순수하고 희망에 찬 청춘기의 예민한 시점에 형성된 애정이었다.

내가 포킷 씨의 가족과 함께 지낸 지 한 달인가 두 달인가 되었을 때, 문득 커밀러 씨 부부가 나타났다. 커밀러는 포킷 씨의 누이동생이다. 미스 해비셤의 집에서 같은 날 만났던 조지애너 역시 함께 나타났다. 그녀는 포킷 씨와 사촌간인데 — 소화불량에 걸린 독신 여성으로, 자신의 완고한 편견을 종교라고 부르고 자신의 종작 없는 감정을 사랑이라고 부르는 사람이었다. 이 사람들은 탐욕과 실망에서 비롯된 증오감으로 나를 미워했다. 물론 그들은 겉으로는 행운을 얻은 나에게 비굴하기 짝이 없는 태도로 알랑거렸다. 그들은 포킷 씨를, 자신의 이해관계에 대해 아무 개념이 없는 아기 같은 어른으로 대하면서, 이전에 드러냈던 것과 똑같은 그런 자기만족적인 아량의 태도를 계속 내보였다. 포킷 부인에 대해서는, 그들은 그녀를 경멸했다. 하지만 그녀가 인생에서 가엾게도 큰 실망을 당한 귀한 집사람이라는 것을 인정해 주는 듯한 기미였는데, 그 사실이 그들 자신에게 미약하나마 반사적인 광채를 던져 주었기 때문이다.

내가 자리를 잡고 학업에 전념하기 시작한 곳의 환경은 대충 이러했다. 나는 곧 낭비하는 습관에 사로잡혔다. 그래서 몇 달 전만 해도 어마어마한 금액으로 생각했을 돈을 쉽게 써 대기 시작했다. 하지만 생활을 잘 하든 못 하든, 책 읽고 공부하는 것만은 충실히 했다. 이와 관련해 내게 내세울 게 있다면, 오직 내 부족한 점을 느낄 만큼의 분별력이 나에게 어느 정도 있었다는 사실밖에 없다. 포킷 씨와 허버트 사이에서 나는 빠른 진척을 보였다. 두 사람 중 한 사람이 언제나 곁에 있으면서 나에게 동기와 의욕을 불어넣어 주고 내 앞길에서 장애물들을 다 치워 주는 상황에서, 내가 만약 이보다 더 느린 진척을 보였다면 나는 드러믈만큼이나 한심한 돌대가리였음에 틀림없을 것이었다.

나는 웨믹 씨를 여러 주 동안 만나 보지 못했다. 그래서 그에게 쪽지를 써 보내기로 작정하고, 적당한 날 저녁 때 그와 함께 그의 집을 방문해 보고 싶다는 제안을 했다. 그는 대단히 기쁘다는 말과 함께, 6시에 사무실에서 나를 기다리고 있겠다는 답장을 보내 왔다. 약속한 날 나는 그리로 갔고, 거기서 웨믹 씨를 만났다. 시계는 막 6시를 치고 있었고 웨믹 씨는 금고 열쇠를 등허리 아래로 집어 넣고 있던 참이었다.

"월워스까지 걸어서 가는 것에 대해 생각해 봤나요?" 그가 물었다.

"웨믹 씨만 좋으시다면……." 나는 말했다. "저야 물론이지요."

"나는 물론 적극 찬성입니다." 웨믹의 대답이었다. "하루 종일 다리를 책상 밑에 두고 앉아 있었기 때문에 다리를 좀 풀어 줄 수 있다면 무척 기쁠 것입니다. 자, 내가 저녁으로 무얼 준비했는지 말씀드리지요, 핍 씨. 스테이크로 만든 스튜 요리—집에서 직접 만든 거지요.—와 차가운 구운 닭고기—작은 음식점에서 가져온 거지요.—요리가 있답니다. 닭고기는 연할 겁니다. 음식점 주인이 저번 날 우리가 맡은 몇몇 사건의 배심원이었는데 우리가 그를 배심원 일에서 빨리 놓여나게 해 줬거든요. 그

닭고기를 살 때 나는 그에게 그 점을 상기시키며 이렇게 말했지요. '좋은 걸로 골라 주게, 브리튼 영감. 마음만 있었다면 우리는 충분히 하루 이틀 더 당신을 배심원석에 앉아 있게 만들 수 있었으니까 말이야.' 이 말에 그는 이렇게 대답했습니다. '우리 가게에서 제일 좋은 닭고기를 당신께 선물로 드리게 해 주십시오.' 물론 나는 그러라고 했지요. 닭고기도 어디까지나 휴대와 이동이 가능한 재산이니까요. 늙으신 부모가 한 분 계신 것에 반대는 하지 않겠지요?"

정말이지 나는 그가 아직도 닭고기 이야기를 계속하고 있는 줄로 알았다. 그가 이렇게 덧붙이기 전까지는 말이다. "우리 집에 늙으신 부모 한 분이 계시거든요." 나는 곧 이에 대해 예의에 맞게 괜찮다고 대답했다.

"그러니까, 당신은 재거스 씨와 아직 식사를 하지 않았군요?" 우리가 함께 걸어가기 시작했을 때, 그는 말을 계속했다.

"예, 아직 안 했습니다."

"오늘 오후 그는 당신이 올 예정이라는 말을 들었을 때 나에게 곧 당신과 식사를 할 거라고 말했답니다. 내 예상으로는 아마 내일쯤 초대를 받을 것 같습니다. 그는 당신 친구들도 함께 초대할 것입니다. 모두 세 명이지요, 그렇죠?"

드러믈을 평소 내 친밀한 동료로 여기지는 않았지만 나는 "맞습니다."라고 대답했다.

"그러니까, 그는 당신네 패거리 전부를 초청할 것입니다." 나는 패거리라는 말이 그다지 마음에 들지는 않았다. "그리고 당신들에게 대접하는 게 무엇이든지, 그는 좋은 것을 대접할 것입니다. 여러 가지 다양한 음식을 기대하지는 마세요. 하지만 질

좋은 훌륭한 음식을 드시게 될 것입니다. 그리고 그의 집에는 특이한 점이……." 웨믹은 순간 말을 멈췄다. 그러곤 마치 그 사이에 가정부를 언급하기라도 한 것처럼 다음과 같이 말을 이었다. "그것 말고도 또 하나 있지요. 그는 밤에 출입문이나 창문을 잠가 놓는 법이 결코 없답니다."

"그의 집에 강도나 도둑이 전혀 들지 않는다는 건가요?"

"바로 그거죠!" 웨믹은 대답했다. 그는 공공연하게 이렇게 말한답니다, '내 집에 도둑질을 하러 오는 자를 한번 보고 싶다.'고 말이에요. 아, 맹세코, 우리 건물의 입구 쪽 사무실에서 그가 진짜 밤도둑들한테 이렇게 말하는 걸, 내가 들은 걸로 치면 아마 백 번은 족히 될 것입니다. '네놈들은 내가 어디 사는지 알고 있잖아. 자, 우리 집은 빗장 같은 건 전혀 질러 놓지 않는다네. 어때, 우리 집에 와서 한바탕 털어 보지 않으려나? 자, 어서. 한번 해 보라니까?' 그런데 말이오, 핍 씨, 아무리 꼬드겨도 그놈들 중 한 놈도 감히 시도해 볼 엄두를 내지 못한다오."

"재거스 씨가 그 정도로 두려운가요?" 나는 말했다.

"그럼요, 두렵고말고요." 웨믹은 말했다. "정말이지 그들은 그를 두려워한답니다. 물론 그들한테 해 보라고 도전하면서 그는 교활한 수를 쓰긴 하지요. 은제 식기 같은 것은 하나도 없고, 숟가락도 모두 브리타니아 금속*제박에 없거든요, 핍 씨."

"그러니까 그들은 별로 소득이 없겠군요." 나는 말했다. "설령 그들이 그의 집을 턴……."

"그럼요! 하지만 재거스 씨가 얻게 될 소득은 크지요." 웨믹은

* 주석과 구리와 안티몬의 합금으로, 광을 내면 은처럼 보여 값싼 은 대용품으로 당시 널리 쓰였음.

내 말을 가로막으며 말했다. "그리고 그들도 그걸 알고 있답니다. 그는 그들의 생사 여탈권을 쥐게 되는 거지요. 수십 명의 생사를 말이에요. 그는 얻을 수 있는 것을 모두 얻게 되는 것이지요. 그가 마음만 먹으면 얻지 못할 것이 없다고 말해도 틀림없을 것입니다."

나는 내 후견인의 위대함에 대한 생각에 깊이 빠져들었다. 그런데 그때 웨믹이 말했다.

"은제 식기가 없는 것에 대해 말하자면, 아시다시피 그건 그의 타고난 깊이를 말해 주는 것일 뿐이랍니다. 강이 자기 본래의 깊이를 가지고 있듯이 그도 타고난 자신의 깊이를 지니고 있답니다. 그의 시곗줄을 한번 들어 봅시다. 그건 정말로 진짜지요."

"아주 굵직해 보이던데요." 나는 말했다.

"굵직하다고요?" 웨믹이 되풀이해 말했다. "나도 같은 생각입니다. 그런데 그의 시계는 시간 알림 장치가 있는, 금으로 된 회중시계로 돈으로 치면 100파운드의 가치가 있는 것이랍니다. 핍 씨, 이 도시에는 그 시계에 대해 모든 것을 알고 있는 도둑들이 약 칠백 명은 된답니다. 그들은 그 시곗줄의 가장 작은 고리조차도 알아볼 수 있지요. 하지만 남자든 여자든 아이든 어른이든, 그들은 한 사람도 예외 없이 모두, 가령 어쩌다 잘못 속아서 그 시곗줄에 손을 대게 되었을 때 뜨거운 불덩이라도 되는 것처럼 곧장 그걸 떨어뜨리고 말 것입니다."

처음에는 그와 같은 대화를 하면서, 그리고 나중에는 좀 더 일반적인 성격의 대화를 하면서 웨믹 씨와 나는 도중의 심심함과 시간을 잊으며 걸어갔다. 그러다가 문득 웨믹 씨가 월워스 지구에 도착했다고 나에게 알려 줬다.

그곳은 어두운 좁은 길과 도랑, 그리고 자그만 정원들의 집합체처럼 보였으며 다소 따분하고 한적한 느낌을 주는 곳이었다. 웨믹 씨의 집은 여러 구역의 정원 한가운데에 위치한 자그만 목조 주택이었는데, 집의 꼭대기가 마치 대포를 설치한 포대(砲臺) 모양으로 다듬어지고 페인트칠 되어 있었다.

"내가 직접 지은 집이랍니다." 웨믹이 말했다. "예쁘지요, 안 그래요?"

나는 집을 크게 칭찬했다. 내 생각에 일찍이 내가 본 가운데 가장 작은 집이었다. 더없이 기묘한 고딕식 창문들이 (그런데 대부분은 진짜 창문이 아니었다.) 달려 있었고 출입문도 고딕식이었는데, 너무나 작아서 사람이 거의 들어갈 수 없을 정도였다.

"저건 진짜 깃대랍니다, 보세요." 웨믹은 말했다. "일요일마다 나는 진짜 깃발을 거기에 게양해 놓지요. 그리고 여길 보세요. 이 다리를 건너고 나면 나는 그걸 끌어올려 놓는답니다, 이렇게. 그래서 외부와의 연결을 차단해 버리지요."

다리는 두꺼운 판자 하나로 되어 있었는데 폭이 약 120센티미터에 깊이가 약 60센티미터 정도 되는 고랑 위에 가로놓여 있었다. 하지만 그가 즐거운 듯이, 그리고 기계적인 것이 아닌 진짜 미소를 지으면서, 자랑스럽게 그 다리를 끌어올려서 고정해 놓는 모습을 보는 것은 매우 유쾌한 일이었다.

"그리니치 시각으로 매일 저녁 9시가 되면……." 웨믹은 말했다. "대포를 발사한답니다. 저기 있습니다, 보세요! 발사되는 소리를 들으면 아마 제법 귀청 때리는 놈이라고 말할 겁니다."

그가 언급한 병기는 격자무늬 양식으로 축조된 독립된 요새 위에 설치되어 있었다. 비바람으로부터 보호하기 위해, 교묘하게 만든 작은 방수포 차단막이 우산처럼 위에 쳐져 있었다.

"그리고 집 뒤에는……." 웨믹은 말했다. "요새처럼 보이는 느낌을 망치지 않도록 눈에 안 띄는 곳에 — 왜냐하면 '어떤 생각이 있으면 그것을 실행하고 계속 유지해 나간다.'라는 것이 내 원칙이거든요. — 당신도 그럴지는 모르겠습니다만."

나는 나 역시 분명히 그렇다고 말했다.

"집 뒤에는, 돼지 한 마리하고 닭과 토끼 들이 있답니다. 그리고 나는 또 재배용 나무틀을 직접 만들어 세워서 오이 등을 기른답니다. 저녁 식사 때 당신은 내가 샐러드용 야채로 어떤 것들을 기르는지 알 수 있을 겁니다." 웨믹은 다시 미소를 지으며, 하지만 동시에 진지한 태도로 고개를 흔들며 말을 계속했다. "따라서 핍 씨, 만약 이 작은 곳이 포위 공격을 받고 있다고 가정할 때, 식량에 관한 한 이곳은 엄청나게 오랫동안 버틸 것입니다."

그러고 난 뒤 그는 정자가 있는 곳으로 안내했는데, 10미터 정도밖에 떨어지지 않은 곳이었지만 다가가는 그 길이 너무나 정교하게 꼬불꼬불 휘어져 있어서 아주 오랜 시간이 걸려서야 그곳에 도착할 수 있었다. 이 한적한 자리에는 술잔이 이미 놓여 있었다. 그리고 장식용으로 파 놓은 호수 속에는 펀치가 차갑게 담겨 있었는데, 정자는 이 호수의 가장자리에 세워져 있었다. 원형 모양의 이 호수는 한가운데에 저녁 식사용 샐러드 정도의 크기밖에 안 될 작은 섬이 하나 있었으며, 웨믹이 만들어 놓은 분수도 그 안에 있어서, 자그만 물레방아 같은 것을 작동시키고 수도관에서 코르크를 빼면 아주 힘차게 물이 뿜어져 나와 손등을 꽤 젖게 했다.

"나는 기술자이자 목수이자 배관공이자 정원사이자 만능 일꾼으로 모든 것을 내가 직접 한답니다." 웨믹은 내 칭찬의 말에 고맙다고 하면서 말했다. "글쎄요, 아시다시피 그렇게 하는 것은 나한테 유익하답니다. 그럼으로써 뉴게이트의 거미줄을 털어 버릴 수 있고, 또 노인장도 기쁘게 해 드릴 수 있거든요. 노인장께 곧바로 소개를 해 드리고 싶은데 괜찮겠는지요? 뭐, 어려운 일은 아닐 것입니다."

나는 언제든지 괜찮다는 뜻을 진심으로 표현했고, 우리는 '성(城)' 안으로 들어갔다. 거기서 우리는 플란넬 상의를 입은 아주 늙은 노인이 난롯가에 앉아 있는 것을 보았다. 말끔한 차림에, 명랑하고 편안해 보이며 보살핌을 잘 받는 듯한 모습이었지만 귀가 심하게 먹은 노인이었다.

"자, 아버님." 웨믹은 다정하면서도 익살맞은 방식으로 노인과 악수를 나누며 말했다. "안녕하셨는지요?"

"그래, 괜찮다, 존. 괜찮아!" 노인은 대답했다.

"여기는 핍 씨입니다, 아버님." 웨믹은 말했다. "아버님께서 그의 이름을 들을 수 있으면 참 좋을 텐데. 자, 핍 씨, 아버님에게 고개를 계속 끄덕거려 주세요. 그러면 좋아하신답니다. 괜찮으시다면, 고개를 계속 끄덕거려 주세요, 윙크하듯이 말입니다!"

"여긴 우리 아들의 훌륭한 집이라오, 선생." 내가 가능한 한 열심히 고개를 끄덕거리고 있을 때 노인이 큰 소리로 외쳤다. "여긴 근사한 유원지와 같다오, 선생. 이 장소와 이곳의 아름다운 여러 건축물들은 우리 아들이 죽은 뒤에 국가에 의해 모두 보존되어야 해요, 사람들이 즐길 수 있도록 말이에요."

"아버님은 이곳이 무척 자랑스러우신 거지요, 그렇죠, 아버님?" 웨믹은 말하면서 노인을 찬찬히 응시했는데, 그러는 그의 딱딱한 얼굴은 정말이지 부드러워져 있었다. "자, 아버님께 드리는 겁니다. 받으세요." 그러곤 고개를 엄청나게 크게 한 번 끄덕여 보였다. "자, 여기 또 드립니다. 받으세요." 그러곤 고개를 더욱더 엄청나게 크게 한 번 끄덕여 보였다. "이걸 좋아하시지요, 그렇죠? 자, 핍 씨, 피곤하지 않으시다면, 물론 저는 낯선 사람들에겐 이것이 피곤한 일이라는 걸 잘 알고 있습니다만, 그에게 덤으로 한 번만 더 고개를 끄덕여 주실 수 있겠습니까? 아버님께서 이걸 얼마나 좋아하시는지 당신은 아마 모를 것입니다."

나는 노인에게 한 번이 아닌 여러 번 고개를 끄덕여 주었다. 그러자 노인은 정말로 굉장히 기분 좋아 했다. 우리는 그가 닭에게 모이를 주러 가는 것을 보고 그를 떠나 정자로 돌아와서는, 펀치를 마시기 위해 자리에 앉았다. 거기서 웨믹은 파이프 담배를 피우면서, 이곳을 현재의 완전한 상태로 만들어 놓는 데는 꽤 여러 해가 걸렸다고 나에게 말했다.

"이곳은 당신의 소유인가요, 웨믹 씨?"

"오, 그럼요." 웨믹은 말했다. "한 번에 조금씩 사들여서 마침내 전부 갖게 되었지요. 정녕코 완전한 내 소유의 사유재산이랍니다!"

"그래요, 정말? 재거스 씨께서도 훌륭한 곳이라고 칭찬하겠지요?"

"그는 여기 와 본 적이 전혀 없답니다." 웨믹은 말했다. "이곳에 대해 들어 본 적도 없지요. 노인장도 만나 본 적이 없지요. 그에 대해 들어 본 적도 없고요. 그렇답니다, 사무실과 사생활은 서로 별개의 문제니까요. 사무실에 나갈 때 나는 이 성을 뒤에다 버리고 갑니다. 마찬가지로 이 성으로 들어올 때 나는 사무실을 뒤에다 버리고 옵니다. 당신한테 그리 싫은 것이 아니라면, 당신도 이곳에 대해 그렇게 해 주면 무척 고맙겠습니다. 나는 직장에서 이곳이 이야기되는 것을 바라지 않습니다."

물론 나는 신의상 그의 요청을 따라 줘야 한다고 느끼고 그러겠노라고 대답했다. 펀치가 매우 맛있었으므로 우리는 거의 9시가 다 되도록 거기에 앉아서 마시며 이야기를 나누었다. "대포 발사 시간이 되어 가는군요." 문득 웨믹이 담배 파이프를 내려놓으며 말했다. "노인장이 특별히 즐거워하는 것이랍니다."

우리가 성 안으로 다시 들어갔을 때, 노인장은 기대에 찬 눈으로 부지깽이를 빨갛게 달구고 있었는데, 그것은 밤마다 수행하는 큰 의식을 위한 준비 작업이었다. 웨믹은 손에 시계를 들고 서서는, 빨갛게 달구어진 부지깽이를 노인장에게서 받아서 포대로 달려갈 정확한 순간이 되기를 기다렸다. 마침내 그는 부지깽이를 받았고, 그러곤 밖으로 나갔다. 곧 그 '귀청 때리는 놈'이 꽝! 하고 발사되면서, 허술한 작은 나무상자 같은 집 건물이 와르르 무너질 것처럼 크게 뒤흔들렸고 집 안의 모든 유리잔과 찻잔이 서로 부딪치며 울렸다. 그러자 — 내가 믿건대 팔꿈치로 의자를 꽉 누르고 앉아 있지 않았다면 안락의자에서 튕겨 날아갔을 — 노인장은 환희에 차서 크게 외쳤다. "대포가 발사되었다! 난 소리를 들었어!" 나는 노인에게 고개를 끄덕거려 주었는데, 얼마나 크게 끄덕거렸는지 그의 얼굴이 전혀 보이지 않았다고 단언해도 조금도 과장된 비유가 아니다.

대포 발사와 저녁 식사 사이의 시간을 이용해 웨믹은 나에게 자신이 수집한 골동품들을 보여 주었다. 그것들은 대부분 중범죄와 관련된 것이었는데, 유명한 위조 범죄에 사용되었던 펜, 한

두 개의 특별한 면도칼, 머리타래 몇 뭉치, 그리고 사형선고를 받은 후 쓴 자필 고백 원고 몇 개 등으로 이루어져 있었다. — 이 자필 고백 원고들에 대해서 웨믹은 "모두 완전히 거짓말이지요, 핍 씨."라면서 바로 그 때문에 특별한 가치가 있다고 말했다. 이 골동품들은, 자그만 장식용 도자기와 유리잔 작품들, 이 전시장의 소유자가 만든 여러 가지 근사한 소품들, 그리고 노인장이 깎아 만든 파이프에 담배를 채워 넣는 도구들 몇 개 등등의 사이사이에 보기 좋게 분산되어 있었다. 이것들은 모두 내가 맨 처음에 안내되었던 방에 진열되어 있었는데, 그 방은 일상적으로 쓰이는 거실일 뿐만 아니라 부엌이기도 한 것 같았다. 벽난로 안의 시렁에 자루 달린 냄비가 놓여 있고 벽난로 위쪽에는 고기구이용 꼬챙이를 올려놓는 놋쇠로 된 까치발 선반받이가 달려 있는 것으로 보건대 그러했다.

집안일 시중을 드는 깔끔한 소녀 하나가 있었는데, 그녀는 낮에 노인장을 돌봐 주었다. 그녀가 저녁 식사 준비를 다 해 놓았을 때, 웨믹은 그녀가 성에서 나갈 수 있도록 다리를 내려 주었으며 그녀는 하루 일을 마치고 귀가했다. 저녁 식사는 훌륭했다. 비록 상한 호두 같은 맛이 느껴질 정도로 성이 건조하고 부패된 기미를 보였지만, 그리고 돼지가 좀 더 멀리 떨어져 있었으면 좋았을 테지만, 나는 그날 받은 모든 대접을 진정으로 즐겼다. 내가 잠잘 소형 장식탑 모양의 작은 침실에 대해서도 흠잡을 게 아무것도 없었다. 다만 방과 깃대 사이의 천장 두께가 너무나 얇아서, 내가 침대에 누웠을 때 밤새도록 깃대를 내 이마로 반듯이 받쳐 줘야 할 것처럼 느껴졌을 뿐이다.

웨믹은 아침에 일찍 일어났다. 미안하게도 그가 내 구두를 닦아 주는 소리가 들리는 듯했다. 그러고 난 뒤 그는 정원으로 나가 일을 시작했는데, 고딕 풍의 내 침실 창문을 통해 그가 노인장에게 일을 시키는 척하면서 아주 효성 깊은 태도로 고개를 끄덕여 주는 모습이 보였다. 아침 식사는 저녁 식사만큼 훌륭했다. 정확히 8시 30분에 우리는 리틀 브리튼을 향해 떠났다. 가는 동안 웨믹은 차츰차츰 메마르고 딱딱해져 갔으며, 그의 입은 다시 꽉 다물어져서 우체통 구멍처럼 되어 갔다. 그러다가 마침내, 우리가 그의 근무처에 도착하여 그가 상의의 목깃에서 열쇠를 꺼낼 순간이 되었을 때는, 그는 월워스의 존재를 완전히 잊어버린 것처럼 보였다. 마치 그의 성과 도개교와 정자와 호수와 분수와 노인장 등이 '귀청 때리는 놈'의 마지막 발사와 함께 모조리 하늘로 날아가 버리기라도 한 것처럼 말이다.

26장

웨믹이 나에게 미리 말한 것처럼, 나는 내 후견인의 집을 그의 현금출납원이자 사무원인 웨믹의 집과 비교해 볼 기회를 곧 갖게 되었다. 내가 월워스로부터 도착해 내 후견인의 사무실 건물에 들어섰을 때, 내 후견인은 자신의 방에서 향내 나는 비누로 손을 씻고 있는 중이었다. 그는 나를 부르더니, 웨믹이 나에게 귀띔해 준 그대로, 나와 내 친구들을 식사에 초대했다. "아무런 격식도 차릴 필요 없고……." 그는 단서 조항을 밝혔다. "만찬복도 입을 필요 없네. 그저 내일 저녁 보세." 나는 그에게 우리가 어디로 찾아가야 하느냐고 물었다.(나는 그가 어디에 사는지 전혀 몰랐기 때문이다.) 그러자 그는 "이리로 오게, 그럼 내가 자네들을 데리고 집으로 가겠네."라고만 대답했는데, 그것은 뭔가를 곧바로 인정한다든가 하는 것을 일반적으로 거부하는 그의 성향 때문이었다고 믿는다. 이 기회를 빌려 나는 그가 자신의 의뢰인들을 내보낼 때면 마치 외과의사나 치과의사처럼 손을 씻곤

한다는 사실을 말해 두고자 한다. 그의 방에는 바로 그 목적에 맞게 설치해 놓은 벽장이 하나 있었는데, 거기에서는 마치 향수 파는 가게처럼 향내 나는 비누 냄새가 강하게 풍겼다. 벽장 문 안쪽에 달린 롤러에는 유별나게 커다란 잭 타월*이 걸려 있었으며, 경범죄 재판소에서 돌아오거나 의뢰인을 방에서 내보내거나 할 때마다 그는 두 손을 씻은 다음 그것들을 이 수건에다 닦고 말리는 것이었다. 다음 날 6시에 나와 내 친구들이 그의 사무실에 도착했을 때, 그는 그날 보통 때보다 한층 더 험악한 성격의 사건을 다루었던 것처럼 보였다. 왜냐하면 우리는 그가 이 벽장에 머리를 밀어 넣은 채, 손만 씻는 게 아니라 세면도 하고 양치질까지 하는 것을 보았기 때문이다. 그리고 그 모든 것을 다 마친 뒤 잭 타월을 전부 다 돌려 가며 닦고 났을 때조차, 그는 주머니칼을 꺼내서 한참 동안 손톱에서 사건의 잔재를 긁어 내고 난 뒤에야 비로소 상의를 입고 나갈 준비를 했다.

우리가 거리로 나갔을 때 여느 때처럼 사람들이 주변을 살금살금 걸어다니고 있었다. 그들은 재거스 씨와 이야기하고 싶은 열망을 역력히 드러냈지만, 재거스 씨를 둘러싸고 있는 비누 향내의 후광에는 뭔가 너무나 단호한 것이 어려 있어서 그들은 그날의 희망을 포기하고 말았다. 우리가 길을 따라 서쪽으로 죽 걸어갈 때, 이따금 거리의 군중 가운데 누군가가 그의 얼굴을 알아보았는데, 그런 일이 일어날 때마다 그는 나에게 좀 더 큰 목소리로 말했을 뿐 달리 누군가를 알아본다든가 아니면 누군가가 자기를 알아봤다는 사실에 주의를 기울이거나 하는 법이

* 회전식 롤러에 감긴 긴 수건.

전혀 없었다.

그는 소호 지구의 제라드 거리로 우리를 안내한 뒤 그 거리 남쪽에 있는 한 집으로 데리고 갔다. 그런 종류의 집으로는 다소 위엄이 있었지만 애석하게도 페인트칠이 필요한 상태였고 창문들도 더러웠다. 그가 열쇠를 꺼내서 문을 열었고 우리는 모두 돌로 된 현관으로 들어갔다. 가구나 장식 따위가 없고 어두컴컴하며 거의 사용되지 않는 현관 같았다. 이어서 우리는 2층에 있는 세 개의 연속된 암갈색 방으로 통하는 암갈색 층계를 따라 올라갔다. 판자를 댄 벽에는 둥근 화환들이 조각으로 장식되어 있었는데, 그가 그 사이에 서서 우리를 환영한다고 말할 때 그 화환들이 나에게 생각나게 한 올가미가 어떤 것이었는지 나는 잘 기억하고 있다.

만찬은 세 개의 방 가운데 제일 좋은 방에 준비되어 있었다. 두 번째 방은 그가 옷 갈아입는 방이고, 세 번째 방은 그의 침실이었다. 그는 이 집 전체를 자신이 소유하고 있지만 우리가 본 방들 외에는 거의 사용하지 않는다고 우리에게 말했다. 식탁은 안락하게 준비되어 있었다. — 물론 은그릇은 사용되지 않았다. — 그의 의자 옆에는 널찍한 회전식 식품 선반대가 있었고 그 위에는 여러 가지 술병과 유리병을 비롯해 디저트로 먹을 과일 접시 네 개 등이 놓여 있었다. 나는 처음부터 끝까지 그가 모든 걸 자신의 손이 닿는 곳에 두고서 모든 걸 자신이 직접 나누어 주는 것을 알아차렸다.

방 안에는 책장이 하나 있었다. 나는 책등을 보고 그것들이 증거, 형법, 범죄자의 생애, 재판, 법령 등등에 관한 책들이라는 것을 알 수 있었다. 가구는 그의 시곗줄처럼 모두 아주 견고하고 좋았다. 하지만 사무적인 느낌이 강했고 단순히 장식적인 면은 조금도 보이지 않았다. 한구석에는 갓을 씌운 등과 서류들이 놓인 작은 책상이 하나 있었다. 그런 점에 있어서도 그는 사무실의 일을 집으로 가지고 와서 저녁 때 그걸 꺼내 놓고는 일에 몰두하곤 하는 것처럼 보였다.

그 순간까지 그는 나의 세 동료를 거의 제대로 살펴보지 못했다. 왜냐하면 그는 나와 함께 앞서서 걸어갔기 때문이다. 그는 이제 가정부를 부르는 종을 울린 다음, 벽난로 앞 양탄자에 서서는 그들을 유심히 살펴보기 시작했다. 놀랍게도 그는 즉시, 전적으로는 아니지만 주로 드러믈에게 관심이 쏠리는 것처럼 보였다.

"핍." 그는 커다란 손을 내 어깨에 얹고는 나를 창가로 이끌면서 말했다. "나는 누가 누군지 잘 모르겠네. 저 거미는 누군가?"

"거미라뇨?" 나는 말했다.

"저 축 늘어지고 부스럼딱지 같은, 뚱한 표정의 친구 말일세."

"아, 그건 벤틀리 드러믈입니다." 나는 대답했다. "얼굴이 섬세하게 생긴 친구는 스타톱이고요."

그는 '얼굴이 섬세하게 생긴 친구'에 대해서는 조금도 아랑곳하지 않은 채 다음과 같이 대꾸했다. "벤틀리 드러믈이 그의 이름이라고? 그래, 저 친구 얼굴이 마음에 드는군."

그는 곧바로 드러믈과 이야기를 나누기 시작했는데, 굼뜨고 마지못한 듯이 대답하는 드러믈의 태도에 조금도 좌절하는 기색이 없이 오히려 그런 태도에 자극받아 그에게서 대화를 쥐어짜내는 것을 즐기는 것처럼 보였다. 내가 이들 두 사람을 바라보고 있을 때, 문득 두 사람 사이로 가정부가 식탁에 놓을 첫 번째 요리를 들고 나타났다.

그녀는 내 짐작에 한 마흔 살 정도 돼 보였다. 하지만 내가 그녀를 실제보다 젊게 보았는지도 모른다. 그녀는 키가 다소 큰 편이고 유연하고 민첩한 몸매에 얼굴이 몹시 창백했으며, 커다란 두 눈에는 광채가 없었고 풍성한 머리카락을 치렁치렁 늘어뜨리고 있었다. 무슨 심장 질환 같은 것에 걸렸는지는 모르겠지만 그녀는 숨이 가쁜 듯이 입술을 벌리고 있었고 얼굴은 갑작스레 서두르며 당황한 듯한 묘한 표정을 띠고 있었다. 분명히 기억하는바, 나는 그 하루인가 이틀인가 전에 극장에 가서 「맥베스」를 관람했더랬는데, 그녀의 얼굴은 바로 극장에서 본 마녀들의 가마솥에서 솟아오르는 얼굴들같이* 마치 불길 섞인 공기에 의해 온통 달아오르기라도 한 것처럼 보였다.

가정부는 요리를 담은 접시를 식탁에 내려놓고는 내 후견인의 팔을 손가락으로 가만히 건드림으로써 식사가 준비되었다는 것을 알렸다. 그러곤 사라졌다. 우리는 둥그런 식탁에 자리를 잡고 앉았다. 내 후견인은 드러믈을 자기의 한쪽 옆에 앉히고 스타톱은 다른 쪽에 앉도록 했다. 가정부가 식탁에 내려놓고 간 것은 훌륭한 생선 요리였다. 그 후 우리는 마찬가지로 질이 좋은 양고기 한 토막씩을 먹었으며, 그다음에 역시 질이 좋은 닭고기 요리를 먹었다. 소스와 포도주 등, 부차적으로 필요한 다른 것들은 모두 최상의 것들로, 우리의 주인에 의해 그의 회전식 식품 선반대로부터 제공되었다. 그리고 그것들이 식탁을 한 바퀴 돌고 오면, 그는 그것들을 항상 식품 선반대에 다시 올려놓았다.

---

* 셰익스피어의 비극, 『맥베스』 4막 1장 참조.

그와 비슷한 방식으로, 그는 식사의 각 과정마다 깨끗한 접시와 칼과 포크를 우리에게 나눠 주었으며, 바로 직전에 쓰고 난 접시들은 그의 의자 옆 바닥에 있는 두 개의 바구니 속에다 집어넣었다. 가정부 말고는 시중 드는 사람이 아무도 나타나지 않았다. 가정부 혼자 모든 요리를 가져다가 내려놓았고, 그때마다 나는 그녀의 얼굴에서, 마녀들의 가마솥에서 솟아오르는 얼굴을 떠올렸다. 여러 해가 지난 후 나는 어느 자리에서 놀이 삼아 이 여자의 얼굴을 연출해 보인 적이 있는데, 치렁치렁 흘러내리는 머리카락 말고는 타고난 닮은 점이 전혀 없는 여자의 얼굴을 어두운 방에서 불꽃이 타오르는 큰 독주(毒酒) 잔 뒤로 지나가게 함으로써 그녀와 무섭도록 똑같이 생긴 얼굴을 표현해 낼 수 있었다.

그녀 자신의 인상적인 외모와 웨믹의 사전 귀띔으로 가정부를 특별히 주목하게 된 나는 다음과 같은 것을 알아차렸다. 그것은 그녀가 방에 있을 때는 언제나 내 후견인을 주의 깊게 살펴본다는 것과 그의 앞에다 어떤 접시든 내려놓을 때마다 항상 머뭇거리며 손을 다시 뺀다는 사실이었다. 그건 마치 나중에 그가 자기를 다시 부르는 것이 두려워서, 뭔가 할 말이 있으면 자기가 가까이 있는 그때 말해 줬으면 하고 바라는 듯한 태도였다. 내 상상인지는 모르겠지만 나는 재거스 씨의 태도에서 그가 이걸 알고 있으며 의도적으로 그녀를 늘 불안하게 만들고 있다는 느낌이 들었다.

만찬은 유쾌하게 진행되었다. 나는 내 후견인이, 비록 화제를 제시하기보다는 따라가는 것처럼 보였을지라도, 우리한테서 우리 기질의 가장 나쁜 면을 쥐어짜 내고 있다는 것을 알아차렸다. 가령 나 자신으로 말하면, 나는 어느 틈에 나의 사치스러운 낭비벽과 허버트의 후원자 같은 건방진 태도와 내 훌륭한 장래를 자랑하는 경향을 드러내고 있는 것을 발견했다. 내가 입을 벌려 말하기 시작했다는 걸 알기도 전에 말이다. 이런 사정은 우리 모두 마찬가지였지만 드러믈의 경우 특히 더 심했다. 인색하고 의심에 찬 태도로 다른 사람들을 비웃는 그의 성향은 생선요리를 다 먹기도 전에 그에게서 끄집어내져서 한껏 발현되고 있었다.

그때가 지나고 우리가 치즈를 먹게 되었을 때였다. 우리의 대화는 보트 젓는 솜씨에 대한 것으로 옮아 갔는데, 드러믈은 저녁 때마다 우리 뒤에 처져서 특유의 그 양서류 같은 방식으로 느릿느릿 따라오는 것 때문에 우리의 놀림을 받았다. 그러자 드러믈은 우리의 주인에게, 자신은 우리와 어울리기보다는 우리와 떨어져 있는 것을 훨씬 더 좋아할 뿐이며, 보트 젓는 기술로 말하자면 자기는 우리의 보트 젓기 선생을 능가하며, 힘으로 말하자면 자기는 우리를 지푸라기처럼 단번에 날려 버릴 수 있다고 말했다. 어떤 보이지 않는 자극을 통해 내 후견인은 이 사소한 문제에 관해 그를 거의 광분에 가까울 정도로 흥분시켰다. 그래서 그는 팔을 걷어붙이고 그 굵기를 재는 등, 자기 팔이 얼마나 억센지 자랑하기 시작했고, 결국 우리 모두 각자의 팔을 걷어붙이고 굵기를 재면서 서로 다투는 우스꽝스러운 장면을 연출하기에 이르렀다.

마침 그때 가정부는 식탁을 치우고 있었고, 내 후견인은 그녀에게 아무런 주의도 기울이지 않고 그녀한테서 얼굴을 옆으로 돌린 채, 의자에 깊숙이 기대앉아서 집게손가락을 물어뜯으며 나로서는 도무지 설명할 길 없는 깊은 관심을 가지고 드러믈을 바라보고 있었다. 갑자기 그는 자신의 커다란 손으로 막 식탁을 가로질러 내뻗고 있는 가정부의 손 위를 휙 내리덮쳐 그녀의 손을 덫처럼 철썩 붙잡았다. 그의 이 동작이 너무나 갑작스럽고 매서웠기 때문에 우리는 모두 바보 같은 그 다툼을 뚝 멈추고 말았다.

"자네들이 힘에 대해 어쩌고저쩌고 하는데……." 재거스 씨는 말했다. "나야말로 자네들에게 손목을 하나 보여 주겠네. 몰리, 저 친구들에게 네 손목을 보여 줘라."

꽉 붙잡힌 그녀의 손은 식탁 위에 그대로 있었다. 하지만 다른 손은 이미 허리 뒤로 감춰져 있었다. "주인님." 그녀는 주의 깊고 간청하는 시선으로 그를 응시하며 낮은 목소리로 말했다. "그러지 마세요!"

"나야말로 자네들에게 손목을 하나 보여 주겠네." 재거스 씨는 꼭 그러고 말겠다는 요지부동의 태도로 반복하여 말했다. "몰리, 저 친구들에게 네 손목을 보여 주라니까."

"주인님." 그녀는 다시 중얼거리듯 말했다. "제발!"

"몰리." 재거스 씨는 그녀를 쳐다보지 않고 방의 반대편을 고집스럽게 바라보며 말했다. "저 친구들에게 네 손목을 양쪽 다 보여 줘라. 보여 주란 말이야. 어서!"

그는 그녀의 손에서 자기 손을 뗀 다음 그녀의 손목을 식탁 위에다 올려놓았다. 그녀는 허리 뒤에 감췄던 다른 손을 내밀었다. 그러곤 두 손목을 나란히 올려놓았다. 나중에 내민 손목은 아주 흉하게 손상된 모습이었다. 깊은 흉터가 어지럽게 교차되어 있는 손목이었다. 손목을 내밀고 난 뒤 그녀는 재거스에게서 시선을 거두더니 우리들을 한 사람씩 차례로 돌아가며 날카롭게 바라보았다.

"바로 여기에 힘이 있다네." 재거스 씨는 집게손가락으로 냉정하게 그녀의 손목 힘줄을 따라 그으며 말했다. "이 여자의 손목 힘만 한 힘을 가진 남자는 거의 없을걸세. 이 손아귀의 쥐는 힘이 그야말로 얼마나 억센지 놀라울 따름이라네. 수많은 사람들의 손을 살펴볼 기회가 나에게 있었지만, 손아귀 힘에 관한 한 남자건 여자건 이 손보다 더 강한 손은 결코 본 적이 없네."

그가 느긋한 비평조의 어투로 이런 말을 하는 동안 그녀는 앉아 있는 우리들을 계속해서 한 사람씩 규칙적으로 돌아가며 바라보았다. 그러더니 그가 말을 마치자마자 다시 그를 바라보았다. "이제 됐다, 몰리." 재거스 씨는 그녀에게 고개를 살짝 끄덕여 보이며 말했다. "너는 찬사를 받았다. 이제 가도 된다." 그녀는 두 손을 거두어 들이고는 방에서 나갔다. 재거스 씨는 회전식 식품 선반대에서 포도주가 담긴 유리병들을 꺼내 식탁에 놓더니 자기 잔을 채운 다음 술병을 우리에게 돌렸다.

"자, 젊은 신사들," 그는 말했다. "우린 9시 30분에는 헤어져야 하네. 그러니 부디 그때까지 최대한 즐기기 바라네. 자네들 모두 만나게 되어서 매우 기쁘네. 드러믈 군, 자넬 위해 건배하겠네."

드러믈을 지목한 그의 목적이 그의 본색을 더욱더 드러나게 하기 위한 것이었다면 그것은 대성공이었다. 드러믈은 뚱하면서도 한껏 빼기는 태도로, 나머지 우리 셋에 대해 뒤틀린 경멸의 태도를 점점 더 불쾌하게 보이기 시작하더니 마침내는 도저히 용납할 수 없는 지경에 이르렀다. 이런 식으로 드러믈이 행동하는 내내 재거스 씨는 여전히 그 이상한 깊은 관심을 가지고 그를 계속 지켜보았다. 드러믈은 사실상 재거스 씨에게 포도주 맛을 더해 주는 안주 역할을 하는 것 같았다.

아마도 그날 우리는 소년처럼 분별력 없이 술을 너무 많이 마셨던 것 같고, 또 분명히 기억하건대 말을 너무 많이 했다. 우리는 특히 우리가 돈을 너무 헤프게 써 댄다는 취지를 담은 드러믈의 야비한 조롱에 대해 크게 열을 냈다. 그로 인해 나는 분별력을 잃고 흥분하여, 바로 한두 주일인가 전에 내가 보는 앞에서 스타톱에게서 돈을 빌렸던 그가 그런 말을 하는 것은 비열한 억지라고 말하게 되었다.

"그래서?" 드러믈은 내 말을 되받아쳤다. "곧 갚을 거야."

"네가 갚지 않을 거라는 뜻이 아니야." 나는 말했다. "그런 걸 생각하면 네가 우리와 우리 돈에 대해 입을 다물고 있어야 한다고 여겨서 한 말이야."

"뭐, 네 주제에 그렇게 여겼다고!" 드러믈은 되받아쳤다. "맙소사!"

"내 생각에……." 나는 아주 모질게 응수할 작정을 하고 말을 계속했다. "아마도 너는 우리들 중 누가 돈이 필요할 때 아무한테도 돈을 빌려 주지 않을 거야."

"그래 맞아." 드러믈은 말했다. "나는 너희들 누구에게도 단 6펜스도 안 빌려 줄 거야. 난 아무에게도 6펜스도 안 빌려 줄 거야."

"그러면서도 남에게 돈을 빌리다니 좀 비열하다고밖에 말할 수 없겠는걸."

"네 주제에 그렇게밖에 말할 수 없겠다고!" 드러믈은 내가 한 말을 되풀이했다. "맙소사!"

이건 너무나 심하게 화를 자극하는 말이었다. 그의 뿌루퉁하고 뻔뻔한 태도에 맞서서 아무런 성과도 올리지 못하는 나를 발견했기 때문에 특히 더욱 그러했다. 그래서 나는 만류하려는 허버트의 노력도 무시하고 이렇게 말하고 말았다.

"이봐, 드러믈 군, 그 문제에 대해 이야기가 나왔으니 말인데, 자네가 스타톱에게서 돈을 빌렸을 때 여기 허버트와 내가 무슨 이야기를 했는지 내 말해 주겠네."

"거기 허버트와 네가 무슨 이야기를 했는지 나는 알고 싶지 않아." 드러믈은 으르렁대듯 말했다. 그리고 내 생각에 그는 좀 더 낮게 으르렁대는 목소리로, 우리 둘 다 뒈져 버리든지 꺼져 버리든지 했으면 좋겠다고 덧붙이는 것 같았다.

"하지만 네가 알고 싶든 말든 나는 말하고 말겠어." 나는 말했다. "우린, 네가 돈을 빌리게 된 것을 아주 기뻐하며 호주머니에 그 돈을 집어넣을 때, 스타톱이 돈을 빌려 줄 만큼 마음 약한 것을 굉장히 재미있어하는 것 같다고 이야기했어."

드러믈은 와락 웃음을 터뜨렸다. 그러곤 두 손을 호주머니에 넣고 둥그런 어깨를 치켜올린 채 우리 면전에 대고 계속 소리 내 웃으며 앉아 있었다. 그것은 내 말이 틀림없는 사실이며 그가 우리를 바보로 여기며 경멸한다는 사실을 노골적으로 드러내는 웃음이었다.

그러자 스타톱이 나서서 그를 상대하며, 내가 보였던 것보다는 훨씬 점잖은 태도였지만 그에게 좀 더 상냥하게 굴라고 진지하게 충고했다. 스타톱은 활기차고 총명한 젊은이였던 반면 드러믈은 정확히 그 반대편에 속했으므로, 드러믈은 항상 스타톱을 자신에 대한 직접적이고 개인적인 모욕으로서 불쾌하게 여기는 경향이 있었다. 그는 이제 거칠고 미련한 방식으로 스타톱에게 말대꾸를 했는데 스타톱은 언쟁을 피하기 위해 짧은 농담을 한마디 던져 우리를 모두 웃게 만들었다. 드러믈은 이 하찮은 성공을 그 어떤 것보다도 더 불쾌하게 생각했는지, 아무런 위협이나 경고도 없이 갑자기 주머니에서 두 손을 빼고는 치켜올렸던 둥그런 어깨를 늘어뜨리더니 욕설을 내뱉으며 큰 유리잔을 집어 들어 자기 적수의 머리를 향해 막 던지려고 했다. 하지만 다행히도 유리잔을 막 들어 올린 찰나 우리의 주인이 재빠르게 그것을 붙잡았다.

"신사 제군들." 재거스 씨는 조심스럽게 유리잔을 내려놓고는 굵직한 시곗줄을 당겨 자신의 금시계를 꺼내 들며 말했다. "참으로 유감스럽지만 9시 30분이 되었음을 알리지 않을 수 없다네."

이 암시를 받고 우리는 모두 떠나려고 일어섰다. 현관 출입문에 이르기도 전에 스타톱은 마치 아무런 일도 없었던 듯 명랑하게 드러믈을 "여보게, 친구."라고 부르고 있었다. 하지만 그 '여보게, 친구'는 이에 호응할 마음이 전혀 없어서 해머스미스까지 가는 동안 길의 같은 편에서 함께 걷는 것조차 거부했다. 그래서 그날 시내에 남아 있기로 한 허버트와 나는 두 사람이 서로 반대편에 서서 거리를 따라 걸어가는 것을 보았다. 스타톱이 앞장서서 갔고 드러믈은 저만치 뒤에 처진 채 가옥들의 그림자 속에서 느릿느릿 걸어갔다. 보트 젓기를 할 때 그러는 것과 똑같이 말이다.

현관문이 아직 닫히지 않았으므로, 나는 잠깐 허버트를 거기 있게 하고 층계를 다시 뛰어올라가 내 후견인과 한마디 나눌 수 있겠다고 생각했다. 나는 그가 벌써 장화로 잔뜩 둘러싸인 옷 갈아입는 방에서 우리를 떨쳐 내기 위한 손 씻기에 열중하고 있는 것을 발견했다.

나는 그에게, 오늘 저녁 불쾌한 일이 좀 발생한 것에 대해 무척 죄송하게 생각하며 그로 인해 그가 나를 너무 비난하지 않기를 바란다고 말하려고 다시 올라왔다고 말했다.

"푸핫!" 그는 얼굴에 물을 끼얹고는 물방울이 튀는 사이로 말했다. "이건 아무 일도 아니라네, 핍. 그래도 난 그 거미 친구가 마음에 드네."

그는 이제 나를 향해 돌아서서는 머리를 흔들고 숨을 뿜어 대며 수건으로 얼굴을 닦고 있었다.

"그가 마음에 든다니 기쁩니다, 재거스 씨. "나는 말했다. "하지만 저는 그를 싫어합니다."

"물론, 그렇겠지." 내 후견인은 맞장구를 치며 말했다. "그 친구와 너무 상대하지 말게. 가능한 한 그 친구를 멀리하도록 하게. 하지만 나는 그 친구가 마음에 든다네, 핍. 그는 영락없는 진품이야. 여보게, 내가 만약 점쟁이라면……."

수건 사이로 내다보던 그는 내 시선과 마주쳤다.

"하지만 난 점쟁이가 아니지." 그는 긴 꽃줄 장식 같은 수건 속으로 머리를 다시 파묻고는 양쪽 귀를 싹싹 문질러 닦으며 말했다. "자넨 내가 누군지 알지, 그렇지? 잘 가게, 핍."

"안녕히 계십시오, 재거스 씨."

그 후 한 달쯤 지나서 '거미'가 포킷 씨와 지내는 시간은 영원히 끝나게 되어, 그는 자기의 가족이 사는 곳으로 돌아갔다. 그리고 포킷 부인을 제외한 집안 사람들은 모두 이를 크게 기뻐했다.

27장

친애하는 핍 씨에게

나는 이 편지를 가저리 씨의 부탁으로 쓰고 있어. 그가 웝슬 씨와 동행하여 런던에 갈 예정인데 괜찮다면 너를 만나 볼 수 있으면 기쁘겠다는 것을 너에게 알리기 위해서란다. 그는 화요일 아침 9시에 바너드 호텔에 도착할 예정이니, 혹시 시간이 맞지 않으면 말을 남겨 놓아 다오. 불쌍한 네 누나는 네가 떠날 때와 거의 똑같은 상태란다. 우리는 매일 저녁 부엌에서 네 이야기를 하며 네가 어떤 이야기를 하고 또 어떤 것을 하는지 궁금해한단다. 이 편지가 너무 격의 없이 비쳐진다면 어렵던 옛 시절의 정을 생각해서 용서해 주기 바란다. 그럼 친애하는 핍 씨, 이만 줄일게.

항상 고마워하고 다정히 여기는 너의 친구, 비디 보냄.

추신. 가저리 씨가 나보고 '얼마나 신나는 일일까.'라고 써 달라고 아주 특별히 부탁하는구나. 그러면 네가 알아들을 거라면서 말이야. 비록 신사가 되었지만 너는 그를 만나는 것을 즐거워할 것이라고 나는 기대하고 또 믿어 의심치 않는다. 너는 언제나 마음씨가 친절했고 또 그는 정말이지 훌륭하고 좋은 사람이니까 말이야. 나는 이 편지를 모두 그에게 읽어 주었어. 마지막 짧은 문장만 빼고 말이야. 그는 나보고 또 한 번 '얼마나 신나는 일일까.'라고 쓰라고 아주 특별히 부탁했단다.

나는 이 편지를 월요일 아침에 우편배달로 받았다. 따라서 조가 오기로 한 날은 그 다음 날이었다. 내가 어떤 감정으로 조의 방문을 기다렸는지 있는 그대로 솔직히 고백하겠다.

나는 기쁜 감정이 아니었다. 참으로 수많은 점에서 그의 신세를 졌음에도 불구하고 기쁜 감정이 아니었다. 오히려 큰 심리적 동요와 일종의 분노 어린 창피함, 그리고 내 신분과 맞지 않는다는 날카로운 느낌으로 나는 그의 방문을 생각했다. 만약 돈이라도 줘서 그를 못 오게 할 수 있었다면 나는 틀림없이 그렇게 했을 것이다. 그나마 나에게 큰 안심이 되는 점은 그가 해머스미스가 아니라 바너드 여관으로 온다는 것, 그래서 벤틀리 드러믈과 마주칠 일이 없을 것이라는 사실이었다. 나는 허버트나 포킷 씨가 그를 만나는 것에 대해서는 별로 반감이 없었다. 두 사람 다 내가 존경하는 사람들이므로 그랬다. 하지만 내가 경멸하는 드러믈이 그를 만나는 것에 대해서는 나는 그야말로 날카롭고 예민한 거부감을 느꼈다. 바로 그런 식으로 우리는, 인생을 살아가면서 우리 자신의 가장 나쁜 단점과 비열한 면모를 대개 우리가 가장 경멸하는 사람들 때문에 드러내곤 하는 법이다.

나는 그동안 우리가 쓰는 방들을 아주 불필요하고 어울리지 않는 이런저런 방식으로 계속해서 장식해 왔는데, 바너드에 대한 이런 노력은 아주 비용이 많이 드는 것으로 나타났다. 그리하여 그때쯤 우리의 방들은 내가 처음 보았을 때의 모습과 엄청나게 달라져 있었지만, 나는 근처 실내 장식업자의 장부에 몇 쪽이나 되는 두드러진 거래 기록을 차지하는 영광을 누렸다. 최근에는 나의 그런 낭비 경향이 아주 빠르게 진행되어서 심지어 긴 구두 — 승마용 구두였다. — 를 신긴 소년을 심부름꾼으로 두기까지 했는데, 그 결과 내가 오히려 그 아이한테 노예처럼 얽매이고 속박된 나날을 보낸다고 해도 좋을 지경이 되고 말았다. 왜냐하면 (우리 집 세탁부의 가족 가운데 남아 도는 아이를 가지고) 이 괴물을 창조한 뒤, 그리고 그에게 파란 상의, 샛노란 조끼, 하얀 장식 넥타이, 우윳빛 승마 바지, 그리고 이미 언급한 그 승마용 구두 등까지 모두 차려입히고 난 뒤, 나는 그에게 약간의 할 일과 엄청난 양의 먹을 것을 계속 마련해 줘야 했기 때문이다. 이 두 가지 끔찍한 요구 사항들로 그는 내 일상의 삶을 괴롭히는 유령 같은 존재가 되었다.

나는 이 원수 같은 유령에게 화요일 아침 8시 현관에 (60센티미터 정도밖에 안 되는 정사각형에 돈을 들여 바닥 깔개를 해 놓은 현관이었다.) 대기하고 있으라고 지시를 내렸다. 허버트는 조가 좋아할 거라고 생각되는 몇 가지를 아침 식사 거리로 제안했다. 그렇게 관심을 보여 주고 배려해 주는 것에 대해 그에게 진심으로 고마움을 느끼면서도, 나는 한편으로 이상하게도 약간 화가 나며 만약 조가 허버트 자신을 만나러 오는 것이라면 과연 그가 그것에 대해 그토록 쾌활하게 굴었을까 하는 의심에 사로잡히기도 했다.

그렇지만 나는 조를 맞을 준비를 위해 월요일 밤에 런던으로 올라왔고, 다음 날 아침 일찍 일어나서 거실과 아침 식탁을 가장 훌륭한 모습으로 보이게끔 해 놓았다. 불행히도 그날 아침에는 비가 부슬부슬 뿌렸다. 그래서 바너드의 바깥 창문마다 거인 굴뚝 청소부가 슬피 우는 듯이 시커먼 검댕을 눈물처럼 흘리고 있었다는 것은 천사조차도 감출 수 없을 사실이었다.

약속된 시간이 다가왔을 때 나는 도망이라도 치고 싶은 심정이었다. 하지만 그 원수 같은 녀석이 지시에 복종하여 현관을 지키고 있었다. 곧 조가 계단을 올라오는 소리가 들려왔다. 나는 그게 조라는 것을 쉽게 알 수 있었는데, 계단을 올라오는 서투른 발소리와 — 그의 정장용 구두는 늘 그에게 너무 컸다. — 올라오는 동안 각 층의 방문에 적힌 이름들을 읽는 데 걸리는 시간을 통해서였다. 마침내 그가 우리 방문 밖에 이르러 걸음을 멈췄을 때, 나는 그가 페인트로 쓴 내 이름의 글자들을 손가락으로 더듬는 소리를 들을 수 있었으며, 그 다음엔 그가 열쇠 구멍을 들여다보며 내쉬는 숨소리를 분명하게 들을 수 있었다. 드디어 그가 문을 살짝 한 번 똑 하고 두드렸다. 그러자 곧 페퍼 — 이것은 바로 원수 같은 내 시동 녀석의 창피스러운 이름이었다. — 가 "가저리 씨가 오셨습니다!" 하고 알렸다. 내 생각에, 그냥 놔 두면 조는 매트에 구두 닦는 일을 끝없이 계속할 것 같았다. 그래서 조금만 더 있었더라면 나는 틀림없이 나가서 그를 매트에서 끌어내어 데리고 들어왔을 것이다. 하지만 그 순간 그가 드디어 들어왔다.

"조, 안녕하셨어요, 조?"

"핍, 자알 지냈니, 핍?"

온통 붉게 상기되고 밝게 빛나는 선량하고 정직한 얼굴로, 그는 모자를 바닥의 우리 둘 사이에다 내려놓고는 내 두 손을 붙잡더니, 마치 내가 최근에 특허를 받은 펌프라도 되는 것처럼 직선으로 반듯이 올렸다 내렸다 했다.

"만나서 반가워요, 조. 모자 이리 주세요."

하지만 조는 마치 알이 들어 있는 새 둥지처럼 모자를 두 손으로 조심스럽게 집어 들더니, 그것을 넘겨주는 게 아니라 무슨 소중한 재산인 양 받들고 선 채, 아주 불편한 방식으로 이야기를 계속했다.

"그래, 키가 많이 자랐구나." 조는 말했다. "체격도 많이 커졌고, 그리고 아주…… 어엿한 신사 양반이 되었구나." 이 마지막 말은 그가 약간 생각을 한 다음 찾아낸 표현이었다. "정말이지 이 나라와 국왕께 영광스러운 사람이 되었구나."

"조 매부도 굉장히 건강해 보이는군요."

"하느님께 감사하게도……." 조는 말했다. "난 여전히 팔팔하단다. 그리고 네 누난 말이다, 그녀는 예전보다 못하지는 않단다. 그리고 비디도 변함없이 잘 지내며 잘 도와주고 있지. 다른 동네 사람들도 모두, 별로 나아진 건 없어도 또 나빠진 것도 없단다. 웝슬 씨만 제외하고 말이야. 그는 좀 밑으로 떨어졌지."

그러는 동안 내내 조는 (여전히 두 손으로 모자를 새 둥지처럼 아주 조심스레 받들어 모신 채) 두리번두리번거리며 방 안을 둘러보았으며, 꽃무늬가 있는 내 실내복을 이리저리 돌아보며 살피기도 했다.

"밑으로 떨어졌다니요, 조?"

"글쎄, 그렇단다." 조는 목소리를 낮추며 말했다. "그는 교회를 그만두고는 연극 일을 시작했단다. 그가 이번에 나와 함께 런던으로 오게 된 것도 바로 그 연극 일 때문이지. 그런데 그가 말이다." 조는 그 순간 그 새 둥지 같은 모자를 왼편 겨드랑이에다 끼더니 알이라도 찾는 듯이 오른손으로 그 안을 더듬더듬 뒤지며 말했다. "실례가 아니라면, 이걸 너한테 좀 전해 주기 바란다고 했단다."

나는 조가 건네주는 걸 받아 보았다. 그것은 런던의 어느 작은 극장의, 꼬깃꼬깃 구겨진 공연 광고지였는데, 바로 그 주일에 '로시우스* 같은 명성을 지닌 유명한 지방 아마추어 연기자'가 첫 출연한다는 것을 알리면서, 그를 '우리 국민 시인의 최고 비극 작품**에서 독창적인 연기를 통해 최근 지역 연극계에서 엄청난 화젯거리가 된 배우'라고 소개하고 있었다.

"그의 공연에 가 본 적이 있어요, 조?" 나는 물었다.

"물론 있지." 조는 엄숙하게 강조하며 말했다.

"정말 엄청난 화젯거리였나요?"

"글쎄다." 조는 말했다. "그런 셈이지. 분명 오렌지 껍질이 무수히 날아 다녔으니까 말이야. 특히 그가 유령을 만나는 장면***에서 그랬지. 그렇지만 난 묻고 싶습니다, 나리, 어떤 배우와 유령 사이에 계속 '아멘'이란 말을 던지며 끼어드는 것이 과연 그 배우로 하여금 자신의 역할을 즐겁게 수행하도록 해 주는 건지

---

* 퀸투스 로시우스 갈루스(Quintus Roscius Gallus). 기원전 1세기경에 활동한 로마의 유명한 희극배우.

** 셰익스피어와 그의 작품『햄릿』을 일컫는 표현.

*** 『햄릿』1막 1장에서 왕자 햄릿의 역할을 맡은 웝슬이 사망한 부왕(父王)의 유령을 만나는 장면을 지칭함.

말입니다. 사람이 불행하게도 한때 교회에서 일을 한 적이 있을 수도 있건만…….” 조는 목소리를 낮추어 동정적인 어조로 이의를 제기하듯 계속해서 말했다. “그렇다고 그런 순간에 그렇게 그를 방해할 것까진 없지 않느냐는 거다. 그러니까 내 말은, 어떤 사람이 자기 아버지의 유령에게 주의를 집중하도록 허용되지 않는다면 대체 어떤 게 허용될 수 있겠느냐? 이겁니다, 나리. 더구나 그의 상복용 모자가 불행하게도 너무나 작게 만들어져서, 제 아무리 그걸 계속 쓰고 있으려고 해도, 검정색 깃털 장식의 무게로 인해 자꾸만 벗겨지곤 할 때 그래도 되느냐 이거야.”

그 순간 조 자신의 얼굴에 유령을 본 듯한 표정이 떠올랐는데, 그걸 보고 나는 허버트가 방에 들어왔다는 사실을 알았다. 그래서 나는 조를 허버트에게 소개했다. 허버트는 악수하려고 손을 내밀었다. 하지만 조는 뒤로 주춤 물러나더니 새 둥지 같은 모자만 꼭 붙들고 서 있었다.

“존경하옵는 나리.” 조는 말했다. “바라건대 나리와 핍은…….” 여기서 그의 시선은 구운 빵 등을 식탁에 막 갖다 놓고 있는 원수 같은 그 녀석에게로 떨어졌는데, 그 녀석을 우리와 한 식구 신사로 생각하려는 의도가 그의 표정에 너무나 분명하게 드러나 있어서 나는 얼굴을 찌푸림으로써 그걸 막았다. 그러자 조는 더욱 당황해하며 말했다. “그러니까 두 분 신사님들을 뜻하는 건데, 바라건대 두 분께선 답답한 이곳에서 건강하게들 잘 지내시겠지요? 여긴 물론 런던의 기준에 따르면 아주 훌륭한 숙소겠죠.” 조는 은밀한 어조로 말했다. “그리고 평판이 아주 좋은 곳임에 틀림없겠죠. 하지만 나로 말할 것 같으면, 난 이곳에서 돼지 한 마리도 기르지 않겠습니다. 그놈을 잘 살찌워서 영양가 높고 부드러운 맛이 나게 하는 걸 원하지 않는다면 모르겠지만 말입니다."

이런 식으로 그가 우리 거처의 장점을 듣기 좋게 증언했을 때, 그리고 우연인지 어쩐지 나를 '나리'라고 높여 부르는 경향을 보이기 시작했을 때, 나는 조에게 식탁에 앉으라고 권했다. 그러자 그는 모자를 놓을 적당한 장소를 찾느라 온 방 안을 휘휘 둘러보았는데 — 마치 모자를 안치해 놓을 자리는 오직 극소수의 아주 진귀한 어떤 자연 물질들이 있는 곳밖에 없는 것처럼 — 그러다 마침내 그것을 벽난로의 맨 끝 모서리 위에다 올려놓았다. 하지만 그 후 모자는 거기서 간격을 두고 계속 떨어지곤 했다.

"차를 드릴까요, 커피를 드릴까요, 가저리 씨?" 아침마다 늘 식탁을 주관하는 허버트가 물었다.

"감삽니다, 나리." 조는 머리끝에서 발끝까지 뻣뻣하게 굳은 채 말했다. "뭐든지 나리께 편하신 걸로 주십시오."

"그럼 커피가 어떠세요?"

"감삽니다. 나리." 조는 그렇게 대답은 했지만 그 제안을 받고 낙심한 눈치가 역력했다. "나리께서 그렇게 친절하게 커필 선택해 주셨으니까 나리 의견에 반댄 안 하겠습니다. 하지만 커핀 좀 뜨겁다고 생각되지 않으시는지요?"

"그럼 차를 드리지요." 허버트는 그렇게 말하고 차를 따라 주었다.

이 순간 조의 모자가 벽난로에서 굴러떨어졌다. 그러자 조는 의자에서 벌떡 일어나 모자를 집어 들었다. 그러곤 정확히 똑같은 자리에다 그것을 다시 올려놓았다. 마치 그것이 금세 다시 굴러떨어지도록 하는 것이 훌륭한 예절을 나타내는 절대적인 항목이기라도 한 것처럼 말이다.

"런던에는 언제 올라오셨나요, 가저리 씨?"

"그게 어제 오후였던가요, 아마?" 조는 마치 런던에 온 이후 백일해에 걸릴 시간이라도 있었던 듯이, 손으로 입을 가리고 기침을 한바탕 한 뒤 말했다. "아뇨, 그렇지 않습니다. 아, 예, 그렇습니다. 맞습니다. 어제 오후였습니다." (깨달음과 안심과 엄밀한 공정성이 한데 뒤섞인 표정을 지으며 한 말이었다.)

"런던 구경을 좀 하셨나요?"

"아, 예, 좀 했습니다, 나리." 조는 말했다. "저와 웝슬은 곧장 구두약 공장*으로 달려갔지요. 하지만 저흰 그곳이 상점들 출입문에 붙은 빨간 광고지에 그려진 모습에는 좀 못 미친다는 걸 발견했습니다. 그러니까 제 말은……." 조는 설명조로 덧붙였다. "광고지에는 좀 너무 그으으으-은사한 건축물로 그려져 있다는 것입니다."

정말이지 나는, 조가 이 '근사한'이라는 단어를 (그로 인해 내가 알고 있는 어떤 건축물이 내 마음속에 강력하게 떠오르기도 했는데) 일종의 완전한 합창처럼 더욱 길게 늘여 발음했을 거라고 믿는다. 하느님의 섭리로 마침 모자가 떨어지려고 흔들거림으로써 그의 주의를 끌지 않았다면 말이다. 모자는 참으로 그에게서 부단한 주의와 눈과 손의 민첩한 움직임을 요구했는데, 그것은 크리켓 경기에서 삼주문(三柱門)을 수비할 때 필요한 것과 아주 똑같은 것이었다. 그는 모자를 가지고 비범한 동작을 연출하면

---

* 1832년 설립된 런던의 대표적인 액체 구두약 공장 '데이 앤 마틴'(Day and Martin)은 건물이 크고 웅장해서 얼마 동안 관광 명소로 각광을 받기도 했음.

서 아주 놀라운 솜씨를 발휘해 보였다. 때로는 모자를 향해 돌진하여 그것이 막 떨어지려는 순간 멋있게 붙잡기도 했고, 때로는 떨어지는 중간에서 모자를 일단 손으로 막았다가 다시 그것을 쳐 올린 다음, 방의 이곳저곳을 옮겨 가며, 그리고 꽃무늬가 있는 벽지에 그것을 수없이 부딪쳐 대면서 이리저리 몰고 다니기도 했다. 그러다가 마침내 그만 끝내는 것이 안전하다고 느꼈는지 모자를 찻잔 씻는 물이 담긴 대야 속에다 풍덩 빠뜨려 버리고 말았는데, 나는 보다 못 해 내 손으로 모자를 집어내어 치워 버렸다.

그의 셔츠 목깃과 양복 윗도리 목깃에 대해 말하자면, 그것들은 둘 다 정말 어떻게 생각해야 할지 난감할 뿐인, 즉 불가사의한 신비였다. 자신이 완전히 정장을 했다고 생각하기 위해서 자기 목의 살갗을 그토록 문질러 벗겨지게 해야 할 이유가 대체 어디 있다는 말인가? 나들이 양복으로 고통을 당함으로써 자신을 정화할 필요가 있다고 생각할 이유가 대체 어디 있다는 말인가? 이 밖에도 조는 포크를 접시에서 입으로 가져가다가는 갑자기 딱 멈춘 채 알 수 없는 명상에 깊이 빠져들곤 했으며, 이리저리 이상한 방향으로 시선을 계속 돌려 대는가 하면 한참 동안 아주 희한한 기침을 터뜨리며 괴로워하기도 했다. 또 식탁에서 아주 멀리 떨어져 앉는 바람에 먹는 것보다 흘리는 음식이 오히려 훨씬 더 많았는데 그러면서도 전혀 흘리지 않은 척하곤 했다. 그래서 허버트가 시내로 출근하기 위해 우리 곁을 떠났을 때 나는 진정으로 기쁜 마음이었다.

당시 나는 이 모든 것이 전부 내 잘못이라는 것을, 그리고 내가 조를 좀 더 편하게 대했다면 조도 나를 좀 더 편하게 대했을 거라는 것을 깨달을 만한 양식이나 지각이 전혀 없었다. 나는 그저 그를 짜증스럽게 여겼고 그에 대해 화만 냈는데, 그런 상태에서도 조는 나를 선하게 대했고 그 결과 내 머리에는 부끄러운 업보만 쌓여 갔던 것이다.

"이제 우리 둘만 남았으니까 말인데요, 나리." 조가 말을 시작했다.

"조." 나는 짜증 섞인 볼멘소리로 그의 말을 가로막았다. "어떻게 나한테 '나리'라고 할 수 있단 말이에요?"

조는 어떤 비난의 표정 같은 것을 어렴풋이 지으며 나를 한순간 바라보았다. 그의 장식용 넥타이와 목깃 등이 참으로 어처구니없게 보였을지라도 나는 그의 표정에서 일종의 위엄 같은 것을 느꼈다.

"이제 우리 둘만 남았으니까 말인데." 조는 다시 말을 이었다. "그리고 또 내가 그리 오래 머무를 의향도 없고 또 그럴 형편도 아니라 하는 말인데, 이제 다른 말은 그만두고, 아니면 적어도 본론으로 들어가서 무엇 때문에 내가 여기 와서 현재의 이 영광을 누리게 되었는지 말씀드리고자 한다. 왜냐면……." 조는 예의 그 편안히 설명하는 태도를 잠시 보이며 말했다. "내가 바라는 건 오직 너한테 도움이 되는 것뿐이란 점, 바로 그것만 아녔다면, 난 이렇게 신사님들의 주거지에서 그들과 동석하여 음식을 함께 나누는 영광을 얻지 못했을 것이기 때문입니다."

나는 조의 아까 그 표정을 다시 보고 싶은 마음이 없어서 그의 어조에 대해 아무런 항의도 하지 않았다.

"자, 나리." 조는 계속해서 말했다. "사정은 다음과 같습니다. 저번 날 저녁, 내가 '술친구'에 있을 때였단다, 핍." 그는 다정한 감정에 빠져들 때마다 나를 핍이라고 불렀고, 반면 정중한 격식으로 떨어질 때마다 나를 나리라고 불렀다. "자신의 이륜마차를 타고 펌블추크가 거기로 오는 게 아니겠니. 그런데 말이다." 조는 다른 길로 빠지며 말했다. "그는 이따금 날 엄청 화나게 하곤 하는데, 그건 그가 읍내를 여기저기 다니며, 네 어린 시절을 함께 보낸 동료이자 네가 놀이 친구로 여겼던 사람은 바로 자기라고 떠벌려 대곤 하기 때문이란다."

"터무니없는 소리. 그건 매부잖아요, 조."

"나도 전적으로 그렇게 믿고 있었단다, 핍." 조는 고개를 살짝 위로 젖혀 보이며 말했다. "물론 이제 그런 건 별 의미가 없는 거지만 말입니다, 나리. 그건 그렇고, 핍, 바로 이 사람이, 즉 태도가 좀 요란스러운 경향이 있는 이 사람이, '술친구'로 날 찾아 와서는 (그런데 파이프 담배와 1파인트의 맥주가 일하는 사람에게는 얼마나 좋은 원기 회복제인지 모른답니다, 나리, 지나친 자극이 전혀 없이 말입니다.) 나한테 이렇게 말했단다. '조셉, 미스 해비셤 그녀가 자네와 이야길 좀 하고 싶어 하네.'라고 말이야."

"미스 해비셤요, 조?"

"그래, 펌블추크의 말은 분명 '그녀가 자네와 이야길 좀 하고 싶어 하네.'였어." 그러더니 조는 그대로 앉아서 천장을 보며 눈알을 굴렸다.

"그래서요, 조? 계속 말해 보세요, 어서."

"그래서 다음 날, 나리." 조는 마치 멀리 떨어져 있기라도 한 것처럼 나를 바라보며 말했다. "저는 깨끗이 씻고, 가서 미스 A를 만나 보았지요."

"미스 A라뇨, 조? 미스 해비셤 말인가요?"

"본인이 말하는 사람은……." 조는 마치 유언이라도 작성하는 사람처럼 법률적 형식을 차리는 태도로 대답했다. "미스 A, 즉 해비셤 맞습니다, 나리. 그녀는 그때 이렇게 말했습니다. '가저리 씨, 당신은 핍 군과 서신 연락을 하고 있겠지요?' 너한테서 편지를 한 장 받은 적이 있으므로 나는 '네, 그렇습니다.'라고 대답할 수 있었지. (나리의 누님하고 결혼했을 때 저는 '네, 그러겠습니다.'라고 말했는데, 이번에 네 친구에게 대답할 때는 '네, 그렇습니다.'라고 말했단다, 핍.) '그럼, 그에게 좀 전해 주겠어요?' 그녀는 말했단다. '에스텔러가 집에 돌아왔는데 그를 만나 보면 반가워할 거라고 말이에요.'"

나는 조를 바라보는 내 얼굴이 뜨겁게 달아오르는 것을 느꼈다. 생각건대 그렇게 달아오른 한 가지 희미한 이유는 아마, 그가 여기 온 용건을 내가 미리 알았더라면 그에게 좀 더 호의적으로 대했으리라는 의식 때문이었을 것이다.

"비디는……." 조는 말을 계속했다. "내가 집에 돌아와서 너한테 전할 말을 편지로 써 달라고 부탁했을 때, 약간 주저했단다. 그러더니 비디는 '그걸 말로 직접 전해 주면 핍은 매우 기뻐할 거예요. 마침 휴가 중이고, 가저리 씨도 핍이 보고 싶을 테니까, 직접 가세요!'라고 말했단다. 자, 이제 난 할 말을 다했습니다, 나리." 조는 자리에서 일어나며 말했다. "그럼, 핍, 늘 건강히 잘 지내고 또 만사형통하여 더욱더욱 높이 계속 올라가길 빌겠다."

"지금 가려고 하는 건 아니죠, 조?"

"아니, 지금 가는 거야." 조는 말했다.

"이따가 오찬을 들러 다시 오실 거죠, 조?"

"아니, 안 올 거란다." 조는 말했다.

우리의 시선은 서로 마주쳤다. 그 순간 나를 '나리'라고 부르던 그 모든 어색함이 그의 남자다운 가슴에서 전부 녹아 없어지면서 그는 나에게 손을 내밀었다.

"핍, 이보게 친구, 인생이란 서로 나뉜 수없이 많은 부분들의 접합으로 이루어져 있단다. 그래서 어떤 사람은 대장장이고 어떤 사람은 양철공이고 어떤 사람은 금 세공업자고, 또 어떤 사람은 구리 세공업자이게끔 되어 있지. 사람들 사이에 그런 구분은 생길 수밖에 없고 또 생기는 그대로 받아들여야 하는 법이지. 오늘 잘못된 뭔가가 조금이라도 있다면 그건 다 내 탓이다. 너와 난 런던에서는 함께 만나지 말아야 할 사람들이야. 사적(私的)이고 익숙하며, 친구들 사이에 잘 알려져 있는 그런 곳 외의 다른 어떤 곳에서도 우린 만나지 말아야 할 사람들이야. 앞으로 넌 이런 옷차림을 하고 있는 날 다시는 만날 일이 없을 텐데, 그건 내가 자존심이 강해서가 아니라 그저 올바른 자리에 있고 싶어서라고 해야 할 거야. 난 이런 옷차림과는 전혀 어울리지 않아. 난 대장간과 우리 집 부엌과 늪지를 벗어나면 전혀 어울리지 않아. 대장장이 옷을 입고 손에는 망치, 또는 담배 파이프라도 들고 있는 내 모습을 생각하면 너는 나한테서 지금 이런 차림의 반만큼도 흠을 발견하지 못할 거야. 혹시라도 네가 날 다시 만나고 싶은 일이 생긴다면, 그땐 대장간에 와서 창문으로 머리를 들이밀고, 대장장이인 이 조가 거기서 낡은 모루를 앞에 두고 불에 그슬린 낡은 앞치마를 두른 채 예전부터 해 오던 일을 열심히 하고 있는 모습을 바라보도록 하거라. 그러면 넌 나한테서 지금 이런 차림의 반만큼도 흠을 발견하지 못할 거다. 난 끔찍이도 우둔한 사람이지만, 오늘 이 일에서는 마침내 어느 정도 올바른 결론을 뽑아 냈다고 생각한다. 그럼 이보게, 하느님의 축복을 빌겠네. 사랑하는 내 친구, 핍, 하느님의 축복을 빌겠네!"

소박하면서도 진실한 위엄이 그에게 있다고 내가 생각했던 것은 틀리지 않았다. 그가 이렇게 말할 때 어색한 그의 옷차림은 아무런 걸림돌이 되지 못했다. 천국에서 그런 것처럼 말이다. 그는 내 이마를 손으로 부드럽게 한 번 만져 주고는 밖으로 나갔다. 잠시 후 정신이 좀 들자마자 나는 급히 그의 뒤를 쫓아 달려 나갔다. 그리고 그를 찾아 주변 길거리를 여기저기 둘러보았다. 하지만 그는 이미 사라지고 없었다.

28장

다음 날 내가 고향 읍내에 내려가야 한다는 것은 자명한 일이었다. 그리고 밀려드는 회개의 물결에 휩싸인 처음 얼마 동안은 내가 조의 집에 묵어야 한다는 것 역시 마찬가지로 자명해 보였다. 하지만 다음 날 타고 갈 마차의 마부 옆좌석을 예약한 뒤 포킷 씨의 집에 내려갔다 돌아왔을 때쯤, 나는 후자의 사항에 대해서는 확신을 거의 다 잃어버린 채 '블루보어' 여관에서 숙박해야 할 이런저런 이유와 변명을 생각하고 꾸며 내기 시작했다. 조의 집에 묵으면 아무래도 폐가 될 거야, 내가 자고 갈 거라곤 기대하지 않을 거야, 내 잠자리가 준비되어 있지도 않을 거고, 또 미스 해비셤의 집에서 너무 멀리 떨어진 곳에 머무르게 될 텐데, 그녀는 까다로운 사람이라 그걸 불쾌하게 생각할지도 몰라, 등등으로 말이다. 자기 자신을 속이는 사기꾼에 비하면 이 세상의 다른 사기꾼들은 모두 아무것도 아닐 것이다. 그런데 나는 바로 이런 핑계들로 나 자신을 속이고 있었던 것이다. 이건 분명히 이상한 일이었다. 다른 누군가가 만든 반 크라운짜리 가짜 돈을 내가 모르고 받는 것은 충분히 있을 수 있는 일이다. 하지만 내가 직접 위조한 가짜 동전인 줄 분명히 알면서도 그걸 내가 진짜 돈으로 여긴다면! 어떤 친절한 낯선 사람이, 안전을 위해 내 지폐를 꼭꼭 잘 접어 주겠다는 핑계를 대고는 그 지폐를 슬쩍 빼낸 다음 가짜 종이돈을 나에게 건네주었다고 치자. 하지만 그런 날쌘 손재주는, 내가 만든 가짜 돈을 접어서 그걸 나 자신에게 진짜 지폐라고 속여 받게끔 하는 내 솜씨에 비하면 얼마나 하찮은 재주인가!

마침내 '블루보어'에 가기로 결정을 내린 나는 또다시 많은 마음의 갈등을 겪었는데, 그것은 바로 그 원수 같은 녀석을 데리고 갈 것인가 말 것인가 하는 문제 때문이었다. 비싼 돈을 들인 그 고용인 녀석이 '블루보어'의 역마차 마당 궁형 출입구에서 보란 듯이 자기 구두에 바람을 쐬이고 있는 모습을 생각하면 상당히 마음이 끌리는 일이었다. 또 우연인 것처럼 트랩 씨의 양복점에 그를 데리고 들어가 내보임으로써 트랩 씨네 점원의 불손한 의식을 깔아뭉갤 상상을 하는 것은 거의 장엄하리만큼 근사한 일이었다. 하지만 그 반면, 트랩 씨의 점원은 교묘하게 그 원수 녀석에게 접근해서 그와 친밀한 관계를 맺은 다음 그 녀석에게 이상한 말을 지껄일지도 몰랐다. 그렇지 않으면 그는, 내가 알기에 무모하고 자포자기 식으로 행동할 수 있는 못된 놈이었으므로, 중심가에서 내 원수 녀석에게 야유를 던지며 창피를 줄지도 몰랐다. 그럼 내 후원자이신 그녀도 그 녀석에 대한 이야기를 듣고 안 좋게 여길 수도 있었다. 결국 이 모든 것을 고려하여, 나는 원수 녀석을 남겨 놓고 가기로 결심했다.

내가 자리를 예약한 마차는 오후 마차였다. 겨울이 닥쳐와 있는 때였으므로 나는 어두워진 뒤 두세 시간이 지나고 나서야 목적지에 도착하게 될 것이었다. 크로스 키즈 마차역에서의 출발 시각은 2시였다. 나는 원수 녀석의 수행을 받으며 — 할 수만 있으면 나를 수행하거나 섬기는 일을 절대 안 하려는 놈에게 그런 표현을 쓸 수 있다면 하는 말인데 — 마차역 구내 마당에 15분 정도 여유를 두고 도착했다.

그 당시에는 역마차를 이용해 죄수들을 해군 조선소*로 실어 보내는 것이 관례였다. 나는 죄수들이 지붕 위 바깥 좌석 승객으로 마차를 타고 간다는 이야기를 자주 들었고 또 실제로 큰길에서 마차 지붕 위로 쇠고랑 찬 다리를 흔들거리며 실려 가는 그들의 모습을 한두 번 본 적이 있었으므로, 마차역 마당에서 나를 만난 허버트가 나에게 다가와 두 명의 죄수가 나와 같은 마차를 타고 간다고 말했을 때 나로서는 전혀 놀랄 까닭이 없었다. 하지만 비록 이제 오래된 것이기는 했지만, '죄수'라는 말을 들을 때마다 체질적으로 움찔하게 되는 한 가지 이유가 나에겐 여전히 있었다.

"그들이 신경에 거슬리지 않겠니, 헨델?" 허버트가 말했다.

"그럼, 전혀!"

"그들이 싫은 듯한 표정인 것 같아서 말이야."

"그들을 좋아하는 체할 수는 없잖아. 너도 그들을 별로 좋아하진 않겠지. 하지만 그렇다고 그들이 신경에 거슬리는 정도는

---

* 중노동형을 받은 죄수들은 그 당시 영국 남동부 해안 지역에 있는 몇몇 왕립 해군 조선소에 보내져서 노역을 하곤 했음. 여기에 나오는 죄수들은 런던 동쪽에 있는 채텀(Chatham)의 조선소로 가는 죄수들임.

아니야."

"저것 봐!" 허버트가 말했다. "저기 그들이 술집에서 나온다. 참으로 혐오스럽고 추한 모습이로구나!"

그들은 호송하는 간수에게 한잔 대접하고 난 것처럼 보였다. 간수 한 명이 그들과 함께 있었는데 세 사람 모두 손으로 입을 닦으며 나왔다. 두 죄수는 서로 연결된 수갑을 차고 있었으며 발에는 쇠고랑을 각각 차고 있었다. 내가 그 형태를 익히 잘 아는 바로 그 쇠고랑이었다. 그들이 입고 있는 옷 역시 내가 익히 잘 아는 복장이었다. 그들을 지키는 간수는 한 쌍의 권총을 차고 있었으며 뭉툭한 곤봉 하나를 겨드랑이 밑에 끼고 있었다. 하지만 그는 죄수들과 친밀한 관계에 있는 듯했다. 그들을 곁에 세워 놓은 채 마차에 말들을 매는 광경을 구경하며 서 있는 그의 태도는 마치 죄수들이 아직 공식적으로 개방하지 않은 흥미로운 전시 작품이고 자신은 그 전시품 관리자이기라도 한 것 같은 느낌이었다. 죄수 중 한 사람은 다른 사람보다 키가 크고 몸집도 더 건장했는데, 죄수의 세계든 자유인의 세계든 불가사의하게도 꼭 그렇게 되듯이, 당연히 그는 더 작은 죄수복을 할당받은 것처럼 보였다. 그래서 그의 팔다리는 팔다리라기보다는 팔다리 모양의 바늘꽂이 같았으며, 그의 의복은 그의 몸을 우스꽝스럽기 짝이 없게 가리고 있었다. 그러나 나는 그의 반쯤 감은 눈을 단박에 알아볼 수 있었다. 어느 토요일 저녁 '세 명의 술친구'의 긴 나무 의자에 앉아 있는 걸 본 적이 있는 그 사람, 그때 보이지 않는 총으로 나를 쏘아 쓰러뜨렸던 바로 그 사람이 저 앞에 서 있는 것이다!

그가 아직, 평생 한 번도 만나 본 적이 없는 사람처럼 나를 알아보지 못하고 있다는 것은 쉽게 확신할 수 있었다. 그는 마당 건너로 나를 쳐다보았는데, 잠시 내 시곗줄의 가치를 감정하는 듯한 시선을 던지는가 싶더니 곧이어 그냥 침만 한 번 탁 뱉고는 다른 죄수에게 무슨 말인가를 건넸다. 그러더니 두 사람은 소리 내어 웃고는 서로를 연결한 수갑을 쨍그랑대며 돌아섰다. 그러곤 뭔가 다른 것을 바라보았다. 마치 그들이 길가의 출입문이기라도 한 것처럼 그들 등짝에 쓰인 커다란 숫자들, 마치 하등 동물이기라도 한 것처럼 거칠고 지저분하고 흉한 그들의 살갗, 그대로 보이기가 미안한 듯이 손수건으로 화환처럼 빙 둘러 싸맨 쇠고랑 찬 그들의 두 다리, 그리고 그곳에 있는 모든 사람들이 멀찌감치 떨어져서 그들을 쳐다보는 태도 등등, 이 모든 것들은 그들을 (허버트가 말한 것처럼) 참으로 불쾌하고 혐오스러운 모습으로 보이게 했다.

그러나 최악의 상황은 이것이 아니었다. 마차 지붕의 뒷좌석 전체를 런던에서 이사 가는 어느 가족이 모두 예약하는 바람에 두 죄수가 앉을 자리는 지붕의 앞쪽 좌석, 즉 마부 바로 뒷좌석밖에 없는 상황이 벌어졌다. 이에 대해 그 앞쪽 좌석의 네 번째 자리를 예약한, 화 잘 내는 한 신사가 아주 격렬한 분노를 터뜨렸다. 그는 자기를 그런 지독한 악당들과 동석시키는 것은 계약 위반일 뿐만 아니라 치명적이고 유해하며 치욕스럽고 창피한 일이 아닐 수 없다는 등, 온갖 불만을 있는 대로 마구 퍼부었다. 이때쯤 마차는 떠날 준비가 다 되어 있었고 마부는 마음이 조급한 상태였으며, 우리는 모두 마차에 올라탈 준비를 하고 있었다. 그리고 죄수들도 호송 간수와 함께 마차 옆으로 다가와 있었다. 그들이 다가오자 죄수가 있는 곳이면 늘 따라다니는 특유의 이상한 냄새, 즉 빵을 쑤어서 만든 찜질 약, 거친 양모로 된 천, 밧줄 만드는 실, 벽난로 바닥에 까는 진흙 돌 등의 냄새가 풍겼다.

"너무 기분 나쁘게 여기지 마십시오, 나리." 간수는 화가 난 그 승객에게 간청하듯 말했다. "제가 나리 바로 옆에 앉겠습니다. 그들은 바깥쪽 자리에 앉도록 하고요. 그들이 나리에게 방해가 되지 않도록 하겠습니다. 그들이 거기 앉아 있다는 것조차 잊으실 수 있도록 하겠습니다."

"그런데 나를 탓하진 마시오." 내가 얼굴을 아는 죄수가 투덜대며 말했다. "나도 가고 싶어서 가는 건 아니니까. 난 얼마든지 여기 남아 있고 싶소. 나에 관한 한, 누구든지 나 대신 가고 싶다면 대환영이오."

"나 대신도 환영이오." 다른 죄수가 거칠게 덧붙였다. "내 맘대로 할 수만 있었다면 난 당신들 그 누구도 불편하게 하지 않았을 것이오." 그러더니 두 사람은 소리 내어 웃었다. 그러곤 호두를 까 먹으며 껍데기를 여기저기 뱉어 대기 시작했다. 사실 만약 내가 그들의 처지가 되어서 그렇게 멸시를 당했다면 나 역시 그렇게 하고 싶었을 거라고 생각한다.

마침내, 사태의 결론은 화가 난 신사를 위해 해 줄 수 있는 게 아무것도 없으며 따라서 그는 재수 없게 만난 이 일행과 함께 가든지 아니면 뒤에 남든지 하는 수밖에 없다는 식으로 났다. 그러자 그는 여전히 불평을 그치지 않으면서도 할 수 없이 자기 자리에 올라 앉았으며, 간수가 그의 옆에 자리를 잡고 앉았다. 죄수들도 할 수 있는 한 수단껏 마차 위로 기어 올라가 앉았는데, 내가 얼굴을 아는 바로 그 죄수가 하필 내 뒷자리에 앉아서는 내 머리카락에다 숨을 뿜어 대고 있었다.

"잘 다녀오게, 헨델!" 마차가 출발할 때 허버트가 소리쳤다. 나는 그가 나에게 핍 대신 다른 이름을 지어 준 것이 얼마나 다행스러운 일인가 하고 생각했다.

내가 머리 뒤통수뿐만이 아니라 등뼈 전체를 따라 얼마나 날카롭게 죄수의 숨결을 느꼈는가 하는 것은 말로 표현하기가 불가능하다. 마치 어떤 산성 액체가 골수를 찌르듯 파고드는 것과도 같이 이가 치솟을 정도로 불쾌하기 짝이 없는 느낌이었다. 그는 다른 사람보다 숨쉬기를 더 많이 해야 하고 또 숨소리도 더 크게 내야만 하는 것 같았다. 나는 되도록 몸을 움츠리며 그를 피하려고 애쓰느라 어깨가 점점 한쪽으로 추켜올라가는 걸 느꼈다.

끔찍이도 구질구질하고 싸늘한 날씨였다. 두 죄수는 추운 날씨를 저주했다. 그리 멀리 가지 않아서 우리는 모두 추위로 무감각해졌다. 그리고 중간 휴게소를 떠났을 때쯤 우리는 모두 졸다가 떨다가를 계속 반복하며 말없이 앉아 있었다. 나 역시, 죄수와 갈라지기 전에 그에게 2파운드를 돌려줘야 할 것인가 하는 문제와 그럴 경우 어떻게 돌려주는 게 가장 좋을지 등에 대해 생각하다가 꾸벅꾸벅 졸기 시작했다. 그러다가 마차의 말들 사이로 뛰어들려는 것처럼 몸이 앞으로 기울어지며 구르려는 순간 나는 깜짝 놀라며 잠에서 깨어났다. 그러곤 다시금 그 문제에 대한 생각을 계속했다.

하지만 나는 생각보다 오랫동안 졸았던 게 틀림없었다. 어둠 속에서 마차의 등불만이 단속적으로 비쳤다 말았다 할 뿐 아무것도 알아볼 수 없었지만, 나는 우리에게 불어오는 차갑고 습한 바람 속에서 습지대 고장의 냄새를 맡을 수 있었다. 온기를 잃지 않기 위해, 그리고 나를 바람막이로 삼고자 몸을 앞으로 꼭 웅크린 죄수들은 전보다 더 내 뒤로 바짝 붙어 있었다. 그들이 서로 나누는 대화 가운데 내가 잠에서 깨어 정신을 차렸을 때 처음 알아들은 말은 바로 내가 계속 생각해 오던 단어들인, '두 장의 1파운드짜리 지폐'였다.

"그는 그걸 어떻게 구했지?" 내가 모르는 죄수가 말했다.

"그걸 내가 어떻게 알겠어?" 다른 죄수가 대답했다. "수단껏 어딘가에 꼬불쳐 놓았던 거겠지. 친구 놈들이 쥐어 준 것일 테고 말이야."

"나한테 지금 그런 게 있으면 좋겠군." 추위에 대해 심한 저주의 욕설을 내뱉으며 다른 죄수가 말했다.

"두 장의 1파운드짜리 지폐 말이냐, 친구 놈들 말이냐?"

"물론 두 장의 1파운드 지폐지. 내 친구 놈들을 전부 팔아서 1파운드라도 얻을 수만 있다면 나는 그걸 아주 훌륭한 거래로 여기며 반길 거야. 어쨌든, 그래서 그가 뭐라고 말했다고?"

"그가 말하기를……." 내가 얼굴을 아는 죄수가 다시 말을 이었다. "그런데 이 모든 이야긴 조선소의 목재 더미 뒤에서 순식간에 이루어졌다네. '당신은 곧 석방될 예정이라면서요?' 하더군. 나는 그렇다고 대답했지. 그러자 자기에게 먹을 것을 갖다주고 비밀을 지켜 준 소년을 찾아내서 그 아이한테 두 장의 1파운드짜리 지폐를 좀 전달해 줄 수 있겠냐고 부탁하더군. 나는 좋다, 그렇게 해 주겠다고 대답했지. 그리고 실제로 그렇게 해 줬지."

"자네가 오히려 더 바보로군." 다른 죄수가 퉁명스레 말했다. "나 같으면 한 푼도 남기지 않고 전부 먹고 마시는 데 써 버렸을 텐데. 그는 순진한 촌놈이었음에 틀림없네. 자넬 전혀 모르면서 그랬다는 거 아냐?"

"눈곱만큼도 모르는 사이였지. 서로 다른 조에서 일했고 서로 다른 배에서 작업했으니까. 그는 탈옥했다가 잡혀서 다시 재판을 받고는 종신 유형수가 되었다고 했어."

"그러니까 자네는, 분명코! 그때 딱 한 번 이 고장에서 노역을 했었다, 이 말이지?"

"그때 딱 한 번 그랬지."

"이곳에 대한 자네 인상은 어떻다고 할 수 있나?"

"아주 빌어먹을 곳이야. 진흙 둑, 안개, 늪, 그리고 노동. 노동, 늪, 안개, 그리고 진흙 둑. 오직 그뿐이었지."

그들은 둘 다 아주 지독한 말로 그곳에 대해 저주를 퍼붓기 시작했는데, 실컷 그러더니 제풀에 지쳐 점차 할 말을 잃고 말았다.

그 죄수가 나를 전혀 알아보지 못한다는 확신만 없었다면, 나는 이 대화를 엿듣고 난 뒤 틀림없이 마차에서 내려서 어두운 길가에 혼자 남았을 것이다. 사실, 나는 자연스러운 성장의 결과로 아주 많이 변했을 뿐만 아니라 너무나 다른 상황에서 너무나 다른 옷차림을 하고 있었으므로, 그가 어떤 부차적인 도움 없이 나를 알아본다는 것은 가능성이 전혀 없었다. 하지만 우리가 마차에 함께 타고 있다는 그 기묘한 우연의 일치로 인해 나는, 어느 순간에고 그가 듣는 자리에서 나를 내 이름과 연결하는 뭔가 다른 우연의 일치가 충분히 일어날 수 있다는 두려움에 사로잡혔다. 이런 이유로 나는 읍내에 닿자마자 즉시 마차에서 내려 그가 내 이야기를 듣지 못 하는 곳으로 사라져 버리기로 작정했다. 나는 이 계획을 성공적으로 수행했다. 내 작은 여행 가방은 바로 내 발밑의 짐칸에 들어 있어서 그것을 꺼내기 위해서는 그저 경첩 하나만 움직이면 되었다. 나는 가방을 먼저 앞으로 던진 다음 그 뒤를 따라 뛰어내렸다. 다음 순간 나는 읍내의 포장도로 첫머리에 있는 가로등 아래 포석 위에 혼자 남게 되었다. 죄수들에 대해 말하면, 그들은 마차를 타고 그들의 갈 길을 계속 갔는데, 나는 그들이 어느 지점에서 강으로 이송되어 배에 실려 갈지 잘 알고 있었다. 상상 속에서 나는 진흙으로 덮인 선착장 계단에서 다른 죄수들이 젓는 보트가 이들 두 죄수를 기다리고 있는 것을 그려 볼 수 있었다. 그러자 마치 개들에게 하듯이 퉁명스럽게 외치던 그 명령, 즉 노를 "세게 당겨라, 이놈들아!" 하는 소리가 다시금 선명하게 들려왔으며, 시커먼 바다 위에 사악한 노아의 방주처럼 떠 있는 감옥선이 다시금 선명하게 떠올랐다.

내가 그때 무엇을 두려워했냐고 물었다면 나는 대답하지 못했을 것이다. 왜냐하면 내가 느낀 공포는 전혀 뭐라고 규정할 수 없는 막연한 것이었기 때문이다. 하지만 내가 큰 공포에 사로잡힌 것만은 틀림없는 사실이었다. '블루보어' 호텔을 향해 걸어가는 동안 나는 단순히 불쾌하거나 고통스러운 만남에 대한 거부감을 훨씬 넘어서는 어떤 두려움이 엄습하는 것을 느끼며 온몸을 떨었다. 확신하건대 그것은 분명한 형태를 전혀 띠지 않은 두려움이었으며, 몇 분 동안 내 어린 시절의 공포를 되살아나게 했다.

'블루보어' 호텔의 커피 마시는 방은 텅 비어 있었다. 내가 그 방에서 저녁 식사를 주문하고 마침내 식사가 나와 자리에 앉아서 먹기 시작한 뒤에야 비로소 웨이터는 나를 알아보았다. 그는 자기 기억력이 굼뜬 것을 사죄하더니 즉시 나에게, 여관의 심부름꾼을 펌블추크 씨한테 보낼 것인지 물었다.

"아니, 전혀 그럴 필요 없어요." 나는 대답했다.

웨이터는 (그런데 그는 내가 도제 계약을 맺던 날 순회판매원들의 강력한 항의를 전달했던 바로 그 웨이터였다.)* 좀 놀란 기색을 보이더니, 잠시 후 기회가 생기자마자 더럽고 오래된 지방 신문 한 장을 바로 내 코앞에다 보란 듯이 갖다 놓았다. 그래서 나는 그것을 집어 들어 다음과 같은 기사를 읽지 않을 수 없었다.

> 우리 독자들이 전혀 흥미 없이 듣지는 않을 이야기를 하나 전하겠는바, 그것은 최근 이 근방의 한 젊은 제철 기술자에게 찾아온 소설 같은 행운에 대한 것으로 (그런데 아직 널리 인정받지 못한 우리 읍내의 시인이자 본 신문의 특별기고가인 투비 씨의 마술적인 필력이 발휘되기에 이것은 얼마나 좋은 주제인가!) 이 젊은이의 최초의 후원자이자 동료이며 또 친구이기도 한 인물이 바로 아주 존경받는 한 신사인데, 그는 곡물 및 종자 거래업과 완전히 무관하지는 않은 사람이며 탁월하게 편리하고 널찍한 그의 사업장 건물은 중심가에서 160킬로미터 이내의 거리에 위치한다고 한다. 우리는 이 인물을 우리 지방의 젊은 텔레마쿠스**의 스승 멘토르로서 기록하고자 하는데, 그것은 우리의 개인적 감정과

---

* 196쪽 참조.

** 오디세우스의 아들로 여기에서는 핍을 비유적으로 표현한 말임. 이타카의 왕이자 트로이 전쟁 때 그리스 군의 지휘자 중 하나였던 오디세우스는 아들 텔레마쿠스를 멘토르에게 맡기고 떠남. 멘토르는 특히 텔레마쿠스가 나중에 아버지 오디세우스를 찾아 나설 때 스승으로서 훌륭한 지도와 도움을 줌.

관계가 전혀 없지는 않다. 왜냐하면 우리 읍에서 젊은 텔레마쿠스에게 행운의 문을 열어 준 지도자가 배출되었다는 사실을 아는 것은 기분 좋은 일이기 때문이다. 우리 지방의 현자가 생각에 잠겨 이마를 찌푸리며, 혹은 우리 지방의 미인이 두 눈을 반짝이며 묻고 있는가, 대체 그 행운의 주인공은 누구냐고? 우리는 퀸틴 마치스*가 앤트워프**의 대장장이였음을 믿는다. 지혜로운 자에게는 한마디면 족한 법.

충분한 경험을 토대로 나는 지금도 확신하는바, 만약 내가 번창하던 그 시절에 북극엘 갔다고 해도 거기서 나는 유랑하는 에스키모든 문명인이든, 펌블추크가 바로 내 최초의 후원자이자 내게 행운의 문을 열어 준 자라고 말하는 누군가를 분명히 만났을 것이다.

* 플랑드르 지방 출신의 유명한 화가로 원래 대장장이였다고 전해짐(Quintin Matsys, 1466?~1530).

** 벨기에 북부의 항구.

29장

나는 아침 일찍 일어나서 밖으로 나왔다. 미스 해비셤의 집을 방문하기에는 아직 너무 이른 시간이었으므로 나는 미스 해비셤의 집이 있는 쪽의 읍 바깥 시골 — 그곳은 조의 집이 있는 방향이 아니었다. 거기는 내일 가면 될 것이었다. — 로 천천히 걸어 나갔다. 그러면서 내 은인인 미스 해비셤에 대해 생각했고 또 나에 대한 그녀의 계획을 찬란하게 머릿속으로 그려 보기도 했다.

미스 해비셤은 에스텔러를 양녀로 삼았으며, 이제 나도 양자로 삼은 것이나 다름없었다. 따라서 우리 둘을 결합해 주는 것이 그녀의 의도가 아닐 수 없었다. 그녀는 나로 하여금 황폐한 그 집을 복구하도록, 그래서 그 어두컴컴한 방들마다 햇빛이 비쳐 들게 하고, 시계들을 다시 똑딱거리게 하고, 차디찬 벽난로에 불길이 활활 타오르게 하고, 거미줄을 모두 걷어 내고, 쥐와 벌레를 모두 박멸해 버리고 — 요컨대 로맨스에 나오는 젊은 기사의 빛나는 행동들을 모두 수행한 다음 공주와 결혼하도록 예정해 놓고 있는 것이었다. 아까 그 집 앞을 지나쳐 오다가 나는 잠깐 걸음을 멈추고 그 집을 바라보았더랬다. 붉은 벽돌이 검게 그을린 건물 외벽, 막아 놓은 창문, 힘줄뿐인 늙은이 팔뚝처럼 줄기와 덩굴로 굴뚝 위까지 휘감고 올라간 억센 초록색 담쟁이덩굴 등등, 그 모든 것들이 의미심장하고 매력적인 신비감을 자아냈다. 그리고 나는 바로 그 신비의 주인공이었다. 물론 그 신비의 원천이자 핵심은 에스텔러였다. 그러나 비록 내가 그토록 강하게 그녀에게 사로잡혀 있었을지라도, 또 내 생각과 희망이 그녀에게 온통 쏠려 있었을지라도, 그리고 소년기의 내 삶과 성격에 끼친 그녀의 영향이 무한한 것이었을지라도, 나는 그날 아침의 낭만적인 그 순간조차 그녀가 지닌 것 외에는 다른 어떤 속성도 그녀에게 부여하지 않았다. 나는 이것을 지금 이 자리에서 의도적으로 언급하는 것인데, 그 까닭은 바로 그것이 미로 같은 내 가련한 심경을 더듬어 따라갈 수 있게끔 해 주는 실마리이기 때문이다. 내 경험에 따르면, 연인에 대한 일반적인 통념은 틀릴 때가 많다. 절대적인 진실을 말하건대, 한 남자로서 내가 에스텔러를 사랑했을 때 그것은 오직 내가 그녀에게 끌리는 마음을 아무리해도 어쩌지 못했기 때문이다. 분명히 밝히건대, 비록 항상 그런 것은 아니지만 나는 매우 자주 슬프게 인식하곤 했다. 내가 이성을 거역하고, 장래에 대한 기대와 마음의 평화와 희망과 행복을 다 버리면서, 그리고 있을 수 있는 온갖 구박과 거절을 당하면서 그녀를 사랑한다는 사실을 말이다. 다시 분명히 밝히건대, 그 사실을 알고 있으면서도 나는 그녀를 계속 사랑했고 그 사실은 나의 사랑을 억제하는 데 아무런 영향도 끼치지 못했다.

내가 그녀를 완벽한 여성으로 열렬히 믿고 숭배했을 경우에 그랬을 것처럼 말이다.

나는 내 산책을 적당히 조정하여 예전에 내가 늘 가던 그 시간에 미스 해비셤의 집 대문 앞에 도착하도록 했다. 떨리는 손으로 초인종을 당겨 울린 뒤, 나는 돌아서서 등을 대문으로 향한 채 숨을 가다듬는 한편 두근거리는 가슴을 적당히 가라앉히려고 애썼다. 옆문이 열리는 소리가 나더니 안마당을 가로질러 걸어오는 발소리가 들렸다. 하지만 녹슨 경첩이 돌아가며 대문이 열릴 때까지도 나는 아무 소리도 못 들은 체했다.

마침내 누군가 내 어깨를 만지자 나는 깜짝 놀라며 돌아섰다. 다음 순간 나는 훨씬 더 깜짝 놀라지 않을 수 없었는데, 뜻밖에도 칙칙한 회색 옷을 입은 한 남자가, 그것도 미스 해비셤의 집 문을 지키는 문지기 자리에 있을 거라고 내가 세상에서 가장 기대하지 않았을 사람이 바로 내 앞에 서 있는 것을 보았기 때문이다.

"올릭!"

"아, 핍 도련님, 도련님만 처지가 바뀌란 법은 없지요. 하지만 들어와요, 들어와. 대문을 열어 놓고 서 있는 건 내가 받은 지시에 어긋나는 일이랍니다."

나는 대문 안으로 들어갔다. 그러자 그는 대문을 돌려 닫고는 자물쇠를 채운 다음 열쇠를 빼냈다. "그래요!" 그는 앞장서서 집 쪽을 향해 몇 걸음 고집스럽게 걸어가더니 갑자기 뒤로 돌아서며 말했다. "난 여기서 일해요!"

"여긴 어떻게 왔어요?"

"두 다리로 걸어서 왔지." 그는 비꼬듯이 말했다. "손수레에다 내 짐 상자를 실어 갖고 말이오."

"여기서 영구히 자리를 잡은 건가요?"

"무슨 해코질 하려고 이 자리에 있는 건 아닐 테니까, 젊은 도련님."

나는 그것에 대해 그다지 확신할 수 없었다. 내가 마음속으로 그의 대꾸에 대해 천천히 생각하고 있는 동안 그는 마당의 포석을 향해 무겁게 내리뜨고 있던 두 눈을 느릿느릿 들어 올리더니 내 다리와 팔, 그리고 얼굴을 차례로 바라봤다.

"그럼 대장간 일은 그만둔 건가요?" 나는 말했다.

"이게 대장간처럼 보입니까?" 올릭은 모욕을 당한 듯한 태도로 주변을 한 바퀴 둘러보며 대답했다. "아니, 이게 대장간처럼 보이냐고?"

나는 가저리의 대장간을 그만둔 지는 얼마나 되었느냐고 물었다.

"여기는 하루하루가 아주 똑같아서 계산해 보지 않고는 모르겠소. 하지만 나는 도련님이 떠나고 얼마 뒤에 이리로 왔소."

"그런 말은 나도 할 수 있겠어요, 올릭."

"오, 그래요!" 그는 시치미를 떼며 말했다. "도련님이야 분명 대단한 학자일 테니 당연하겠지."

이때쯤 우리는 집 건물에 도착해 안으로 들어갔는데, 그의 방은 옆문 바로 안쪽에 있는 방으로 안마당이 내다보이는 작은 창이 달려 있었다. 규모가 조그맣다는 점에서 그 방은 흔히 프랑스 파리의 문지기들이 처소로 할당받는 그런 곳과 비슷한 종류의 방이었다. 열쇠 몇 개가 벽에 걸려 있었는데, 그는 거기에다 대문 열쇠도 함께 걸어 놓았다. 안쪽으로 움푹 들어간 곳에 따로 구분된 자그만 공간에는 조각 이불이 덮인 그의 침대가 놓여 있었다. 방 전체는 지저분하고 답답하며 졸린 듯한 느낌을 주어서, 마치 인간 들쥐가 살고 있는 우리와도 같았다. 그리고 창가의 그늘진 구석에 시커멓고 침울한 모습으로 어렴풋이 서 있는 그는 그 방이 잘 어울리는 인간 들쥐인 것처럼 보였다. 아니, 그는 정말로 인간 들쥐였다.

"예전엔 이 방을 본 적이 없는데." 나는 말했다. "하기야 그땐 이곳에 문지기 같은 게 없었지."

"그랬지요." 그가 말했다. "그러다가 집을 지켜 줄 만한 사람이 여기에 살지 않는다는 소문이 퍼지면서, 죄수나 부랑자들 따위가 주변을 자주 오가는 상황이라 아무래도 위험하다고 생각이 되었다오. 그래서 그 후 내가 남에게 받은 만큼 보답할 수 있는 사람으로 추천되었고, 그 결과 이렇게 내가 이 자리를 지키게 된 거라오. 여기 일은 풀무질과 망치질보다 훨씬 편하다오. 그건 총알이 장전되어 있어요, 정말이오."

내 시선이 벽난로 위의, 개머리판이 구리로 씌운 엽총에 끌리는 것을 그가 뒤따라 쳐다보며 한 말이었다.

"그럼," 나는 더 이상 대화를 계속하고 싶은 마음이 없어서 말했다. "이제 미스 해비셤에게 올라가도 될까요?"

"내가 그걸 알면 날 불 속에 집어 던져도 좋소!" 그는 그렇게 쏘아붙이더니 먼저 기지개를 쭉 켠 다음 몸을 한바탕 흔들어 댔다. "내 할 일은 여기서 끝난다오, 도련님. 이 망치로 여기 이 종을 한 번 쳐서 울릴 테니까, 도련님은 그냥 복도를 따라 누구든 마주칠 때까지 계속 가시오."

"틀림없이 내가 올 줄 알고 계시겠지요?"

"내가 그걸 말해 줄 수 있다면 날 또다시 불 속에 집어 던져도 좋소!" 그는 말했다.

그 말을 듣고 나는 처음 거기 왔을 때 두껍고 흉한 구두를 신고 지나갔던 그 긴 복도로 들어섰다. 그러자 올릭은 종을 울렸다. 종소리의 반향이 아직도 남아 있을 때 복도 끝에서 나는 새러 포킷을 만났다. 그녀는 이제, 나 때문에 아예 체질적으로 붉으락푸르락한 상태가 되어 버린 것처럼 보였다.

"오!" 그녀는 말했다. "당신인가요, 핍 씨?"

"예, 접니다. 미스 포킷. 기쁘게 전해 드리건대, 매슈 포킷 씨와 그의 가족들은 모두 다 안녕하시답니다."

"그들은 조금이라도 더 현명해졌나요?" 새러는 음울하게 고개를 가로저어 보이며 말했다. "그들은 안녕하기보다는 현명해지는 게 더 필요한 사람들이지요. 아, 매슈, 매슈! 올라가는 길을 잘 알고 있겠지요, 핍 씨?"

예전에 어둠 속에서 여러 번 올라다닌 계단이었으므로 물론 나는 상당히 잘 알고 있었다. 그 계단을 이제 나는 옛날보다 훨씬 가벼운 구두를 신고 올라갔다. 그러곤 미스 해비셤의 방 앞에서 옛날과 같은 방식으로 똑똑 문을 두드렸다. "핍이 두드리는 소리군!" 즉시 그녀의 말소리가 들려왔다. "들어오거라, 핍."

미스 해비셤은 오래된 그 피로연 식탁 가까이의 자기 의자에 옛날 옷차림 그대로 앉아 있었는데, 지팡이에 두 손을 열십자로 포개어 놓고는 그 위에다 턱을 괸 채 시선은 벽난로 불길을 향하고 있었다. 그녀 가까이에는 한 번도 신어 보지 않은 새하얀 구두를 손에 들고 고개를 숙여 그것을 바라보고 있는 우아한 숙녀가 앉아 있었다. 내가 한 번도 본 적이 없는 숙녀였다.

"들어오너라, 핍." 돌아보거나 쳐다보지도 않은 채 미스 해비셤은 계속해서 중얼거리듯 말했다. "어서 들어오너라, 핍. 잘 지냈니, 핍? 그래, 마치 내가 여왕이기나 한 것처럼 내 손에 입을 맞추는구나, 응? 그래, 뭐냐?"

그녀는 갑자기 눈만 치켜뜨고 나를 쳐다봤다. 그러고는 엄하면서도 장난기 섞인 태도로 반복해서 말했다.

"그래, 뭐냐?"

"미스 해비셤." 나는 다소 어쩔 줄 몰라 하며 말했다. "저는 미스 해비셤께서 친절하시게도 제가 내려와서 한번 만나 뵈어도 좋다고 하신다는 말을 들었습니다. 그래서 즉시 달려왔습니다."

"그래서?"

내가 한 번도 본 적이 없는 그 숙녀가 고개를 들더니 짓궂은 표정을 띤 눈으로 나를 바라보았다. 그 순간 나는 그게 에스텔러의 눈이라는 것을 알아보았다. 그러나 그녀는 너무나 많이 변했고, 너무나 많이 아름다워졌으며, 너무나 많이 여자다워져 있었고, 남자의 찬미를 일으키는 그 모든 점에서 너무나 훌륭하게 성숙해 있었다. 그에 비하면 나 자신은 달라지거나 나아진 점이 전혀 없는 것처럼 느껴졌다. 그녀를 바라보는 동안 나는, 내가 옛날의 그 천하고 상스러운 소년으로 다시 무기력하게 되돌아가고 말았다는 생각이 들었다. 아, 나를 사로잡은 그 거리감과 차이감이란! 그리고 그녀를 둘러싼 그 도저히 올라갈 수 없을 높은 벽이란!

에스텔러는 내게 손을 내밀었다. 나는 그녀를 다시 만나게 되어 기쁜 마음이며 아주 오랫동안 이 순간을 기다려 왔다는 등의 말을 뭐라고 더듬거리며 했다.

"그녀가 많이 변한 것 같니, 핍?" 미스 해비셤이 탐욕스러운 표정으로 물었다. 그러면서 지팡이로 두 사람 사이에 놓여 있는 의자 위를 두드리며 나보고 거기 앉으라는 신호를 했다.

"미스 해비셤, 방에 처음 들어왔을 때 저는 그녀의 얼굴이나 자태에 에스텔러 같은 점이 전혀 없다고 생각했습니다. 하지만 지금은 그 모든 것이 정말로 이상하게도 제자리를 찾아서 옛날의……."

"뭐라고? 넌 지금 옛날의 에스텔러 모습이라고 말하려는 건 아니겠지?" 미스 해비셤이 내 말을 가로막으며 말했다. "저 애는 그때 거만하고 모욕적이었지. 그래서 넌 저 애한테서 도망치고 싶어 했지. 기억이 안 나는 게냐?"

나는 당황하여, 그건 오래전 일이며 그때 난 그녀를 잘 몰랐다는 등등의 말을 늘어놓았다. 에스텔러는 더할 나위 없이 차분한 태도로 미소를 지으며, 내가 그때 올바로 보았으며 자신이 그때 아주 불쾌한 존재였음을 믿어 의심치 않는다고 말했다.

"저 애가 변했니?" 미스 해비셤은 에스텔러에게 물었다.

"아주 많이 변했어요." 에스텔러는 나를 바라보며 말했다.

"좀 덜 천하고 덜 상스러워졌니?" 미스 해비셤은 에스텔러의 머리카락을 장난스레 만지작거리며 물었다.

에스텔러는 소리 내어 웃고는 손에 든 구두를 바라보았다. 그러곤 다시 소리 내어 웃더니 나를 바라보았다. 그러곤 구두를 내려놓았다. 그녀는 여전히 나를 소년처럼 취급했다. 하지만 그러면서도 나를 계속 유혹했다.

우리는 꿈속 같은 그 방에서, 나에게 그토록 깊은 영향을 끼쳤던 그 낡고 이상한 사물들에 둘러싸인 채 앉아 있었다. 나는 에스텔러가 프랑스에서 막 돌아왔으며 곧 런던으로 갈 예정이라는 사실을 알게 되었다. 예전과 마찬가지로 거만하고 제멋대로였지만 그녀는 그 성질들을 자신의 아름다움에 너무나 밀접하게 종속시켜 놓았으므로 그것들을 그녀의 아름다움과 떼어서 생각한다는 것은 불가능한 동시에 부자연스러운 일이었다. 적어도 나는 그렇게 생각했다. 진실로 말하건대, 내 소년기를 괴롭게 만들었던 돈과 신분에 대한 그 모든 비참한 동경과 그녀의 존재를 분리하는 것은 불가능한 일이었다. 그리고 나로 하여금 처음으로 집과 조를 창피해하게 만들었던 그 모든 빗나간 갈망들과 그녀의 존재를 분리하는 것은 불가능한 일이었다. 또한 빨갛게 달아오른 화덕의 불길 속에서 쇳덩이를 꺼낼 때나 그것을 모루에 대고 두드릴 때 그녀의 얼굴을 떠올리곤 하던 것과, 밤의 어둠 속에서 그녀의 얼굴이 문득 나타나 대장간의 나무 창문으로 들여다보고는 휙 사라져 버렸다고 생각하던 것 같은 모든 상상들과 그녀의 존재를 분리하는 것은 불가능한 일이었다. 요컨대 과거나 현재에서 내 삶의 가장 깊숙한 부분과 그녀를 떼어서 생각하는 것은 나에게 불가능한 일이었다.

나는 그날의 남은 시간을 그곳에서 보내고 밤에 호텔로 돌아갔다가 다음 날 런던으로 돌아가기로 마음의 결정을 내렸다. 에스텔러와 내가 잠시 동안 대화를 나누고 났을 때 미스 해비셤은 산책이나 하라며 우리를 바깥의 내박쳐 둔 정원으로 내보냈다. 그러면서 그녀는 나한테 말하기를, 나중에 돌아와서 옛날에 했던 것처럼 자신의 바퀴 달린 의자를 잠깐 밀어 달라고 했다.

그리하여 에스텔러와 나는 대문 옆의 정원으로 나갔다. 예전에 내가 이리저리 돌아다니다가 창백한 어린 신사, 즉 지금의 허버트와 대결을 벌였던 바로 그 정원이었다. 나는 온통 마음이 떨리는 가운데 그녀를 옷자락 끝까지 숭배하며 걸었던 반면, 그녀는 아주 차분한 가운데 나를 내 옷자락 끝 정도로밖에 여기지 않으며 걸었다. 우리가 허버트와 내가 맞붙었던 자리에 가까이 이르렀을 때 그녀는 걸음을 멈추더니 말했다.

"그날 그 싸움을 숨어서 구경하다니 나도 참 이상한 아이였음에 틀림없어. 하지만 어쨌든 나는 숨어서 싸움을 보았어. 그것도 아주 재미있게 보았지."

"너는 나에게 아주 크게 보답해 주었어."

"그랬니?" 그녀는 입에서 그냥 나오는 대로 무심하게 대답했다. "그러니까 기억이 나는데 난 그때 네 상대였던 애에 대해 굉장히 큰 반감을 가졌어. 그가 여기 와서 나를 성가시게 하는 것이 몹시 싫었거든."

"그와 나는 지금 아주 각별한 친구가 되었어."

"그러니? 네가 그의 아버지 밑에서 공부한다는 말은 들은 것 같은데?"

"맞아."

나는 이 대답을 마지못해서 했다. 왜냐하면 그 사실은 왠지 소년 같은 느낌을 주었는데 그녀는 이미 충분하고도 남을 만큼 나를 소년처럼 취급했기 때문이다.

"네 운명과 장래가 달라진 이후로 너는 교제하는 친구들도 달라졌겠구나."

"당연히 그렇지." 나는 말했다.

"그리고 필연적으로 그럴 수밖에 없겠지." 그녀는 거만한 어조로 덧붙였다. "예전에 너한테 어울리던 친구는 지금의 너한테는 전혀 어울리지 않을 테니까 말이야."

조를 만나러 갈 생각이 나한테 그때까지 조금이라도 남아 있었는지, 양심적으로 말해서 나는 극히 의심스럽다. 하지만 만에 하나 혹 조금이라도 그게 남아 있었다 하더라도 그녀의 이 말은 그것을 완전히 흔적도 없이 날려 버리고 말았을 것이다.

"그때는 너한테 닥쳐 올 행운에 대해 아무것도 모르고 있었지?" 에스텔러는 손을 살짝 흔들어 댐으로써 '그때'라는 말이 허버트와 싸우던 시절을 의미한다는 것을 표시하며 말했다.

"조금도 모르고 있었지."

내 곁에서 걷는 그녀의 완벽하고 우월한 태도와, 그녀의 곁에서 걷는 나의 미숙하고 복종하는 태도는 큰 대조를 이루었으며, 나는 그것을 마음속으로 강하게 느끼고 있었다. 내가 그녀의 배필로 이렇게 따로 구분되어 그녀에게 할당되었다는 사실로 인해 나 스스로 그런 의식을 갖게 된 것이라는 생각만 없었다면 그것은 내 마음에 훨씬 더 사무치는 아픔을 주었을 것이다.

정원에는 풀이 너무나 거칠고 무성하게 자라서 걸어다니는 게 쉽지 않았다. 그래서 우리는 두세 바퀴 돌아본 다음 그곳을 나와 양조장 마당이 있는 곳으로 갔다. 나는 그녀에게, 그 옛날 내가 처음 거기 왔던 날 그녀가 술통 위로 걸어갔던 장소를 아주 정확하게 가리켜 보였다. 그러자 그녀는 차갑고 무관심한 얼굴로 내가 가리킨 방향을 바라보며 말했다. "내가 그랬니?" 나는 또, 그녀가 그날 집밖으로 나와서 나한테 고기와 마실 것을 주었던 장소를 그녀에게 상기시켰는데, 그녀는 그저 "난 기억이 안 나." 하고 말했다. "네가 나를 울게 한 것도 기억 안 나니?" 나는 말했다. "그래, 안 나." 그녀는 그렇게 말하며 고개를 가로저었다. 그러곤 주변을 둘러보았다. 진실로 말하건대, 그녀가 이런 것들을 기억하지 못할 뿐만 아니라 조금도 신경 쓰지 않는다는 사실은 나를 다시금 마음속으로 울게 했다. 아마 이보다 더 쓰라린 울음은 없을 것이다.

"넌 분명히 알아야만 해." 아름답고 눈부신 여인이 나에게 친절을 베풀어 상냥히 대해 주는 듯한 태도로 에스텔러는 말했다. "나에겐 심장이 없다는 사실을 말이야. 그게 내 기억과 혹시라도 무슨 관계가 있다면 해서 하는 말이야."

나는 미안하지만 그런 말은 믿어 주지 못하겠다는 투로 몇 마디 우스갯소리를 늘어놓았다. 나는 그런 걸 믿을 바보가 아니며, 심장이 없는데 어떻게 그녀 같은 미인이 존재할 수 있겠느냐고 하면서 말이다.

"아! 물론 칼에 찔리거나 총에 맞을 그런 심장이야 나도 분명히 가지고 있지." 에스텔러는 말했다. "그리고 심장이 뛰지 않고 멈추면 당연히 나도 세상에 존재하지 않게 되겠지. 하지만 넌 내가 무슨 말을 하는지 알고 있어. 내 가슴에는 부드러움이 전혀 없어. 동정심이나 감정 따위, 그런 바보 같은 것들은 나에게 전혀 없어."

그게 무엇이었을까? 그녀가 가만히 서서 나를 주의 깊게 바라보고 있을 때 내 마음에 문득 떠올랐다 사라진 그것은? 미스 해비셤에게서 보아 온 그 어떤 것이었을까? 아니다. 그녀의 표정이나 몸짓에 미스 해비셤과 닮은 듯한 점이 어느 정도 있긴 했다. 흔히 발견할 수 있는바, 그것은 오랫동안 어른들과 함께 격리되어 지내는 아이들이 그 어른들의 영향을 받아 습득하게 되는 그런 닮은 점이었다. 그리고 그 아이의 어린 시절이 끝났을 때 서로 완전히 다르게 생긴 두 얼굴 사이에 이따금 놀랄 만큼 비슷한 표정이 나타나게 만드는 그런 닮은 점이었다. 하지만 나한테 떠오른 이것은 미스 해비셤에게로 그 유래를 돌릴 수 있는 그런 것이 아니었다. 나는 에스텔러를 다시 바라보았다. 그녀가 여전히 나를 바라보고 있었지만 그 뭔지 모를 연상은 사라져 버리고 없었다.

그게 무엇이었을까?

"난 진심으로 하는 말이야." 에스텔러는 찌푸렸다기보다는 (왜냐하면 그녀의 이마에 주름 같은 것이 전혀 잡히지 않았기 때문이다.) 어두운 표정을 지으며 말했다. "우리가 앞으로 서로 자주 만나게 될 처지라면 너는 이것을 즉시 믿는 게 좋을 거야. 그건 아냐!" 그녀는 막 입을 열어 말하려는 나를 경멸에 찬 얼굴로 가로막고는 덧붙였다. "내가 이미 누구한테 애정을 주었거나 해서 그런 건 절대 아니야. 나는 그런 건 마음에 느껴 본 적도 없어."

다음 순간 우리는 아주 오랫동안 방치되어 있는 양조장 안으로 들어가 있었다. 그녀는, 내가 처음 거기 왔던 그날 그녀가 걸어 나가는 것을 보았던 그 높은 난간을 손가락으로 가리키며, 자기가 그곳에 올라갔던 것과 내가 밑에서 겁에 질린 채 서 있는 걸 보았던 일이 기억난다고 나에게 말했다. 내 시선이 그녀의 새하얀 손을 따라가는 순간, 아까와 똑같은 그 연상이, 도무지 정체를 알 수 없는 그 희미한 연상이 다시금 나를 스치고 지나갔다. 내가 나도 모르게 움찔하며 놀라자 그녀는 손으로 내 팔을 잡아 주었다. 그 순간 그 유령 같은 심상은 다시 한 번 나타났다가는 사라져 버렸다.

그게 무엇이었을까?

"무슨 일이니?" 에스텔러가 물었다. "넌 또 겁에 질린 거니?"

"네가 아까 했던 말을 정말로 내가 믿는다면 겁이 좀 나겠지." 나는 방금 전의 그 연상에 대해 이야기하고 싶지 않아서 그렇게 대답했다.

"그러니까 너는 내 말을 안 믿는다는 거구나? 좋아, 맘대로 해. 어쨌든 나는 분명히 말했으니까. 미스 해비셤은 곧 네가 옛날의 그 일을 해 주러 들어오기를 기다리고 있을 거야. 비록 다른 옛것들과 함께 그것도 이제 그만두게 되겠지만 말이야. 그러니, 우리 정원을 한 바퀴 더 돌고 들어가자. 자! 내 잔인함 때문에 네가 눈물을 흘리는 일이 오늘은 없을 거야. 너는 오늘 내 시동이야. 그러니 어깨를 이리 좀 내밀어 봐."

그녀의 아름다운 옷은 그동안 땅바닥에 늘어져서 질질 끌리고 있었다. 그녀는 이제 그 옷을 한 손으로 잡아 올리고는, 다른 손으로는 가볍게 내 어깨를 잡고 나와 함께 걸었다. 우리는 황폐한 그 정원을 두세 바퀴 더 돌았다. 정원은 그 순간 나에게 온통 꽃이 만발한 황홀한 곳이었다. 낡은 담장의 갈라진 틈에서 자라고 있는 녹색과 노란색 잡초들이 이 세상에 핀 꽃 가운데 가장 귀중한 꽃들이었다 하더라도, 그 순간은 내 기억에 더 이상 소중하게 간직될 수 없었을 것이다.

내가 그녀의 상대가 되지 못할 정도로 우리 둘 사이에 나이 차이가 있는 것은 아니었다. 물론 그녀가 나보다 더 나이 먹은 것처럼 보이긴 했지만 사실 우리는 거의 동갑이었다. 그러나 그녀의 아름다움과 고귀한 태도가 일으키는 그 다가갈 수 없는 거리감은 나로 하여금 한창 기뻐하는 중에도 고통을 느끼게 했으며, 우리의 은인인 미스 해비셤이 우리를 서로의 배필로 정해 놓았다는 확신을 최고조로 느끼는 순간에도 고통을 맛보게 했다. 아, 불쌍한 녀석!

마침내 우리는 집 안으로 들어갔다. 놀랍게도 거기서 나는 내 후견인이 런던에서 내려와 미스 해비셤을 볼일이 있어 방문했으며 이따가 오찬 때 다시 올 것이라는 소식을 들었다. 부패물로 덮인 식탁이 있는 방의 그 앙상한 겨울나무 같은 낡은 촛대에는 우리가 나가 있는 동안 촛불이 켜져 있었고, 미스 해비셤은 자신의 의자에 앉아서 나를 기다리고 있었다.

내가 그녀의 의자를 밀고 썩은 잿더미 같은 결혼 피로연 식탁 주위를 예전처럼 느릿느릿 돌기 시작했을 때, 그것은 마치 의자 자체를 과거로 밀고 가는 것 같은 느낌이었다. 그러나 장례식장 같은 그 방에서 시체 같은 존재가 의자에 깊숙이 기댄 채 두 눈으로 빤히 노려보고 있었지만 에스텔러는 오히려 전보다 더 눈부시고 아름답게 보였으며, 나는 더욱 강한 매혹에 사로잡혀 넋을 잃었다.

어느 틈에 시간이 그렇게 흘러가서 우리가 오찬을 들 시간이 임박했고 에스텔러는 옷을 다시 차려입기 위해 우리 곁을 떠났다. 우리는 그 순간 그 긴 피로연 식탁의 중간쯤에 멈춰 있었는데, 미스 해비셤은 말라 비틀어진 팔 하나를 의자 밖으로 내밀어 꼭 움켜쥔 주먹을 누런 식탁보 위에 올려놓고 있었다. 방에서 나가기 전에 문간에서 에스텔러가 어깨 너머로 뒤를 돌아다보았을 때 미스 해비셤은 그녀에게 손으로 키스를 해 보냈는데, 탐욕스럽고 강렬한 그 표정은 보기에 정말로 아주 끔찍한 것이었다.

그런 다음 에스텔러가 나가고 우리 둘만 남게 되자 미스 해비셤은 나를 돌아보더니 나에게 속삭이며 말했다.

"저 애가 아름답고 우아하고 멋있게 잘 자랐지? 너는 저 아이를 흠모하니?"

"그녀를 보면 누구든지 그러지 않을 수 없을 거예요, 미스 해비셤."

미스 해비셤은 내 목을 한 팔로 감더니, 의자에 앉은 채로 내 머리를 자기한테로 바짝 끌어당기며 말했다. "저 애를 사랑하거라, 사랑해, 저 앨 사랑해! 저 애가 너를 어떻게 대하느냐?"

내가 대답하기도 전에 (물론 내가 그 어려운 질문에 과연 대답할 수 있었을지 몹시 의심스럽지만 말이다.) 그녀는 반복해 말했다. "저 애를 사랑하거라, 사랑해, 저 앨 사랑해! 저 애가 너에게 호의를 보이면 저 앨 사랑하거라. 저 애가 너에게 상처를 주더라도 저 앨 사랑하거라. 저 애가 네 심장을 갈기갈기 찢어 놓더라도, 그리고 나이를 먹고 강해질수록 오히려 그 상처가 더욱 깊이 찢어질지라도 저 애를 사랑하거라, 사랑해, 저 앨 사랑해!"

나는 그녀가 이 말을 하면서 보인 것 같은 그런 격정적인 열망을 결코 본 적이 없었다. 나는 내 목을 휘감은 그녀의 야윈 팔 근육이 그녀를 사로잡은 열정 때문에 팽창하는 것을 느낄 수 있었다.

"내 말 잘 듣거라, 핍! 내가 저 아일 양녀로 삼은 것은 사랑받게 하기 위해서야. 내가 저 아일 키우고 교육한 것은 사랑받게 하기 위해서야. 내가 저 아이를 양육해서 현재의 저 모습으로 만든 것은 바로 저 아이가 사랑받도록 하기 위해서야. 저 아이를 사랑하거라!"

그녀는 사랑이라는 단어를 이미 충분히 여러 번 말했다. 그래서 그녀가 진정으로 그 말을 한다는 것은 의심의 여지가 없었다. 하지만 그렇게 자주 되풀이된 단어가 사랑이 아니라 증오, 절망, 복수, 처참한 죽음 따위였다고 하더라도 그녀의 입술에서 지금보다 더 저주스럽게 들리지는 않았을 것이다.

"내 너한테 말해 주마." 그녀는 여전히 급하고 격정적인 속삭임으로 말했다. "진정한 사랑이 무엇인지를 말이다. 그것은 맹목적인 헌신이고, 절대적인 겸손이며, 완전한 복종이고, 너 자신과 세상 전체를 거스르는 신뢰와 믿음이며, 네 온 마음과 영혼을 사랑하는 이에게 바치는 것이야. 내가 그랬듯이 말이야!"

그녀는 여기까지 말하고 나더니 광적인 외마디 비명을 질렀다. 나는 그녀의 허리를 잡아 부축했다. 왜냐하면 그녀가 수의 같은 옷차림 그대로 의자에서 벌떡 일어서더니 허공을 향해 달려들었기 때문이다. 마치 벽에다 몸을 부딪쳐 죽어 넘어지는 게 낫겠다는 생각이라도 한 것처럼 말이다.

이 모든 것은 순식간에 일어난 일이었다. 그녀를 의자에 다시 끌어 앉혔을 때 나는 잘 알고 있는 향내가 나는 것을 느끼고 뒤를 돌아보았다. 그러곤 내 후견인이 방 안에 들어와 있는 것을 보았다.

그는 언제나 (내가 아직 언급하지 않은 것 같은데) 화려한 비단으로 만든, 위압적일 만큼 커다란 손수건을 하나 들고 다녔다. 이것은 그의 직업상 굉장히 중요한 손수건이었다. 나는 그가 마치 즉시 코를 풀 예정인 것처럼 이 손수건을 격식을 차려 펼치다가 문득 의뢰인이나 증인의 확실한 진술이 나오기 전에는 그럴 여유를 가져서는 안 된다는 것을 깨달은 것처럼 동작을 뚝 중단함으로써 그 의뢰인이나 증인을 몹시 두려움에 떨게 하는 것을 본 적이 있는데, 그때마다 확실한 진술이 당연한 일처럼 곧바로 뒤따르곤 했다. 방에 서 있는 그를 내가 보았을 때 그는 이 의미심장한 손수건을 두 손에 든 채 우리를 바라보고 있었다. 그는 나와 시선이 마주쳤을 때 그 자세 그대로 아무 말 없이 한순간 동작을 멈춤으로써 '정말이오? 기이하군!'이라는 뜻을 분명하게 표현해 보였다. 그러고는 손수건을 들어 올려 놀랄 만큼 세차게 코를 풀었다.

미스 해비셤은 나와 거의 동시에 그를 보았다. 그리고 (다른 모든 사람이 그러듯이) 그를 두려워했다. 그녀는 마음을 가라앉히려고 몹시 애쓰며 그가 여느 때처럼 시간을 잘 지킨다고 더듬더듬 말했다.

"네, 여느 때처럼 시간을 잘 지켰습니다." 그는 되풀이해 말하며 우리 쪽으로 다가왔다. "(잘 지냈는가, 핍? 제가 좀 밀어 드릴까요, 미스 해비셤? 한 바퀴 정도 괜찮겠지요?) 그래 여기 내려와 있었군, 핍?"

나는 그에게 내가 언제 여기에 도착했는지, 그리고 어떻게 미스 해비셤이 나보고 내려와서 에스텔러를 만나라고 했는지 이야기했다. 이에 대해 그는 "아! 아주 훌륭한 젊은 숙녀지!"라고 대답했다. 그런 뒤 그는 미스 해비셤이 앉아 있는 의자를 그의 커다란 손 하나로 뒤에서 밀기 시작했다. 그리고 다른 손은 마치 바지 호주머니 안에 비밀이라도 가득 차 있는 것처럼 그 속에 집어넣었다.

"그래, 핍! 이전에 에스텔러 양을 얼마나 자주 만났나?" 그는 의자 미는 것을 멈췄을 때 말했다.

"얼마나 자주라니요?"

"아! 얼마나 여러 번 만났냐는 말이네. 만 번쯤?"

"오! 물론 그렇게 많이는 아니지요."

"그럼 두 번?"

"재거스." 나에게 무척 다행스럽게도 미스 해비셤이 끼어들었다. "우리 핍을 괴롭히지 말고, 함께 가서 식사나 하도록 해요."

재거스 씨는 이 말을 따랐다. 그래서 우리는 함께 어두운 계단을 더듬더듬 내려갔다. 우리가 집 뒤쪽의 돌로 포장된 마당 건너편에 따로 떨어진 건물로 아직 걸어가고 있을 때 그는 미스 해비셤이 음식을 먹거나 마시는 것을 얼마나 자주 보았냐고 나에게 물었다. 그러면서 보통 때처럼 백 번과 한 번 사이의 선택 범위를 제시했다.

나는 잠깐 생각해 보고는 말했다. "한 번도 본 적이 없습니다."

"그리고 앞으로도 결코 보지 못할걸세, 핍." 그는 찌푸리는 듯한 미소를 지으며 대꾸했다. "그녀는 현재의 이 생활을 시작한 이래로 자신이 그렇게 하는 것을 남에게 결코 보인 적이 없다네. 그녀는 밤에 이리저리 돌아다니면서 손에 잡히는 대로 음식을 집어 먹는다네."

"재거스 선생님." 나는 말했다. "제발, 제가 질문을 하나 해도 될까요?"

"그래, 해도 되네." 그는 말했다. "대답은 보장 못 하지만. 자, 질문이 뭔가?"

"에스텔러의 성씨 말입니다. 그게 해비셤인가요, 아니면?" 나는 더 이상 덧붙일 말이 없었다.

"아니면 뭔가?" 그가 말했다.

"그게 해비셤인가요?"

"그렇네, 해비셤이네."

이러는 동안 우리는 식탁이 있는 곳에 도착했다. 에스텔러와 새러 포킷이 거기서 우리를 기다리고 있었다. 재거스 씨가 주인석에 앉고, 에스텔러가 그 맞은편에 앉았으며, 나는 우리의 붉으락푸르락한 친구를 마주 보고 앉았다. 훌륭한 식사였고 하녀 한 명이 식사 시중을 들어 주었다. 내가 그때까지 오가며 한 번도 본 적이 없었지만 틀림없이 그동안 내내 이 불가사의한 집에 있었을 것으로 생각되는 하녀였다. 식사가 끝나자 오래된 포르투갈 산 고급 포도주 한 병이 내 후견인 앞에 놓였고 (분명코 그는 포도주에 대해 조예가 깊은 듯했다.) 그러자 두 숙녀는 우리 곁을 떠났다.

그 집 지붕 밑에서 입을 꽉 다물고 있는 재거스 씨의 그 단호한 태도와 비견할 만한 것을 나는 그 어느 곳에서도, 심지어 바로 그에게서조차도 결코 본 적이 없다. 그는 특유의 그 표정조차 속으로 거두어들인 채, 식사하는 동안 한 번도 에스텔러의 얼굴로 시선을 돌리지 않았다. 그녀가 그에게 이야기할 때 그는 귀 기울여 들으며 적절한 때에 대답을 하곤 했지만, 내가 아는 한 그녀를 결코 쳐다보지 않았다. 그 반면 에스텔러는 불신은 아니지만 관심과 호기심을 가지고 그를 자주 쳐다보았다. 그러나 그의 얼굴에는 그것을 의식하는 기미가 조금도 보이지 않았다. 식사하는 내내 그는 나와의 대화에서 내 장래 상속 가능성을 자주 언급함으로써 새러 포킷을 더욱 붉으락푸르락하게 만드는 것을 매정하게 즐겼다. 하지만 이 점에 있어서도 그는 역시 조금도 의식하는 기미를 내보이지 않았으며, 오히려 아무 죄 없는 나 자신이 스스로 그런 언급을 하는 것처럼 — 그런데 어떻게 해선지는 모르지만 실제로 그렇게 하고 있었다. — 상황을 교묘하게 끌고 갔다.

나와 단둘이서만 남게 되자, 그는 정보를 확보한 결과 이젠 전체적으로 가만히 있어야겠다는 투의 태도로 앉아 있었는데, 그것은 나에게 정말로 견디기 힘든 일이었다. 다른 할 일이 없게 되자 그는 바로 자신의 포도주 잔을 상대로 반대신문을 했다. 그는 자신과 촛불 사이에 잔을 들어 올려 바라보고, 포도주 맛을 약간 보고, 그것을 입안에서 잠시 굴리고, 그러다가 삼키고, 또다시 잔을 바라보고, 냄새를 맡아 보고, 다시 마시고, 삼키고, 그런 다음 다시 잔을 채우고, 다시 그 잔을 상대로 반대신문을 했다. 그것을 바라보고 있던 나는 마침내, 나한테 불리한 뭔가를 포도주가 그에게 말한다는 것을 알아채기라도 한 것처럼 신경이 극도로 예민해졌다. 미약하게나마 나는 대화를 시작해보려는 생각도 서너 번인가 해 보았다. 하지만 내가 그에게 뭔가 물어보려고 하는 걸 알아차릴 때마다 그는 잔을 손에 든 채 입안에서 포도주를 이리저리 굴리면서, 마치 자기는 그것에 대답할 수 없을 테니 그래 봤자 아무 소용도 없을 거라는 사실을 부디 유념하기 바란다는 듯이 나를 쳐다보는 것이었다.

생각하건대, 새러 포킷은 내 모습이 그녀를 자극해 그녀로 하여금 미쳐 버리게 할 위험이 있다고, 그래서 아마도 자신이 모자 — 그런데 그것은 질긴 무명 자루걸레 같은 아주 흉하기 짝이 없는 모자였다. — 를 뜯어 던지고 머리카락 — 그런데 그것은 분명 그녀의 머리에서 자란 것이 결코 아니었다. — 을 바닥에다 흩뿌리게 될 위험이 있다고 의식했던 것 같다. 우리가 나중에 미스 해비셤의 방으로 올라갔을 때 그녀는 나타나지 않았다. 그래서 우리는 넷이서 휘스트*를 했다. 카드놀이 중간에 미스 해비셤은 자신의 화장대에서 가장 아름다운 보석을 몇 개 꺼내 에스텔러의 머리카락과 가슴과 팔 주변에 환상적으로 보이도록 달아 주었다. 반짝이는 보석이 화려한 빛과 색깔을 뿜어 내는 가운데 그녀의 아름다움이 눈앞에 펼쳐지자, 내 후견인조차도 짙은 눈썹을 약간 치켜올리며 그 밑으로 그녀를 바라보는 것을 나는 볼 수 있었다.

그가 우리 카드를 계속 따서 잡아간 뒤, 판의 마지막에 가서 열등한 하급의 카드를 내놓고는 우리의 존엄한 왕과 왕비로 하여금 그 앞에서 완전한 굴욕을 당하게 하는 그 솜씨와 정도에 대해서 나는 아무 말도 하지 않겠다. 또한 그가 개인적으로 우리 세 사람을, 자신이 이미 오래전에 답을 알아낸 아주 명백하고 하찮은 세 개의 수수께끼들로 간주하는 태도에 관해 내가 느낀 감정에 대해서도 나는 아무 말 하지 않겠다. 내가 괴롭게 여겼던 것은 바로 서로 양립할 수 없는 두 가지, 즉 냉정한 그의 존재와 에스텔러에 대한 내 뜨거운 감정이 동시에 한자리에 있다는 사실이었다. 그것은 내가 그녀에 관해 그와 이야기하는 것을 견딜 수 없을 거라는 사실을 나 스스로 잘 알고 있기 때문이 아니었다. 그리고 그가 그녀를 향해 그의 큰 구두를 삐걱대는 소리를 내가 견딜 수 없어 할 거라는 사실을 알고 있기 때문도, 또 그가 그녀를 손을 씻어 떨쳐 버릴 대상으로 대하는 것을 내가

* 네 명이서 하는 카드놀이의 일종.

견딜 수 없어 할 거라는 사실을 알고 있기 때문도 아니었다. 그것은 내 흠모의 열정이 그와 사오십 센티미터 거리 내에 함께 있어야 한다는 사실, 즉 내 뜨거운 감정이 그와 같은 장소에 함께 있어야 한다는 사실 바로 그것 때문이었다. 나에게 고통스러운 상황은 바로 그것이었다.

우리는 9시까지 카드놀이를 했다. 그런 다음 에스텔러가 런던에 올라오게 될 때 나한테 미리 기별을 해 줄 것과 그러면 내가 역마차 정거장으로 그녀를 마중 나갈 것을 서로 약속했다. 그런 다음 나는 에스텔러에게 작별 인사를 하고 그녀의 손에 가볍게 입을 맞춘 뒤 그곳을 떠나왔다.

'블루보어' 호텔에서 내 후견인은 내 옆방에 묵었다. 밤이 깊도록 미스 해비셤의 말, '저 애를 사랑하거라, 사랑해, 저 앨 사랑해!'라는 말이 내 귓가에 계속 울렸다. 나는 그 말을 나 자신의 말로 고쳐서 베개에다 대고 수백 번 되풀이해 말했다. "나는 그녀를 사랑하노라, 사랑해, 그녀를 사랑해!" 그러자 과거에 대장장이 소년이었던 내게 그녀가 배필로 예정되었다는 것에 대한 감사의 감정이 복받쳐 올랐다. 그런 다음 나는 만약 내가 염려하듯이 그녀가 그런 운명에 대해 아직 열렬한 감사의 마음을 전혀 느끼지 않고 있다면, 그녀는 과연 언제쯤 나에게 관심을 보이기 시작할까? 하고 생각해 보았다. 지금 쥐 죽은 듯이 잠들어 있는 그녀 마음속의 사랑의 감정을 과연 내가 언제쯤 깨울 수 있을까?

아아! 나는 이런 것들을 고결하고 숭고한 감정들이라고 생각했다. 반면에 나는 내가 조를 멀리하며 피하는 것이 비열하고 부끄러운 짓이라는 생각을 전혀 하지 못했다. 그것은 그녀가 그를 경멸스럽게 여길 것이라는 인식 때문이었다. 조가 내 눈에 눈물을 글썽이게 한 게 겨우 하루 전이었건만, 어느새 그 눈물은 말라 버리고 만 것이다. 그토록 금세 말라 버리다니, 오, 하느님 용서하소서!

30장

다음 날 아침 '블루보어' 호텔에서 옷을 차려입으면서 문제를 잘 숙고해 본 뒤 나는 내 후견인에게, 올릭이 미스 해비셤 집의 신뢰할 만한 자리를 차지하기에 합당한 사람인지 의심스럽다는 말을 하기로 결심했다. "아, 물론, 그는 합당한 사람이 아니지, 핍." 전반적인 사항에 대해 이미 기분 좋게 만족하고 있던 내 후견인은 말했다. "신뢰할 만한 자리를 차지하는 사람이 합당한 사람인 경우는 결코 없으니까 말이야." 문제의 이 자리가 예외적으로 합당한 사람에 의해 차지되지 않았다는 사실을 발견한 것이 그에게는 아주 유쾌한 것처럼 보였다. 내가 그에게 올릭에 대해 아는 바를 말해 주는 동안 그는 만족한 태도로 내 이야기를 들었다. "잘 알았네, 핍." 그는 내가 말을 마치자 말했다. "내 즉시 거기에 들러서 그 친구를 급료를 주어 내보내도록 하겠네." 이런 즉각적인 행동에 다소 놀란 나는 약간 천천히 처리하는 쪽을 권했다. 그리고 심지어 그 친구가 좀 다루기 어려울지도 모른다는 암시를 하기까지 했다. "오, 아니네, 그렇지 않을 거네." 내 후견인은 손수건을 사용할 때 같은 결정적인 태도로 아주 자신만만하게 말했다. "그 친구가 나와 그 문제로 논쟁할 수 있는지 한번 보고 싶네."

우리가 정오 마차로 함께 런던에 돌아갈 예정이었으므로, 그리고 나는 펌블추크가 나타날지도 모른다는 두려움 때문에 아침 식사를 하는 동안 컵조차 차분히 들고 있지 못할 정도였으므로, 올릭 문제를 기회로 삼아 나는 재거스 씨에게, 좀 걷고 싶으니 그가 일을 보는 동안 나 혼자 먼저 런던으로 가는 길을 따라서 걸어가겠다고 말했다. 그리고 마차가 뒤따라오면 그때 내 자리에 올라탈 생각이니 재거스 씨가 미리 마부에게 그렇게 일러 놓아 주면 좋겠다고 부탁했다. 이렇게 하여 나는 아침 식사 후 곧바로 '블루보어'에서 도망쳐 나올 수 있었다. 그런 다음 나는 펌블추크의 가게 뒤쪽의 탁 트인 시골로 삼사 킬로미터쯤 빙 돈 후 그에게 걸려들지 않을 만큼 그의 가게를 약간 지난 위치에서 중심가로 다시 들어섰다. 그런 다음에는 비교적 안전하다고 느꼈다.

조용한 옛 읍내를 다시 둘러보는 것은 재미가 없지 않았다. 그리고 여기저기서 사람들이 갑자기 나를 알아보고는 지나가는 내 뒤를 빤히 쳐다보는 것은 그리 기분이 나쁘지 않았다. 상인들 가운데 한두 사람은 심지어 가게에서 뛰쳐나와서는 거리를 따라 저만치 내 앞으로 걸어가기까지 했는데, 그러다가는 마치 뭔가 잊은 게 있는 것처럼 뒤로 돌아서서는 나를 정면으로 마주 보며 지나치는 것이었다. 이 경우 그러지 않는 체하는 그들이 더 위선적이었는지 아니면 그걸 모르는 체하는 내가 더 위선적이었는지 잘 모르겠다. 어쨌거나 나는 특별한 주목을 받는 위치에 있었고, 나로서는 그것이 전혀 불만스럽지 않았다. 운명이 나를 저 무도하기 이를 데 없는 악당, 트랩 씨의 점원과 마주치게 할 때까지는 말이다.

거리를 따라 바라보다가 내 앞길의 어느 한 지점에 시선을 던지던 나는 트랩 씨의 점원이 텅 빈 파란색 자루로 자기 몸을 퍽퍽 치면서 이쪽으로 다가오고 있는 것을 보았다. 그를 무심하고 평온하게 바라보는 것이 나에게 가장 적절하고 또 그의 사악한 정신을 가장 잘 제압할 수 있는 방법이라고 판단하고서, 나는 그런 표정을 얼굴에 띤 채 앞으로 나아갔다. 그리고 이것이 성공했다고 다소 자축하고 있었다. 하지만 그 순간, 트랩 씨의 점원이 갑자기 양 무릎을 서로 맞부딪쳐 대며 머리카락을 곤두세우고 모자를 땅바닥에 벗어 던지더니, 사지를 격렬하게 떨어 대며 길바닥으로 비틀비틀 걸어 나갔다. 그러고는 주변 사람들에게 큰 소리로 “저 좀 잡아 주세요! 너무나 두렵고 무서워요!” 하고 외치며 내 존엄한 모습 때문에 공포와 통회의 발작을 일으킨 것 같은 시늉을 했다. 내가 그의 옆을 지나쳐 갈 때 그는 머리가 흔들릴 만큼 크게 이빨을 달그락거리더니 한없이 굴욕스러운 표정을 온몸에 지어 보이며 흙먼지 바닥에 큰 대 자로 나동그라졌다.

이것은 견디기 힘든 일이었다. 하지만 이건 아무것도 아니었다. 거기서 200미터도 채 가지 않았을 때 나는 또다시 트랩 씨의 점원이 저쪽에서 다가오는 것을 발견하고는 형언할 수 없는 공포와 경악과 분노에 사로잡히고 말았다. 그는 좁은 골목 모퉁이를 돌아서 오고 있었다. 그는 이제 파란색 자루를 어깨에 둘러

멘 채, 근면하고 정직한 표정을 그의 눈빛에 가득 담고서는 트랩 씨의 양복점까지 명랑하고 활기차게 나아가고자 하는 결심을 걸음걸이에 역력히 드러내고 있었다. 그러더니 그는 짐짓 나를 알아보고는 충격에 사로잡히며 아까처럼 극심한 발작을 일으키는 것이었다. 하지만 이번에 그의 움직임은 빙글빙글 도는 쪽이었는데, 그는 내 주위를 비틀거리며 뱅뱅 돌면서 아까보다 더 심하게 무릎을 떨어 대는 동시에 마치 자비를 간청하는 것처럼 두 손을 하늘로 쳐들었다. 이렇게 괴로워하는 그의 연기는 한 떼의 구경꾼들에게 더없이 큰 즐거움을 안겨 주며 환호를 받았으며, 그동안 나는 극도의 당혹감에 휩싸이고 말았다.

거리를 따라 계속 걸어가던 나는 우체국에 채 이르기도 전에 또다시 트랩 씨의 점원이 뒷골목으로 돌아와 저 앞에서 뛰쳐나오는 것을 보았다. 이번에는 완전히 다른 모습이었다. 그는 자신의 파란색 자루를 내 두꺼운 외투처럼 어깨에 걸치고는, 길 건너편의 포장된 인도를 따라 내 쪽으로 으스대며 걸어오고 있었다. 그의 뒤에는 한 무리의 조무래기들이 즐거워하며 따라오고 있었는데, 그들에게 그는 이따금씩 손을 휘두르며 "난 너희 같은 놈들은 몰라!" 하고 큰 소리로 외치곤 했다. 그 어떤 말로도 다음 순간 내가 트랩 씨의 점원한테 당한 모욕과 고통의 양을 표현할 수 없다. 그는 나와 평행하게 교차하며 지나치는 순간, 자신의 셔츠 목깃을 잡아 올리고 옆머리를 비비 꼬더니 한 팔을 옆구리에 댄 채 능글맞은 웃음을 철철 넘치게 지어 보였다. 그러고는 양 팔꿈치와 몸통을 꿈틀꿈틀 비틀어 대며 느린 말투로 뒤따라 온 꼬맹이들한테 "난 너희 같은 놈들은 몰라, 맹세코 너희 같은 놈들은 몰라, 모른다고!"라고 지껄였다. 이 바로 직후 그는 수탉 울음소리를 내기 시작하더니 다리 건너서까지 나를 따라 오며 내가 대장장이였을 때 나와 알고 지냈던 수탉이 극도로 낙심하여 내는 것 같은 그 소리를 계속 질러 댔다. 이로 인해 겪은 수모는 내가 그날 읍내를 떠나면서, 아니 좀 더 정확히 말하자면, 읍내에서 쫓겨나듯이 탁 트인 시골로 도망쳐 나오면서 받은 수모의 절정을 이루는 것이었다.

그러나 트랩 씨의 점원의 목숨을 끊어 버렸다면 모를까 그렇지 않고서, 내가 그날 할 수 있는 것이 참고 견디는 것 말고 과연 또 뭐가 있을 수 있었겠는지 나는 지금도 정말 모르겠다. 길거리에서 그와 맞붙어 싸운다든가, 뜨거운 심장의 피가 아닌 다른 저급한 보상을 그에게 강제로 받아 낸다든가 하는 것들은 창피하고 하찮은 짓이었을 것이다. 게다가 그는 누구한테서도 해를 당하지 않을 녀석이었다. 그는 뱀처럼 잘 피하여 도저히 해칠 수 없는, 그래서 구석에 몰리면 자기를 붙잡으려는 사람의 두 다리 사이로 다시 잽싸게 도망쳐 나가며 경멸에 찬 소리를 질러 대는 그런 존재였다. 하지만 나는 다음 날 트랩 씨에게 편지를 써서 우편으로 보냈다. 핍 씨는 점잖은 모든 사람의 마음에 혐오감을 불러일으키는 소년을 고용할 만큼 사회의 최상층에게 입은 은혜를 잊은 사람과는 더 이상의 거래를 거부할 수밖에 없노라고 말이다.

머지않아 마차가 재거스 씨를 안에 태운 채 뒤따라왔고, 나는 다시 마부 옆자리에 올라탔다. 그리고 런던에 무사히 — 하지만 내 따뜻한 가슴을 상실했으므로 건강하지는 않게 — 도착했다. 런던에 도착하자마자 나는 속죄 삼아 (내가 방문하지 않은 것에 대한 보상으로) 조에게 대구와 한 통의 굴을 보냈다. 그리고는 바너드 여관으로 갔다.

허버트가 차가운 고기 요리로 저녁 식사를 하고 있다가 반갑게 나를 맞아 주었다. 커피 하우스에 가서 추가로 식사를 가져오도록 원수 같은 녀석을 보냈을 때, 나는 내 단짝 친구인 허버트에게 바로 그날 저녁 내 속마음을 꼭 털어놓고 싶다는 마음이 간절해졌다. 원수 같은 그 녀석이 복도에 있는 상황에서 — 복도는 열쇠 구멍으로 엿들을 수 있는 붙박이 방이나 다름없었다. — 비밀 이야기란 전혀 불가능한 일이었으므로 나는 그 녀석을 연극이나 보러 가라고 내보냈다. 그 녀석에게 내가 마치 노예처럼 고통스럽게 속박되어 있다는 증거로, 그 녀석에게 일거리를 주기 위해 내가 온갖 궁리를 다해 이런저런 한심한 방편을 끊임없이 찾아내야 했다는 사실보다 더 적절한 것은 아마 없을 것이다. 그런 궁리가 얼마나 창피스러운 경지까지 갔느냐 하면, 이따금 그를 시계가 있는 하이드 파크의 한 모퉁이로 보내서 몇 시나 되었는지 알아보고 오게까지 했을 정도다.

식사가 끝나고 우리가 벽난로 철망 위에다 발을 올려놓고 앉았을 때, 나는 허버트에게 말했다. "내 다정한 친구 허버트, 너한테 하고 싶은 아주 특별한 이야기가 있어."

"내 다정한 친구 헨델." 그는 대답했다. "나에 대한 네 신뢰를 고맙게 여기며 네 말을 존중해서 잘 들을게."

"이건 나 자신과 관련된 이야기야, 허버트." 나는 말했다. "그리고 다른 한 사람과도 관련된 것이야."

허버트는 두 다리를 꼰 다음 머리를 한쪽으로 기울인 채 난롯불을 바라보았다. 그러고는 얼마 동안 그렇게 바라보며 헛되이 기다리다가는 나를 쳐다보고 말았는데, 그것은 내가 말을 계속하지 않았기 때문이다.

"허버트." 나는 그의 무릎에 내 손을 얹으며 말했다. "나는 에스텔러를, 사랑해, 아니 숭배해."

놀라서 못 박힌 듯 얼어붙는 대신에 편안하고 아무렇지도 않은 태도로 허버트는 대답했다. "그래, 바로 그거야. 그런데?"

"아니, 허버트? 그것밖에 할 말이 없니? '그런데?'라고 말이야?"

"내 말은, 그래서 다음 내용이 뭐냐 이거야. 네가 그렇다는 건 이미 내가 당연히 알고 있는 사실이니까 말이야."

"그걸 넌 어떻게 알았니?" 나는 말했다.

"어떻게 알았냐고, 헨델? 아니, 그거야 너한테 들어서지."

"난 너한테 한 번도 그런 말을 한 적이 없는데."

"말한 적이 없다고! 아니, 네가 머리를 깎았을 때 그걸 네가 말해 줘야만 내가 알아차리니? 나한테는 감각이 없니? 내가 너를 알게 된 이래로 너는 언제나 에스텔러를 숭배해 왔어. 너는 네 여행 가방과 함께 네 그 숭배도 이리로 함께 들고 왔어. 말한 적이 없다고! 너는 언제나 나에게 말했어, 하루 종일 말이야. 네가 너의 과거 이야기를 했을 때 너는 이미 나한테 명백하게 드러내보였어. 정말 아주 어렸을 때 그녀를 처음 본 순간부터 그녀를 숭배하기 시작했다는 것을 말이야."

"그래, 좋아." 몰랐던 사실이지만 나는 그게 그리 싫지만은 않았다. "나는 조금도 변함없이 그녀를 줄곧 숭배해 왔어. 그런데 그녀가 돌아왔어. 지극히 아름답고 우아한 여인이 되어서 말이야. 그리고 나는 어제 그녀를 만났어. 그리고 내가 전에 그녀를 그냥 숭배했다면 지금은 그 두 배나 더 숭배해."

"그렇다면, 헨델." 허버트는 말했다. "네가 바로 그녀의 배필로 선택되고 예정되었다는 것은 너한테 행운이구나. 우리 둘 사이에 그 사실에 대해서 조금도 의심이 있을 수 없다는 것 정도는 네 그 금지된 조항을 어기는 것 없이 말할 수 있겠지? 하지만 네 숭배에 대해 에스텔러는 어떻게 생각하는지 넌 알고 있니?"

나는 우울하게 고개를 가로저었다. "아! 그녀는 나와 수천 킬로미터나 떨어진 존재야." 나는 말했다.

"인내심이 필요해, 헨델. 시간은 충분해, 시간은 말이야. 하지만 너는 말하고 싶은 게 더 있지?"

"그걸 말하기가 좀 부끄러워." 나는 대답했다. "하지만 그걸 말하는 것이 그걸 마음속에 담고 있는 것보다 더 힘든 일도 아니야. 너는 나를 행운아라고 불렀어. 물론 나는 행운아야. 난 엊그제까지만 해도 대장장이 소년이었지. 그런데 지금은, 뭐라고 말할까? 그러니까 뭐냐면……."

"좋은 사람이 되어 있다고 하렴. 적절한 표현이 필요하다면 말이야." 허버트는 내 손등을 두드리고 미소를 지으며 말했다. "격정과 망설임, 대담함과 소심함, 행동과 몽상 등이 묘하게 뒤섞여 있는 좋은 사람 말이야."

나는 잠시 말을 멈추고 정말로 그런 것들이 내 성격에 뒤섞여 있는지 생각해 보았다. 전체적으로 볼 때 그런 분석은 나에게 전혀 맞지 않는 것으로 생각되었지만 그걸 굳이 반박하고 싶은 마음은 들지 않았다.

"내가 지금의 나를 뭐라고 부를까 망설였을 때 나는 이미 마음속의 생각을 어느 정도 내비친 셈이야, 허버트." 나는 말을 이었다. "너는 내가 운이 좋다고 말했어. 내 신분의 상승을 위해

나 자신이 한 일은 아무것도 없다는 사실, 즉 내 신분이 상승한 것은 오직 행운의 여신 덕분이라는 사실을 나는 잘 알고 있어. 그런 점에서 나는 정말로 운이 아주 좋은 셈이지. 하지만 내가 에스텔러에 대해 생각할 때는…….”

(“네가 에스텔러 생각을 안 할 때가 언제 있을까!” 허버트가 시선을 난롯불로 향한 채 덧붙였다. 그것은 공감에서 우러나온 친절한 말로 여겨졌다.)

“그럴 때면 말이야, 내 다정한 허버트, 내가 남에게 의존하는 얼마나 불확실한 존재인가, 그리고 수많은 우연의 영향을 얼마나 받기 쉬운 존재인가 하는 것을 말할 수 없이 절실하게 느끼게 돼. 네가 조금 전에 그랬듯이 나도 금지된 조항을 건드리지 않고 말하겠는데, 내 장래의 모든 상속 가능성은 (이름을 거론하지 않겠지만) 어떤 한 사람의 변함없는 마음에 전적으로 달려 있어. 그런데 상속받을 것이 과연 무엇인지에 대해서는 고작 아주 막연하게 알고만 있을 뿐이니 정말이지 그 얼마나 불분명하고 불만스러운 일이냐 이 말이야!” 이렇게 말함으로써 나는 그동안 줄곧 내 마음을 다소간, 물론 어제부터는 특히 더 많이, 사로잡아 왔던 생각을 털어놓을 수 있었다.

“들어봐, 헨델.” 허버트가 특유의 명랑하고 낙천적인 태도로 대답했다. “내가 보기에, 애정 때문에 낙심해 있을 때 우리는 주어진 상황을 확대경으로 들여다보고는 흠을 잡는 경향이 있는 것 같아. 마찬가지로 또 내가 보기에, 그렇게 확대경으로 집중해서 살펴볼 때 우리는 그 상황의 가장 좋은 면 가운데 하나를 완전히 간과해 버리는 경향이 있는 것 같아. 너는 나한테 분명히 말했어, 네 후견인인 재거스 씨가 너는 단순히 유산 상속의 가능성만 주어진 것이 아니라고 처음부터 너한테 말했다고 말이야. 설령 그가 너에게 그렇게 말하지 않았다고 치자, 물론 이건 아주 큰 가정이라는 걸 인정하고서 하는 말인데, 너는 런던에 사는 그 모든 사람들 중 바로 재거스 씨 같은 사람이, 자기 일에 대한 확신도 없이 너와 지금처럼 관계를 유지할 사람이라고 생각할 수 있니?"

나는 그의 말이 매우 설득력 있다는 것을 부정할 수 없노라고 말했다. 그렇게 말하는 나의 태도는 (그런 경우에 사람들이 자주 그러듯이) 진실과 정의를 다소 마지못해 인정하는 태도와 같았다. 마치 그걸 부정하고 싶은 것처럼 말이다!

"나 자신도 내 말이 정말로 설득력 있는 것이었다고 생각해." 허버트는 말했다. "아마 그것보다 더 설득력 있는 말을 네가 생각해서 반박하기는 어려울걸. 그 나머지에 대해서는 너는 네 후견인이 말해 줄 때까지 기다려야만 해. 네 후견인도 그의 의뢰인이 말해 줄 때까지 기다려야만 하는 거고 말이야. 너는 미처 네가 의식하기도 전에 곧 스물한 살이 될 거야. 그러면 아마 너는 뭔가 좀 더 알게 되는 것이 있을 거야. 하여튼 네가 사실을 알게 되는 날은 하루하루 점점 가까워지고 있는 거야. 언젠가는 마침내 올 수밖에 없는 것이니까 말이야."

"너는 어쩌면 그렇게도 낙천적인 성격이니!" 나는 그의 쾌활한 태도를 고마운 마음으로 찬미하면서 말했다.

"난 그럴 수밖에 없어." 허버트는 말했다. "난 그것 말고는 가진 게 별로 없거든. 그런데 말이야, 방금 내가 말한 것에 담긴 분별력은 나 자신의 것이 아니라 우리 아버지의 것이라는 것을 나는 인정해야 해. 우리 아버지께서 네 이야기에 대해 하신 말씀은 딱 한마디였는데 그것은 다음과 같이 결정적인 것이었어. '그 일은 더 이상 논의의 여지가 없이 확정된 일이다. 그렇지 않으면 재거스 씨는 그 일에 관여하지 않을 거다.' 그런데 자, 내가 우리 아버지나 그의 아들인 나 자신에 대해서 좀 더 말하기 전에, 그리고 네 고백에 대해 내 고백으로 보답을 하기 전에, 나는 먼저 잠시 동안 너한테 몹시 불쾌하게 굴고자 해. 정말로 혐오스럽게 말이야."

"너는 절대 그렇게 하지 못할걸." 나는 말했다.

"천만에, 난 그럴 수 있어." 그는 말했다. "하나, 둘, 셋, 자 각오해, 시작한다. 이보게, 내 좋은 친구 헨델." 비록 이렇게 가벼운 어조로 말하긴 했지만 그는 지극히 진지한 태도였다. "우리가 이 난로 철망에 발을 올려놓고 이야기를 시작한 이래로 나는 이렇게 생각했어. 만약 네 후견인이 에스텔러를 언급한 적이 한 번도 없다면 그녀는 분명코 네 상속의 조건이 될 수가 없다고 말이야. 네가 나에게 말한 것을 내가 제대로 이해했다면 네 후견인은 직접적이든 간접적이든 어떤 식으로도 그녀를 한 번도 언급한 적이 없는 걸로 알고 있는데 맞니? 심지어 어떤 암시, 가령, 네 은인이 궁극적으로 네 결혼에 대한 어떤 생각을 하고 있을지도 모른다든가 하는 것 같은 암시조차 전혀 하지 않은 걸로 알고 있는데 맞니?"

"그래, 전혀 그런 적이 없었어."

"그럼, 헨델. 내 영혼과 명예를 걸고 맹세하건대, 못 먹는 포도라고 나쁘게 말하는 게 전혀 아닌, 진심으로 하는 말이니 잘 들어 줘! 네가 어떤 조건으로 그녀한테 묶여 있는 것이 아니니까, 너는 그녀에 대한 애정을 버리고 멀리할 수는 없겠니? 자, 내가 아주 불쾌하게 굴 거라고 이미 말했지?"

나는 고개를 돌렸다. 왜냐하면 어떤 한 감정이, 바다에서 불어오는 옛 고향 습지의 바람처럼, 쇄도하듯 몰아치며 내 가슴을 엄습했기 때문이다. 그것은 내가 고향 대장간을 떠나던 날 아침, 안개가 장엄하게 걷히는 가운데 내가 마을 입구의 길 안내판 기둥에 손을 얹었을 때 나를 사로잡았던 것과 똑같은 감정이었다. 우리 둘 사이에는 잠시 침묵이 흘렀다.

"그래 맞아. 하지만 내 다정한 친구 헨델," 허버트는 마치 우리가 침묵하지 않고 이야기를 계속해 온 것처럼 말을 이었다. "천성적으로, 그리고 환경에 의해 몹시 낭만적이게 된 한 소년의 가슴에 그토록 단단히 뿌리박고 있다는 사실 때문에 그것은 매우 심각한 문제가 되는 거야. 그녀가 어떻게 자랐는지, 그리고 미스 해비셤이 누군지 한번 생각해 봐. 그녀가 정말 어떤 여자인지 한번 생각해 봐. (자, 이제 너는 내가 혐오스러워서 증오하겠지.) 너의 이 사랑은 비참한 결과에 이를 가능성이 커."

"나도 그걸 알아, 허버트." 나는 여전히 고개를 돌린 채 말했다. "하지만 난 어쩔 수 없어."

"그녀를 멀리할 수 없다는 거니?"

"그래. 불가능한 일이야!"

"시도조차 해 볼 수 없는 거니, 헨델?"

"그래. 불가능한 일이야!"

"그렇다면, 좋아!" 허버트는 그렇게 말하더니 마치 잠이라도 자고 난 것처럼 고개를 기운차게 한바탕 흔들어 대며 자리에서 일어났다. 그러고는 난롯불을 휘적거렸다. "자, 이제부터 나는 다시 유쾌한 존재가 되도록 노력하겠어!"

그리하여 그는 방 안을 돌아다니며 커튼을 당겨 잘 펼쳐 놓고, 의자들을 제자리에 갖다놓고, 책과 그 밖의 흩어져 있는 것들을 정돈하고, 복도를 내다보고, 편지함을 들여다보고, 방문을 닫고 등등을 한 다음, 난롯불 옆의 자기 의자로 돌아왔다. 그러고는 거기에 앉아서 자기 왼 다리를 두 팔로 껴안았다.

"우리 아버지와 그의 아들인 나와 관련해 아까 한두 마디 하려던 걸 이제 이야기할게, 헨델. 유감스럽게도, 우리 아버지의 가정이 살림살이 면에서 별로 훌륭하지 못하다는 것은 그의 아들인 내가 따로 말할 필요가 없는 자명한 사실이야."

"그래도 언제나 넉넉하잖아, 허버트." 나는 뭔가 고무적인 것을 말하려는 뜻에서 그렇게 말했다.

"아, 정말 그래! 쓰레기 치우는 사람도 그렇게 말한단다. 내가 믿기에, 그걸 지극히 환영하면서 말이야. 그리고 뒷거리에 있는 중고품 가게 주인 역시 그렇게 말한단다. 심각하게 말하건대, 왜냐하면 이건 충분히 심각한 문제거든, 헨델, 너도 사정이 어떤지 나만큼 잘 알고 있지. 내 생각에 우리 아버지가 상황을 포기하지 않았던 때가 없지는 않았어. 하지만 그런 때가 있었다 하더라도 이젠 그런 때는 다 지나가고 없어. 이런 걸 물어봐도 될지 모르겠는데, 혹시 네 고향 시골 지역에서 너는 잘 어울리지 않는 부부 사이에 생긴 자식들은 언제나 결혼하고 싶어서 유별나게 안달한다는 사실을 알아차릴 기회가 있었니?"

이것은 정말로 아주 특이한 질문이었으므로 나는 대답 대신 그에게 물었다. "그게 정말이니?"

"나도 잘 모르겠어." 허버트는 말했다. "내가 알고 싶은 것도 바로 그거야. 왜냐하면 우리 형제들의 경우 확실히 그렇거든. 내 바로 손아래 누이동생으로 열네 살도 못 되어 죽은 불쌍한 샬럿의 경우가 두드러진 한 예야. 꼬마 제인도 마찬가지야. 결혼하여 가정을 꾸리고자 하는 열망에 사로잡힌 그 아이는 그동안의 짧은 인생을 가정의 행복에 대한 끝없는 명상을 하며 다 보냈다고 해도 과언이 아닐 거야. 아동복을 입고 있는 꼬마 앨릭조차도 이미 큐*에 사는, 자기와 어울리는 어린 소녀와 결혼 약속을 이미 해 놓은 상태야. 정말이지 우리 형제들은 갓난아기만 빼고 모두 약혼했다고 할 수 있어."

"그럼 너도 약혼한 거니?" 나는 말했다.

"그래." 허버트는 말했다. "하지만 이건 비밀이야."

나는 비밀을 지키겠다고 그에게 다짐하고는 좀 더 상세히 이야기해 달라고 그에게 부탁했다. 그가 아까 내 어리석은 사랑에 대해 매우 분별력 있게 공감하며 이야기해 주었기 때문에 나는 그의 견실한 사랑에 대해 다소간 알고 싶었다.

"이름을 물어봐도 되겠니?" 나는 말했다.

"클래러라고 해." 허버트가 말했다.

"런던에 사니?"

"응. 그리고 미리 말해 두는 게 좋을 듯한데……." 허버트는 말했다. 그런데 그는 우리가 이 흥미로운 주제를 이야기하기 시작한 이래 묘하게도 풀이 죽고 기운 없는 모습이 되어 있었다. "그녀는 우리 어머니의 터무니없는 가문(家門) 관념에는 좀 못 미치는 아가씨야. 그녀의 아버지는 여객선의 식품 조달과 관련된 일을 했어. 아마 선박의 사무장 같은 일을 했던 것 같아."

* 런던 근교에 있는 지역 이름.

"지금은 무엇을 하는데?" 나는 물었다.

"지금은 병자야." 허버트는 대답했다.

"그럼 생활은 어떻게?"

"2층에서 생활하고 있어." 허버트는 말했다. 그 말은 내가 의도한 것이 전혀 아니었다. 내가 하려던 질문은 그의 생계 수단에 관한 것이었기 때문이다. "나는 그를 한 번도 만나 본 적이 없어. 왜냐하면 그는 늘 2층의 자기 방에만 있거든. 적어도 내가 클래러를 알게 된 이후로는 말이야. 하지만 그의 소리는 끊임없이 늘 들을 수 있어. 그는 엄청나게 큰 소란을 피우는데, 고함을 치고 어떤 무서운 도구로 방바닥을 쾅쾅 찍어 대곤 해." 허버트는 나를 바라보다가 한바탕 마음껏 소리 내어 웃더니, 잠시 동안 여느 때와 같은 활기 찬 태도를 되찾았다.

"그를 만나 볼 기대는 하지 않니?" 나는 말했다.

"물론 하지. 나는 항상 그를 만나 볼 거라는 기대에 차 있단다." 허버트는 대답했다. "왜냐하면 그가 내는 소리를 들을 때마다 나는 금세라도 그가 천장을 뚫고 굴러떨어지지 않을까 하는 기대를 하거든. 서까래가 얼마나 오래 버틸지는 잘 모르겠지만 말이야."

그는 다시 한 번 마음껏 소리 내어 웃었다. 그러더니 다시금 기운 없는 모습이 되어, 자본만 마련할 수 있으면 즉시 이 젊은 숙녀와 결혼할 작정이라고 말했다. 그러면서 그는 우울한 기분을 일으키는 하나의 자명한 명제처럼 이렇게 덧붙였다. "너도 알다시피, 아직 주변을 살피고 있는 동안은 결혼할 수 없으니까 말이야."

그와 함께 난롯불을 물끄러미 바라보며 그가 말한 이 자본이란 것을 실현한다는 일이 때때로 얼마나 어려운 일인가 하는 생각을 하면서, 나는 두 손을 호주머니에 집어넣었다. 문득 호주머니에 들어 있는 접힌 종이쪽지 하나가 내 주의를 끌었다. 꺼내서 펴 보니 조한테서 받았던, '로시우스 같은 명성을 지닌 유명한 지방 아마추어 연기자'에 관련된 연극 광고지였다. "아니, 이런!" 나는 나도 모르게 큰 소리로 덧붙였다. "이건 바로 오늘이잖아!"

이로 인해 우리의 화제는 순식간에 바뀌고 말았는데, 우리는 곧 이 연극을 보러 가기로 결정했다. 그리하여 나는 먼저 허버트의 애정 문제에 있어서 현실적이든 비현실적이든 모든 수단을 다해 그를 격려하고 지원하겠다고 맹세했고, 이어 허버트도 자신의 약혼녀가 이미 내 이야기를 많이 들어서 나를 잘 알고 있으며 곧 그녀에게 나를 소개해 주겠다고 말했다. 그리고 우리는 둘이 서로 믿고 속마음을 털어놓은 것에 대해 뜨겁게 악수를 나눈 다음, 촛불을 끄고 난롯불을 잘 지펴 놓고 문을 잠가 놓은 뒤 웝슬 씨와 덴마크*를 찾아 밖으로 달려 나갔다.

〈2권에서 계속〉

---

* 웝슬 씨가 공연하는 작품이 셰익스피어의 『햄릿』인데 그 배경이 덴마크이므로, 연극이 공연되는 극장을 이렇게 비유적으로 표현한 것임.

세계문학전집 212

위대한 유산 1

1판 1쇄 펴냄 2009년 6월 30일
1판 42쇄 펴냄 2024년 3월 26일

지은이 찰스 디킨스
옮긴이 이인규
발행인 박근섭, 박상준
펴낸곳 (주)민음사

출판등록 1966. 5. 19. (제 16-490호)
서울특별시 강남구 도산대로1길 62(신사동) 강남출판문화센터 5층 (우편번호 06027)
대표전화 02-515-2000 팩시밀리 02-515-2007
www.minumsa.com

ISBN 978-89-374-6212-2 04800
ISBN 978-89-374-6000-5 (세트)

* 잘못 만들어진 책은 구입처에서 교환해 드립니다.

민음사 세계문학전집

세계문학전집 목록

51·52 **내 이름은 빨강** 파묵·이난아 옮김 노벨 문학상 수상 작가
53 **오셀로** 셰익스피어·최종철 옮김 서울대 권장도서 100선
54 **조서** 르 클레지오·김윤진 옮김 노벨 문학상 수상 작가
55 **모래의 여자** 아베 코보·김난주 옮김
56·57 **부덴브로크 가의 사람들** 토마스 만·홍성광 옮김 노벨 문학상 수상 작가
58 **싯다르타** 헤세·박병덕 옮김 노벨 문학상 수상 작가
59·60 **아들과 연인** 로렌스·정상준 옮김 《뉴스위크》 선정 100대 명저
61 **설국** 가와바타 야스나리·유숙자 옮김 노벨 문학상 수상 작가 | 서울대 권장도서 100선
62 **벨킨 이야기·스페이드 여왕** 푸슈킨·최선 옮김
63·64 **넙치** 그라스·김재혁 옮김 노벨 문학상 수상 작가
65 **소망 없는 불행** 한트케·윤용호 옮김 노벨 문학상 수상 작가
66 **나르치스와 골드문트** 헤세·임홍배 옮김 노벨 문학상 수상 작가
67 **황야의 이리** 헤세·김누리 옮김 노벨 문학상 수상 작가
68 **페테르부르크 이야기** 고골·조주관 옮김
69 **밤으로의 긴 여로** 오닐·민승남 옮김 노벨 문학상 수상 작가 | 미국대학위원회 선정 SAT 추천도서
70 **체호프 단편선** 체호프·박현섭 옮김
71 **버스 정류장** 가오싱젠·오수경 옮김 노벨 문학상 수상 작가
72 **구운몽** 김만중·송성욱 옮김 서울대 권장도서 100선 | 국립중앙도서관 선정 청소년 권장도서
73 **대머리 여가수** 이오네스코·오세곤 옮김
74 **이솝 우화집** 이솝·유종호 옮김 논술 및 수능에 출제된 책(1998~2005)
75 **위대한 개츠비** 피츠제럴드·김욱동 옮김 《타임》 선정 현대 100대 영문소설
76 **푸른 꽃** 노발리스·김재혁 옮김
77 **1984** 오웰·정회성 옮김 《타임》 선정 현대 100대 영문소설 | 《뉴스위크》 선정 100대 명저
78·79 **영혼의 집** 아옌데·권미선 옮김
80 **첫사랑** 투르게네프·이항재 옮김
81 **내가 죽어 누워 있을 때** 포크너·김명주 옮김 노벨 문학상 수상 작가
82 **런던 스케치** 레싱·서숙 옮김 노벨 문학상 수상 작가
83 **팡세** 파스칼·이환 옮김
84 **질투** 로브그리예·박이문, 박희원 옮김
85·86 **채털리 부인의 연인** 로렌스·이인규 옮김
87 **그 후** 나쓰메 소세키·윤상인 옮김
88 **오만과 편견** 오스틴·윤지관, 전승희 옮김 미국대학위원회 선정 SAT 추천도서
89·90 **부활** 톨스토이·연진희 옮김 논술 및 수능에 출제된 책(1998~2005)
91 **방드르디, 태평양의 끝** 투르니에·김화영 옮김
92 **미겔 스트리트** 나이폴·이상옥 옮김 노벨 문학상 수상 작가
93 **페드로 파라모** 룰포·정창 옮김
94 **차라투스트라는 이렇게 말했다** 니체·장희창 옮김 국립중앙도서관 선정 청소년 권장도서
95·96 **적과 흑** 스탕달·이동렬 옮김 국립중앙도서관 선정 청소년 권장도서
97·98 **콜레라 시대의 사랑** 마르케스·송병선 옮김 노벨 문학상 수상 작가 | BBC 선정 꼭 읽어야 할 책
99 **맥베스** 셰익스피어·최종철 옮김 서울대 권장도서 100선 | 미국대학위원회 선정 SAT 추천도서
100 **춘향전** 작자 미상·송성욱 풀어 옮김 서울대 권장도서 100선
101 **페르디두르케** 곰브로비치·윤진 옮김
102 **포르노그라피아** 곰브로비치·임미경 옮김
103 **인간 실격** 다자이 오사무·김춘미 옮김
104 **네루다의 우편배달부** 스카르메타·우석균 옮김

105·106 **이탈리아 기행** 괴테·박찬기 외 옮김
107 **나무 위의 남작** 칼비노·이현경 옮김
108 **달콤 쌉싸름한 초콜릿** 에스키벨·권미선 옮김
109·110 **제인 에어** C. 브론테·유종호 옮김 BBC 선정 꼭 읽어야 할 책
111 **크눌프** 헤세·이노은 옮김 노벨 문학상 수상 작가
112 **시계태엽 오렌지** 버지스·박시영 옮김 《타임》 선정 현대 100대 영문소설 | 《뉴스위크》 선정 100대 명저
113·114 **파리의 노트르담** 위고·정기수 옮김 미국대학위원회 선정 SAT 추천도서
115 **새로운 인생** 단테·박우수 옮김
116·117 **로드 짐** 콘래드·이상옥 옮김 《뉴스위크》 선정 100대 명저
118 **폭풍의 언덕** E. 브론테·김종길 옮김 미국대학위원회 선정 SAT 추천도서
119 **텔크테에서의 만남** 그라스·안삼환 옮김 노벨 문학상 수상 작가
120 **검찰관** 고골·조주관 옮김
121 **안개** 우나무노·조민현 옮김
122 **나사의 회전** 제임스·최경도 옮김 미국대학위원회 선정 SAT 추천도서
123 **피츠제럴드 단편선 1** 피츠제럴드·김욱동 옮김
124 **목화밭의 고독 속에서** 콜테스·임수현 옮김
125 **돼지꿈** 황석영
126 **라셀라스** 존슨·이인규 옮김
127 **리어 왕** 셰익스피어·최종철 옮김 서울대 권장도서 100선 | 《뉴스위크》 선정 100대 명저
128·129 **쿠오 바디스** 시엔키에비츠·최성은 옮김 노벨 문학상 수상 작가
130 **자기만의 방·3기니** 울프·이미애 옮김
131 **시르트의 바닷가** 그라크·송진석 옮김
132 **이성과 감성** 오스틴·윤지관 옮김
133 **바덴바덴에서의 여름** 치프킨·이장욱 옮김
134 **새로운 인생** 파묵·이난아 옮김 노벨 문학상 수상 작가
135·136 **무지개** 로렌스·김정매 옮김
137 **인생의 베일** 서머싯 몸·황소연 옮김
138 **보이지 않는 도시들** 칼비노·이현경 옮김
139·140·141 **연초 도매상** 바스·이운경 옮김 《타임》 선정 현대 100대 영문소설
142·143 **플로스 강의 물방앗간** 엘리엇·한애경, 이봉지 옮김 미국대학위원회 선정 SAT 추천도서
144 **연인** 뒤라스·김인환 옮김
145·146 **이름 없는 주드** 하디·정종화 옮김
147 **제49호 품목의 경매** 핀천·김성곤 옮김 《타임》 선정 현대 100대 영문소설
148 **성역** 포크너·이진준 옮김 노벨 문학상 수상 작가 | 퓰리처상 수상 작가
149 **무진기행** 김승옥
150·151·152 **신곡(지옥편·연옥편·천국편)** 단테·박상진 옮김 《뉴스위크》 선정 100대 명저
153 **구덩이** 플라토노프·정보라 옮김
154·155·156 **카라마조프가의 형제들** 도스토옙스키·김연경 옮김
157 **지상의 양식** 지드·김화영 옮김 노벨 문학상 수상 작가
158 **밤의 군대들** 메일러·권택영 옮김 퓰리처상 수상 작가
159 **주홍 글자** 호손·김욱동 옮김 서울대 권장도서 100선 | 미국대학위원회 선정 SAT 추천도서
160 **깊은 강** 엔도 슈사쿠·유숙자 옮김
161 **욕망이라는 이름의 전차** 윌리엄스·김소임 옮김
162 **마사 퀘스트** 레싱·나영균 옮김 노벨 문학상 수상 작가
163·164 **운명의 딸** 아옌데·권미선 옮김

165 **모렐의 발명** 비오이 카사레스 · 송병선 옮김
166 **삼국유사** 일연 · 김원중 옮김 서울대 권장도서 100선
167 **풀잎은 노래한다** 레싱 · 이태동 옮김 노벨 문학상 수상 작가
168 **파리의 우울** 보들레르 · 윤영애 옮김
169 **포스트맨은 벨을 두 번 울린다** 케인 · 이만식 옮김
170 **썩은 잎** 마르케스 · 송병선 옮김 노벨 문학상 수상 작가
171 **모든 것이 산산이 부서지다** 아체베 · 조규형 옮김 《타임》 선정 현대 100대 영문소설
172 **한여름 밤의 꿈** 셰익스피어 · 최종철 옮김 미국대학위원회 선정 SAT 추천도서
173 **로미오와 줄리엣** 셰익스피어 · 최종철 옮김 미국대학위원회 선정 SAT 추천도서
174·175 **분노의 포도** 스타인벡 · 김승욱 옮김 노벨 문학상 수상 작가 | 《타임》 선정 현대 100대 영문소설
176·177 **괴테와의 대화** 에커만 · 장희창 옮김
178 **그물을 헤치고** 머독 · 유종호 옮김 《타임》 선정 현대 100대 영문소설
179 **브람스를 좋아하세요...** 사강 · 김남주 옮김
180 **카타리나 블룸의 잃어버린 명예** 하인리히 뵐 · 김연수 옮김 노벨 문학상 수상 작가
181·182 **에덴의 동쪽** 스타인벡 · 정회성 옮김 노벨 문학상 수상 작가
183 **순수의 시대** 워튼 · 송은주 옮김 《뉴스위크》 선정 100대 명저 | 퓰리처상 수상작
184 **도둑 일기** 주네 · 박형섭 옮김
185 **나자** 브르통 · 오생근 옮김
186·187 **캐치-22** 헬러 · 안정효 옮김 《타임》 선정 현대 100대 영문소설
188 **숄로호프 단편선** 숄로호프 · 이항재 옮김 노벨 문학상 수상 작가
189 **말** 사르트르 · 정명환 옮김
190·191 **보이지 않는 인간** 엘리슨 · 조영환 옮김 《타임》 선정 현대 100대 영문소설
192 **왑샷 가문 연대기** 치버 · 김승욱 옮김 퓰리처상 수상 작가
193 **왑샷 가문 몰락기** 치버 · 김승욱 옮김 퓰리처상 수상 작가
194 **필립과 다른 사람들** 노터봄 · 지명숙 옮김
195·196 **하드리아누스 황제의 회상록** 유르스나르 · 곽광수 옮김
197·198 **소피의 선택** 스타이런 · 한정아 옮김 퓰리처상 수상 작가
199 **피츠제럴드 단편선 2** 피츠제럴드 · 한은경 옮김
200 **홍길동전** 허균 · 김탁환 옮김
201 **요술 부지깽이** 쿠버 · 양윤희 옮김
202 **북호텔** 다비 · 원윤수 옮김
203 **톰 소여의 모험** 트웨인 · 김욱동 옮김
204 **금오신화** 김시습 · 이지하 옮김
205·206 **테스** 하디 · 정종화 옮김 미국대학위원회 선정 SAT 추천도서 | BBC 선정 꼭 읽어야 할 책
207 **브루스터플레이스의 여자들** 네일러 · 이소영 옮김
208 **더 이상 평안은 없다** 아체베 · 이소영 옮김
209 **그레인지 코플랜드의 세 번째 인생** 워커 · 김시현 옮김 퓰리처상 수상 작가
210 **어느 시골 신부의 일기** 베르나노스 · 정영란 옮김
211 **타라스 불바** 고골 · 조주관 옮김
212·213 **위대한 유산** 디킨스 · 이인규 옮김 서울대 권장도서 100선 | BBC 선정 꼭 읽어야 할 책
214 **면도날** 서머싯 몸 · 안진환 옮김
215·216 **성채** 크로닌 · 이은정 옮김
217 **오이디푸스 왕** 소포클레스 · 강대진 옮김 서울대 권장도서 100선
218 **세일즈맨의 죽음** 밀러 · 강유나 옮김
219·220·221 **안나 카레니나** 톨스토이 · 연진희 옮김 서울대 권장도서 100선

222 **오스카 와일드 작품선** 와일드 · 정영목 옮김
223 **벨아미** 모파상 · 송덕호 옮김
224 **파스쿠알 두아르테 가족** 호세 셀라 · 정동섭 옮김 노벨 문학상 수상 작가
225 **시칠리아에서의 대화** 비토리니 · 김운찬 옮김
226·227 **길 위에서** 케루악 · 이만식 옮김 《타임》 선정 현대 100대 영문소설 | 《뉴스위크》 선정 100대 명저
228 **우리 시대의 영웅** 레르몬토프 · 오정미 옮김
229 **아우라** 푸엔테스 · 송상기 옮김
230 **클링조어의 마지막 여름** 헤세 · 황승환 옮김 노벨 문학상 수상 작가
231 **리스본의 겨울** 무뇨스 몰리나 · 나송주 옮김
232 **뻐꾸기 둥지 위로 날아간 새** 키지 · 정회성 옮김 《타임》 선정 현대 100대 영문소설
233 **페널티킥 앞에 선 골키퍼의 불안** 한트케 · 윤용호 옮김 노벨 문학상 수상 작가
234 **참을 수 없는 존재의 가벼움** 쿤데라 · 이재룡 옮김
235·236 **바다여, 바다여** 머독 · 최옥영 옮김
237 **한 줌의 먼지** 에벌린 워 · 안진환 옮김 《타임》 선정 현대 100대 영문소설
238 **뜨거운 양철 지붕 위의 고양이 · 유리 동물원** 윌리엄스 · 김소임 옮김 퓰리처상 수상작
239 **지하로부터의 수기** 도스토옙스키 · 김연경 옮김
240 **키메라** 바스 · 이운경 옮김
241 **반쪼가리 자작** 칼비노 · 이현경 옮김
242 **벌집** 호세 셀라 · 남진희 옮김 노벨 문학상 수상 작가
243 **불멸** 쿤데라 · 김병욱 옮김
244·245 **파우스트 박사** 토마스 만 · 임홍배, 박병덕 옮김 노벨 문학상 수상 작가
246 **사랑할 때와 죽을 때** 레마르크 · 장희창 옮김
247 **누가 버지니아 울프를 두려워하랴?** 올비 · 강유나 옮김
248 **인형의 집** 입센 · 안미란 옮김
249 **위폐범들** 지드 · 원윤수 옮김 노벨 문학상 수상 작가
250 **무정** 이광수 · 정영훈 책임 편집 서울대 권장도서 100선
251·252 **의지와 운명** 푸엔테스 · 김현철 옮김
253 **폭력적인 삶** 파솔리니 · 이승수 옮김
254 **거장과 마르가리타** 불가코프 · 정보라 옮김
255·256 **경이로운 도시** 멘도사 · 김현철 옮김
257 **야콥을 둘러싼 추측들** 욘존 · 손대영 옮김
258 **왕자와 거지** 트웨인 · 김욱동 옮김
259 **존재하지 않는 기사** 칼비노 · 이현경 옮김
260·261 **눈먼 암살자** 애트우드 · 차은정 옮김 《타임》 선정 현대 100대 영문소설
262 **베니스의 상인** 셰익스피어 · 최종철 옮김
263 **말리나** 바흐만 · 남정애 옮김
264 **사볼타 사건의 진실** 멘도사 · 권미선 옮김
265 **뒤렌마트 희곡선** 뒤렌마트 · 김혜숙 옮김
266 **이방인** 카뮈 · 김화영 옮김 노벨 문학상 수상 작가 | 미국대학위원회 선정 SAT 추천도서
267 **페스트** 카뮈 · 김화영 옮김 노벨 문학상 수상 작가 | 국립중앙도서관 선정 청소년 권장도서
268 **검은 튤립** 뒤마 · 송진석 옮김
269·270 **베를린 알렉산더 광장** 되블린 · 김재혁 옮김
271 **하얀 성** 파묵 · 이난아 옮김 노벨 문학상 수상 작가
272 **푸슈킨 선집** 푸슈킨 · 최선 옮김
273·274 **유리알 유희** 헤세 · 이영임 옮김 노벨 문학상 수상 작가

275 **픽션들** 보르헤스 · 송병선 옮김 서울대 권장도서 100선
276 **신의 화살** 아체베 · 이소영 옮김
277 **빌헬름 텔 · 간계와 사랑** 실러 · 홍성광 옮김
278 **노인과 바다** 헤밍웨이 · 김욱동 옮김 노벨 문학상 수상 작가 | 퓰리처상 수상작
279 **무기여 잘 있어라** 헤밍웨이 · 김욱동 옮김 미국대학위원회 선정 SAT 추천도서
280 **태양은 다시 떠오른다** 헤밍웨이 · 김욱동 옮김 《타임》 선정 현대 100대 영문 소설
281 **알레프** 보르헤스 · 송병선 옮김
282 **일곱 박공의 집** 호손 · 정소영 옮김
283 **에마** 오스틴 · 윤지관, 김영희 옮김
284·285 **죄와 벌** 도스토옙스키 · 김연경 옮김 미국대학위원회 선정 SAT 추천도서
286 **시련** 밀러 · 최영 옮김
287 **모두가 나의 아들** 밀러 · 최영 옮김
288·289 **누구를 위하여 종은 울리나** 헤밍웨이 · 김욱동 옮김 노벨 문학상 수상 작가
290 **구르브 연락 없다** 멘도사 · 정창 옮김
291·292·293 **데카메론** 보카치오 · 박상진 옮김
294 **나누어진 하늘** 볼프 · 전영애 옮김
295·296 **제브데트 씨와 아들들** 파묵 · 이난아 옮김 노벨 문학상 수상 작가
297·298 **여인의 초상** 제임스 · 최경도 옮김 미국대학위원회 선정 SAT 추천도서
299 **압살롬, 압살롬!** 포크너 · 이태동 옮김 노벨 문학상 수상 작가
300 **이상 소설 전집** 이상 · 권영민 책임 편집
301·302·303·304·305 **레 미제라블** 위고 · 정기수 옮김
306 **관객모독** 한트케 · 윤용호 옮김 노벨 문학상 수상 작가
307 **더블린 사람들** 조이스 · 이종일 옮김
308 **에드거 앨런 포 단편선** 앨런 포 · 전승희 옮김 미국대학위원회 선정 SAT 추천도서
309 **보이체크 · 당통의 죽음** 뷔히너 · 홍성광 옮김
310 **노르웨이의 숲** 무라카미 하루키 · 양억관 옮김
311 **운명론자 자크와 그의 주인** 디드로 · 김희영 옮김
312·313 **헤밍웨이 단편선** 헤밍웨이 · 김욱동 옮김 노벨 문학상 수상 작가
314 **피라미드** 골딩 · 안지현 옮김 노벨 문학상 수상 작가
315 **닫힌 방 · 악마와 선한 신** 사르트르 · 지영래 옮김
316 **등대로** 울프 · 이미애 옮김 《타임》 선정 현대 100대 영문소설 | 《뉴스위크》 선정 100대 명저
317·318 **한국 희곡선** 송영 외 · 양승국 엮음
319 **여자의 일생** 모파상 · 이동렬 옮김
320 **의식** 노터봄 · 김영중 옮김
321 **육체의 악마** 라디게 · 원윤수 옮김
322·323 **감정 교육** 플로베르 · 지영화 옮김
324 **불타는 평원** 룰포 · 정창 옮김
325 **위대한 몬느** 알랭푸르니에 · 박영근 옮김
326 **라쇼몬** 아쿠타가와 류노스케 · 서은혜 옮김
327 **반바지 당나귀** 보스코 · 정영란 옮김
328 **정복자들** 말로 · 최윤주 옮김
329·330 **우리 동네 아이들** 마흐푸즈 · 배혜경 옮김 노벨 문학상 수상 작가
331·332 **개선문** 레마르크 · 장희창 옮김
333 **사바나의 개미 언덕** 아체베 · 이소영 옮김
334 **게걸음으로** 그라스 · 장희창 옮김 노벨 문학상 수상 작가

335 **코스모스** 곰브로비치 · 최성은 옮김
336 **좁은 문 · 전원교향곡 · 배덕자** 지드 · 동성식 옮김 노벨 문학상 수상 작가
337·338 **암 병동** 솔제니친 · 이영의 옮김 노벨 문학상 수상 작가
339 **피의 꽃잎들** 응구기 와 시옹오 · 왕은철 옮김
340 **운명** 케르테스 · 유진일 옮김 노벨 문학상 수상 작가
341·342 **벌거벗은 자와 죽은 자** 메일러 · 이운경 옮김 퓰리처상 수상 작가
343 **시지프 신화** 카뮈 · 김화영 옮김 노벨 문학상 수상 작가
344 **뇌우** 차오위 · 오수경 옮김
345 **모옌 중단편선** 모옌 · 심규호, 유소영 옮김 노벨 문학상 수상 작가
346 **일야서** 한사오궁 · 심규호, 유소영 옮김
347 **상속자들** 골딩 · 안지현 옮김 노벨 문학상 수상 작가
348 **설득** 오스틴 · 전승희 옮김
349 **히로시마 내 사랑** 뒤라스 · 방미경 옮김
350 **오 헨리 단편선** 오 헨리 · 김희용 옮김
351·352 **올리버 트위스트** 디킨스 · 이인규 옮김
353·354·355·356 **전쟁과 평화** 톨스토이 · 연진희 옮김
357 **다시 찾은 브라이즈헤드** 에벌린 워 · 백지민 옮김
358 **아무도 대령에게 편지하지 않다** 마르케스 · 송병선 옮김
359 **사양** 다자이 오사무 · 유숙자 옮김
360 **좌절** 케르테스 · 한경민 옮김 노벨 문학상 수상 작가
361·362 **닥터 지바고** 파스테르나크 · 김연경 옮김 노벨 문학상 수상 작가
363 **노생거 사원** 오스틴 · 윤지관 옮김
364 **개구리** 모옌 · 심규호, 유소영 옮김 노벨 문학상 수상 작가
365 **마왕** 투르니에 · 이원복 옮김 공쿠르상 수상 작가
366 **맨스필드 파크** 오스틴 · 김영희 옮김
367 **이선 프롬** 이디스 워튼 · 김욱동 옮김 퓰리처상 수상 작가
368 **여름** 이디스 워튼 · 김욱동 옮김 퓰리처상 수상 작가
369·370·371 **나는 고백한다** 자우메 카브레 · 권가람 옮김
372·373·374 **태엽 감는 새 연대기** 무라카미 하루키 · 김난주 옮김
375·376 **대사들** 제임스 · 정소영 옮김
377 **족장의 가을** 마르케스 · 송병선 옮김 노벨 문학상 수상 작가
378 **핏빛 자오선** 매카시 · 김시현 옮김
379 **모두 다 예쁜 말들** 매카시 · 김시현 옮김
380 **국경을 넘어** 매카시 · 김시현 옮김
381 **평원의 도시들** 매카시 · 김시현 옮김
382 **만년** 다자이 오사무 · 유숙자 옮김
383 **반항하는 인간** 카뮈 · 김화영 옮김 노벨 문학상 수상 작가
384·385·386 **악령** 도스토옙스키 · 김연경 옮김
387 **태평양을 막는 제방** 뒤라스 · 윤진 옮김
388 **남아 있는 나날** 가즈오 이시구로 · 송은경 옮김
389 **앙리 브륄라르의 생애** 스탕달 · 원윤수 옮김
390 **찻집** 라오서 · 오수경 옮김
391 **태어나지 않은 아이를 위한 기도** 케르테스 · 이상동 옮김 노벨 문학상 수상 작가
392·393 **서머싯 몸 단편선** 서머싯 몸 · 황소연 옮김
394 **케이크와 맥주** 서머싯 몸 · 황소연 옮김

395 **월든** 소로 · 정회성 옮김
396 **모래 사나이** E. T. A. 호프만 · 신동화 옮김
397·398 **검은 책** 오르한 파묵 · 이난아 옮김 노벨 문학상 수상 작가
399 **방랑자들** 올가 토카르추크 · 최성은 옮김 노벨 문학상 수상 작가
400 **시여, 침을 뱉어라** 김수영 · 이영준 엮음
401·402 **환락의 집** 이디스 워튼 · 전승희 옮김
403 **달려라 메로스** 다자이 오사무 · 유숙자 옮김
404 **아버지와 자식** 투르게네프 · 연진희 옮김
405 **청부 살인자의 성모** 바예호 · 송병선 옮김
406 **세피아빛 초상** 아옌데 · 조영실 옮김
407·408·409·410 **사기 열전** 사마천 · 김원중 옮김 서울대 권장도서 100선
411 **이상 시 전집** 이상 · 권영민 책임 편집
412 **어둠 속의 사건** 발자크 · 이동렬 옮김
413 **태평천하** 채만식 · 권영민 책임 편집
414·415 **노스트로모** 콘래드 · 이미애 옮김
416·417 **제르미날** 졸라 · 강충권 옮김
418 **명인** 가와바타 야스나리 · 유숙자 옮김 노벨 문학상 수상 작가
419 **핀처 마틴** 골딩 · 백지민 옮김 노벨 문학상 수상 작가
420 **사라진 · 샤베르 대령** 발자크 · 선영아 옮김
421 **빅 서** 케루악 · 김재성 옮김
422 **코뿔소** 이오네스코 · 박형섭 옮김
423 **블랙박스** 오즈 · 윤성덕, 김영화 옮김
424·425 **고양이 눈** 애트우드 · 차은정 옮김
426·427 **도둑 신부** 애트우드 · 이은선 옮김
428 **슈니츨러 작품선** 슈니츨러 · 신동화 옮김
429·430 **세계의 끝과 하드보일드 원더랜드** 무라카미 하루키 · 김난주 옮김
431 **멜랑콜리아 I-II** 욘 포세 · 손화수 옮김 노벨 문학상 수상 작가
432 **도적들** 실러 · 홍성광 옮김
433 **예브게니 오네긴 · 대위의 딸** 푸시킨 · 최선 옮김
434·435 **초대받은 여자** 보부아르 · 강초롱 옮김
436·437 **미들마치** 엘리엇 · 이미애 옮김
438 **이반 일리치의 죽음** 톨스토이 · 김연경 옮김
439·440 **캔터베리 이야기** 제프리 초서 · 이동일, 이동춘 옮김

세계문학전집은 계속 간행됩니다.